何葆国 著

北京出版集团公司
北京十月文艺出版社

目录

第一章

1

这是苏洋村近年来常常可以见到的欢乐而庄重的盛大场面。

海威楼里吹响起悠扬的海螺号，人们就知道苏顺风公又要“出海”了。

螺号声声，一群小孩“哦——呜——哦——呜”地呼喊着，开头的喊声还稀稀拉拉的，渐渐就聚拢成一阵洪大的声音，有节奏地响彻在土楼内外。几个孩子冲出了海威楼，接着是吹螺号的人一脚跨出石门槛，这是个抢眼的角色，好多个小孩亦步亦趋地围着他，像是系在他腰间的一群小偶人，四处跳跃着。螺号越吹越嘹亮，孩子们的呼喊声也越发显示出一种庄严的仪式感。这时，八个后生子抬着天妃宫的神轿走出了海威楼，轿夫神情轻松，甚至带着一丝戏谑的微笑。神轿显得轻飘，左右晃动着，因为轿子里坐的不是神明和香炉，而是苏氏辈分最高、年纪最大的“活祖宗”顺风公——他太老了，老得像一只刚出土的老瓮子，几多年前他就病歪歪躺在床上起不了身，目光迷离，神思恍惚，嘴里絮絮叨叨，说着谁也不知道的陈年往事。忽然有一天，他从床上坐了起来，几乎指着长孙苏发扬的鼻尖下命令：“快，出海，我要出海！”已知天命的孙子不敢拂逆老爷爷，却又不知如何是好。这苏洋村像一粒栗子隐匿在闽西南莽莽苍苍的群山之中，虽然有一条东溪水千回百转可以通向大海，可是那要穿山越岭几多时辰啊。苏发扬急中生智，叫来小弟还有几个儿子、侄子，如此这般吩咐一番，把“活祖宗”抬上临时做的担架，然后告诉他说：“我们这下就出海去。”躺在担架上的“活祖宗”枯瘦得像一爿干柴，却是两眼放光，嘴里发出呜呜的叫声。苏发扬拿起“活祖宗”收藏在壁橱里那只幽幽发亮的海螺号，鼓起腮吹了一下，说：“出海喽。”大家附和着说：“出海喽，出海喽！”几个人便抬着“活祖宗”下到一楼，从天井中间走过，然后走过楼门厅，走出海威楼，队伍的尾巴越拉越长，一行人沿着村里弯曲的土路，向着天妃宫前面的东溪走去，一边走一边喊着：“出海喽——出海喽——”走到东溪边，苏发扬让抬担架的人把担架多颠晃几下，接着折返回去，又是一路大呼小叫的，“出海喽——出海喽——”喊声此起彼伏，“活祖宗”很享受地闭上眼睛，任由后生们晃着担架。这样回到海威楼三楼的卧室里，“活祖宗”安静得像一个婴儿，一夜熟睡，之后又是连续多日的神志不清，迷迷糊糊地嘟哝不已。某一天他又突然从床上坐起来，要求“出海”。到底是“活祖宗”啊，老人囝仔相——孙子无奈，只得故技重演，这样三番五次之后，抬“活祖宗”出海的仪式慢慢就固定了一套模式，比如，螺号开道，换掉简陋的担架、用神轿来抬，铜锣殿后，等等，场面越来越盛大，气氛越来越热闹，参与的苏氏子孙越来越多，苏洋村里只要有空闲跑得动的苏姓人，大都会出来围观，同村邹姓人也会有人来看热闹。“活祖宗”苏顺风差不多一阵子就要求“出海”一次，时间的间隔以他的神志为参考，有时阵大半年“出海”一次，有时阵三五个月就要出一次，总是兴师动众，蔚为大观，“顺风公出海”俨然成为苏洋村一个独特而盛大的节日。

这是大清同治元年闰八月月末的一天，苏洋村天气晴好。今天吹螺号的是苏发扬的小儿子苏维修，他鼓着腮吹得很起劲，几个小孩子在他跟前跟后蹦蹦跳跳的，有时挂到他身上，随即又被他弹下来。抬轿的都是“活祖宗”苏顺风的曾孙辈，一个个正当青壮年，感觉像是抬着空轿一样轻松自若，有时还扭头相互调侃取笑一番。

这时，神轿里一阵窸窸窣窣的响动，“活祖宗”喉咙里发出长长的带着痰响的话声，声音像是从遥远的地方传来，含混不清。杠前边左后杠的苏维生侧了一下身，一手撩起轿帘，只见“活祖宗”努着力要把身子坐直，却一直歪向一边，扶着轿子走的苏发扬回过头来，关切地说：“‘活祖宗’，你要坐好啊。”

苏顺风喉咙里一阵咕噜咕噜的声响之后，突然发出一串清楚的话声：“再大的风浪，喀，喀，也经过——”

苏发扬和八个轿夫似乎同时趔趄了一下，他们全都被“活祖宗”的声音吓到了，因为大家已经好久没有听见“活祖宗”说过一句清晰的话，纷纷扭头看着轿子里，七嘴八舌地表扬起来：“‘活祖宗’，你好厉害！”“你真行，‘活祖宗’。”“顺风公，你不晕海，了不得啊。”

苏顺风听不到他们在说什么，他两只像是趴着睡的耳朵，有时阵似乎是完全失聪的，当然，有时阵又听力惊人，此时，好像有一只虫子从耳朵里爬出来，那里面被钻出了一个小洞，一阵海浪的呼啸声迸发出来，不一会儿，他的心头便涨满了海浪声、海鸟声，还有桅帆在风中发出的哗哗哗的声响。那是多少年前的往事了，他用力地睁开糊满眼屎的眼睛，定定地想要看清面前的汹涌波涛，却只是看到一片空白，无边无际的空白，但是心头的海浪声一阵阵拍打着他的身体，他感觉心脏好像快要停止跳动了。

螺号声声，喊声阵阵，铜锣在后面呼应着，这支浩浩荡荡的“出海”队伍穿过村子蜿蜒的土路，像一条蟒蛇向着东溪爬去。

东溪是穿过苏洋村的一条溪水，流经村子的溪道较窄，水流平缓，溪流中间铺一排垫脚石，不涨水是可以走过去的。到了村尾，溪道突然变宽，静水流深，呈一个T字形，前人几百年前就在这一带的东溪畔种植了香樟、红豆杉，如今树木成行，巍然参天，浓荫遮掩了大半个溪面。人们在前头溪道较窄处搭建了一座木桥，两排十几棵粗大的杉木像十几双巨人的脚，挺立在水中，上面铺着松木板。大明万历年间，苏氏筹资在东溪对面建了一座三堂两横式的天妃宫，经历千辛万苦从湄洲岛请回了妈祖的神像和香火，供奉在里面。那时候，人们运瓷下水，必定先到天妃宫来上香祈祷，保佑一路平安一帆风顺。天妃宫前有一个石码头，可以停泊大木船，从这里下水东溪，往下航行，然后迂回进入三团溪、船场溪、山城溪、西溪，一路航行到九龙江出海口——一个叫作月港的地方，从那里登上大福船，然后真正驶向茫无涯际的大海。后来，只要是搭船下水，不管是做福佬话叫作“生理”的生意也好，还是外出求学探亲访友也好，也必先拜妈祖，再后来，凡事皆可来求拜妈祖，妈祖是人们心中无所不能的神。天妃宫这一带的东溪泛称东溪头，往上则是上东溪，溪道较窄，两边溪畔散布着苏氏的窑炉和工坊，跨过苏洋村地界，梧树、东山、荆门等等村庄也是沿溪而建，以烧窑为生，各自夯造了庞大的土楼；往下是下东溪，溪段宽，水流急，通往外面的大江大海。在这蜿蜒十几里的东溪畔，苏洋村是最大的村落，在远近闻名的东溪窑里，苏氏窑无疑又曾是最有名声的头牌。

几个呼叫的小孩推搡着吹螺号的苏维修，他的步子不由也快了起来，他们像龙头一样先伸到了东溪边，而后面的神轿以及随行人群还差了一小截。土路两边、田埂上、溪岸上以及溪对面的天妃宫门前，站满了围观的人。抬神轿的突然快步走起来，苏发扬朝他们使了个眼色，八个人就把轿杠从左肩甩到右肩，从右肩甩到左肩，神轿便有些颠簸了。

“‘活祖宗’，你坐好啊，手抓紧！”苏发扬冲着轿子里大喊一声。他有些惊奇地发现，“活祖宗”虽然身子有些歪斜，但整个人像是粘在轿座上一样，纹丝不动。

“出海喽！出海喽！出海喽！”孩子们喊叫着，一声高过一声。

“风浪大，‘活祖宗’，你要小心！”苏发扬又冲着轿子里喊。他知道，这喊也是白喊，他只不过为了把仪式做得更逼真，而实际上，“活祖宗”根本听不到这些喊话声、海螺声和铜锣声，他完全沉浸在自己少年时代那次出海的回忆之中。

海螺声吹起了一片波涛汹涌而来的感觉，虽然面前的东溪水波不兴，但是轿夫们前后左右地颠轿制造出一种大船劈波斩浪的气势。“活祖宗”突然坐直了身子，干枯的身躯像是装了弹簧似的，往上一耸一耸，嘴里发出一种兴奋的叫喊声——那是他第一次看到海，载满瓷器的福船顺风前行，他就站在甲板上，海风吹着他瘦削的身子，像是托着他踏云神游一样，他嘟着嘴往外吹着气，风在他的鼻梁下、嘴唇间吹响，这是一支浩荡的潮湿的曲子。

“出海喽！出海喽！出海喽——”一阵阵声音飘过了苏顺风的心间。他也在心里唱起自创的歌谣：“东溪流水长又长，烧窑忙来出海忙，金银番银滚滚来，夯造土楼万万年……”这声音只有他自己听得到，伴随着一阵阵潮声，在他胸膛里起伏着。

苏发扬抬手往空中挥了一下，八个轿夫便齐刷刷换了步子，掉头往回走了。他走到轿子旁，把轿帘拉了下来。

回程路上，就不吹海螺也不打锣了，只听得一百多双脚踏响土路的声音，当然其中最洪亮的就是那八个轿夫的脚步声，砰砰砰，嗒嗒嗒，充满一种力量和节奏。他们脚下踢起了一阵尘土，纷纷扬扬，有一些就飘到了围观者的身上。

神轿走过榕树下的公王庙时，苏维修脚下踢飞起一粒小石子，正好飞到围观的邹锦洪腿上，因为这几天牙有点上火，他一直龇着牙，对于苏家这种孩子气的把戏，他脸上本来就挂着鄙薄的神情，正扭身要走，苏维修踢来一粒石子打在他的腿上，他牙缝里吱了一声，差点痛叫出来，说：“吃饱做把戏，很威风啊？”

“怎么啦？关你屁事。”苏维修也冲着对方吼道。

邹锦洪攥紧拳头就往前走来。苏发扬不知发生什么事，只是推着苏维修快走，然后回头对邹锦洪友好地笑了一下。

看到岁数、辈分都比自己高的人示好，邹锦洪也不再逞强，但心里一时无法释然，嘴里哼了一声，扭身走开。

2

神轿抬进海威楼，停在香火堂左侧的楼梯口，苏维修把海螺号交给父亲苏发扬，走到轿子前，从里面抱出“活祖宗”背到背上。此时的“活祖宗”已熟睡得像个婴儿。苏维修咚咚咚一口气走到三楼，一把推开“活祖宗”卧室虚掩的门。

房间里飘满一股奇怪的气味，说不上难闻，但也不好闻，是别的地方所没有的，似乎有点潮湿，潮湿里又带着一些咸涩，令人鼻子痒痒的想打喷嚏。苏维修把“活祖宗”从背上放下来，双手托着他放到床上。“活祖宗”身子这么轻，重量还不如一个十几岁的孩子，但是他知道，这可是苏洋村苏氏的“活祖宗”啊，他在苏洋村所有苏氏子孙心中的分量是至高无上的。

苏发扬随后也走进了房间，他把手上的海螺收进壁橱里。从他小时候记事起，这只海螺就是爷爷常常把玩又非常珍惜的爱物，爷爷曾经告诉他说，这只海螺是他从海外番邦带回来的，是他一个五叔公送的，五叔公在航行南洋的商舶船上当掌管船中更漏、航路的火长。爷爷不管到哪里都随身带着它。远离海洋的海螺在苏洋村已经陪伴爷爷数十年，螺壳都被摸得铿铿发亮。记得爷爷教他吹海螺号时说，只要海螺一响，我就听到了海浪声。

“你知道我们苏洋村第一座土楼为什么要叫作海晏楼吗？”

“不知道。”

“你知道我们苏氏第二座土楼为什么要叫作海清楼吗？”

“不、不知道。”

“你知道我建的土楼为什么要叫作海威楼吗？”

“不——知道。”

苏发扬好像看到了许多年前的情景。那时“活祖宗”还没有叫作“活祖宗”，也还没有成为“顺风公”，那时阵发扬还是一个孩子，但是爷爷已经很老了，在他看来，老得太老了，这么多年过去，他也变老了，而爷爷终于老成“活祖宗”，“活祖宗”枯瘦的身躯储藏了整个村庄以及海威楼和海之间的所有秘密。

爷爷摩挲着他的脑门，说：“这一些你都要知道，慢慢我会告诉你的。”

现在是他摸了摸“活祖宗”的脸和鼻息，脸上的骨头似乎硌痛了他，这百余年的时光把“活祖宗”的肉都蚕食、剥蚀了，全身上下到处都是突出的骨头。

实际上，“活祖宗”今年几多年纪？连他自己也说不清。苏发扬根据推算，可以确定“活祖宗”是一百二十岁以上了。他今年五十二，父亲若在世则是八十三了，而爷爷少年出海过番，在吕宋、暹罗等地浪迹多年，据说回到苏洋村时已过而立之年，干瘦得像个小老头，他拿出带回来的全部番银，历经五年时间建成了一幢海威楼，后来经不住众位叔伯的教谕，他才娶了永定高头一个客家妹子，收心在苏洋村居家过日子。也就是说，顺风公是在四十几岁的时阵才娶妻生子的。

毫无疑问，爷爷是一百二十岁以上的人瑞，是苏洋村苏氏的活祖宗。每年在苏氏扶风堂里祭拜祖宗，那些香火炉上面的一排排祖宗的名讳木牌，经过多年的烟熏火燎，已经发黄变脆，字迹模糊不清，那些老祖宗是多么遥远而又苍邈的面孔，几百年前从中原大地风尘仆仆地一路辗转而来，过长江，翻越武夷山脉，经停石壁，又一路南下，东奔西突，终于来到苏洋定居拓荒，繁衍生息。所有的祖宗化为一块神位，接受子孙的祭拜，而爷爷还活在子孙们中间，他像是祖宗们和子孙们之间的一条隐秘而幽长的通道。

苏发扬给顺风公掖上被子，怔怔发了一会儿呆，然后转过身走到了门边。

“扬的。”这时，他听到一个清楚的声音。顺风公在叫他！他惊讶地转过头，看见床上的被子静静的一动也不动，声音像是从很远的地方传来。

“你过来，我跟你说话。”

苏发扬紧步走到床头，俯下身子看着顺风公，两眼闭合，神情安然，这完全还是一副熟睡的状态，微微张开的嘴巴里好像有一股烟不停地往外飘——

不，真的是有一缕烟。苏发扬看到了，他眨了几下眼睛，那缕烟袅袅地往上飘动。

“我们苏氏先人来到这块土地，好宽阔的山间谷地，靠山面水，先人其实是个秀才，把这块土地号作苏洋，苏洋，苏洋——这是我们苏氏的土地，四周围全是大山，这块东溪水流过的谷地，草木丛生，各种各样的野花野草啊，鱼腥草、金线莲、鸭跖草、红杜鹃、益母草、虎尾轮、七叶胆、鬼尖草、柿子树、龙眼树、板栗树，溪水里有鱼，草鱼、青鱼、鲤鱼，山涧里有石蛙、龟鳖蛇，山坡地是瓷土、红壤土，山坑里有大石头，山上有成片的树林，山林里有野雉、斑鸠、鹧鸪、拉狸、云豹、山獐，还有老虎，这是一块多好的土地啊……东溪流水长又长，烧窑忙来出海忙，金银番银滚滚来，夯造土楼万万年……”

苏发扬在床边的板凳上坐下来。其实这些话，包括顺风公用山歌调子的吟唱，他从小就听过好多遍了，不过今天，顺风公的语调和以前不同，好像是在睡梦中说出来、唱出来的一样，他再次仔细地观察，发现顺风公嘴里飘出来的烟，原来是他呼出来的气，他已经睡着了，不可能说话和吟唱，那么，刚才他的声音是苏发扬的幻听吗？

3

苏顺风感觉在茫茫海上飘荡了许多天，终于有了一张安稳的床可以躺下，可以舒服地摊开身子，他长长地伸了个懒腰，发现自己变成了一个孩子。

这是秋收后丰盈而喜悦的时节，海晏楼里响起槌子打糍粑的声音，咚——咚——咚——咚，结实有力，土楼内外飘荡着一股新米的清香。

大茂公牵着顺风的手从三楼走下来，他不时抬起头看几眼大茂公，他不明白大茂公怎么这么老了，老得一大把胡子都白苍苍的。

“阿公，我们去哪儿？”顺风问大茂公。

“我带你去看土楼，我们要夯一座新的圆寨。”大茂公说。

“阿公，我要吃糍粑。”

“好，晚上让你吃个饱。”

顺风心里兴奋，最后还有三级楼梯，他突然甩掉大茂公的手，张开身子，像鸟一样张开翅膀往前飞，一下跳到了地面上。

“好小子。”大茂公乐呵呵地笑着，笑得整部胡子都在颤抖。他走下来，继续抓住顺风的一只手，带着他走下天井，穿过天井向楼门厅走去。

楼门厅上两只槌子同时在打糍粑，站在槌子上的人用力一踩，那木棒高高地翘起，然后狠狠地夯下来，砸在石臼里的糯米饭团上，踩槌子的是壮汉，石臼边翻糯米饭团的则是他的老婆。他们配合默契，槌子一起一落，夯出的声音坚实而又清脆。

顺风的鼻子有些痒，一只手不够抓，还从大茂公手里抓来另一只手，让阿公的手和他的手一起揉着鼻子，最后还是打了一个大喷嚏，哈——哈——哈啾！大茂公笑呵呵揪了一下他的耳朵，说：“好好好，哈啾一声，起大楼。”

大茂公又抓住顺风的一只手，差不多是提着他跨过了石门槛，向海晏楼前方一座正在建的土楼走去。

“大茂公，我们怎么又要建土楼了？”

“傻囝，不再建不够住了啊。”

“建好给谁住呢？”

“大家一起住啊。”

“我也要住，住新土楼。”

“好，以后你长大了，要学本事，也给苏氏宗亲建一座大土楼。”

“嗯，我也建一座大土楼。”

许多年之后，苏顺风总是想起他爷爷大茂公带他去海清楼“食棚枕酒”的情形。那是海清楼夯到了第二层，要上棚枕了，按照习俗要打糍粑，杀鸡宰鸭，办酒席请师傅和工匠，这就叫作“食棚枕酒”，一来庆贺工程顺利，二来犒劳大家。上完棚枕，夯墙更高更辛苦了。

大茂公牵着顺风的手走到海清楼大门前，那时候，楼名“海清楼”还没有写到门楣上，门口堆放着一些杉木、木板和其他杂料，夯到二层的土墙上站着一个人，弓着身子，手持大板一下一下地拍打着墙面。那墙太高了，顺风向后仰起头，眼珠子一动也不动看着，那个弓状的人把头勾得很低，手上的大板在墙面上打出一阵富有节奏的响声，啪嗒、啪嗒、啪嗒，整面的墙都在微微颤动。顺风的脖子仰得快要断掉了，在他的眼睛里，那个拍墙的人像是在高高的墙上打一套匪夷所思的奇妙无比的拳路。

“走。”大茂公拍了一下顺风的肩膀。

正仰断脖子的顺风愣地一惊，像是失魂一样全身哆嗦，他看见那个拍墙的人从墙头上掉下来了，像一只大鸟往下掉落，他看呆了。大茂公背着手走进海清楼，顺风朝着他的背影跑步追上去，他跑了好多步才追上大茂公，嘴里呼着气，说：“阿公，我看见、看见那拍墙的人掉下来了。”

大茂公抬头看了一眼墙头，拍着顺风的后脑勺说：“囝仔，不能嚼舌。”

“真的，我看见了。”顺风尖起声音说。

“他不是好好的还站在墙头拍墙吗？”大茂公指着高高耸起的土墙说。那个人正好拍了两下墙，直起腰歇了口气，还冲着大茂公和顺风咧嘴笑了一下。

“可是，我刚才是看见了……”顺风嘀咕着。

大茂公推着顺风走进这座在建的土楼，堆放杂料的天井被清理过一遍了，面向大门口摆放了三张圆桌，上面用红木圆盘盛着一只鸡、一只鸭，还有一粒猪头，有一个竹筒做的小香炉，上面插着几根点着的香。

“食棚枕酒”并无特别的仪式，主要就是打牙祭吃一顿好的，但是拜一拜，放一串鞭炮还是要的。

大茂公今天带顺风来，就是要他点燃鞭炮。一串爆竹从楼门位置的土墙上垂挂下来，点炮，这也是考验一个小男孩的勇气。从大茂公到顺风，三代单传，他要培养他的胆量。爷孙俩站到圆桌后面，举香拜了拜，顺风问：“阿公，我们拜谁？”

“拜祖宗、拜天公，还有拜地基主。”

“哦。”

大茂公把手上的香递给顺风，说：“去把炮点了。”

顺风接过香，连同自己手上的香合在了一起，说：“我不敢。”

“呵呵，你下面可是有长柄的，怎么可以不敢呢？”

“我怕炸到手。”

“海晏楼里的男孩子都喜欢放鞭炮，怎么偏偏就你不敢呢？”

“我怕、我怕炸到手。”

大茂公突然沉下脸来，说：“今天我就是要让你把炮点着，炸到手你也要去把炮点着。”

顺风从来没有看过大茂公这么难看的脸色，整部白胡子都不会动了，他迟疑了一下，还是硬着头皮向大门口走去。那串爆竹从土墙上垂落到地面，顺风走到前面，看到了爆竹的引芯，很短，他持香的手抖了一下。

“点炮。”大茂公喊了一声。

顺风仰起头看了看天空，天空好像气势汹汹地向前斜冲下来，他赶紧弯下腰，把手上的香往那爆竹的引信伸去，那冒着烟的香头抖动了几下，老是触不到引信，有一回看似触着了，他慌忙移开，实际上并没有触着。他的手还在瑟瑟发抖。

这时，墙下地面上响起一声沉闷的声响，有人惊呼："不好啦！"顺风的手又一抖，正好香头触着引信，爆竹嘶叫两声就炸开了，他丢下手上的香，抱头往土楼里跑，正好和大茂公撞了个满怀。大茂公没空理他，把他轻轻往旁边一拨，兀自朝土楼外面跑去。

因为那个在墙头上拍大板的人掉下来了。

许多年之后，顺风才知道拍大板是为了检验土墙总体合力和刚韧度，这是考验泥匠师的一件硬功夫。在海清楼拍大板的是一个远近闻名的师傅，但是那天他却掉下来了。其实，在此之前，他掉下来的情形就被顺风"看见"了。那天的棚枕酒实际上并没有吃成，因为师傅摔得昏迷不醒，大茂公和海晏楼的长辈们忙得团团转，没人顾得上顺风。他独自坐在海晏楼三楼往外伸出的瞭望铳棚上，闻着飘荡在土楼内外的糍粑香味，鼻子一阵阵发痒，口水一遍遍强咽着吞下。他想起那个从墙上掉下来的拍大板师傅，为自己的"预见"能力感到了一种害怕。

4

苏顺风在被子里摸索了几下，一只手把自己的身子撑起来，他想靠着床板坐一坐，一个活人不用老是躺着，死了就可以时时刻刻躺着了。他想坐着可以看得远一些，从窗棂望出去，从海威楼屋顶看出去。他想看得更远一些。苏发扬不知何时已不在房间，一道晚霞涂抹在海威楼的披檐和屋瓦上，整座土楼似乎在闪闪发光。他看见了少年时代的自己跟大茂公去"食棚枕酒"的情形，那个时候他能够"看见"未来，现在的他却总是"看见"过去。

"过去"的时光像一本厚厚的册页往回翻开——

他看见一道炊烟从坡地上升起，晚风吹过地面，掠起一阵浮尘，草木簌簌作响，一眼望去，是遍地的艾草、益母草、蒺藜、小蓟、刺苋、牛筋草、饭匙草等等，在风中自由自在地伸展着。站在风中的是苏氏在苏洋村的开基祖，名字已佚，成为一个标志、一个符号。但是，苏顺风看见了他的容貌，脸宽，天庭饱满，两撇浓黑的胡须，目光里略带着忧郁，因为面前是一片陌生的土地。

这是大唐末年的风了，开基祖的背影渐渐消失在缥缈的风中。

一块一块田地像一张画卷在苏顺风眼里徐徐展开……

苏氏先人的两个兄弟在村子两头搭盖茅棚屋，开荒造田，种水稻、种菜、养猪、养鸡鸭，他们分别把自己所住的地方叫作上坂和下坂，中间以一条流经田园的小水沟为界。春种秋收，寒来暑往，几十年的时间过去了，有一年柿子红了的时候，老二突然来找老大，他手上抓着两只红柿子，扔了一只给老大，自己就吃了起来，红彤彤的汁液糊满了嘴巴，说："我准备搬到广东去。"

老大愣了一下，说："广东好远哦。"

"再远，脚板也能走到。"老二说，"我们祖宗从中原一路走到这儿，也没觉得远。"

老大沉默了，一小口一小口地吃着柿子，小心地不让汁液流出来，全部吃到嘴里。

当天晚上，老大和妻子思量之后，带着家里仅有的几锭碎银，来到老二的茅棚屋，发现老二一家已经把行装收拾好了，被褥、锅碗，还有农具、粮食以及新做的烧麦。老大把碎银塞到老二怀里，老二道了谢，说："大哥，我们会记住这个地方。"老大拍了拍老二的肩膀，想说什么没说出来，把脸别了过去。

天色欲亮之际，老二带着妻儿到父母坟墓前拜别，然后一家人就上路了。第一缕晨曦从东山岽射向苏洋村时，他们一家人已经消失在树木葱郁的山径里。

老二走后，老大把他留下的茅棚屋和田地给了大儿子，让他自立门户。

在这块山间谷地里，苏氏人家辛苦劳作，披星戴月，更多的田地被开垦出来了，沟渠也浚通了，茅草棚里婴儿的哭声又响起来了。星移斗转，冬去春来，又几十年的时间过去了，这期间有苏氏兄弟离开苏洋外迁他乡，也有其他姓氏的人家迁来本地，但是不久后又离开了。

时间来到了大明洪武五年的春天。这一年的春天并没有什么特别，漫山遍野依然都是绿油油一片，东溪也涨满了水。这天小雨初歇，苏宗海从东溪窑的木棚走出来，穿过弯曲的田埂路，来到下坂苏宗贵的鸭棚前面。苏宗贵刚用一畚箕的蚯蚓喂完鸭子，看见苏宗海来了，说："好罕啊。"

苏宗海看到呱呱呱的鸭子满地走，鸭粪的气味扑鼻而来，不由皱着眉头，说："贵的，别养鸭了，还是跟我一起烧窑吧。"

"你那活我做不来，我还是养我的鸭子。"苏宗贵说。

"唉，你就是死脑筋，要不是看在我们兄弟分上，我还不想拉你入伙啊，你想，这满山是瓷土，是树木，土烧出来就变成瓷器，溪水就在窑口下，装船卖到外面就是钱啦。"苏宗海比画着手说。

"我还是养我的鸭子。"苏宗贵说。

"我听说，瓷器在外面很好卖，番人喜欢。就算不卖给番人，我们家家户户也都用得着。"

"我，还是养我的鸭子。"

"东溪就在窑口下，船运多方便啊，如果用船运到外面，再装成一大船卖到番邦，那可是不得了的事情啊。"

"我——还是养我的鸭子。"

苏宗海叹了一声，失望地转过身子，大步地往回走。

苏氏传到他们这一代，就他们两个堂兄弟，堂兄宗海住上坂，人丁兴旺，一家大小二十几口人，堂弟宗贵住下坂，家里有一个老婆和一个尚未说亲的女儿，当然还有一大群鸭子。大概从前几年开始，苏宗海收留了一个过路的江西人，这个小个子的江西人不知使了什么法术，令宗海着迷于烧窑，据说祖宗在大唐、大宋年间也是烧过窑的，主要烧一些砖瓦、碗盘，旧窑址还在，技艺没有传承下来，到他这里断代了，但是他身体里那种世代遗传的热爱像火一样被点燃了。宗海在东溪畔的坡地上造了一口窑，倒是烧出了一大堆碗盘杯盏，也送了几个给宗贵用，但有没有卖到外面赚了钱，宗贵不知道，只有宗海自己知道了。事实上，宗海已经几次来拉宗贵入伙了，他想宗贵养鸭子多年，又没有遭“儿子劫”，应该攒了不少钱，他需要的就是他这笔钱，毕竟用土和木料烧出的瓷器，要付给江西师傅工钱，要运到外面去卖，还要先请人造一条船，或者雇用别人的船。可是宗海没有钱，这几年，老大、老二、老三接连娶妻，连遭三次“儿子劫”，家里都被掏空了。拉兄弟入伙，有钱大家赚，这还是他的本意。最近江西师傅要回老家了，宗海即使不能给足工钱，至少也要给他一些盘缠，但是看见宗贵那样不冷不热的，他实在开不了口借钱。

苏宗海走回东溪窑的木棚里，那个江西师傅正坐在条凳上吸烟斗，看到宗海一脸乌黑，他就知道没戏了。

“廖师傅，你放心吧，你回家前会给你钱的。”苏宗海说。

廖师傅把烟灰磕到地上，说：“我这都好多年没回家了。宗海老表，你做人够仁义，也聪颖，这窑继续烧下去，一定可以赚钱的。”

“嗯，感谢廖师傅传给我这一手功夫。”苏宗海说，感激之情是真切流淌在内心的，但心里其实也很虚，几年前迷上了烧窑，他惊讶于不起眼的土能烧成抢眼的瓷器，这烈火焚烧，就像一种魔法，化腐朽为神奇，他见证了世间万物的奇妙，也深深折服一切皆可能的事理。但是，现实的问题是，怎么把烧出来的瓷器卖出去？有一个族亲曾经从外面捎来口信，他们那儿的海边，布满众多港湾、河汊、岛屿，官府控制不了，他们偷运瓷器、丝绸、茶叶过番，与番人交易，获利甚丰。他一直寻思着走出苏洋，到外面去看一看，可是忙于家中事务，又苦于囊中羞涩，到现在也没走成。他们家造的这个窑是阶级窑，斜面往上，共分三室，总长六丈有余，一家四个强劳力在廖师傅的指导下，挥汗如雨，整整挖了一个多月，到目前为止，已经烧出五窑的日用器，主要有碗、盘、盏、杯、罐、盒、壶等等，老实说，这些日用器破损的挺多，大多送给了四乡八里的亲友使用。怎么把瓷器卖到外面去？何时能够通过烧窑发家？苏宗海心里还是很茫然的。

天空突然下起大雨，哗啦啦的满天作响，越下越大，很快雨线就连成了一片雨帘，把整个苏洋村罩在了一片雨雾之中。

苏宗海在木棚里踱步，脸上显得非常焦虑……

同样是这场大明洪武五年春天的雨，苏宗贵抬头看着满天的雨泻下来，他并不慌张，他头戴竹笠，身披蓑衣，刚刚关上鸭棚的柴门，走回到家里。这是横式三间起的茅棚屋，就和鸭棚隔一个滴水的空隙。苏宗贵把竹笠、蓑衣摘下来，挂在屋后的板壁上，然后走到灶房里，老婆正在灶洞前生火，一股浓烟冒出来，呛得老婆直干咳，他又转身走到女儿的闺房门前，往里面望了一眼，看见她在纳鞋底。这个下雨天，苏宗贵显得清闲无聊。雨还没有停下来的样子，天色已提前黑透了。苏宗贵看起来是个慢性子，万事不急，内心里只急一件事，这是他无处诉说的隐痛。

这时，苏宗贵听到鸭棚那里有一些异样的动静，会不会是偷鸭贼？

他取下板壁上的竹笠就走了出去。

灰黑的天空里，只有雨线稍稍有点发亮。苏宗贵看到鸭棚边上缩着一个躲雨的人，大雨把他衣裳都打湿了，看样子不像偷鸭贼。他走上前去，发现这是个眉目清秀的后生子，便问道："你在这儿做什么？"

"老伯，我是过路的，不巧遇到大雨。"

"哦，躲雨？请到屋里来吧。"

"多谢老伯，多谢。"后生子说着，从地上挑起一对箩筐就快步往茅棚屋走。

茅棚屋里来了一个年轻男子，立即有了一股生猛之气。男子从肩膀上放下箩筐的那瞬间，苏宗贵恍然走神了一下，好像这男子不是来躲雨的，而是回家，是他梦想中的儿子，可是他立即清醒，他没这个"命"。男子在屋子中间站定，地上淌了一圈的雨水，像是把他团团围住。

"少年家，你是从哪儿来？要到哪儿去？"苏宗贵问。

"我从汀州府来，要到漳州府去。我姓邹，名应来，是一个读书人。"后生子说。

"你有干净的衣裳吗？赶紧换一下吧。"

邹应来面露难色，说："我并未带衣裳，这箩筐里只有一些经书、册页。"

苏宗贵哦了一声，说："你若不嫌弃，就先换我的衣裳将就一下，这么湿的衣裳穿在身上，会得病的。"他扭头进房间找了自己的一套衣裳，让邹应来到房间里把湿的衣裳换下，邹应来连声道谢。

看着邹应来穿上自己的衣裳从房间里出来，苏宗贵愣地又走神了，直到邹应来走到他面前，拱手鞠躬说："多谢老伯，多谢老伯。"他才缓过来，说："哎呀，我都忘记交代老婆子做饭多放一把米。"便转身往灶房走去。

吃一顿晚饭的工夫，苏宗贵就把邹应来的情况了解清楚了，他是汀州府仁安里人，自小父母双亡，随叔伯一起生活，素来不睦，他因识一些字，十五岁开始在各乡里游荡，以教书、打零工为生，这次路过苏洋村，是听说漳州府那边靠近大海，生意人多，想到那里碰碰运气。说话间，外面的雨渐渐小了，邹应来起身向苏宗贵再次鞠躬拱手，说："感谢老伯好心留我用饭，雨小了，我也该告辞了。"

"这天都黑了，你往哪里走？夜路可是不好走的，你不嫌弃的话，就在寒舍过一夜，明早再走。"苏宗贵说。

邹应来有些犯难了，这雨虽小还没停，而且刚下过大雨的山路是不好走的，可是，留宿人家，又实在给人添麻烦。就在他犹豫之际，苏宗贵说："就这么定了，我让老婆子把那间客房打扫一下，很久没有人客投宿，也比较窄，你就将就一晚上吧。"他转身走向女儿的房间，对着里面的老婆大声说："快把客房收拾好，让人客早点休息。"

这个晚上，苏宗贵失眠了，身子翻来覆去的，几次把熟睡的老婆吵醒了。老婆问他怎么不安生睡觉呢。苏宗贵说，我就是睡不着。他继续翻着身子。老婆突然开窍，问道，你是不是看上那个后生子了？一句话击中苏宗贵的内心，他索性坐起身不睡了。实际上，这些年最困扰他的事情就是膝下无子，且只有一个女儿，年逾十八，还没有人来提过亲。他们夫妻早就商议过，要招一个上门女婿。这也在一些乡里的媒婆中间放了消息，媒婆也曾介绍了一些男子，要么身体有缺陷，要么品行不端，他没有一个看上眼的。昨天这个邹应来，他倒是一见之下就有了好感，再与他问话，也是礼貌得体，谈吐不凡，而且从面相来看，则是忠厚老实，印堂明亮，可堪造就，他心里当然很喜欢，可是不知人家愿意不愿意。无论如何，天亮时一定要探探他的口风。

此时天已蒙蒙亮，苏宗贵下床出了房屋，东山宗上还有几颗晨星在眨眼，一股清冽的空气扑面而来，远处的山林、近处的田园，在飘荡的晨雾里若隐若现。他一走进鸭棚，几只鸭子就呱呱叫着围了过来，像孩子一样围着他打转。他嘴里轻轻叫唤着它们，弯腰从地上捡拾鸭蛋，一粒、两粒、三粒……最后一只畚箕装不下了。他养的鸭子有三十三只母鸭，一般每天能拾三十三粒鸭蛋，今天竟然拾了六十六粒鸭蛋，也就是说，每一只母鸭都下了双蛋，这可是从来没有过的事情。苏宗贵惊喜交集，这到底是什么吉兆？他兴冲冲跑回房屋里，对老婆说："不得了，不得了，今天母鸭拢总下了双蛋！"

老婆也呆住了，说："有这等好事啊？"

苏宗贵转念就想到邹应来身上，说："我看，昨晚来的那个少年家是我们家的大贵人！"

老婆频频点头说："我看也是啊。应来应来，应该来的。"

可是做好早饭，迟迟不见邹应来的影子，苏宗贵忍不住走到客房前，敲了几下门，还是没有动静，推开门一看，邹应来还在昏睡，看样子是身体不适，走到床前摸了一下他的额头，果然烫得厉害。

透过几百年的时间迷雾，苏顺风看见苏宗贵夫妇悉心照料生病的过路客邹应来，像是照料父亲一样，那一幕幕煎药、端水、送药、问寒问暖的场景，在苏顺风眼前真切地一一浮现。

事情的结局正如苏宗贵夫妇所期待的那样。邹应来带着感恩的心留下来了，也走了媒妁的过程，做了苏氏的上门女婿。邹应来与苏氏女完婚后，生育五子一女，以苏邹为姓，这是原先的约定，世代如此。三百余年之后，大清康熙三年，苏邹氏第十六代孙苏邹立泰考中进士，他外放浙江某地任知县时，把苏字去除，单姓一个邹字。这是个大胆举动，但他是进士公，朝廷命官，祖堂前可以竖石旗杆的人，改就改了，没有人敢当面妄议。要命的是，那些姓苏邹氏的人也纷纷效仿，去苏还邹。此事引发苏氏的强烈不满，苏顺风听爷爷说，苏氏和邹氏还有过几场械斗，虽未曾闹出人命，还是惊动了官府。后来经周围乡里几个姓氏的族长和长老调解，苏邹氏正式恢复邹姓，但要承认苏洋村苏氏祖宗，参与苏氏扶风堂祭拜，邹氏另建家庙范阳堂，奉苏宗贵夫妇为苏洋村邹氏始祖，邹应来夫妇为二世祖。苏洋村苏邹两姓格局由此形成，苏氏聚居上坂，讲福佬话，唐宋时期便有人烧窑，大明初年起更是全族以烧窑为生，运送瓷器到月港出海过番，早期获利颇丰，近年严重衰退，历代建有海晏楼、海清楼、海威楼三座圆土楼，苏氏几乎都居住在土楼里；而邹氏群居下坂，讲客家话，也讲福佬话，耕读传家，当年“进士公”邹立泰告老还乡建了一座方形土楼集庆楼，俗称进士楼，但因人口激增，很多人家依旧散居在进士楼外的茅棚屋。

苏顺风咳了两声，眨了一下眼睛，“过去”的几百年时光就像厚厚的册页一样翻了过去。

第二章

1

睡梦里总是一张张闪耀不清的面孔，邹德永知道这就是祖宗们，那些他在香火牌和族谱上见过的名字，化作了一些模糊的形象，潜入他的睡梦里，发出各式各样高低起伏的声音。每次邹德永从睡梦中醒来，似乎还能听到袅袅飘动的余音，拖着声调从卧室的窗棂飘出去，向集庆楼屋瓦上空散开。今天他又做了相同的梦，梦境最后一张面孔闪了一下，他看清楚了，那是他父亲，满脸的疲惫与无奈，眼光里又带着无限的期待。邹德永从床上爬起来，心里怦怦怦跳得很紧。他开门走到了廊道上，此时天还是蒙蒙亮，集庆楼里大部分人还在睡梦中，有一些卧室已经有了响动，说话、咳嗽、小孩哭泣。节气过了霜降，天气已经转凉，晨风有点清冷，从屋顶上直往下吹来。邹德永忍不住打了个哆嗦，开始沿着廊道走起来，然后从左边的楼梯下了楼，走到一楼廊道上，一只鸡啼叫了，然后好几只鸡都跟着叫了。

那是他家关在鸡笼里的老公鸡。他走过去提起鸡笼，它就信步走了出来，在天井里边走边觅食。父亲大半生都在养鸡，这只鸡是他在世时养的最后一批公鸡中的最后一只，父亲过世已经九年，这只鸡却还活得好好的，成了鸡精。这时邹德永猛然想起父亲梦中对他说的话，实际上也就是临终前的遗言："你阿公说，把余庆楼建……"

这是父亲最后从嘴里吐出的清晰的音节。他骨节奇大的手在邹德永手里渐渐变冷了。据父亲此前多次说过，祖父在临终前紧握着父亲的手，用尽全身的力气说："把余庆楼建……"然后父亲临终前也把这句话交代给他了，同样没有说完，"建"字之后余音袅袅。他感受到了双重的分量。

把余庆楼建……建好！建起来！——据说这也是"进士公"的遗愿。"进士公"为官清廉，省吃俭用，集庆楼名义上是他所建，族人们也是集了资的，他带回来的那点钱根本就不够，只是他的号召力够大，大家有钱出钱，有力出力，在他主持下把集庆楼建成了，但他知道，一座楼是不够的，邹氏至少还要再建一座楼，他是做不到了，希望他的子孙能够完成他的夙愿，他在世时甚至都给未来的土楼取好了名字：余庆楼，典出《周易·坤·文言》"积善之家，必有余庆"。可是一代一代下来，积善多多，积财甚少，还是一直没有这个能力。"进士公"精通堪舆，据说他晚年从江西三僚请来一个风水先生，亲自跟他一起考察地理，遵循古法，觅龙、察砂、观水、点穴，最后秘密选好了楼址，那就是范阳堂再往前走的一个叫后壁沟的坡地上，风水先生说，这块地叫作"饱牛睡地"，以后土楼大门坐东看西，门前地面上两块突出的石头正好是牛眼睛，后面还有一块长条形的巨石，则是牛角石。然而，棘手的问题是，这牛角石周围一丈远的地都是苏氏的，邹氏即使有财力向他们买地，也不知道人家愿不愿意卖。所以邹氏选定的楼址一直是秘而不宣。到了父亲这一代，他更是暗中做通了一干堂兄弟的思想工作，大家取得了建土楼的共识，但是，一文钱难倒英雄汉，何况是一座宏大的土楼？父亲省吃俭用，在他看来少吃一口饭，就是为余庆楼多攒一抔土，有一天他从博平圩赶圩回来，路上看到一堆牛粪，就用竹叶包起来，准备带回家扔到茅厕里，这可以沤肥种菜嘛。没想到，回到苏洋村后忘记把牛粪扔到茅厕里，刚走进集庆楼，几个孙子就围了过来，讨要爷爷承诺给他们买的黑糖，父亲连声说：“不急，不急，给你们买了，一人一块。”当他在饭桌上把手上的竹叶摊开时，所有人全都哇地惊叫出来，那是一包牛粪！父亲种稻种茶，养鸡养鸭，什么重活都干，终于也没能积攒多少钱，反而积劳成疾过世了。

邹德永走到天井的水井前，用水桶打了半桶水，然后抓起水桶的耳，喝了一大口水，含在嘴里漱了漱口。这时，他看到一条人影从楼门厅右边的楼梯闪下来，走到大门后面，搬起厚重的门闩，打开大门一缝溜了出去。一般说来，集庆楼每天早上都是他开的大门，偶尔别人开了先出去也是有的，但眼前这个人显然有点形迹可疑，他已经认出这个人是小儿子邹锦洪，这么早出楼去，肯定是有什么事，当然不会是下地干活，也不会是上山劳作，因为他是空着手的。邹德永想了想，就跟了上去，也悄悄打开大门一缝，走到了土楼外面。

面前是晨雾飘荡的田园景象，邹德永看着锦洪的背影往范阳堂方向移动，宽阔的肩背一会儿清晰，一会儿模糊，地上是快步走的沙沙沙声，一下一下地扯动着晨雾。他不敢走得太快，只能放轻脚步在后面跟着。锦洪的背影消失在范阳堂的照壁后面，后面立即响起一个女子急切的声音。邹德永心里咚地响了一声，他听出那女子正是苏发扬的女儿苏小果，声音尖厉、短促，像鸟叫一样。儿子怎么跟苏家的女儿搞在了一起？

苏家的女儿……邹德永怔住了，他猛地想起一桩往事，脑子里像是有一头犟牛向一堆陈年干草拱去，而他使劲地把牛鼻子拉了回来。不，他不愿意再想起那些往事了。他感觉牵住了牛鼻子。过去的事就让它过去吧……

邹德永呆立在晨雾中，照壁后面响起一阵迫不及待的声音，这声音令他感到震惊，拳头攥紧，又无奈地松开。

2

邹锦洪看见天色渐渐发亮，周围的田地里已有身影在走动，连忙推开怀里的苏小果说：“有人来了。”

“你怕了？”苏小果不悦地嘟起嘴。

“让人看到总不好吧。”邹锦洪垂落的两手抬起来，想要再搂一下苏小果，却是被推开了，便有些尴尬地笑笑，说，“我下午要到东山岽老石坑，你会上山吗？”

“今天不上山。”苏小果说着，转过身子，从范阳堂前的石旗杆左侧往回走了。

邹锦洪看着苏小果走去的背影在放亮的天色里跳跃，自己也转过身子往另一方向走了。他也不知道怎么就跟苏小果在一起了，少年时代，两人常常在山上割草时相遇，彼此都不说话，像是天生有仇一样，有时还相互瞪眼。去年夏天，他们有一次在东山岽相遇了，邹锦洪在砍柴时听到旁边那片苏氏的山林里也传出砰砰砰的砍柴声，心里就想这会不会是苏小果。他偶尔会在村里远远看见她，发现她已经长成一个高挑、健硕的大姑娘，皮肤有点黑，但是眼睛很亮。邹锦洪挑着一担木柴走出山林，走在坡地的小道上，他惊奇地看到苏小果挑着一担柴也从山林里走出来，他一时有些看呆了，那苏小果也看到了他，但她随即低下头，专心地看着路，肩上的柴担子发出吱扭吱扭的声音。几条小道到前面汇成一条下山的大道，两个人就会相遇了，一前一后挑柴下山，邹锦洪突然想跟她打个招呼，又想唱一首山歌，可是山歌怎么唱的，一下忘词了，他的心好像要从胸膛里跳出来了。邹锦洪不时地扭过头看苏小果，没注意踢到了地上的一块石头，哎哟痛叫一声，整个人摔在地上，担上的木柴都散架落了一地。苏小果顿了一下，还是大步走了过来，她看到邹锦洪躺在地上正抱着流血的脚丫呵气，整张脸因为疼痛都扭得变形了，看样子这不是装的，苏小果连忙放下担子，弯腰在路边地上采了一把艾叶、白茅根，在手掌里揉搓着。邹锦洪这时阵看到苏小果，心里满是羞耻，眼光怯怯地躲闪着她。苏小果把揉成一团的草药递给邹锦洪，他勾着头没看见或者不好意思接，苏小果便蹲下身子，把草药敷在他流血的脚指头上。苏小果的手触碰他的脚趾时，邹锦洪头低得更低了，他希望那只手在他脚上停留的时间更长一些，但是那只手很快抽走了。苏小果站起身，走到自己的担子前，挑起担子走了，走了两步，回头说，长这么大了，也不懂得照顾自己。这句话在邹锦洪心里足足回响了三天。不管怎么样，这是一个开端，他们走到了一起，当然，这一切都处在秘密状态之下。尽管苏邹之间并没有公开的禁止通婚族规，但是自从改姓之后，两姓之间一般是不谈论婚嫁的，谈了也不成，反正从来都没有人成过，大家说这是注定的，其实他们心底也有数。

天亮了，田地里走动、干活的人多了。邹锦洪大步小跑起来，他要回楼里取来水桶，先把昨天种的菜浇一遍水，再回家吃饭。

跑进集庆楼里，邹锦洪就从楼门厅旁边的楼梯冲上二楼。二楼是禾仓，粗笨的农具就放在走马廊上。他看到自家禾仓前的水桶不见了，可能是二哥锦波挑去浇水，那他就省事了，正转身要下楼，楼梯口有个声音冷冷地说："给我来三楼一下。"

那是父亲的声音。邹锦洪愣了一下，心想父亲脸黑成这样子，难道出了什么事？父亲在前面已经走上了三楼，他还落在后面犹豫不决。他猛然想起，莫非跟苏小果的事被父亲发现了？除此之外，没什么出格的事会让父亲不悦。

邹锦洪走到了三楼父亲卧室的门前，父亲正站在窗前望着楼外，缓缓转过身来，眼光像锥子一样刺着他。他心里想，说出来怕什么？总要说的，早说比晚说好。

“你跟苏小果是怎么回事？”

父亲果然开门见山，这让锦洪从容了一些，他眼睛看着别处说：“我们好上了，我想娶她。”

“你好大胆啊，你知不知道苏家跟我们邹家什么来历？”

“知道啊，自古以来，邹家就跟苏家做了亲嘛。”

“那是过去，现在不行，世间几多女子，你偏偏不找别的，要找苏家？”

“阿爸，为什么不行？族规都没说不行啊？”

“我说不行就不行，苏邹从来就没有成过，你还是趁早跟她断了！”

邹德永说得很坚决，好像板上钉钉，一锤定音，然后挥了一下手，让锦洪走开。按照他心里的盘算，近期内要跟苏家谈谈“牛角石”那块地的事情，他不想儿子跟苏家女儿的事节外生枝，到时搅乱了他的计划。邹苏不睦，他们会同意跟邹家做亲吗？锦洪这就是添乱了，在他心里，建土楼是第一等的事，儿子的婚事还在其次。唉——为什么是苏家的女儿呢？

看着儿子走出卧室，邹德永又把他叫住，说：“你舅母娘家有合适的妹子，过些天就给你——”

儿子反感地大步走开，向楼梯口咚咚咚跑去。邹德永知道儿子心里不好受，就像当年自己一样，当年自己也跟苏家的一个妹子好上了，但是，这种事由不得他，自古以来父母之命媒妁之言……想当初，父亲也是这么对自己说的，那时他半夜里跑出集庆楼，一个人坐在东溪畔，听着溪水呜咽，心如刀割。这么多年过去，伤口早已愈合，甚至没有了一丝疤痕，只是最近一些失眠的深夜里，想过余庆楼之后，偶尔也会想起这陈年往事。

好了，现在，别再想了！邹德永走出卧室，用力地把门带上，下楼梯时他二弟邹德山从另一边大步走了过来，说："哥，我听见你在对锦洪凶什么。"

"没什么……"邹德永不愿意多说。

"好像是说苏家什么，苏家怎么了？"邹德山刨根问底。

邹德永心里叹了一声，德山是他最知心的兄弟，想来也不必跟他隐瞒，再说，他当年还小，应该不知道或者早已不记得自己跟苏家的事，他清了下嗓子，说："这小子，跟苏发扬家的女儿好上了。"

邹德山哦了一声，像是惊讶又像是不置可否。

"我这不是操心着建土楼吗？他要是给我捅娄子怎么办？"德永说。

"不会吧，能捅什么娄子？"德山说。

"唉，你不懂……"德永又叹了一声，那桩往事杂草似的又从心里冒出来，他用指甲狠狠地把它掐断，就像双方父母把他们的情丝一下掐断一样。

"现在的后生子嘛，不一样。"德山感慨地说。

"有什么不一样？都得听父母的，族规家法，不得乱来。"德永正色地说。

"那是那是。"德山说，"只不过，后生子不违抗一下，他就不太像后生子嘛。"

"你这话……"德永在楼梯中间站住，回头盯了德山一眼，"别把后生子教坏啊。”

“不会啦，我就顺口说说罢了。”德山说。

邹德永想起自己当年也是想要违抗父母的，他甚至做了私奔的打算，但是在约定的那天夜里，他在天妃宫门外等了整整一夜，她一直都没有出现，他只好悻悻地回到集庆楼里，不久就听说她嫁给了同族的一个远房堂哥。那时候，德永也是年轻的，可是违抗无效，日子必须过下去。日子过去了，什么也都过去了。年纪稍大就明白这一点了，现在，他已知天命，虽说妻子病逝了几多年，众亲人也纷纷劝他续弦，但他一心想要建成余庆楼，心里只有建土楼是永远过不去的念头，至于男欢女爱、儿女情长，他早已心如止水。

兄弟俩是一前一后下楼梯的，邹德永先下到地面上，扭头对德山说：“这事你别声张出去，一个人闷肚里好了。另外，你通知各房家长，晚饭后到香火堂议事。”

3

每座土楼的香火堂都隔着天井与大门遥遥相对，也就一个房间大小，供着众祖宗——因为正式祭拜祖宗是在祖堂，这里祖宗牌位就从简了，一般就一块二指宽竹牌写上“众祖宗”三个字，除了众祖宗，还有观音菩萨、关帝、妈祖等牌位，香火案上有个小香炉，两侧摆两张木椅，两边墙下还摆着两条长板凳。但凡宗族里有事要议，或者红白喜丧，这里就是人人可以使用的公共场所。集庆楼香火堂最显赫的地方就是横楣上挂着的一块大匾，上书“进士”二字，苍劲有力的楷书，足以荣耀百世。

吃过晚饭，邹德永从家里拿了一盏茶油灯来到香火堂，把它放在了香案上，还点了一根香，向众祖宗和众神明拜了拜，告知他们晚上宗族要在这里商议大事。

邹德山剔着牙来了，各房家长也陆续来了，七嘴八舌地打着嘴鼓。德永有五兄弟，还有堂兄弟十一人，他这一房人丁最兴旺，其他四房人也不少，十几条汉子把香火堂挤得满满当当。虽然叔辈还有多个叔叔、堂叔在，但他们要么年纪大了，口齿不清，要么脑子不好，欠缺见识，要么品行不能服人，都不再参与宗族事务，而邹德永作为长房长孙，有公心，有能力，父亲过世后就被推为邹氏族长。他用眼睛算了一下人头，各房家长和几个兄弟代表都到齐了，就从香火案右侧的木椅上站起身，对着坐在两排长板凳上的兄弟们说：

“我们邹氏开基苏洋，托应来公的福，当然，也托宗贵公的福，这五百来年已繁衍到第二十八世，可谓人丁兴旺，人才辈出，我们出了一个进士公嘛，他们苏氏就没有。但是，我昨晚心算了半个晚上，我们邹氏现在苏洋村的人口六百余人，分作一百来口灶吃饭，住在集庆楼里的三百来人，一半以上的人还住外面的木棚、草寮，再建一座土楼余庆楼，进士公当年就有这等宏愿，他甚至选好楼址，定好坐向，可惜一直不能实现，我们阿公努力了，父辈也努力了，虽然还是未能实现，但是他们给我们找好了地，也备下了一些木料，现在建楼的担子撂在了我们这代人的肩上，不知大家有没有信心？”

邹德永话音刚落，大家就叽叽喳喳说开了，当然，没有人反对建楼，更多的话题集中在如何筹款方面，怎么分配使用，也有人提及。德永看着大家三三两两议论得很热烈，在木椅上坐了下来，说：“那块‘牛角石’是苏氏的，不知大家有什么办法拿到它？”

“我看，拿一块地跟苏氏换，不然就用钱买，当然还是交换比较好。”二房家长德明说。

“这块地虽然说是苏氏的，但他们也没有派上什么用场，一直荒着，如果我们跟他们说要换来建土楼，他们一定会为难我们，不换，或者要用大得多的地来换，我心里倒有个想法，我们有意来放一些风声，说这块地不好，怎么怎么不好，他们要是也觉得不好，一定就同意贱卖，或者以地换地也容易多了。”三房家长德昭说。

“这不行，这种不仁义的事我们做不出，再说，这块地是风水宝地，祖宗选定的，怎么能随意说它不好？”德永大声地说。

“那苏氏不肯换也不肯卖，我们怎么办？”德昭说。

“是呀，到时看你有什么撇步？”几个人异口同声地说。

“这、这……”这正是德永许多时日以来特别忧虑的问题，苏邹两姓虽说祖上有姻亲——唉，自己也是差点……邹氏至今祭拜先祖苏宗贵，但改姓事件所撕开的裂痕，终究还是一个伤口。当然，最重要的，还是要去面对，德永寻思着找一个合适的时间，把苏发扬请来集庆楼吃饭，然后如实地把事情告诉他，请他理解支持。当然，苏发扬肯不肯赏光来吃饭，他心里没底，另一个办法则是他带伴手礼登门拜访，然后如实道来。德永把这两种办法跟大家说了，有说请客的办法好，也有说拜访的办法好，莫衷一是。这个问题先按下不表，最终由德永自己决定。他接着提出筹款筹料问题，他首先表态，“牛角石”那块地由他个人负责，若交换就用自家的地，决不用公田、学田来交换，若买进他出全款。德永提出，建楼的款项，各房各家以男丁人口数来派款、献料，除主要工匠雇用师傅外，其他劳力均由邹氏男丁担任，如果用地谈妥后，就要开始做土——夯造土楼的土是经过发酵的熟土，同时挖地基——俗话叫作挖大脚坑，当然这要请风水先生择好良辰吉日，然后就延聘师傅、砌大脚、砌小脚（地面以上的地基）、夯墙、装楼梯、建楼板、做楼栏、挖水沟等等，用三四年乃至六七年的时间把“进士公”命名的余庆楼建成，这样以后去见列祖列宗，就很有面子了，也足以给后代留下一个典范。邹德永好像听见土楼落成的爆竹声响彻在苏洋村上空，无法想象那时阵他会是怎样的心情。

“土楼是全族人住的，几代人打拼，我们这代人多出一点力，把它建成了，造福子孙后代，上对得起祖宗，下不愧对子孙，这是可以上族谱、勒石刻碑的大事，吃再大的苦也是值得的。”邹德永劈着手说，手势过大，把香火案上的茶油灯火劈灭了。

宗族在香火堂开会议事，女人是不能参加的，无关的人员包括孩子也不能靠近，一旦靠近就会被驱赶。这时，大家惊奇地看到一个两三岁小孩从廊道上爬过来，他两手在前面抓住地，一边爬动一边嘴里呜呜地叫着。他一路爬到香火堂。这么小的孩子当然无法驱赶。邹德永发现这是他的孙子小敬，连忙弯下腰把他从地上抱起来，一边哄着他，一边想他母亲做什么去了，怎么让他在地上爬？

议事会散了，大家纷纷抬起屁股离开，有些人住在集庆楼外的茅棚屋，但既然来到集庆楼，就顺便在一些至亲家里串串门。

邹德永抱着孙子小敬往灶间里去找人，不见儿媳妇，也不见儿子。这时孙子啼哭起来了，德永就有些焦急，往集庆楼门口走去，并且一路喊起儿子的名字：“锦江，锦江，锦江！”

天黑得厉害，土楼内外影影幢幢的，这一簇油灯火，那一束油灯光，好像诡异的眼睛。孙子哭声突然尖起来，像一把明晃晃的小刀子，德永烦躁地说：“别哭好不好？别哭好不好？”他心里急得骂人了，儿子儿媳妇到底死哪儿去了？在楼门厅正好看到女儿红米，劈头便问：“你嫂子呢？你哥呢？”

“嫂子没看到，大哥刚才还在这儿呢。”红米说。

4

儿媳妇一夜不见人，儿子称她吃过晚饭后说要到海晏楼里找一个嫁给苏氏的同乡表妹说点事，然后她就走出集庆楼往上坂方向的海晏楼走去了。邹德永派人紧急来到海晏楼找到儿媳妇那个同乡表妹，她说她是有来过，说完几句话就匆匆离开了。

可是儿媳妇并没有回到集庆楼里，孙子哭了大半个晚上，最后哭累了才睡着。邹氏发动了三十多个男子，打着火把，沿着从海晏楼到集庆楼的路来来回回地查找，田埂、菜园、水沟、庙宇、茶树、果树，每个可疑的角落都反复查找了许多遍，还是不见踪迹。被山贼土匪掳走了？被虎狼叼走了？可是整个村里都没有听到动静。一个大活人，不是一根针，也不是一片树叶，怎么说不见就不见了呢？

天刚蒙蒙亮，终于有个消息传来：德永儿媳找到了！就在苏氏窑坊附近一个积水的瓷土坑里。邹德永听到这个消息，脑袋里嗡地响了一声，头皮一阵发麻。

儿媳妇从瓷土坑里被打捞出来，盖着一张席子躺在集庆楼门前的土埕上。这个从永定嫁来五年多的女子叫作赖细娘，孝敬贤惠，在苏洋村的口碑还是很好的，昨天夜里，她从海晏楼回来，如果走正常的路，就不会经过窑坊附近的瓷土坑，她是不是想抄近路呢？结果落入了瓷土坑。

邹德永正在香火堂和几个兄弟思量儿媳妇后事事宜，德明从天井里跑了过来，说："锦波几个兄弟说要把细娘抬到海晏楼，她是掉进苏家瓷土坑死的，苏家脱不了干系！"

"胡来！"邹德永霍地站起身。刚才议事时，也有人说到要不要向苏家问责的事，毕竟人是掉到他们家的瓷土坑死的，德永沉吟了片刻，还是叹了一声说，算了，这是命。现在，有人要抬尸问罪，这是要把事情闹大，万万不可。他埋着头就冲下天井，往土楼外面大步走去。

集庆楼前的土埕上已经围了一群激愤的后生子，嘴里嚷嚷着，几个人正在给满脸愁容的锦江鼓劲打气，只要他一点头，他们就抬起细娘尸体到海晏楼去。此时，地上的细娘盖着一张竹席，没有人顾及她，只有她两岁半的儿子小敬坐在旁边的地上，不哭也不闹，自己玩着手上的几根草茎，他并不知道发生了什么事，一个人玩得很投入。

邹德永走了过来，嚷嚷声渐渐小了，他扫视了一圈，看到地上的儿媳妇，眼睛不由又泛红了，说："人，死了，不能复生，入土为安吧，你们不要闹事，这也没什么好闹的。"

"永伯，那坑是他们苏家的，要是没有那坑，细娘会死吗？你看他们到现在也没给个慰唁什么的，这不是欺负我们邹家吗？"一个后生子大声地说。

"死生有命，还是赶紧办后事。"邹德永说。

"永伯，这不是让苏家看不起我们吗？"又一个后生子说。

"你懂个什么？这事没你插嘴的地方。"邹德永绷着脸回了一句，他转身对香火堂跟随出来的德山说，"赶快把棚子搭起来。"

毕竟德永在宗族里还是有威权的，没有人吱声了，德山招呼几个人抓紧时间干活。像赖细娘这样横死的，丧事自然从简了许多。一大早派了锦洪去细娘娘家报丧，这会儿搭个棚子，择个出殡时辰、挖个穴，然后等她娘家人到了再入殓、出殡，总之是要当天处理完毕的。为什么不向苏家问责？邹德永心里是有考虑的，邹苏本已不睦，如果借此事找苏家讨个公道，又能得到什么呢？或许只能把原来撕开的口子越撕越大，这无助于两姓修好，要拿到"牛角石"那块地就更难了，那余庆楼也就遥遥无期，他这辈子都没有指望建成。所以，他还是要忍耐。小不忍则乱大谋，和建土楼相比，这还是小事。他有几次往上坂方向张望，祈望路上出现一个前来吊唁的苏家长者，当然，这是不可能的，他心里也是知道的。德永打探清楚了，那口瓷土坑是苏发扬一个叔叔家的，旁边还有一座废弃的窑炉和工坊，苏家最鼎盛时期在东溪两岸曾经有几十口窑炉，挖了三四十个瓷土坑，现在大概还有一两口窑炉在烧，而那些荒废的瓷土坑大多没有填埋，有的长满了杂草，有的积满了水，以前曾有苏家的牛掉进长草的大坑里爬不出来，最后不得不叫十多个小伙子把它拽起来。那些瓷土坑大都也在东溪畔，离村子和土楼有点距离，唯独这座窑炉和瓷土坑就在村子里，赖细娘落水的那个坑居然位于一条少有人走的村路旁边，虽说是细娘自己不小心落水的，但苏家总是有欠缺道理的地方——只是，邹德永必须息事宁人，悠悠万事，唯建楼为大。

邹德永从地上抱起孙子，满心悲悯，这么小的孩子从此就失去了母亲，他竟然还不懂得母亲已经永远不在，连哭都不知道哭一声。德永突然很想把他弄哭，掐他一下，或者瞪他一下，但他仍旧嘻嘻咧着嘴，还一把捋过了爷爷下巴上的胡须。德永感觉到心都碎了。

走到刚垒好的灶台前，德永交代管伙食的人说，细娘娘家人来，要给他们做一些好吃的。他又走到住在楼外的木匠进财家里，让他把棺材打好，刨平一些，不可有突出的节眼。

走进集庆楼，邹德永看到儿子锦江独自坐在楼门厅的槌子上，满脸哀愁地勾着头。

“孩子要管顾好。”德永咳了一声，把手上的孩子送到他怀里，但是孩子不依，突然哭起来。锦江凶着脸吓唬说：“再哭把你扔了。”这句话让德永听来很不舒服，他又抱回孩子，哄着他说：“乖，乖，阿公拿好吃的给你吃。”走了几步，把孩子递到女儿红米怀里，让她好好带着。

过了食午时分，细娘娘家人来了。锦洪带着他们走进村子的时阵，就有人向邹德永通报了，一听说来了七个人，不由有点惊讶地啊了一声。德永让人交代灶台，马上新做一些好吃的，他连忙走出了集庆楼，向前迎接细娘娘家人。来的一个细娘的叔叔，其他都是她的兄弟和堂兄弟，德永一一向他们拱手致礼，请他们到灶台前面用餐。

走了这么远的山路，大家又饿又累，好像饿得都说不出话，被请到了灶台前的方桌前坐下，芋子饺、线面，先吃将起来，然后新做的猪下水炒咸菜、红菇猪脚汤、鸭肉炒姜丝、清蒸光鱼，也陆续上桌。锦洪陪他们一起吃，大家吃得热火朝天，喉咙一片山响。

终于吃饱了，虽然没有喝酒，每个人的脸都有些油光泛红，那个娘家叔叔用手指从牙里抠出一根菜丝弹在地上，然后开始发飙了，他手在桌上拍了一下，冲着集庆楼大门大声地说："我好好一个妹子，嫁到你们集庆楼，怎么说没就没了？"

"意外，不小心啊……"锦洪接上话头说。

那个叔叔又猛地拍了一下桌子，尖声地说："这有你说话的所在吗？叫锦洪出来，我揍他一顿解气。"

"我就是锦洪。"锦洪说。

那个叔叔瞪了锦洪一眼，这才知道自己记错名字，细娘的丈夫不叫锦洪，而是锦什么，一时也想不起，就尖着嗓子喊道："你少插嘴，叫你们邹家大人出来！"

这时，邹德永走了过来，向那个叔叔拱手道："阿叔，你免发火，请你静一下，我是细娘她公公，细娘是个乖妹子，有孝心，很贤惠，她这样不幸过世，我们全家都非常悲痛，所有邹氏都很伤心。"

"好好的人就这么没了，"细娘叔叔突然呜咽了几声，说，"我哥嫂年纪都大了，走不动了，以后再也看不到女儿，你说你这要怎么交代？”

“对不住，对不住。”邹德永连连向细娘娘家人拱手致礼。他知道，这种情况，死者的娘家人有的会来闹事，或者蛮不讲理，如果碰上就很头痛，他必须好言相待，甚至要答应对方一些不甚合理的要求。

“那个瓷土坑是苏家挖的。”围观的人群里有个人说。

“那就找苏家算账！”细娘一个兄弟霍地站起身，挥着手说。

邹德永连忙张开双臂，好像他们就要奔突过来一样，他必须把他们拦住，说：“使不得啊，使不得，千万别起事。”

“苏家那水坑明明是祸根嘛，要是没那个水坑，我家细娘会死吗？”又一个细娘的兄弟站起身，用脚踢开板凳就要往前走。

邹德永连忙拦住他说：“主要错在邹家自己，我们没照顾好你家妹子，我老货子向你们赔罪吧，请你们不要去找苏家。”

“不能便宜了苏家！”“苏家也要赔罪！”细娘几个兄弟嚷嚷着。

邹德永拍了几下膝盖，突然双膝跪在了细娘娘家人面前，说：“请你们多担待，一切我老货子来承担，不要为难苏家。”

细娘娘家人全都愣住了，没想到一个比他们老的人向他们下跪，顿时有些慌了手脚，细娘叔叔结巴着向前要扶起邹德永，手被拂开了。围观的邹氏人群里也是一片哗然，德山走过来说：“细娘死了，我们都心痛，以后我们还是要做亲戚的，你们不要太过分。”还有几个人也过来说话。细娘娘家人脸色都和缓了，那叔叔说了声“对毋住”，搀扶着德永站起身，说：“亲家公啊，不用这样，我们知道你对细娘是很疼惜的，不过说点气话，你别放心上。”

邹德永被扶着站起身，小腿和膝关节又酸又痛，脑袋也重得快转不动了，不过心里却是轻松许多。

第三章

1

苏发扬在床上迷迷糊糊睡了一天，总算退了烧，但还是感觉全身乏力。有人来看望他，说起邹家有个儿媳妇夜晚掉入积水瓷土坑淹死的事，他叹了一声，说：“我早说过，那些坑要填起来，你们就是没人听我的。”他隐约在耳边听到扑通的落水声音，心头一震，那是一条生命啊，一个妹子，一个外村嫁来的媳妇，一个孩子的母亲。发扬心里担心邹家来找碴儿，那瓷土坑是苏家的，苏家到底还是理亏，他在想是不是让人置办一份牲礼到邹家那里祭拜一下，或者送一份奠金，略表苏家的歉意。当他把这个念头说出来之后，遭到了几个弟弟和儿子的一致反对，他心里感叹那也是一条生命，同时也感慨自己说的话族里人都不怎么听了。他们反对的意见也不是没有道理，如果邹家因此讹上苏家怎么办？这确实也是个问题。不过如果自己身体好的话，他至少愿意以个人名义去慰唁一下，那毕竟是一条生命啊。接着，发扬便听说邹家确有几个后生子想要找苏家问责，被邹德永阻挡了，后来又听说死者娘家人到来之后也想找苏家发难，邹德永百般劝阻，最后甚至向他们下跪，死者娘家人这才罢休。发扬心想，德永这个人，还是仁义的。

这天，苏发扬终于能够起床了，走出卧室的时候感觉神清气爽，他几步走到了顺风公的卧室，看见“活祖宗”在床上睡得很安静，像个沉睡的婴儿。发扬朝他俯下身子，听到了一阵轻微的鼻息，他的双嘴微微嚅动着，像是发出一串串神秘的音节，那是在说什么呢？发扬听不到，当然，天地间只有“活祖宗”自己一个人听得到。

看到“活祖宗”好好的，苏发扬心里很宽慰，就直起身，准备走出房间下到一楼去。他刚走到门边，听到床上一个细细的声音说：

“扬的，你几多天没来看我……”

苏发扬凛然一惊，连忙扭头走回到床前，叫了一声“活祖宗”，说：“我病了几天。”再往床上一看，“活祖宗”还是静静的睡得像孩子一样，脸上看不出丝毫表情，也没有任何动静。他心里想，“活祖宗”真是神了，貌似整天整夜地昏睡，实际上土楼内外没有一件事瞒得过他，他完全像神明一样。

房间里静得一只蚂蚁的声音都没有，整座海威楼也安静得像是在微微震颤。

苏发扬轻手轻脚走出房间，下楼梯走到了一楼，有一道阳光从土楼屋顶上往下斜射下来，正好打了他这边的一半天井，他就抬起头眯着眼看了看天空。这是午后的土楼阳光。楼里没有多少人，青壮年忙活去了，妇女有的在井台边洗衣，有的在灶间里烧猪菜，有的坐在廊道的鸡鸭箱上做女红。有人向发扬打招呼，他一一点头回应，沿着廊道走到楼门厅，看见有一个老妇人坐在槌子边的石凳上打盹儿，头一点一点地往下勾着，再仔细一看，这是他的六婶素月啊，素月岁数并不大，还比他小一两岁，其实也是他的一个远房堂妹，后来嫁给他另一个远房的六叔，才成为他的六婶。六叔常年给苏发志做窑工，六婶一直没有生育，早年抱养了一个女儿，不幸夭折，六叔前些年也过世了，六婶一下就变老了。

“六婶。”发扬在她面前站住，轻轻叫她一声。

六婶睁开一双迷糊的眼睛，看了看面前的人，过了会儿才认出是发扬，身体似乎有些紧张地悸动了几下。

“六婶，你还好吧？”

“好，好，好。”

“那就好，有什么难处，可以来找我。”

“好，好，好。”

发扬看着她苍老的脸，心里满是同情。这个可怜的女人，他隐约听说过，六婶还叫作素月的时候，曾经跟邹氏的邹德永好过，当然后来双方父母以及家长都反对，素月不得不嫁给了六叔，嫁鸡随鸡，这就是女人一生的宿命。发扬抬脚从她面前走过，出了海威楼，他决定走到邹家媳妇落水的那个瓷土坑去看看。

午后的苏洋村显得安静、空旷。几条土狗在龙眼树下伸开腿卧着，用懒洋洋的眼神看了看面前背着手走来的这个苏氏族长，并没有什么热切的表现，甚至不认识他一样。野草花香和猪牛粪气味糅合在一起。从东溪分流而来的几条小沟渠无声地流淌着，白花花的水面上浮动着一些菜叶、草梗。

苏发扬走到分岔口，这里有三条路，中间的通往东溪和下坂，左边是往村外的丘陵地，右边则是一条穿过灌木丛、小坡地的小路，那路边有一口瓷土坑，还有一个废弃的窑炉、窑工坊，这是发扬一个叔叔家的，发扬记得他小时候这口窑就塌了，但是工坊的木棚、瓷土坑一直还在。苏氏肇基苏洋以后，历代都有祖先烧窑，断断续续，维系数百年，大明初年，发扬这一支房的祖宗以烧窑为业，发扬光大，烧青花、烧青瓷、烧米黄瓷，还烧仿哥窑、官窑、定窑瓷品，迅猛发家，《苏氏族谱》记载“百千水碓，漫野窑烟”，上东溪两岸，只要合适的坡地、谷地都建了窑炉，苏氏还带动东溪畔的梧树村吴氏、东山村郭氏、荆门村方氏等一起烧窑，那时的东溪繁华如梦，东溪窑的名声随着流水传遍四方。嘉靖、万历年间，苏氏的窑业进入最鼎盛时期，成为东溪窑最有名的招牌，听顺风公说，那时隔几天就有一条装满东溪窑瓷器的帆木船从东溪下水，经三团溪、船场溪、山城溪、西溪，出九龙江到达月港。“隔几天就一船，隔几天就一船啊——”顺风公总是比画着手，“啊”字余音袅袅。当时月港是朝廷钦准的出海港，在漳州府城东南五十里，正位于九龙江入海处。东溪窑瓷器运送到这里，和来自其他地方的物品一起装上大船，驶向茫茫无边的大海，贩卖到各个番国。苏氏正是靠烧窑贩洋起家，建了第一座大圆楼：海晏楼。后来到了大清，朝廷禁海，又进行迁界，月港海运梗塞，东溪窑炉一下关了大半，烧出来的东西也卖不出去，烧了也没用嘛。不过过了几十年，大清朝统一了台湾，康熙帝谕令开海贸易，东溪窑起死回生，荒废多年的窑炉重新修整使用，又开始冒烟了。也就在这几年间，苏氏很快建起了第二座土楼：海清楼。但是，大概从几十年前开始，苏姓人突然变懒了，有的窑好好的就不烧了，任其荒凉、倒塌。这种懒散像是会传染一样，很多人都不烧窑了，以收田租为生，靠收一点海外寄来的番银度日，好吃懒做。苏发扬看在眼里，急在心里，但是他能有什么办法呢？几次他忧心忡忡跟顺风公说起此事，神志不清的顺风公只是喊着“出海！出海！”然而，苏姓人出海的激情和豪气在哪里呢？似乎都退缩到抬着顺风公“出海”的仪式里了。

苏发扬一路走着一路想着，不知不觉走到了那口瓷土坑前，里面的积水目测有一人多深，混浊、幽绿，水波不兴，偶尔有一只蛍虫跳一下，肮脏的水面上才荡开一道涟漪。这就是吞噬了邹家媳妇的积水坑。发扬曾经叫人把它填埋了，可是竟然没人听他的，要是这个溺亡的是苏家人呢？他跺了一下脚，往那边废弃的工坊木棚看了看，那里闪现着几条身影，还有一些声音传出来。这到底是什么人在那破木棚里做什么？发扬有点奇怪，就绕过积水坑，放轻脚步向木棚走去。

走近木棚，发扬这才看到是五六个后生子围在一起赌博——肯定是赌博，三个人坐在一只烧坏的旧瓷锅上，几个人半蹲着围观，地上有两只扣着的碗，坐庄的那人——他发现竟然是维修，维修打开一只碗，几个人便发出唉的长叹声，有个人说："修哥，你今天手气真好。"维修扬扬得意地又打开另一只碗，里面又是瓷碎片打制的三粒骰子。

发扬看得浑身发抖，连下巴上的胡须也抖个不停，他扫视了四周，想抓一根棍子什么的，然后一棍子打下去，打死这帮好赌的不肖子孙！苏氏族规是严禁赌博的，轻者罚钱、罚工，重者祖堂前鞭笞，直至逐出家门。发扬没有找到可以痛打的物件，他猛地大吼一声："你们要死啦！"

聚赌的人听到吼声，像炸了窝的鸟雀一样，扑啦啦跳起来，四处逃窜。发扬从地上抓起一只碗，就朝一个逃跑的背影狠狠掷去，没有打中，这更增添了他心头的怒火。看来，不好好整饬族风是不行了，他必须硬起来，狠起来！发扬又从地上捡起一只碗扔出去，他突然发现地上有许多碗碟，要么变形要么缺角的，这是这个废窑以前的废品，所以俯拾皆是，他发疯般地捡起来，扔出去，那伙后生子已跑得无影无踪，他扔到最后已经没有目标，乱扔一气。

终于，发扬捡起一只破了一大半的青花盘子，没有力气扔出去，他大口地喘着粗气，手上的盘子砰地掉在地上，碎成了几片，他感觉心也碎了。

2

"聚赌成群，不分昼夜，坑族子弟，恶习深重。各家父教其子，兄诫其弟，无得偶犯。敢行聚赌者和窝赌者，轻者罚钱二元、罚做公工三十日，重者绑缚祖堂立柱当众鞭笞，直至逐出家门，永不得归宗认祖。”

苏发扬沉着脸念完《苏氏族规》中“严禁赌博”的条文，把手上发黄的册页放在香案上，环视了一圈说：“列祖列宗在上，各位说说怎么执法？”

这是在苏氏祖堂扶风堂的正殿里，在祖宗们的牌位前。发扬刚才驱散聚赌的人之后，心力交瘁地走到扶风堂，让管祖堂的人去通知各房家长、长老迅速到祖堂议事。一般族里议事，多在土楼的香火堂。需要到祖堂来议的，都是特别重大的事。祖堂平时还做本族书塾用，各房家长、长老陆续来到，有的就坐在学生桌上。发扬向他们通报了刚才的情况，大家听了都哦了一声，他便从一只花梨木匣子里取出《苏氏族规》读了相关条文。

苏发扬缓缓地转身向着祖宗牌位，双手合十拜了拜，又转过身来，拖着滞涩的腔调对在座的各房家长、长老说：“列祖列宗在上，不肖发扬，教子无方，管教不力，深感惭愧。我自愿罚银五元，为宗族、祖堂做工三十日。”

四房家长发展的儿子维纳也是参赌人员之一，发展咳了几声说：“既然发扬都带头了，我也认罚。”

二房家长发明说：“这几个后生子，不学好，不给他们一点教训是不行的，罚！”

“嗯，罚银罚工。”三房家长发康说。

苏发扬踱了几步，说：“我苏氏肇基苏洋，一直奋发进取，祖宗以烧窑起家，漂洋过海，贩货番邦，先后建起三座大楼，这是何等豪迈的建功立业，族谱上最浓重的一笔，然而，这么多年来，我族子弟不思进取，士气低迷，风气不正，今天我所撞破的聚赌绝非首例，其实我也早有耳闻，我总算知道了，族气为何多年不振？正是这样好赌的人多了，妄想不劳而获。长久这样下去，我族还有什么出息？”

听到苏发扬沉重的一声叹息，现场气氛一下特别肃静，大家一时不知说什么。发扬猛地拔高声音说：“我提议对这参赌的六个人给予重罚，以儆效尤。”

“怎么个重罚法？”有人问。

“绑到祖堂前打屁股，我同意。”有人说。

发扬低着头沉思了一会儿，其实他脑子里已经反复思虑过了，一遍又一遍，像是踩咸菜一样，这个念头都熟烂了，但是要把它说出来，还是会令人震惊的，毕竟族里从未实行过这么重的处罚。他听到了那个同意鞭笞的人是发展，是的，他儿子跟自己的儿子是两个设赌的庄主，为首分子，严惩不贷。

“聚赌的六人全部绑在祖堂前鞭笞十下，其中设赌的维修、维纳，从此逐出苏氏祖堂，不上谱，不相认。”

祖堂上立即传出一片倒吸冷气的声音。

发扬抬头看着大家错愕的表情，说：“当下族风不振，治理必用重典。”

发展从椅子上站起身，他短促的身材并没有比高背靠椅高多少，他踮起脚并挥了一下手说：“这个，太、太过于严厉了。”

“迫不得已，杀一儆百。”发扬说。

“逐出祖堂，这个我不能同意！”发展尖起嗓门说，“我就一个儿子，这不是要断我的香火吗？”

这个问题发扬倒是没有想到，他愣了一下，说：“祖宗在上，他们也是不喜欢好赌的子孙。”

"逐出祖堂，这个处罚有点重了。"发明说。

"发扬有四个儿子，当然无所谓，我只有一个儿子，单丁啊可怜啊，我不同意这样处罚。"发展说。

"祖宗所定的族规，必须从严执行，这也是警醒全族。"发扬说，他望着面前的各房家长和长老，满眼是期待，但是大家的沉默令他心里有些失望，这也是他意料到的。根据族里议事规矩，有争议的事项，可以站队决定，即同意的站一边，反对的站另一边，不同意也不反对的站中间。如果站队还不能决出，就在祖宗牌位前掷杯。

"维修也好，维纳也好，都是我族子孙。做出这样的处罚，我也很痛心。既然有不同意意见，那大家就站队。"苏发扬说着，就站到了发展对面的墙下。发展那边有人站起身走到对面，这边也有人站起来往对面走，不同方向的人穿梭着，都是上了年纪的人，脚步拖泥带水，更主要的，大家有意识要走得慢腾腾一些，以显示这种仪式的庄重感。

两边人员站好，苏发扬用手指头点了点人数，对面是七人，自己这边也是七人，他的心一下就凉了，最后还有一个机会，就是掷杯，托付祖宗来裁决了。

发扬点了三根香，向祖宗牌位拜了拜，心里默念着向祖宗说明了用意，然后从香案上拿起两只竹片制成的杯，往地上掷去。

两只杯在地上跳了一下，躺成正面——笑杯。

发扬弯腰捡起杯，掷到地上，又是笑杯。这表明祖宗的旨意，就是不置可否，一笑了之。即使最后一掷是圣杯，也没用了，必须连续三次圣杯才行的。

两只杯在地上跳了好几下，好像是在犹豫着，要躺成哪一面。终于，两只杯一起躺下来了，又都是笑杯。

"卜无杯。"苏发展大声地说，"卜无杯嘛。"他是唯一喜形于色的人，其他人都沉默不语。

苏发扬心里叹了一声，这祖宗怎么回事？你们这么溺爱子孙好吗？但这是祖宗的旨意，他当然不能违背。发扬弯腰捡起两只杯时，几乎无力抬起腰，只感觉全身绵软疲乏。

“好吧，既然祖宗不想驱逐他的子孙……”发扬挥了一下手，手势软塌塌地落下来，后面的话是“大家散了吧”，他都没说出来，心里感觉到一阵苍凉。这时阵，他暗暗打定了一个主意。

3

既然族规不能彰显，那就家法伺候吧——这个我还是能够做主的。苏发扬心里一遍遍地想，似乎生怕自己反悔一样，每想完一遍之后，拳头就攥紧一次。他从祖堂走回到海威楼，天色已经暗了，土楼里亮起煤油灯光，四处响起喊叫孩子吃饭的声音。发扬一脚跨过大楼石门槛，另一脚似乎抬不动了，他扶着粗厚的大门歇了口气，走到槌子上坐了下来。

苏发扬想把旱烟袋掏出来，可是落在卧室里了，他在黑暗中渐渐坐成了一只瓮子似的，一动也不动，有人从土楼外面走进来，从他面前经过，甚至没有发现他，这是把他视若无物，还是将他当作了黑暗的一部分？这种感觉和这些年来他的现状颇为契合，虽然在这个宗族里，他是族长，但很多时候并没有太多的威权，比如今天，再比如，一些后生子不大把他放在眼里——所以，必须重振纲纪，就从自家开始，咔嚓，一刀见血，狠狠的。他再次下了狠心。

有个人从土楼外面大步走来，走到发扬面前顿了一下，然后诧异地问：“发扬兄，你怎么在这儿？”

苏发扬一看，原来是他的一个远房堂弟发志。这个堂弟长得和族里所有兄弟都不大一样，苏氏男子多是圆脸、方脸，只有他是狭长脸，眼窝很深，里面是大海一样的蓝色，鼻梁挺拔，鼻头尖尖的可以刺破什么，族里人说他是“脱子种”——这是带有侮蔑意味的本地俗话，意为混血儿——他也不恼，只是笑笑，一笑那眼睛更显得幽蓝怪异。这些年来，苏氏族里只有发志带着两个儿子，不定期雇一些工匠，一直在坚持着烧窑，长年不懈，吃住都在窑坊，发扬也难得见他一面。

“哦，阿志，好罕见到你。”苏发扬说，“最近又烧了一窑？”

“嗯，烧了一窑青瓷，连同原来的青花装了一船，明天准备下水，运到外面去。”苏发志说，“我这就是专程来请你参加明天的下水祭。”

苏发扬又哦了一声，站起身说：“阿志，你好勤力，族人都像你这样就好了。”

苏发志却是叹了一声，胸腔里似乎满是沉重的呼吸，说：“现在外销瓷的生意也不好做啊，你知道月港堵塞那么多年了，货物要运到厦门港，或者转运汕头港，这一路还要提防水匪盗抢，听说还有‘长毛’闹得很厉害。”

“嗯，那些‘长毛’很凶猛啊，”发扬拍了拍发志的肩膀说，“我也听说了，‘长毛’反到南边来了，你要多小心。赚钱不容易，阿志，你今天不来找我，我也想着哪天去找你呢。”

“好嘛，发扬兄应该多来关心关心我。”发志说。他跟发扬说了时辰，便沿廊道往右侧灶间走去，顺便回家看望一下老母亲。

苏发扬也沿廊道往左侧走去，走进自家灶间，老婆苏罗氏一见他回来，立即从壁橱里端出两盘菜，又帮他盛了一碗饭送到他手里。发扬从桌上拿起筷子，筷子头在桌上轻戳一下对齐，就埋头吃起饭。饭扒到嘴里，喉咙口好像有什么堵住一样，吞咽不下，他砰地把碗搁在桌上。

“怎么了？”坐在灶洞前的苏罗氏吓了一惊，不知饭菜哪儿不合丈夫胃口。

“维修呢？”发扬问。发扬有四个儿子一个女儿，成家的老大老二独立分灶吃饭，老三维生、老四维修和老幺小果尚未婚嫁，就跟他一块吃饭。

“还没回来，我一下午没见他。”苏罗氏说。

“都是你……”发扬说。

“我、我怎、怎么了？”苏罗氏身子哆嗦一下，显然又受到了惊吓。

“都是你。”发扬说。

苏罗氏不敢吱声了，她弓着身子站在灶洞前，目光茫然不知所措地看着发扬。

苏发扬还是端起饭，坚持着把这碗饭吃完，然后啪地放下碗筷，转身出了灶间，走过廊道往楼上走去。他来到了三楼顺风公的卧室门前，二弟的一个儿子正好走出来。顺风公的起居饮食由发扬四兄弟轮流负责，每兄弟一个月。各家主妇总是拿出最好的功夫，变着花样给顺风公做各款各式他最爱吃的小吃，顺风公虽然吃得很少，但是食不厌精，脍不厌细，他几乎每餐都要喝一口糯米酒。其实最早一直是发扬负责照顾顺风公，后来其他兄弟也有了意见，“活祖宗”是大家的，不能让发扬一人独占了。发扬不得不让步，当然他还是总责任人，只要他在苏洋村，没有病倒在床上，他每天都要来看顺风公好几次的。

房间里有一盏昏黄的茶油灯，刚食夜过的顺风公安静地躺在床上，一如既往地沉浸在他耽想和神迷的世界里。他的双唇微微地一张一合，似乎在吟唱着自创的一支歌谣：“东溪流水长又长，烧窑忙来出海忙，金银番银滚滚来，夯造土楼万万年……”发扬耳边回荡着顺风公低沉的声音，听得真真确确，但是走近床边，那带着童稚气的苍老的吟唱声却倏然消失了。房间里一片沉寂。

发扬走到床前俯身向着床上的顺风公问道：“食饱了？今天好吗？”他知道顺风公不一定会回答他，然而每次都要这么问，这像是一种仪式。他在床前的木椅上坐了下来，这样坐在“活祖宗”身边，尽管有些时候没有交流对话，但他总是能够获得一种精神的力量，至少可以心静下来。这时，他突然想把心里的苦闷和想法说出来，说给顺风公听，除了他，苏洋村没有谁是合格的倾听者。

“‘活祖宗’，你睡得好香啊，真好，我这阵子可是常常失眠，半夜里从梦中惊醒……你说，我们苏氏先人肇基苏洋，那是大唐末年，如今是大清同治元年，这上千年的时光，我们开荒种地，繁衍子孙，本族兴旺，还分支出一支邹氏，不管怎么说，这也是苏氏的功德。顺风公，我们苏氏肇基苏洋之后就开始烧窑，大明之后更是全力烧窑，以此发家，带动东溪畔五六个村庄姓氏也以烧窑致富，当时烧出来的瓷器多好啊，青花、青瓷、米黄瓷，还有仿哥窑、官窑、定窑的瓷品，东溪窑的牌号多响啊，东溪窑里又数我们苏氏窑名声最响，船运到月港，再装大船卖到东西洋南洋各个番国，那时的东溪畔百千水碓，漫野窑烟，苏氏男儿多勤力啊，披星戴月，挥汗如雨，挖土、练泥、镀匣、修模、洗料、做坯、印坯、旋坯、画坯、荡釉、满窑、开窑，这每道工序都有人分工做，都有行家里手，大家齐心协力，把那些不起眼的土烧成了漂亮的瓷器，这简直是有魔法啊，玩泥巴一样玩出了各种瓷器，也玩出了财富，这不就是靠了烧窑才建起第一座大圆寨海晏楼？后来又建了海清楼，顺风公你也从小跟着烧窑，还跟船出海，下南洋，过台湾，闯荡江湖，后来也衣锦还乡建了这座海威楼，我们苏氏祖宗，包括你这个‘活祖宗’，都是这么吃苦耐劳，有担当，有责任，可是，自从你躺在床上以后，特别是父亲过世，我接任族长以来，全族人好像中了什么魔神一样，越来越多人放弃了烧窑，任由窑口塌陷荒芜，一些后生子迷上了赌博，你说怎么会这样呢，这些子孙既不勤于劳作，也不热衷读书，这样下去会坐吃山空的，是不是苏洋风水结成，苏氏出丁、发财，人家邹氏耕读传家，出过一名进士，这是多大的功名啊，苏氏徒有钱财，子孙不肖，又有何益？唉，顺风公，你有所不知，我今天当场查实六个后生子聚赌，准备杀鸡给猴看，把其中两个首要分子逐出家门，但是一半家长反对，卜杯请教祖宗，祖宗也不同意，祖宗总是溺爱子孙，这最终会害死子孙啊，我想要重振族风，整饬纪律，可是这第一招刚刚祭出来，就落败下阵，'活祖宗'啊，你说我该怎么办呢？我是坚持走下去还是回转身来？不瞒你说，你曾孙维修是聚赌者，按族规鞭笞之后，我准备按家法将他赶出苏洋，我不能容忍他留在苏洋败坏我们长房的家风。明天上午吉时，发志装瓷的船将要下水，现在，全族的人，我看也就发志一家人勤奋有为，还在坚持着祖业，烧窑卖瓷，获利大大不如从前，而且风险重重，但是发志还是不放弃，这实在难能可贵，我们苏氏多一些这样的人就好了……"

苏发扬滔滔不绝地说着，顿一下咽一口水，扭头看到床上似乎有动静，接着说："顺风公，我从没跟你说过这么多话，你听到了吗？你要在后面给我撑腰啊！"

这时，顺风公嘴里似乎发出一声嘟哝，嘴巴像是吸旱烟一样咂吧着。发扬心里一阵兴奋，两手按着床沿，俯下身子看着床上的顺风公说："'活祖宗'啊，你一定要给我撑腰！"

发扬直起身，取出旱烟袋，这是顺风公专门送给他的。顺风公说，洋烟从琉球进入月港，然后在各地传开，非老不能吸。现在苏洋村，也就他和发展几个年纪较大、家境较好的人在吸烟。这把旱烟袋是顺风公从外面带回来的，普通龙眼木做成，铜锅玉嘴。发扬一般在高兴或者郁闷的时阵，喜欢吸上几口。他装了一锅烟丝，点燃吸了一口，然后把烟嘴放到顺风公的嘴边，说："你也来一口，顺风公，你一定要给我撑腰！"

顺风公的嘴巴只是轻轻含着烟嘴，并没有吸，但是烟圈儿却一圈一圈地飘了出来。

4

天刚蒙蒙亮，天妃宫外面就响起一阵鞭炮声，响亮的声音震荡着晨雾，硝烟腾起，扑向庙宇上空和溪岸边。东溪的石码头上停泊一条吃水很深的帆木船，船舱装满了瓷器。

苏发志、苏发扬还有船主一干人站在妈祖神像前，虔诚地举香拜了三拜。香案上供着鸡、鸭和干果，妈祖在香烟缭绕里露出慈爱的面容。发志嘴里念念有词，咚地跪在蒲团上，叩了三次头。船主也跪下叩头，发扬似乎犹豫了一下，也下跪叩头。发志起身向两位示意出庙，其他人端了香案上红盘盛着的鸡鸭和干果，一并走出了天妃宫，往东溪码头走去。

"发志，祝你一路顺风，发财归来。"苏发扬握着发志的手说，他是代表宗族来欢送瓷船下水的，记得早些年，有时几条船同时下水驶向山外的大海，那种仪式更加隆重。

"多谢族长，多谢族长。"苏发志连声道谢，他大步跳上船，向岸上的人挥手致意。

船主解开缆绳，甩到船上，然后船就缓缓地动了，往下漂行而去。

许多年前，当苏洋村第一条载满瓷器的木船下水驶向外面的大海时，谁能想到一条小溪会跟大海有了联系？谁又能想到，瓷土变成了瓷，通过海外贸易又变成了财富，然后让苏氏建起了三座土楼？小时候，发扬一直不懂得为什么海晏楼、海清楼和海威楼的墙壁上都画了大帆船、洋钟、番女，后来才知道，这就是苏氏出海后的见识，是土楼与大海的一种交融。长长的东溪水，连接着土楼与海。现在，发志的木船划开东溪水，缓缓向下驶去。这些年来，苏氏在土楼里安逸太久了，很多人已不愿下水，甚至丧失了水性，从水中的蛟龙变成了土里的蚯蚓。发志能够给苏氏注入新的活力吗？

东溪水转了一道弯，木船也消失在弯道里了。苏发扬稍稍闭了一下眼，心里保佑发志顺利，又睁开眼来，看见面前的东溪水清悠悠地荡漾着。这长长的东溪水，昼夜不停地流着，从山间千回百转地流向大海，永不知疲倦……发扬心里起了小小的波澜，作别天妃宫，走过木桥，大步向祖堂方向走去。昨晚虽说一晚没睡好，但他强打着精神，脚底生风似的走得很快，今天要做的事情是很重要的，他将在祖堂前鞭笞那六个聚赌者之后，宣布将自己的儿子维修逐出家门，然后告诫所有的苏氏子弟，必须彻底戒赌，振作奋发。

祖堂前已经围了很多人，清一色男子，只有个别人交头接耳，大多数人都伸长着脖子，向路上望着，这是在等待主事的族长。发扬终于出现在大家的眼帘里，他大步走来，走到人群前面，大家自动地让开一条道。祖堂门前摆着里面搬出来的香案，那几个聚赌的后生子低眉顺眼地站在桌前，两边是各房家长、长老，还有苏氏书塾的先生，发扬只瞟一眼就发现维修不在其间，连忙问："维修呢？"

"我刚才到楼里找他，已经找不到他了。"书塾先生苏启章说。

发扬愣了一下，这小子难道是——他不敢想象他会跑掉，族人到祖堂接受处罚，一般由书塾先生传唤，还从来没有人敢不来的，当然更没有跑掉的——除非他不想在苏洋村活了，也不想姓苏了。

"我又叫了人去找。"二房家长发明说。

发扬呼了口气，看着面前的本族子弟，正想讲几句，有人气喘吁吁跑来，这是被派去找维修的人，他一边跑一边喘着粗气说：“阿修……有人说，看见他上了发志叔的船，下水出海……”

上船、跑了？发扬愣住了，果真是跑了？这是天大的事啊，扶风堂还没有过先例，而且这人居然是自己的儿子，这让自己如何在族人面前站得住脚、说得出话？发扬感觉心跳一下加速了，血往脑门上涌。他估摸，发志的船这会儿或许还能追得上，他突然迈开步子就往天妃宫方向跑去。他笨拙地摆动着双臂，步子像是捆绑似的迈不开，身子向前挺着，却总是被顶回来一样，快，快，快，他咬紧了牙关，像一条搁浅的船，艰难地向前爬动着。

发扬跑到天妃宫对面的东溪畔，已经上气不接下气，他要从这里翻个小山坡，抄近路下到东溪岸边把船喊停，从船上带回维修。但是他怎么也跑不动，全身像块泥要往地上散化一样。三儿子维生从后面追上来，说：“爸，你跑什么呀？”

“维修、给、我、抓、回、来……”

“这下水路，船都跑出多少远去了。”

“看我、怎么、打死他！”

维生冲上坡地，登高往前望了望，对着下面的父亲说：“船出了东溪，看不到了！”

发扬扶着路边一株小树，弯着腰喘着气，说：“你、叫你大哥、马上、给我到山城、到漳州、到厦门港，把维修带回来、见我……”

“爸……”

“马上动身……把维修给我……”发扬没有说完，哇地朝地上吐出了一口血。

第四章

1

海天相接处，一轮红日跳了出来。

眼睛一下被晃得睁不开了。

一道奇异的光晕在氤氲的水汽里颤动、飘摇……

顺风公看到年轻的自己爬上桅杆，越爬越高，好像伸手就可以摘下那轮红日，光晕把他投射在甲板上，变成张牙舞爪似的一片闪烁。

船主仰起头朝他喊着什么。话声被海面上掠过的海鸟声盖过了。他看到茫茫海上显露出一座小岛，像是从海底吐出来的一只核桃。甲板上的船主比着手势，他嗦地从桅杆上滑溜下来。

顺风公看到这个后生子并不是自己，而是维修。是的，顺风公躺在苏洋村海威楼的床上，在神思缥缈里看见苏维修从苏发志的船舱里爬出来。其实那天维修获知父亲要严惩他之后，心里又愧疚又迷惘，夜幕降临，他摸黑走到了海威楼三楼，准备来看望顺风公，或许能够从他这里得到一些什么帮助。当他从左边楼梯走上三楼时，正好看到父亲从右边走马廊走过来，走进了顺风公的卧室。维修缩着身子慢慢摸近了顺风公的卧室窗前，听到了父亲絮絮叨叨跟顺风公说着话，他听到父亲说在鞭笞他之后还有更严厉的惩罚，差点惊叫出声。他知道自己让父亲很生气，在族里的好名声蒙尘了，可是父亲竟然要把他驱逐出苏氏，这显然太狠了，父亲为了重振族风，要拿他来祭旗。维修听得满腹怒气，父亲怎么能够这样呢？终于，父亲在说完一大段话之后，离开了顺风公卧室，等他拖着沉重的脚步走下楼之后，维修悄悄摸进了顺风公的卧室。床头的木椅上还留有父亲的余温，维修就站着没有坐，俯下身来看了看顺风公。别看顺风公总像孩子一样熟睡，他可是闯荡过大海的人，从海外回到土楼，活到这般很难算出年纪的高寿，他已经成了神灵。

“顺风公，”维修轻唤一声，他突然想跟顺风公敞开心扉说一说，心里也是憋了许多话，“顺风公，‘活祖宗’，从我记事起，你就一直是躺在床上了，但我听说过你一些故事，你在海外的奇遇，这让我很着迷，你说当年我们的祖宗为什么要烧窑贩洋，有的船运到月港，把瓷器卖给绅商，有的跟大船主合伙，从月港出海到交趾、琉球、马尼拉，直接贩卖给洋人，赚取更多的钱。可是，这海上风浪、暗礁、海寇，无时不在危险之中，你说过，走三船，只要一船顺利，也就不会赔本了，两船顺利就赚了，三船都顺利就赚大了，祖宗这不也是赌吗？用身家性命来跟大海赌，赌赢了就发财致富，衣锦还乡，光宗耀祖，赌输了就血本无归，甚至葬身海底，身子被海鱼吃得连渣都不剩。顺风公，我也知道，在废窑里跟人押宝赌钱，这是不对的，后生子力气使不完，应该用到外面去，用到大海上去，要赌也要赌大的，你说对不对？顺风公，‘活祖宗’，你说话嘛。”

床上一阵轻微响动，顺风公喉咙里发出一声痰的声音，维修听出顺风公是说“嗯——”，他后面还省略了好多个音节。维修给顺风公掖了一下被子，说：“三十六计，走为上计，顺风公你说呢？明天发志叔装好的一船瓷要运到厦门港，我就躲在他的船上先到厦门港，然后再找其他的船到台湾，或者到吕宋也行，或者到马尼拉也行，外面天地那么大，我也不死死守着土楼这么一点大的天了，将来在外面发财，我也学你的样，回来建一座土楼——唉，只是不知道，那时节的人还爱不爱住土楼？顺风公，你回来建土楼，不是要把你的子孙后代都绑在土楼里吧，土楼这么圆，土楼这么坚固，我要走出去。”

借着房间里的茶油灯，维修看到顺风公眼睛睁开了眯眯的一缝，然后又合上了，就在这短短的瞬间，他读懂了顺风公的眼神。

顺风公又看见了那轮红日，是在海面上吗？不能确定。似乎是在交趾的广南府，又像是在暹罗，又像是在苏门答腊，那轮红日在他眼前跳荡着。他看到了瓷器、丝绸的幽光，闻到了象牙、犀角、玳瑁、玛瑙、沉香、胡椒、白银等等混合的气味。顺风公看到自己坐在马六甲的一个叫作天宝的小酒馆里等待季风回唐山、回大清国、回漳州府苏洋村，那正是一个漳州人开的小酒馆，在这个远天远地几万里的地方，居然到处可以听到家乡的腔调，操着家乡话的人们似乎布满了半个马六甲。回乡的心情急不可耐，但是季风迟迟不来。苏顺风每天在天宝小酒馆坐一阵子，喝一小碗土酒，然后就到三保街闲逛，走着走着又到了三保庙。四周围大树环绕，树荫下一片清凉。三保庙飞檐翘角，红柱粉墙黛瓦，大门上是两个身披战袍、手执刀斧的将军彩绘，门柱两旁的对联写着：五百年前留胜迹，四方界内显英灵。苏顺风走过门口那对金色的石狮子，停下脚步，在狮子头上摸了摸。他想，这会给他带来好运的。庙里正中间一尊戎装佩剑的郑和像，这就是下西洋的郑和三保公，两旁排列着许多跟随他的文官武将的神像。这座建于大清康熙十二年的庙，据说，包括砖瓦在内的所有建筑材料，都是从大清国运来的。苏顺风想起家乡的天妃宫，当然，天妃宫的规模和气势没有这么宏大，可是，苏顺风对它的怀念之情却像是马六甲的海风一样浩浩荡荡。

那天夜里，起风了……

顺风公看到自己站在月港饷馆码头上，潮水有气无力拍打着岸边的垒石，空荡荡的码头上只有风在鸣叫，这个繁华不再的月港，空气中早已没有了香料、珠宝、皮货以及瓷器的气味……在祖宗们的嘴里，这曾经是一个无比繁华的四方异客咸集的大都会，东溪窑的瓷器以及北方的药材、苏杭的丝绸、四川的蜀锦、顺昌的纸张、武夷的茶叶等等，源源不断地运抵，然后装上大船出海，同时返航的大船带来了番邦的胡椒、苏木、象牙、檀香、犀角、沉香……“香尘载道，玉屑盈衢”……来自闽西南大山深处的祖宗们惊讶万分地发现，向他们买瓷器做生意的绅商，同样操着福佬话，但是人家身穿胡绸，摇着倭扇，家里厅堂是用缅甸红木装修的，墙上挂着西洋番镜，他们泡着武夷红茶——哦，对了，茶具是东溪窑烧的，案几上还有几件青花，几根暹罗孔雀毛插在米黄瓷瓶里，香炉里点的是安息香，一对苏门答腊的虎皮鹦鹉在安南花梨木做的鸟笼里嘀嘀咕咕地说话，他们吃着吕宋香米做的饭，桌上主菜是台湾鹿肉以及爪哇燕窝，他们喝酒居然不喝自家酿的米酒，而是佛郎机人做的葡萄酒，用非洲犀角杯斟了半杯，慢慢地喝着，不喝酒的人则喝文莱椰子汁……那像梦境一样的生活，到底是不真切的，祖宗们说，我们是大山里的人，我们烧窑做瓷，终生不能离开土地。祖宗们以土搏银，再用土夯起了一座海晏楼；薪火代代相传，仍旧土里炼金，再建一座海清楼。大山和大海，遥相对望，东溪水是它们的通道，而瓷器是它们使用的暗语。苏顺风知道自己从大山走向大海，又从大海回到大山，他要再建一座土楼。坚固的土楼，安稳的土楼，这些年来他已经厌倦了那漂泊不安的日子。身后的潮汐落在了很远的地方，苏顺风看到自己站在天岭的一处峰峦上，面前群峰逶迤，云蒸霞蔚，仿佛大海浩渺的烟波。他看到了，那边是大海，这边是土楼。那浩瀚无际的大海，那奔涌辽阔的大海，那在大海里昂然前行的大福船，这浑圆阔大的土楼，这安稳如山的土楼，这从土里长出来的土楼……

走出土楼的人，尽管在大海里走得再远，最终还是要回到土楼的。

大海里归来的人，从此在土楼里怀想大海。

2

邹德永听说了苏氏发生的一些事，苏发扬卧床不起了，他寻思着找个时间上门探望。根据他的观察，锦洪和苏小果的关系并没有断，但基本上没有见面了，要不就是转入更秘密的地下。年轻人，果真是年轻人，他们要抗命到底吗？不知道这件事会不会给他的“牛角石”添麻烦，德永心里也没底。他想，要是当年自己跟苏家的女儿……他不敢往下想了，他也听说她一直过得不好，前些年丈夫也病逝了，但他已经好多年没有看见过她，记不得她长什么样子了。这事实在没有什么好想，他更多想的是余庆楼。在他看来，发扬还是一个心地很好的人，只是他在宗族里说话不够硬气，但是无论如何，“牛角石”那块地是绕不过他的。

这天清早，起了个大早的邹德永出了集庆楼，脚步轻快地往范阳堂走去。夜里他做了个梦，“牛角石”那块地苏氏同意置换了，他心情好得像初升的太阳。走到范阳堂前，他看到“进士公”那根石旗杆高耸地挑向日头，尖尖的笔尾像是在天空上写下一个顿号，这是祖宗建功立业的一种华表。苏洋村开基至今，尽管苏氏烧窑贩洋，家财万贯，他们建了三座土楼，但是没有一根旗杆，因为他们还没有出过进士，邹氏穷则穷矣，这根旗杆已足于傲视四方。现在，邹氏要奋发建造新的土楼，给祖宗争光。德永走进范阳堂，在祖宗牌位前双手合十拜了拜，心里说：“祖宗显灵，我昨夜梦见‘牛角石’那块地跟苏氏谈妥，余庆楼可以立即着手准备了，木料各家早已备用若干，近期就号召空闲劳力开始做土备土挖地基，请祖宗继续保佑。”

走出范阳堂，邹德永就沿着水沟的路走到了那块“饱牛睡地”前面。这是祖宗定下的风水宝地，他想象着这里几年后将耸立起一座巍峨的四角楼，心里就有一种要吼出来的激情。这块地左后侧是一座隆起的小山块，全是夯建土楼所需要的红壤土，开掘取土多么便利，是的，现在就可以开始做土了——整出一大块平地，挖取没有腐殖质的红壤土，泼水翻锄，让它发酵，从生土变成熟土，来年加入河沙、石灰，配制成三合土，这就可以开版夯墙了。这是大自然的造化，苏洋村满山都是红壤土和瓷土，所以苏洋村烧窑、建土楼，就是因地制宜，土里淘金，用人的智慧和力量，把软乎乎的土变成硬戳戳的土楼。德永听长辈说过，邹氏为什么不跟苏氏一起烧窑，因为两姓的祖上是堂兄弟，苏氏先祖开始烧窑之后，邹氏先祖不愿意跟他抢夺生意，还是专事农耕。当年“进士公”回乡建集庆楼，有人提议邹氏也建一口窑，专门烧制土楼所需要的青砖青瓦，但是“进士公”还是主张向苏氏采买，虽然那时节两姓已开始抵牾。“进士公”的雅量的确让人钦佩，当然，余庆楼这回要用的青砖青瓦还是向苏氏定制，虽然这是一笔不菲的开支。德永几多次盘算过，建这么一座大土楼，需要最多的是土——族人可以做；杉木、竹片——族人筹集；河沙——族人从东溪里捞，石灰——族人烧制；青砖、青瓦——向苏氏购买呢，还是自己来开窑烧制呢？他犹豫过几次，还是买吧，为了在苏洋村友好相处，两姓毕竟是亲戚。这笔开销加上泥木匠师傅的工钱以及那块“牛角地”，一直是压在心头那块最大的石头。现在，他要一点一点地把这块石头搬走。

回到集庆楼食过早，邹德永从壁橱里取出一包“山城小饭”，这是嫁到山城的女儿前几天回娘家探亲带来的，算是比较贵气的吃物，他舍不得孙子们吃，这下正好派上用场。

"爸，你要去哪里？"女儿红米问。

"我——要去办一件大事。"邹德永故意卖了个关子。

提着竹叶包着的"山城小饭"，邹德永沿着廊道向大门走去，那只老公鸡在后面一边跟着他走一边咯咯叫着，好像是在欢送。

走出集庆楼，沿着水沟渠的路往上走，德永脚底轻快，手上提着的点心便晃悠悠的，和他欢快的心情很搭调。田园菜地里有人干活，更远处的则是晚季稻收割后的稻田，扎起来的稻秆像一个个偶人一样，站成了一大片。风吹来有些冷意了，德永却是感觉舒服，所有毛孔都欣欣然地张开。见四处没人，他出声哼了几句：

山歌越唱越出来，
好比青龙翻云海，
云海翻腾龙张口，
珍珠八宝吐出来……

从下坂通往上坂的水沟渠上有一座石头垒成的小桥，跨过这小桥就到了上坂的地界。德永走进上坂，心想这是走亲戚来了。这几年来，邹氏和苏氏基本上没有大的冲突，至少面上是缓和了，彼此之间也有一些走动，虽然私下里相互骂"福佬鬼""客猴"什么的，像是孩子气的斗嘴，其实邹氏同时也在说福佬话。

前面有人走来，邹德永的山歌就自动噤声了。两人对面走过时，还是微微点头致意一下。

苏氏建有三座大土楼，海晏楼、海清楼、海威楼，位于同一条轴线上，依次往里面排列。这三座土楼建于不同的年代，都是四层高，大小相似，内部装修最好的要数海晏楼，当然另外两座楼也不差，看起来就像三兄弟一样。到底是贩洋致富的人家，土楼里雕梁画栋，屋瓦上、门窗上、墙壁上，到处是泥塑、石雕、木雕和壁画，既有人物花草，又有飞禽走兽，让人惊奇的是还画有大帆船、洋人时钟和番女头像。邹德永当然羡慕苏氏的大手笔，不过自己学不来，也不想学，他知道邹氏没有这样的家底，能把一座土楼粗坯建起来，已经相当吃力，阉鸡不能趁凤飞，不必精雕细刻，只求遮风挡雨。

走过海晏楼、海清楼，前面就是海威楼了。邹德永想这次探病苏发扬，可以见机行事说出“牛角石”——其实对邹家来说是“牛角石”，对苏氏不过是一块荒杂地。根据昨晚梦中的谕示，事情将会很顺利的。

邹德永走到海威楼门埕上，抬头望了一眼气派的大门，脚步慢了下来。他已经好多年没来到这里了……那空阔的楼门里好像涌出许多往事，朝他脸上扑来。唉，要是当年自己……他甩了一下辫子，告诉自己，过去的事别再想了，就想眼下的大事，除了余庆楼，没什么事值得一想。

邹德永抬起有点重的腿，登上了苏氏海威楼的两级石阶，跨过大门石门槛，突然楼门厅冲出一条狗，就朝他手上的点心扑来。他猛地吓了一跳，手一抖，手背正好被狗一口咬住。

咚，“山城小饭”掉在地上，邹德永忍不住叫了一声。

3

苏小果每餐给父亲送饭，用一只饭甑把饭菜从一楼灶间提到三楼卧室。苏发扬吃得很少，心头像被什么堵住一样，一咳就牵动胸口疼痛。苏小果劝他想开一些，他就粗暴地打断她说：“你一个妹子懂个什么？”

“我是不懂，可你这样急，也是没用的。”小果说。

“你大哥把维修带回来，看我怎么打死他。”苏发扬狠狠地说，拳头一下攥紧了，似乎维修就在眼前，他立即就要出拳了。

小果心里暗笑，即使大哥把维修拦住了，也未必带得回来，除非把他五花大绑押回苏洋，可是大哥从小文弱，虽然还带了三哥和两个堂弟，估计拿维修没办法，更主要的，维修铁定了心要跑，他哪里肯回来呢？

“我真是要被气死了，”发扬唉声叹气地说，“莫非我气死了，他也不回来戴孝？”

“老爸，顺风公都不说死，你还敢说死？”小果说。

苏发扬便闭了嘴，沉着脸，望着卧室外面的海威楼的半截天空发呆。小果下楼之后，苏罗氏就端着煎好的药汤上来了，她两手捧着碗，从一楼走到三楼，也够小心翼翼的，因为手一抖，药汤就会泼出来。所以她几乎是屏气凝神，一小步一小步地挪动着身子。

一闻到那股浓烈的草药气味，发扬就皱起眉头，最后总是要下很大的决心才端起碗把药汤一饮而尽。各房家长、堂兄弟等纷纷来看望发扬，说一些宽慰的话，他从个别人的话里听到一种嘲讽的味道，心里就被刺激得更痛。

这天中午，苏小果送饭上来，顺口说上午邹氏族长提了点心要来看他，在楼门厅被狗咬了，那包点心也被狗叼走。苏发扬一震，半天没缓过神来。

“狗咬了？那条疯狗，什么人都咬，咬得怎么样？”发扬问。

“他就回去了，找草药包扎去。”小果说。

“嗯，鹿耳苓锤黑糖，敷一敷就没事，可是，这狗，该杀，我们也太失礼了。”发扬说着，想起上一回对方儿媳妇落入瓷土坑溺亡的事，本准备上门会一会，却延搁至今，觉得自己真的是欠了人家。

下午睡了会儿，发扬起床走到门外的栏板前，撒过一泡长尿之后，挥了挥胳膊，惊喜地发现全身各个部位还是自己的，前几天它们就不属于自己，里外上下跟他过不去。他抬脚就往顺风公的房间走去。顺风公的房间和他的房间相隔十几间，这条环形廊道他除了卧床不起，每天都要走好几遍的。

顺风公的房间还是那股气味，谁都说不出什么气味，但是谁都知道，它跟所有人的房间气味不同，它是独特的，仅属于顺风公。发扬轻手轻脚走进房间，像是一个迟到的学童不敢惊动先生，实际上，顺风公依旧在床上熟睡，波澜不惊，纹丝不动。令发扬小小意外的是，床边的壁橱拉开着门，那只海螺赫然在目，旁边还有一只青花海船花卉纹大盘。前面的人忘记把壁橱的门拉上了。这只青花大盘据说是大明朝祖上烧的，因为底部有裂痕，就自己留下来，其实，烧窑的用破碗，这不仅是一句俗话，也是实情，好的都卖掉嘛。祖上那些有瑕疵的瓷器，从日用器到陈列器，一代代留下来，也一代代损毁掉，像这样的青花盘留到现在，已经非常稀少，所以顺风公一直把它当作宝贝收藏着。

发扬伸手拉起壁橱的门，正要拉上，突然听到海螺呜地响了一声，烫手似的又缩回来。海螺自己会叫，他听顺风公说过，曾经许多次在夜半醒来时听到低沉的海螺声，那是来到土楼的海螺在怀念大海。

“顺风公，歹势，我又几天没来看你了。”发扬伸手把壁橱的门拉上，对着床上说。

床上一阵轻微的响动，然后就是顺风公喉咙里咕噜咕噜的冗长的声音。谁也猜不透顺风公是睡还是醒，有时几天不吱一声，有时还能吱咕吱咕说半天，当然，他是“活祖宗”，可以在多种状态中随心所欲地切换。

“顺风公，你是不是要对我说什么？”

“喀……别想、过多……喀、喀……”顺风公的话里带着咳嗽，又好像咳嗽本来就是说话的一部分，二者融为一体。

“我想过多？唉，我也想不想啊，可是，现在，族里窑口荒芜，后生子耽于玩乐，维修胆敢违抗族规家法，跑到外面去了，顺风公，这么多事，我不想行吗？”

“喀，你，你这人厚思想，喀，喀，喀……”

“顺风公，你一直就是这样无忧无虑吗？”

“再大、喀，风浪也经过，喀，喀……”

“顺风公，你出海过番，见多识广，又活到这把神仙年岁，谁能跟你比？谁敢跟你比啊？”

“都一样，喀，喀，都一样……”

顺风公睁开一小缝眼睛，房间里有一道光射进他的眼睑，像是要把他的眼睛撑开，但是他把眼睛闭上了，只要把眼睛紧紧闭上，他就能看见许多陈年往事。现在，他就看见了那年在台湾鹿港的天后宫，人群中猛然遇到同村的苏邹加华，他身边还有一个大肚婆。顺风，你怎么也到台湾啦？苏邹加华亲热地抓住他的肩膀摇晃。苏顺风说，我罗汉脚，到处跑啦。苏邹加华拉着身边大肚婆的手对他说，来来来，给你介绍一下，这是我牵手（妻子），前些年朝廷不是准许携眷属入台吗？她旧年来了。苏顺风笑了起来，说，加华，你好英勇，旧年播种，今年就要收成啦！苏邹加华也大笑起来，擂了几下苏顺风的胸膛，说，你也卡紧去找一丘田！

“顺风公，顺风公……”

“喀，免叫，没闲，喀，喀，我刚遇到老乡里，正说话，喀，喀……”

顺风公看见苏邹加华和他的妻子相牵着手消失在人群里，迎面走来一伙码头搬米的汉子，操着福佬话和客家话，好像在说着故乡的什么趣事，几个人笑得直摸肚子。苏顺风想起有一件事要问苏邹加华，喊了他一声，就追上去……

“顺风公……”

“喀，我正追人问个事，喀，喀，你一叫，追不上了……”

“哦哦，顺风公，你追谁？问什么事？”

“喀，同村苏邹家，他跟我同年出海，喀，喀，他一直待在台湾的，一直姓着苏邹……”

顺风公说着，抖抖索索想要坐起身子，发扬连忙伸手搀着他的腋下，帮他坐了起来。顺风公把头部和背部靠在床板上，脸上露出一丝狡黠似的微笑。他看见通往苏洋村的天岭山道上，走来一个穿着右大襟镶黑边饰马褂的台湾客，身边和身后有两个挑着行李的挑夫，这个台湾客正是苏邹加华的孙子苏邹德昌，他从台湾坐船到厦门，又从厦门坐船到山城，然后雇了两个挑夫爬天岭走山路回苏洋村。他们走了一天，在船场圩歇了一个晚上，现在又走了大半天了，顺风公看到苏邹德昌站在岭头上，拄着手中的棍子喘了口气，山脚下有一个村庄，土楼像一朵巨大的蘑菇若隐若现，他问，苏洋村快到了吧？一个挑夫说，天黑前都到不了，我们还要在博平圩上过一夜。苏邹德昌说，好，我们走快点，我让亲人到博平圩来接我们，他们应该接到我的信了。

“喀，苏邹加华的孙子要回来，喀，喀……”

“苏邹加华？哪一个是苏邹加华？”

“喀，刚才还在鹿港天后宫遇到他，喀，喀……”

“哦，哦……”发扬知道顺风公神思回到了过去，又从过去穿梭到未来，这就是“活祖宗”的本事。

“喀，苏邹加华孙子回来，要资助建一座土楼，喀，喀，这是苏邹加华的遗愿……”

"他们不是改姓邹了？怎么还是苏邹？"

"喀，喀，这你就不懂了，台湾都没改，喀，喀，一直没改，一直都姓着苏邹……"

"哦，可是苏洋村没有苏邹了，只有邹，他们邹氏一座四角楼，确实不够住。"

"喀，喀，邹氏这回还是、建四角楼，喀，喀，他们'进士公'在时就定好楼名了，喀，喀，扬的，你过来我给你说……"

发扬听到顺风公叫自己名字，连忙抻长身子把头往顺风公凑近一点，说："顺风公，什么事你尽管吩咐。"

"喀，邹氏要建土楼的地，喀，喀，找你换就跟他换……"

发扬点点头说："好。"顺风公这么交代，他肯定要说好。不过他还不知道邹氏要在哪儿建土楼，而且需要跟苏氏换地，苏邹过去恩恩怨怨那么多年，但是这些年来，他对邹德永还是很有好感的。

"喀，喀……"顺风公睁开一缝眼睛看了发扬一下，然后合上，头稍稍歪向一边，开始入睡，鼻子里发出一阵轻轻的鼾声。

4

邹德永突然叫了一声，比昨天被狗咬还叫得响亮。四周围的人惊乍地围过来。德永抖着手上的信件，许久说不出话。

信，福佬话和客家话都叫作"批"。刚刚一个水客给邹德永送来了这封寄自台湾彰化县的"批"。短短几行字，他一看就尖叫了。

"怎么了？'批'上说什么？"

"八叔公的孙子要回来啦！"

众人哦了一声，原来还以为发生了什么。八叔公对他们来说，是一个遥远的传说。据说他从小饭量惊人，一次上山砍柴回来，居然一人把全家人的饭都吃掉了。为了填饱肚子，他跑到了苏氏的窑口去干杂活，取土、捣浆、烧火，专门干一些粗重的活，当时到苏氏窑口干活的邹姓人极少，还要被本姓人看不起，为了吃饱饭，八叔公是顾不上了，窑坊干活多好啊，都是管饭的。后来，八叔公娶妻了，家里多了一张吃饭的嘴，其时周边乡里有很多人渡海到台湾谋生，八叔公也决心出去闯荡一下，便搭乘苏氏运送瓷器的船到了月港，再从月港换船到了台湾。八叔公先是做零工，后来向垦首租田当了佣丁，再后来把租来的部分田地租给新来的人，成了小租地主。时逢官府准许移民携带家属入台，八叔公便回了一次苏洋村，把妻子接到了台湾，从此在台湾落地生根，这百余年来已传至第五代。八叔公的后代虽然没有回来过，但一直跟祖籍地范阳堂保持着联系，各代男丁的名字都抄录在族谱上。令范阳堂邹氏颇有微词的是，像八叔公这样移居台湾和南洋一些地方的亲人及后代还一直坚持姓着苏邹，不满归不满，但也无可奈何，只能任由他们去。俗话说，有财无丁。八叔公一脉也正是如此，他有六个女儿一个儿子，儿子又生五个女儿一个儿子，五代单传。八叔公的孙子德昌，年纪跟德永相仿。德永收到的正是德昌从台湾寄来的信。他在信上说，他这次从台湾回乡谒祖，为报答祖恩，同时完成加华公的遗愿，将捐助一百块白银，用以夯建新土楼和修葺范阳堂。德昌在信上告诉德永从台湾启程的时间，并预计哪天会走到博平圩上，希望亲人到圩上接他，毕竟有不少的行李。

“他要回来建土楼！”邹德永大声地宣布。一百块白银像是从天而降，余庆楼有望矣！白银，可是比我们这边官府发行的银圆、银锭还值钱。德永又把声音拔高了一下，“他要出一百块白银！”

众人发出啧啧啧的赞叹声。

邹德永弯着指头掐算了一下，说：“今天初七，德昌预计初八或初九回到博平圩……”他转身向几个儿侄辈招手，大声地说，“锦洪、锦宇，你们两个，明天一早就去博平圩，打听你们德昌叔的消息，一有消息，一个人先跑回来通报，我们这边立即组织人马去迎接！”

这个突如其来的消息把德永激动得像发情的狗，不停地转着圈圈，嘴里时不时地说一句“这下好了”。他终于忍不住跑到集庆楼的天井中间，转着身子对四角头的灶间喊话：

“捷报，捷报！八叔公加华公的孙子德昌要回来啦，他要捐献一百块白银建土楼！”

听到喊话的人有的从一楼灶间走出来，说：“太好了，余庆楼可以建了！”还有人在三楼走马廊的栏板前俯下身子，冲着天井里的德永说：“好哩，好哩。”

德永在天井中间又转了几圈，他激动的喘息似乎被天井放大了，传到了土楼上空，他感觉头上四角形的天空都在微微震颤。

“这下好了，余庆楼很快可以建成了！各家各户听着啊，大家要拧成一股绳，开始准备做土，以前备的木料，都拿出来登记造册。”

德永突然想，怎么还没把这喜讯告诉祖宗呢？他转过身子，就小跑着跑出集庆楼，向范阳堂跑去。

点了一支香，德永把德昌要回来的消息告诉所有的祖宗，说：“祖宗保佑，余庆楼早日建成！”

走出祖堂，德永抬头仰望门前的石旗杆，还有石旗杆上面的蓝天，他想，这真是祖宗显灵了，几代人操心不已的余庆楼，这下真的有希望了！不过，那块“牛角石”……一想到这，他心里就凉了一下，脚下的步子就慢了下来。

前面路口走来一个人。邹德永一看，这不正是苏发扬吗？苏洋村这么小，他们也是难得在路上遇见几次的。德永紧走了几步，又慢下来，在想着怎么跟他开口说事。

“永的。”苏发扬先抬手打招呼，用了一种很亲切的叫法。

“发扬兄，好罕啊。”邹德永操着福佬话，大步走上前。

两人亲热地握了一下手。苏发扬说：“听说你昨天到海威楼，手被狗咬了一下，实在对不住，现在好了没有？”

“好了好了，也没咬得很用力，我回来采一些‘狗咬癀’（鹿耳苓俗名）敷了，这看，我这老骨皮，咬痕都看不见了。”邹德永说。

“这就好，唉，这阵子我身体不大好，一直在破病，你儿媳妇的事我听说了，感谢你大肚雅量，实在有对不住的所在……”

“也是她的命了……过去的事，不要再提起。”

“永的，谢谢你了。”

“别见外，我有件事想跟你思量一下呢，我八叔公的孙子要从台湾回来，捐资建一座土楼，”邹德永转过身，手往前面小坡地方向指了指，“楼址选在那边，要动用到你们苏家一部分地，我想，用我的田地来跟你换，你看——如何？”

“好啊，没问题。”苏发扬说。

没想到苏发扬这么爽快，邹德永大出意外，连忙拉住他的手，声音都有些哆嗦了：“哎呀，这太感谢你了。”

“建土楼是好事嘛，恭喜恭喜啊。你看哪天方便，就可以着人来丈量土地。”

“好好好，太感谢你了。”

“免客气啊，我们都是亲戚。”

是呀，祖上是亲戚，过去我们也差点做成亲戚，现在，子女这一辈也试图要做亲戚……邹德永心里立即想到很远，嘴上一直不忘说着：“感谢，感谢，感谢。”

5

夜里的气温比白天低好多，风微微吹来，身子都有些发抖，天空上的星星似乎也冻僵了。邹锦洪跺了几下脚，他约苏小果到海威楼左前方的公王庙后面说话，她还没到。她要是到了，就会暖和起来。

大榕树下的公王庙显得矮小，旁边的伯公庙就更矮了。公王庙祭的是一位大唐池姓将军，是外来的保护神，而伯公庙其实就是土地庙，本地的保护神。伯公庙在苏氏开基苏洋初期就建好了，那时没什么财力，而且土地庙一般都建得比较随意潦草，因为是本地神嘛，自家人。公王庙是后来建的，就建成像模像样一间厝。这两间庙是连在一起的，这个地方一般就泛称公王庙。邹锦洪站在伯公庙后面，都比它高。风从庙顶上吹过来，他不得不把身子弯下来一些。他听到了一串脚步声，凭感觉不是女子的脚步，但他还是直起身张望，又怕对方发觉，望了一下立即低下头来。

明天一早锦洪和堂弟锦宇奉父亲之命要到博平圩，他想问问小果喜欢什么物件，他要给她买一个。德昌叔这次从台湾回来，也会带一些好玩好用的东西，他可以根据小果的需求，到时向父亲讨要。亲戚送的礼物总是由父亲分配的。不过，苏家出海过番的人更多，很多珍奇异品，锦洪听都没听说过，人家小果都看过甚至用过。给小果送个礼物，主要是表达一种心意。

邹锦洪低着头呵手的时候，背后突然有人“嗷呜”地叫了一声，把他吓一大跳，弓着的身子像是弹起来一样。苏小果哈哈大笑，说：“胆子吓破了？这么胆小，怎么去保护你八叔公？”

“你呀，”锦洪说，“不是我八叔公，是我父亲八叔公的孙子，我要叫叔的，你怎么也知道了？”

“哎哟，全苏洋人都知道了。”小果比着手说。

锦洪把小果的手摁下来，似乎是怕远处的人看到这只暗夜里张扬的手，说：“你喜欢什么？我明天在博平圩给你买。”

小果转着眼珠子，眼眸在黑夜里幽幽发亮。

“小铜镜？梳子？”

“算了，我都有了，我真想要的，你也买不到。”

“你想要什么？”

“我想要天上的星星啊，你买一颗给我吧。”

“好。”锦洪伸手往空中抓了一下，然后在小果面前张开五指，“给你吧。”

小果打掉他的手，说：“好了，我跟你说正经的……”

前面好像有人走过来，锦洪竖起食指在嘴上嘘了一声，两人便轻手轻脚移步到公王庙墙后，静静地等着那团移动的黑影过去。黑影刚移动过去，锦洪便问：“什么正经的，快说。”

“让你父亲尽快找媒人来说亲啊，我妈前几天跟我说起她一个表哥村子里的人……”

“我老爸前一段不是愁着建土楼吗？这下好了，我台湾叔要回来，我趁这时机给他说。”锦洪说着，张开两只手臂就要揽抱小果，被小果推开了。

“不行，我要回去了。”小果说。

“好果果，别走，我们好不容易这样见一面，多待一会儿吧。”

“那你保证手不乱动。”

“好好好，不动，不乱动。我老爸下午把天红师请到了我们楼，给新土楼择日，我们新土楼叫作余庆楼。”

“我知道天红师很有名，可是我听我爸说，我们家顺风公比天红师还神，他能回到过去，还能看见将来的事。”

“你们苏氏的‘活祖宗’啊。”

“也算是你们邹氏的，不是吗？”

“是是是，我们祖上是亲戚哩。”

“你们本来应该一直姓苏邹的。”

“要是这样，那我们就不能好了，幸好我们‘进士公’英明，改成姓邹。”

“你们姓苏邹也好，姓邹也好，我们苏姓都是你们邹姓的苏洋开基祖。”

“那是那是，我们邹姓没忘本。”

“人家台湾就没改，一直姓着苏邹。”

“台湾远嘛，人走了那么远，就特别念旧嘛。”

“我们‘活祖宗’可厉害了，你家台湾叔要回来，他都看见了。”

“他能看见我们俩以后的事吗？”

“你的手，又不老实了。”

“我，我摸错了。”

“听说我们‘活祖宗’以前也到过台湾，跟你这个台湾叔的爷爷都是很熟悉的。”

“哦，这样啊……”

“你，”小果抓起锦洪的一只手放回到他身上说，“给我乖一点啊。”

邹锦洪不乖地把另一只手也摸上来，说：“好好好，我不乱动，不乱动，你唱支歌给我听吧。”

“你唱。”小果哼了一声。

锦洪咧嘴笑着，说：“我这是狗喉乞丐声，还是你唱吧。”

“我唱就唱。”小果清了一下嗓子，低声唱道：

指望明朝雨淋淋，
指望水涨无船行，
指望皇历无日子，
指望阿哥走不成……

锦洪呵呵笑了起来，说：“我又不下东溪行船，我就走山路。”

第五章

1

日头在博平圩西头的威惠庙上面亮晃晃地闪着，然后像水一样漫进整条圩街。

博平圩是闽西南崇山峻岭中比较大的一个集市，从西头祭祀开漳圣王陈元光的威惠庙到东头的紫阳书院、天后宫，横贯一条青石铺成的一丈多宽的路，随地势而略有起伏和蜿蜒，东西有一里路长，像一条拉不直的S形长带子。两边是土木结构的两层高的房子，临街一律是铺面，门板可以装卸，经营各种山货、洋货、海干品，还有打铁店、小酒馆、客栈等等。博平圩逢三、六、九开圩，周边四乡八里的人天没亮就前来赶圩了，日头刚升起，街面就被各种摆地摊的占满了，正常挑着担子都走不过去，只能一前一后地挑着，或者卸下担子，用手抬着担子才能挤进去。这一大早就开始的拥挤、闹热气氛，在食午时分达到极点，整个博平圩就像一大鼎煮沸了还在不断添柴的热水，沸反盈天，这种闹热一直持续到日薄西山，才慢吞吞冷下来。

今天不是圩天，博平圩便显得有些空旷和清静，所有的铺面一律拆下门板开张了，有的店家站在路中间说话，有的蹲在铺面前端着大碗食早。邹锦洪和邹锦宇从苏洋村一大早就开路，走到博平圩时，天已大亮。他们动身时在家里吃的稀饭，全化作汗水洒在山路上了，两人随身带着一袋“绞煮仔饭”，那草袋子里的饭散发出一股浓厚的气味，刺激着他们的神经，不过他们咽了几口水，还是没有吃，这是中午或做应急用的干粮，不能随便受用了。

威惠庙的门关着，庙公也不在，他们就沿街一路走下来，走到天后宫前，就在门口双手合十拜了一下，又走到紫阳书院门前。书院是两进式红砖厝，这时门也是关着。门前有一个宽阔的土埕，放了几条供人歇脚的石凳。如果从山城方向进入博平圩，这里是必经之路。锦洪和锦宇可以在这里坐等德昌叔的踪影，也方便向其他来人打听消息。但是锦洪突然想，难道德昌叔会连夜赶路吗？天亮不久就到了博平圩。从山城走，至少要走两天两夜才能走到博平圩，他起码要在前一个船场圩歇一个晚上，然后天亮再走，那么走到博平圩也应是天黑时分了。他怎么不坐船呢？坐船可以从山城圩直抵东溪码头呢。可能是没有船，德昌叔迫不及待想要还乡，而父亲让他们这么早就来到博平圩，显然也是太迫切了。也好，他们歇会儿，可以逛逛街，虽然今天不是圩天，而且昨晚小果也不让他买东西送她，但他想还是看看吧，买一个什么才好。

两人各找了一条石凳坐下。邹锦宇抬头看着书院的匾额，说：“听说‘紫阳书院’这四个字是朱文公亲手所题。”

“没有落款，也可能是临摹的。”邹锦洪也抬头看了看，说。

“听说我们‘进士公’临写朱文公的字体，写得非常像。”锦宇说。

“祖堂里不就有‘进士公’的字？我们‘进士公’当过书院山长呢。”锦洪看着锦宇说，“邹家倒是出了不少读书人，都在这书院求过学，可惜我们俩都不是读书的料。”

博平圩上的人渐渐多了起来，铺面里有人开始做买卖，还有货郎挑着担子摇着拨浪鼓走过圩街，叮叮咚咚，悦耳的声音飘动在街上。

“哎，你说八叔公在台湾多有钱？”突然邹锦宇问。

“我也不大清楚，他后来开了米店，不管钱多钱少，这开米店的，永远饿不着。”邹锦洪说。

“听说德昌叔很有经商头脑，我们邹家还会做生意的人，不多嘛。”

“一样米饲百样人，到外面去打拼，要是头壳不好用，就饿死了。”

“哎，要是让你到台湾去，你去不去？”

“我？我去台湾做什么？这就要建土楼了，哪里走得开啊？”锦洪说，心里想，我有小果了，也舍不得走开的，就是台湾遍地有金子捡，我也不想去。

锦宇站起身，边走边说：“我倒很想去看看，这次德昌叔回来，要是我父母亲同意，我就跟德昌叔一起走。”

锦洪抬头盯住他的背影说：“你家八兄弟，你父母亲肯定同意你走，走吧，发了大财，再回来建一座土楼。”

“八叔公也是八兄弟，总不能都窝在苏洋，应该出去闯一闯，你看他们苏家，出海过番的人就很多啊。”

“他们烧窑，卖给洋人，洋人都在海的那一头，所以出海过番的人自然就多了。”

“我们祖宗当年怎么不烧窑呢？不是兄弟俩吗？可以一起干，一起出海，把生意做得更大嘛。”

“唉，祖宗的事，我们子孙怎么说得清楚？注定吧，这一切都是注定，他们烧窑，我们种田。”

锦宇停下了走动的脚步，说：“我们在这儿坐等也是等，我们不如往外面走，走到半路上去迎接德昌叔。”

锦洪昨晚睡得不好，体力没有锦宇这么充沛，便用一种懒散的腔调说：“就在这里等啊，万一路上走岔怎么办？”

“天岭就一条路，他们肯定不会抄小路，小路更陡的。”锦宇说着，就走过来拉锦洪。锦洪真的不想走，便一直使着劲不站起来，锦宇也没有硬拽，拉了几下便松了手。

“你去，我在这里等，反正必定经过这里的。”锦洪说。

“那我去了，反正闲着也闲着。”锦宇抬步往东边的山路走去。

这条路往前经过两三个小村子，便一直是在山间盘旋，分布着许多不同名称的山岭，总称“天岭”，自古以来就是驿道。如果不走水路的话，这条路便是苏洋村乃至整个博平圩对外的唯一通道。

2

“这条岭叫什么岭？”走到岭头上的苏邹德昌回头问后面的两个挑夫。

“狗屎岭。”那个瘦条脸的挑夫说。另外一个红鼻子的挑夫把肩膀上的竹担子撂在地上，用一只手扇着风，嘴里喘着粗气，接连向瘦条脸眨了三下眼。

“狗屎岭？”苏邹德昌挥了一下棍子，示意两个挑夫走到岭上来歇脚，他想起爷爷跟他说过这条著名的狗屎岭，以前这里曾经有一些野狗盘踞，地上满是狗屎，所以有了这个名字。其实狗屎岭是个挺美好的地方，据爷爷说，这岭上有一片怪石峭壁，一泓山泉从下面涌出，山泉水特别清甜，而石缝间可以贮存食物几天不坏，以前博平圩人包括更远的苏洋人走天岭到山城，常常把所带的干粮饭包放在这石缝间，返程走到这里时再取出来吃，依然还很新鲜，带在身上反而会馊掉。苏邹德昌大步向前走了几步，就看到了那片石壁，没有想象中的巍峨，也就一人多高，旁边还有几棵长不大的松树。

两个挑夫在后面慢慢跟上来了，他们嘀嘀咕咕说着什么话。苏邹德昌听了一下，不是福佬话，也不是客家话，心里便有些不满，说："走快点吧，有什么陀螺话，晚上再说。"他内心里对他们还是有一点防备的。他在山城先雇用了瘦条脸，再到另一家挑夫行雇了红鼻子，他感觉他们相互间不熟悉，只是同行打过照面，这样或许可以避免串通一气，当然他也有意隐瞒了自己的真实身份，告诉他们自己在台湾不过是一个有几亩地的自耕农，这次还乡不小心带多了衣物和食物，没什么值钱的东西，满满当当装了四只藤条箱。挑夫用的是两块竹片编成的担子，一头各放一只藤箱，并不太重，只是山路难行，路途遥远，大家都显得累了。

"听说这里的石缝可以放食物，放个三五天都不会坏掉。"苏邹德昌说。

"现在谁还放吃的啊？"瘦条脸说。

"馊是不会馊掉，可是，早被别人拿去吃掉了。"红鼻子说。

"怎么这样？人心不古啊。"苏邹德昌叹了一声。

两个挑夫笑了笑，笑声有点怪异。在这个午后的狗屎岭上，日头白花花一片，晚秋的凉风吹来，却是很舒服的。苏邹德昌站在岭头，环视了一下四周，身后原来甩下了一条又长又弯又陡的山路，前面就是下坡了，这边是石壁，听得见山泉流淌的声音，另一边是杂草丛生的荒径，山谷里茫茫一大片，像大海一样。

"不用歇吧，继续走。"苏邹德昌说。

"我草鞋破了，脚起泡，还是歇一下。"红鼻子说。

苏邹德昌看了一眼他的脚下，发现他的草鞋确是断掉了一截，说：

“好吧。”就挥了两下手中的棍子，向石壁那边走去。他想掬一把山泉水喝一喝。

两个挑夫都把担子撂下来了，相互用眼神交流着不可告人的秘密，把扁担从担子上抽下来。

苏邹德昌虽然有一些戒备，但是并没有意识到危险即将降临。淙淙流动的山泉令他心情大好，他蹲下了身子，把棍子倚靠在石壁上，然后两手捧起山泉喝了一口。

两个挥着扁担的挑夫从后面扑上来，苏邹德昌听到脑子后面有一股怪异的声音，像群蜂飞舞发出的嗡嗡声，他猛地立起身，一根扁担呼地叫嚣着砸在他的左肩上，他右手操起棍子——其实他的腿脚还是非常利索的，拿一支棍子本来就有防卫的准备，但是，这下还是迟了，他挥起棍子时，右腰又吃了一扁担，整个人趔趄着站不稳，挥出去的棍子无力地戳在地上，正好撑住他的身子。在他眼里，整座山都在摇晃，狗屎岭上像是有几百条野狗在狂奔，尘土飞扬……

红鼻子扔下扁担，一手提起一只藤条箱，耸着身子跳下路肩下方的草丛，像野狗一样唰地向前奔去。瘦条脸看见红鼻子跑了，骂了一声，挥出去的扁担就歪斜了，没有再度打中苏邹德昌。

“人心不古……啊……”苏邹德昌拄着棍子有些站不稳了。

瘦条脸后退几步，发现这个五十多岁的台湾客没有还手能力，便收起扁担，大步走到两只藤条箱的担子前，用扁担挑起来，从容地往下方的草径走去。因为杂草和灌木的阻挡，挑着担子走得不顺，他索性也撂下担子，一手提起一只箱子向谷底里跑去。

“人、心、人心……”苏邹德昌这时感觉到疼痛从肩部和腰部向全身扩散，终于无法站立，一屁股跌坐在地上。又一阵风吹过狗屎岭，他不禁打了个哆嗦。日头还是很强劲，他心里已凉透了，眼睛盯着那两个挑夫——不，那两个强盗逃走的方向，无奈地叹着气。

这时，岭下走来了一个后生子，甩着手像闲逛一样。苏邹德昌忍痛向他挥了几下手，对方顿了一下，终于明白过来，咚咚咚地往上跑。

这个人便是邹锦宇。

3

博平圩各个铺面都逛了一遍，邹锦洪什么也没有买，太贵的像是玉镯什么的，他根本买不起，而便宜的，要么他看不上，要么他觉得小果看不上，所以他空着手又走到了威惠庙前。此时大门打开了，他走进庙里，对着威武的陈将军神像拜了三拜。听长辈说过，他们祖上晋朝时便南迁，一路辗转，一路安顿，走走停停，从安徽到浙江到江西，从石壁又到汀州，最后到了苏洋。他们这支姓氏虽然不属于陈将军的开漳五十八姓，但是他对陈将军还是很崇拜的。

从庙里出来，又走了一趟圩街，地面上的青石板似乎亮得照人，邹锦洪无处可去，只好又来到紫阳书院前面。这时差不多也是食午时分，锦洪把随身带的“绞煮仔饭”吃了，吃得很仔细，连草袋子缝间一粒饭也拈出来吃进肚子里。他走到小河边，把草袋子洗干净，搁在树荫下晾着，整个人也顺便半躺下来，两只手撑着身子仰望天空。

天空里清淡无云，邹锦洪看了几下就觉得非常无趣，他本来也是个闲不住的人，今天突然这么空闲，时间都过得特别慢了。他突然决定，起来往天岭走去，半路上去迎接德昌叔，或许锦宇已经迎接到他了，那么就可以反身跑回集庆楼报喜了，父亲说要带鞭炮到博平圩来放呢。

脚下是蜿蜒的一丈左右宽的山路，对邹锦洪来说，这是很好走的路了，苏洋都没有这么宽的路，锦洪大步走着，前面路下方的山谷里有个小村子，可以看到翠竹掩映下一座小土楼的模样，据说这是以前这条驿道上一个驿卒的后裔建的，他们姓着一个很稀少的姓——“岁”，而且个头特别矮小，一直只有十个左右的人口，几百年来都这样，所以他们就建了一座高二层、直径不过三丈的小圆楼。走了一阵子，开始上坡了。走过一个长长的斜坡，前面还有一个小村子，一座圆土楼高高耸立在山坳上，像是城堡一样。这个村子的来历锦洪就不懂了，现在他也无意关心这些，只管迈开大步，沙沙沙地向前走。

上坡，下坡，又上坡，邹锦洪已经走入天岭的地界。天岭三十六岭，九十九弯，锦洪十六岁就跟父亲走过了一趟，最近每年几乎都要走一趟。他记得这些山岭叫作牛鼻岭、猪母岭、牯牛岭、鸡公岭，对了，还有狗屎岭、青蛇岭，古人怎么给山岭起了这么粗俗的名字呢？据说当年“进士公”还乡时，把这些山岭名字一个一个改过来，都换作了非常雅致的名字，松风岭、泛月岭、朝晖岭、晚照岭、滴泉岭、飞云岭、晴雪岭、归帆岭等等，但是大家还是习惯叫那些俗名。锦洪走上了猪母岭，这里的山体像瘌痢头一样，散落着一些怪异的石头，路两边是低矮的灌木。日头已开始偏西，锦洪擦了把汗，侧转身往灌木林里走去。他内急，准备在这里解决一下。走了几步，听到灌木里一阵响动，是人的动静。他本来就要避人的，尽管路上并没有人，没想到灌木林里反而有人。正想要退出来，他眼睛不经意扫到一株杂树下坐着一个人，嘴里呼着气，身旁的草丛里放着一只或者两只方块的东西。那个人也看到了邹锦洪，眼光很不友好地盯着，问：

“你是谁？你干啥货？”

“过路的，方便一下。”邹锦洪说。他看到那人长着一只蒜头一样的红鼻子，他一向讨厌酒糟鼻子的男人，便转了身，向左侧又走了几步，在一棵树下解决了内急问题。

走过了猪母岭，又绕过了几个弯，面前的路就相对平缓了。邹锦洪想，锦宇走到了哪里呢？他迎接到了德昌叔没有？德昌叔又走到了哪里？他行李不少，应该是雇了挑夫。实际上，德昌叔要走水路才好，至少在船上可以坐着甚至躺下来，不过山城到苏洋的船太少，有时十天也等不到一条船，据说早年苏氏人家运送瓷器的船只频繁往返于苏洋和月港之间，那从山城到苏洋就可以比较方便地搭到顺风船，但是这些年，苏氏运送瓷器的船只越来越少了。锦洪一边走一边想。前面就是鸡公岭了，像鸡冠一样的岭头冒出两条人影，其中一人像是搀扶着另外一个人，锦洪向前跑了几步，终于看清那个搀扶的人是锦宇。他心里咚地跳了一下，这是怎么回事？那个被搀扶的人应该就是德昌叔，难道……锦洪顾不上往下想，撒腿就往岭头上冲。

邹锦宇架着德昌叔已经爬过了几条岭，德昌叔在他手里一直要往下瘫，而自己也感觉到全身快散架一样。他们真的走不动了。锦宇一遍遍告诉德昌叔，前面就是博平圩了，亲人们会到圩上来迎接。同时他心里也一遍遍地骂着锦洪，要是他一块走就好了，要是他们早点走，或许德昌叔就不会遭抢劫了。现在这种情况，都要怪锦洪，都是他太懒了，宁愿在紫阳书院前面晒日头，也不愿意走来迎接德昌叔。终于，他们走上了鸡公岭，看到锦洪朝他们跑来。

“哎，阿宇，发生什么事了……”邹锦洪气喘吁吁地跑上来，“这个是德昌叔吧？”

“唉，三言两语一下也跟你说不清，你赶快跑回集庆楼，多喊一些人出来。”邹锦宇说。

“德昌叔……”

“快去啊！越快越好，你没看见德昌叔受伤了？没力气跟你说话，你快去啊。”

“德昌叔……”

“快去啊，喊人来！”

邹锦洪愣了一下，锦宇像老子一样发号施令，他也来不及生气，还是擦了把汗，又迈开腿往回跑。他知道，这是出大代志了，这是非常严重的大事件。

他恨不得脚底生出风火轮，一踩就飞到集庆楼。

4

“我这是在哪里？”苏邹德昌醒来时，睁开眼睛第一句话便问。

“这是集庆楼，德昌，我是德永，你回到老家苏洋村集庆楼了。”站在床头的邹德永朝他俯下身子，轻声回答他说。

前天天黑之际，邹德永率十余个青壮年从苏洋村走到牛鼻岭，几个后生轮流把德昌背回了集庆楼，族里精通草药的邹仁良察看了他的伤情，给他贴了两副膏药。德昌挨了扁担的伤痛是缓解了，遇险的恐惧重新被放大了，加上风寒入侵，冒虚汗、发冷，然后几乎昏睡了一天两夜。

台湾客苏邹德昌还乡路过狗屎岭被两个挑夫抢劫一空的消息，很快传遍苏洋村以及博平圩附近所有乡里，人们在谈论之余，不免要感慨一番世道。这山高水长的地方，出几个山贼是正常的，人们建造土楼，本来也有防匪的意思，但是像这样在官道上公然抢劫，还是过于猖狂了。对邹氏族人来说，这无疑重创了他们的期望。在德昌昏睡的一天两夜里，德永也几乎没有合眼，他把锦洪喊来训斥了一顿，罚他做祖堂公工一个月，同时召集各房家长商议，安排人马天亮就去博平圩，先报告团练石百总，然后在天岭和博平圩各处暗中打探、寻查那两个挑夫的下落和踪迹。德永本来看见余庆楼正一版墙一版墙地往上夯，眼睛一眨，面前一片空白，什么也没有了。其实，他是邹氏族人里最失望、最伤感的人。

“德永兄弟……”德昌一只手抖动着伸过来，被德永两只手把它紧紧握住，他双唇也在颤动着，一滴泪水涌出了眼眶。

“你吃点什么吧，我马上给你端来。”德永说，“你都一直没吃东西。”

“我怎么吃得下？本想为宗亲建土楼添砖加瓦，现在却是添麻烦……”

“德昌兄，这不测风云，谁能预料？你人好好的，这就好了，老话说的，留得青山在，不怕没柴烧。”

“你这是宽慰我，德永兄弟，我心里难受……”

“财物损失，还可以再赚啊，你安心养好身体，这比什么都重要，我下去给你煮一碗线面。”德永把德昌的手放进被子里，转身出了房间。这是他的卧室，德昌回来之前，他就腾了出来，并且认真收拾了一番，专供他还乡期间居住，而他自己则搬到二楼的禾仓里临时过渡。邹氏人丁兴旺，一座土楼根本住不下，还有一半多的人住在土楼外面的各种搭盖里，这也正是德永迫切要建一座土楼的原因。

邹德永下到一楼灶间，让红米煮一碗猪肝线面，他独自坐在廊道的鸡鸭箱上发呆。集庆楼上面的天空是四角形的，今天天阴得有些发青，恰似德永的心情。他本来想，有了德昌带回来的一百块白银，余庆楼很快就能够建成，谁知遭遇抢劫，就像煮熟的鸭子又飞了。当然，没有这一百块白银，余庆楼也是要建的，本来就在筹建中，步子不能停下，只能加快，做土、开挖地基，必须着手进行了，“牛角石”那块地已经跟苏氏置换好了，时辰也请天红师择好了——唉，那天怎么就没请天红师算一算运途？

吃下一碗热气腾腾的猪肝线面，德昌恢复了一些气力和精神，立即要求到祖堂里祭拜祖先。德永带他来到范阳堂，德昌咚地就在香案前跪下来，连磕了三下头，说：

“列祖列宗，不肖子孙德昌回来啦！请受我三磕头。承蒙祖宗保佑，我这支房系在台湾分支结果。此次还乡，本意捐助宗族建一座土楼，谁知路上被洗劫一空，德昌实在惭愧，在此向祖宗谢罪，德昌发誓，一定要帮助宗族建好土楼再回台湾。”

德永听到德昌最后这句话时，心里也暗暗震惊，还有一些感动，德昌在台湾也是有家有业的人，他愿意在老家多停留一些时间，直至建成余庆楼，这好是好，可是也太难为他了。

德昌从地上站起身，正色地对德永说：“德永兄弟，希望你能收留我。”

“你这什么话？这里也是你的家啊。”德永说。

“我要写‘批’回台湾，让儿子锦治筹措一些资金，通过水客或银信局寄回来……”

“哎呀，这不行，德昌兄，这不行，你台湾的生意也是要做的，本钱不能动，你的心意，我知道了……”

“我在祖宗面前说的话，我肯定要做到的。走，你带我去看看楼址。”

第六章

1

苏发扬正要走出顺风公的卧室，苏发展一头闯了进来，一手端着一杆旱烟袋，似乎带着一脸愠色，但他看一眼床上，还是克制地压低声音说："发扬，你怎么能够这样？"

"啥货这样那样的？"苏发扬愣了一下。

"你把那块地给了邹家建土楼，你怎么能一个人做主？"苏发展猛地拔高了声音。

"不是给，是换，他们拿了一块好地来换的。"发扬说。

"邹家拿我们的风水宝地来建土楼，以后我们苏家的风水不是全被他们占了？"

"发展，你怎么这样说话？那块地我们荒了几百年了，不能耕不能种，人家拿了块好地来换，这有什么不好？再说，福地福人居，对他们是风水宝地，对我们又未必是。"

"邹家现在人丁兴旺，土楼不够住，你这样帮他们不好吧？"

"有什么不好呢？大家祖上还是兄弟来着。"

"兄弟是兄弟，可他们现在又不姓苏了，这苏洋村，可是一山不容二虎。"

“发展，你这么说太、太小心眼了啊，其实也谈不上帮，人家是用一块好地来换的，我们的公田一年又多了好多石的收成。”

“反正，我是不同意的。”发展不悦地吸了一大口烟，喷出几个烟圈。

“这事，是经过了顺风公同意的。”发扬沉下脸说。

发展再看一眼床上，顺风公熟睡得像一个初生婴儿，他冷笑一声说：“你别老是挥顺风公的旗子。”

这时，床上一阵窸窸嗦嗦的动静，顺风公张开了喉咙，喉道里发出一串模糊的音节，接着便是清晰的话声：“我……说的……”

听到顺风公的声音，两人都很吃惊，发展甚至比发扬还惊讶，他嗫嚅着说不出话。

“听到了吧？”发扬说。

发展向前走近顺风公的床前，看了看床上的顺风公，想说什么没有说出来，转身走了。

发扬补上发展离开的位置，朝床上的顺风公俯下半个身子，说：“‘活祖宗’，你醒了，要吃点什么吗？”

顺风公睁开一只眼睛看了发扬一下，随即闭上了，他两片薄薄的嘴唇一张一合，一串串断断续续的声音，像是从很远的地方传来：“我看见……拍墙师傅从海清楼墙头上掉下来……我看见苏邹德昌……被抢了……我……看见维修坐在大船上……这是要下南洋还是过台湾……海……海……我怎么是在土楼里……我要出海……出海……出海！”说着，顺风公抬起一只手，重重地拍在床板上。

发扬被顺风公的拍打声震了一下，他知道，顺风公又要“出海”了，这是谁也挡不住的，必须顺从他，无条件的，距离上次“出海”已有几个月时间，这一回算是间隔许久了。

“我要、出、出海……”顺风公说。

发扬连声地应允说：“好，好，好，出海，出海，出海……”

2

苏发展离开顺风公的房间，出了海威楼，就去海清楼找了苏发明、苏发康，表明自己反对苏发扬把那块地置换给邹家的态度，“发扬怎么能跟邹家走得这么近？他还说是‘活祖宗’的意思，这不是挟天子以令诸侯吗？”发展鼓动他们一起来反对发扬，但是发明明确表示支持发扬，发康则是基本上支持，这令发展非常不悦，心想你们都巴结着大房，我是四房没错，四房不是小房，更不是受气包。发展只有一个儿子，这有时让他很沮丧，但他四个亲弟弟、十几个堂兄弟，每个人最少的有三个儿子，最多的是他二弟，有九个儿子，他们四房也是人丁兴旺的。更主要的，他高祖早年烧窑贩洋，富甲一方，传下大量财富和田地，这也是他敢跟发扬叫板的底气。苏发展觉得他应该发威一下，不然发扬还以为自己是病猫呢。上一回发扬在扶风堂宣布要将几个赌博的男子逐出祖堂，其实就是针对自己来的，结果呢，反倒是他的儿子跑掉了。

回到海晏楼的家里，苏发展心里便有了一条计策。他独自泡了一杯茶，这是清明前从山上采来野茶叶做的，入口微苦，而后便有回甘。刚饮了一杯，儿子维纳便从楼门厅一路向灶间跑来，说：“顺风公又要‘出海’啦！”

这几年来顺风公的“出海”算是族里的大事，各房都要出人来抬他，或者凑人数，以壮行色，这当然主要由后生子和孩子去做，发展是从不亲自参与的，不过今天他倒很想去看看，他霍地站起身，说：“我去。”

发展走到海威楼大门前，听见螺号声声，铜锣也有气没力地敲着，这是小孩子在胡乱地敲。今天是他第二次走进海威楼了。天妃宫的那顶神轿已经放在了楼梯口，四周围散落着一些后生子，更多的是小孩子，发扬的三儿子维生吹着海螺，几面铜锣则在孩子们的手上抢来抢去。这时，发扬的大儿子维贤背着顺风公从楼上一步一步地走下来，发扬尾随其后，站在楼梯上大声地说："出海喽！出海喽！……"

背着顺风公的维贤一走落到地面上，就有很多人上来帮忙，有人打开轿帘，有人托着顺风公身体，然后四五只手相帮着把顺风公送进了轿里。

"起轿，出海！"发扬挥起一只手下令说。

螺号"呜——"地吹出一个长号，铜锣也哐当哐当地响了起来。几个后生子弯腰把轿杠放到了肩膀上，前杠右侧还少一个人，发展见状就大步走上前，说："我来，我来。"几年前，他还抬过妈祖出巡，这顺风公要比妈祖神像和香炉轻多了。他弯下腰，八个人轻松地就抬起了神轿。

发扬走近抬杠的发展说："怎么你来抬？"

发展说："我这副身板还硬着呢。"

吹螺号的维生走在前头，一行人浩浩荡荡穿过天井，走出了海威楼，往东溪方向走去。

抬前杠的发展一手撩起轿帘，问顺风公："'活祖宗'，这出海了啊，到哪了，你还认得吗？"

"喀，苏洋村……喀，喀，别唬我……"

听到顺风公的话，发展和发扬都有点诧异。发扬对发展说："'活祖宗'心知肚明，什么都清楚。"

发展心想，顺风公这是一半清醒一半糊涂，他要是都清醒了，他还不知道这就是抬他玩耍的把戏？还出海呢，海上风险那么大，哪有土楼里舒服自在？发展朝几个轿夫使了个眼色，就一起颠起轿来，神轿顿时像狂风恶浪中的小船，摇晃得厉害。一般来说，只有到了东溪边才开始颠轿，现在一上路就颠轿，这不是要把“活祖宗”颠出胆汁来？发扬想要制止，但是已经来不及了。轿夫们把轿杠从左肩甩到右肩，又从右肩甩到左肩，他们正玩得起劲，像上了瘾一样兴奋，根本就停不下来。

“‘活祖宗’，出海啦！”发展带着几个后生子喊道。

这时发扬已经没办法让他们停止颠轿，只能对轿子里的顺风公说：“顺风公，你坐好啊，海上风浪大……”

“喀，喀，风浪大，大福船，喀，一潮水到圭屿，喀，喀，再半潮水到厦门，喀喀喀，出大担，过金门，分驶东西洋……我们这是向哪啊？”顺风公突然大声地问。

“东、东洋。”发展随口回答。

“东洋尽处，文莱，即婆罗国。”顺风公像背书一样地说，“东洋有吕宋、苏禄、猫里务、沙瑶……喀喀，风浪好大……”

不知是沉浸在哪次出海航行的回忆之中，斜坐在轿子里的顺风公左右摇晃着身子，像孩子般快乐和兴奋。

“顺风公，你要坐好，手抓好。”发扬还是不放心地大声交代。

“东溪流水长又长，烧窑忙来出海忙，金银番银滚滚来，夯造土楼万万年……”顺风公咧嘴唱起了歌谣，嘴巴一瘪一瘪地漏着气，咬音也不准，但是他全神贯注地吟唱着，细眯的目光定定地望着前方。

“顺风公，你真行啊。”发扬大声地说。

“风浪再大，喀喀，也经过……”顺风公突然举起两只手，在空中摇着，脑袋像鸡啄米一样往下一点一点。

“出海”这么多次，发扬还是第一次看见顺风公如此兴奋入戏，好像真的是在海上，难得他这么高寿的人，常常昏迷几多天的人，神志反反复复的人，今天突然变得像个孩子似的。

“坐好啊，顺风公。”发扬大声地说。

螺号吹得悠扬嘹亮，铜锣也敲出了激荡人心的节奏，这一行人穿过村子往东溪挺进。轿夫们颠过几次轿，累得快断气，这会儿一个个张着大嘴喘着气，脚下的步子都有些发虚了。抬轿不累，颠轿累。村路上再拐两个弯，就到东溪了。他们要攒点力气最后再颠一次轿。

发扬也松了口气。这时，好好走路的发展突然打了趔趄，轿子向前歪斜了一下，立即被其他轿夫抬正了。但是发扬猛吃一惊，顺风公竟滑落到轿子踏脚的踏板上，而轿夫们全都没有发觉。

“停！”发扬尖叫一声，“顺风公掉了！”

轿夫们这才刹住脚步，把轿子放下来。螺号、铜锣也随之渐渐地停下来了。

“你！”发扬盯了发展一眼，觉得顺风公滑落下来，全是他的过错，如果把顺风公摔伤了，那就是不可原谅的大罪。他抢先一步上前，把跌坐在踏板上的顺风公扶起来，此时的顺风公像是睡着一样，身子软绵绵，轻得像一张纸。发扬把顺风公扶上轿子里，可是顺风公已经睡熟，坐也坐不住了，正好轿子里有一股细细的绳索——抬神时用于系牢、固定神像的，这时便用绳索揽在顺风公的腰部。

“我来。”发扬走到发展面前，把他逼退到一边，一手握住轿杠，然后转头对其他轿夫以及“出海”队伍里的人们说，“我们回海威楼了，别再弄出声响，走路也平稳一点，‘活祖宗’睡着了，大家安静一点。”

退到了一边的发展心里愤愤不平的，心想，你就抬着“活祖宗”来吓人啊。

3

晨光熹微，一行人神色庄重地走出集庆楼，走在前头的是邹德永和苏邹德昌。德永扛着一把贴了一小块红纸的锄头，锄柄上挂着一只大竹篮，篮子里卧着那只父亲在世时养的“鸡精”，走在身边的德昌则提着两只竹篮，一只装着香烛鞭炮，一只装着四根削好的桃树枝和四张杨公符，后面跟着的人肩上都扛着贴红的锄头。这群邹氏家长和后生子组成的队伍，走出集庆楼之后，慢慢就走出了一种仪式感，脚步整齐，落地有声。

今天是邹氏余庆楼奠基的日子。之前同样重要的“定基”，“进士公”在世时已经请风水师根据“进士公”生辰八字用罗盘定好了大门坐向，他们今天要在择定的卯时开挖地基，也就是奠基，俗话叫作挖大脚坑。高楼平地起，这是一座土楼的开端，每个人心里都怀着一种感恩的心情，他们知道，自己是在参与创造邹氏历史，这是必然要载入邹氏族谱的历史大事，所以每个人都绷紧了脸，甚至屏住呼吸，生怕弄出不恰当的声音，破坏了整个肃穆神圣的氛围。

穿过长长的村路，霞光在这行人身上打出了淡淡的光晕。他们走到了这块叫作“饱牛睡地”的坡地上，这里就是祖宗选定的楼址，其中部分属于苏氏所有，邹德永已用自家的一块田地置换清楚。尽管德昌从台湾带回来的那笔巨款被劫走了，但是只要大家齐心协力，一锄一锄地挖，一墙一墙地夯，余庆楼也是一定能够建成的。德永在“牛眼睛”的旁边站定，放下锄头，把那只装着“鸡精”的竹篮先放到地上，然后帮助德昌把香烛取出来，朝北方方向，在地上插牢三根蜡烛，点燃，每个人手上分了一根香。邹德永率众人持香朝北拜了三拜，朗声说道：

“大清同治元年吉时，苏洋邹氏兴建余庆楼，恭请列祖列宗、天公、伯公、地基主、观音菩萨，保佑邹氏开工顺利，起造大楼四四方，邹氏安居万万年，男人出入得富贵，妇人出入得安康。”

德永说完，把香插在蜡烛边，举起竹篮里的“鸡精”又拜了三拜。按仪式，鸡是现场拧断脖子，把血淋在地上，但这只鸡是父亲在世时养的，已成“鸡精”，德永舍不得杀它，此前专门在父亲的灵位前卜过杯，征得父亲同意，决定把它放生。德永从篮子里抓出“鸡精”，往天空抛去，它咕咕叫了两声，拍打着翅膀飞出好远，空中飘下几根鸡毛，然后它就不见了，像是消失在前面的树枝头上，又像是融入了天空的霞光。

大家仰着脖子看着天空，朝霞从东山岽上射出一缕一缕光线，把他们满脸打得红通通的。德永又从竹篮里取出桃树枝和杨公符，分发给四房家长，说：“桃树枝插在东西南北四角头，杨公符挂在桃树枝上，然后我们就从四角头开挖！”

众人向四个方向散开，便埋头挖起地来。对大家来说，这是等待已久的时刻。锄头第一次挖进地里时，大家都感受到了一种振奋。一时间，锄头与土地碰撞、挖掘的声音，此起彼伏，乒乒乓乓，响彻在这块土地的上空。

邹家人专注于挖大脚坑，根本没有听到从上坂方向传来一阵杂沓的脚步声，苏发展带着他本房派的十几个后生子，肩扛锄头，手持木棍，气势汹汹地围了上来。

“喂，姓邹的，你们想干什么！”苏发展扯开嗓子喊道。

正在挖地的邹家人这才听到有人来了，而且是一群手持家伙不怀好意的苏家人，不由有些吃惊，便停下挖地，看着对方。

“这块地是我们苏家的，懂不懂？”苏发展指着“牛角石”的大致位置，喷着口沫子说。

邹德永放下锄头，擦着手走上前，对苏发展说："发展兄弟，这块地原来是你们苏氏的没错，但是我已经跟你们族里换地了，并且签字画押。"

"你跟谁签字画押我不管，反正我不同意，这块地至少有四分之一是属于我这一房的，你别给我动。"苏发展说。

"你这不是为难人吗？"

"我不为难人，他们三房愿意跟你换，是他们的事，反正我这一房不同意。"

"我是跟你们族长签的，你一个家长无权力干涉！"

"哼，族长是族长，我是我，你少拿族长压我！"

"你这是牛无力拖横耙，人无理说横话。"

苏发展冷冷笑了一声，扭头对他一个侄儿说："把那什么桃树枝给我铲掉，这是我们的地。"

"你敢！"邹德永也凶起脸，厉声喝道。

邹家人唰地全都横握锄头，严阵以待。苏家人也将锄头、木棍横握在胸。但是，谁也没有向前迈出一步。

"这里你实在不配跟我说话，你可以先去问问你们发扬族长。"邹德永硬气地说着，就往他搁锄头的地方走去。

苏发展哼了一声，走到前方插着一根桃树枝的地方，伸手要将挂在树枝上的杨公符扯掉，苏邹德昌从斜刺里冲出来，猛地推了他一下，他踉跄几步，一屁股跌坐在地上。

苏家人见状，几个人挥着家伙就扑上来。

当，当，当！铁具在空中碰撞发出了尖锐的声响。

"停！停！停！"邹德永大喊三声。但是现场局面已经不可控制，苏、邹两姓展开了一场混战，锄头对锄头，木棍对锄头柄，既有铁具的锐声，又有木质的闷响，伴随着人粗粝的呼吸，还有粗俗不堪的骂声，在这堆混乱的人群中震荡着。邹德永也不知被谁从背后推搡了几下，他在地上转了一圈，几乎要栽倒在地上。

4

苏发扬赶到时，两姓打斗的场面基本上结束了。有人坐在地上，有人拄着锄头柄喘息。还好，没有人打破头。苏发扬在海威楼听说两姓持锄头斗殴，心里担心锄头真的往人身上劈下来或锄下来，那非出人命不可。现在看来，打斗归打斗，双方都没有太蛮横，身上挂彩的不少，幸好没有人断手断脚，心里多少松了口气。他喊道："大家好歹都是亲戚，有什么好打的？苏氏还认我这个族长的，就马上给我散去，回家治伤。"好多人扛起锄头或拖着木棍，龇牙咧嘴的，走了。苏发扬看到发展灰头土脸走过来，气得牙根直咬，恨不得打他一记耳光，便对着他怒吼道：

"你怎么能这样？这块地已经换给人家了！"

"是你换的，我不同意！"苏发展直起脖颈说。

"这由不得你，族里决定了，画过押了，你多说也没用。"

"族里的公地，我这一房有四分之一的份额吧，我这一份不同意换地。"

"老祖宗早有律条，族里公地、学田，只要不是个人侵占，置换、出租、收租等等，均由族长做主。"

"你在祖宗神位前卜过杯没有？"

"这个不用卜杯。只有涉及到对人的处理，才需要'站队'和卜杯。"

"要是我真的不同意呢？"苏发展偏着头问，语气里带着一种挑衅的味道。

这边邹德永也在安排几个受伤的族人回家敷伤，脸上阴得像锅底，奠基的喜悦被冲刷得七零八落，他向苏发扬走过来，叫了一声："发扬兄弟。"苏发扬拍了拍他的胳膊，脸带愧色，说不出话来。

"我的地，你们敢乱建，我就敢拆。"苏发展冲着邹德永说。

邹德永没有理会他，只是平静地对苏发扬说："苏族长，我们是签过字画过押的。"

苏发扬叹了一声，突然拉起苏发展的手，走到另一边，用一种恳切的声音说："算我求你了好不好？不要这样蛮横无理。"

苏发展冷笑一声，说："你族长也有求人的时候？我可承受不起。"

苏发扬说："做人还是要讲道理的。"

苏发展说："讲道理？要是讲道理的话，他们邹姓到今天还得姓苏邹，而不是姓邹！"

苏发扬说："你这扯得太远了吧，我们现在是就事论事。"

邹德永心想，苏发展为什么还要翻几百年前的老账？当年祖宗的事，自己是不能评价的。都过去几百年了，苏发展还是耿耿于怀，或许只是借题发挥吧。据他所知，苏发展祖上几代，包括他亲爷爷、曾祖父都是烧窑出海的人，号称闯荡大海，见过大世面，胸怀非常宽广，在苏洋村是有口皆碑的，他怎么就变得这样小肚鸡肠呢？邹德永想了想，走到苏发展面前，正色地说：

"发展兄弟，我就问你一句话吧，我们架也吵过了，打也打过了，你还想怎么样？"

"我不想怎么样，"苏发展故意歪着头眯着眼，尖声地说，"我就不让你在这儿建土楼。"

“如果我一定要建呢？”

“那我一定让你建不成的。”

“我告诉你，这块地我们‘进士公’早就选好了，楼名都是他取的，这是天公的安排。”

“天公的安排？那你们叫天赐楼不成？”苏发展带着嘲讽的语气说。

“不，叫余庆楼，积善之家，必有余庆。”邹德永认真地说。

苏发展脸上阴阴地笑着，并且耸了一下肩膀，表示出一种不屑，揉着鼻子就往一边走去。

邹德永指着天说：“你一定要相信，这是上天的旨意，天公的安排。”

苏发展打了个喷嚏，说：“我才不信。”

邹德永继续说：“人在做，天在安排。”

苏发展又打了个喷嚏，响声震荡得脚下的尘土都飘了起来，旁边杂草堆里也惊飞起一只什么，拍打着翅膀向他扑去。邹德永一眼看清，那正是他刚才放掉的“鸡精”，只见“鸡精”凶猛地扑向苏发展，后者惊慌尖叫，一下子摔倒在地上，粗笨的身子像麻袋一样发出沉闷的响声，“鸡精”跳上他的脑门，尖着嘴就要啄下来。

“别！”邹德永紧急喊了一声。

“鸡精”听令地停住，尖嘴只在苏发展脸上轻轻点了一下。这轻轻一点，便把苏发展吓得魂飞魄散。

邹德永三步并作两步走了过来，从地上扶起苏发展，说：“这只鸡是‘鸡精’，听懂人话，它是代上天来警告你的。”

苏发展徐徐呼了一口气，还是惊悸未定，声音哆嗦地说：“好，好，好……”

5

范阳堂坐北朝南，面对峻秀山峰、村庄溪流，祠后是青山林木，郁郁葱葱。这座上下两堂的砖木建筑为歇山式屋顶，四架三间结构，雕梁画栋，古香古色。门楼两侧刻着一对联：忠襄世泽，文靖家声。屋脊上装饰有游龙飞云、祥花吉鸟等彩绘泥塑，主殿前有照壁，两侧带厢房。一进为前厅，前厅横梁上挂着“进士及第”“荣宗耀祖”“代有文豪”“士称德逸”四块大匾，还有两对柱联，其一是：几百年人家无非积善，第一等好事还是读书。其二是：世间善事忠和孝，天下良谋读与耕。在一、二进之间有一个小天井。二进主体建筑面阔三间，左右两根松木大圆柱上刻着“进士公”邹立泰撰写的一对长联：读书好耕田好识好便好积德更好，创业难守成难知难不难忍气尤难。正中悬挂着一块匾额，上书“范阳堂”三个镏金大字，也是出自“进士公”手笔。内侧小一些的两根圆柱上则刻着“进士公”手书的朱熹名言：子孙虽愚，诗书不可不读；祖宗虽远，祭祀不可不诚。堂内壁上筑有神龛，排列着邹氏从苏宗贵开始的历代祖宗神位。族里的书塾就设在这里，一般都有十几个孩子在此开蒙读书，这几天，教书先生生病，学生没有来，祖堂就清静多了。

邹锦洪受罚给祖堂做公工，范阳堂屋后一处护坡塌陷了一角，他一天就给修补好了。一般人可能要干两三天，但是锦洪是真心带着赎罪的愿望，下狠力，不歇息，甚至也不喝水——除了中间回家吃一顿午饭，他从天蒙蒙亮干到天黑，把护坡修好了。走到祖堂门前，锦洪坐在表彰“进士公”的那根石旗杆的底座上，累得除了呼吸都不会动了。天色越来越暗，把他和石旗杆融为一体。德昌叔遭遇抢劫，锦洪内心里是非常自责的，他总是想，那天要是跟着锦宇一起走向天岭去迎接德昌叔，那两个挑夫一定无法得手的，可是，自己偏偏想着在博平圩逛逛铺面，逛完了又懒，也不及时走。每次想到这里，锦洪总是懊恼得不行，拍打着自己宽阔光洁的前额，恨不得拍破皮肉。那天他最终还是因为无所事事，起身走向天岭去迎接德昌叔，其时德昌叔已经被抢了，他在半路上方便时，居然偶遇了抢匪之一，可是，那时，自己怎么就没有一点点预感什么的呢？要是有，就可以当场擒获抢匪。锦洪总是越想越恨自己。

月亮出来了，石旗杆的笔尖像是蘸了墨，准备在夜空上写点什么。唉，“进士公”会写点什么呢？“进士公”博古通今，他会告诉子孙什么呢？邹锦洪一想起“进士公”，又觉得自己太渺小了，如果说“进士公”是高高耸立的旗杆，自己只不过是旗杆下的一粒小石子。锦洪也曾在这里的书塾发蒙，读了好几年《三字经》《幼学琼林》《论语》《春秋》等等，可是，他缺少定力，对那些四书五经总是读不进去。还好，先生和父母亲并没有强求一律，爱读书的就努力读，争取考取功名，不爱读书的，就从事农耕，当然，也可以一边读书一边耕种。族里这样的人还是很多的。锦洪有一个堂兄，一心只读圣贤书，可是读到了五十岁，还只是一个通过县试、府试的童生，功名遥遥无期。锦洪曾经对自己的人生有过设想，就是在苏洋村里好好过日子，娶小果，生一堆儿女，孝敬父母，教育子女，生于土楼，老于土楼，他觉得这样的人生也挺好的，但是，现在，他的心思有了一些动摇。他想起那天父亲对自己劈头盖脸的训斥，口沫不断飞到他脸上，他甚至都不敢擦一下，他觉得自己在所有族人面前都抬不起头了。德昌叔半路上被抢，很多人都怪罪于他，是呀，他确有过错，罚做公工是一种弥补，但还是不够的。要是能够把两个抢匪找到，把德昌叔的财产夺回来，那他就可以在族人面前扬眉吐气了。其实这个想法在他脑子里来来回回想过几次了，现在，是他下定决心的时候。走，还是不走？走，捉到抢匪，挽回自己的面子；

不走，永远在族里被父亲和族人视若废物。可是，出走就一定能捉到抢匪吗？多久才能找到抢匪？或许永远找不到呢，这一走不知是多久，小果那边怎么办？

邹锦洪站起身，绕着石旗杆走了一圈，满腹心事地往集庆楼走去，因为心事重，脚步也显得滞顿。走到集庆楼门前，看到几个吃过晚饭的孩子在楼门厅玩捉迷藏游戏，他转过身子，掉头走向上坂的海威楼。

海威楼楼门前和楼门厅比集庆楼更喧闹，有小孩子在玩，也有大人在闲聊，还有人进进出出，邹锦洪不敢走近，只能站在前面一个阴暗的地方，暗中观察小果会不会突然出现。这样的等人是很渺茫的，也非常煎熬，但又只能如此，他又不能进楼去找人。这时，海威楼出来一个男子，向锦洪走来，他担心被认出，便低下头往另一边走了。

邹锦洪只能拖着沉重的脚步走回集庆楼，这一路上，他把事情想明白了，他还是要出去的，无论如何把那两个抢匪捉回来！晚上回家做点准备，分别给父亲和小果留个纸条——父亲的纸条留在灶间，小果的纸条放在伯公庙屋顶上压瓦的石头下，这是他们约定过的留言处，他计划天不亮就出发，先到博平圩做一个挑夫，那两个抢匪既然是以挑夫面目出现的，那么在挑夫行里或许就能打听到他们的行踪，博平圩找不到，再到山城圩去。

回到集庆楼里，自家灶间黑灯瞎火，邹锦洪把松油灯点燃，锅里还有一些剩饭，略有余温，桌上小半盆芥菜，却已凉了，他也懒得加热，抢时间一样三下五下吃完了。走出灶间，他看到香火堂里亮着油灯，父亲和几个房派家长在那里说话，对了，今天是余庆楼奠基的日子，听说还跟苏家人干了一架，这么大的事，父亲不让自己参加，他完全就像被抛弃了一样。

“天意啊天意。”德昌叔大声地说。

父亲说：“是啊，那只公鸡早已是‘鸡精’，要不是我喊停，它那么啄下去，发展说不定就瞎掉一只眼了。”

“是啊。”“就是啊。”众人连声地说。

父亲接着说：“发展这回是心服口服了，他是不敢再闹了，我们现在的活是，一半人做土，另外一半人挖大脚坑，明天我跟德昌到雷石坑去看看，那里要怎么修一条路出来，这样才方便运石头，那么大石头，没人搬得动啊。”

有一个人说：“石头是不是可以先在坑里打碎再运？”

父亲说：“砌大脚还是要大石头的。”

德昌叔说：“料一定要选好。”

父亲说：“建造这座余庆楼，从‘进士公’到现在，多少年了，我们这代人能把它建成，以后见到列祖列宗，多荣光的事啊，子孙后代呢，也会世世代代感念我们的。”

建造余庆楼，是从“进士公”开始的梦想，现在大家都参与其中了，邹锦洪却被排除在外，作为邹氏一个后生子，他不能为实现土楼梦而出力，这以后还怎么在邹氏宗族里混呢？树有树皮，人有人皮。现在，父亲不让自己参与创造这个历史，他就自己去创造另一个历史吧。

一个声音在他内心里澎湃起来。

第七章

1

顺风公静静躺在床上，沉睡中还是沉浸在回想中，谁也不知道。

苏发扬坐在床前的椅子上，面前横排、竖排两条长凳，上面各坐着两个和三个人，除了堂弟发光，其他四个都是他的亲弟弟，今天发扬特地把他们召来，而且就在顺风公的卧室里，就是要跟他们谈谈修复窑炉重振祖业的事。他想，先从自家兄弟开始，把荒废的窑炉修整起来，起个表率作用，如果全族人能够让东溪窑的窑火再度燃烧起来，再现当年漫野窑烟的动人景象，那就太好了。早些年，几家合一口窑，或者一家独立一口窑，现在，在座的所有人包括自己，都已经多年没有烧窑了。窑炉上的杂草都有半人高了。发扬提着那杆旱烟袋，一开头就简要说明他的用意，大家一听全都木木的，眼神涣散，心想这有什么好说的呢？没有人上心。

“我们祖上以烧窑起家，远有景德镇，近有东溪窑，东溪窑可是响当当的牌号啊，据说从大唐就开始烧窑，现在那古窑址还在嘛，大宋也烧，到了大明，那是几多鼎盛几多风光，青花、青瓷、米黄瓷，还有仿官哥定窑，什么都能烧，族谱记载，百千水碓，漫野窑烟，东溪两岸那么多的窑炉，甚至都建到村子里其他地方，邻近的梧树、东山等村子效仿我们烧窑，也都先后发达了，那时阵几天就有一船瓷器下水，运到月港，然后再出海卖到东洋、西洋和南洋，后来月港不行了，又转运到厦门、汕头，出海贩给洋人，大家想想，要是没有这瓷器，我们苏氏拿什么来建三座土楼？”

苏发扬带着问题的眼光扫了一周，卧室里还是静静的，只有顺风公的呼吸和含混不清的呓语。

还是四弟发宏清了清嗓子，先开口说话：“大哥，你说的是前朝的事了，大清以来，又禁海，又迁界，月港被泥沙堵塞了，我们东溪窑一下荒废了多少？后来，虽说大清统一台湾，康熙皇帝下令开海贸易，我们东溪窑又开始冒烟，可是，终究大不如前了。现在，就更不行了，梧树、荆门几个村也基本上不烧了，烧出来的东西运到外面，一是不好卖，二是运费高，赚不到什么钱了。”

“不赚钱，谁还烧窑啊？我看吴氏、方氏他们几个村，也都早就不烧了，置地收租，跷脚享福。”二弟发则说。

堂弟发光跟着说：“我前年还在烧啊，烧了一窑全烧坏了，做坯的烧炉的全都不用心，想要重振东溪窑，人是一个大问题啊，没有好的师傅了。”

“现在人是变懒了，族里都没多少人上山砍窑柴，我早几年都是向邹氏买的，贵得很。我也好几年不烧窑了，杀头的生意可以做，赔本的生意不能做啊。”三弟发成说。

听了大家这么说，苏发扬心情很沉重，他一直绷着脸，认真地听着，又不时扭过头看一眼床上的顺风公，似乎是希望顺风公能够从床上坐起来，说几句石破天惊的话，给大家指点迷津，但是他一直沉睡在自己的世界里——顺风公的世界显然是另外一个世界了，连通古今，神游万仞，不过，他随时可以转来这个世界的，又随时可以回到他的世界。

这太让人羡慕了，对发扬来说，他就只有一个世界，只能正面面对这个世界的一切。现在，面对几个弟弟迷茫、空洞的表情，他也显得无奈，默默地又装了一锅烟丝。

“照你们这么说，东溪窑真的没戏唱了？”发扬好不容易憋出一句。

“想烧的去烧嘛，总还有人在烧，那个发志不就一直还在烧吗？”发宏说。

发成立即接上话头说：“发志嘛，跟我们不一样，人家是‘脱子种’。”

发扬瞪了发成一眼，说：“别乱说人家。”

“没乱说呀，我还听人说，那个番王庙的番王可能就是发志的高祖……”发成说。

“你越说越不像话了，乱嚼舌！”发扬不悦地打断发成。

其实在东溪窑老君庙旁边确实有个番王庙，两座庙并排而建，年代不一，都比较低矮和简陋，看得出用的大多是烧坏的窑砖。太上老君是窑工所尊敬的祖师，建庙是必须的，而这番王庙据说是因为那些当窑主的苏氏祖宗们认为，贩瓷与番，从番人那里赚了那么多钱回来，应该弄个番王来拜拜，以保佑财源滚滚不断，便建了这个小庙。还有一个传说，当年有个荷兰东印度公司的番人因为长年的生意交关，跟苏氏祖宗十分稔熟，曾经来过苏洋村，甚至有传说，苏氏某位高祖慷慨地把自己的亲妹妹嫁与番人为妻。此事苏氏族谱上并无记载，但是族里一直在流传各种说法。此后族里隔几代也确实会有一两个人，长相跟大家不大一样，长得像番人，也就是俗称“脱子种”的那种相貌，比如他们这一辈的发志。不过这些到底只是传说而已，这些年来，东溪畔的番王庙和老君庙香火不继，几近荒芜。

苏发扬这时想起发志那天船运瓷器下水，自己还为他送过行，儿子维修为了逃避惩罚，躲在他的船上跑到了外面，也不知他们现在情况如何，发志的瓷器能卖个好价钱吗？他过年前应该会回到苏洋村吧？在苏洋村，发志是最坚持的人了，但是他性格孤僻，人缘不好，除了发扬，同辈兄弟几乎没人跟他往来。大家说，发志是烧窑烧到没兄弟，谁知道呢？发扬是真心不希望祖业在他这代人手上消亡的，虽说早已颓废不堪，但毕竟一息尚存，还可以抢救，如果自己毫无作为，以后如何去见列祖列宗呢？发扬又转头看了一眼顺风公，发现顺风公此时不可能开口说话，只好他自己说了：

“苏氏以烧窑为祖业，出海贩洋，不敢说富甲一方，也算是家财雄厚，现在各家各户即便不烧窑了，做点小买卖，收点田租，收点番银，也能过好日子，可是你们发现没有？苏氏懒人变多了，后生子好吃懒做，不思上进，开始聚赌，寻衅滋事，长此以往，你们说苏氏会变成什么样？堕落啊堕落，到时，四乡八里没人会尊敬我们，我们以后到祖宗那里去，会被祖宗打脑袋打屁股的。”

“大哥，你说得是没错，这里面有个管教问题，就是管教要严啊，家有家法，族有族规，就是要严字当头。”发则说。

发扬想起儿子聚赌的事，发则这是无形中在敲自己的脑袋，当时他在族里是力主严惩的，但是有人反对，卜杯居然都是笑杯，他最后不得不动用家法，然而儿子却偷跑了，这让他在族人面前倍感羞辱，现在面对大家的眼光，依旧有点难堪，发扬说：“其实，我的意思是，把窑炉重新修整起来，后生子都有了事做，他们就不会学坏了。”他吸了一口烟，把烟嘴送到发宏面前。

“我吸不来。”发宏摆手说，“修窑炉的事，我看还是再说了，孩子是得好好管教，发愤读书也是一条路子，到紫阳书院深造，考取功名，光宗耀祖。”

发扬苦笑一声，说：“若能如此，当然也好了。我们的先祖听说也是一个秀才呢。后来苏邹分化，祖宗风水就把读书种子给了邹氏，所以他们出了一个进士，还出了好多个秀才，而我们苏氏被祖宗风水赐予了烧窑做瓷的本事——”

“风水也会轮流转吧。”发则说着，尖起嘴对着发扬送过来的烟嘴吸了一口，一下被呛到，连咳了几声。

“唉，好吧，说起烧窑，大家都是赚过甜头了，现在却是各有各的难处，我也不能勉强你们，我自己带头，过年前把自家的窑炉修整起来，年后重新点火烧窑。”发扬说。

“好嘛。”发成说。

“你烧你的，我不烧。”发则咳着说。

“好嘛，好嘛，兄长带头。”大家纷纷说。

苏发扬站起身，脸上带着一丝苦笑，内心里突然有一种苍凉和悲壮的殉道之感，他挥了一下手，五个小弟作了揖或点着头，鱼贯而出，卧室里一下又空寂下来。这时，他听到床上的顺风公喉咙里喀喀喀响了几声，好像是说“嗯嗯嗯”。发扬吸了一口烟，叹息随着烟圈在房间里徐徐飘散。

2

邹德永看完儿子锦洪留下的纸条，心里叹了一声，说，好小子，算你有种，老子等着你把建土楼的白银夺回来。他把纸条折了一折，放到壁橱里一堆陈年老账簿上，然后转身走出了灶间。

苏邹德昌已经在楼门厅等他了。德昌今天穿在身上的是邹德永的一套长袍马褂，非常合身，只是葛麻土布，似乎与他的台湾客身份不大相称。德永走到面前作了个揖说："难为德昌兄了，这粗布可是比锦衣绸缎方便劳作。"

"我本土楼子弟，今天不过是返璞归真。"苏邹德昌说。

"呵呵，可你还姓苏邹……"邹德永提起这个话头，心里还是有点不悦的。

"我知道苏洋村都改了，可外出的都没改嘛，据说加华公在苏洋村是姓邹，后来定居台湾又恢复了苏邹，这是一种念旧吧，我姓苏邹，苏皮邹骨，还是我们亲啊。"苏邹德昌说。

"呵呵，好吧。"邹德永笑得有点不自在。

两人出了集庆楼，一路说着话一路往东山岽方向走去。路上经过余庆楼位置——尽管余庆楼还没有露出地面一寸，但是现在大家都习惯用余庆楼来称呼这块地方，有人在挖大脚坑，而旁边的空地已经平整出来，准备用作做土的场所。大脚坑要用大石头来砌，这是一座土楼的基础，石头一定要结实的硬石。今天德永和德昌便要到雷石坑去考察石头、挑选石头。

"集庆楼大脚坑的石头也是来自雷石坑，据说'进士公'还在每一颗石头上编号。"邹德永告诉苏邹德昌说。

"'进士公'真是有心人，他把建土楼当成千秋万代的大事，着实令人感动啊。"苏邹德昌说。

"我们族里要是没有出一个'进士公'，恐怕在苏洋都没有立锥之地了。"邹德永说。

"嗯，我在台湾也常常听阿公说'进士公'的故事，竖石旗杆的人哪，永垂不朽。"苏邹德昌说。

邹德永本想回他一句，那你们还不去苏单姓个邹？想想还是忍住了。

两人说话间来到了东山岽的山脚下，这里有几条分岔路，有上山的，有往山坑里走的，也有通往东溪的。雷石坑是最大的一个山坑，大自然几万年甚至几十万年的造化，石头布满了山坑，各种形状，无奇不有。邹德永带着苏邹德昌踏过一堆草丛，从斜坡下钻过灌木丛，他先跳到一块船形巨石上，伸出一只手，要拉着德昌跳下来。德昌摆手谢绝，撩起长袍就往下跳，啪的一声，没有站稳，冲向了德永的怀里。德永笑呵呵地把他搂住，说："你还行啊，手脚还很利索。"

"在台湾我也是做苦工的人，你以为跷脚在享福啊？"德昌从德永怀里挣脱出来说。

"那是，你是不忘本的人。"德永说着，两手做着搂抱的手势，像是定型一样，久久没有放下，他似乎还想多抱一会儿。

德昌转过身子，举目望着坑里层层叠叠的石头，说："这么多啊，'弱水三千，我只取一瓢'。"

德永站到他身边，说："石头用不完，但这需要人力，怎么把它们运到余庆楼去，这是很大的人力啊。"

"'进士公'那年代都有办法了，我们肯定也能行。"德昌说。

德永指了指前面沿着山坑蜿蜒的山路说："我看把石头吊到路上，用板车拉走，是最便利的，比开一条路更省力。"

德昌点点头，表示赞同。他们就从船形巨石上爬下来，跳到了地上。实际上，地上全是鸭蛋大小的石头，他们就走在这鸭蛋石上，德永打趣地说，他们的祖先苏宗贵生前就是养鸭子的，后来他父亲也养鸭子，也许他们养的鸭子下的蛋都下到这里来了。德昌说，养鸭生蛋起大楼，这些鸭蛋正好用来砌地基。

两人分别从地上捡了一块鸭蛋石，握在手上，像小孩子一样在大石头上面敲敲打打，山坑飘荡着敲击石头的悦耳的脆响，咚咚咚咚，德昌有时还故意敲出一组旋律，嘴里哼哼唱着。这两个已知天命的男人快活得像孩子一样。

“这里遍地都是好石头，随便都可以用的。”德永扔下手中的鸭蛋石，搓了几下手，隐退到一块大石头后面。德昌知道他要做什么，立即就听到一条水柱射击在石头上的声音，沙啦沙啦，结实有力，似乎要把石头射穿。

“德永兄弟，小弟我贸然问一句，你身体这么壮，怎么就没想过娶个填房？”苏邹德昌说。

邹德永从大石头后面走出来，说：“让你见笑了。现在哪有心思想这个事？建一座楼，事情这么多，根本忙不过来。”

“哎，你找个新夫人，她照顾你细致一些，你也可以更好地建土楼嘛。”苏邹德昌说。

邹德永呵呵笑了两声说：“这个不敢想啦，我还是实在一点建我的楼吧。”

苏邹德昌走到邹德永面前，拉起他的一只手说：“德永兄弟，不瞒你说，我牵手（妻子）——我们一直合不来，我都想过讨一房小的。”

邹德永“哦”了一声，声音里有小小的惊讶，也有对他坦率的佩服，他说：“那你就讨一个嘛。”

“唉，还没相中，而且牵手那么凶巴巴的，我也不敢啊……”苏邹德昌说。

邹德永笑了起来，说：“那她现在管不着你了，山高皇帝远——不止呢，隔着海。”

苏邹德昌似乎有些难为情地低下头，说：“德永兄弟笑话我了……你可别传出去，谁说隔着海，消息一传就传过去了。”

3

苏发扬看着如无主墓地一般荒凉的窑炉，窑口塌陷了，到处长满了杂草，他不禁潸然泪下，我是个不肖子孙啊，竟把祖业荒废至此！这口窑顺风公的爷爷在时就有了，一代一代传下来，他十来岁的时候就跟着父亲来这里踩过瓷泥、挑过粗坯，也搬过窑柴，记得那时窑里烧出了米黄色带有冰裂纹样的碗盘、笔架、香炉、花瓶等等，父亲高兴得手舞足蹈，这些瓷器装船下水，运到了厦门港，又装上了大船运往海外，但是大船在巴达维亚海域的海浪中倾覆了。这一窑瓷器的货款分文没有收到，父亲就有些心灰意冷，加上顺风公这时生病了，便以照顾顺风公为主，把烧窑的事搁了下来，这一搁就是多少年！其间父亲、包括后来的自己也多次想要重新做坯点火，却因为各种原因而作罢。终于，窑炉荒了，连东溪畔的水车也断轴倾斜了。

从旧窑炉回来，苏发扬就把三个儿子召集到自己的卧室。他用一种不容置疑的命令式语气说：

“你们三个，明天食过早都跟我去修整窑炉。”

三个儿子脸上掠过一丝诧异，维生刚想要开口说什么，发扬便挥了一下手，让他们全都出去。

房间里静静的，苏发扬心里却无法平静。他想，把窑炉修整起来，重新点火。他要让苏氏废弃的窑一口一口修复好，让水车重新转动起来，让窑烟再次弥漫东溪畔。虽说现在瓷器外销不畅，但这器物是人间尤物，外邦番人喜欢，国人也喜欢嘛，他就不信烧出来都没人要。那天邹德永明确告诉他，邹氏要建余庆楼，所需的青砖青瓦就向苏氏购买，这是邹进士留下来的口训，也是邹氏向苏氏表示一种致敬。或许苏发扬心里还略有私心，既然其他族人不愿修整窑炉，那他自己带头先修，至少可以烧几窑青砖青瓦来卖给邹家。当然，青砖青瓦先练练手，试试窑火，接下来还是要烧米黄色冰裂纹的大瓶大盆，他要向发志请教，再雇请师傅，他相信他能行的。

苏发扬背着手走出房间，站在栏板前望了望天空，这是一块圆形的天空，蓝得像海一样。他知道，土楼是安稳的，而头上这块天空像海一样是变化的，其实祖先们一直是居于安稳又不甘安稳，所以他们一方面住土楼，一方面闯大海，现在的苏氏住土楼住久了住得太舒服了，闯大海的激情和血性消失了。他自忖也是没有了激情和血性，但是他愿意鼓动下一代振作奋起。他想，我老了，而他们正年轻。这时他想起逃跑的儿子维修，也不知这小子在外面怎么样。这个后脑勺有块反骨的小子，其实还是很有闯劲的。或许人都是被逼出来的。大明隆庆年间，族里有个罗汉脚（光棍汉）好吃懒做，这个月给东家挖瓷土几天，下个月到西家搬窑柴几天，领了工钱就吃掉，没得吃了就赊账买，有一年过年，他在屠夫那里好说歹说赊了一块三层肉，放在锅里用清水煮着，这时一个债主来了，不高兴地说，你欠我钱不还，还敢买肉过年？就把锅里的肉捞起来，用几根稻草扎着提走了。这个罗汉脚想没肉吃就算了，至少还有肉汤喝，没想到债主突然折返回来，说这锅汤也是我的，就端起锅来，把一锅汤全都倒掉了。这个罗汉脚大受刺激，连夜出走，据说他出海到了台湾，洗心革面，重新做人，从此变得勤劳吃苦，努力打拼，几年之后便事业有成，他想他之所以能有今天，正是那个债主逼的。万历年间他从台湾衣锦还乡，特别给那个债主送了一份厚礼，其时族里正兴建天妃宫，他捐献了一半以上的费用。发扬疑心这是哪个祖宗编的故事，或许是有一点原型，但应该是编的，因为这个罗汉脚的名字天妃宫的石碑只字未提，而且他属哪房哪派，也是语焉不详，不过为什么祖宗们热衷传播这个故事呢？因为他们相信“人是逼出来的”这个道理。苏氏如今的懒散、萎靡，就是缺少了逼的力量。

苏发扬满脑子想，想得脑子里的那根筋扑扑地跳动，他抬步要走下楼，正好从栏板上看过去，看到六婶在二楼廊道上走着，一只手上捧着什么，另一只手路过一间房时就推一下房门，形迹很怪异。二楼是各家各户的禾仓，还收贮一些农具，是不住人的。六婶推开一扇门，身子就闪了进去。那是她家的禾仓，感觉她就住在里面。这个苦命的女人，前些年丈夫病逝后，就变得神神道道的匪夷所思，发扬话头话尾有听说过一些，但是也没怎么在意，一个丧偶又没有子女的老妪，似乎总是怪怪的。他想不起六婶年轻的样子，想来当时应该也是清秀可人的女子，不然怎么会跟邹家的德永好上？要是她当初跟邹德永的事，双方父母家长不反对的话，那肯定不会是现在这个样子了，或许这就是一个人的命。

六婶关门时发出一个怪声，是人的声音也像是小动物的声音。苏发扬越发奇怪，就轻手轻脚下到二楼，往六婶那间禾仓走去。禾仓对内开一扇小窗户，所有人家都是开着或至少开一缝，唯独只有六婶的窗户关得紧紧的。发扬走到门边，把耳朵靠在门上听了一会儿，却是什么也听不到，好像里面没有人，甚至什么都没有，完全的虚空。六婶一个大活人，在里面被融化了吗？还是她把一切融化了？

对面有人走过来，苏发扬也不宜在一个寡妇门前多停留，低下头匆匆走了。

4

苏小果几多天没有看到邹锦洪，心想，这人是怎么了？病了？走了？——他能去哪里呢？还是他不想见我了？她想了好几天。这天到菜地里砍芥菜，自己这块地正好和邹氏的地相邻，她抬起头，还踮起脚尖往集庆楼方向张望了好久。看到了一些人影，但是都不是锦洪，他像是从苏洋村消失了一样，连空气里也嗅不到他的气味。

菜地里的芥菜齐刷刷有半人高，这是经过霜冻的，绿油油的菜叶里透着一种厚实。苏小果弯下腰，一口气拔了十来株芥菜，都是连根拔起，然后从竹篮里取出砍刀，把带土的根部砍掉，一株株收入竹篮里，头尾对放摞好。

苏小果提着一篮子的芥菜回家，却鬼使神差地走了相反的方向，快走到集庆楼前面时，她突然吓了一跳，自己这是怎么啦？连忙掉头就往回走，走了几步，脚步又缓慢下来。

这条村路下方是清澈的沟渠，人们挖断一截路面，铺了一些垫脚石，方便大家在此洗菜。小果走过了几步，又掉过头来，下到沟渠边，把篮子里的芥菜一株株拿出来，放到水里摇着清洗。全部洗好放好，小果直起身子，向集庆楼方向久久地望着。有一些人忙进忙出，还有老人坐在门埕前晒太阳，邹锦洪在哪里呢？

小果提起竹篮子走上路面，一步一步地走回家。突然她想起了公王庙，那是他们有约的地方，她赶紧加快了步子，绕到低矮的伯公庙后面，翻了屋顶上一颗压瓦的石头，再翻一颗，果然就在石头下面找到了锦洪的纸条：

我要出去，到博平圩山城圩当挑夫找抢匪，我会回来的，你要等我。

小果听说过邹家台湾客被抢劫的事，锦洪走到天岭去迎接之前他就被抢了，不明白锦洪为什么特别自责，他出去当挑夫就真能找到抢匪吗？她心里不高兴，把纸条揉成一团，但是随即又把它展开，抚平，似乎想在字里行间看到锦洪的容貌。看了几遍，小果把纸条折成几折，收在右襟的暗袋里。

这个村子果真没有了邹锦洪的气息！苏小果用力地呼出一口气，

提起竹篮子，往海威楼走去。前几天，母亲突然没由头地对她说，我像你这么大的时节，都生了你大哥。小果怔了一下，似乎明白了母亲的意思，说我嫁不出去了，就一辈子在家里侍候你吧。母亲连声骂她傻。那时她心里真有一种自己好傻的悲凉，她和锦洪的恋情一直没公开，她曾经催促过锦洪几次，让他家里请个媒人来说亲，锦洪说他父亲察觉到他们俩的事了，小果焦急地问他，你父亲怎么说？他支吾半天，说父亲没说什么，一会儿又说，父亲说苏邹的婚事总是不成的。现在锦洪出去了，何时才能回来呢？

“哎！哎！”背后有个女子追着喊她，“哎！”听到第三声，苏小果才意识到是在喊她，扭头一看，正是邹锦洪的妹妹邹红米，提着一竹篮子的芥菜跑上来。

“你叫我？”苏小果很惊讶。

“你把篮子提错了！”邹红米把手上装满芥菜的竹篮子往地上一搁，就要从小果的臂弯里夺走她的竹篮子。

“怎么了？你想怎么？”苏小果一头雾水，胳膊肘往里一勾，死死护着手上的竹篮子。

“你刚才洗菜，把篮子提错了！”邹红米尖声说着，两手用力地拽着小果的竹篮子。

苏小果还是没听明白，她觉得这个妹子来抢自己的竹篮子实在不可理喻，芥菜有什么好抢的？她自己不也有一篮子？难道她疯了吗？小果本来正在无名的烦躁中，这下便使出了蛮力，牢牢抓着竹篮子不放。

竹篮子在两个妹子的争扯中崩裂了，芥菜啪啦啦掉了一地。苏小果用劲地把破篮子摔在地上，冲着红米瞪起眼。邹红米也生气地把手中的半只破篮子砸在地上，迎住对方敌意的目光。

两束眼光在空中相撞，叮叮当当，一阵作响。

“你是不是起魔神了？”苏小果厉声骂道。

“你才起魔神！”邹红米毫不示弱地还了一句。

“我好好地走路，你来抢我的竹篮子干什么？”苏小果尖起声说。

“你，篮子提错了！这只才是你的！”邹红米指着地上那只装满芥菜的竹篮子说。

苏小果往地上看了一眼，那只竹篮子弓起的竹柄上写着一个“苏”字，脑子一时有些转不过弯来。

“你刚才在渠里洗完菜，提错了！”邹红米愤愤地说，弯腰从地上捡起一株株芥菜，两只手夹着，扭过头大步地往前走。

苏小果这下终于明白过来了，看着邹红米走去的背影，心想自己真是中了魔神了。

5

这天是博平圩的圩天，邹锦洪一单活也没接到。他站在圩街东头铁具铺的外墙墙根下，手上拿着一根扁担，脚边放着一副竹担子，眼光在来来往往的人群中巡视着。圩街被来自四乡八里的人挤满了，挤出了一片热气腾腾，人头攒动，各种声音交织在一起。锦洪很快发现他的一双眼睛不够用了，他根本看不过来，即使那个红鼻子的抢匪从他面前经过，他可能也认不出来。他第一次对自己这种大海捞针式的寻找抢匪的办法感到沮丧。

到博平圩当挑夫这几天，邹锦洪一单活也没接过，事实上，也没有店家或货主雇用挑夫，赶圩的人更用不着了，一般从山城圩、船场圩雇用挑夫挑货进来的多，而挑货出去的，主要有山货铺、烟丝铺，还有一些大户人家到外面探亲，但是这几乎不会临时雇用挑夫，而是雇用相熟的族人或村人。也就是说，如果像邹锦洪这样在博平圩当挑夫，肯定要饿死的。当然，博平圩上没有人知道他心里的秘密。这几天他并没有闲着，那个他和抢匪打过照面的地方，他连续去了两次，并且在相同的所在又方便了一次，可是没有发现任何可疑的东西，附近的几个小村子，他也去了，向村人打听有没有一个“当挑夫的鼻子红红的”人，他急中生智，编造说：我们一起从山城圩挑货进来，工钱都在他身上，可是他偷偷溜了，一文钱也没给我。锦洪说：“我这是辛苦钱啊，这么大担子从山城挑过天岭，他一个人独吞工钱，我也不知他叫什么，住在哪里，唉，现在我连吃饭的钱都没有了啊。”锦洪的话博得了一些村人的同情，但是村人们说，他们村里没人当挑夫，也没有锦洪所描述的红鼻子的人，有些人还附和着说：“这款人啊，真可恶。”还有人指点锦洪说：“下一回，你不管跟谁搭档，先把工钱分了嘛。”锦洪连连点头说：“那是那是，下回我肯定小心了。”夜里，锦洪住在博平圩大通客栈的通铺房里，满屋子的臭脚味，第一个晚上锦洪被熏得整夜无法入眠，第二个晚上才习惯了这种气味和此起彼伏的呼噜，同铺房有几个货郎、游医、风水师，他们说的许多事情对锦洪来说是闻所未闻的，他也向他们打听一些事，他们总是无所不知地说得天花乱坠。锦洪心里明白他们是在打手铳，完全是瞎说，但是脸上仍然装出很佩服的样子，不过他还是从中了解了一些有用的事情。经过这几天的找寻、打探，他基本上可以断定，那两个抢匪应该不是博平圩附近村子的人，很有可能是山城人、永定人或者迁界时来的漳浦人，他们应该收手不干，回到老家去了，但是走天岭的其他挑夫或许会知道一些他们的情况。

邹锦洪决定午饭后就往天岭走，争取晚上走到船场圩，歇个脚，第二天再走到山城圩。他脚也站得酸了，便蹲了下来。刚蹲一会儿，烟丝铺的张老板走到他面前，说：“后生子，到我铺里来一下，有两笼条丝烟，你给我挑到山城圩玉叶行。”

这是邹锦洪第一单活。他本来还想空着手走到山城，这下至少可以赚一点工钱了。

“后生子，你是哪里的，唤作什么大名？”烟丝铺的张老板问。

“苏洋村集庆楼的，我姓邹，名锦洪。”邹锦洪如实地说，他想德昌叔当时没问挑夫姓名吗？他在台湾也是生意人，怎么没这份小心，当然，也可能问了，对方以假村子假名字来应付他。

条丝烟用土纸包成长方扁形一小包，约六两重，一百包装成一笼，六十来斤。这样两笼条丝烟挑在肩上，还是有点分量的。邹锦洪在包子铺买了两只包子，站着几口吃完，把一条长条巾扎在夹袄的腰间，就挑起条丝烟上路了。

这是邹锦洪作为一个挑夫第一次走在天岭的路上，刚开始他还浮想联翩，那两个挑夫是怎么一路算计德昌叔的，或者早有预谋了，他们怀揣阴谋，一路上没有露出半点蛛丝马迹吗？德昌叔竟然一点也没有警觉……走了几里路，他再也没有力气想了，全身似乎只剩下喘气的劲，又累又渴，只能一遍遍吞咽着口水。其实做挑夫也是不容易的，那两个人怎么能一边做挑夫一边做抢匪呢？邹锦洪觉得做一个挑夫已经快撑不住了。

走到狗屎岭，日头刚刚落山，四周一片静穆，邹锦洪放下担子，喘了一口长气，他突然想起来，德昌叔正是在这岭上遭遇抢劫的——那两个抢匪对德昌叔发动了突然袭击，德昌叔瘫坐在地上，叫天天不应，叫地地不灵，他好像又看到了那一幕。

邹锦洪正侧肩要挑起担子，斜刺里冲出四条汉子，手上拿着土铳、砍刀、棍棒、扁担，向他围拢过来。他的心跳突然要停止了，眼光飞快地在四个人脸上扫视一遍，没有那个红鼻子。这是一伙土匪。邹锦洪想，狗屎岭，果真让人走狗屎运。“进士公”曾把狗屎岭改作滴泉岭，可是狗屎岭到底还是狗屎岭。

“兄弟，放明白点，你要物件还是生命？”那个拿土铳的土匪头说，他操的是客家话，腔调和邹锦洪有些不同。

“我只是个挑夫，挑的是老板的东西，不是我的，要是被你们抢了，我就完了，求各位大哥放我一马。”邹锦洪向四个土匪拱手作揖说。

土匪头冷笑一声，说：“你要谋生，我们也要谋生啊。”他朝另外三个人使了个眼色，他们挥着手中的家伙，向前走出一步，邹锦洪慌忙伸出两只手，不停地摆着说：

“自家人别动手，别伤害我，有话好好说，好好说。”

一个土匪推开邹锦洪，另一个土匪挑起了他的担子。

“你们抢了我的货，我怎么回去向老板交代？”邹锦洪带着哭腔说。那把土铳口朝他脸上挥了一下。他绝望地闭上眼睛。

铳声没有响起，四周一片死一样的静寂。

等邹锦洪睁开眼睛，那伙土匪已经挑起他的担子往小路撤离了。锦洪追着跑上去几步，大声喊道：“你们！你们不能这样——”

那个持土铳的土匪说：“那要怎么样？放你走，你还不走？”

“我走？我回去拿什么赔给老板啊？”邹锦洪又要哭了。

“换上别的挑夫，早就逃命要紧，跑得尾巴都直了，你还敢跟我们啰唆！”那人又把土铳朝他晃了几下。

“我、我没钱赔老板啊！”

“命值钱，还是钱值钱啊？”

“都值钱啊，那是人家老板的钱，我、我……”

“哈哈，看你是个仁义人，我们老大喜欢你这款，那你跟我们老大说去。”那土匪把土铳放下了，走过来拽着邹锦洪往前走。

第八章

1

余庆楼进展顺利。大脚坑挖出了一个巨大的口字形坑道，雷石坑的石头也一颗颗吊起到路面上，陆续用板车运了回来，红壤土做了一堆又一堆，在稻草的覆盖下静静地发酵。从永定高头聘请的江积荣师傅来察看了现场，频频点头表示满意。过年后，正月十六，江师傅就要正式进场，挖大脚坑以及砌大脚、小脚的石头都要在这之前完成、备好。

邹德永让女儿红米煮了一锅猪小肠线面，江积荣一边嗞嗞地吃得喉响，一边用眼睛余光瞄着在灶洞口烧火的红米。吃过点心，江师傅要回高头了，邹德永送他到村口，江师傅回头说："你女儿还没许配别人吧？我有个儿子，我们来做亲好了。"德永笑笑不置可否。

这天晚上，苏邹德昌吃过晚饭，不见了邹德永，他们是一起吃饭的，但德永吃得快，先走了几步。楼门厅、香火堂都没有看见德永，德昌就上了二楼。他回乡后德永把卧室让给他用，自己在二楼禾仓搭了张床。德永果然是在二楼的禾仓，靠近窗户的地方用两块木板搭了一张简易的床，他就盘腿坐在床上，照着松油灯在看账页。禾仓里充满一股农具和谷物混杂的气味，锈气陈腐，德昌猛地就打了一个响嚏。

"德昌兄弟，是你啊。"邹德永抬起头说。

苏邹德昌揉着鼻子说："真是难为你了，德永兄弟，我占了你的房间，你就只能住到这个地方了。"

"能住在楼里就不错了啊，还有多少族人住在外面漏风泼雨的茅棚屋呢。"邹德永说。

"你还是搬回来吧，我们两个老货子挤一床，还能取暖呢。"苏邹德昌说。

邹德永一怔，说："这怎么行？两个老男人睡在一起，呵呵。"

"哎呀，你不知道，以前过台湾不准带女眷，都是男的跟男的睡一床，台湾话说的，'有唐山公，没唐山妈'，呵呵……"苏邹德昌说着暧昧地笑了。

"这个这个，我们学不来……"邹德永说，"你是客人啊，别嫌弃我的房间就好啊。"

苏邹德昌说："我住得那么舒适，你却躲在这禾仓，我心里已经很不安。再说，我带钱回来建土楼，钱都被抢了，连换洗的衣衫都没有了，在这里吃你的，穿你的，用你的，这真叫我羞愧。"

"你这么说，实在太见外了。"邹德永说。

"我非但没帮上忙，还给你添了这么大麻烦，我……"苏邹德昌说。

"半路遇劫，是意外嘛，虽然没打探到抢匪的下落，现在，锦洪出去找了，也许他有办法找回来，即使找不回来，我们的余庆楼也已经开工了，它一定能够建成的，你就放心吧。"邹德永从床上下来，拍了拍苏邹德昌的肩膀，"我们是兄弟，再说就是你不对了。"

苏邹德昌勾下头，换了一副低沉的腔调说："德永兄弟，我回乡也这么多天了，因为遭遇抢劫的事，也因为你一直忙，我们虽然天天一起吃饭，其实也没怎么说话，我心里有些话，实在藏不住了……"

邹德永哦了一声。

苏邹德昌接着说："其实，我在台湾经营米店生意，也是加华公一点一点积攒下来的祖业，到我手上，也就守成而已，这些年我已经基本上把生意交给儿子锦治去打理。我也就这么个儿子啊。"

邹德永说："台湾早年地广人稀，我们这边去的人不少，讨生活都不容易。"

"彰化米店多，生意不好做。实不相瞒，我跟'牵手'关系不睦，她是熟番的女儿，人高马大，打架我都打不过她，我老疑心我还乡前一夜，藤箱被她动过，我是把一百块白银放在藤箱暗层里，一只藤箱放五十块——这些白银有鹰洋，有站洋，还有本洋和龙洋，我也是一块一块积攒的啊，这几天我老是疑心被她偷偷取走了一些。前头我已寄过'批'了，还没收到回'批'，我准备再修一封，跟儿子问问清楚，这小子有点怕他母亲，但他还是很听我的话，我要他把钱寄过来。"

邹德永把手按在苏邹德昌肩膀上，一时不知说什么，只是加重地又按了一下。在松油灯昏黄的灯光里，德昌显得一脸凝重。德永心想，要是那白银真被偷偷取出一些也好，至少还在自家人的手上。

2

昏睡了一天的顺风公突然缓缓地睁开眼睛，说："喀，喀，邹家开始建土楼了……"

苏发扬连忙靠近床前，说："是的，他们在挖地基，做土。'活祖宗'，我正想跟你说呢，我也着手开始修整旧窑炉了，今天把塌陷的窑口修好了，窑膛也清好了，那老君庙和番王庙也顺便清理了一下，接下来，就要修水车、水碓，搭建工棚，开春后，也许就可以点火烧窑了。"

顺风公说："咯，咯，咯……"他咳了起来，声音就变得含混不清。

苏发扬伸手在顺风公胸前的被子上按了几下，把隆起的部分抚平，他说："顺风公，到时请你来现场点火啊！"

顺风公止住了咳嗽，胸口就平静了下来，闭上眼睛，说："我看见发志要回来了……我看见维修在厦门港码头……"

苏发扬急忙问道："维修要回来吗？他要去哪里？"

顺风公说："咯，人生海海……咯，咯，大海茫茫……随波逐流，咯，咯，咯……"

苏发扬看见顺风公又睡着了，便把桌上茶油灯芯捻小了一点，轻轻带上门，走到廊道上，夜空黑漆漆的，整座海威楼和夜色融为一体。发扬迈步走回自己的卧室，他感觉海威楼像是一只大船，正行驶在这冬夜的海面上，海上会有这样平静吗？在顺风公的叙述里，海是激荡的，可是他至今没有看过海，无法想象大海的澎湃，他只能以土楼的浑圆阔大来想象大海的雄浑。如果明年顺利地重新点火烧窑，如果能烧出米黄色带冰裂纹瓷器，他要亲自运送到厦门港，顺便看一看海。说起来，爷爷是海外归来的，可是到了父亲和他这一辈，竟然连海也没见到过，这怎么说得过去？家族三座土楼其实就是海的馈赠，但是现在苏氏在土楼里安逸得没有了激情和血性。发扬想起维修，这个逃向大海的儿子，原来对他的愤怒、怨气此时转化为一部分的欣慰和赏识，他身上流着大海的血，土楼到底不能禁锢他的。这天晚上，发扬做梦梦见了大海，海面上掀起一阵阵巨浪，海威楼像船一样在摇晃，桅杆发出啪啦啪啦的声音，似乎就要被折断了，这时，一轮红日从海面上跳出来，顿时风平浪静，一切静得像是死了一样，他看到维修站在船头上……

食早时，苏发扬忍不住扭过头对坐在灶洞前的苏罗氏说："我昨晚梦见维修了。”

“他、怎么啦？在哪里？”苏罗氏紧张地站起身。

苏发扬埋头喝着稀粥，说：“他没事，他好好的，坐船过台湾，过几年就回来了。”

“唉，这死团子，要走也不肯跟我说一声。”苏罗氏说。

“他要是说要走，那就走不成了。”苏发扬说。

“好好的在土楼不待，外面有什么好的呢？”苏罗氏说。

“这个你就不懂了。”苏发扬说。

“我不懂，不懂，他什么时阵回来啊？”苏罗氏说。

苏发扬吃完了两碗稀饭，往桌上搁下筷子，走出灶间回头说：“时间到了，他就回来了，你不用管他。”

正坐在廊道上择菜的苏小果说：“爸，你说的话我们都听不懂。”

苏发扬又回头看了女儿一眼，说：“以后你们就会懂了。”

来到了自家窑炉前，看着修整一新的窑炉，苏发扬心情大好，不禁又开始想入非非了：点火、烧窑、开窑，青花、青瓷、米黄色冰裂纹瓷，船运下水，起锚出海……祖上曾经的辉煌，其实并未被雨打风吹去，而是实实在在化作了三座土楼，化作了许多传奇在子孙后代中间传诵。祖宗像是生起了一堆冲天的大火，这堆火在苏洋村烧了几百年，现在火中的柴木慢慢燃尽，火也在慢慢小下来，发扬知道他的责任就是不能让这堆火熄灭了，他要往火里添柴，让火继续烧，一直烧下去。

这时三儿子维生空着手来了，苏发扬一看就有气了，说：“不是叫你提着斧子来吗？”

“我忘了。”苏维生说。

“你吃饭怎么不会忘？没带斧子怎么干活？你大哥二哥呢？”

“哦，他们有事，说今天不来了。”

“说不来就不来，还有比修水车更大的事？！”发扬几乎跳起来。刚才他还沉浸在烧旺祖宗薪火的梦想中，现在两个儿子就劈头给他泼了两盆冷水。

“爸，族里人就我们家把破窑炉修起来，很多人笑话我们傻，现在还能烧出好瓷器？还能卖出好价钱吗？”

“这不是你想的问题。”发扬粗着嗓门说，“我叫你们干什么，你们就给我干，其他的什么都不要问，有耳无嘴！”

维生吐了一下舌头，不吭气了。

发扬知道维生是四个儿子中最老实最听话的，老大老二各自成家，分灶吃饭，并未分家，但已经没那么乖了。他挥起手对维生说：“你给我回去，把他们两个都叫来。”

维生甩了一下辫子，走也不是站也不是，两手直搓着。

“去呀，你变木偶了吗，我要提一下你才会动？”发扬说。

“大哥他拉肚子，二哥说他要浇菜……”维生说。

“他们这分明是……”

“爸，你这么心急做什么？水车我来修嘛，现在又没赶着用，我自己就能修好，又不差这一天两天的。”

“总是觉得不差这一天两天，这多少年都荒废了，现在还不抢时间，开春能点火吗？”

“爸，你择日了吗？”

“邹家建楼预订了青瓦，先烧瓦热热窑炉。”

“烧瓦又不难。”

“不难？你先别说大话，这窑荒这么久了，别连瓦都不会烧了。”

维生似乎有点不以为然地转过身去，心想，父亲总是这么急，这么焦虑，他真不知道族里人怎么议论他吗？他想把棺材底的人救活，真把自己当神仙了。维生也跟背后说父亲的人争辩过，最后自己被说得脸红耳赤哑口无言。不过作为儿子，他还是不敢违逆父亲的，父亲要拯救祖业，自己能帮忙就帮吧，万一真的救成了呢。

“你们这些人啊……祖宗在看着啊……”苏发扬重重地叹了一口气。

3

红壤土，掺上沙、石灰，这就是三合土。三合土要做熟才能夯墙。所谓做熟，就是把它们调匀，让它们充分发酵。邹家人已经做了一堆又一堆的三合土，每天早上，都要把覆盖在上面的稻草掀开，洒泼一些水，然后开始用锄头不停地翻动，把三合土一遍又一遍地翻来覆去，直至锄头不会沾土了，再把三合土堆成一堆，铺盖上稻草。第二天继续翻锄，周而复始，至少要翻锄二十天以上。当然翻锄时间越长越好，这样三合土的发酵就会越发熟透。据说苏氏当年夯建海清楼和海威楼所用的三合土，就整整发酵了两个冬闲时节。

邹德永每天早上翻开三合土上面的稻草，感觉像是掀开新娘子的头盖，一股沤熟的热气扑鼻而来，这种大自然的土质的气味，令他身心为之一爽。别看现在它们是软泥泥的一堆，不久就将变成坚不可摧的土墙。德永的鼻子不停地吸着三合土的气味，手上的锄头上下翻动，像是一只大鸟飞上飞下。三合土散发的气味，像熟烂暴汁的阳桃味，沁人心脾。德永的锄头越翻越快、越利索，土不会挂锄了，它们将在人的力量之下站立起来，夯成一堵坚硬的墙，这是多么神奇的造化。现在，德永就是在帮助它们酝酿、筹划这种巨变似的，他身上已微微出汗，但手上的锄头还是一刻不停地翻飞着。

这时，从集庆楼里一路快步走来的女儿红米走到了邹德永身后，叫了一声“阿爸”，说：“博平圩烟丝铺张老板来找你，让我喊你回去。”

邹德永“哦”了一声，直起腰，说：“他来找我做什么？”这个张老板，彼此并不相识，他想了几遍也不明白对方的来意。

“他没说什么，只说很急的事，让你马上回去。”邹红米说。

邹德永想了想还是扛上锄头，交代旁边的族人把他这一堆土翻好堆好盖上稻草，然后迈步向集庆楼走去。他的步子很快，红米在后面要小跑才能跟得上。苏洋村以及附近四乡八里的女人都是不裹脚的，她们上山下田做家务，每天忙得像陀螺一样转个不停。母亲过世后，红米更是承担了家里的所有家务，每天做得多睡得少，体力有些不支了。走到集庆楼门口时，德永还是神闲气定，后面追上的红米却是气喘吁吁，满脸通红。

那个烟丝铺张老板就蹲在槌子上吸烟，楼门口搁着他坐来的一顶竹轿，两个轿夫各蹲在一头发呆。张老板一见邹德永回来，便扔掉手上的烟卷，向前走了两步，说：“你就是邹锦洪的父亲邹德永？”

一听到锦洪的名字，邹德永心里马上明白是跟锦洪有关的事，说：“是我，请问你有什么事？”

“我是烟丝铺老板，上个圩天我雇用邹锦洪挑两笼条丝烟到山城圩，他没有按时到达，不知道他是不是跑回家了？”

“有这事？他没回来啊，自从他出去当挑夫，就不曾回来过。”

“那他能去哪里？还有我的两笼条丝烟啊！”

“这……会不会天岭上被土匪抢劫了？”

“天岭，抢劫？”张老板愣了一下，又板起脸对邹德永说，“会不会他跟土匪合谋？”

“他跟土匪合谋，怎么还告诉你名字和村子？”邹德永说着，不由牵挂起锦洪的安危。他相信锦洪不会挑着别人的条丝烟变卖掉或者藏匿起来，唯一的可能就是像德昌一样遭遇了抢匪，他这是要出去寻找抢匪的，没想到再次落入抢匪之手。“张老板，你要相信我们集庆楼邹家的为人。”

张老板叹了一声，说：“你们邹家的家风，我是有所耳闻，可是，那是两笼条丝烟啊。”

“你是两笼条丝烟，我是一个儿子啊！我也想知道他们去哪儿了。”邹德永猛地拔高声音盖过张老板，他的心里充满了忧虑。

“我派人到天岭察看，也派人到山城圩去找过了，接下来，我看还是要报官。”张老板说。

“不瞒你说吧，前一段，我兄弟从台湾回来，在狗屎岭被两个挑夫抢了，我儿子正是为了寻找这两个扮成挑夫的贼人，才去做挑夫的。”邹德永说。

张老板皱着眉头说：“好吧，我今天特意过来告诉一声，你家儿子有下落，马上通报给我。”

“这会的，谢谢你张老板，今天专程来说这个事。”邹德永拱手作揖说。

张老板脸像死人一样毫无表情，扭过身子，就向停在门口的竹轿走去，弯腰爬进轿子里。两个轿夫立即抬起轿子，吱扭吱扭地走了。

邹德永看着张老板坐轿离去的背影，突然觉得有点头晕，手在光亮的太阳穴上按了几下，转身对红米说：“去把你两个哥哥都叫来。”他一屁股在槌子上坐了下来。余庆楼正在做土、挖地基的过程中，又出了这桩事，真是让德永不省心。现在，他心里只求锦洪平安归来，那抢匪抢走的白银也就罢了，还有什么比人更要紧的吗？

两个儿子锦江、锦波走到了跟前，邹德永说：“你们到博平圩、天岭上去找找锦洪，打听一下他的下落。”

4

苏小果提着一桶衣衫要到外面的沟渠去洗，她刚走出土楼大门时，看到左侧甬道上走来一个穿红挂绿的老女人，定睛一看，这不是远近闻名的媒人阿搭婆吗？阿搭婆手上提着几包花生糕之类的小点心，走路有点罗圈腿，却是脚底生风似的，一下就跨过了石门槛。小果心里咚地跳了一下，断定她一定是来自己的家，便折返回来，放慢脚步进了土楼，沿着廊道往自家灶间走去。她果然听到了阿搭婆在自家灶间里咯咯咯的笑声，像母鸡下蛋一样兴奋不已。她就在廊道上站住，伸长耳朵听着灶间里的声音。

“人家那土楼好大，一二三，三重啊，住了好多好多人啊，四五百人吧，祖上也是大家族，从海外赚了大钱回来建的土楼。”阿搭婆的声音中气很足，像一群野鸭子拍打着翅膀，从灶间里嘎嘎叫着飞向天井。

苏小果听得出这说的正是母亲一个表哥的一个同宗亲戚，母亲曾经在她耳边唠叨过，他们家是在永定的一座三环土楼里，祖上也是出海做大生意的，那人比她大一岁，斯斯文文的，母亲当时用了这个词，小果不知为什么特别反感，她有些粗暴地顶撞了母亲，说她这辈子不嫁人，母亲笑着说你傻啊傻。小果不想再听阿搭婆的话，转身走出土楼，一路在想，锦洪杳无音信，他家那里也一直没动静，据说苏邹两家注定是不能做亲的，这要怎么办呢？

穿过村子的沟渠，流水平缓，清澈映人。苏小果看着水中自己傻傻的影子，只是一个劲地发傻。有人从那边路上走过来，小果这才缓过神来，从石阶走下到沟渠的水中。这里铺设了几块洗衣礅，她把木桶搁在了上面。

从路上匆匆走过的那两个人，苏小果从背影辨认出是邹锦洪的哥哥，忍不住叫了一声："哎！"

有一个人回过头来，他是邹锦洪的二哥锦波，苏小果记得锦洪说过他跟这个二哥最知心的，本来还想装矜持一下，这会儿索性豁出去了，向他招了几下手，示意他过来。

邹锦波迟疑了一下，还是走了过来。

"你家锦洪呢，有什么消息没有？"苏小果迫不及待地问。

"我们这就是要去找他。"邹锦波说。

"他怎么了？"苏小果一下张开嘴巴，大得可以塞进一只柿子的样子，完全没有了妹子的形象。

"挑烟丝到山城，人货都不见了。"邹锦波说，"我们要去找他。"

邹锦波转身走了，苏小果张开的嘴还没有合拢上，这锦洪到底出了什么事？他会怎么样？小果感觉到心在往下沉。

洗完衣衫走回海威楼，苏小果在天井里把衣衫一件件挂在竹竿上，母亲笑嘻嘻走过来，脸上带着一种压抑不住的喜悦，却又故作神秘地说："你说，今天有什么好事？"

"能有什么好事？母猪又下崽了？"苏小果没好声气地说。

母亲挤到苏小果身边，悄声地说："人家请媒婆上门了，把你的生辰八字要去了。"

"要去做什么？我又不想嫁人。"苏小果抖着手上一件父亲的短袍，抖了一下又一下，抖出了湿漉漉响的声音。

"你傻呀，你呀傻。"母亲笑得眼睛都没有了，只有一颗金牙在日头下闪闪发光。

苏小果心想，我傻吗？真傻吗？跟邹锦洪私下往来这么多年，都是自己在着急，在催促，人家似乎很优哉，从没有着急过，自己真的有点傻。

这天晚饭后，苏小果收拾好灶间，走出土楼，神差鬼使就走往公王庙这边来。公王庙里灯火闪烁，有人在轻声念叨，她连忙闪进榕树的阴影里。公王庙拜的是一位大唐池姓将军，又称池王爷，或王爷，族里每三年要把王爷抬出来巡游一次，以保佑全族，由族里各房轮流做头家，负责整个巡游活动，当然巡游主要在苏氏居住的上坂，邹氏并不参与。小果听到了往地上掷杯的声音，连续三次，一个声音说道："好，好，很好。"她听出了是发展叔的声音。

苏小果轻手轻脚走到伯公庙后面，屋顶刚刚高到她的下巴，她把每一块压瓦石都拿起来看了看，下面并没有压着纸条什么的，其实她早已明白锦洪不可能在下面藏纸条了，但她还是一块块石头都摸过一遍才死了心。

5

绕了几道小山弯，来到一座山岗下，刚仰起头的邹锦洪突然被两个土匪抓住手，另一个按下他的头，给他的眼睛缠上一块黑布。

"干，这是弄啥货！你们，干！"邹锦洪跳脚骂道。

"兄弟，忍一忍，这是老规矩，马上就到了。"那个持土铳的土匪说。

有个土匪牵住邹锦洪的手，像是拉着瞎眼的阿公一样，倒是很尽心，不时提醒他脚下有沟有坎。对锦洪来说，走山路自然不在话下，尽管蒙着眼，但是他的脚下还是有感觉的。又绕了几道弯，他被带到了一个空阔的石洞里，听到有人在嘀咕什么，突然一只手猛地扯下他眼睛上的黑布。

邹锦洪下意识地闭上眼睛，过了会儿才睁开，只见自己果真处于一个空阔的洞穴里，面前是一块形状如太师椅的巨石，“椅背”上挂着一张斑斓的虎皮，上面坐着一个断了一只胳膊的黑脸男人，看不出多大年纪，应该是跟父亲差不多，刚才为首的那个土匪在他身边低声汇报着什么。邹锦洪一下判断这个一只胳膊的黑脸才是老大，他猛然想起来，那块状如太师椅的石头应该就是传说中的“皇帝椅”，小时候听长辈说过，这地界有个隐秘的山洞叫作“皇帝洞”，古代差点出了个皇帝，“皇帝椅”是钟灵毓秀的风水造化，那个命中要做皇帝的人，因为当晚吃太多黑豆，拉稀拉得厉害，以至于没有在规定的时辰坐上那“皇帝椅”，误了天赐的良辰，终究没做成皇帝。长辈言之凿凿地说这不是传说，并且有鼻子有眼地说“皇帝椅”就在天岭山峰中某座山的某一片石壁洞穴里，只是谁也没有去过。看来应该就在这里了，没想到现在成了土匪巢。

那个黑脸土匪头从“皇帝椅”抬起屁股走了过来，用一只手拍了拍邹锦洪的肩膀：“少年家，长得斯文嘛，身材还结实嘛。他们只要你的物件，不要你的性命，你为什么不跑？”

“这物件就是我的性命了，我回去怎么赔给人家老板？”邹锦洪说。

“呵呵，仁义，我喜欢！”

“我赚钱容易吗？今天刚开张，就遇到了你们，我、我……”

“遇到我们，你丢下物件，跑嘛，你不跑，哈哈，还跟着来啦！”

“呵呵呵，没见过不跑的……”

洞穴里响起一片欢快的笑声，在石壁间回响着。

邹锦洪的心在往下沉，看来，讨不回被抢的物件了，入了虎口还能吐出来？他为自己方才的冒失和幼稚而惊出了一身冷汗，这下讨不回物件，或许连性命也难保了……

“少年家，我就喜欢你这样子，你既然敢跟着来，那就不要走了。”那个黑脸土匪头说。

“不要走？你们给我饭吃？”

“哈哈，有饭同吃，有衣同穿！”

“还有这等好事？”

“当然啊，只要你入伙。”

邹锦洪叹了一声，说：“随你们吧——”

那个持土铳的土匪说：“还不赶快感谢老大？老大一般不让人入伙的！”

邹锦洪心想，事到如今，别无他路，只有走一步看一步了。他拱手朝老大作了作揖，说：“多、多谢老大……”

“我代我们老大告诉你两条行规，我们不抢穷人，我们也不做命案。你入了伙，要是哪天不想干了，只要你给老大一条理由，老大就放你走，但你走之后要守口如瓶，要是你报了官，我们一定追杀你，死也不放过你。前几年，也有个像你这样斯文的‘秀才’入伙，有一天他说做梦梦见母亲死了，老大也放他回去奔丧，还给了他盘缠。”那个持土铳的土匪说。

邹锦洪心里暗想，莫非这还真是“义匪”？我竟然也入伙做了土匪？他恍惚觉得这像是一场梦，长长地舒了口气，说：“好吧——好吧……”

在这个“皇帝洞”里，大家相互之间以绰号相称，头领就叫作黑番。他是饶平人，是历史上有名的一个“饶贼”的后裔，年轻时也曾读过书，后来因为一个妹子，与人争斗，被人断了一只胳膊，后来就当了土匪，前些年带了几个手下流落到天岭地界，就干一些抢劫过路货物的营生，然后把这些东西变卖到广东去。邹锦洪在这里也被取了个绰号叫作秀才。那个拿土铳的叫作佛郎机，是仅次于黑番的老二，还有几个分别叫作鸦片仙、十一指、肉和尚等等，那个专门做饭的叫作火博士。

吃晚饭时，佛郎机点燃了搁在石板上的一盏洋油灯，昏黄的光照着小半个洞穴。据说这是不久前抢来的洋人的玩意儿，散发着一股难闻的煤油味。每个人端了一只大碗，坐在凸起的石头上，稀里哗啦地吃着芥菜饭。这是邹锦洪入伙后第一餐晚饭，他肚子本来已经饿坏了，这会儿吃起饭来，却是食欲不振，他看到放在石壁下的那两笼条丝烟，心想明后天烟丝铺老板知道人货不见了会怎么样？他知道入伙不过是权衡之计，最紧要的事情还是找到那两个抢匪，夺回被抢走的白银。

“你怎么不吃饭？”黑番走到邹锦洪面前，问道。

“我受雇挑的货不见了，担心主家找到家里为难父亲。”邹锦洪说。

“你还是个孝子。”黑番像是讥讽又像是赞赏。

邹锦洪无奈地叹了口气，然后大口地扒起饭往嘴里塞。

夜晚大家睡在地上，下面铺着木板和稻草，每个人裹着一条黑乎乎脏兮兮的被子。听着周围此起彼伏的呼噜声，邹锦洪睡不着，心里萌生了逃跑的念头，但随即又打消了，因为如果只身逃跑，不能带着货（条丝烟），那有什么意义呢？而如果带着货逃路，能否逃脱实在没有把握。他想来想去，还是随遇而安，走一步看一步。

第二天一早，黑番叫肉和尚等两个人挑着条丝烟去“老地方”，他对邹锦洪说：“下一趟有货再让你去。”锦洪不置可否，他知道这“老地方”就是销赃的所在，并没有什么兴趣，他心里想的还是那两个抢匪。

条丝烟挑出去了，这“皇帝洞”又有一段好日子过了，黑番令佛郎机出去“巡山”，弄一些野物回来，晚上开荤喝酒。佛郎机便带着邹锦洪、十一指等人出了洞往山林里去。

邹锦洪发现这“皇帝洞”其实就在一片山林里的一座石山上，洞口极为隐蔽，像一只蚌壳藏在山石重重叠叠的皱褶里。

第九章

1

公王庙池王爷游香出巡的公告，贴在公王庙前、三座土楼楼门厅以及各个路口的矮墙上或者树干上。苏发扬是早上从楼上下来在楼门厅看到公告的，三年一度的公王游香又快到了，“谨定于本月十八”，还有十天，时间真快。最后的落款是“总头家发展”。发扬看到这个，心里隐隐有点不悦，发展是今年的总头家没错，但是贴公告之前，按说也要跟他通一下气，发展真是越发不把他这个族长放在眼里了。

吃过早饭，苏发扬挑了一对畚箕提了一把锄头，站在海威楼门口等着三个儿子。今天他计划带三个儿子开始挖瓷土。维生先出来了，接着是维贤、维能。发扬看了他们一眼，默默地挑起空畚箕，提着锄头，往东溪方向走去，三个儿子像是排队似的尾随其后，都用左肩一样的姿势挑着畚箕，维生是用右肩扛锄头，另外两人则把锄头搁在畚箕里，一手扶着柄。这一行父子四人带着同样的农具，踩着高低不平的脚步走在村路上的身影，显得隆重而怪异。看得出他们是去挖土，但气氛上感觉像是去打虎的。族人好奇地看着他们，有人就打趣说：“打虎亲兄弟，上阵父子兵啊。”

经过公王庙时，苏发展正好从庙里走出来，看着苏发扬父子这样列队走来，笑得眼睛眯成一条线，说："发扬，你们这是做什么呢，公王出巡还没到啊。"

发扬听出话里的讥诮，而且还扯到公王出巡，心里的气就不打一处来，沉着脸说："你是总头家，那都要听你的啊？"

发展笑了几声，说："族长要支持，要支持。"

发扬说："一切都要听总头家的。"

发展说："族长支持，族长支持。"

发扬脸黑黑地转过身，大步往前走去，后面三个儿子快步跟着。这一行父子兵阔步前进的身影倒映在东溪水里，影影绰绰，忽然有谁踢了一粒石子到溪里，那成形的影子就破碎了。

东溪畔的许多小山包都是瓷土，挖来挑到捣土坊，水车转起水锥，把瓷土捣碎。这是做瓷的第一步，也是一项重活。父子四人挑了一上午瓷土，中午走回去吃饭，都累得说不出话来，下午继续挑，晚上回到土楼里，都累得腰要断了。发扬觉得岁月不饶人，就这么一天，已经全身吃不消了，这里酸那里痛。吃晚饭时，他对维生说："明天你们继续，我有事。"在饭桌下边的小果接上话头说："我也去吧。"发扬盯了她一眼说："这活不准女子干。"小果说："怎么不准干？"发扬没好声气地说："自古以来就不准干，也不准靠近。"小果扭过头去做了个鬼脸。

搁下饭碗，苏发扬想跟维生说什么，张了嘴却没说出来。发扬背着手走出灶间，扶墙走上三楼，来到顺风公的卧室。在昏红的茶油灯下，看不清顺风公的面容，但他突然发出的声音清晰可辨："扬的，你好勤力。"

"'活祖宗'笑话我了，我这只挑了一天的土，就累得不能呼鸡不能吹火。"发扬说。

“年轻人去干。”顺风公说。

“嗯。我给他们带个头，主要活还是他们去干。”发扬说着俯下身子，给顺风公掖好被子，听到他轻微的鼾声，看到他的眼睛忽然闭上了。“活祖宗”的眼睛这会儿一闭上，往往就能看见往事和未来。

“顺风公，你看见了什么？”发扬问。

“我看见……我看见……土楼……在海上……”顺风公声音细细的，说到后面只是一串含混的音节和细若游丝的呼吸。

苏发扬几乎把脸贴到顺风公的嘴巴上了，还是什么也听不清。

2

邹德永在村口大樟树的树干上看到王爷游香出巡的公告，心想，能不能让王爷也出巡到下坂来，到集庆楼、余庆楼和一些茅棚屋集中地带巡一遍？为全族人祈福，特别是余庆楼，刚刚在建，说顺利吧，“牛角石”那块地很顺利，说不顺利吧，德昌被劫、锦洪去做挑夫又人货消失，邹氏需要祈福，求一个吉利。以前王爷出巡是巡遍整个苏洋村的，后来，也就是他们不姓苏之后，王爷就不曾踏过邹氏的下坂一步。邹德永把这段往事讲给苏邹德昌听，他一下也听明白了，他说台湾更兴王爷，到处都有王爷出巡，而且还有很多位王爷，朱王爷、张王爷、杨王爷，也有池王爷，据说一百多位，王爷所到之处，家家户户设香案摆三牲，焚香点炮，以求平安。德永说，这都是从我们这边传过去的嘛。

两人合计了一下，决定去海威楼拜见苏氏族长，请求从今年开始，王爷出巡也巡到邹氏的地界来，邹氏愿意承担一部分费用。邹德永有意把这事在族里透了透风，几房家长和大多数族人都没什么反对意见，但似乎也不大热心。

这天傍晚，邹德永和苏邹德昌提着一包茶叶和一包白香饼，郑重其事来到海威楼，苏发扬在香火堂接待了他们，一边泡茶一边说：“你们太客气了，人来就好，还带东西？”

“我从台湾回来，因为遭遇了意外，拖延到今天才来拜访苏族长，实在不应该。”苏邹德昌说。

“大家都是自家人嘛，不要多礼。”苏发扬说着，双手给德昌端上一杯热茶，“你的事我也听说了，人没事就好，钱以后再赚就有了。”

“那是那是。”苏邹德昌双手接过茶杯，放到鼻子下闻了一下香气，然后在唇边轻轻吹一口气，啜了一口茶，连连点头。

邹德永首先感谢苏发扬对余庆楼的大力支持，使余庆楼能够顺利开工，接着他便提出了王爷出巡的事。苏发扬听着听着，脸上就有了一点难色，说：“今年总头家是四房的发展。”

“哦，不是族里在操办吗？”邹德永也暗暗一惊，他看到公告上总头家是写发展没错，但这种事应该还是族长总负责的，苏发扬这是托词吗？

“王爷出巡是四房轮流操办的，今年正好轮到发展，你要找他说一下才行，这事我看很好啊，但你要跟他说。”苏发扬说。

邹德永心里暗想，苏发扬这么软弱，堂堂族长连这事也做不了主，苏发展在余庆楼奠基时才来纠缠，大家打了一架，算是结下梁子，找他说事肯定没戏。德永便有些失望，说：“发扬兄弟帮我们说说话。”

“王爷游香出巡，保佑全境平安，你们要加入，这其实是好事——”苏发扬沉吟了一下，“好吧，我跟他说说。”其实，他心里对发展也是非常不满的，发展越发不把他这个族长放在眼里，发扬想来想去，他的本钱无非就是爷爷烧窑贩洋赚了大钱，他的钱比较多而已。

邹德永和苏邹德昌起身谢过发扬，便告辞。苏发扬客气地要留饭，他们再次谢过。苏发扬送他们出了土楼大门，在门口挥手作别。

走在路上，苏邹德昌忍不住对邹德永说："这位苏氏族长，不大硬颈啊。"

"是啊，他人还不错，就是过于软弱。"邹德永说。

"其实，我们不一定要他们的王爷过来出巡，我们也可以自己搞一个——比如，我们把'进士公'做个神像，也抬出来出巡，这也是可以的嘛，我们台湾就弄了很多神来拜拜。"苏邹德昌说。

把"进士公"当作神抬出来游香，这个想法倒是很有意思，但是，邹德永立即觉得不妥，毕竟这是神明的事，是自古传下来的，自己可以开创一个新的神明吗？

"神明也是人变的啊，妈祖是人，王爷也都是人，我们'进士公'，立石旗杆的人，我们把他当作神，慢慢他就变成了神啊。"苏邹德昌接着说。

邹德永觉得苏邹德昌说的话不无道理，据说苏氏在东溪畔烧窑，都弄了一个番王庙来拜，但邹氏一下把"进士公"抬出来，似乎还不是水到渠成的事情，还应该有个契机，比如余庆楼落成，或者"进士公"显灵，或者托梦给族人，总之，不抬则已，一抬就要让人信服，真心崇拜。

"哎，你说怎么样？德永兄弟，我看行。"苏邹德昌忍不住回头拍了拍落在后面的邹德永的肩膀。

"这个嘛，这个，以后再说吧，还是先让王爷巡过来，毕竟这王爷几百年了。"邹德永说。

"人家要是不愿意过来呢？"

"他们不给我邹德永面子，应该也要给你苏邹德昌一点面子吧？"邹德永不忘揶揄苏邹德昌，还特意把"苏"字说重一点。

"我再说一遍，我是苏皮邹骨。"苏邹德昌也不大高兴地尖起声音说。

“好了好了，开玩笑啦，我们还是等消息吧。”

两人走回到集庆楼，迎面而来就是一个坏消息，去博平圩和天岭寻访锦洪下落的锦江、锦波兄弟俩，被烟丝铺张老板带人扣押了，锦江逃脱回来报信：张老板要求邹家拿两笼条丝烟来换人。

3

苏小果看见母亲笑眯眯向她碎步走来，心里咕咚一沉，知道她肯定有什么好事——可是，对小果来说，这实在不能算是好事。

“八字合上了。”母亲说。

果然！合上八字，男方就要上门“纳彩”“压定”，然后择日、迎娶，这一步追着一步，莫非自己就要这样被嫁出去了？苏小果突然觉得这事情太可怕了，脑子里晕乎乎，全身上下都感觉到疲惫乏力。

“男方祖母年初过世，他们想要年内迎娶，不然就要等三年了。”母亲说。

正从水井里打水的苏小果，手抖了一下，绳子从手中滑落，快提到井沿的一桶水，砰地掉落到井里，激起水花打在她的脸上。

“过几天……你怎么了？小果。”母亲走上前抓住小果的一只胳膊。

“没事。”苏小果推开母亲的手，走到一边拿了一根竹叉子过来，趴在井沿往里面钩起小桶的绳子，然后一手把一桶水提了上来。

母亲看着女儿的动作这么生猛，神情也似乎不大对，但她没有细想，仍旧笑眯眯地往灶间走去。

苏小果心想，邹锦洪那边一点消息也没有，自己很快就要被嫁出去了，这就是命中注定的命吗？她脑子里闪过一个念头：逃。立即觉得很可笑，逃到哪里？为什么逃？锦洪在哪里都不知道，而且他连请媒婆都没请过，而且据说苏邹历来是成不了的……看来，只能是认命了。可是想起跟锦洪几年来偷偷摸摸而又温馨美好的恋情，小果感觉像是万箭穿心。

天黑下来了，苏小果站在三楼往外挑出的瞭望铳棚上，看着远处的东山岽、东溪以及近处的田园、村路在落日余晖下，几乎没有过渡，一下从灰色变成了黑色，黑漆漆一团，把所有的一切都遮掩了，只剩下越来越黑的黑。她脚站得酸了，就在墙上靠一会儿。这是土楼向外挑出的棚台，看似要逃出土楼，实则还是跟土楼连成一体的，小果觉得自己的命运就跟它相似，向外张望一下，最终归宿在土楼里。

她肚子饿了，但她根本就不想吃饭。父亲和哥哥吃完饭，或许母亲会发现她不在灶间，或许会喊她吃饭。在这三楼往外挑出的铳棚上，一楼的声音是听不到的，这里是一个清静的小天地。此时只有晚风在耳边呜呜呜地吹着，几颗寒星在天上哆嗦，面前的黑暗也像墨水一样洇开，淡淡地有了一些亮色。她似乎也想开了，与其整个晚上站在这里伤感难受，不如回房间包在被子里睡一大觉。

苏小果轻轻翻出铳棚，向卧室走去，走到楼梯口时，她想还是要到下面洗一下手，便从楼梯往下走。走到二楼，前面一根梁柱后面的阴影里突然闯出一个人，把小果吓得惊叫了一声。

“乖团，免惊……”

苏小果听到一个苍老的声音，借着淡淡的夜光，她看到了一张苍老的脸，认出这是她的六婶婆素月。小果常常听到一些老妪聚在一起感叹六婶婆命苦，不孕，养女夭折，丈夫多病早逝，似乎女人所能遭遇的苦厄她都遭遇了一遍，所以刚近五十岁便老得像七八十岁一样。小果已经好一阵子没看到她了，在这昏暗幽静的二楼走马廊上不期然的相遇，还真是让人害怕，心里怦怦怦一直跳个不停。

“免惊，乖囝……”六婶婆说着，向小果走过来，黑暗中伸出一只手拉住小果的手，让小果冷不丁又吓一跳，她的手冰凉得像蛇一样，小果想要甩掉它，但是已经被紧紧咬住了。

“六婶婆……”苏小果哆嗦着叫了一声。

“乖囝，多大了？说亲了没有？”六婶婆的声音在小果听来也是凉飕飕的，像蛇爬上了脖颈。

苏小果摇摇头。

六婶婆拉着小果的手往前走，几乎在二楼的环形走马廊上走了一圈，小果几次想要甩开她的手，她的手其实只是松松地搭着自己的手，是完全可以一下甩掉的，但是那手上像是有一股魔力吸住了自己，小果乖乖地跟着走，突然在一间房间门前停住。二楼房间都是禾仓，一般晚上很少人来的。六婶婆一手推开门，一股腥臊的气味迎面扑来。

苏小果全身不由抖了一下，此时六婶婆已松开她的手，她可以转身跑掉，但是她脚底发虚，腿软得一点力气都没有。

六婶婆从暗处里拿起一只钵子，用一只手托着，另一只手掀开它的盖子，里面发出一股怪异的闻所未闻的气味，她说：“你免惊，这是好物件，以后你往他身上涂一点，他就什么都听你的了。”

“你说、什么？”苏小果一点也听不明白六婶婆的意思。

“你什么也不怕，他不听你的，过一两年他就得死。”六婶婆说。

苏小果还是听不懂六婶婆的话，在黑暗中看不清她的脸，只感觉她的口沫喷到自己脸上来，凉凉的有点黏稠，害得她不停地抬手擦脸。

“快了，明年就成了，乖囝，明年就成了。”六婶婆说着，突然冷冷地笑了两声。

苏小果全身暴起一层鸡皮疙瘩，她猛地一转身，跑出了房间，摸黑冲上楼梯，就向自己的卧室跑去。她取下门上的铁扣，撞进房间，反身用屁股把门顶上，别过一只手拉上门闩，整个人靠在门后，惊悸未定地喘着大气。

六婶婆到底在搞什么鬼？苏小果突然想起来，她隐约听长辈说过，六婶婆年轻时跟邹家一个后生子相好过，最后没成……

4

邹德永召集族里三十几个后生子，有的提着土铳，有的抡着棍棒，有的带着砍柴刀，还有人临时拿了夯杵——德永让他换成扁担，因为夯杵建土楼派得上大用场，不能弄坏了——一行人前后簇拥着走出集庆楼，向苏洋村外面的博平圩走去。他们要去烟丝铺解救锦波。

土路在三十几个后生子的脚下被踩得嘭嘭嘭地响，像是奏响雄浑的鼓点。三十几双大脚踢起了漫天的尘土，似乎给他们的行走增添了一股杀气。

邹德永是空着手走在队伍前头的，他觉得烟丝铺张老板太没道理，锦洪人货消失还没有定论，他就扣人要挟，简直欺人太甚。尽管眼下余庆楼在建，人手紧张，但是这口气不能吞下，再说，建土楼是给人住的，人比土楼更要紧。所以，土楼停工，德永领头开往博平圩。

邹家人刚刚拥进博平圩街，街面上引起了一阵阵喧哗与骚动。烟丝铺的门板一片片插上了，有一片没有插好，显然是伙计慌乱中失误。邹德永走上烟丝铺面的石阶，一手抓起那片没插好的门板，把它往铺面里用力一掷，大声地说：“张老板，出来说话！”

“出来！出来！出来！”把烟丝铺团团围住的邹氏后生子振臂齐呼，声音的巨浪几乎要掀开烟丝铺的屋瓦。

“张老板，请你出来说话。在下苏洋村范阳堂邹德永，请你赶快放人！”邹德永从卸了一片门板的空隙冲着里面说，他知道张老板还有几个伙计就躲在里屋。

“放人！放人！放人！”邹家后生子又是一阵高呼。

“张老板，你要是不露面，也不把人放出来，就不要怪我们下手无情了。”邹德永说着，抬手示意后生子安静一下，“你不要惹怒了我们邹家，伤了和气，到时不好看的。”

这时，圩街东头阔步走来一干人，脚步声沉稳有力，围观的人群发出哗的声音，自动地让开了一道缝。

走来的是博平圩团练石百总和几个乡勇。石百总大胡子、铜铃眼，不怒自威，走到近前见是邹德永，倒是笑笑喊了一声：“好啊，邹族长，你竟然带头闹事。”

邹德永看见石百总来了，两人交情还是很好的，便拱手作揖说：“不敢不敢，惊动石百总了。”他上前把事情简要说了一下。

“这事我听说过。”石百总一手捋着大胡子，“我已经禀报知县大人，近日准备在天岭剿匪。”

“石百总，犬子到博平圩当挑夫，正是为了寻查上回抢劫我兄弟德昌的那两个假挑夫，他一定也是遭遇了土匪，不可能挟货落跑，此种情况下，张老板扣押我另一犬子，实在没有道理。”邹德永说。

“我这就让张老板放人，”石百总说，“但是你带这么多人来，也是不对的，快快散去。”

“石百总，我要是单枪匹马来请求放人，张老板还不叫伙计把我轰出去？我只有出动这么多邹家子弟，才能镇住张老板，也才能惊动石百总。”邹德永说着，再次向他作揖致礼，然后挥了挥手，让邹家后生子往后退几步。

石百总拍了拍邹德永的肩膀说：“邹族长，听说你们开始新建土楼了，恭喜啊，哪天去讨酒喝？”

“石百总肯赏光的话，随时来随时有好酒好菜侍候。”邹德永说。

这时，烟丝铺的门板一阵响动，邹锦波从里面钻了出来，邹家人群里一阵欢叫，锦波下石阶时绊了一下向前扑去，几个兄弟伸手把他接住。邹德永见人被放出来了，也不想跟未露面的张老板计较太多，再次向石百总作揖道：“多谢石百总，我们撤了。”

走在回苏洋村的路上，看着面前一群活蹦乱跳的生龙活虎一样的邹家子弟，邹德永想，到底还是要有人啊，人多势众，众人拾柴火焰高，人心齐泰山移，只有人，才建得土楼，立得功名，什么事都做得！

第十章

1

苏发扬好久没上海晏楼来了，这回他吸着旱烟袋，专门来找苏发展。

海晏楼是苏氏的第一座土楼，也是墙体最坚厚、装修最气派的土楼。它始建于大明万历三年，竣工于万历五年，其时正是苏氏最鼎盛时期，烧窑贩洋，家财万贯，于是就在夯墙的三合土中掺加了糯米浆、鸡蛋清和黑糖水，使夯造出来的墙体特别坚硬和特别光滑——后来苏氏再建海清楼、海威楼就没有如此不惜成本了。海晏楼内装修更是讲究，到处雕梁画栋，从门当石墩到窗棂檀木，从斗拱到雀替，石雕、木雕，华美绝伦，楼门厅、香火堂、楼梯转角，还有大帆船、洋钟、番女的彩绘，三楼通往瞭望铳棚的墙上还糊了好多张洋人的报纸*The New-York Daily Times*（《纽约每日时报》）。那时节的苏氏是多么的强盛，几乎隔天就有一条装满瓷器的木帆船从东溪下水，在一片悠悠的桨声中驶往月港，然后再驶向更远更浩渺的大海。大唐诗人薛逢有诗《九日曲池游眺》，云：“正当海晏河清日，便是修文偃武时。”主持建楼的是苏氏四房的一个高祖，他喜欢这句诗，而且他也是闯过大海的人，希望从今而后风平浪静，安稳度过余生，便把楼名取作“海晏”。

一跨进海晏楼石门槛，苏发扬就看见楼门厅有人正在擦拭、装饰王爷出巡坐的神轿，宽阔的天井里，一群人忙碌着绑大龙，新做的龙头高高昂起，龙眼虽未画上，但龙的气势已显现出来，几个人正在几丈多长的龙身上糊纸，专注得甚至没有抬眼看一下走过的族长。

苏发展独自坐在香火堂，面前摆着一张长方形案几，正用拇指和食指拿着茶盅往杯子里倒茶。青花瓷茶盘上有三只茶杯，他就斟了两杯，眼睛也没抬，似乎就看到发扬从天井走上了香火堂。

“发扬兄，好罕啊。”发展说。

发扬笑笑说：“你真是好兴致，一边品茶一边监工。”

发展从方几下取出旱烟袋，往地上磕了磕烟渣，看着发扬手里的烟袋，说：“我这是乌木的。”

发扬吸了一口烟，说：“你乌木好啊，我这是龙眼木，‘活祖宗’在台湾时自己做的。”

“过几天王爷就要出巡了，还有很多活要做。”发展手往面前一张矮凳比了一下，示意发扬落座，“今年我是总头家，我要弄得比上一次闹热一些。”

“这很好，一次比一次闹热。”发扬坐了下来，心想，一来发展就说王爷出巡，我也就不必拐弯抹角，直接说了，他收起旱烟袋，端起茶杯啜了一口，清清嗓子说，“发展兄，有个事我跟你说一说，邹氏的德永来找过我，他希望今年的王爷出巡也能巡到他们邹氏地界去。”

发展冷笑了两声，说：“他们要改姓苏不成？这是我们苏氏的王爷，他们姓邹的凑什么闹热？”

“嗳，大家祖上也是兄弟嘛，以前王爷出巡也是巡遍全村的。”发扬说。

发展站起身，带着一种不满的语气说：“以前，以前他们还姓苏邹呢，以前的事就别提了，反正，这王爷出巡跟他们不相干。”

“王爷出巡，大家祈求的是合境平安，风调雨顺，他们现在虽说姓邹，但大家住的是同一个苏洋村，他们祖堂供奉的一世祖也是我们苏氏的高祖嘛。”发扬说。

“他们想要王爷出巡？我们每年一度还有个‘妈祖出海’，他们想不想也要啊？哈哈哈，他们不要吧，因为他们根本不出海，不识水性，这群土里扒食的客猴，要不要‘妈祖出海’？”

“发展，不要这样说人家，所谓人各有志，族各有业，邹氏耕读传家，我们苏氏烧窑贩洋，出海经商，祖上是曾经风光过，现在呢……”

“现在怎么啦？现在我们苏氏在四乡八里也是很风光的，住大圆寨，吃穿不愁，就是几年不烧窑也饿不着，你呀，怎么总是担心这担心那呢？”

发扬心里暗暗叹了一声，他知道跟发展不是一路人，无法谈拢的。

“发扬兄，今年我是总头家，我说了算。”发展说着，背着手沿廊道走去。

苏发扬一时语塞。苏发展这么不给他面子，他也相当无奈。拿起青花水禽纹茶盅给自己倒了一杯茶，一饮而尽。面前的这副青花茶具，很有些年头，发展祖上烧青花瓷确实烧得非常好。祖上的荣光啊，发展以为祖上的余荫是可以世世代代纳凉的。发扬拿着茶杯旋了几下，心想，这杯子苏氏现在不烧也烧不出来了，哪一天破了就没有了。

苏发展从楼梯下走出来，朝着天井里绑大龙的人说了一句，又走回到香火堂，看了一眼略略发呆的发扬，没说什么，从旁边炭炉上提起铜壶，在茶盅里注满水，说：“下一次谁当总头家，他要怎么样我管不着，反正，今年……发扬兄，我还是奉劝你一句，别跟邹家走得太近，你会吃亏的。”

“你别把人想得那么坏。”苏发扬说。

“我们祖上不就吃过亏吗？招个女婿，最后子孙姓他自己的姓了。”苏发展说。

“这都几百年的事了，你还说这个事？”苏发扬说。

“几百年怎么了？三岁看到老啊，几百年也是不变。过几百年还是会说。”苏发展说着，脚上的绿缎绣花厚底鞋还往地上跺了一下，“你看，人家外出台湾、南洋的，就没改嘛，还姓着苏邹。”

“其实……过去的事就让它过去好了。”苏发扬说。

“不瞒你说，发扬兄，前些时日，我跟犬子维纳说起终身大事，他居然跟我说邹德永的女儿红米就不错，我当场给他一记耳光，说哪个村里的妹子都可以娶，就是不能娶邹家的。”

苏发扬心里震了一下，发展这跟邹家有多大的仇？祖上的事都过去几百年了，他还搁在心里放不下。

苏发展一边斟茶一边换了一副语气问道：“发扬兄，听说小果的婚事都快成了？”

“嗯，男方催得紧，主要是她妈在操办，我没什么意见，我看男方家风很好，家境也好。”苏发扬说。

“这就恭喜你啦！”苏发展拱手说道。

苏发扬却是一肚子不悦。

2

那只“鸡精”在余庆楼奠基那天邹苏打斗现场救场后，独自寻回了集庆楼。邹德永就不再用竹笼子罩它，而是让它在集庆楼里自由活动。每天德永从外面回到楼里，它不管在天井里还是在楼梯上，甚至在二楼三楼廊道上或者栏板上，都会咕咕咕地叫几声，然后拍打着翅膀朝德永低空飞来，在德永脚下绕几圈。晚上它一般就睡在香火堂的供桌下，天亮时它不叫了，大概是它觉得自己已经成精了，不宜再干这种寻常事，楼里的小公鸡多得很，任由它们尽情去叫，自己还是要多琢磨一些大事。

这天邹德永刚刚走上楼门厅，“鸡精”不知从哪儿飞过来，落在他的脚盘上，他一抬脚，就好像把它踢起来一样，实际上它就稳稳地站在他的布鞋口上。他又一抬脚，想要把“鸡精”甩出去，没想到它低头啄了自己脚盘一口。心情本来不悦，这下便有了怒气，但没等他踢脚动手，“鸡精”扑啦啦飞走了。

邹锦波回来了，余庆楼做土、挖大脚坑正常进行中，但是锦洪依旧没有下落，另外，请求王爷出巡到邹氏地界来被拒绝了，另外，德永还听说苏发扬女儿小果年内将出嫁到永定奥杳——锦洪暗地里跟小果好上多年了，虽然他很不赞成，但是他们显然没有断绝关系，现在锦洪下落不明，他知道小果要出嫁了吗？知道了又会怎么样？德永想起自己年轻时跟苏氏女子素月的那一段往事，心乱如麻，全身上下像是长了毛一样，变得非常烦躁，而且恍惚不安。他很想冲谁发火，又想把一个什么东西捏碎。其实前些天，他在东溪畔遇见过一次素月——令他意外的是，那完全是一个憔悴、衰老而麻木的老妪，她好像是在草丛里挖蚯蚓什么的，并没有看见他，或者看见了他毫无反应，他从旁边观察了一会儿，发现她手脚迟钝，目光呆滞。他本想叫她，跟她说几句话，但是随即打消了这个念头。他们的一切在三十年前已经了断，如果要回忆，他还是愿意回忆她三十年前的样子，而不想再看到她现在的模样。可是，那天之后，她的容颜却总也忘不掉，时不时浮现在眼前。她为什么老成这样子？在土楼乡村，多少命运多蹇的女人，德永从小就听说过很多，也看见过很多，像是三叔的大表婶、父亲的六姨婆、母亲的四表姐、妻子的五姑姑等等，但是她们没有谁被命运压垮，都很顽强地活着，直至老年，尽管满脸沧桑，垂垂老矣，但是眼睛还是有光的，身上还是有一股精气神的，没有谁像素月这样，被命运蹂躏得不像人。

晚饭没有心思吃，邹德永一碗都吃不完，又倒回饭桶，一个人踱到了集庆楼外，望了一会儿幽暗的远处，便返回楼里，走上二楼摸黑进了自己的临时卧室，躺在了床上。

邹德永累了，累得全身软绵绵的没有一丝力气，但是他的脑子却是紧绷绷地颤悠着，像是有许多人在他脑子里进进出出，死去的父亲、母亲、妻子、儿媳妇，还有素月，还有锦洪、小果，还有面目不清的“进士公”、曾祖父、加华公……他想起了许多往事，混乱地交织在一起，刚刚是父亲在说话，突然素月咯咯大笑，接着“进士公”从神位牌上走下来，然后是锦洪在奔跑，过去与现在，生与死，全都没有了界限，德永看到了所有人挤在香火堂听“进士公”讲古。

天快亮时，邹德永方才迷迷糊糊地入睡，但是随即被远处传来的三响铳声惊醒。他知道，这是苏氏开始抬王爷出巡了。爆竹声伴随着锣鼓声，一阵阵地响起。苏氏不愿意让王爷出巡到邹氏的下坂地界来，德永心里还是很失望的，他知道这是总头家苏发展在作梗，苏发扬在他们族里似乎没有足够的权威，或许他当初应该去拜访一下苏发展。不来就不来吧，德永想，等余庆楼建成，我们如德昌所说的，把“进士公”抬出来游香。

苏氏上坂方向不断传来的爆竹声和锣鼓声，令邹德永睡意全无。他索性起床，走到了一楼，有人站在廊道上朝着他说：“你不是说要请王爷出巡到我们这里来吗？”

“不来了，人家不来了。”另外一个人说。

邹德永什么也没说，打了一个哈欠。

一些孩子从四个角落的楼梯冲下来，兴奋地喊着“看王爷”“王爷来了”，就往集庆楼外面奔去。

又有个人走到邹德永面前，问：“王爷怎么不来了？”

邹德永装作没听见，又打了一个哈欠，转身走进自家的灶间。

苏邹德昌也是一早被响声吵醒，早早就出了集庆楼往外张望，他折返进楼，大步走到德永的灶间门前，粗声大气地说：“德永啊，我们就抬‘进士公’，一定要抬‘进士公’来游香出巡，那么多王爷，姓池也好，姓什么也好，都是外姓人，‘进士公’可是我们自家人啊！”

呵呵，你不是姓苏邹吗？人家也不给你面子。德永心里对德昌说，看你咋咋呼呼的！

远处的爆竹声和锣鼓声响得正欢，邹德永可以想象到那边的闹热和欢腾，旗幡阵、锣鼓阵、龙艺、花灯、香炉，最后就是卸了顶的八抬大轿，王爷神像被绑在轿座上，高高在上地俯视着众生……

3

铳枪三声巨响之后，起轿，出庙——八个后生子抬起了王爷神像，这轿顶被拆卸下来，轿座也垫高了，王爷就高高坐在上面，腰间被缚了一条红丝线。这尊王爷神像是苏氏祖上烧的瓷像，通体灰黄，釉面开冰裂纹，经过数百年香火熏染，细布擦拭后，更显一种人间烟火气息。

哐，当，哐，当，哐，当——走在最前头的是两个敲锣的人，鸣锣开道。接着便是幡旗飘飘，最大的那只幡，上面绣着一行大字：“为玉旨勒令代天巡狩池府王爷”。这池王爷真身是大唐一个将军，据说与苏氏先人有交情，后来苏氏肇基苏洋，便以他为“当境佛”，世代祭拜，三年一出巡。

出巡队伍首先前往扶风堂，然后沿着村子里的东溪河道行走，经过木桥到天妃宫绕一圈，再从木桥回来，前往海晏楼、海清楼、海威楼，在每座土楼的天井里巡游三圈，回到公王庙前的平地上，大家就地吃饭——早早有人垒起了大灶，做大鼎芥菜咸饭，称作“福饭”，稍事休息后，再走过木桥经过天妃宫往上走，到东溪畔各个窑口出巡——以前巡游全村时是午饭后开始出巡邹氏下坂，后来取消出巡下坂才改为巡游东溪各个窑坊的，日落时分之前，王爷进庙，抬轿的人要一路狂奔冲进庙里，跑得越快越好。

长长的龙艺之后是锣鼓阵，然后是一群持花灯的男孩与妹子，一人扮演的“公背婆”，生、旦边走边唱的“落地扫”，接着是身披绶带的一式穿着青色长袍马褂的十几个头家，发展作为总头家，独自一人走在王爷前面，像是给王爷带路一样，迈着大摇大摆的方步，目光甚至不往旁边围观的人群看一下，直视前方，脸上带着一种志得意满的表情。

王爷后面是两人抬的香炉，供人们把拜过的香插在上面，最后又是锣鼓阵，不过这锣鼓阵与前头的有所不同，这叫作四平锣鼓，本地俗称粗锣鼓，大唢呐、通鼓、笃鼓、锣，用锣鼓配合唢呐吹奏，表现的是武将出征的情节，唢呐高亢，鼓点铿锵，在激越的锣鼓声中，那高高的王爷已不再是一尊神像，化身为威风凛凛的大将军，策马横刀，所向披靡。

王爷一早出庙，家家户户已在灶间门前摆出香案，用猪肉、干果做祭品，辈分最高的老妪带着家中所有成年女性，持香守候，等王爷神像一到，便焚香祷拜，有的老妪还要跪拜，拜完后燃放爆竹。

这会儿，王爷进了海威楼，顿时炮声大作，整座土楼弥漫在一片硝烟之中。

苏发扬早上起来，突然一阵眩晕，泡了一碗黑糖水喝下，感觉好了一些。今年王爷出巡，总头家是发展，不喜欢他这个族长插手，他也乐得一个清闲。发扬给顺风公请安之后，问他早上想吃什么，顺风公比了比手，发扬知道他只想喝一杯浓茶，便给他泡了一杯酽酽的老茶。发扬没有告诉他今天王爷出巡，公王庙前三声铳响，顺风公一听就说："王爷出巡……"

此时在震耳欲聋的爆竹声和锣鼓声中，顺风公要求坐起身来。发扬扶着他坐起半个身子，带着一种诙谐的口气说：

"要不，我扶你下楼看看闹热？"

顺风公没有回答，他木木地靠着床板，眼珠子偶尔一转，像是从楼下王爷游香的声音里听出了什么，喃喃说道："各村都有一位王爷，黄王爷、王王爷、陈王爷、杨王爷、张王爷、曹王爷、石王爷、夏王爷、邱王爷、何王爷、方王爷、蔡王爷、庄王爷、沈王爷、匡王爷、吴王爷、牟王爷、萧王爷、钟王爷、涂王爷、卢王爷、刘王爷、彭王爷、高王爷、游王爷、曾王爷、廖王爷、汤王爷、谢王爷……一百多位王爷啊，海边人还有送王船，船上什么都有，从活着的鸡鸭到杀好的鸡鸭，猪肉、大米、青菜、肉油，应有尽有，七八天十来天飘过台湾，飘到哪里哪里又多了一位王爷……"他叨唠着慢慢闭上眼睛，有点惊乍地说："我怎么看见维修在王船上？"

"维修？'活祖宗'，你说什么王船？"苏发扬惊诧地问。

顺风公闭嘴不说了。楼下的锣鼓声和爆竹声像是要把整座土楼炸沉了，他感觉到海威楼在晃动，房间变成了船舱，一股巨浪掀得他都有些坐不稳了……

"顺风公，你刚才说维修什么？"苏发扬又问。

顺风公整个身子软绵绵地滑下来，躺进了被子里，随即进入了梦乡。

苏发扬为顺风公掖好被子，走出卧室，站在栏板前，看着楼下的出巡队伍绕了最后一环走出土楼。发展的胖脸在王爷神像下面晃过，王爷坐在高高的轿座上，满脸慈祥地俯视着一切。他双手合十朝它拜了拜。

王爷游香出巡队伍回到公王庙前吃“福饭”，爆竹声和锣鼓声停了，吃饭声变成了最大的声音，狼吞虎咽的喉响，碗筷叮叮当当的触碰，响彻在公王庙上空。吃过饭稍事休息，谁知饭饱人乏，很多人席地而坐，摸着饱饱的肚子，都懒得动弹了。

“起来，起来！”一个头家喊道，“继续出巡了！”

苏发展吃过饭，在刷锅的竹刷上折了一小段，在牙缝间辛苦地剔了好久，感觉到犯困，张嘴打了一个大哈欠，一个头家走过来向他说完了一句话，他的哈欠还没打完。

“你说什么？”合上嘴时，苏发展不得不问了一遍。

“有人说，东溪窑都没几个在烧的窑口，到那出巡没什么意思。”那个头家说。

“我看，就到东溪头走一走，没必要整条东溪走透。”另一个头家也走过来说。

“上东溪还是要走的，窑炉都在那里，虽说现在没烧了。”另一个头家坚持说。

所谓东溪头就是指天妃宫这一带的东溪，一开始就走过了，出巡东溪的话自然要往上沿东溪畔走。两个头家在那里争论。苏发展什么也没说，忍不住又打了一个哈欠。

另外两个头家开始催促大家，说：“走，走，走，出巡东溪！”“早点出巡，早点进庙！”

苏发展用一只手掩着嘴，对头家们说：“上东溪没有住家，没有人出来拜请，巡一遍也是很快的。”

总头家的话就是决议了。

于是，哐，当，哐，当——出巡队伍又出动了，往上沿着东溪畔行进，就像一条蜿蜒的长龙。前头的锣鼓声有点平淡了，龙头不再飞动，龙身也只是平静地游走，高高坐在轿顶上的王爷神像，三年一度回到这块烧制它的地方，脸上依旧是慈祥的微笑。多少年前，王爷神像在这里从瓷土变成了瓷胎，最后烧成了光彩照人的瓷器，那时节，东溪两岸，窑烟袅袅，窑主与窑工忙碌的身影映在东溪水里，一条条外来的木帆船泊在各个渡口和天妃宫石码头，而现在，看不到一处窑烟了，有的窑口已经塌陷，有的则是荒草萋萋。连老君庙和番王庙都快没香火了，幸亏苏发扬父子前几天把它们简单修葺了一下。此情此景，王爷神像不知有何感受？毕竟，它只是一尊瓷器，其实连那些参与出巡的苏氏族人都没有感受了，何况它只是他们先人烧制的一尊瓷器。大家因为一上午的行走和兴奋，已经透支了体力，走在东溪畔都显得有些无精打采，连殿后的四平锣鼓也渐渐从激越跌入疲乏。

苏发展在东溪畔打了无数个哈欠。终于，出巡队伍在东溪畔苏氏地界走到无路可走了，也就是说，苏氏窑各个窑口——不管是完好还是塌陷的窑口——之间畅通的路，他们全都走透了，甚至还跨界走到邻村地界，发现过界了才折返回来。老君庙和番王庙前特意多舞了几下龙，锣鼓也稍微大了一点声。一路上没有人摆香案，也没有人拜请放炮，因为整个东溪苏氏窑都没有人了，即使苏发志家那几个新近还在烧的窑也没人在场，他们就这么浮皮潦草地走完了。

“大家打起精神！就要进庙了，锣鼓响起来！龙舞起来！”一个头家大声喊道。执幡、舞龙的人也相互打气：“给力！给力！给力！”

锣鼓猛烈地响起来了。苏发展对抬轿的八个后生子说：“王爷要进庙了，大家要奋力冲！”

经过东溪畔懒散的行走，后生子的体力似乎也恢复了一些，在锣鼓声的刺激下，他们开始变得跃跃欲试，心里想着如何显露一手，如何让奔跑的速度和身姿，更好地吸引围观妹子的注意。

出巡队伍走到距离公王庙十几丈远的地方，自动地散开，让出一条宽阔的路来，供抬轿的人狂奔进庙。

“冲啊！冲啊！冲啊！——”围观的人群里发出一阵阵呐喊。

“哦呜！——哦呜！——哦呜！——”

抬轿的后生子大声喊叫着，撒腿朝庙里冲去，每个人都奋力地撒开腿，几个人跑得辫子都直了。他们像野马狂奔一样冲到了庙门口，正准备刹住脚步，高高坐在轿顶上的王爷神像却是迫不及待地向前扑去，飞到了神龛后面的墙壁上，砰的一声锐响，摔成了碎片。

所有人都惊呼起来。

4

看到王爷神像摔在地上的碎片，苏发展先是愣了一下，扑通，就跪了下来，磕了三个响头，说：“王爷恕罪，王爷恕罪，信士苏某明年给你雕一个红檀真身。”

那八个抬着神轿猛冲的后生子一边喘着粗气，一边大眼瞪小眼的。有个后生子说：“绑神像的红丝线，绷断了。”

苏发展从地上站起来，脸上带着一股怒气，扫视了八个后生子一眼，说：“红檀木雕个王爷，你们八个跟我，一人出一份钱。”

王爷游香出巡因为神像的意外摔破，收场得有点扫兴和沮丧。庙幡、花灯以及神轿复归原处了，只是神龛上空出一块特别显眼的地方，苏发展临时请教书先生启章用一块红纸写了“王爷真身”四字，贴在墙上。各家各户上午用来祭拜的鸡鸭、猪肉，变成了丰盛的晚餐，苏氏三座土楼的上空响起了喝酒猜拳的声音。

苏发扬刚一听说王爷神像摔破的事，心头还掠过对苏发展的幸灾乐祸，你是总头家，爱逞能，这下看你怎么办！但是，心里平静下来，还是觉得这是个不祥之兆。祖上烧制的神像，几百年好好的，三年一次出巡，最后进庙也是那样猛冲，从来也没破个角或擦个痕，今年竟然一下摔碎了，莫非……他的心一下提了起来。

晚餐很丰盛，有白斩鸡，有咸水鸭，还有肉炒冬笋、大骨汤熬芥菜，苏发扬吃了两碗饭，维生要给他倒酒，他推开了，收了碗筷，走到灶间门口，回头说："你少给我喝点。"

苏发扬出了海威楼，直往海晏楼走去。家家户户的灶间，热闹喧天，男人们喝酒猜拳，廊道上有一些啃着鸭腿鸡腿的孩子相互追逐着。王爷出巡，本来就是村里的一个节日，附近乡里的亲友也会趁这农闲时节前来串门，所以，整座海晏楼热闹得像过年一样。

走过一些人家的灶间，苏发扬故意低着头，不让里面的人看到他。他走到发展家的灶间，看到里面只有发展一个人在喝闷酒，不免有点惊讶。发展抬头看到来人是发扬，同样也有点意外。

"来，喝一碗。"发展提起桌上装酒的锡壶就要倒酒。

发扬按着他的手说："我不喝酒，就坐一会儿好了。"

"今天过节，不喝不行。"

"好吧，那就半碗。"

发展倒了小半碗家酿米酒，发扬端起碗，跟他的碗碰了一下，说："今天你辛苦了。"

"唉，别提了。"发展唉声叹气的，仰起脖子把碗里的酒一饮而尽。

发扬轻抿了一口，说："意外嘛。"

"那红丝线绷断了。"发展说着爆了一个粗口。

"那神像是我们祖上烧的，灰黄色带有冰裂纹，瓷中珍品，我今天来的意思，是说不要用红檀雕刻，还是用瓷器。"

"发扬，你又不是不知道，现在我们根本就烧不出那样的瓷了。"

"你让发志试一试吧。"

"发志？那个'脱子种'，在我看来，他根本不行，也就半桶水。"

"他很认真在做的。"

"认真没有用的，要有大师傅，还要有悟性，有天分。现在我们苏氏没这方面的人才，梧树吴氏、东山郭氏他们那里就更不用说了。"发展说着又喝了一碗酒，脸上泛着一层油光。

发扬觉得这句话倒是说得有道理，做瓷器是要有天分和悟性，当然还要有大师傅，发志这些年都是自己带着几个儿子和侄子在做，很执着地做，可是似乎做不出什么名堂，几个月前他送了一船瓷器到外面，也该卖完回来了。

"唉，发扬，你鼓动大家把祖上的窑口修复起来，重新点火烧窑，再现什么东溪窑烟的情景，说实在的，你的用意我明了，我也理解，但是你不懂啊，流水不停地流，你今天蹚的水已经不是昨天的水了。"发展砰地搁下空碗，眼睛直直看着发扬，神态像是喝醉了，又不像，他甩了一下头，把辫子卷到脖子上绕了几圈。"没事，我没喝多，今天我趁着酒意多说几句，你爱不爱听随你吧。"

"我听。"发扬说。

"我们苏氏开基苏洋，与烧窑结缘，以此发家，这是风水所致啊，有起有落，我看也正常，你想要拯救族业？明知不可为而为之，我倒是敬佩你，只是做人不能一根筋，一条道走到黑，水路不通走旱路……”

“发展，我倒是想听你说说，我们现在做不得瓷器，是因为风水转了？”

“转了，转了，风水呼啦啦地转呀转，就像那水车一样，日夜在转，不停地转呀转……”发展比着手，一圈一圈地画着，他眼睛里的光开始有点涣散了。

苏发扬心里沉重得像那水碓压着，一动也不动。

“风水轮流转……三十年河东，三十年……不是我们苏氏不行，他们吴氏、郭氏、方氏也不行，整个东溪窑都不行，我、我劝你还是别傻了，白忙一场，到时白忙一场……”苏发展突然呆呆地出神，说不出话来。

苏发扬连忙站起身，说：“好吧，你别喝了，今天也累了，早点休息。”发展的妻子和儿子都不在灶间，应该就在廊道上，他想把他们叫进来照顾一下发展，他要走了。刚走出灶间，迎面的是发展一个堂兄，一下扯住他的胳膊，说：“哎呀，是你呀，族长，我正想找你评评理。”

“哦？你说。”

“我儿子不是参加抬神轿吗？神像摔破了，发展让每个抬轿的人都要出一份钱，这怎么行？他是总头家，总头家就要总负责啊。”

苏发扬回头看了一眼灶间的发展，他已趴在了桌上，说：“他都这样了，这事改天再说吧。”

“嗯，做人还是要讲道理的。”那人说着，拉起苏发扬的手要去他家喝酒，发扬挣脱出来，说：

“多谢，多谢，我得回去照顾‘活祖宗’了。”

第十一章

1

“皇帝洞”的土匪们把改善伙食叫作“上殿”。这天“上殿”，大家都吃得肚子滚圆，酒也喝掉了好几坛，有人烂醉如泥睡在地上。只有黑番和邹锦洪是最清醒的，锦洪也没想到自己的酒量这么好，在集庆楼时也是隔三岔五就喝一次酒，但从来没有像今天喝这么多，居然全无醉意，反而变得更加清醒。他想起那两个抢匪，想起那两笼条丝烟，就心乱如麻。

黑番斜靠在“皇帝椅”上，似坐似躺，很舒坦地叉开两腿，手上放着一本翻卷的旧书，他突然招着手说：“秀才，给我讲个故事听听。”

邹锦洪愣了一下，他并不擅长讲故事，尽管小时候听爷爷、奶奶说过许多故事，有的还记得很牢，但他很少向别人转述过。他摆了一下手说：“我不会讲。”

“讲吧，随便讲一个，好笑的就行。”黑番说。

几个似醉非醉的家伙跟着起哄喊道：“快讲，快讲！”

邹锦洪脑子一转，想到了奶奶以前说过的一个故事，他曾经向小果转述过，所以一下子想了起来。他清了一下嗓门，说道：

“有句俗话叫作‘三人共五目，不说长短脚话’，你们都听说过吧？可是你们知道这句话的来历吗？说是以前，有个男子，相貌还不错，但是家里很穷，快到三十岁了还是个罗汉脚，像一只孤单鸟，托媒婆说过亲，都没成。话说这个媒婆，有一天在外村遇到一个当妈的，这个当妈的请媒婆帮她女儿找个婆家。她女儿瘸了一只脚，还瞎了一只眼，所以老姑娘了，还一直没人来提亲。媒婆一听，心里就有底，到了前面说的那个男子家里，说要为他说亲，要他一块去。这男人很高兴，就跟媒婆一起去了女方家。女方母亲看了这个男子后，觉得年纪有点大了，但想到自己女儿的情况，也不敢嫌弃，就问：'你做多少田？一冬收几多谷？'男子回答：'草谷二四箩。'再问：'没住土楼，厝怎么样？'男子答：'雨来叮咚鼓，好天画老虎，风吹车辗门，眠床抹甘露。'女方母亲觉得这个男子还是很机灵的，便同意了这门亲事。接着，她把女儿叫到厅上的屏风后，让她左侧着身子，右脚踩在房间门槛上。这时，媒婆问双方是否愿意。男女相互看了几眼，都说愿意。媒婆说：'大家竖重重，倡明明，三人共五目，看准准，做稳稳，以后不说长短脚话。'男子说：'好。'这样双方便定了亲。不久结婚了，男子这才知道新娘子左脚瘸了，右眼也瞎了，连忙去找媒婆算账，媒婆说：'我当时说，我们三人共五目，不说长短脚话，你说好的。好就好了，怎么能变卦？'男子这才无话可说。"

黑番哈哈大笑，说："媒婆的嘴啊，真不知道是啥货变的。"

那几个喝多的家伙没有听懂，只是跟着呵呵地傻笑。

邹锦洪说完却没笑，反而沉下脸来，因为他想起了小果，这个故事就是有一回小果跟他说起媒婆的事，他说给小果听的，小果当时笑着捶了几下他的胸膛。

"还有吗？再说一个给我听听。"黑番说。

"没有了。"邹锦洪说。

黑番眼光直直看着锦洪，说：“你想不想听我的故事？”

邹锦洪使劲点了下头说：“想。”

黑番笑了两声，把身子往上挺起一些，指着“皇帝椅”上端一块平整的石头——锦洪发现那上面画着长条形的神主牌位，里面还写着字。黑番说：“这是我画的高祖的神位。想当年，我高祖是声名远扬的海寇……算了算了，不跟你说这些了，一代不如一代，说起来惭愧。”他挥了一下仅有的那只手，站起身，向锦洪走近了两步，“唉，这什么世代？我早没有前辈那么雄心大志，做不了海寇，也就这样了此残生了。”

邹锦洪很惊讶，很好奇，黑番竟然是海寇的后人？他怎么做了“皇帝洞”土匪头，也有这般伤感的情绪？听他说话，是读过很多书的，他手边随时有一本翻得卷毛的旧书，锦洪认得封面上的字，是朱文公的《四书集注》。

黑番走到了邹锦洪面前，指着或坐或躺的那些人，说：“我知道，你跟他们是不一样的。”

邹锦洪心里凛然一惊。

黑番接着说：“你有心事，而且你家就在天岭附近，你是不会在此久留的。”

邹锦洪觉得内心被人洞穿一样，慌张地从地上站起身，黑番那只手按着他的肩膀，微微笑着说：“你别偷偷溜了，有什么事要跟我说。”

这个土匪头完全不同他以前听说过的那些土匪，看样子不是装出来的。然而邹锦洪心里很茫然。本来自己是出来寻访抢匪的，没想到自己却当了土匪，虽然尚未干过一票，却在土匪巢里吃了好多天的饭。他是有几次机会可以逃脱的，可是跑回去又怎么样？那两笼条丝烟怎么赔给人家？

这天晚上，邹锦洪做梦梦见了苏小果。梦境非常真切，就在公王庙后面，小果拎着他的耳朵说，你已经迟了，我十九要出嫁了！锦洪猛地从睡梦中惊醒，胸口咚咚咚地跳得厉害，小果的话短促有力，犹在耳边。小果这是给我托梦？这会是真的吗？

2

余庆楼大脚坑深的已挖了一人多高，雷石坑的大石头也陆续运来，做好的土一堆一堆像隆起的小山，每天翻锄，空气里四处飘荡着熟土醇香的气息。

邹德永每天在余庆楼忙碌，主要是安排人手，协调各种事务，督促把活做好做细，有时他也亲自动手，翻锄、搬运石头，忙得额头上的汗都顾不上擦。每天天黑回到集庆楼里，女儿红米已做好饭菜，热饭热菜下肚，一种舒服从肠胃里向全身各处扩散，他想马上擦一把脸，然后躺在床上，那会是更舒服的事情，可是苏邹德昌总是要跟他叨唠一些琐事，还有一些族人也会来找他，有事没事说上一阵子。等到他把自己的身体平摊在二楼的床上时，感觉哪儿都不大对劲，肩颈、胳膊、腰椎，好像都不是自己的，变成了别人来折磨他的东西。身体上这些酸痛克服和适应之后，随之而来的是心里的仓皇与焦虑。这几天他老是想起素月，想起锦洪和小果，越是夜深人静，这种念想就越是椎心。前些天他推心置腹跟德昌说起素月的事，昨天德昌突然跟他说，你们俩是不是可以复合啊？德永愣了一下，说本来就没有合过，不过是一段无缘的往事，不要再提起啦。德昌一脸坏笑。德永不知道德昌是否看见过素月，她已完全变成了另外一个人，神神道道，德永对她只有怜悯，还有一丝恐惧，再也没有其他的情感。续弦的事他也不是没想过，但这要有合适的人，现在的素月是不合适的。当年素月也跟小果一般大的时阵，脸上也是光洁的，身材也是饱满的，他们一起钻过山林，他也曾偷偷溜进海威楼，和素月在三楼往外挑出的铳棚上相依相偎整个晚上。曾经好几次，他激动难耐，身体里好像有一股力量要迸射而出，但是素月挡住了他，说要留到他们拜天地那个晚上。然而，他们最终没有一起拜天地，素月先跟别人拜了天地，事实再次证明，苏邹的婚姻注定成不了。那天晚上天冷得很，德永在东溪边徘徊了许久，突然快速剥光自己的衣衫，像逃命般扑通跳进东溪，在冰冷的水里游了半个晚上。他的心也渐渐在这冰冷的水里冷了下来，然后他就认命了，很快也跟别人拜了天地。时光像东溪水一样，每天不停地流，这么多年水波不兴，现在突然像流到断崖一样，所有的水哗地悬挂起来，猛烈地往下冲刷着……

苏家准备嫁女的消息也传到了集庆楼，婆家哪里、男方长相、彩礼多少，都是大家津津乐道的话题。对邹德永来说，他想的问题是锦洪在哪里？他知道小果要出嫁的事吗？因为祖上的恩怨，苏邹几百年不通婚——虽然每一代都有双方男女相好过，但是没有一对成功，包括德永自己，这已经是破不了的魔咒，儿女婚嫁也不相互行礼吃喜酒。但是，这天，苏发扬却托人给邹德永家送来一包糕糖，这叫作“吃甜”，实际上也是告知的意思，说明苏家已经和男方订定婚书，这也意味着邹德永要包礼祝贺。本地习俗，“吃甜”必贺礼，没“吃甜”就不用了。苏发扬为什么要特地告知呢？他心里是什么意思？话说苏邹两姓之间已经很多年不相互“告知”了，苏发扬怎么突然来“告知”了？难道他也知道小果跟锦洪的事，送这么一包糕糖来，是要邹家断了这份念想？这不可能！邹德永想了半天，也没猜透苏发扬的用意，不过，他感觉苏家并不知道小果跟锦洪的事，送糖“吃甜”，或许只是因为两姓关系缓和了，苏发扬的一个和善的表示而已。

怎么回礼成了邹德永头痛的难题。他想了半个晚上，决定随喜银圆六角，用红纸包着，写上姓名，托苏邹德昌送去，出嫁日的喜宴，也请德昌代劳好了。德昌是台湾客，平时跟他们没有交集没有纠葛，比较好讲话，而且他还姓着苏邹。

谁知苏邹德昌一开始并不愿意去，他脸带坏笑对邹德永说："你怎么不敢去了？怕触景生情是不是？"

"不是啦——我这不是在余庆楼忙吗？"德永说。

"送过去也只是一会儿的工夫，不耽误你余庆楼的事。"德昌说。

德永把红包塞到德昌怀里，说："还是你帮我送了。"

德昌朝德永眨眨眼说："你自己去，说不定还能遇到素月呢。"

德永的脸霎时沉下来，说："以后不要再跟我提这个名字。"说着，扭过身子向楼外大步走去。他心里的痛德昌是不能理解的，所以德昌老用轻浮的语气调侃他，这让他十分不悦。不过到了深夜，他一个人回想起那些往事，他还是原谅了德昌，其实他也是被德昌说中了，他内心里还是渴望看到她、了解她，弄明白她怎么会变成这样。这不仅仅是一份好奇心，也是一种心理上的补偿吧。然而他又害怕见到她，因为她变得面容憔悴，神态失常，或许她心里早已经把他和那段往事埋葬了。

第二天食早时，苏邹德昌说："我昨天去送红包时，遇到了……"

邹德永怔了一下。

苏邹德昌说："苏族长啦，他让你那天一定要去吃喜酒。"

邹德永默默吃着饭，以为他会说遇到素月，心里似乎有点失望。人家的闺女就要出嫁，自己的儿子在哪里，还是杳无音信。他在想，要是儿子和小果一直好着，他最后会同意吗？会的！他心里马上有一个声音大声地回答。可是，对方父母会同意吗？即使父母同意了，父母后面还站着一个家族、一个宗族。当年他和素月也知道他们面临的是一条难以逾越的鸿沟，他们也合计着要一起跨越，可是呢？苏邹改姓之后，两姓男女就注定再也成不了，这就是宿命。

“哎，”苏邹德昌喊了邹德永一声，“我也看到了新娘子，在井台打水，很水灵啊，水当当。”

邹德永被喊回魂一样，嘴里含着饭，连连点了几下头。

3

苏小果一早起来，就听到土楼天井里动静很大。今天是她的大喜日子，原以为还是很遥远的事，转眼间就到了面前。因为男方的奶奶过世，须在对年内完婚，不然就要再等三年了，所以男方一步追着一步，一环扣着一环，食定、提聘、请期，几乎是步步紧逼，不让女方有喘息的时间。小果感觉她就像木偶一样，线头操纵在父母亲——主要是母亲手里，她提一下，她就动一下。她没有准备当新娘的兴奋和喜悦，也没有恨嫁的幽怨，连她自己都觉得意外，心里怎么就这样静如止水。母亲说，妹子都要嫁人的，生儿育女，然后自己也成为母亲，然后把自己的女儿嫁出去，给儿子娶媳妇，一代一代就这样传下来。母亲说，你嫁到黄家，以后你就是黄家那一房支的开基祖母，就像你高祖母跟你高祖父开基苏洋，你高祖母现在享受着苏氏百子千孙的香火呢。小果觉得母亲说得太远了，而且在厚厚的族谱里，即使你是开基祖母，也不过是夫婿姓氏冠在前头的某某氏。但是，这一切都不是她所能选择的，所以，她只能认命了。

天井里族人来来往往，人声喧天，他们把家里的桌子、椅子、板凳以及碗筷统统搬来，中午的喜酒用得着这些家什。三口大灶就垒在土楼大门口，昨天就垒好试火了，红案师傅、白案师傅已经在案板上忙开了，只有大师傅还挺着鼓起的肚皮迈着方步，悠闲地跟人搭话。帮忙的族人，有的在井台边提水冲洗一筐筐的碗筷，有的在廊道上给杀好的鸡鸭拔毛，一些小孩子在大人中间穿梭奔跑，还有几个小女孩子在香火堂地上跳格子。

这个生活了将近二十年的地方，尚未离开，苏小果已经开始思念。这几天来，裁制嫁衣、挽面，她在想，那边的生活会怎么样？其实那边也是一座大土楼，格局跟海威楼完全一样，只是，人是陌生的，她不知道需要多长时间才能好好地融入那边的生活。母亲说，女孩就是蒲公英，飘到哪就在哪生根、开花。

“小果啊，大喜啊。”堂婶从楼梯口向她走过来，满脸笑盈盈的。这个堂婶就是她的送嫁姆，要陪她到夫家，负责指导她参加各种仪式。她走到小果面前，上下打量了一下小果，说：“新娘子，果然是越看越水啊，来，下去洗香浴，换上红嫁衣，‘上头’之后，就更水啦。”

按照习俗，送嫁姆在苏小果家的灶间大锅里给她烧了一锅放置桂花、石榴枝叶的热水，并舀到了一只浴桶里，让她洗浴。小果从三楼走到了一楼，整个天井里都是为她而忙碌的人，但是她的出现，却没有引起任何人的注意，他们依旧忙着，摆桌椅、洗菜、说话，大声嚷嚷，走来走去。小果在灶间门口遇到了父亲，父亲只是看了她一眼，她眼泪差点就要出来了。这些天头头尾尾的事情，几乎是母亲一人在操办，父亲只是在一旁默默地坐着，神思凝重，她总感觉父亲有话要对自己说，应该有很多的话，可是那天父亲只是轻轻拍了一下她的胳膊，说，妹子总是要嫁人的。

父亲转过身去了。她还是叫了一声：“爸。”

“快，洗香浴吧。”父亲用手指了一下灶间说。

苏小果点点头，咬着嘴唇，再次把眼泪忍住了。

灶间里的饭桌临时被搬出去了，摆着一只浴桶，还是显得比平时宽敞。浴桶里是热气腾腾的桂花和石榴枝叶熬成的水，散发出一股诱人的香气。送嫁姆双手捧着她的红袄、红裙、霞帔和绣花鞋进来，放在旁边的几桌上。

灶间的门被带上了，小果把门闩也插上，窗棂的拉门早已关紧，这个平常家里做饭、吃饭、有时兼会客的地方，此时却是她一个人的浴室。小果慢慢打开自己，把自己年轻饱满的身体浸入热水里，她拿起水里的一枝石榴枝叶在身上轻轻拂着，从隆起处到隐秘处，心里荡起一种异样的感觉。她赶紧把石榴枝叶扔了。

苏小果浴后穿上嫁衣，走出灶间出现在廊道上时，整座海威楼都亮了。有人看到她，发出一声惊叹，接着所有的眼睛都看过来了，整座海威楼都微微一颤。

送嫁姆碎步小跑过来，一边啧啧赞着一边拉起小果的手，说："新娘子，好水，这辈子今天最水的了。"她拉起小果的手往香火堂走去。

香火堂地上放了一只很大的圆形簸箕，簸箕中间摆了一只倒扣的米斗，旁边围着几个老妪，都是苏氏族里公认最慈祥、最好命的妇人，她们要给小果梳头、簪髻、插花，这叫作"上头"。

"水新娘，水新娘。"老妇人们异口同声地说着。时光倒退几十年，她们也都是水新娘，现在一个个老得慈眉善目，伸出哆嗦的手来扶小果。

苏小果刚开始想要推开这些苍老的手，但是它们像是有魔力一样挽住了她的胳膊。她心里升起一种仪式感，再也无法拒绝。就这样她被几个老妇人扶着踏进簸箕里，在米斗上坐了下来。

老妇人嘴里念着吉祥的祝语，其中一人用木梳子梳起小果的长发。小时候是母亲梳头发，七八岁之后就都是她自己梳了，她感觉到老妪的手微微在抖，动作迟钝，用力不均，好像扯断了好多根发丝，令她有些不自在。

这时，海威楼大门外响起一阵爆竹声，喜庆的唢呐嘹亮地吹起，锣鼓阵阵，好像潮水拍打着大门。

这是迎亲的花轿和鼓乐队到了，一大群弟妹把他们挡在门外，不会轻易让他们进门的，习俗以为越是刁难男方，女方越是能够留住财气。

梳好头，加上绒髻，插上一对如意簪——“上头”完成，小果身子直板板坐得有些酸痛了，她的眼光几次穿过天井，看向大门外面，那里涌动着一大群人，像浪潮一样起伏，爆竹声和鼓乐声又一次猛烈地响起。她知道，迎亲花轿没那么容易进来的，她想，最好一直进不来，转念又想，最好马上就进来。

几个老妪向后歪着头，眯着眼欣赏她们的手艺，嘴里又是一番啧啧的叹声，一边满意自己的手艺，一边也是对新娘子的赞美。

送嫁姆拿来一面铜镜，小果一眼看到镜子里的自己，害羞似的别过头去。

“新娘子脸红了，比点胭脂还红。”送嫁姆说。

苏小果眼睛余光瞥到父母亲和哥哥们一直就站在几个老妪身边，胸口一紧，眼眶潮潮地发热，她站起身走出簸箕，看了父母一眼，发现他们今天穿戴一新，脸上也带着喜气，但是父亲的神情显然有一点落寞。

“来，来，新娘子要吃‘十二碗圆’了。”送嫁姆说。

旁边立即有人拿起米斗，有人抬起簸箕，又有人迅速地用抹布把簸箕抹干净，然后把簸箕放在一张刚刚支起的桌上。此时，天井已经摆好很多张桌子，椅子、长板凳也配好。有人端着一碗菜从大门外面走进来，迎亲的人想趁机混进楼里，又被轰了出去。吹唢呐的人大概累了，停下来歇了口气，锣鼓依旧热烈地敲响。迎亲的人也知道，要进门没那么容易，他们有的是耐性，其实大家的乐趣就在这么一来一去的阻截之中，这是一种双方都要好好遵守并好好享受的仪式。

白斩鸡、盐水鸭、猪蹄煲、蒸鱼、煎豆腐、炒木耳、炒冬笋、线面、汤圆等十二碗菜肴摆上簸箕，送嫁姆招呼小果一家人坐下。小果的椅子上依旧倒扣着一只米斗，她就坐在米斗上，父母分坐她两边，几个舅舅、叔叔、哥哥依次坐下，正好十人围坐在这张圆圆的簸箕桌前。因为坐在米斗上，小果比所有人都高出一头，坐得这么高，看着一桌子的亲人，突然有一种孤独的感觉。

“来，来，大家说好话，动筷子，吃十二碗圆。”送嫁姆说。

这个时候谁有心思吃呢？还是母亲先拿起筷子，给小果搛了一块鸡肉，说：“金鸡报喜，龙凤呈祥。”

苏小果拿着筷子对大家说：“大家吃、吃一点。”她没搛什么就把筷子往嘴里送去，用牙咬了咬筷子。

“大家吃，吃，吃。”父亲终于带头拿起筷子搛菜，他搛起了一块豆腐，站在后边的送嫁姆帮他说了一句吉祥话：

“大富大贵，福寿双全。”

大家都动了筷子，小果也不得不动了筷子，她也搛了一小块豆腐，入口即化，她感觉到满桌皆是好菜，但是都啃不动，也不想咀嚼，只适宜吃豆腐。

这时，楼门厅一阵欢呼声，迎亲的人们像潮水一样涌进来了。那些阻挡的人收受了几次红包，大概也觉得差不多了，就网开一面，对方便轰地冲进来。他们抬着花轿，敲敲打打地穿过天井，走到了香火堂的台阶下。

迎亲花轿到了面前，这边“吃十二碗圆”也就结束了，因为大家也实在没有心情大快朵颐，就一起离座。有人过来把迎亲的人请到一边，请他们喝了加糖的“鸡蛋茶”，他们一大早从男方的家里走来，一路上翻山越岭，又在土楼大门口被挡了那么久，一个个又饿又渴，端着“鸡蛋茶”，咻的一声，就把那只煎蛋吃进嘴里，几乎没有咀嚼便吞下肚子，然后再一口把茶水喝完。

苏小果知道，辞别的时刻越来越近了，人生中必定要有这一时刻。她站到了父母身边，他们一起面向了香案上的祖宗、神明牌位。父亲倒了一小杯酒，端到小果手上说：“你以后要严谨细心，听从公婆姑嫂。”母亲也说：“必敬必成，勿违夫婿。”小果跪下接过父亲的酒杯，说：“嗯，谨遵双亲教诲。”她把酒一口喝下了，酒是家酿米酒，有点甜，可是一杯太少了，她还想喝，把空杯子吮了一下。送嫁姆满面带笑把她的杯子收走了。

苏发扬这时又想起顺风公，开头是觉得仪式繁复，担心他身体吃不消，此时又想起，是因为他觉得顺风公是族里的“活祖宗”，也应该来接受小果的跪拜辞行。他立即让维能、维生两兄弟上楼把顺风公背下来。

苏小果抬起头看了看香案上祖宗神明的牌位，好像有很多发黄的面孔从上面浮出来，这就是她的祖先们，她不认识他们，但是他们都知道她一样，不断从那二指宽的竹牌里走出来，走到她的面前，不苟言笑地看着她。

维能把顺风公从楼上背下来了。发扬搬来一张靠背椅，和维能一起把顺风公妥妥地放在靠背椅上，让他的头靠着椅背。顺风公神色平静，眯眯一缝的眼光在现场扫视了一遍，扫到小果身上时，似乎微微露出了一丝笑意。

苏小果磕头向祖宗神明牌位拜了三拜，稍微转了方向，向顺风公磕头三拜。

“顺风公，我一定会回来看你。”小果含着眼泪说。

顺风公似乎很享受地眯缝着眼睛，头稍稍歪一点，坐姿像是固定住一样。

这时，天井里唢呐、锣鼓齐响，喜庆、欢快，亲朋好友几乎挤满了桌椅的空当，他们的目光也像唢呐一样热烈。

苏小果站起身，父母亲给她覆上了盖头。维贤、维生等几个兄弟、堂兄弟点燃手上小挂的爆竹，噼里啪啦响成一片，快炸完的时候，随便往空中一抛，引起一阵阵惊叫。扔出爆竹的维能端着一只米筛，举在小果的头上，为她挡住了日头。习俗认为今天新娘子最大，为避免天神不悦，特意用米筛挡住日头。反正，天神没看见就好了。

在米筛的遮挡下，父母亲扶着小果走向花轿，这一步一步走得很慢，慢得土楼里所有的眼睛都看了好几遍，他们还没走完。终于走到花轿前，小果实际上已经忘记送嫁姆“放声大哭”的交代，父母亲的手突然从她身上抽离，让她感觉到一种真正的离别，一种难于言说的悲伤涌上心头，她忍不住放声哭了起来。泪光蒙眬中，她看见父母亲也在擦眼泪。她不敢哭太久，还是钻进了花轿里。送嫁姆过来把轿帘放了下来。

迎亲鼓乐大作，爆竹在楼里楼外炸响。四个轿夫各就各位，准备起轿。男方派来的两个男孩用连根带叶的甘蔗挑着一对红灯笼走在前头，向土楼大门走去。

花轿里的小果扔出一把放在轿里的纸扇，这叫作“放性地”。“性地”就是脾气，意思是从此要改掉坏脾气，同时也寓意不把娘家的风水带走。轿夫起轿了，她的心颤了一下，像是高高挂了起来。

苏发扬端起有人送过来的一碗清水，泼在花轿后面。清水洒泼的声音很小，完全被鼓乐声掩盖，但小果还是听到了，她感觉像是父亲在轿子后面猛推一把，轿子蓦地向前疾走而去……

4

有人叫嚷肚子饿了，有人咽着口水说："再等等，等会儿鸡鸭肉让你吃个够！"有人说要吃柑，有人说要吃红枣，有人说要吃甜果，因为这些都是许久没吃过的好料，一边说着一边进入了想象，那柑剥开后扔进嘴里该是何等美味。

只有邹锦洪闷声不响地坐在一块树桩上，时不时站起身往前面的路口张望一下。实际上无须张望，如果迎亲队到来，一定会先听到鼓乐声的。锦洪频频起身，只不过为了掩饰他心里的焦虑。

他已经好几天没有好好睡过一觉了。

那天做梦梦见小果，他从梦里惊醒，心口咚咚咚跳个不停。小果这是向他托梦了，他必须回去见她，晚了一步，她就成为别人的新娘——可是，即使他马上赶回去，她就能够成为他的新娘吗？完全不可能！他愁眉苦脸想了一整天，觉得要让小果成为自己的新娘，唯一的办法就是：抢亲。当然他一人抢不过，必须借助身边这帮土匪的力量。可是黑番会同意吗？他又想了一整天，不得不找黑番和盘托出，把他跟小果的事，以及受到父亲的责备，出来当挑夫寻找那两个抢钱挑夫的事，原原本本讲给黑番听。黑番沉吟片刻，用仅有的那只手拍了一下他的肩膀，说："秀才，我成全你。抢到新娘子，你就'出洞'，跑到远远的地方去吧。"锦洪纳头便拜，觉得这样还不足于表达内心的感激，又跪了下来，说："你愿意成全我，就是我的再生父母。"黑番笑笑说："君子成人之美嘛。"天亮后黑番就着人到苏洋村刺探，婚期果然就是锦洪梦见的那一天，从苏洋到永定奥杳，必经天岭和博平圩交界的一段隘口，他们就在此处埋伏，迎亲队走到这里，估计已是饥肠辘辘，前头两个十四五岁挑红灯笼的男孩，没啥反抗能力，四个鼓乐手、六个轿夫，还有两个挑大篮的，一路走来，累也累坏了，应该都不是对手，花轿里的新娘子和便轿里的送嫁姆，那就不用说了。黑番不亲自出场，由他做了周密安排，七个人用刀、铳控制住迎亲队，锦洪直奔花轿，先带走新娘子，把迎亲队所有人用绳索绑成一串，破布堵嘴，如遇反抗，则将他打昏，大篮里的食物统统掳走。令锦洪担心的是，小果愿不愿意跟他走？万一场面失控，土匪动了刀出了人命怎么办？

一阵山风吹过来，这隆冬时节，树木还是苍翠的，但风吹过来，满林子簌簌发抖。这时，前面传来了一阵鼓乐声。大家守候多时的猎物就要到来，不由一阵振奋。现场老大佛郎机让大家不要出声，戴上黑口罩，等他一声令下，再从两边冲出形成包抄。

随着鼓乐声的渐渐清晰，邹锦洪的心一点一点提到了嗓子口。第一眼见到苏小果会怎么样？第一句话要怎么说？他的眼光直直地盯着前面的路口，那上面的人影越走越大，他终于看到了整支迎亲队，花轿就在鼓乐队后面。那花轿一耸一耸，坐在里面的人怎么样呢？她会跟我走吗？要是，要是她不愿意跟我走，那我就放她走，这也算是一个了断。

迎亲队的鼓乐有点不大成调了，他们准备走过这段隘口，就地休息一会儿，吃吃干粮充饥。这时，他们走进了土匪们的“口袋”，佛郎机从路边土堆后面猛地冲出来，大喝一声：“打劫！”他把铳枪口对准唢呐手，那唢呐手猛一惊慌，唢呐都掉在了地上。其他土匪从两边冲刺出来，晃眼的大刀、粗硕的棍棒，迎亲队一下被吓瘫了，那两个小男孩哇地哭出声，一个敲鼓手软绵绵一屁股坐到地上，抬花轿的四个轿夫目瞪口呆，索性把轿子放下来，还没缓过魂似的连大气也不敢喘。

“你们乖乖地老实点，就不伤害性命，不听话就一铳崩了。”佛郎机说。

邹锦洪几乎是跟佛郎机一起冲出来的，他屏着气，一个箭步就冲向花轿。

花轿里的苏小果正有点犯困，迷迷糊糊打着盹儿，突然听到外面一声“打劫”，还有各种异样的声响，她的瞌睡也吓醒了。轿帘猛地被掀开，一个戴黑口罩的人冲到面前来，她大惊失色，但是黑口罩上方的眼睛多情而又热烈地看着她，她一下认出了这个人，整个身体立即松弛下来。

邹锦洪似乎有点粗暴地把苏小果拉进怀里，她头发上的一根如意簪碰掉了，也顾不上捡，在锦洪怀里突然抑制不住地啜泣起来。

“跟我走。”邹锦洪低声地说。

苏小果点点头，像泥鳅一样直往他的怀里钻。

邹锦洪几乎是抱着苏小果走出花轿。小果微微喘着气，她至今感觉仍在做梦中，这是她想也不敢想的事，实际上连锦洪这个人，她都好多天不曾想起了，好像人世间从没有过他这个人似的，但是就在刚才，他一道目光射来，她整个人就软了，好像化作了一泓水要融入他的河里一样。

迎亲队那些吓蒙的男人被大刀和棍棒威胁着蹲在地上，双手往上高高举起，没人敢出声，只有唯一的女人送嫁姆呼天抢地地哭叫。佛郎机端着土铳，用铳口点了点几个男子的脑袋，他们吓得浑身筛糠，连头都不敢抬起了。他用眼光示意两个同伙用绳索绑人。

邹锦洪拉着小果的手往林子里跑去。小果鲜红的嫁衣在山风中飒飒吹响，她的脚步有点跟不上锦洪，踉跄中显得凌乱，她的目光一直看着他，一刻也没有离开他那英武的脸庞。

“你要带我去哪里？”苏小果呼着气问。

“我们去一个很远的地方。”邹锦洪也喘着气说。

他们跑动中回头望了一下，因为山林、土堆的阻挡，迎亲队被打劫的现场已经看不到了，他们的脚步渐渐慢了下来，小果上气不接下气地向前扑去，锦洪一把将她揽在了怀里。他们曾经也有过这么近的相拥，四目相对，但最后都是小果把锦洪推开。这会儿，小果没有推他，感觉自己像一只受惊的小猫，紧紧地贴在他宽阔而温暖的怀里。

第十二章

1

苏发扬病倒了。

今年内他已经病倒几多次，上一次是因为儿子维修跑了，这次是女儿在出嫁途中被土匪劫走。本来是喜庆日子，午后时分送走女儿，他心里纵有千般不舍，也默默祈望她从此平安幸福，中午请过两番客人了，晚上还有一番，他正跟客人举杯敬酒，土楼门口一阵骚动，只见蓬头垢面、衣衫褴褛的送嫁姆被人搀扶着走进来，一路哭哭啼啼。他不由惊讶万分。送嫁姆扑通一声，似摔似跪地倒在他面前，号叫一样地说：小果被土匪抢走了！土匪跑掉之后，他们费了好大的劲，直到天快黑时才挣脱绳索，迎亲队那些人回奥杳黄家报信，她一个人跌跌撞撞，连滚带爬跑回来，因为惊吓过度，她几次摔在路边爬不起来了，她不想这么死，咬紧牙关又爬起身，终于跑回到苏洋村，幸好在公王庙附近遇到一个晚辈把她搀扶到海威楼来。

哐当，苏发扬当时手中的酒杯就掉在地上，摔成了碎片。

这破裂声从昨晚开始，一直在他耳边不停地响起。他全身忽冷忽热，迷糊中刚要入睡，又猛地从噩梦里惊醒，醒来必大喊一声："小果！"

族里传说，几百年前，曾有一个本族妹子出嫁途中被土匪掳走，终不知下落。没想到，几百年后，又发生了同样的事情。因为人命关天，苏发扬两个弟弟带着几个侄辈连夜到博平圩，找团练石百总禀报。被人从被窝里叫醒的石百总面露难色，看到苏族长的弟弟送上一篮好料，里面有煮熟的一只鸡一只鸭，还有其他东西，脸上这时才舒张一些，捋着胡子说："这是哪里来的土匪？简直太猖狂，天亮我们就上山剿灭他。"维能、维生还有几个堂兄弟，操了棍棒，打着火把，连夜沿着小果出嫁的路线一路找去，终于在天岭和博平圩交界的隘口发现了两根连根带叶的甘蔗，两只踢破的红灯笼，还有一只鼓槌，这些是迎亲队遗落的东西，除此之外没找到别的。近处阴暗的山林，山风一阵阵吹来，远处峰峦叠嶂，在夜空下连绵着一片恐怖不祥的幽蓝色。

第二天早上，石百总带着十几个乡勇上山搜寻，苏氏也派了十几个后生子上山，在山林、洞穴、沟壑搜索了一个上午，连一根土匪毛都没找到，下午新郎那边的黄家也派了十余人过来，大家继续在山上寻找，还是一无所获。有人说这附近村子人都在传说，山上有一个隐蔽的洞穴，叫作"皇帝洞"，自古以来常常是土匪的藏身之处。石百总便想去找那"皇帝洞"，可是在山林里转来转去，根本就摸不着方向，传说到底只是传说，谁也不知道它在哪里。天很快就黑下来了，石百总带领大家撤下山，苏发扬的弟弟发成邀请石百总一干人到海威楼吃饭，带有犒劳的意思。石百总当仁不让，就带乡勇们来到了苏洋。

办喜事还剩余许多好料，在香火堂摆了三桌，满桌鸡鸭鱼肉，还有几坛米酒，任由石百总和乡勇们以及黄家人敞开肚皮吃喝。

苏发扬躺倒在床上，不吃不喝，黄家来的人有一个是新郎的叔叔，他在苏家人陪同下，上楼看望了发扬，并好像是顺便似的提起了聘礼的事。

新娘子半路上被劫走，等于没有嫁到黄家，即使她将来可能逃脱回来，也一定失贞，黄家不会收纳的，所以黄家要求退回男方的聘礼，断了这门亲事。苏发扬病恹恹只有呼气的劲，他想，我一个好好的女儿都不见了，我还要什么聘礼？我什么都不要了，我只要我女儿好好的。他几乎拼着力说："退，全退……"

"亲家……苏族长大量，感谢感谢。"

"我只要我女儿好好的……什么都不要……"

香火堂酒桌上石百总和他的乡勇们喝得兴奋，猜起酒拳来，一阵阵富有节奏的酒令震荡着海威楼。苏发扬听着楼下的声音，想起昨天海威楼里还是那么闹热喜庆，一夜之间，全都变了，为什么会这样呢？为什么苏氏竟遭此大劫？祖宗在哪里？怎么没有好好保佑你的子孙呢？

2

邹德永听说苏发扬的女儿在出嫁途中被土匪劫走，惊得半天合不上嘴。那天喜酒他没有去喝，就他一个邹姓人，他觉得不自在。这地界偶有土匪出没，德昌不就被抢了吗？锦洪也应该是被抢了，但是新娘子被抢，听说几十年前甚至几百年前有过，已经很多年未曾发生了。德永想起小果的模样，一个很水灵的妹子，如果她跟锦洪走下去，最后他是会同意的，对方父母会不会同意，他管不着，反正他会同意的，这是他的态度，至于他们最终能否在一起，冲破那个苏邹成不了婚的魔咒，就看他们的命了。可是现在看来，小果的命运却是如此多舛，锦洪的命也好不到哪里去。德永跟德昌感慨一番，德昌透过窗棂望着在天井里洗菜的红米，说：

"咱们红米就不要远嫁了，路途有危险。"

"她八字还没一撇呢。"德永说。

“她年纪也不小了，她妈又不在，你也应当多留意。”德昌说。

邹德永笑了笑，说：“我上心着呢。”又换了副语气说，“儿孙自有儿孙福吧。”

俗话说，一家养女百家求。前几年就有媒婆踏上门了，媒婆所说的人选，邹德永听了都是摇头。他也暗中留意过，红米是否私底下有了相好的，同族出了五服的后生子以及苏姓、附近村子的后生子，她一个名字也没有说起过，更无交往。她每天忙家务，做饭、洗涮，有时还要砍柴、割茅草，有时还要下地干农活，空余时间就做做女红，最近还要带大哥的儿子，很少看到她跟女伴在一起，她似乎总是独来独往，忙里忙外。这么乖巧、能干的女儿，要是她出嫁之后，德永就只能自己做饭、洗衣了，他心里似乎还是很不愿意她出嫁的。再说他还有两个儿子未娶亲——不，加上丧偶的大儿子，三个儿子全都是孤身，要操心的事太多了，他压根就操心不完。

余庆楼挖基、运石、做土，一切都在顺利进行当中。过完年，正月十六，江师傅和他儿子就要进场了，邹德永要给他们安排好住处，这几天他想来想去，只能打大儿子锦江二楼禾仓的主意。因为德昌回来，他把卧室让给他，自己住到了二楼禾仓。按说没有分家，成家的锦江只是分灶吃饭，所以给一间禾仓归他用，未成家的锦波、锦洪就没有，他们兄弟俩还一直挤在一间卧室里，这分配权还在自己手上，他要腾出来给江师傅住，自己可以说了算，不过，自从大儿媳落水身亡后，锦江性情也变了许多，还是要跟他说一说。

吃过晚饭，邹德永背着手出了灶间，绕了半圈廊道来到锦江的灶间。

邹锦江正独自一人喝酒，桌上也就一碟花生米，看样子已经喝了不少，脸色油泛，眼光迷离。德永心里有点不悦，但还是轻声地说：“又喝了？”

“你要不要——”锦江说着，打了个酒嗝，呼出满口的酒气。

“少喝点。”德永说。大儿媳溺亡后，他曾让儿子合灶吃饭，他不愿意，自己随便凑合着度三餐，他的儿子也就是德永的孙子，则在德永这里吃饭，基本上由红米在带。

“不喝了，来去睡。”锦江捡起一粒花生米扔进嘴里，摇摇晃晃站起身。

德永按住他的肩膀说：“我跟你说一声，你二楼禾仓有空清理出来，过年后，建楼师傅要来住。”

锦江又打了个酒嗝，说：“随便啦……你、你去清理。”

德永沉着脸，说：“锦江，你整天喝成这样，不振作，不勤力，儿子都是红米给你带，你想这样下去吗？”

锦江定定看了父亲一眼，说：“不然……又怎么样？”

德永双手使劲地摇着锦江的肩膀，说：“你给我清醒一点！”

“清……醒、醒、醒……”锦江晃着头，晃着晃着勾了下来。

邹德永“哼”了一声，大步走出灶间。

集庆楼已经安静下来，人们劳累了一天，天气又冷，早早上床睡觉。一弯冷月挂在土楼的上空，几颗星星冻僵在那里。

邹德永抬头望了望夜空，心想锦洪在哪里呢？他是不是还好好的？缓缓走到大门后面，拉着两扇大门，轰地关上，从墙边抱起粗大的门闩横插在门后。每天晚上集庆楼的大门，都是他关上的，冬天一般就关得比较早。他一步一个阶梯上到二楼，听到三楼卧室传出孩子的啼哭声，他听出这是孙子小敬的声音，傍晚还听红米说，小敬这两天不乖，那时他也抱了他一下，发现他鼻孔里有青鼻涕，其他并没什么异样。

孙子的哭声在夜晚的土楼里显得很刺耳。邹德永走到三楼红米卧室门前，问：“怎么哭不停？”

“是啊，可能受了惊吓。”邹红米说。

邹德永想了想，说：“我下楼去烧一碗‘符子水’，端上来给他喝。”德永在灶间壁橱藏了一些范阳堂以及博平圩威惠庙、天后宫的符子，家人特别是孩子偶有脑痛发热，烧一张符纸，冲水喝下去，一般也就好了。

冲好小半碗“符子水”端上楼，邹德永把水送到小敬嘴边，小敬在姑姑的怀里蹬着脚，嘴闭得紧紧的，一滴也不肯喝。还是红米拿过碗，哄了他几句，趁他不注意把“符子水”往他嘴里灌。小敬开头喝了一口还不大情愿，可能觉得好喝，或者也哭得口渴了，便咕噜噜地吮吸起来。

邹德永心里总算松了口气。

邹红米一边拍着小敬的背部一边说：“前天，苏家办喜事那天，我带他在村子里玩，走到公王庙那里，墙后突然蹿出一个老阿婆，手上好像扯着一只癞蛤蟆的腿，在我们面前晃了一下，把我们都吓坏了，回到家小敬就开始哭不停了。”

“这老阿婆是谁？”

“不认识，海威楼的。”

邹德永怔了一下，心里没来由地想，那老阿婆十有八九是素月。

3

不吃药，不吃饭，只喝点水，苏发扬在床上躺了三天三夜，还是爬起了床。时值落日时分，他站在海威楼栏板前，望着天空的晚霞，是那么绚烂，而他心里一片怅惘和黑暗。

苏发扬缓缓地一步一个阶梯下到了一楼，族人们看到他时都暗自惊讶，仅仅几天工夫，族长就憔悴、消瘦了好多。人们甚至不知道用什么词句来安慰他，只是用满怀同情和怜悯的眼光看着他，对他微微地笑着。海威楼里有关小果婚事的一切痕迹——婚联、红灯笼、贺仪傍等等，都被清除了，只有天井水沟里几点红碎屑似乎可以证明这里几天前办过一场喜事。发扬站在廊道上发一会儿呆，又缓缓朝灶间走去。灶间里突然又响起小果清脆的问话：爸，你回来啦？但是，他怔了一下，立即就发现这只不过是幻听。小果的声音不知何时才能再次听到。

苏维贤在自家灶间里看到父亲，急忙走过来说："爸，你好些了吗？要吃什么？我马上来做给你吃。"

苏发扬摆摆手说："我吃不下，自己泡杯茶喝就好。"

几天没有动灶的灶间显得清冷、荒凉，发扬坐到条凳上，愣愣坐着不动。以前回来这么一坐，小果就会把烧好的一壶水提到他手上，他洗杯之后开始泡茶。现在没有小果给他烧水了。维贤跑回自家灶间，提了一铁壶烧好的水走进来，问："晚上给你煮点猪肝线面？"

发扬又摆了一下手，提起铁壶，冲水烫洗了茶具，然后从锡罐里抓出一把茶叶放在茶壶里。

灶间里越来越黑了，苏发扬没有点灯，浓郁的茶香像一把火，在黑暗中熠熠闪光。

"好香啊。"门框上突然探进一张脸，眼睛里闪着蓝光。

苏发扬一看，居然是苏发志，阔别已久的"脱子种"发志，运送瓷器到厦门港回来了，他连忙站起身，说："发志，是你啊，快请坐。"

"我刚刚回到土楼里。"

发志走进灶间，发扬把桌上的松油灯点亮了，昏黄的灯光映着两张强作欢颜的脸。发扬用手擦了一下条凳，请发志坐下。

“发扬兄，维修藏匿在瓷器舱里，直到出了船场溪我才发觉，他跟我的船到了厦门港，帮我跑码头跑了几多天，他不愿意跟我回来，让我给你捎句话，他对不起祖宗和你，这回要洗心革面，重新做人，到外面去闯荡一场，事业有成就会回来。”发志说。

发扬听着，长长地叹了一声，倒了两杯茶，一杯端给发志，自己端起一杯一饮而尽，说：“好了，我知道了，不说他了，说说你吧。”

“说我？”发志似乎愣了一下，尖尖的鼻头勾了下来，接着也是一声叹气。

“这回一船瓷器运到外面，情况好吗？价格如何，能赚不少吧？”发扬问。

“情况不好，价格很低，赚不到钱。”发志说着，摊了摊手。

“怎么说呢？”

“唉，你有所不知，我们现在的瓷器品质大不如前，胎质不够坚致，釉面浑浊晦暗，而倭人大量仿造了我们的瓷器，器型好看，胎体细腻，在洋市上比我们的更抢手。我们祖宗烧窑那时节，番人很多是委托定制的，有的预付定金，有的是约定价格，想不赚钱都难啊，即使后来运到月港，卖与绅商、船东，或者直接装上大船，运至东西洋南洋与番人交易，也是好赚得很，现在，我们的瓷器运到厦门港，商家行铺都不愿意收购，连洋行也在观望，我只能一家家跑，看脸色，说好话，费尽口舌求人家来看我们的货物，先是被贬低得像狗屎——我承认我们确实是大不如前了，接着价格就被压得很低很低，完全是亏本了，可是如果你不卖，在厦门港再待下去，连吃饭都吃不起，付船运费的钱都没有了。”

听着苏发志的话，苏发扬明白了，为什么发志跟他一样愁眉不展。

辛苦烧出的瓷器，辛苦运到外面，被人贬低，被人压价，最后只能贱卖，收一点钱付船运费，烧窑的辛苦几乎没有回报，这又如何能让勤力劳作的人绽开笑容呢？

“不容易，不容易。”苏发扬抬手拍了拍发志的肩膀，“烧窑是我们苏氏的祖业，若不烧窑贩洋，我们苏氏绝无可能建成三座土楼，现在许多人不种不稼依然有吃有喝，还不是在享受祖上的余荫？如今窑业不振，我心里常有不安。”

“发扬兄的话我感同身受，我没别的本事，就只有烧窑了，不赚钱也烧，一条道走到黑。”苏发志的话里带着一种无奈和悲壮，眼里闪着蓝光。

小果、祖业、小果、祖业……苏发扬心里像是一只瓷瓶破碎了，碎片扎着心不停地流血。

4

对面海滩上锣鼓喧天，火光映红了半面天空。苏维修坐在礁石上，看到王船已经下水了，海滩上一群人黑压压地跪拜着。

海边人送王船，跟苏洋村拜王爷有相同又有不同的所在。相同的都是把王爷神像从庙里抬出来，在村子里游香出巡，家家户户摆三牲祭拜，不同的是这里提前做好了一条高大、华丽的王船，船舱里放着王爷神像，放着柴米油盐、淡水、锅盖碗筷菜刀、陶炉木炭、杀好的鸡鸭以及盐卤过的猪肉等等，甚至还有活鸡活羊，足够王爷在海上吃喝十几天，在择好时辰的傍晚时分，将王船送下水，任由它顺风漂流。这叫作“游地河”。还有些地方是把王船抬到海滩上焚烧，则是“游天河”。

苏维修坐发志的船逃出苏洋村，跟发志在码头上跑了一些天，每天晚上拖着沉重的脚步回到堆满瓷器的船舱上睡觉。谢天谢地，发志满船的瓷器终于销出去了，那是一家洋号，一个长着一只跟发志差不多尖鼻子的洋人，居然操着相当熟练的福佬话，跟发志做成了这笔买卖。发志叹了口气对维修说，走吧，我们一起回土楼。维修说，我怎么回去？我是跑出来的，父亲要把我逐出宗祠，我还怎么回得去？发志说，你跟我回去，我帮你求求情。维修说，多谢发志叔，我不回去了，就在外面闯荡一番，麻烦你帮我捎句话给父亲，说我对不起祖宗和他，我会重新做人，认真打拼的。发志沉默着，摸出一块白银塞到维修手里，维修推辞了几下，还是收下了。这些天维修混迹在海边几个渔村，想找一点活来干，但是找不到，那天他走到海边王爷庙，看到一条造好的大船停在庙前，很多人爬上爬下，在大船上又写又画，挂纸灯笼，贴纸人。维修跟一个围观的老人闲聊，总算明白这就是“送王船”，这就是与真船毫无二致的大船，船舱、甲板、桅、帆、舵、橹、桨一应俱全，船上放置许多食物，当然还有王爷神像，王爷出巡那天要把它放下水，让它出海漂行，据说王船在海上顺风漂流，七八天后就能漂到台湾，或自动转舵入港，或搁浅海滩，台湾人都知道这就是闽南老家漂来的王船，直呼神迹显灵，把王爷神像请下船，然后建庙崇拜。那天晚上，维修睡在王爷庙的碑廊上，心里冒出了一个大胆的想法。

这时，王船悠悠晃晃地漂过来了，海滩上的锣鼓声和爆竹声渐渐小了下去。苏维修扑进海水里，向王船方向奋力游去。在苏洋村维修是水性最好的后生子，小时候常在东溪里游，这几年反而不大游了，因为他觉得东溪还是太小了，没想到今天终于游到大海里来了，无边无际的水，脚踩不到底的水，他像一条大鱼一样，不停地游着。无人驾驭的王船像另一条更大的大鱼，晃着身子游过来了。两条“鱼”在水里相遇了。维修一手抓住了首舷，另一手像爬爪子咬上去，他把身子紧紧地吸在首舷的木板上，脚指头往上蹬着，一点一点地爬上了船帮。这时，王船往右边漂移过来，差点把他甩出去，幸亏他像壁虎一样吸在了船上。维修喘了一口大气，猛一咬牙，整个身子翻过船帮，往甲板上滚落而去。

海滩上的锣鼓声已经听不到了，在夜色里，只有点点的火光，像星星一样遥远。苏维修从甲板上坐起来，他确信自己已经置身王船上，正在大海上漂流。这个过程就像梦一样。海上茫茫一片，淡淡的月色照在甲板上。维修想起苏洋村的土楼，曾经无数次在海威楼的天井里晒过月光，一样的月光，不一样的土楼与船，土楼是巍然不动，而船是不断移动的。父亲常常说他以及同辈的后生子：你们土楼待久了，没有激情和血性去出海了。父亲想得到此时他就独自漂在大海上吗？

苏维修站起身，微微弓着背，海风吹着他身上湿透的衣衫，一股凉意袭上来。他原想大吼一声，也就没喊出来。桅杆上挂着一张幡，上面绣着字“代天巡狩苏王爷彩船”。他扑哧笑出了声，苏王爷，自家人啊！这果真是我苏王爷的船！祖上也曾经漂洋过海，他们在月港租条大船，或者跟船东合造一条大船，然后满载瓷器、丝绸等等，驶往东西洋南洋跟番人做生意，这就是父亲嘴里时常念叨的祖上的光荣，可是你们能想得到吗？你们的一个子孙后代，独自爬上了王船，开始了跟你们不一样的出海航程！

出海！出海！苏维修想起土楼里的顺风公，每天躺在床上，偶尔念叨着“出海”，大家便抬着他到东溪边走一趟，欺骗他已经“出海”了，他便心满意足地继续沉沉睡去。无法出海的顺风公，你的意愿，我来完成！维修心里蓦然升起一股庄严感。

出海！出海了！

第十三章

1

一个送“批”的水客走进了苏洋村，天气晴好，他右肩背着一只做工细密的椭圆形竹篮子，这叫作市篮，装银圆、细软等，左肩背着布做的批袋，手上拿着一把长柄雨伞。水客到来的消息早已传遍苏洋村，他刚刚走进海晏楼的楼门厅，就有一群人围过来。

“大家好，大家好。”水客连声向大家打招呼，黝黑的脸上挂满了笑容。他从批袋里掏出第一张“批”，念道，“苏洋海晏楼，苏陈妈母亲大人收，附银三元。”那个叫作苏陈妈的妇人满面喜悦地走出人群，水客双手把“批”递到她手里，然后从市篮里取出三块白银，放到她的手里，说：“儿子孝顺啊，你真福气。”

“多谢，多谢。”苏陈妈早已笑得合不拢嘴。

水客又从批袋里掏出第二张“批”，念道：“苏洋村海晏楼，苏发展大兄收，附银十二元供明年祭妈祖和扫墓用。”

苏发展并没有在人群中，于是有人跑到天井里扯开嗓子大喊：“发展，你的番银来了！番银！”

“来了，来了。”苏发展咚咚咚从楼上跑了下来。

收到“批”并有银圆或其他贵气洋物的，无不笑逐颜开，识字的当场就拆“批”看起来，不识字的也立即央求别人读给他听。没收到“批”的人，则掩饰不住满脸的失望。

水客接着来到海威楼，楼门厅也早已守候了几个老妪和叔婆伯娓。收到“批”的人欢天喜地，没收到的则黯然神伤。水客最后掏出一“批”，念道：“苏洋上坂海威楼，苏顺风先生亲启。”

苏顺风不就是“活祖宗”吗？有人连忙去找来苏发扬，他从水客手里接过“批”，看着上面稚气笨拙的字体，像是番人学写的中文，左下方也没有落款，想不出这是谁给顺风公寄的。

水客离开上坂，前往下坂的集庆楼，他才走到门埕上，里面就奔出了一个人，带着迫切的语气问：“有我的吗？”

“你叫什么？”水客问。

“德昌，苏邹德昌。”

“有哩，你有一张寄自台湾鹿港的‘批’。”水客说。

“有附银圆吗？”苏邹德昌忍不住问道。

“没有。”水客说着从批袋里掏出“批”，递到苏邹德昌的手里。

一听说没有附寄银圆，德昌心里就凉了一半。右侧从上往下写着：“……苏洋村集庆楼苏邹德昌父亲收”，左侧只有三个字“锦治寄”，没有附言。他拆开“批”，打开来看了几行，大声地怒骂一声，把转身走开几步的水客吓了一跳。

原来儿子锦治在“批”上说，父亲返乡所带的白银，前一晚上悉数被母亲换成了竹块。也就是说，德昌回乡所带的藤箱暗层没有白银，只有那些切成银圆状的该死的竹块。

德昌内心里涌动着一股怒火，火舌不时从嘴里喷出。如果此时妻子在面前，他肯定一拳干过去。以前吵架时彼此也动过粗，他多少忍让一点，常常被打得鼻青脸肿。这回他一定不会让了。可是这回她在台湾，而他在老家的土楼，隔得太远，打不起来。德昌挥起老拳，往天空狠狠揍了一下，又一下，他好像听到天空叫唤了一声，这才收起拳头走进集庆楼。

“气杀我也，气杀我也。”德昌把“批”放在德永面前的桌上，五指在桌上拍了一下。

德永拿起“批”看了一遍，说：“这样也好，抢匪没抢到你的钱，只抢到一些不值钱的竹块。”

“这不是陷我于不诚不信吗？我在祖宗面前怎么交代？要是没有遇到抢匪，我在祖宗面前取出的不是白银，而是竹块，这叫我当场往哪条地缝钻啊？”

邹德永想象了一下那个尴尬的场面：拜过列祖列宗，宣布捐银一百，然后打开藤箱暗层，取出来的竟是竹块。这实在够难堪。这么一想，似乎也要感谢那两个抢匪了。德永立即又想到儿子锦洪，为了寻查抢匪而离家，现在不知下落，他到哪里去找那并不存在的白银呢……

“德永兄弟，你别笑话我，现在你知道了，我为什么会想再娶一个小的，我怎么愿意在老家逗留不归，唉，家有河东狮吼……”苏邹德昌连连叹气摇头。

“德昌兄弟，家家有本难念的经，每个人也都有自己的不堪，我怎么会笑话你呢？”邹德永拍了拍苏邹德昌的肩膀说。

“这、这太让人生气了！我都要气炸了！”

“消消气吧，生气也没用。”

“我要立即回‘批’，让儿子把钱寄水客过来。”

2

苏发扬走进顺风公的房间，看到床上的顺风公微微睁开了眼睛，说：“有一封你的‘批’。”他把“批”在顺风公的眼前晃了几下，顺风公的眼睛一动也不动，定定地看着天花板。

“我念给你听吧。”苏发扬说着，小心地拆开“批”，打开对折的白笺，一看就傻眼了，上面写的全是洋文番字，一个个像蝌蚪一样，他眼光扫了一遍，只认出“1567”字样，其他的无一认识。

“‘活祖宗’，哪个番人写‘批’给你？除了外面的地址和姓名，都是番仔字，你看看吧，”苏发扬想起顺风公是在海外待过的人，自然有过番人朋友，说不定也懂番文的，便把写满蝌蚪字的白笺拿到他的眼前，“来，你看看。”

顺风公的眼光久久停留在那些番字上面，好像阔别多年的老朋友，重逢已经不相识了，歪着嘴说：“我、不懂，咯，咯，不懂……”

顺风公不懂番字，那是谁给他写的呢？说的又是什么事呢？发扬把白笺拿到自己眼皮底下，眼光盯着那些蝌蚪，像是要从蝌蚪的身体里看出什么动静，还是什么也看不出来，那些蝌蚪抖抖索索满纸游动，把他晃得目眩。这就怪了，哪个番人还记得顺风公？顺风公从海外还乡都已经几十年了，也从来没听他提起过哪个番人朋友。

苏发扬再次把白笺拿到顺风公面前，不死心地问：“顺风公，你识得番字洋文吗？你看一看嘛。”

顺风公眼光再次停留在番字上面，说：“我不识得、番字、看不懂，咯、咯、我在马尼拉，那些番人叫我们生理人，生理啊，福佬话，咯、咯……”他清了下嗓子，喃喃念着一首闽南童谣，“天黑黑，要落雨，举锄头，寻水路，碰着一阵鱼啊虾啊要娶某（妻），虾提灯，鱼打鼓，三光（三光鱼）做新娘，土萨（胡子鲇）做公祖，水鸡扛轿大腹肚，红鲟捧茶嫌艰苦……”

苏发扬听到“娶某（妻）”就不想听了，转过身去，折起白笺，把

"批"放进壁橱里。苏洋村如果连顺风公也不懂番字，就没人懂了，博平圩会不会有人懂呢？没听说过。只能先收起来，以后遇到懂得番字的人再请教。壁橱里一只青花盘，一只海螺，这都是顺风公的收藏，现在再加上这张神秘的番"批"。

顺风公微微闭上了眼睛，他又看到了一艘福船航行在大海上，海风习习，那好像是一个黎明时分，福船徐徐掠过一座岛的西侧，青山连绵起伏，海浪轻拍沙滩，海鸥一排排地低回鸣叫，海天相接处，一抹云霞绽放出绮丽的光芒。顺风公记不起这是什么岛了，在他前半生的漂泊中，他到过的、见过的岛太多了，在他晚年的回忆里，它们时常混为一体，分辨不清。突然，他猛地咳嗽了几声。

"顺风公，怎么了？"苏发扬关切地走到床前，端起桌上一杯温水，手插进他的脖颈下面，把他稍微往上扶起一点，喂他喝了一口水。

"我看见小果了……"顺风公嚅动着嘴唇说。

"小果在哪里？小果怎么了？"苏发扬急切地问。

"小果，喀、喀、不是小果、是、喀、喀、不是小果……"顺风公又咳着说。

苏发扬心里叹了一声。刚才一下子紧张起来，以为顺风公"看见"了小果，顺风公是神人，有时能看到过去，还能看到现在，多希望他能看到小果啊。小果被劫后，苏罗氏到扶风堂以及天妃宫、公王庙、伯公庙拜过，问签卜卦，都没能问出下落。他一直期待顺风公有一天能"看见"小果，可是顺风公变化不定，他神志清晰与不清是没有定性的，清晰时看不见，不清时也看不见，只有在清晰与不清交会时，他才能"看见"一切。顺风公何时能够"看见"小果呢？

3

拜过祖宗、妈祖、公王、伯王，苏发志提着篮子里剩下的两根香和一只泰国柚子，走到东溪畔的老君庙和番王庙前。这两座并排的小庙离自家的窑炉大概只有三丈远，看得出新近被简单修整了一下。它们是用废旧的窑砖砌成的，只有一人多高，进深不到一米，两庙公用一堵隔墙，里面各有一个砖砌成的香台，老君庙里有一尊米黄色的太上老君坐像，番王庙香台上则立着一只缺了一个小口子的堆贴如意杂宝纹瓶，釉色白中泛黄。香台后面墙上贴着纸写的庙号，发志上回看到时，那纸已变得脆黄，且脱落了一半，现在换上新写的纸，“老君庙”和“番王庙”这两个庙号都写得很端正，字很黑。因为庙太小，人们祭拜时只能站在庙外持香朝内。

苏发志用力剥开柚子，这是在厦门港跟那个番人生意成交之后，番人所送的泰国柚子。剥成两半的柚子，两庙香台上各放一半，发志点了一根香，先在老君庙前拜了拜，心里说，我又卖了一船的瓷，平安回来了。接着把香插在老君庙香台上的砖缝里，然后走到番王庙前，把最后一根香点了，一边双手合十拜着一边在心里说：“感谢啊，本来以为瓷器没人要了，最后还是番人直接来买了，不用通过牙人，还是番人直爽，感谢番王爷的照顾啊。”

拜过番王爷，苏发志把剥成两瓣的柚子合拢，收在篮子里，提着往自家窑炉走去。昨天刚回到家里，今天就要开始新一窑的烧制，取土、捣碎、做泥，一环扣一环的工序是不允许发志缓下来的，他总感觉身后像是有什么追着他一样，要他不停地做，不停地烧。他把装柚子的篮子放在窑炉前的圆几上，伸了一下腰，走进工棚挑了一对箩筐，手上提着一把锄头。这是要去挖瓷土。沿着东溪往斜里走一小段，就是一座隆起的小山包，左侧被削出了一口小坑，右侧还可以挖几多年。发志挑了两箩筐的瓷土回到窑炉下方的水碓房，看到大儿子维卡站在窑炉前吃柚子，心里不悦，走上来说："你挑土也像吃柚子这么积极就好了。"

维卡咽下嘴里的柚子，说："我想跟你说一声，我不想烧窑了。"

"你说什么？"发志不由瞪大了眼睛。

"我是说，我成家了，我想自己吃饭，不想跟你一块烧窑了。"

"你——苏氏族规规定，成家的儿子可以分灶吃饭，但不分家，你想分灶吃饭可以，不烧窑是不行的。"

"老爸，你怎么只知道烧窑呢？这烧出来的瓷器不好卖，卖出去也不赚钱，你看现在全东溪窑就我们一家在烧，你这又是何苦呢？"

"不烧窑你能干什么？不烧窑祖上能建起大土楼？不烧窑……"

"唉，你这说的都是过去的事，现在烧窑不行了。"

苏发志哼了一声，冲到儿子面前要打他一样，说："你赶快给我挑土去！"

"我不。"苏维卡别过脸去。

苏发志挥起一只手就要打下来，在空中顿了一下，还是缓慢地掉下来，儿子也不跟他同心了，这让他心里悲凉。发志知道族里人都不愿意烧窑，是因为滞销和亏本，他愿意一直烧下去，是因为他觉得这是祖传的族业，把土变成瓷是一个非常有意思的过程，他喜欢，为什么不烧呢？再说，别的活他不喜欢，偏偏就喜欢这个。

苏维卡往前走了两步，回头看了父亲一眼，眼光看着地面说："维普不敢跟你说，他说，他也不想做了。"

苏发志愣了一下，维普是他二儿子，还未成家，他不跟父亲做瓷他想做什么？这两个儿子高高壮壮的，但他们是传统的苏氏圆脸形，面相跟自己有差异，有些不怀好意的人有时会说他们不是他生的。他心里明白是怎么回事，他就是族里隔代就会出现一个的“脱子种”，或许高祖真的就是一个番人，不然，真的讲不通。尽管面相各异，但儿子都是亲生的，而且一直跟自己同心协力，又乖又听话，怎么这次厦门港回来就变心了？

“哎，你给我听着，”苏发志朝维卡背后喊道，“你们不烧窑就别认我这个父亲！”

苏维卡顿了一下，还是没回头，大步向前走了。

苏发志跺了一下脚，心里狠狠地想，即使你们两个都不烧，我自己一个人也要烧下去！他想起那天在厦门港收购瓷器的番人，确定他是大清国人之后，对他竖起大拇指说，我敬佩你！做瓷器是一件美好的事情！唉，连番人都懂，为什么两个儿子就不懂呢？

4

娶亲的大篮上贴着封条“扶风堂吉月吉日封”，回到“皇帝洞”的土匪们迫不及待就把封条撕掉了，打开一看，里面太多好料了，猪头、两只鸭、两只鸡、柑、香饼、鸡蛋、木耳、红枣、花生、乌豆、米果、糖等等，他们兴奋地大叫起来。

黑番坐在“皇帝椅”上，背靠着虎皮，用一种同情的眼光看着面前的手下们。他们要是不跟着自己，能过上更好的日子？或者是更糟糕的日子？

“老大，今天很顺手，”佛郎机走上前说，“我不明白，干吗要放秀才走？让他带着新娘子逍遥快活去了。”

“人家本来就是一对。”黑番说。

“老大，你心地总是这么好。”佛郎机说。

黑番站起身，走到那两对抢来的大篮前，看了看里面的东西，对火博士说："猪头给我卤起来，下酒。"

晚上，吃着香喷喷的卤猪头肉，黑番多喝了几碗酒，竟有些上脑，眼睛看人都是叠影的，他呼着长长的酒气，涎水直往下流。鸦片仙、十一指几个人笑话他说："老大，你是不是后悔了？那个新娘子该抢来当压寨夫人，怎么让秀才带着跑了？"

"放屁，"黑番拍着地上的花岗石说，"人家本来就是一对，君子不夺人所爱。"

土匪们放肆地大笑起来。对他们来说，黑番是一个有公心的好头家，大家死心塌地跟随他这么多年，谁都敢随便跟他说话，没人怕他，但是心里服他。

酒喝到最后，土匪们都醉倒了，只有黑番还愣愣地斜坐在"皇帝椅"上想心事，目光迷离，很多往事却越来越清晰。他想起上一次喝酒，大家也是全都醉得东倒西歪，只有他和秀才还清醒着。其实，自从第一眼看到秀才，他就觉得他的气质跟自己很像，现在自己虽然是断臂破了相，但是年轻时候还是蛮清秀斯文的。说起来，他的高祖就是历史上鼎鼎大名的"饶贼首"林凤，手下几千人，船只几百艘，占据了潮阳南海的钱澳岛，当时的大明朝廷都拿他没办法。大明万历二年，朝廷命两广提督、福建巡抚率军联合围剿高祖，他且战且退，退师台湾魍港。为了避开明军进攻，同时也为了救助在马尼拉遭到西班牙人屠杀的大明国侨民，他率三千余人乘坐六十艘舰船驶往马尼拉湾，两次攻打马尼拉城。小时候他常常听爷爷说，那攻城战斗非常激烈，也非常惨烈，高祖这边使用的是弩箭，而对方是火炮，还有小火器，火炮吐着火舌朝船上飞来，火光冲天，惊天动地，没能飞到船上炸出一个洞，落在水里也会掀起一股巨浪。这边攻城不下，那边福建巡抚手下的将士一路追踪高祖，也追到了马尼拉来，他们联合西班牙人一起围困高祖。爷爷告诉黑番说，那是个生死关头，高祖率领船队突围，左冲右突，最后有四十多艘船退到了台湾，后来又回到潮州，主要在柘林、靖海、碣石一带水域活动，舰船很快又增至一百五十多艘。但是，这种游弋海上、冲冲杀杀的生活，很多人都心生厌倦了，高祖手下一些头目接受了朝廷的招安。爷爷告诉黑番说，那时候你高祖年事已高，他甚至知道自己来日不多了，但他就是倔强，决不愿意招安，把身边的一个孙子托付给一个可靠的生死兄弟，自己率领船队复走西番，不知所终。这个孙子就是爷爷的爷爷的……爷爷，算至黑番已经是第十五代了。只不过这存续下来的林凤一脉改姓了柯，黑番也有一个正式的名字叫作柯培育。当柯培育还是一个少年家的时候，一边习武一边读书，希望将来考个功名，如果事情不出意外，柯培育有望考取功名，走上一条与高祖不同的人生道路。有一天，柯培育在路上遇到一纨绔子弟欺负他所喜欢的一个妹子，上前打抱不平。那个纨绔子弟和几个随从根本不是柯培育的对手，几下就被打得屁滚尿流。但是这伙人心有不甘，花钱买通了本地一伙凶残的土匪，把柯培育绑架到山上，残忍地卸下他的右胳膊。柯培育的命运就这样被改变了，他后来也上山为匪，历经多年的磨砺，终于灭掉了那伙断他胳臂的悍匪，他又下山纵火烧毁了那个冤家的屋舍，引来官兵追剿。在深山密林跟官兵周旋多年，柯培育手下零落，自己也深感困倦，但是他知道归降就是死路一条。其实，当年高祖就明白了，朝廷招安不过是幌子，既然已经在这条路走下去了，就再也没有回头之路。跟高祖不同的是，柯培育此时上无父母，下无后代，甚至丧失了男人的功能，他几十年来都是孤身一人，没有什么牵挂，只能遣散了众多手下，带着几个死心塌地跟随他的小兄弟，从潮汕山区潜入博平圩天岭地带。在天岭无意中发现了“皇帝洞”，柯培育觉得这是上天的开恩，让他晚年有了一个归处。柯培育想，高祖晚年一定也是隐匿在某座不知名的小岛，终此一生。祖上的辉煌，令他感叹，盛极而衰，似乎谁也逃不出这个命运的怪圈。这么多年腥风血雨里的打打杀杀，他觉得也该收手了，眼下又有“皇帝洞”这般安逸的所在，一切都是天意。柯培育重立帮规，从此打劫富家商号货物，聊以果腹度日，永不涉命案，不招惹官府。他们在这里以绰号相称，少年时的绰号“黑番”成为他新的名字，让他觉得这是一种新生。

几个醉酒的土匪爬到木板床上，卷起被子倒头就睡，发出一阵阵呼噜声，还有人说着含混不清的梦话。佛郎机突然爬起身，梦游一般走到一旁的石壁下撒尿，一边抖着手一边说：

“老大，你怎么不睡……你就是厚思想，想得太多啊……”

“你睡你的，你又不懂。”黑番站起身，盯着石壁上自己画的高祖神位，一直盯得那几个字好像在晃动了。

“是啊……我不懂……谁懂你啊……”佛郎机摇摇晃晃又走回来，放倒身子就呼呼大睡。

黑番缓缓转过身，走到了“皇帝洞”洞口——其实这是最里面的一个洞口，转折出去，还有两个洞口，正因为这样重重绕绕，人们很难发现这个隐秘的所在。这里能够吹到一些外面的山风，黑番就想吸几口清冽的山间夜岚。他把一只手扶在一块石壁上，往外探了探，当然，什么也看不见，天空像茫茫的大海，群山也像茫茫的大海，一切都沉睡了。他知道，人都是这天地间的过客，最后都要消失在这天地间，就像他几百年前的高祖一样。他突然想起邹锦洪，不知他情况怎么样，带着新娘子在山城圩能过得好吗？

5

天不亮苏小果就悄悄摸起床，轻手轻脚不发出一丝声响，生怕把邹锦洪弄醒。他每天走街串巷挑着担子卖豆腐，回来还要挑水、劈柴，虽说每天晚上把黄豆浸泡在木桶后，时候还早，大家就上床睡觉了，但他还要到她身上辛苦劳作，常常不够尽兴，还要继续深耕细作一番。她知道，这是男人的辛苦活。看他睡得多么香甜，没人会忍心把他吵醒的。不过，锦洪翻一下身子，手往旁边一抓，没抓到人，他一骨碌就从床上爬起来。这时，小果已经在小院子里忙开了，她先从浸泡黄豆的木桶里抓起一把黄豆，掰开一粒黄豆看看，豆瓣如果全都发白，这就说明浸泡得够好了。接着，提水，把石磨清洗一遍。随之起床的锦洪悄悄走到她身后，从后面揽住她的腰。她装作生气地把腰扭来转去，还用手揪他一把，其实她内心是欢悦的，令她全身都在愉悦中微微战栗。每天起床这么小小地嬉戏一回，一整天心情都好了。

这个小院子小得只有一口井和一座石磨，邹锦洪推磨就要站在灶间的位置了。他一进一退地推着磨，苏小果站在磨边，一勺黄豆两勺清水，接连不断地往磨眼里填豆子舀清水。磨子一圈圈转着，发出一种轻柔的咕噜咕噜声，豆浆从磨盘下冒出来，顺着磨沟往下淌。

那天出嫁途中邹锦洪的突然出现，令苏小果惊喜交加，她原以为这辈子再也没有机会见到他了，没想到上天赐他们这一段姻缘。那天晚上他们连夜翻山越岭来到船场圩，也不敢投宿客栈，在一座王爷庙墙后龟缩了半个晚上，半夜又起程，第二天天黑时才走到山城圩。锦洪身上有黑番给他的两块银圆，小果换下来的新嫁衣上也有几个红包，这样他们总算有一点小本钱，其实锦洪的大姐就嫁在山城圩，只是现在还不便跟她联系，他们当天租下了圩尾的这间土角厝。也就是在这天晚上，两人圆房。没有大红灯笼，没有亲友祝福，只有两个血气方刚的年轻人，不停地碰撞和翻腾，锦洪在激烈喷射时忍不住骂了一句粗话，说这回死也值得了。小果抬起手轻轻拍打着他的嘴巴说，你这个傻瓜，我们都要好好活。接下来好好活的生计问题，锦洪和小果合计一下，决定卖豆腐，因为他们在土楼都曾经做过豆腐，而且锦洪走街串巷卖豆腐，也方便打探、寻找那两个在山城圩当过挑夫的抢匪，当然他还有个心愿，以后攒了钱就赔偿博平圩烟丝铺老板的两笼条丝烟。第一天磨豆子，锦洪推着磨子快快地转着，小果往磨眼里放水和豆子的手总是会碰到转动的磨棒，但是第二天开始，他们的配合就渐渐熟练和默契了。现在小果即使闭着眼睛也能把豆子和水迅速而又准确地放进磨眼里，她的纤纤细手像蜻蜓点水一样，在磨盘上翩翩起舞。

磨好豆浆，滤去豆渣，放在大锅里烧，要烧得大开，冒出的泡沫高高地跃出锅面，噗噗响着，泡沫不断地从中间裂开，裂成两半。此时停火，点卤——话说卤水点豆腐，一物降一物，这点卤就是苏小果的功夫了。她端着装卤水的小碗，倒一点，便用勺子在豆浆里搅几下。到底要倒多少卤水，全凭她的感觉了。点过卤的豆浆就变成了豆腐花，把它们舀起来装进一块白布做的豆腐包里，对角扎紧，然后压上一块石头，水慢慢压出来，豆腐就做成了。

这时天也亮了，苏小果在烧豆浆和压豆腐花的空当，把早饭也做好了。锦洪吃过早饭，就挑起豆腐担子，沿街叫卖而去。一般午饭时分，锦洪就能把豆腐卖完回到家里，小果给他盛饭先吃好，她再接着吃。

这天食午过了好久，邹锦洪还没回来，小果几次到门边往外面探望，都没看见锦洪的影子。这还是从来没有过的情况。她只好把蒸饭放到鼎里保温。又过了许久，小果听到门口有一阵急促的脚步声，连忙走过去开门，原来正是锦洪，担子上还有好几块豆腐，看他行色慌张，她心里也一紧，是不是行踪被娘家人或婆家人发现了？

邹锦洪担子前一只刚进门，苏小果就急匆匆关上门，把后一只担子碰得直打转。

“怎么了？”苏小果的声音似乎有点发抖，“你怎么了？”

“我、我……”邹锦洪放下担子，喘着粗气说不出话。

“到底怎么了？”苏小果心怦怦直跳，“快说呀！”

“我、我在杉行街遇到那个红鼻子……”

“哪个红鼻子？”

“就是那个抢我台湾叔的假挑夫……”

“唉，我还以为……你真的认出了？”

“嗯，肯定是他，我看过他一眼，就烙在我眼底了，肯定不会错的，我暗地里跟踪他，他就住在羊肉街后面一间木棚房……”

“哦，那你想怎么样？”

“找他找得好辛苦啊，为了找他，我才从家里出走的，没想到这就遇上了，我当然不能放过他，我要想个办法，让他把白银吐出来！”

“对，我跟你去！”

“你不行……”

“我怎么不行啦？你一个人对付得了他？”

“当然可以，再加上另一个，我也对付得了，你不知道我攒了多少力气要来对付他们！”

第十四章

1

王船晃悠悠向海滩漂来时，苏维修在船舱里睡得正香。舱板上有他用木炭写的一个“正”字和一横一竖两画，表明他已经在海上漂流了七天。这七天里，他起火做饭，有吃有喝，吃饱肚子就站在甲板上看两边的海景，看累了又回船舱躺着，有时也上去操持一会儿尾舵，第一天还笨手笨脚的，不知怎么使舵，摸索了一两天，他就能熟练地见风使舵了。茫茫海上，海风劲吹，王船顺顺当当地漂行，虽然维修辨别不出方向，但是坦荡如砥的大海，漂向哪里都是一样的。他把尾舵转来转去，纯粹变成了一种乐趣。船舱里的食物，估计够他吃上二十天。他从来没有这样畅快地吃过肉，这几乎是神仙般的日子。然而美中不足的是，落日时分，船上慢慢暗下来，整个大海像是笼上了一层黑纱，他不免感到寂寞和孤独。幸好船舱里有一只活羊，他有时可以跟它说说话，有时它好像听懂了，“咩咩咩”地回应几声。

此时，天刚蒙蒙亮，太阳正从海面上缓缓地升起，波光粼粼，海浪像是大梦方醒似的，显得有些慵懒，不急不缓地向沙滩涌来，一下一下地拱着王船冲上沙滩。王船的颠簸，并没有惊醒苏维修，他翻了一下身子又睡了过去。倒是那只小山羊有些紧张地叫了几声，跳出船舱，走上了甲板。

起早经过海边的人们发现一艘船冲上了沙滩，有人走过去看了看，看到船头左右两舷写着：“……代天巡狩苏王爷彩船”，原来这是一艘唐山漂过来的王船。台湾很多海边的乡村发现过唐山漂来的王船，人们大都建庙祭祀，也有的地方举办仪式后将王船焚烧。在鹿港还是第一回发现唐山漂来的王船。那个第一个走近王船的人，挥起手臂大声喊道：“王船！王船！唐山来的王船！”

他拔腿就往街面上跑去，一边跑一边大喊：“王船！王船！王船！”

不一会儿，唐山漂来一艘王船的消息就传遍了整个鹿港。人们奔走相告，好像是老家来了贵客一样，喜出望外，扶老携幼往海滩赶去。

苏维修是被一阵人的喧闹声吵醒的，他觉得奇怪，耳朵旁边怎么有这么多人的声音？这是在做梦吗？他爬起身，发现王船已搁浅在沙滩上，便揉着惺忪的眼睛走上了甲板。

突然，哗的一声，沙滩上像是掀起一股巨浪，苏维修不由倒退了一步，他惊讶地看到一大片的人齐刷刷地跪了下来，冲着王船不停地念着：“王爷啊，显灵啊，王爷啊……”

这是王船没错，莫非大家都把我当作王爷显形不成？苏维修猛地大吃一惊，他不知道这是哪里。应该就是台湾了，沙滩上人们念诵的腔调和他完全相似。

“我、不是王爷，我只是搭王船来的，你们这里是哪里啊？”苏维修走到船头，朝着沙滩上说。

有几个长者相互交流了眼色，站起身走到船舷下，其中一个向苏维修拱手说道：“这里是彰化鹿港，先生，你能搭王船来到敝地，就是神显灵！”

“我、我姓苏，跟王爷同姓……”站在船头上的苏维修看着沙滩上或跪或起的人群，两股战战，不知怎么面对这浩大的场面。

人群后面响起一阵锣鼓声，人们自动让开了一条道，锣鼓阵热烈地敲打着向王船走来。

这是迎神来了。几个长者立即开始现场指挥。锣鼓阵在船舷下奏乐，有人跑去街上置办三牲、香烛。

站在船头上的苏维修这下彻底傻眼了，这是他从来没有见识过的场面。沙滩上的人都站起来了，像赶圩一样热闹。有人抬来了香案，有人往香案上摆上文旦柚、葡萄、莲雾，还有人摆上晒干的整只鱿鱼……

“我、我要下去……”苏维修弯下腰对船下的几个长者说。

“这位苏先生，你和苏王爷一起来到我们鹿港，吉祥之兆啊。”一个长者说。

有两个人抬来了一部木梯，架在了船上，那个说话的长者踩着木梯往上走了几级，伸手请苏维修下船。苏维修看着这个比父亲还老的老人，不敢把手给他，摆了几下手，说：“我自己下，自己下。”长者固执地伸着手不放下，还往前抻着。苏维修只好上前握住他的手，一下子像是被烫着一样，但是长者紧紧把他牵住了。他就这样被长者牵着手一级一级地走下了王船。

人群像浪潮一样涌上来，但是在距离苏维修还几步远的地方都停住了，似乎这个王船下来的年轻人身上闪射出一道看不见的灵光，把他们挡在几步开外。他们七嘴八舌说着各种问候、崇敬的话。苏维修都听到了，不知先回答哪个，只能满脸堆着笑，向每个人都咧着嘴笑。

“你是哪里人？从哪里漂来的？”有一个年纪跟苏维修相仿的人挤出人群，向他问道。

“从厦门漂来的，我、我是漳州府苏洋村土楼人，土楼你知道……”

苏维修还没说完，那人上前急切地抓着他的胳膊，说：“苏洋村？我知道啊，土楼，集庆楼，我老爸前一阵刚回去！”

“你——”苏维修愣住了，对方居然知道苏洋村，还说出了集庆楼的名字，这简直太让人惊奇了，“你、你老爸是谁？”

“我们祖籍是集庆楼，我老爸叫德昌，他现在还在那里呢。”

苏维修“哦”了一声，立即想了起来，集庆楼苏邹德昌，台湾客，返乡时在天岭被人抢了，现在还留在集庆楼不回来。他连忙抓住对方的双手，说：“哎呀，真是巧，在这里遇到了亲人，我是海威楼姓苏的，我们祖上还是亲戚呢。”

“确实好巧啊，我叫锦治，户籍上一直写着两姓，苏邹，苏邹锦治。”

苏维修心想，同个村子的苏邹氏早都改姓邹，这隔了几多重山和一条大海的苏邹氏，倒还保留得好好的。

这时，两个登上王船的长者，从船舱里抬出了王爷神像。其实，木刻的王爷神像很小，差不多就一筷子高，但是他们两个人四只手从底座抬着它，毕恭毕敬，诚惶诚恐，好像它很重，随时怕它跌倒一样。沙滩上的人群又一阵阵高呼着“王爷，王爷”，声浪几乎都盖过了锣鼓声。

2

苏发扬每天来看望、陪伴顺风公时，总要问他一句“看见小果了吗？”顺风公要么摇头，要么默不作声。发扬心里本来也就一种“侥幸”心理，万一顺风公真的“看见”了呢。他并不抱很大期望，但失望还是难免的。女儿在这个天地间消失了，他内心里更愿意人世间从来就没有过这个女儿，也不愿意她就在哪里遭受着苦难和屈辱。妻子苏罗氏一听说哪里有灵验的神明或厉害的算命仙，立即不辞辛苦前往求签、问卦，她每天为此奔忙，时令进入年关，她都无心准备过年了。对苏发扬来说，原本要带头振兴窑业，自家的窑炉虽说已经修整出来，但家里出了这档事，他心里那一股气被断了，加上儿子本来就不上心，挖土、做泥诸事全都搁下来了。

这天苏发扬从扶风堂回海威楼，在路上遇到了邹德永，他甚至打不起精神跟对方打招呼，还是邹德永走上前，握起他的手，说了一通安慰的话，言辞恳切，但是在他耳边只是一片嗡嗡响，他好像都没有听清楚。

"发扬兄弟，开春后你就给我们烧三窑的青瓦，我们余庆楼需要你来添砖加瓦呢，我先付一点订金给你？"邹德永说。

苏发扬愣了一下，这才听明白对方的意思，连忙摆着手说："不用，不用订金，感谢你的照顾，我们会烧出最好的青瓦给你。"

邹德永再三说着感谢的话，转身往另一条路走去。

相对于烧青花、青瓷，烧米黄瓷，烧青瓦是完全不用师傅的活，原先附近村子夯建土楼，会向苏氏窑坊预订，后来大家也自己造窑自己烧了，毕竟这是一项比较容易上手的活，自己烧可以省几多钱。邹家愿意请苏家烧瓦，表达的是一种善意。苏发扬记得此前邹德永已正式跟他提起过，今天算是再次提醒，莫非他也看到了苏家的萎靡不振？苏发扬原先的计划就是整好窑口，先为邹家烧瓦，热热窑炉，然后延请师傅，恢复青花、青瓷、米黄瓷的烧制。现在看来，再也不能拖拖拉拉了，必须立即振作起来，烧瓦不用瓷土，要从田地里挖来田甲泥，这可是不省心的事，恐怕要雇工来挑。他想起年前还带着三个儿子挖瓷土，看来自己是有点老糊涂了，烧瓦要挖的是田甲泥不是瓷土，唉，脑子不好用了。

走到公王庙前，里面突然闯出一个人，把苏发扬吓了一跳。他一看是素月，她走路的姿势像是整个身子直挺挺硬邦邦地向前移动，看不出先抬哪条腿，似乎是两腿并进的。苏发扬摇了一下头，再定睛一看，她手上拿着一块米果，他敢说，这是她从庙里香案上拿的供品。

“哎……”苏发扬叫了一声，立即后悔了，叫她干吗呢？看她神神道道的，还是少招惹她为好。但是声音传出去了，她停下来并转过头来。

苏发扬只好硬着头皮走上前，说：“素月，你过得怎样？没米到我家来拿一点。”

“什么米？我不吃米……”素月淡淡地说。

苏发扬发现她发式整齐，脸上也很干净，干净得有点异样，就是看不出任何表情，再一看，她的一对眉毛几乎掉光了，整张脸显出一种阴晦和诡谲。

“那你吃什么？”苏发扬说。他看着她把手上那块米果塞进了袖管里，并无意揭穿对方，只觉得她说话不可理喻。

“我是天上派来的大仙，我吃什么什么也不用吃吃什么有什么用……”素月越说越快，音节也越来越含混。

“好吧，没事。”苏发扬说着，掉头往另一边走去，刚走几步，她在背后喊他了：

“哎！”

苏发扬只好停住，回头问：“什么事？”

“张公吃酒李公醉，东屋点灯西屋明……”素月念着咒语一般地说。

苏发扬这时看到素月脸上腾起一种怪异的表情，心里有点害怕了，想要扭头就走，却好像被施了定身术一样，头扭不过来，只能定定地看着她。

“世间的事不用想过多啦，有时起有时落，王上加点，百升飞上天，明月照长安，兔子上金床，石人一只眼……”素月说着，突然比画了一个奇怪的动作，像乩童扶乩一样。

苏发扬全身哆嗦了一下，心想，敢是素月变成了一个乩童？这附近的四乡八里，总是会出两三个神神道道的乩童，不过，这也没有什么不好，她至少能混一口饭吃。发扬心里最怕的还是她养蛊，那可是会害人的，养蛊婆是最可怕的，乩童倒是她的造化了。

“发扬，你不用怕我，我又不会吃人。”素月突然又恢复了正常的表情和声音说。

“我、不是怕你啦，我是说，你、需要帮忙可以来找我。”苏发扬结巴了两下。

“多谢了，我现在一个人，也好好的，还是你要看开一些，小果的事，天意啊。”素月说。

素月突然变得正常起来，反而让苏发扬感觉后背一阵发凉。

“人要放下执念，你有什么难处，可以来找我。”素月说。

“嗯，嗯……”苏发扬声音颤颤的，突然觉得自己其实真的没什么了不起，族长算什么？刚才还居高临下地向人家表示关怀，在人家看来，也许更可怜的是自己。

3

各家各户把木片料抬到了集庆楼，一摞摞地堆在香火堂的地上，这里堆不下了，又堆在楼门厅地上。建楼所需要的片状木料都必须是干透的，至少要经三次伏暑才会干透，这些集拢而来的木片，有的都放了十多年，自然都充分缩水了。邹德永让大家搬到集庆楼来集中展示，一者方便登记造册，二者容易估摸总量够不够。

邹德永在土纸上记好各家送来的数量，并在一整摞的第一片片料上写上户主名字，只写名字中最后一个字，族人按辈分命名，一字了然。德永本来有午饭后小眠一会儿的习惯，自从余庆楼动工以后，就改掉了这个习惯。这会儿都写完了，直起身捶了两下腰，然后把毛笔和小半碗墨汁搁在香案上，回头看到苏邹德昌站在他身边，好像站了许久，自己没有发觉。

“德永兄弟，”苏邹德昌确实在德永身边站了许久，看着他在几多片料上写字，心里引发一阵触动，“我感觉很惭愧，无地自容。”

“怎么了？”邹德永有点奇怪地问。

“家家户户都来献木料，唯独我没得献，还赖在这边白吃白喝。”

“德昌兄，你这么说就见外了，你有心捐建土楼，只是……祖宗是知道的，再说你是人客嘛，回来理当被好好招待。”

“你这是宽慰我的话，我想过年后，锦治还不把钱寄来，我就回台湾去，变卖家产，迁回苏洋村。”

“别，别，德昌兄，你别这样说，锦治应该也是明事理的人，再说，变卖家产、回迁什么的，你还得跟妻子、家人思量。”

“唉，你一说妻子我就来气，本来就不睦，这回又这样让我丢人，我跟她恩断义绝，肯定要休掉她的。”

邹德永抬起手在苏邹德昌的肩膀拍了几下，说：“先不着急，凡事三思。”

“这些天我何止三思，我都几百思了。这里是祖宗胞衣地，加华公生前发过愿的，我居然没办成，越想越难受，难受啊。”苏邹德昌突然勾下头，用一只手捂住脸，一阵哽咽声从手缝间泻出来。

邹德永一时有点慌神，很少见到一个老货子这么当面哭泣，陪着叹了一声说：“这又不是你的错，你又没做错什么……”

苏邹德昌抽泣了几下，擦了擦眼泪，转过头往楼梯走去。德永看着他上楼梯，心想他上房间睡一午觉也好。他完全相信德昌的真心，只是要带回来的白银被妻子换走，他居然没发觉，这说明他做人还是粗心了，不过话说回来，要是真的带回来了，天岭上被挑夫抢走，更惨，而因为要去找他“被抢走”的白银，锦洪倒是真的被土匪抢走了。这一件事咬着一件事的，真不让人省心。不过，德永心里感到宽慰的是，余庆楼的做土、挖地基一直在顺利的进行当中，过完年正式砌地基，然后夯墙，争取一年半载建成，然后再花一年时间装修，力争早日入住——那时要请一棚戏，连演三天，同时庙祭告诉列祖列宗，特别是“进士公”，余庆楼建成了，他邹德永死而无憾了。话又说回到苏邹德昌身上，邹德永除了调侃几下他还一直姓着苏邹这事儿，对他各方面都是满意的，他让自己多了一个说话伴儿，而且他也没闲着，每天帮忙做事。邹德永觉得回迁什么的，应该是他一时冲动的念头吧。

邹红米抱着睡着的小敬走到香火堂，一手在他背上轻轻拍着。看起来就是一个称职的母亲，不像是一个姑姑。德永看了女儿一眼，觉得这大半年来她真不容易，一个未嫁的妹子，要忙家务还要带孩子。

“你把他放摇篮或者放床上吧。”德永说。

“不行，一放下他就哭。”红米说。

德永知道小敬前几天受过惊吓，虽然好了，但是变得特别黏人，认生，这就辛苦红米了。这家里果然少不得女人，他真不敢想象，要是红米出嫁了，这家还怎么维持？可是他实在太忙了，所有的积蓄都投在余庆楼，三个儿子——不，就算两个吧，两个儿子的婚事他从来没上过心，这实在是一个父亲的失职。不过，他也不是闲着，余庆楼千头万绪，很多事需要他拍板，还要他亲力亲为，他每天忙得像陀螺一样，被一根看不见的绳子不断地抽打着，他真的没有时间来考虑儿女的事，其实也没有财力来置办彩礼。

登记造册之后，德永把土纸折成几折，放在香案神龛下的一只抽屉里。族里一些公共事务的记录，就放在这小抽屉里，各房各家都可以自行来查看。德永又捶了两下背，穿过天井往土楼外面走去。他要去余庆楼看看，大脚坑挖得如何，运来的大石头怎么样，还有做土做得好不好，每天都要查看一番。

沿着村里的渠道往余庆楼走去，邹德永背着手还是走得很快的。日头稀薄，田地里飘动着各种青菜与刚施过的人粪糅合在一起的气味，风把菜叶子吹得簌簌响。德永看到前面沟渠旁边的田沟里蹲着一个人，屁股朝天地在地里挖着什么，他也没在意，这情景几乎每天都会看到的。走到近前，那人突然站起身，并扭头向德永喊了一声："永的。"

"你……"邹德永猛吃一惊，不由倒退了一步。这人居然是苏素月，不过不大像他前几次看到的形象，似乎是变了一个人，或者他以前看到的素月并不是真的素月，可是现在面前这个素月就是真的素月吗？她的发式梳得很整齐，脸色虽然还是显得苍老，但是脸上洗得特别干净，衣着也一尘不染似的。

"呵呵，你很忙嘛。"苏素月笑着说，语气里似乎带着嘲讽。

"嗯，建土楼啊，忙一些。"邹德永虽说镇静了下来，但心里还是跳得紧。他想，这个素月才是正常的素月吗？前面看过几次的那个素月或许真的是看错人了。

"你还是那样，很有公心。"苏素月说。

"应该的，应该的，族里要建土楼，事情比较多。"邹德永说。

"不要累坏身体。"

"不会不会，我这身体还好着呢。"

“你也不是少年家了，不要逞能，人要放下执念。”

“我……还好啦……”

“不要过于自负，你好像还是那副脾气。”

邹德永一时不知怎么回答了，感觉是在被审讯一样，慌忙对苏素月笑笑，朝前方比了一下手说：“我先走了。”

“你有什么难处，可以来找我。”苏素月淡淡地说。

4

苏素月确定自己已经死过两回了。

第一回就是那一年，父母亲拆散她和邹德永，把她嫁给了苏源林。花轿把她从海清楼接出来，因为到海威楼距离太短，而入门时辰还有一大把，花轿就在村子里和东溪畔绕了一大圈，她坐在花轿里心如死灰。有轿夫不小心或有意踢了一粒石子到东溪水里，发出扑通一声，素月觉得那就是自己跳水的声音，她的魂掉在了水里，花轿里只是一具躯壳，当所有宾客散去，苏源林拿着灯盏照了一下她的脸，笑嘻嘻扭歪了嘴，素月感觉自己已经是一个死人了。第二回就是上一个月，这一回的死距离上一回的死隔了非常漫长的时光，是她苦苦煎熬的三十几个春秋，养女夭折，几乎每天遭受苏源林的辱骂和毒打，苏源林骂她短命鬼，结果却是他先成了短命鬼，她像孤魂野鬼一样飘荡在土楼内外、东溪两岸，每天蓬头垢面，在地里抓虫子，养在二楼禾仓的一只罐子里——就在上个月的一天晚上，她打开罐子时，里面突然跳出一只看不清的虫子在她手背上咬了一口，她痛得捧不住罐子，罐子摔到地上摔破了，她也仰面倒在了地上，死了——这是她第二回真切地感觉到自己死了。当她睁开眼睛时，已经是第二天清晨了，有一缕日头照进了禾仓。素月从地上坐起来，她感觉自己死了两回，现在又活过来了，再也不能像以前那样活了，她要好好地活一回。

那天中午，她烧了一大铁鼎的热水，倒进大木桶，在灶间里把自己上上下下、里里外外洗了一遍，搓下来的泥垢没过了脚掌。素月记不得上次洗澡是在哪年哪月了，这一回洗得全身皮肉发痛，她也看到自己肌肉松弛、皮肤苍老、面容憔悴，但她换上干净的衣裳，一遍遍梳着发式，她从小镜子里看到了一个重生的自己。

素月做了一锅饭，从瓮子里掏出一条陈年老菜脯，用刀切成小条状，然后把一锅饭全吃完了，她也记不得上一回好好吃饭是在哪年哪月了，记忆中许多年来一直是饥一顿饱一顿。

穿着整洁干净、吃得饱饱的素月走出了自家的灶间，沿着廊道向楼门厅走去。土楼门口有个找不到自家母鸡的老妪，焦虑地学着母鸡叫。素月经过她时，顺便告诉她说，你的母鸡落入你家茅坑了。老妪将信将疑走到自家茅坑前，果然看到母鸡掉在里面跳不上来，她找了一根木棒伸过去，母鸡就从木棒上跳上来了。素月从海威楼走过海清楼门口，看到一个在找儿子回家吃饭的母亲，也顺便告诉她说，你中午打他，他不高兴躲起来了，你到发洲家的草坪下去找。这个母亲跑到前面的一座草坪下，果然找到了躺在稻草垛里的儿子。素月走进海晏楼，香火堂两个男人在发展面前吵嘴，发展烦躁地说，你们吵吵闹闹，我头壳都要破了，实在不行，就“捞油锅”好了。捞油锅是一种神裁。两个男人异口同声地说，捞就捞。素月走上前顺便告诉他们说，不用捞油锅了，你们还是赶快到东溪番王庙前的一口瓷土坑去捞羊。这两个男人也是将信将疑，拉拉扯扯就来到了东溪畔的番王庙前，果然听到一口瓷土坑里传出羊的叫声。

素月的声名一夜之间传遍苏氏三座土楼，令人倍感奇怪的是，前几天还是麻木迟钝、丧魂落魄的妇人，一下子变成口吐珠玑、未卜先知的大仙。答案只有一个，神附上身了，她已经不是原来的她，而是一个神通广大的神婆了。

很快，苏洋村周边的村落便无人不知素月的灵验——此时，素月名字后面被冠上一个“仙”字，素月仙的名声迅速盖过了博平圩土楼乡村的各位灵界前辈。

素月仙把自家的二楼禾仓设置成香堂，四面墙上挂着厚厚实实的黑布，推门进去，正对着墙角的位置摆着一只香案，上面的香炉终日焚香，香案边是一张太师椅，这就是素月仙的专座。进来问事的人，先在香案前焚香献供，然后就坐在素月面前的矮凳上，说出他的问题和要求。有时素月仙张口便可以回答，指点迷津，有时她也要到香案前焚香叩拜，然后全身发抖，回到太师椅上越抖越厉害，好像整座土楼都颤晃起来，突然她开口说话：夭寿啊——或是怨叹、或是嗔怪、或是娇媚，接着立即转换成问灵者已故亲人的声音与腔调，这一下就把问灵者镇住了。死去多年的亲人的声音真真切切传到耳边，问灵者低下头来，眼泪也下来了，有的问，你在那边还好吧？死去的亲人说，不好，屋瓦漏雨了。当天或过几天到墓地查看，果然有一处塌陷了。有的问，你当年急匆匆赶赴黄泉路，几多事尾没有交代清楚。死去的亲人说，人生海海，该了则了，没什么大事，就那张田契，我藏在灶间壁橱第二块砖下面的暗层里。当即冲进灶间，打开壁橱撬开第二块砖，果然有个夹层，里面放着一张田契。

苏发扬听说了素月的神验，心里很为她高兴的，这下她也算是老有所依了，最担心她变成一个养蛊婆，现在总算不用担忧了，乩童神巫终究不会害人，不过他还是不大以为然的，素月能比“活祖宗”更神吗？她一个脚印不出苏洋村的妇人，大半生劳碌、苦悲，突然间神灵附体而已，而“活祖宗”是百岁人瑞，从苏洋到海外，又从海外回苏洋，几十年来纵横天地之间，返乡后夯建土楼，居功至伟，他博古通今，神游八仞，在苏洋村苏氏历史上无人能及。不过，苏发扬并不干涉妻子苏罗氏私下里去找素月。苏罗氏问，小果现在哪里？她还好吗？素月仙说，她在她在的所在，应该还好吧，有一天她会回来的。

苏罗氏回家向苏发扬转述了素月仙的话，发扬没说什么，心想，“她在她在的所在”，这不是废话吗？还是拗口的废话！

5

“睡啊，你怎还没睡？”苏小果一根手指在邹锦洪腰间按了一下。

自从邹锦洪发现了那个抢匪红鼻子之后，每天晚上尽管他在苏小果身上已累得直喘气，但是脑子里一想起那个红鼻子，立即睡意全消，各种想法、计划不断地在脑子里旋转着。又经过几次的跟踪、窥探，锦洪确定红鼻子是一个人居住，那木棚房狭小而又简陋，红鼻子光棍一条，也并非专职当挑夫，而是在山城圩打零工，锦洪发现有一次，有个瘦条脸的人来找他，两个人先在屋门口说话，后来走进木屋里，好像高声吵了起来，他们所用的方言，介于福佬话和客家话之间，锦洪听得半懂不懂的。德昌叔说另一个抢匪是瘦条脸，不知道这个瘦条脸是不是同伙。锦洪跟踪了那个瘦条脸，发现他住在水阁街一间土厝里，跟自己租住的这间差不多大小，但是破旧了许多，看样子没有女人在料理，门洞破旧而又肮脏。不过锦洪也怀疑过，自己是不是认错人了。如果说红鼻子和瘦条脸从德昌叔那里抢了那么多白银，他们或许就远走高飞，买房置地娶老婆去了，还住这么破落的房子？每天在山城圩街头可怜兮兮地打零工？锦洪想，只有一种可能，就是他们都是守财奴。

“睡呀，明天一早你还要磨豆腐、卖豆腐。”苏小果又说。

“你先睡，我马上就睡了。”邹锦洪说。

这天清早做好豆腐，邹锦洪挑出去叫卖，从乞丐寮到橄榄街到麦子街，就绕了回来。苏小果看到四板豆腐还卖不到一板，有些奇怪。邹锦洪说："你在这门口卖卖，我出去办事。"

两个人逃到这里之后，苏小果白天几乎不出门，生怕婆家或娘家的人认出她，其实这是锦洪对她的约束，她心地简单，以为逃出来就逃出来了，没想那么多。让她卖豆腐，这是让她很高兴的事，连忙一个劲地点头。

"你别走远，就在门口卖吧。"邹锦洪不放心地交代说，他从靠在墙头的农具里取了一根尖担，就走了出去。

"你自己小心一点啊。"苏小果想起来也应该交代他一句，冲着他的背影说道。

邹锦洪刚才在麦子街看到红鼻子的身影，他在那里帮一户人家挑土，锦洪想趁此时机，潜入他的木棚房搜索一下，看看能否找到一些赃物，比如德昌叔的藤箱之类。

来到羊肉街后面，邹锦洪一步一步走近那间木棚房，心跳也加快起来，他往两边张望了几下，都没有发现人。这里空寂无声，空气中飘荡着一股酸腐的气味，锦洪鼻子发痒，忍不住打了一个喷嚏，把自己吓了一跳，再向四周围看了看，幸好还是没人。终于靠近了木棚房，锦洪发现它没锁，门上只有一小长条铁环，扣在门框上。当他用手取下那铁环时，心几乎要跳出胸口了。这还是他第一次偷偷摸摸潜入别人家里，像贼一样。

身子从门缝闪进屋里，一股沤酸的气味立即扑面而来。邹锦洪把手上的尖担靠在墙上，反手把门掩上。房间不大，一张乱糟糟的床占据了大半位置，连一把椅子也没有，地面也没有整平，堆着几堆破烂。锦洪有些失望了，这破烂的房间就像乞丐窝一样。他弯下腰往床铺下看了一眼，却是一眼就被吸住了。那里面有一只藤箱！

邹锦洪弯着腰想把箱子拖出来，但是手够不着，他只好趴在地上往床下爬了几步。这时他听到房屋门口有异样的响声，有人喊道：“本泉，本泉！”门好像被推开了，锦洪吓得不轻，连忙把身子全部缩进床铺下面。

那人推开门往里面望了一眼，嘴里嘀咕着，又把门带上，走了。

邹锦洪生怕被发觉，紧紧屏住呼吸，那人没走多远，他就忍不住又打了一个响嚏，心想这下糟了，万一那人返回来……他紧紧攥起了拳头。幸好那人的脚步声渐渐远去了。

把藤箱从床下推出来，邹锦洪也爬了出来，他打开箱子，发现底部内里被拆开了，除了几块削成银圆状的竹块，什么也没有。当然，抢来的白银不会继续存放在箱子里。锦洪一脚把箱子蹬进床下。现在，完全可以确定这个叫作本泉的红鼻子就是抢匪之一。但是他把白银转移到了哪里？他的鼻子又开始发痒地抽动了，他想自己要是有一只狗鼻子，能嗅出白银就好了。

床上、屋架上、灶台下、破烂堆里，邹锦洪细细翻找了一遍，没有发现白银，也没有发现任何可疑之处。时近食午时分，他不敢久留，悄悄溜出木棚房，垂头丧气地走回租住的家。

“我挑到那边榕树下去卖，一会儿就卖完了。”一看见邹锦洪进门，苏小果就喜气洋洋地说，“你呢，你的事办得怎么样？”

邹锦洪沉着脸，说：“我找到德昌叔那只藤箱了，但没找到白银。”

“人家一定藏得很深，没那么好找。”苏小果说。

“我一定要找到，挖地三尺也要找出来。”邹锦洪说，“我在祖宗面前发过誓的。”

“找到了人，差不多等于找到一半了。”苏小果说。

“我明天再去另外那个人家里找。”邹锦洪说，“这回他们跑不了了。”

第十五章

1

天气一天比一天冷，苏洋村上空的年味一天比一天浓。腊月十五之后，人们就开始准备过年。其实，上坂苏氏和下坂邹氏，虽说一个操福佬话，一个主要操客家话偶尔也说福佬话，但习俗大体相同，有些不同似乎是刻意为之，特别是早些年两姓不睦之际，双方至少要在叫法上有意显示一些不同，以示区别，苏氏常常嘲笑邹氏“死板”，邹氏则一向抨击苏氏“乱来”。十六尾牙之后开始择日大扫除，苏氏福佬话叫作“清屯”，邹氏客家话称作“扫扬尘”，其实都是同一个内容：清扫屋里屋外的蛛网灰尘，擦洗家里的桌椅橱窗，清洗神像、祖宗牌位、香炉、神龛等等。苏氏二十三晚上开始送灶神上天，邹氏则从二十四开始，前者在子时前，后者在子时后，相差也没多久，都用又甜又黏的苏氏叫甜果、邹氏叫甜板的东西做供品，其实都一样是用糯米加红糖蒸成的，无非都是希望灶神嘴巴甜一点，到玉皇大帝那里多说好话。

杀鸡杀鸭，煎鱼炸豆腐灌香肠，贴春联，换桃符，洗澡换新衣，祭祖拜神，然后就是全家吃团圆饭了，苏氏叫作“围炉”，吃团圆饭的桌子下要放一只烧得红红的炭炉，上面可以顺便烧水；邹氏称为“团年”，则不放火炉，要在灶神那里点一盏油灯，直至元宵。桌上十二碗菜，鸡肉、鸭肉、猪肉、鱼、韭菜、芥菜、萝卜、冬笋、香肠、豆腐，这些都是一样的，不同的是，苏氏“围炉”桌上会有一盘热水烫熟的泥蚶，这是祖上几百年传下来的，剥开泥蚶先吸一口血水，接着把蚶肉吃掉，“围炉”后还要把蚶壳撒在门后和床下，初五才扫出去。而邹氏是没有这道菜的，他们甚至很讨厌泥蚶，不明白苏氏为什么就会喜欢这玩意儿。先要费劲地清洗肮脏的外壳，烫熟后剥开又很麻烦，吃到嘴里的就那么一点蚶肉，腥臊发涩，又不好吃，听说又很贵，而且十个泥蚶就会有一两个是臭的，邹氏觉得苏氏实在不可理喻，吃这玩意儿是显摆吗？表明祖上出过海吃过海物？人傻钱多啊，它完全比不上村子沟渠里随便捡来的田螺好吃，当然更比不上山涧里的文公螺。而苏氏则认为邹氏是山沟里没见识的客猴，泥蚶是海中珍馐，它的肉有大海的味道，它的壳象征金银财富，客猴自然是不懂，所以也无从享受。

不管怎么说，过年是苏洋村最大最喜庆的年节，从腊月二十五到正月十五，节庆持续二十来天，直至元宵后才算过完年，人们开始安心干活。

这个刚刚过去的同治元年，新帝新年号，两宫太后垂帘听政，虽有“长毛”作乱，但是大体上还是国泰民安，风调雨顺。然而对苏发扬来说，这过去的壬戌年却是最惨痛的一年。分灶吃饭的大儿子二儿子带着妻子孩子在他灶间里一起“围炉”，十几个人把灶间挤得满满当当，无法转身，他还在桌上特意多摆了两副碗筷，一副是维修的，一副是小果的，内心的痛楚被他强压在心底，强作欢颜，给孙子搛菜，给妻子搛菜，自己吃得很少，即使吃到嘴里的鸡鸭鱼肉也觉得味同嚼蜡。他同时每样菜都搛了一点在一只碗里，准备等会儿端到顺风公床前，尽管顺风公可能一口都不吃，但这也是必须的。

有人家吃好年夜饭，在灶间门口燃放爆竹。一听到炮声，所有男孩子都坐不住了，有的就溜出去捡拾那些没炸响的爆竹，有的跟大人说起吉利话，伸手讨要压岁钱。土楼里响起爆竹声，像是会传染一样，不一会儿，整个苏洋村就四处是此起彼伏的爆竹声。

这过去的狗年对邹德永来说，有喜也有忧，喜远远大于忧，喜的就是余庆楼很顺利在苏氏那里换到了地，并且很顺利地开工了，过完年就可以开始砌地基。忧的就是锦洪失联，他也在桌上给锦洪摆了一副碗筷。幸好有了一个苏邹德昌，杀鸡、杀鸭、蒸饭、炸圆子，都是一把好手。德昌说，在台湾过年，习俗跟这里一样，家里的年夜饭都是他准备的，因为妻子是熟番的女儿，所谓“番啊番嘟嘟”，做的饭菜根本就不合口味。德永知道，今年要不是有了德昌，红米就是长出三头六臂也办不出一桌岁饭，大儿媳溺亡，而他忙于余庆楼事务，再说自己一向不擅厨艺。不过，德昌说，过完年准备要回台湾了，取了钱再返回来。德永劝他再缓缓，不要着急，安心等待儿子的银信。说实在的，德永内心里有点喜欢这个台湾兄弟，这种喜欢不仅仅是亲情，还有着一种隐秘的微妙的战栗——德昌以前跟他说过，台湾前些年缺少女人，都是男人跟男人睡在一床的。男人跟男人也可以有很深的深情，不一定非跟女人不可。德永有时阵胡思乱想，以后老了，他跟德昌两个老男人一块做伴，相互照顾，也是挺好的。

孙子小敬正在学说话，德永拿一包压岁钱在他面前晃着说：你说祝爷爷早日建成土楼，这就给你。小敬小脸兴奋得红通通的，使出吃奶的力气说了几个含混不清的音节。红米也一遍遍教他，可是对他来说，这是太难的一句话了，他小嘴巴嘟了半天，喷出些许口沫，终于说出两个清晰的音节：爷——楼。

2

“你看，锦洪，十二碗了，这也十二碗了！”

白斩鸡、盐水鸭、炒韭菜、芥菜煮鸡鸭下水、炒冬笋、炒木耳、腌萝卜、炸小鱼、煎豆腐、卤豆腐、豆腐排骨汤，最后两粒柑橘装在一只小碟上——苏小果好不容易凑成了十二碗，这是年夜饭千古不变的习俗。小圆桌摆得满满当当，家里几乎所有的碗盘都拿出来盛菜了，大小不一，高低不平，满桌散发出一股肉菜香。小果满心期待锦洪能够表扬她一句，哪怕只是说一个字“好”，可是锦洪眉头紧锁的，一直想着自己的心事，好像都不知道今天是除夕一样。小果当然知道锦洪的心事，可是再大的事现在也没有过年大。

“过来吃吧，我们开始。”苏小果说。

邹锦洪吭也不吭一声，只顾挠着头皮，好像不抓出血来不罢休。

苏小果张开嘴巴想要再喊一声，终于没喊出来，心里突然涌起一股酸楚的滋味。

邹锦洪拍了一下自己的额头，就在床前狭小的通道上走来走去。那个瘦条脸的家，锦洪去过几次，根本无法靠近，因为家里有人，有一个女人还有个十来岁的孩子，白天几乎都在，还有那个红鼻子的家，他倒是来去自由似的，又摸进去几次，各个角落都仔细地翻找过，还是一无所获。锦洪的焦虑就在于，抢匪确定了，他既无法动他们，也查寻不到赃款的下落。曾经想好的几条计策都实施不了，他只能干着急。锦洪又踱了几圈，走出房间。面前的小廊道上，一头是灶台，另一头是饭桌，此时摆满了十二碗菜，他仍然视而不见似的，走到下面的小院子来，从井里打了一桶水，捧起来洗了一把脸。

“邹锦洪，你到底要不要过年？”苏小果实在忍不住了，霍地站起身，冲着锦洪喊了一声。

邹锦洪一愣，一边笑眯眯地走到廊道上的饭桌前一边说：“过，过，当然要过，谁不过？哇，这么多菜，你真厉害！”

听到这迟到的夸奖，苏小果心里还是高兴的，脸上又绽开了笑容，说：“今天是除夕，我们自己第一次过年。”

“是呀，好好吃一顿，我敬你三杯酒。”邹锦洪拉着苏小果坐下来，一手拿起筷子，就要搛一块鸡肉。

“哎，还没有呢，要先说吉利话。”苏小果说。

这也是，每年家里过年，总要由父亲先说一句吉利话，无非是“全家平安顺利”之类，然后大家才能动筷子。现在，两个人的第一次年夜饭，邹锦洪突然想起了很多，拿筷子的手在空中僵了一会儿，说：“今天团年，祝我们的父母亲和其他亲人，平安顺利，不要牵挂我们。”说完，锦洪正要伸出筷子，听到一声怪异的声音，原来是小果耸着肩膀，像是抽泣又像是擤鼻涕。

“你怎么了？”邹锦洪不解地问。

“没什么，我突然想起我爹妈。”苏小果说着，又耸了一下肩膀，眼圈红红的。

“唉，大过年的，还是想点高兴的事吧。”邹锦洪筷子搛了一块鸭肉到苏小果面前，小果一动也不动，便只好放在她面前的那盘炒冬笋上面，他自己搛了一块鸡肉放到嘴里，感觉很美味，可是咀嚼了几下，突然觉得没味道，就堵在嘴里吞不下去。

苏小果勾下头，两行眼泪直往下掉。

“你怎么了？”邹锦洪放下了筷子，嘴里的鸡肉缓缓咽了下去。

“没什么，就是突然想起他们……”苏小果低低地啜泣起来。

邹锦洪本来就不好的心情，这下被苏小果的哭声弄得一团糟，他有些不知所措，面前的肉菜诱惑不了他的胃口，看到地上一坛酒，他打开泥封，倒满一碗，端起来一饮而尽。

苏小果似乎也觉得在这过年“围炉”（她本来也想找一只小炭炉放在桌下，但是家里找不到，临时也买不到，而且锦洪他们没这个习惯，也就算了）的时候，不应该这样子，便止住哭声，拿起筷子说：“好了，我没事了，吃吧。”

邹锦洪又给自己倒了一碗酒，说：“这酒不错。”

“先吃菜，再喝酒。”苏小果说。

“我吃不下，我只想喝酒，最好喝个痛快，醉倒了好睡觉。”

“别喝醉……”

“你不要管我。”

“怎么了？”

“没什么，就是别管我，我心里累。”

“你心里累？那你有没有问过我，我累不累？”突然，苏小果“啪”地把筷子拍在桌上，旁边的汤匙都跳了起来。

邹锦洪愣住了，看着面前的苏小果觉得非常陌生，这不是他爱恋多年的妹子，不是大胆扑向他怀抱然后一起逃婚的新娘子，也不是这些天跟他肌肤相亲血肉交融的女人，她的面孔竟然这么陌生，在松油灯的映照下，显得狰狞和模糊。

苏小果感觉心里像是有一把刀在割着她的肉，原来邹锦洪并不在乎自己，他需要的只是一个愿意跟他一起逃、一起生活的妻子，而并不需要了解妻子的心理，更谈不上呵护妻子那脆弱的内心；对锦洪来说，生活中唯一重要的事情就是寻查他台湾叔叔被抢的白银，他出走也好，当挑夫也好，入伙当土匪也好，甚至抢亲也好，都是为了把那被抢的白银找回来，而不是为了生活本身……小果站起身，踉跄几步，往房间的床铺上扑去，扑在被子上，嘴里紧紧咬着被子，把哭声压抑成一段一段的。她哭了一阵，盼望锦洪过来拍拍她的背部，说几句暖心的话，但是没有，锦洪独自一碗接一碗地喝酒，最后把酒坛子提起来，一边摇着一边把最后的几滴酒往张开的嘴里滴去……

外面街上响起了爆竹声，一阵接一阵，持续不断，整个山城几乎要被爆竹声炸沉了。苏小果索性坐起身大放悲声，她觉得在这普天同庆大过年的时节，哭泣或许就是对父母亲最好的倾诉和思念。爆竹声掩盖了哭声，使她可以放心地大哭，肆无忌惮地大哭。

邹锦洪已经喝醉了，卧倒在桌子下。

3

这是苏维修二十三年来最快活最逍遥的神仙般日子——不，他发现人们几乎把他当作神了，因为跟苏王爷一起坐王船从唐山漂流而来，人们几乎把他当作苏王爷的化身。鹿港八大郊行之一的南郊金进益的健元号老板苏健林，祖上来自漳州云霄，他暗暗感叹，如此神验，此乃天意。他腾出了一间最好的房子给苏维修居住，每天三餐跟他一起吃饭，好菜好酒，就像侍候贵客一样。苏老板在郊行里号召大家筹资来建一座王爷庙，得到了热烈响应，甚至附近许多来自漳州、泉州的垦户，也纷纷前来“添油箱”（捐钱），表示愿意投工投劳。

“王爷庙建成之后，你就坐镇庙里，负责一切庙务事宜。”苏健林对苏维修说。

“我、我行吗？”苏维修心里似乎有点发虚。

“古早话说，有志不在年高，无谋空活百岁啊，甘罗十二岁拜相，你都比他大了将近一轮，怎么不行？我说行就行，再说这一切都是天意。”苏健林说。

苏维修心里叹了一口气，这一切像是做梦一样。

新年到了，新正过年，“初一早，初二早，初三睡到饱，初四神落地、初五假开，初六拍囝仔尻穿（屁股）……”这里的过法居然跟老家苏洋村是完全一致的，虽然远离家乡，苏维修并没有背井离乡的感觉，场景相似、声腔相似、习俗相似，只不过身边换了一些面孔，这些面孔跟老家人一样都是黄皮肤黑头发，但是并不像老家人那样不把他放在眼里，而是对他奉若神明、毕恭毕敬，刚开始他内心是诚惶诚恐的，但渐渐也就心安理得了，或者说是麻木了，他已经习惯人们对他的抬举和礼节。这样也挺好的，维修甚至都没有时间来乡愁了。

年夜饭是在苏老板家吃的，苏维修第一次看到了苏家大小姐，苏老板说女儿已经许配给布郊金振万一家商号的少爷，明年将要完婚。苏老板甚至开玩笑说，可惜我没有第二个女儿。维修好像被看穿心事一样，脸都红了。从正月初一开始，每天都有人来请维修“光临寒舍”，大鱼大肉好生款待，他一天都要吃好多顿。苏邹锦治也来请过他几次，每次都是遇到他刚刚被其他人拉走，苏邹锦治说，我们是亲戚啊，你等会儿过来我家。苏维修说，好。可是这一家一吃喝就没完没了，吃到最后脑子晕乎乎，有时是忘了，有时要走，然而这家主人不让走。

初六这天一早起来，苏维修想，今天无论如何要到苏邹锦治家，再不去真的说不过去了。他起床吃了早饭，听苏家用人说，苏老板今天到乡下走亲戚了。他笑笑说：“等会儿我也要去走亲戚。”

刚到鹿港那阵子，苏维修就去过苏邹锦治家。他家开了一间“加华米铺”，古朴的匾牌挂在门楣上，这也是传了几代的祖业了。临街的平厝是铺面，后面两进两层高的房屋便是生活起居的地方，他跟父母亲、妻子、两个女儿还有两个妹妹一起生活——去年他父亲回唐山老家苏洋村了，至今尚未返回。苏维修刚刚走到米铺紧闭的门前，苏邹锦治正好开小门出来，一见到苏维修就惊乍地叫起来：

“哎呀，我就知道你今天会来啊，你看看，这真的来了！什么风把你吹来了！”苏邹锦治紧紧拉起苏维修的双手，就往米铺里走，好像生怕他跑掉一样。

“实在对不住，这几天太忙，真不好意思。”苏维修连声道歉。

“没事没事，你今天能来我就很高兴了，说明你心里还是有我这个亲戚的。”苏邹锦治说。

“我漂流到这里，得到大家扶助，又有你这门亲戚，少不了要麻烦你的。”苏维修说。

两人说话间穿过米铺，接着是一个小天井，走过廊道就进入了客厅，客厅中间有一只圆桌，上面摆着过年的年糕，红龟果、发果、菜头果，红龟果上印着鲜红的龟壳印，非常喜庆。苏邹锦治朝后进厢房里大喊他妻子的名字，说：“唐山大贵客来了，赶紧弄好吃的。”

“过年过节，肚子吃得全是油膏，简单一点就好了。”苏维修说。

“说哪一回合了，以为我家没好吃的是不是？你是老家来的亲戚，又是苏王爷的人，一定要吃好喝好。”苏邹锦治从桌上端起一盘子的花生糖，送到维修面前，“来来，先吃个甜的。”

苏维修拿起一粒花生糖放进嘴里，说：“吃个甜，祝你赚大钱。”

中午苏邹锦治摆了满满一桌十二碗菜，很多菜苏维修这些天都吃过了，特别喜欢，像是蚵仔煎、炸花枝丸、菜脯蛋、姜丝大肠，他的筷子像是安了弹簧一样动个不停。锦治的母亲回娘家走亲戚，除她之外的全家人刚开始全都上桌，在锦治的提议下，他们一起端起杯子向维修敬酒——小孩子不能喝酒，杯子装的是牛奶，维修在老家时本来就是口齿伶俐，这些天更是训练出了顶呱呱的口才，他端起酒杯跟大家一一碰杯，对着不同的人说着不同的吉利话：“新正大过年，祝你们全家团圆大赚钱，大人做生意，越来越兴旺，团仔乖乖快长大，嫂子贤惠又顺利，妹子水水嫁好婿。”最后还不忘祝一句，“外出的父母亲，身体健康又长寿。”

酒也是糯米酒，跟老家的口感一样，清爽好喝。吃喝了几刻钟，苏邹锦治的家人吃好要先撤席，苏维修此时已有点醉意，硬要锦治的大妹妹留下来喝一杯酒再走，她羞红了脸，说：“我不能再喝了。”维修说：“没事，你这杯喝下去，今年婚姻就成了。”大妹妹脸更红了。还是锦治替她喝了解围。女人们撤出酒桌，两个男人继续说话继续干杯。

“兄弟，这一杯我要专门敬你——这叫作什么呀？有恩有义，不离不弃，现在还把‘苏’姓挂在前头。”苏维修倒了满满一杯酒，起身向苏邹锦治敬酒。

“姓不姓，都是一家人啊。”苏邹锦治也连忙起身说，“你言重了，你可是跟苏王爷一起漂洋过海的人，这么说我承受不住。”

“我说，你是这个的！”苏维修说着比起大拇指，“我敬你，我干了，你随意。”

“我当然也要干了，你可是苏王爷的人，太抬举我了！”

“自家人啦，免客气。”

这时陆续有人进来，有的是来串门的，有的是苏邹锦治提前请来的，有的是隔壁厝边，有的是锦治的姻亲。坐下来便喝酒，喝酒第一杯必先敬苏维修。这一拨人撤走了，又一拨人来了。喝到天黑的时候，维修已经有点坐不稳了，几次要从椅子上滑下来，他满脸通红，舌头发硬，说出来的话瓮声瓮气，手势动作幅度很大。他第二次去方便久久没有回来，锦治走过去看个究竟，原来维修已经醉倒在尿桶旁边的地上。

苏邹锦治弯下腰要把苏维修扶起来，可是维修死沉死沉的，还打着呼噜。锦治搀扶着他的左胳膊，自己都被扯得站不稳了。他只好先把维修再放到地上，跑去叫来一个妻弟，两人一起把维修抬到右厢的一间客房里。

苏维修像一只大米包被搬到了床上，他头歪向一边，继续呼呼大睡。半夜里，维修酒劲过去了，他睁开眼睛，看到房间里一团漆黑，手往身上一摸，像是受到炮烙似的缩了回来，自己身上居然是光滑滑的，什么也没穿，再往身边一摸，倏忽触摸到某个隆起的暄软的身体部位，他的手惊乍地想要逃离，却不由自主地抓得更紧。

“你醒了？”身边响起一个妹子的声音。

苏维修脑子里嗡地响了一声，他听出这是苏邹锦治的大妹妹的声音，手依然停在那个隆起的地方，全身却像是冻住似的紧绷绷地缩紧。

“你喝醉了，我帮你把衣衫洗了。”锦治大妹妹低低地说。

身边的声音像是从很远的地方传来，恍若梦中絮语，苏维修一时无法确认这是在梦里，还是在现实中。他的手突然抖动了一下，抓住一坨软绵绵的肉，翻起身子，爬到苏邹锦治大妹妹身上。

4

元宵是过年的高潮。元宵过后，就算年过完了，大家要安心干活了。所以，这是过年最后一天的狂欢，大吃大喝，嬉戏玩乐，男女老少，百无禁忌。

苏洋村上坂苏氏四大房，每房都扎一条长龙，在土楼里、村子里游走，该走的路线都走过一遍了，此时如若两龙相遇，便争斗起来，然后第三条龙、第四条龙见状参战，四龙混斗，煞是精彩。最后斗得龙头、龙身的纸都破了，甚至连扎成龙骨的竹篾也断了。龙不像龙，大家把它们拢成一堆点火烧掉，皆大欢喜，回家睡觉。下坂邹氏也扎龙，却是由族里统一扎两条长龙，先到范阳堂祭拜，然后也到扶风堂祭拜，最后回到下坂地界，在集庆楼里和楼外各处房屋之间游走，所到之处，人们燃放爆竹，爆竹响得越响亮，两条龙就舞得越热闹，它们最多相争而不相斗，最后两条龙还几乎是完好无损的，收回到香火堂，清明前后才拆散。

元宵这天天刚蒙蒙亮，今年新生男婴的苏氏人家在扶风堂门前放响了铳枪，砰，砰，砰，一连响起尖锐的七八声巨响。这叫“添丁炮”，一丁一炮，晚上还要在祖堂屋檐下挂上一只红灯笼，是谓“添灯”。邹氏那边也有相同的习俗。

苏维纳打着哈欠从楼上下来，就看到父亲和几个叔伯在扎龙。一般说来，扎龙的是已有家室的壮年人，舞龙的却是未婚的后生子。他早跟父亲说好了，今年他要舞龙头。这是个吸引眼球的要角，他知道看斗龙的不仅有苏氏本族人，还会有邹氏的人以及周边一些小村子的人，而这些人中最多的是妹子，呼叫最明亮的也是她们，维纳最喜欢她们的尖叫，他一听全身的血就会烧起来一样。

午饭后，苏氏四房的长龙率先从海晏楼出阵，开道的锣鼓阵基本上由十来岁、十几岁的孩子组成，主要是一只小鼓、两对小钹、四面小锣，这些孩子兴奋得尾巴都翘起来，鼓使劲地敲着，锣也不停地打着，节奏完全合不上，小钹又瞎掺和进来，制造出一种可笑的欢乐气氛。

苏维纳持龙头，一腾一跃还是很有架势的，经过每个路口、每棵大树都要舞弄一番。每条龙先要到祖堂祭拜，然后开始巡游。前面路口围着几个人，苏维纳看到邹红米抱着孩子在那儿看着，身子立即就发热了，锣鼓虽然不对劲，但是响声很大，他对舞龙珠的说了一声，那龙珠高高跃起，龙头冲天吼叫着追了上去，忽上忽下，忽左忽右，翻腾着跌宕起伏的身姿。邹红米和孩子看得眼睛都大了。苏维纳心里一阵狂喜，持龙头低低地贴地飞来，突然猛地升腾，冲到邹红米和孩子面前。

邹红米和孩子猛吃一惊，红米的身子不由自主地往后退去，全身失去平衡，一屁股跌坐在地上，又往后仰倒在身后的沟坎里，两只手不忘把孩子紧紧搂抱在怀里。

苏维纳怔了一下，连忙停了下来，看到地上的邹红米满脸扭歪了，意想不到会把她吓倒，他把龙头的长柄交到后面一个人手里，上前要扶红米，被红米眼光狠狠地瞪着，瞪得手都僵住了。

“哎呀，你把人吓倒了。”围观的一个集庆楼妇女说着，弯下腰先把邹红米怀里的孩子抱到地上，这时孩子哭得惊天动地，妇女想要一手把红米拉起来，怎么也拉不动。

邹红米咬着牙，感觉腿上的力气没有办法运送到腰部，她站不起来了。

又一个集庆楼妇女过来帮忙，两个人一人搀着邹红米的一只胳膊，才慢慢把她从地上扶起来。

后面的人把龙头长柄送回到苏维纳手里，维纳迟疑了一下，还是持着龙头往前走了，他心里忐忑不安，邹红米这下是摔得不轻了，从她脸上痛苦的表情可以感觉到，她的眼光带着一种愠怒，他愿意被扎几刀也不愿意她这么痛，可是这一切都无法挽回了。

长龙来到了扶风堂门前，龙珠往上昂起来了，苏维纳的龙头却迟钝着没有反应。有人冲着他喊了几声。维纳这才把龙头抬起来，却像是耷拉着脑袋似的，没有气势。耍龙珠的停下来，说：“你怎么了？像是阉了一样，这还怎么玩？”

“我、我……”苏维纳频频回头往后面看，看到了邹红米被人搀扶着走回集庆楼的背影，他再也无心舞龙了，把龙头长柄竖在地上，不顾伙伴们的喊叫，撒腿朝后面跑去。

跑到刚才邹红米摔倒的那个路口，苏氏二房、三房的两条长龙正踩着高亢的锣鼓声迎面走来。一个舞龙珠的大声问苏维纳怎么了，维纳跑得面色土白，不想搭话，扭头往通向集庆楼的土路继续跑去。

苏维纳一边跑一边想，邹红米这回真的摔得不轻。其实，他已经注意红米很久了，几次在村里相遇，他们也说过话，红米回答他时总是东张西望，似乎害怕别人看见，这反而让维纳更觉得有趣。刚才维纳是想给她一个惊喜，逗乐她以及手上大哥的儿子，没想到，居然让她一屁股跌坐在地上，还向后摔了个四脚朝天。他真的不是故意的。维纳想，他要跑到红米身边，跟她道个歉。

前面两个妇女扶着邹红米艰难地走着，另一个女人帮她抱着孩子。红米双腿像是蜷曲着，无法伸直，看似自己迈步出去，实际上差不多是被架着走。

苏维纳脚步慢了下来，小步走了几步，全身像是绑住迈不动了。他在想，要怎么跟红米道歉？第一句话怎么说？她理都不理怎么办？

祖堂方向锣鼓喧天，苏氏大房的长龙也来到了扶风堂，四阵锣鼓声交汇在一起，合奏出一片欢天喜地。然而此时，苏维纳的心里却是一片苍凉，他想，怎么向邹红米好好道个歉？

前面集庆楼里也传出了锣鼓声，邹氏的龙开始在楼里游走了。苏维纳想，要在集庆楼前跟邹红米道完歉，进土楼就不好了。他小跑着追上去，三下两下就跑到了红米身边。

邹红米扭过头一看是他，眼光冷冷的，随即又把头扭开了。

“对不住，我……”苏维纳顿了一下，“红米，实在对不住。”

“你走开。”邹红米说。

“红米，我……”苏维纳伸手要拉邹红米，又停住了。

“你走开。”邹红米说。

这时，集庆楼里冲出邹红米的哥哥锦波和堂哥锦宇，他们是得到红米被苏家龙头吓倒的消息冲出来的，跑了几步就看见红米被搀扶着走回家，而那肇事的苏维纳居然还在旁边，想要拉扯红米，他们嘴里喝了一声，大步冲上前去。

邹红米看到两个哥哥气势汹汹地跑来，也不知谁回去报信的，正想呵斥苏维纳一声，让他快跑，谁知他又黏上来了。

"红米，你听我说……"苏维纳说。

邹锦波和邹锦宇冲到了跟前，苏维纳远远也看见了，但他并不想跑，而是定定地迎住他们不怀好意的眼光。

"你——"邹锦波骂了一句，挥起拳头就朝苏维纳的脑门砸来。

苏维纳没有躲开，当的一声，脑门就像锣一样被敲出一声巨响，咚咚锵，咚咚锵，他听到集庆楼里和扶风堂那里的锣鼓响得天都要塌下来了。面前两个块头比自己略大的人朝他扑上来，他愣愣的没有还手，一下被他们扑倒在地上，拳头像冰雹一样砸在他的头上、脸上和胸上。

"别打了，别打了。"邹红米叫道。

苏维纳心里喊着：打吧，打吧！似乎只有被打得皮开肉绽，他对邹红米的愧疚才会减少一些。倒在地上的苏维纳看到一只厚厚的木屐往他脸上踩来，他镇定地闭上眼睛，继续在心里喊着：打吧，打吧！

"别打了！……"邹红米哭着尖叫了一声。

5

"维纳快被打死了！维纳快被打死了！"有人边跑边喊，从路口向扶风堂方向跑去。跑到祖堂前，喊声就变成了："维纳被人打死了！"

正在扶风堂前的舞龙队，立即停了下来，把长龙靠在墙头上放好，像一股巨浪朝集庆楼方向涌去。海晏楼、海清楼以及海威楼里的人也得到了消息，纷纷跑出来。

在邹红米声嘶力竭的一声断喝之下，邹锦波和邹锦宇意犹未尽地收起了拳头。不期然苏氏大批族人蜂拥而来，这边邹家两支龙队也从集庆楼出来了。

“天哪，他们把维纳打成这样！”有人大喊大叫。

苏维纳在地上动弹了一下，爬着坐了起来，他一只眼睛被打肿了，鼻子流着血，一脸惨状把苏氏族人吓得一阵惊呼。苏发展从人群中射出来，扑向儿子，说：“儿子啊！——”他朝后面挥挥手，大叫一声，“给我打！”

苏氏族人哗地就要冲向邹家人这边，苏维纳挣扎着站起身，伸开两手拦着，大声地说：“别！别打——”

“维纳，你都被打成这样了！”苏发展惊讶而又愤怒地睁大眼睛。

苏维纳抹了一下流到嘴唇上的血，说：“是我的错，活该被打……”

“维纳！……”苏发展气咻咻地跺了一下脚，骂了一声说，“苏家人没这么好欺负！”

苏氏族人群情振奋，几多个后生子早已摩拳擦掌，这边邹家龙队也把长龙靠边放好，一群人聚拢了过来。

“什么事？什么事？”苏发扬从人群后面挤了进来，连声地问，“什么事？”

“什么事？你看看！”苏发展指了指苏维纳的脸。

苏发扬一看也惊呆了，说：“怎么打成这样？”

苏维纳又擦了一把血说：“是我的错，是我……”

这边邹德永也从人群后面挤了进来，问：“怎么了？怎么了？”

苏发展指着邹德永说：“你们两个人把我们一个人打成这样，你自己看！”

邹德永转头看到了苏维纳，暗自吃一大惊，立即走到儿子面前，怒声呵斥说：“你们怎么把人打成这样？”

“邹家人太欺负人了，大家给我打！”苏发展尖起嗓子喊道。

苏维纳双手伸开拦着，向父亲移动了几步，却是站立不稳，一条腿跪了下来，正好扑到父亲的双腿之前。

“打！”苏发展又喊了一声。

苏维纳另一条腿也跪了下来，双手紧紧抱住父亲的大腿，说：“别打，别打，别打，你要打，我就死给你看！”

苏发展锁着眉头，儿子像一条藤缠着他，使他抬不起腿，踢不得也舍不得踢，不由发出一声长叹。

“还是赶快回去看看伤情。”苏发扬走上前对苏发展父子说，然后回头挥了几下手，“大家都回去，继续舞龙，这里没事，都回去！”

“别打，都别打，是我的错……”苏维纳摇着父亲的大腿说。

苏发展无奈地朝人群摆了摆手，人群像大锅里的热水掺上凉水，唰地冷却下来，有的人散开了，有的人就反身往扶风堂走去。

邹德永走上前对苏发扬说：“苏族长，实在对不住，是我管教……”

“不，起因是我，是我错了，不怪你们。我害得红米摔伤了。”苏维纳抢先说。

两姓族长面面相觑，一时不知该说些什么。

苏发展让人来扶苏维纳，他甩着手走了。

“德永兄，我看我们各自先回去看伤吧，这还是过年呢，不要伤了和气。”苏发扬说。

“是是，多谢发扬兄，大家和为贵，和为贵。”邹德永连连向苏发扬拱手作揖。

那边扶风堂的锣鼓又响起来了。邹德永让锦波和锦宇扶红米回家，对舞龙队说：“先缓缓，等苏家龙队拜过扶风堂，你们再过去。大过年的，大家还是要和气。”

这场两姓之间的冲突差点抹杀了这个同治二年的元宵节。邹德永目送苏发扬他们走远，又把儿子和侄子训斥了一顿，他心想，要不是苏维纳这孩子仁义，一场群架不可避免。

第十六章

1

邹红米腰椎骨折，话说伤筋动骨一百天，这一百天里，她不仅不能做饭洗衣干家务带孩子，还需要别人侍候她了——邹德永的头一下子就大了。正月十六一早，永定师傅江积荣和他儿子江庆南就来到了集庆楼，两人带着鲁班尺、瓦刀、刨子等工具以及换洗衣衫，一大早从家里出发，翻山越岭，肚子都饿了。邹德永连忙喊来苏邹德昌，为江师傅父子煮一锅猪下水线面。

“德昌兄，家里的炊事你来管吧，你看，红米现在都起不了床，余庆楼开始砌‘大脚’，家里多了两张嘴吃饭，这可是建楼师傅，还要让他们吃好。”邹德永说。

苏邹德昌没应声，他年前就在寻思着回台湾的事，心里下过几次狠心，要离开那个熟番的女儿，自己回乡定居，至于儿子——他有家室了，两个女儿——很快就嫁了，也不用操心，他想晚年住在苏洋村，这里是祖宗的胞衣地，这里有德永等等众多亲人，祖宗当年出去，是为了寻个好日子过，现在他回来，也是为了过好日子。

“德昌兄，你要帮我嘛。”德永推了推德昌的肩膀。

德昌像是从沉思中缓过神来，说：“好吧，你要感谢红米，我这算是帮她。”

这话说得这么绕，红米腰断了，还成了好事？不过，德永没再说什么，只是用力地拍了拍德昌的肩膀，这是他俩之间的默契。

余庆楼开始砌地面下的地基了，邹德永时常一边抱着孙子，一边安排大家做事。他把全族身体壮实的后生子分成四拨，每天一拨十六人，在工地抬大石头，四拨轮流上阵，没轮到的人就去忙自家的活，一年之计在于春，春耕也开始了。

苏邹德昌忙炊事，顺便照料一下红米，给她送水送药。族里的土郎中仁良师给她敷了膏药，还开了个方子，黄芪、当归、土鳖、地龙、威灵仙、木瓜、木香、伸筋草等十几味药，每天煎服两大碗，喝得红米直皱眉，说：“这比死还苦。”

“妹子，人活着本来就是要吃苦的。”德昌笑笑说。

红米把最后一口药汤吞下去的时阵，觉得胆汁都要呕出来了，但是这时突然想起苏维纳，一下就不那么苦了。维纳真的是个好奇怪的人，红米有点猜不透他的心思，不过她相信他把龙头举到她面前，并没有什么恶意，只是自己受到惊吓，不小心摔得重了。看他被两个哥哥打得鼻青脸肿，血都出来了，还死劝父亲不要动手，那时红米看着他的样子，自己全身痛得虚汗直冒，内心对他还是很崇敬的。要不是他，两姓人肯定打起来了，可是，要不是他，也不会有这事……

“红米，那个后生子喜欢你哩。”有一天给红米送药汤时，德昌正经地说。

红米心头像有什么乱撞，问：“哪个？”

德昌笑起来，说：“你还故意装作不知道。早上我在村子里，他还走过来向我打听你的情况。”

“他、他怎么样？”红米心里更慌了，脸上是一种急不可待，身子试图想要抬起来。

德昌哈哈大笑，指着躺在床上的红米说：“你别动，别动，我看他伤口快结痂了，皮外伤而已。”

红米松了一口气，没再吱声了。她心里在想，维纳到底是怎么了？他想干什么？红米也是知道的，苏邹两姓祖上是亲戚，几百年来不通婚了，注定都是成不了的。

“红米，德昌叔是支持你的。”

“德昌叔，你别乱说。”

“年轻人啊，就要勇敢一点。可惜，你德昌叔年轻的时阵，没勇气，太听父母亲的话，跟一个不喜欢的女人结了婚，他们说，这祖祖辈辈都是这么媒妁之言父母之命，大家都过得好好的，怎么就你不行了？唉，这人与人到底是不同的，红米，现在德昌叔老了，心里特别支持年轻人的想法。”

“德昌叔，你真好，我以后有事就找你思量。”

“嗯，你老爸一心想的是建土楼的事，很多事他根本就不管。”

“我知道，他心里只有土楼，土楼比我们这些儿女更金贵。”

“他也不容易，好了，赶紧把药喝了吧。”

躺在床上不能动，对于一个手脚勤快的妹子来说，这是一种煎熬。邹红米想到要这么躺一百天，就觉得太可怕了，这不像是活人躺在棺材里吗？她把折断的发丝藏在枕头下，用来计算度过的日子。只要积满一百根发丝，她就活过来了。幸好，这无端多出来的空闲里，她可以想想苏维纳。

这天，门被推开了，一个年轻男子走了进来，邹红米定定地看着他，这不是苏维纳吗？维纳端着一碗药汤走进来了，一步一步向她靠近。红米心慌了，眼睛眨了一下，发现这原来不是维纳，而是一个陌生的男子。

“你是——”邹红米惊讶地问道。

“我是来建余庆楼的师傅，呵呵，我父亲是大师傅，我给他打下手。”那个男子说。

红米哦了一声，心里这才松弛下来。从永定请来的建楼师傅是一对父子，她见过父亲，这儿子还是第一次见，如果不是躺在床上，她就要每天给他们做饭做点心，可是，现在，反而是他给自己端药，这是怎么回事？

“德昌伯做菜没空，让我帮忙给你送药。”

“哎呀，这真是……太感谢了，你做工都那么累了，还……”

“我不累。听说你是把腰摔断了，怎么这么不小心？”

红米被说得脸红了，这话看似责备，实际上是一种关切，她一时语塞。

“这伤筋动骨的，够难受，我几年前刚跟父亲学建土楼时，把腿摔断了，也像你这样整天躺在床上，躺到九十几天，我实在受不了，就自己下地，嘿，自己也能走了，我高兴得跳起来，没想到把脚踝扭伤了，又躺了十几天。”

红米听得笑了起来，她觉得这个小师傅很好笑的，但他自己居然都不笑，满脸正经。

“药差不多冷了，可以喝了，来。”小师傅双手把碗递到红米手里，“闭着眼睛，使直喉一口喝下去，就不会苦了。”

红米突然变成一个听话的孩子，双手端着药汤，紧紧地闭上眼睛，然后仰起脖子咕噜咕噜一口气喝完，咂了一下舌头，方才感觉到一点点苦。

“你看你看，这样就不苦了吧？你要是含在嘴里，一口一口咽下去，那就苦死你了。”小师傅说。

“嗯。”红米点点头说。

2

“你就这样任由他们按在地上打？你就不会还手吗？我和你妈没给你生一双手吗？还给你生了两只脚，你也可以用脚踢呀踹呀！”苏发展非常生气地数落着儿子，恨不得把手上的旱烟袋敲在他的脑袋上。

苏维纳的姐姐用加了盐的茶水给他擦洗伤口，他很不耐烦地几次要拂开姐姐的手，对父亲的话左耳朵进右耳朵出。

“你当场丢我的人，苏家有那么好欺负的？我告诉你，你想跟那个姓邹的妹子，别做梦了，苏邹不通婚的，世间的妹子多的是，你给我找个拐手瘸腿的，也不准找她。”苏发展越说气喘得越急，心想，这个儿子，就是因为单丁，从小太宠他了，现在大了都敢跟自己对抗，大人的话当作耳边风。

“你呀你！”苏发展气呼呼地转身出了卧室，走到一楼灶间里，苏连氏正在给儿子熬祛内伤的草药，他挥起手像是下命令地说：“你不是说阿搭婆手上有几个好妹子吗？今年内给我说定了，让那小子死了那条心。”

“我明天就去找阿搭婆。”苏连氏说。

伤口擦洗了一遍，姐姐走了，苏维纳倚靠在床上，心里想着邹红米，不知她摔得怎么样，自己实在不是故意的。他不知道要怎么样才能让红米相信他真的不是故意的。如何让一个妹子相信自己，他实在想不出办法。

母亲端着草药汤进来了，一闻到那股腥味，维纳心头就很烦躁，全身像是长了毛刺一样。

“纳啊，凉了你就喝了，喝了就好了，乖乖听话啊。”母亲说着，嘬起嘴往草药汤吹气。

“妈，别把我当三岁团仔。”维纳说。

“唉，你怎么能跟你爸顶嘴呢？你爸都是为了你好，你要明白道理，不要犟脾气。”母亲说。

“他犟还是我犟啊？我喜欢的事他偏偏不让我做，我感觉他什么都要跟我作对。”维纳说。

“当爸妈的都是为了孩子好。”母亲说。

“以后不要为我好了，我自己的事自己管。”维纳从床上霍地站起身，就向房间外面走去。

“哎，哎，把这喝了再走。”母亲急忙叫道。

“不喝。”维纳头也不回地说。

母亲端着草药汤颤颤巍巍地走到房间门口，维纳已经消失在楼梯那头了。

这天晚上，苏发展吃过饭了，还没看到维纳的影子，就问了苏连氏一句维纳吃了没有，苏连氏说一下午没看到他的人。发展让女儿上三楼卧室去叫人，维纳不在房间里。这小子跑哪里去了？发展在刷锅的竹刷上折了一小段，一边剔着牙一边想，人不大，脾气还很大。

天黑透了，还不见苏维纳回来吃饭。苏发展有点担心了，海晏楼里喊了一圈，都说没看到他。这小子躲哪去了？发展从嘴里吐出那小半截竹签，叫人到村子里各处寻找，可是海清楼、海威楼、扶风堂、天妃宫、公王庙、东溪窑坊，到处找过了，都找不到人。莫非跑那里去了？人家也不会让去的吧？发展想了想，还是叫人去下坂地界找，然而同样没有找到。

夜越来越深了，苏维纳还是不见踪影。苏连氏急得在灶间里哭了，苏发展又气又恼地骂她："哭什么哭？又没死人！"其实他内心里也沉不住气了，他就维纳这么个儿子，万一有个三长两短，他不敢往下想了，连忙发动本房派的男子，打起火把，沿东溪找去，溪里、瓷土坑里、废弃的窑炉里，都要细细地搜索。

"行了行了，别哭了。"苏发展对苏连氏说，"你去问问素月仙，人在哪里。"

苏连氏一怔，是呀，怎么没想到去问素月仙？她连忙擦掉眼泪，从米缸里装了一小布袋米，迈着小脚往楼门厅走去。在博平圩土楼乡村，小脚的女人并不多，苏连氏娘家算是附近的大户，她家有用人，从小不用干活，所以才裹脚的。这个小脚女人晃着身子，一下闪出了海晏楼。母性在她身体里燃烧，使她瞬间变成一个风风火火的女人。

苏发展在灶间里踱了几圈，又走到香火堂，忍不住从腰间掏出旱烟袋，把烟袋锅插到烟荷包里按上一锅烟丝，用香案上的松油灯把烟点着，深深地吸了一口，吐出一圈烟圈儿。

沿上东溪和下东溪寻找的人陆续回来了，一看他们脸上的表情，苏发展也懒得问了，只是一口接一口地吸着烟。一锅烟很快吸完了，他拿着烟袋在香火堂柱石上磕了几下，铜烟袋锅发出清亮的响声，心里却是纷乱如麻。

最后一拨搜寻的人回来了，面色凝重地对苏发展说，找遍了，没找到。发展颓然地坐在椅子上，怔怔地说不出话。

这时，小脚的苏连氏出现在楼门厅，一路颠着穿过天井，直往香火堂奔来。

"素月仙怎么说？"苏发展急忙从椅子上站起身，走到廊道边问。

"素月仙说，没事，他自己天亮就会回来。"苏连氏说。

苏发展叹了一声，心想姑且只有相信素月仙了。这个晚上，发展一夜辗转反侧，怎么也睡不着，苏连氏背对着他，静静地侧卧着不动，同样也是睡不着。

“你说这小子怎么就这么犟？他的牛鼻子我就是摁不下来！”苏发展忍不住对妻子说。

“还不是学你的？”苏连氏哼了一声，不满地说。

“学我？都怪你从小太宠他了。”苏发展说。

“宠他的人还不是你？从小惯着他爬到你头上拉屎撒尿，还不都是你？”苏连氏说。

“好吧好吧，都是我。我现在告诉你，今年内给他完婚，要有个女人来管束他，我们是管不了了。”

“唉，他不是喜欢上那邹家的妹子？我们给他定的妹子，他会要吗？”

“苏邹又不通婚，喜欢归喜欢，白喜欢一场，这父母之命，他还敢违抗？”

“我就担心他犟脾气……”

“实在不行，给我绑起来拜天地，塞进洞房！”

“唉……”

苏发展几次翻起身，透过窗棂看天有没有亮了。最后一次看到天有点蒙蒙亮了，立马翻身下床，穿起夹袄，就开门出了卧室，大步走下了楼梯。

灰蒙蒙的天色露出了一丝鱼肚白，苏发展下到了一楼廊道上，三步并作两步走地向楼门厅走去。

走到大门后面，苏发展停下来呼了口气，素月仙说话准不准，马上要见分晓了。他搬起粗重的门闩，这是东山崇上一种叫作咬冬木做的，又硬又重，前些天也是一次大清早开门，他发现自己都搬不动了，但是现在，他一下搬了起来，把它靠墙立好，然后拉开一扇门，咿——呜，门轴还在转动着，门外就有一只装满东西的麻袋往他腿上倒下来，他定睛一看，天哪，这哪里是什么麻袋？分明就是维纳。看样子他是坐在石门槛上靠着大门入睡了。

“维纳，维纳！”苏发展惊喜地大叫两声，搀住他的胳膊往上拉，“你跑哪里去了？你害得大家找你一晚上，你知不知道？知不知道！”发展骂了一声，恨不得挥起旱烟袋敲他几下脑袋。

苏维纳睁开糊满眼屎的眼睛，愣头愣脑地说：“怎么了？我走到博平圩，没事又走回来，大门关了，我进不来。”

“你，你傻呀，你不会叫门？你就在门外睡一晚上？冻死了怎么办？”苏发展按着维纳的身子往大门上靠，他实在扯不动他了，把手从他的胳膊下抽出来，用一根手指戳着他的鼻梁。

“冻死就算了，让你省心。”苏维纳不在乎地撇着嘴说。

苏发展气急败坏地挥起一巴掌，但是在空中停了一会儿，还是蔫蔫地耷拉下来，说：“算你狠。”

3

还是磨豆腐。邹锦洪推石磨，苏小果往磨眼里添水和黄豆，她的手时常会碰到转动的磨棒，锦洪便自动地慢下来，有时慢着慢着竟然不动了，原来是他走神了。小果知道添水和豆子不顺手不默契，是因为他们的心隔开了，就隔着从她的手到磨眼那么长的距离。

没想到，她跟最亲密的人过了一次最糟糕的年，从小到大，每一年的过年都是欢天喜地，内心里充满着喜悦和期望。唯独这个年是在悲伤和失落中度过的，两个人再也无法像前些日子那么融洽和亲密无间。晚上锦洪想要碰她，都被她冷冷地推开。从初一到十五，都没做豆腐，锦洪每天早出晚归，把她一个人扔在家里。小果知道他陷入了找回白银的迷狂之中，在他心里，唯一重要的事情就是找回白银，其他所有的一切都是为了配合这件事的。那个红鼻子不在家的时阵，他家不知被锦洪翻过多少遍了，翻得锦洪都快疯了。还有另一个人家里，锦洪伺机潜入，却一直无法得手，也几乎要把他逼疯了。锦洪晚上回到家里对小果说，我真想操把刀冲进去，把他们全砍翻了，白银一定藏在他家里！锦洪说得眼睛充血发亮，陷入了自我狂想中，好像他真的杀将进去，然后翻箱倒柜，终于起获了他台湾叔叔被抢的白银。他其实更像是自顾自说着话，充血的眼睛不断地发着光，全然不看小果，而是紧紧盯住墙头上的一件蓑衣。对他来说，全身心都是白银，小果是什么？其实自从除夕僵局之后，锦洪也没有好好去想，他心里想的是，以后少惹小果不高兴，免得坏了我找白银的大事。有时夜深人静之际，小果会想起自己在那出嫁路上疯狂地扑进锦洪的怀抱，她想，如果事情重来一遍，她还会不会这样？几次想起父母亲，她的泪水打湿了枕头。

正月十五过元宵，这在土楼是最热闹的节日，而山城圩元宵花灯和龙艺，一向很有名。苏小果好想上街去看看，邹锦洪出门前却专门交代她说，今天一定别上街，街上人多，万一被夫家那边的人认出怎么办？小果心想，你心里还有我呀？怕我被人认出来抓回去？她才不想理他，他前脚走，她后脚也出门了。到山城圩这么多天，小果也难得出几次门，每次出门都得挑天快黑的时阵，低着头，行色匆匆，而且心里战战兢兢，生怕有人认出她来。这回她却是放松了心情，悠闲自在地观赏各家各户的花灯，还穿过打铁巷、美人巷来到娘妈宫，上前焚香拜了拜，在庙前看那些晚上要随龙艺巡游的孩子怎样被装扮成各式各样的将军、小姐。山城圩到底是山城圩，比苏洋村大，也比博平圩大，有一条山城溪穿过，有十几条纵横交错的街巷，除了各个路口的公王庙、伯公庙，还有观音庙、天后宫、紫云寺，到处是扶老携幼，人头攒动，小果独自一人穿梭在人群中，像一只快乐的燕子。她心想，被人认出就认出，抓回去又怎么样？山歌唱的，砍头不过风吹帽。把山城圩好好逛一遍，抓回去也无所谓了。不过还是没有人认出小果，谁知道这个绰约多姿、笑容可掬的小娘子是一个逃跑的新娘呢？天快黑了，街上反而更热闹了，有的庙宇的龙艺阵开始上街巡游。小果想锦洪不在家，也不知他要不要回家吃饭，他最近已有几多个晚上不回家吃饭了，她突然想不管他了，自个儿好好玩，饿了街上有得吃，这里是山城圩，有的是店铺。小果自己先在街上铺子里吃了一碗汤圆，然后在街上看了山城圩八九个庙宇的龙艺阵轮番巡游，这才余兴未尽地回家。没想到锦洪比她更迟才回来，他显然不是去看花灯和龙艺，人家才没有这份闲情，他满脸绷得紧紧的，像是中了魔神一样自言自语，到底把白银藏在哪里呢？我就不信找不到，不信！锦洪并不知道小果今天上街过元宵，但是，也没问一句她在家怎么样，他爬上床，倒头便睡。小果突然想，锦洪好可怜，他心里变得只有白银，连面前的黄金也看不见了。

正月十六开始做豆腐，磨豆浆的过程变得磕磕碰碰，但是邹锦洪没有感觉到，他全身心都陷落在白银的迷阵里了。苏小果在他看来，就像一个帮佣。做好豆腐，邹锦洪挑着担子出去了，苏小果一个人在家做做家务，有时忙完之后就带上门，穿过乡野阡陌，走到水尖山麓采取野花野果回来，或者什么也不采，就是随意地走走看看，不过那山上茂密的林子里，她没有胆量走上去，有一条小径通往半山腰的一座寺庙，偶尔会有诵经、撞钟的声音传来。

日子这样不疾不缓地流逝着。春雨时节，接连下了几天的雨，豆腐就停做了，邹锦洪一早披着蓑衣戴上竹笠出了门。

穿过麦子街，又来到羊肉街，这几条街巷邹锦洪已经熟得不能再熟，闭着眼睛也能转弯抹角。那个红鼻子的木棚房，他都忘记潜入过几次了，每个可疑的角落他都翻找过了。今天天还没亮时，他醒了过来，听了一阵外面的雨声，突然想起红鼻子木棚房有个后边门，门下有一块既像门槛又像垫脚石的石板，脑子里迸发出一个念头，红鼻子有没有可能把白银埋在那块石板下。他自我判定这是极有可能的，并且有些懊恼怎么没有早一点想到，前几次以为这是在屋外了，不曾挖开找过。

身披蓑衣，怀揣泥瓦刀的邹锦洪故意站在木棚房前咳了一声，四周围都没有人，他眼睛凑近湿漉漉的木板缝，往里面看了看，依旧是一股空寂无人的潮湿的气味。门上还是用铁环扣着，看来红鼻子很放心，家里没什么值钱的东西，不怕有人偷。锦洪取下铁环，推门而入，再反身关门。这个乱七八糟的房屋与其说是家，不如说是窝，红鼻子似乎每天很晚才会回来，一回来就倒头睡觉，应该从未注意到自己的窝被人翻动过。下了几天雨，房屋里酸腐的气味变得黏糊糊的，锦洪忍不住打了一个喷嚏，他走到后门，一把推开门，那门像是纸糊的一样，整扇门掉在了地上。锦洪哭笑不得，也顾不上它，就弯腰把那块石板搬开。

雨细细密密地下着，邹锦洪弯腰站在雨里，开始用泥瓦刀挖土。土饱吸了雨水，挖起来很硬又很重，有时还滋地喷出一股水，把锦洪喷得一脸泥浆。

抹了一把脸，继续挖，邹锦洪很有耐心，一下一下地挖着，也许下一刀挖下去，就可以挖到坛子的盖了，他的心跟着那挖动的刀在跳动。

挖了一阵，想象中的坛坛罐罐还不肯露出一点痕迹，邹锦洪直起身喘了一口气，看到面前站着一个人，那个人呆呆地问：

“你在挖什么？”

邹锦洪呼了一口气，正想回答他说“没挖什么”，突然猛地清醒过来，这人不正是红鼻子吗！他差点惊叫一声。红鼻子回来了，而且走到了他面前，他竟然都没有发觉。

红鼻子骂了一声，说："这是我家，你在挖什么？"

邹锦洪惊讶之余又迟疑了一下，看见红鼻子攥起的拳头朝他飞来了，急忙往旁边一闪，挥出自己手中的泥瓦刀，一下拍在红鼻子的胳膊上。

红鼻子痛叫一声，往后面踉跄了几步。

"干你佬！"邹锦洪扑上去把他按倒在地上。

"你是什么人？你……"红鼻子痛苦地咧着嘴问道。

"你没认出我来？"邹锦洪笑笑说，他用两只膝盖顶着红鼻子的腰部，一只手掐住他的脖子，然后一只手把竹笠摘了下来，"我可是一眼就认出你了！"

"好汉，我、我哪里得罪了你？"红鼻子身体被扭成了两段似的，无法抬起眼睛看邹锦洪。

"哼，看你不是装的，我就告诉你吧。"邹锦洪一边说着，一边把全身的力气都顶在了红鼻子的身上，顶得他身上酸臭的气味满屋子窜动。"你跟另外一个人假扮挑夫，在天岭抢了一个台湾客，他就是我叔叔！"

"我本来就、是挑夫，都是九清的主意……"

"哪个九清？"

"就、就是另外一个……"

"你知道吗？我叔叔从台湾回来，是想要捐建土楼的，一下都被你们抢了！"

"抢、抢……可是抢来的箱子里根本没有银子，几件衣衫，一些吃的，就一些硬竹头，根本没有银圆……"

"怎么会没有？一百块白银，分装在两只箱子里，你们瓜分了是吧？藏在哪里？快说！”

“没有，没有银子，就一些硬竹头……”

“你还嘴硬啊！快说，白银藏在哪里！快说！”邹锦洪另一只手拎住红鼻子的耳朵，不断地往上提着。

“耳朵要断了……”红鼻子嗷嗷叫了两声。

邹锦洪松开红鼻子的耳朵，手指头戳着他猩红的鼻子说：“你今天要是不说出白银下落，我是不会放过你的。”

“没有啊，没有什么狗屁白银啊——”红鼻子突然号叫了几声，“箱子还在我床下，你去看，只有一些硬竹头……”

邹锦洪冷笑了一声，那箱子他是翻过的，是有一些削成银圆状的硬竹头，可是怎么会没有白银呢？德昌叔说总共有一百块白银，分装在两只箱子里。看来，不动一点粗，这家伙是不会老实说的。他把右膝盖移到红鼻子的腰椎上，用力地研了几下，然后另一只手也掐住了他的脖子。

“你说不说，说不说？”

“没……没有啊……”

“说不说！说不说你！”

“真的——没有啊——”

邹锦洪喘了一口气，说：“你这么犟，真的不肯说？你们这两个该死的抢匪，把我害得多惨啊，我被父亲当场训斥，我去当挑夫又被土匪抓走，都是你们害的。”

“没——”

“没有你们，我现在好好地待在土楼里，日子多舒服。”

“没……”

“都是你们，把我生活毁了！”

“没、没……”

红鼻子双脚突然往地上踹了几下，慢腾腾地蹬直了。邹锦洪看到他翻了一下白眼，头也向一边歪去，便松开他的脖子，用一只手拍了几下他的脸，说：“你给我装死？起来，起来，给我起来！”邹锦洪喝了几声，红鼻子都没有动静，他脑子里嗡地响了一声，这就把人弄死了？

邹锦洪站起身，猛一抽身想跑，但是又缓了下来。这是他没有想到的事情，自己手劲太大了，或者红鼻子太不经弄了，接下来该怎么办？

外面的雨仍旧细细碎碎地下着，房屋里突然一片死寂，只有一股死亡的气息在飘荡。邹锦洪拖着红鼻子的身体，像拖着一头刚杀好的猪，拖到床后的地上，抱起床上的被子把他身体盖住。

邹锦洪从地上捡起自己的竹笠戴上，想了想，又从床底下拉出那只德昌叔的藤箱，翻开来，还是只看见那一些银圆状的硬竹头，他飞起一脚，把箱子踢飞起来，那些硬竹头撒了一地。

走出红鼻子的木棚房，邹锦洪狠下心想，事到如今，一不做二不休，直接去找那个叫作九清的瘦条脸。雨还在下着，越下越大了，打在竹笠上噼里啪啦，让他的脑袋一阵阵清醒。

走到水阁街九清的土角厝门前，邹锦洪冲着里面喊了两声“九清”，幽暗的屋里飘着一股腥臊味，有一个人从浓黑的一团阴影里走了出来。

正是那个瘦条脸，他看着邹锦洪很面生，问：“你找我？”

“嗯，本泉让我找你。”邹锦洪说。

“这个红鼻子，又有什么鸟事了。”瘦条脸嘀咕着，抬头看看天，这时雨差不多停了，他扭头又要走进屋里。

突然邹锦洪冲上前，一手反剪着他的胳膊，另一手锁住他的喉咙，说：“你给我老实点啊，不然就跟红鼻子一样。”

“你、你想干什么——”

“你跟红鼻子在天岭抢了我台湾回来的叔叔，只要你告诉我白银藏在哪里，你就没事了。”

“白银？根本没有白银啊，那箱子暗层里只有竹头，削成一块块银圆，根本就不是真的……”

“你瞎说！”

“我没瞎说，我要是瞎说，天打雷劈——”

邹锦洪的手慢慢松开，往前推了一下瘦条脸，把他放开了。

瘦条脸呼着气，往上抻了抻脖子说：“箱子里要是有银圆，我们就发了，干你佬，就一些竹头……”

邹锦洪愣愣的说不出话。

“你说那个台湾客是你叔叔？他弄一些竹头在箱子里是什么意思？假充银圆，过家家用吗？”瘦条脸朝地上吐了一口气，满脸变得很生气，连声质问邹锦洪。

邹锦洪做了个手势，示意他不要再说，然后转身走开。

“本来以为干一票就发了，这辈子不用再干活了，没想到，就一些竹头，干你佬！”瘦条脸又往地上吐了口水，突然看见邹锦洪走开，大声喊道，“你别跑，你给我站住！”

邹锦洪并没有跑，只是加快了脚步。雨又下起来了，斜斜飘洒在他的身上。瘦条脸在后面又喊了几声，然而不敢追上来。

4

元宵过了，街上还留着喜庆的气氛，各行各业开始忙碌各自的事情。年前就盖出地面的王爷庙也复工了，这天，苏健林带着苏维修到王爷庙察看一番，苏维修发现苏老板心情愉悦，便硬着头皮，把藏了许多天的话告诉他说：

“苏老板，苏伯，加华米铺是我同村亲人办的，现在头家苏邹锦治是第四代了，他要把大妹妹许配给我，你看，这事怎么样？”

苏健林“哦”了一声，正准备点烟的手抖了一下，回头看着苏维修，脸上还是掩饰不住小小的惊讶。

“我单身来到这里，承蒙你照顾，你又是同宗长辈，我想，能不能请你做我家的大人，给对方写个礼帖？”苏维修说。

苏健林沉吟一会儿，点点头说：“好吧。你这样也好，在这里成个家，安心把王爷庙管好。”

“多谢苏伯，多谢苏老板。”苏维修心里暗自松了口气。

那天晚上从锦治大妹妹身上下来之后，苏维修就有点后悔自己的冲动，可是那种欲望像台风一样势如破竹，他实在把持不住。不过，这活其实也挺好的。锦治大妹妹就叫作查某，“查某”就是福佬话所说的女人，她爹实在懒得给她取个名字了。查某比维修还大三岁，不过也是看不出来的，从外表上看，查某谈不上漂亮，也谈不上不漂亮。她说她第一眼看到维修，就喜欢上他了，他是从故乡坐王船过来的，身上有一种特别的气质令她格外着迷。维修心里确认这不是一个圈套，而是查某真心实意要嫁给他的。你不娶我，我也无所谓。查某最后扭着身子对维修说。维修连忙把她抱紧一些说，我娶你，我娶你。他心里想，为什么不呢？在苏洋村娶一个老婆多难，要花多少彩礼啊，这里初来乍到，就有女人主动要嫁给自己，这不是天上掉下来的好事吗？再说，那活也让人很舒服的。他当即爬到查某身上又把那活做了一遍。第二天，查某把她跟维修的事告诉哥哥锦治和刚回家的母亲，他们惊讶之余竟然兴高采烈地叫好，苏维修是苏王爷的化身，这个光圈太炫目了，查某能嫁给他自然是求之不得的福气，再说查某都已经是老姑娘了。他们也知道，苏维修坐王船过来，没有什么财物，也就不要他的聘礼，还可以给一些陪嫁的东西，当然，按照礼路，维修至少要请一个长辈写个礼帖，写上自己的生辰八字给女方。维修担心苏老板闻说此事会不高兴的，毕竟自己一直在他家食宿，而且建王爷庙的事由他主持，若是没有他抬举说苏维修是苏王爷的化身，维修还不知道自己能不能弄到饭吃。以苏老板的财力和人望，他说苏维修是什么就是什么，不是什么就不是什么，这一点苏维修心里还是很明白的。

想到自己在老家差点被父亲逐出祖堂，而今一路漂流到了台湾，不仅被当作王爷的化身，还马上就要结婚了——苏维修觉得这无论如何要告诉海峡对岸的父母亲。街上有代书人，苏维修请他代写了一封家“批”：

父母亲大人：

万福金安，不肖男修自离乡，一路南下，现居于台湾鹿港，近日将与苏邹氏女子完婚，其籍正是苏洋村集庆楼，为迁台四世，岳父名唤德昌，现在集庆楼探亲。因大海相隔，不便与父母亲沟通，不肖男擅作主张，来日再膝下乞谅。奉书恭启，并叩台安！

不肖男修　跪书

把家“批”交寄水客之后，苏维修来到加华米铺，看见苏邹锦治愁眉不展，便问他遇到什么事。苏邹锦治叹了一声说：“现在你也是自家人了，这也不算家丑外扬，说来话长，就是父母亲一直不和，把我夹在中间，我是两头受气。父亲从小牢记曾祖遗训，有心帮助老家族人夯建一座土楼，他含辛茹苦又省吃俭用几十年，终于积攒了一笔钱，去年要带回唐山老家，殊不知被母亲狸猫换太子调了包，父亲浑然没有发觉，我也是后来才知道的，据说父亲回到唐山，在走回老家的路上，一条叫作什么岭——”

“天岭。”

“对，在天岭路上被土匪抢走了行李。父亲写了一封家‘批’回来说起此事，要我想方设法给他寄点钱，不然他在老家亲人面前实在抬不起头。母亲这时才告诉我调包的事，我把这事写‘批’告诉了父亲，因为母亲坚决反对，那笔钱又在她手上掌控着，我也无法给父亲寄钱，这不，父亲又写‘批’来了，把我臭骂了一顿，他说过年后要回来变卖家产，把他那一份带走，他要搬回老家苏洋村去住。”

苏维修一时也不知说什么，这算是家务事吧，自古清官难断，他就更难断了。

第十七章

1

苏小果蹲在井台边想呕吐一直吐不出来，心里一个劲地恶心，突然门被推开了，还以为是谁，原来是邹锦洪慌里慌张地闯进来，从没见过他这么慌张，不知发生了什么事。

“快，你收拾一下，天黑就走。”邹锦洪喘着粗气，把头上的竹笠摘下来，当作扇子给自己扇了几下风。

“怎么了？出了什么事？”苏小果站起身，一手抚着胸口问。

“大事……我把那个红鼻子掐死了……”

苏小果吃了一惊，“哇”地朝地上吐了一口。

“赶快收拾一下……我还去找了那个瘦条脸，他要是发现红鼻子死了，一定知道是我杀的，一报官，我们就跑不了……”邹锦洪说着走到井边，打起一桶水，埋下头来猛喝了几口。

从他进门到这会儿，邹锦洪似乎都没有正眼看苏小果一眼，只顾催促小果。小果还是想吐，但吐不出来。她有点意外，锦洪迷狂于追回白银，最后演变成人命案，那白银呢？白银在哪里呢？

邹锦洪一屁股坐在了房间的门槛上，整个人蒙蒙地发呆。

逃来这儿才没多久，这会儿又要逃到哪里呢？苏小果心里想，她不逃了，她就在这里，要逃邹锦洪自己逃，她可以一个人做豆腐，在这里讨生活。

“你怎么还不收拾？快点呀，别磨蹭。”邹锦洪说。

“我不逃。”苏小果说。

“你说什么？”

“我不逃。”

“你再说一遍？”

“我不逃。”

邹锦洪霍地站起身，走到苏小果面前生气地说：“你傻呀，你不逃，等着坐大牢？”

“我又没杀人……”

“你没杀人，但你跟我是一块的，官府一查，你还是逃跑的新娘子，先给你三十大板，再把你押回婆家，你婆家会怎么处置你，你知不知道？轻者赶出家门，重者装猪笼沉潭！”

听到装猪笼沉潭，苏小果心里发怵了一下，唉，那天抢亲时他怎么就没告诉她这个后果呢？如果他说了，她可能就不敢逃了……现在，只有继续逃了，可是逃到哪里呢？

“他们两个人都说我德昌叔的箱子里没有白银，只有竹头，这怎么会呢？太奇怪，唉——”

“箱子里没有白银？”

“是，只有一些削成银圆样子的竹头，他们一口咬定就是这些东西……”

“会不会你叔叔回来之前被人调包了？”

“唉，现在再深究这个也没用了……”邹锦洪说着，走到灶台，把饭桶的盖子掀开看了一下，午饭已经做好了。他取来一只碗，盛满一碗大口吃了起来。

辛辛苦苦要寻找白银，最后发现白银是不存在的，但是做下的人命案已经不可挽回，苏小果突然觉得事情怎么会是这样，太奇怪，太荒诞，也太无奈了。现在她真的也别无选择，只能跟着他一起逃了。

眨眼间邹锦洪吃完了一碗饭，就着昨天吃剩的一小碟腌菜，又吃完了一碗饭，看着他狼吞虎咽的样子，苏小果觉得他也很可怜，说："你都吃了吧，我吃不下。"

邹锦洪吭了一声，又吃完了一碗饭，用饭勺把饭桶里最后一粒饭都抠出来了，他抹着嘴对小果说："你快点收拾，我们天黑就走。"

"要走去哪里？"苏小果忍不住问。

"去天岭'皇帝洞'投奔黑番。"邹锦洪说。

苏小果听他说过"皇帝洞"和黑番的事——那个传说中的"皇帝洞"，还有那个传说中的神秘的土匪头，心想，这就跟他入伙土匪帮？她本土楼良家妹子，原来也要正正当当嫁人，做一个土楼妇人，只因走出了那一步，开弓没有回头箭，现在只能一步一步往前走，明知是泥潭，也要闭着眼睛走过去。

天黑下来了。邹锦洪把两只大包袱扎在一起，挂在肩上，而苏小果手上提着一只小包袱，当他们就这样走出生活了几个月的房屋时，小果眼窝潮湿了。

"走吧，快点，快点。"邹锦洪急不可耐地催促。

苏小果抹了一下眼泪，回头看着关上的柴门，忍不住又走回到门前，把扣上的门环又摘了下来。

"快点呀，你想干吗？别犯傻，快走。"邹锦洪回头拉起她的一只手。

苏小果用力地把邹锦洪的手甩开，又抖了几下，头低低地直往前走去。

2

到底是岁月不饶人，从村子田地里挖出田甲泥挑到东溪畔的窑坊，苏发扬一上午只挑了两趟，每趟都要在走过木桥后歇上一阵子，中午回海威楼吃完饭，累得直不起腰。他让苏罗氏把旱烟袋从壁橱里给他取来，手微微颤动着往烟锅里装烟丝，点烟时手抖得更厉害了。吸了几口烟，感觉胸腔里一股积郁的闷气随之徐徐飘出。

吸完一锅烟，苏发扬扶着墙头站起身，握拳往后捶了几下后背，一步一步地走上三楼，来到顺风公的卧室。

顺风公半坐半躺靠在床上，眼睛眯眯地看着从廊道上走进来的发扬。

“顺风公，你吃了吗？”发扬问。

顺风公呼出一口长气，就算作是回答了，他缓缓闭上眼睛，说：“扬的，我看见……”

“你看见了什么？顺风公。”

“我看见……小果……”

“小果？小果在哪里？”发扬赶紧走上前，俯下身子握住顺风公放在被子外面的一只手，这只几乎全是骨头的手微微发热。

“我看见……小果坐在牛鼻岭……”

“牛鼻岭？”发扬搓着顺风公的手。

顺风公点了一下头，身子像是自动地往下躺下来。发扬知道他要睡了，帮他把被子掖好。

苏发扬从不怀疑顺风公能够看见往事和未来，只是他也从来没有去验证。顺风公所说的那些祖宗往事、海外见闻，其实也无从验证，但是从一个“活祖宗”嘴里说出来，它就像是真的一样了。小果坐在牛鼻岭，这也会是真的吗？发扬走出顺风公卧室，轻轻带上门，疲惫不堪的身体突然震颤了一下，咚咚咚冲下楼梯，大步走出海威楼，他越走越快，变成了小跑。发扬心里确信，小果过会儿将出现在牛鼻岭，至于从何而来，又因何至此，他什么都不知道，顺风公的声音就在他耳朵边萦绕着，他就是循着顺风公的声音看见了这幅画面：萧瑟的牛鼻岭上，小果茫然地站在那里张望着……

“发扬，你这么急是要去哪儿？”有人问。

“我去接小果。”苏发扬说。

小果？问话的人蒙了，苏发扬已跑出了几丈远。小果出嫁那天被土匪抢走，几个月来下落不明，他这是上哪儿接？

女儿被掳走之后，苏发扬悲恸欲绝的心情，只有他自己在夜深人静之际才感受得到，眼前只要一浮起小果的音容笑貌，心就像刀割一样。发扬一路小跑跑到了博平圩，身上微微出汗，却是越跑越来劲，布鞋底在路面上摩擦的声音，沙沙沙，富有力度和节奏。

苏发扬跑过了博平圩，终于感觉到一阵气喘，心想要慢下来一点，但是顺风公的声音在耳边一响起，他又快了起来，他看到了小果独自站在牛鼻岭上，心里喊道：小果，别怕，我来了！

冲上狗屎岭，苏发扬实在受不了，差点往前扑倒，他扶着路边的石壁，大口大口地喘着气。岭上一阵山风掠过，连绵的群山发出松涛的回应。顺风公的声音又在耳边响起，牛鼻岭就是下一个山岭，小果真的会在那里吗？他内心突然起了一丝疑心，会吗？会吗？一起疑心，全身就松软下来，软绵绵像一摊泥要糊在地上了。会的！会的！发扬眼前又跳出小果的笑靥，心想这是必须相信的，小果就在牛鼻岭上，茫然无助地转头四望……

苏发扬咽了一口口水，又撒腿朝前面的坡岭冲去。下坡、上坡，弯曲的山路，稀薄的日光像洇开的水墨，在路面上洒了一层暗灰。发扬心里突然亮堂起来，前面的岭头上，暮霭飘动中有一条身影若隐若现。

“小果！”苏发扬大叫了一声。

小果，小果——满山好像响起了回声。岭头上的云雾渐渐散开，那条身影静止不动了。

苏发扬停下脚步，心跳也几乎要停下了。

小果？这真的是小果？苏发扬慢慢朝岭上走去，他要走慢一点，再慢一点，这样至少可以慢慢来承受不是小果的失望，他担心一下发现不是小果，整个人会迸碎。从海威楼一路小跑到这里，他是那么不可思议地充满了力量，脚步轻快，全身心滚烫，这是一个父亲才会有的神勇。但是现在，他的双腿突然变得非常沉重，感觉快要抬不起来了。

岭头上的人影动了一下，开始往下跑。

“小果……”苏发扬无力地喊了一声，这真的是小果，顺风公没有说错，他的心脏完全无法承受这突如其来的惊喜，整个人几乎要往地上瘫去。

“小……果……”

“爸……”小果扑进苏发扬的怀里，手上的小包袱掉落在地上，她冲进父亲怀里那瞬间几乎把父亲撞倒了，两个人紧紧相拥变成一个人似的，一起踉跄了几步，这才站稳住身子。

“小果……”苏发扬紧紧搂住女儿，在这二十来年里他还是第一次这么紧地抱着女儿，生怕不抱紧一点，她就会像空气一样再度消失。

这是真的，消失了几个月的女儿又回来了，被命运送回到父亲的怀里。

苍老的呜咽声在坡岭上响起。

3

邹锦洪还是有点佩服自己的记忆力和眼力。他认出了那棵长在峭壁上的小榕树，这大山里长在石头上的树数不胜数，但是那棵小榕树比较奇特，它几乎是倒栽的，这岔路口像是一个迷阵，但是邹锦洪想起来了，那垂挂而下的根须就指引着通往“皇帝洞”的方向——当然，还要绕几多个弯，但如果这个方向搞错了，那就怎么也找不到的。锦洪松了口气，把肩上的包袱放到地上，在石头上坐了下来，天黑前找到“皇帝洞”应该没有大问题了。

山谷里云雾飘荡，一阵风从林子旁边吹过来，掠起一片草梗浮尘，幽暗的林子里便哗啦啦响个不停，像是有什么东西要奔跑出来。对邹锦洪来说，他还真希望冲出一个什么，把他心里那股劲挑逗起来，不然他现在身心疲惫，屁股好像粘住了一样抬不动。

邹锦洪还是咬咬牙站起身，往那榕须指引的草径走去，遍地蒺藜，他感觉裤腿被剐破了，一人多高的杂草将他没顶，他像是泅水一样奋力扒了出来。好不容易钻出了草径，又转了几道弯，穿过一条小峡谷，锦洪终于看见了“皇帝洞”入口处那些奇岩怪石。这时暮色苍茫，四周围林子里响起归巢鸟儿的聒噪，锦洪喘了几口气，抹了一把汗，往右边的土路走去。又拐了几道弯，他肩上的两只包袱一前一后地荡了几下，荡得他一阵头晕目眩，他连忙抓住身边一棵杂木，这才把身子稳住。

前面石头后面闪出两个人，有个人喊道：“秀才？”邹锦洪一看是鸦片仙和十一指，全身一松弛，肩上的两只包袱就滑落到地上。

“你不是在哪儿当着新郎官吗？怎么跑这儿来了？”“搂着水妹子睡觉，那是什么神仙味道呀？”鸦片仙和十一指一边说着一边跑上前来。

又走进“皇帝洞”，邹锦洪突然竟有一种想哭的感觉。人生走投无路之际，幸好这里还有他的归处。黑番听到鸦片仙的嚷嚷声，已经从“皇帝椅”走了下来，心里好生奇怪，他好好的不当新郎官，怎么来了？敢是又遇到了什么变故？

“大哥……”一看见黑番，邹锦洪纳头便拜。

“新郎官，看你现在这模样，很不像啊。”黑番上下打量着邹锦洪说，心里已经明白了大半。

“大哥，实不相瞒，我无处可去，只好来投奔你，求你收留。”邹锦洪咽了口水说，眼里满带着一种热切的恳求，像孩子一样无助地盯着黑番。

黑番用仅有的一只手拍了拍邹锦洪的肩膀，问：“到底发生了什么事？”

邹锦洪看到这洞里的伙伴们都围了过来，想起那次抢亲，要不是这些兄弟上阵，他能抢得到小果吗？当时，他带着新娘子跑了，连一声感谢也没对大家说过。现在，他一个人回来，心里涌动着一股复杂的感情，刚要张口说话，却禁不住哽咽了几声，说：“我、我在山城圩遇到那两个、抢我台湾叔叔的挑夫，我不小心把其中一个掐死了，山城不能待了，只能继续跑路，新娘子跟我争吵，她想要回娘家，我就放她一个人走了，我、我是不能回去了……”

“你呀，你台湾叔的白银有没有找回来？”黑番问。

“没有，他们一口咬定那藤箱里没有白银，我不信，心里急啊，才不小心掐死了人……”邹锦洪说。

黑番转过身，缓缓向“皇帝椅”走去，说：“我曾经也是，为了寻找一个什么东西，苦苦地找呀找，结果发现那东西是不存在的。”他冲着洞穴一侧喊道，“饭做好没有？开饭了，先摆酒，给秀才接接风。”

推杯换盏，几个回合下来，那些土匪都醉了，有的爬到“床”上呼呼大睡，有的干脆直挺挺醉卧在地上。只有黑番和邹锦洪还是清醒的。满脸红光的邹锦洪，眼睛里也发红了，像两团火闪烁不定，他端着一只空碗挥了一挥手，对黑番说：“老大，我怎就不会醉呢？多想跟他们一样，每天醉晕晕的，一觉睡到天大亮……”

“兄弟，你跟他们不是一路人，”黑番对邹锦洪说，“我看，你还是回土楼去。据我所知，新娘子被抢，苏家人只知是土匪所为，并不知是你，夫家已经退婚，你正好跟她正式成亲，好好过日子吧。”

“老大，你把事情想象得太简单了啊，苏家人要是知道抢亲是我所为，还不把我打死？尽管我知道，小果是坚决不会说的，但是，她、似乎对我没那份热情了，而且，她头上又顶着被抢过、被退婚的名，我家也不会同意……”

黑番霍地站起身，横着脸说：“她不就被你半途劫走吗？不就因此而被退婚的吗？”

邹锦洪看到黑番突然变脸了，想不到他为什么动怒，心里暗想，他到底在洞里待太久了，不懂得乡村里的世态人心，现实要比想象的来得复杂，而且，苏邹已经多少年不通婚了。

“人家可是因为你啊！”黑番说。

“我知道，跟我受罪了。”邹锦洪向黑番拱手作了揖，“老大，你听我说，我现在手上有人命案，我也不敢回去，官府可能在追捕我，真的要回去，我要还那两笼条丝烟，要面对族人的各种笑话，我实在是无路可走，这才前来投靠你。”

“那你把新娘子放走，让她一个人回土楼，你让她怎么去面对家人和族人呢？”

邹锦洪叹了一声，说："我本来是带她一起来投奔你的，但是，我们一路上吵架，她执意要回家，开头我还劝她，她说，不管怎么样，她有父母亲，父母亲都会要她的。我就放她走了……"

黑番背着一只手踱了几步，在松油灯光的映照下，显得像是一个佝偻沧桑的老货子，在这空阔奇异的洞穴里，形单影只地移动着。他走到火堆前，往里面添了几把柴，整个洞里霎时亮了一些，有个醉卧地上的土匪摇摇晃晃爬起身，往"床铺"那边走去，扑倒在"床"上又睡着了。

邹锦洪抱起酒坛给自己倒酒，只倒了半碗，坛子里就空了。他想起这大半年来的遭遇，感觉就像置身于这奇幻般的洞穴一样，恍惚而又真切。这时，他想起小果，不知她是否回到了家里？连忙端起半碗酒喝了，不愿意再往下想。

黑番又背着手走了过来，说："兄弟，我知道你被逼无奈的心情，其实我当年上山落草，包括后来来到这里，也都是被逼无奈的，但是你跟我不同，你还年轻，不能像我这样苟全性命，了此残生。"

"老大，就让我跟着你吧，我不会有二心，从此跟定你了。"邹锦洪站起身，身子微微有点晃。

黑番摆了摆仅有的一只手说："这帮兄弟从饶平跟我到这里，他们要么无父无母，要么从小就是弃儿，你有家有室，跟他们不一样，我想了想，还是给你一点银子，你出去自谋生路吧。"

邹锦洪一愣，扑通就跪下来，朝黑番磕了一下头，说："大哥，你这是要赶我走吗？"

"我实在不想你步我后尘。"

"可是，我已经无路可走，恳请大哥收留。"

黑番看到邹锦洪两眼放光，满是一种孤独无助的求援，心里想起自己的先祖也是无路可走，转向大海碧波行船，终成一方海商，但是在朝廷眼里，却始终是海寇，不过，那也是多么旷达快意的海寇啊，纵横海上，呼啸江湖，只可惜自己生不逢时，一代不如一代，竟落个山洞里偷生，想来自己来日不多，也就罢了，怎能连累人家年轻人呢？黑番说："你跟着我，注定是死路一条，尽管你在山城犯下命案，但是你还年轻，应该携带新娘往漳州、厦门去闯，从那里过台湾、下南洋也行，怎么就往山里缩呢？"

"大哥，我就一个土楼人，土楼的土鳖，我们苏洋村有两姓，另一姓早年出海，我们这一姓一直就缩在土楼里，唉，天生就是没出息，大哥，你别赶我走。"邹锦洪说。

黑番叹了一声，说："我真想你有点出息。你知道吗，我先祖可是大明朝叱咤风云、威震海内外的海寇，赫赫有名，想起先祖我就羞愧难当，不瞒你说，我现在要是你这般年纪，我一定招兵买马，做几件震荡江湖的大事。"

"大哥，不瞒你说，我祖上还出了一个进士，那旗杆就在祖堂前竖着呢，可我在书塾读了几年书，就读不下去，族里也再无出过进士，这大概就是风水轮流转吧，我沦落到今天，只求苟且偷生……"

黑番听邹锦洪把话说到这份上，说："最多给你一年时间。到底你还年轻啊。"

4

苏发扬背着女儿走进苏洋村，村子里一片静寂，狗都没有叫，只有夜鸟偶尔在树梢上吱一两声，之后更安静了。地上薄薄的月光，像是谁漏洒的盐粒。发扬右脚的布鞋露出了一根脚指头，他一步一步地走着，刚过博平圩，他发现小果实在走不动了，就把她背到背上，一路走到村子里，一口气也没有歇。

苏小果一沾上父亲宽阔而略微佝偻的后背就沉睡过去了，她太累了，已经两三天没有合眼，这几天昼伏夜行，即使累得快要死掉一样，她也是睡不着，而邹锦洪就是靠着墓碑也能呼呼大睡。两个人一路上几乎没有说话，食午时分走到牛鼻岭的一条岔路上，小果扶着一棵树实在走不动了，锦洪催促又带着呵斥，小果突然打定主意说，我不跟你走了，我要回家。锦洪愣了一下，走过来要拉扯小果的手，被她一手推开了。锦洪冲着她怒吼，她一句都没有回，只是在心里想，我父母亲都从来没有对我这么吼过。她看到锦洪的一张脸都吼得变形了，像是噩梦中陌生、狰狞的脸，他吼着什么，她甚至一句也不想听了。锦洪再次过来要拉她的手，她在地上坐下来，两只手捧着脸勾下头，把脑袋埋在自己的怀里，她听到一阵山风掠过，还有一阵脚步声远去，等她抬起头，面前只有莽莽苍苍的山林，还有一些浮尘在空中飘荡，锦洪已经不见了。在这条野径荒坡上，锦洪丢下了她一个人，她突然感觉轻松了许多，起身往回走，绕了几道弯终于走到了牛鼻岭官道上。正当她彷徨无助的时阵，父亲神奇般在坡岭下出现了……

苏发扬背着小果走进海威楼，有晚睡的人在灶间里看到发扬走进来，感觉到这个兢兢业业的族长驼得更厉害了，这一年里他家发生了这么多事，日子真的要把他的背压断了，没有人看清他背上背着什么。

苏小果在父亲的背上知道回到了苏洋村，回到了海威楼，她又闻到了那股熟悉的气息，但是她的眼睛还是睁不开。如果可以的话，就这么沉沉睡去，永远不要醒来，多好啊……

当小果睁开眼睛时，不知道是第几天的清晨，她同时看到的是父母亲和阳光。一缕照进窗户的阳光打在父母亲的身上，他们呆若木鸡地坐在她的床前。

床上轻微的动静令母亲吓了一跳，她惊乍地扑到床上，捧着女儿的头，两行热泪一下就打湿了她的脸，哭声由压抑而奔放，像飞瀑奔泻，满屋子都是洪亮的声音。

“小果啊……妈以为再也见不到你了……”

“妈，我回来了，这不就回来了吗？”

“小果啊……小果……”

苏发扬默默地站起身，拍了拍老婆不断耸动的肩膀，说：“你去煮一点吃的。”

“小果啊，我苦命的女儿，你到底……”

“别问，什么也别问，人回来了，这就比什么都好。”苏发扬仍旧拍着老婆的肩膀说。那天晚上，他先是扶着小果走路，后来把她背了起来，开头他也是特别想知道小果是被何方土匪抢走，又是怎么逃出来，小果久久地沉默不语，他也想明白了，别问，什么都别问，只要女儿回来了，这就比什么都好，把那过去的事情当作一场噩梦吧，谢天谢地，噩梦过去了，现在，女儿就在面前，好好珍惜。发扬双手按着老婆的肩膀，把她推到了门边，说：“赶紧给她煮一碗平安面。”

老婆含泪点着头。

苏发扬走到床前对小果说：“你安心休息，下个月妈祖生日出巡，我答谢一棚戏，感恩你平安归来。”

苏小果回家的消息还是很快传遍了苏洋村以及附近乡里，人们不胜感慨嘘唏，又特别好奇，她到底是被哪个山洞的土匪掳走的？是土匪放走了她还是她自己逃了出来？她被土匪怎么样了吗？各房家长、长老纷纷上门来看望、慰问苏发扬夫妻，大家说着安慰的话，也不免要打听一些事，发扬一概以平淡的语气回答说，人回来就好，过去的事就让它过去。大家不得不附和着说，是啊是啊。除了个别至亲女眷，没有人获准进入卧室看到小果，发扬告诉大家说，小果身体虚弱，还需要静养一段时日。

人比什么都重要。苏发扬说。

第十八章

1

余庆楼大脚坑的地基用大石头干砌，缝隙以小块石头填紧，四周围填土夯实，开始砌地面上的地基，是谓“小脚”，多用平整的小石头垒砌，铺排方向正好跟“大脚”的方向不同，内外砌两层，中间用三合土湿浆填实。因为这里不易受山洪侵袭浸泡，邹德永和江师傅商定，小脚就砌半米高。

江积荣是一个干活很认真的师傅，不苟言笑，看人时也像是瞄着墨线，一眼就能看清楚了。他儿子江庆南名义上是小师傅，给他当下手，却几乎成了苏邹德昌的帮手。德昌一天做三餐饭，还要给红米熬药、送饭，几天过后，端药送饭的活就全由江庆南做了。再傻的人也看得出来，这个小师傅对红米有意思，公开示好。德昌把这事跟德永说了，德永说，年轻人的事，由他们去吧。德昌说，你现在也想得开了。

江庆南长相一般，说话有点油腔滑调，但是聪明伶俐，手脚也勤快，跟父亲学艺多年，据说已能够独立夯造小土楼。他一从余庆楼工地回来，就直奔三楼红米的卧室，关切地问这问那，要不要喝水？要不要换个睡姿或坐姿？肚子饿不饿？

邹红米对江庆南的献殷勤既不讨厌也不喜欢，不过心里还是很感激他的，要不是他跑上跑下，送这送那，德昌叔根本就忙不过来，她恨自己把腰摔断了，只能躺在床上让人照顾。对她这样从小就做家务干农活，习惯于每天忙个不停的人来说，闲着反而是一种受罪。在这受罪之际，红米开始想了一些事情，却是越想越心烦，变成了一种受苦，可是又不能不想，越是想不想越是想。她想起死去多年已经面目模糊的母亲，想起下落不明的哥哥锦洪，想起死去的大嫂，想起苏家被土匪掳走的小果，想起苏维纳和江庆南，接着便是这两个人的形象在她眼前不停地转着，最后只剩下苏维纳一个人被打得鼻青脸肿地喊叫。不知为什么，只要一想到维纳脸上的血，她心头总是一颤，好像那血是从自己的身体里淌出来的。

这几天晚上江庆南总要在红米的卧室待到很迟，被反复催赶才肯走。红米说，你明天还要早起干活，赶快回去睡觉。江庆南说，回去听我爸打呼噜，睡不着啊，还不如在这里陪你。红米说，我困了，想睡了。江庆南说，我干活一天都不累，你整天躺着怎么也会累啊？红米说，你快点走，这里是妹子房间，不可待太晚。江庆南说，哎呀，再让我待一会儿嘛，一会儿就一会儿，我讲个故事给你。红米说，不要，你赶快走。有时阵，正好德永或者红米的婶子来了，江庆南这才悻悻地离开。

这天晚饭是锦波端上来的，晚饭后很久，也不见江庆南出现，红米觉得房间里空寂了很多，不由有点想念他了，不知他是突然生病了，还是突然回家了？上午上来送早饭时，他还是有说有笑的，怎么晚上就不见了？走马廊上几次响起脚步声，她以为会是他，最后脚步声从卧室外面经过了，她还沉浸在想念之中。

第二天早饭又是锦波端上来的，红米忍不住问道："那个小师傅呢？"

“小师傅？他去干活了。”锦波说。

他去干活了？说明他没回家，也好好的没生病，那他怎么不给我端药送饭了？红米这么想着，却不好跟锦波说，锦波一转身也走了。这事情让红米觉得非常奇怪，江庆南到底是怎么了？

中午是德昌叔送饭，红米又忍不住问：“那个小师傅呢？”

德昌叔笑了笑说：“他送的饭才香吗？”

“不是啦……他怎么了？”

“他好好的啊，我刚才还喊他送，他假装没听见，是不是你惹他不高兴了？”

“不是，我怎么会……”

“不是就好。”德昌叔诡异地笑着，转身出去了。

红米越想越奇怪，江庆南怎么突然间不愿意给自己送饭了？又没有吵架，到底哪里惹他不高兴了？

天黑了，房间里都暗下来了，还没有人给红米送饭，其实她也不饿，只是想那个小师傅怎么了。

一阵脚步声走来，推开门，一条人影走了进来，红米从模糊的光线里辨认是江庆南，不由欣喜地说了一声：“是你啊？”

饭甑搁在了桌上，松油灯被点亮了，昏黄的灯光照出了江庆南的笑脸。

“你怎么……”红米着急地问道。

“我没怎么，你怎么了？想我了呀？”江庆南嘻嘻笑着说。

“没有啦。”红米说，“我只是奇怪，你怎么一天多没露面？”

“哈哈，你一定是想我了，我老爸昨天告诉我，有些事要欲擒故纵，让我一天不给你送饭，试探一下你，这下试出来啦。”江庆南说得兴起，有点手舞足蹈了。

邹红米一听，感觉被耍弄了一样，心里又气又急，真恨不得抬起手把江庆南赶出房间。

“红米妹子，”江庆南说着往床前走来，“我扶你坐起来吃饭。”

“不用你扶，你走开。”邹红米绷着脸说。

“哎呀，我们客家有首山歌，我不会唱，我念给你听：日头一出红稠稠，白鹤落田啄泥鳅，白鹤落田不怕水，妹要恋哥莫怕羞……”江庆南伸出一只手往红米脸上摸了一把。

邹红米惊叫了一声，拼尽全身力气喊道：“来人啊！”

“你莫嚷嚷嘛。”江庆南慌忙中把手缩了回去，转身就要走出房间，邹红米的大哥锦江出现在门口，堵在他面前。

“出什么事了？”邹锦江粗着嗓子问。

“没、没什么事……”邹红米说。

江庆南从邹锦江身边挤了出去，锦江回头望了他一眼，问红米说：“他欺负你了？”

“哦，没有，没有……”红米说。

“他要是有这胆子，看我怎么揍扁他。”锦江说。

2

苏发展这些天被儿子弄得烦透了，全身长毛似的烦躁，手痒痒得直想打人。他让老婆赶紧去物色几个好人家的妹子，阿搭婆也登门来特别介绍了博平圩尾的石桥村大房家长的二女儿，可是儿子声称，他只要邹红米，非邹红米不娶。发展愤怒地朝他瞪着眼说，世间妹子这么多，你哪个不能娶，偏偏就要邹红米？儿子偏起头说，皇帝女儿我也不要，我只要红米。发展气得扬起了巴掌，但是儿子把脸凑上来，他不得不软塌塌地放下巴掌。发展实在想不明白，儿子怎么就会迷上邹家的妹子？红米好在哪里？美若天仙吗——那差远了，也就长得比较清秀可爱而已，最重要的，他们苏家跟邹家，多少年来都不通婚了，他本人对邹氏一族的人从来没有好脸色。儿子这不是偏偏跟自己作对吗？他坚决不能同意。儿子说，若是不让他娶红米，他就去死。他还列举了几种死法，跳东溪，钻窑炉自焚，爬上土楼屋顶跳楼，吃断肠草，等等。发展知道儿子干得出来，自己的软肋被他捏得准准的。老婆在一旁只是一个劲地抹泪，发展只好把火气发泄到她头上，都是你宠他的，好了，现在这局面你来收拾。

很显然，儿子的魂被勾走了，必须把他的魂请回来。苏发展一下就想到素月仙，他知道靠近永定的曲江村也有一个神婆，能够通灵喊魂，但是现在已经不如素月仙有名了，而且素月仙还是本族人，知根知底。苏发展当即让老婆备一份牲礼，说："不把他的魂请回来，我们就可能要断香火了。"

苏发展夫妻来到素月仙设于海威楼二楼的香堂门前，刚刚有一个外乡妇女抹着眼泪走出来，对发展夫妻说："素月仙太仙了。"他们没有吭声，心里一下肃然，轻轻推开门，一股奇香异味扑鼻而来。香堂里影影绰绰，好像有很多人在走动，实际上只有素月仙一个人，她端坐在太师椅里。因为光线暗淡，发展夫妻无法看清她的表情，而他们的神情却被看得清清楚楚。

苏连氏把一块猪头肉和一只鱿鱼干摆到香案上的碟子里，点了两根香，分一根给发展，两人一起向香案上的神明拜了拜，然后落座在素月仙面前的矮凳上。

"素月仙，最近卤肠卤肚的，快被儿子卤死了……"苏发展屁股一坐下来就开始倒苦水。

"世间无人不烦，不烦的就不会来找我了。"素月仙说，她的嘴巴一张一合，牙齿在黑暗中闪亮。发展印象中素月的牙是黄黄的，现在居然可以在黑暗中闪光了。

“嗯，自家人就不怕家丑外扬了。我那不肖子维纳，今年二十岁，最近被一个妹子迷住了，迷得失了魂，求素月仙把他的魂请回来……”苏发展说。

“佛祖说世间人执迷不悟，为何？凡是人，没有不迷的，有人迷深，有人迷浅，无非如此，你说维纳，为情迷狂，丧魂落魄，我给他‘巡’一下——”素月仙说着闭上眼睛，脑子里像是射出两束光线，照亮了一条隐蔽的暗道，她看见一团影子在追逐另一团影子，夯土墙里的两根竹片相互拍打着，顺风公壁橱里的海螺呜呜呜地吹响，东溪畔一座废弃的窑炉里窑神在打盹儿……突然素月仙全身哆嗦了一下，她猛地睁开眼睛，呼了口气，说：

“魔之为物，取固不可，舍亦非宜。唉，维纳之心魔，其实，祖祖代代每一代都是一样遇到的，凡人就免不了，他身上是中了邹德永的煞气，邹德永建好余庆楼之后，他的魂自然也回来了……”

“这、这……”苏发展听得蒙了，维纳迷上邹德永的女儿是中了邹德永的煞气？他的魂要等到邹德永建好楼才能回来？要是邹德永的楼一直建不成呢？他忍不住抢问道，“这维纳跟邹德永有什么关系？”

“话说邹德永当年像维纳这般大小时，也是迷上了一个妹子，不思饭食，神魂颠倒，后来，妹子嫁人，他的魂就回来了……”素月仙说。

苏发展脑子转了一圈，素月仙这不是在说自己吗？他还隐约记得，邹德永当年迷上的妹子正是素月，素月仙怎么说得像是别人的事一样？也是，她现在成仙了，已经不是当年那个素月，所以能够用不咸不淡的语气来随意说起。

“素月仙，那现在维纳的魂怎么请回来？”苏连氏问。

“那个妹子嫁人了，他的魂就回来了，男人总会迷女人一回，像出水痘一样总要出一次，出出就好了。”素月仙说。

“那我们现在怎么办？”苏发展说。

“怎么办？尽快帮邹德永的女儿牵成一门亲事吧，他那边成了，你这边的事情就解决了。业障清除，智慧就会升起。”素月仙说。

素月仙没能把苏维纳的魂请回来，反而让发展夫妻心里更添堵了。维纳是中了邹德永的魔障，然后跟他女儿纠缠不清，素月仙一会儿说要等到余庆楼建成，一会儿又说红米出嫁之后，他这个魔障才能破除，唉，这日子还让不让人过啊？苏发展感觉真是要被儿子卤死了。

3

苏发扬接到儿子维修发自台湾的一封家“批”，看完之后生了一肚子闷气，不禁感叹道：这回竟然要跟苏邹德昌做亲家了。这个儿子一向是最让他操心的，但是现在，连终身大事也用不着他过问，实际上也是无从过问，所有的一切都省心了——想操心也操心不上，唉，随他去了，反正他以后的子女还是姓苏，将来总是要回来寻根认祖的吧，当然不回来也罢，那天维修居然逃跑，无异于是在族人面前打了一记他的耳光，他心里就感觉从此之后没这个儿子了。把维修的家书收了起来，发扬对谁都没有声张。

其实，苏发扬心里最放不下的还是女儿。苏小果经过一段时间的静养，恢复了健康，身体还比出嫁前胖了一点，然而，“物是人非事事休，欲语泪先流”……

苏小果有了身孕。

苏发扬迫切地焦急地发疯般地想知道，出嫁那一天的路上到底发生了什么？是哪个山头的土匪？后来小果又是怎么逃脱匪巢？但是，小果不愿意说，一个字也不说，只是定定地看着远处，然后回过头静静地看着父母亲，眼神里是一种无辜的令人怜悯的淡然。作为父亲，发扬很明白很了解女儿内心的痛苦，如果能够，他愿意替她承受十倍百倍以上的痛苦，可是这只不过是一种心愿，现实已经永远不可能改变，那就是痛苦注定是由她承受的，让她讲述经历，等于让她重复一次痛苦，把正在愈合的伤口重新撕裂。发扬迫使自己慢慢地适应女儿，好吧，那就别说，什么也不用说，让过去的事全都过去。

到了合适的时候，我会把一切都告诉你们的。苏小果心里说。那天邹锦洪毅然决然地离去，她的心反而一下子轻松了，她知道，她无路可走，只有回家，而无论如何，父母亲都是会收留她容纳她的，尽管她已经不再是原来的她……

孩子要不要留下来？对发扬夫妻来说，这是最揪心的问题。他们夜里讨论过许多回，没有结论。发扬把这件事也跟顺风公说了，顺风公迷迷糊糊中发出几个含混的音节，发扬还想再问，他却已经睡过去。苏罗氏到村里以及周边村子的各个寺庙去上香问签，有上上签，有下下签，众说不一。那天，小果平静地对父母亲说，爸，妈，像我这样，这世人不可能再嫁人了，就让我把孩子留下来，以后老了也有个伴。发扬心想，这也是啊，最重要的是人，只要有个人，女儿这辈子就可以过下去了。

好吧，留下来，不管怎么样他都是我们苏家的血脉。苏发扬说。

苏小果再度公开地出现在人们面前，这天正好是三月二十三妈祖诞辰日。

天妃宫大门口一早就响起锣鼓声。这在苏氏人家是一个大节日，家家户户杀鸡宰鸭打卤面，上午，族中所有女性都要到庙里“拜娘娘”，吃过午饭，族长和当年头家带领后生子把妈祖神像从庙里抬出来，由锣鼓队、旗幡队、龙队、狮队串成一个长阵，巡游三座土楼和苏氏地界，各家在灶间门口设香案，待妈祖神轿驾到，便焚香祭拜，燃放鞭炮。巡游出了土楼，过木桥沿着东溪畔往上走，穿行在各个窑坊之间，最后不顺路将妈祖神轿直接抬回庙里，而是抬轿的后生子猛地跳下东溪，在溪水里奋力往前冲，一直冲到庙前才上岸。苏氏族人把这叫作“妈祖出海”，建庙祭祀妈祖很多年以来，一直有巡游，并无“出海”这一过程，据说是顺风公的爷爷大茂公有一年抬轿巡游时突发奇想，说祖宗烧窑贩洋，千辛万苦，还要把性命绑在裤头上，幸有妈祖娘娘相助，逢凶化吉，今天大家就下水跑一跑，体验一把祖宗的艰辛。抬轿的都是血气方刚的后生子，就跳下了水，在水里狂奔，围观的人有的在岸上欢呼，有的也跳下东溪，掬水、舀水泼洒他们——这慢慢就演变成为一种仪式。妈祖神轿进庙后，神像回归原位，大家呼朋唤友各自回家，开始大吃大喝，天入黑了，天妃宫前又响起锣鼓声，布袋戏、竹马戏或四平戏就要上演了，这是族里人家感恩答谢请的戏，一般要连演几个晚上。

苏小果跟着母亲从三楼走下来，走到一楼廊道上，所有的眼光都被她吸引住了。刚刚遭逢大劫的妹子神态自若，上穿一件高领右衽大襟衣，下着一条洋布做的素雅的“洋印裙”，梳着长髻，光洁的额头似乎在闪闪发光。那些眼光里含着各种惊诧、好奇和同情，她落落大方地跟他们对视着，直看得他们先把眼光挪开了。小果的这副形象大大出乎人们的意料，大家在心底里感叹，这小女子真是不容易。

有几个比较亲的女眷迎上来，拉着小果的手，满脸是复杂的表情，嘴里“啧啧啧”的，不知说什么才好。小果笑笑地对她们说：“我很好。”大家这才醒悟过来，纷纷说：“这就好。”“这就好。”

苏小果手上提着一只装干果和水果的小竹篮，跟随在母亲身边，走出海威楼，往东溪畔的天妃宫走去。

天妃宫的锣鼓响得热烈，很多孩子跑着过去，有一些年轻妹子扶着家里的老奶奶，则是一步一步地往前走。很多老妪已经终年不出土楼一步，每年也就这一天出来露露面，拜拜妈祖。没有妈祖娘娘保佑，祖上哪能顺利出海，哪能做生意赚钱，哪能建得起土楼？所以，在一些老妪看来，拜妈祖是第一重要的事，甚至于超过拜祖宗，因为拜祖宗主要是男人的事。

苏小果搀着母亲的一只手，母女俩走得很慢，似乎是一种有意的亮相。她要让人们看到，她还活着，而且活得好好的。

“今天好闹热啊。”母亲说。

“妈，我本来以为再不能陪你拜妈祖了。”小果说。

“傻孩子，说什么？有妈祖保佑呢。”母亲说。

“是，妈祖保佑，我现在什么都不怕。”小果说。

“你还有我呢，还有你爸、你哥。”母亲说。

“是，所以，我就回来了。”小果说。

4

隆咚隆咚锵——隆咚隆咚锵——

天妃宫的夜晚上空响起了两阵锣鼓声，这是两棚布袋戏就要开场了。两座戏台前都挤满了人，有的坐在板凳上，有的站着，有本村人，也有外村人，黑压压几乎没有插脚的地方了。戏台上挂一条彩绣横眉，一个写着“福春班”，另一个写着“福兴班”，这两个都是闻名漳州府的布袋戏班，戏台两侧都挂着一条同样的布绣对联：一时间千秋故事，三尺地万里江山。这两棚戏分别是苏发扬、苏发展答谢神恩请来的。

后台锣鼓又起，戏幕徐徐拉开，这边演的是《陈三五娘》，那边演的是《吕蒙正破窑记》，都是大人耳熟能详的故事。小孩子一会儿就坐不住了，要么蹿到戏棚下看师傅怎么提着傀儡转来转去，要么跑到后台看那乱弹班是怎么奏乐的，这台戏看看，又跑到另一台，他们的乐趣就在这穿梭往返的跑动中。

苏维纳没有去看戏，他对布袋戏没有兴趣，要是人戏，四平戏或者歌仔什么的，他才喜欢。那扮相俊美、唱腔优雅的生旦，一招一式才叫好看，正如本地话所说的，好看看一出，胜过咸菜炖肉骨，然而这布袋戏，竹头刻的人，又这么小，他实在想不出有什么好看的。

虽然是苏氏的天妃宫做戏，但是来看的邹氏族人也不少。苏维纳就站在集庆楼通往天妃宫路口的树荫里，很多孩子和老人从他面前走过，他不让他们发现自己，而自己紧紧地盯着这流动的人群，希望从中发现邹红米的面孔。他知道她摔伤了，但不知道摔得多厉害，这么多天过去，他经常在集庆楼周边游荡，从没有看见过她，她也应该出来走走了。

戏开演一阵子，路上的行人渐渐少了，苏维纳从树荫里走出来，脚上一下一下地踢着路上的沙土。锣鼓声响得再激越，他心里也不会起一点波澜，他想的全是红米，大概五六年前，他有一次做梦，梦见跟红米在东溪畔的草地上抱着打滚，然后就梦遗了，这是他人生的第一次，从此他心里就烙上了红米。

苏维纳百无聊赖地在路口转了一阵子，突然冒出一个大胆的念头，何不趁今晚做戏，土楼进出的人多，混进集庆楼去找红米？说走就走，维纳便抬脚往集庆楼走去。

苏邹两姓虽说不大往来，但还不是敌人，苏维纳以前也到过几次集庆楼，这座四角楼，进门隔着天井是香火堂，他印象最深的就是香火堂横楣上挂一块大匾，上面写着“进士”两个大字。除了这块进士匾，集庆楼就没有哪一样比得上海晏楼。

走到集庆楼大门前，苏维纳把头低了下来，有人从右边甬道走来进了土楼，他慢下了脚步。洞开的大门像是一个猛兽的巨嘴。他想，你就把我吃了吧。他大步走进集庆楼，感觉熟门熟路，走进了一片新奇天地，暗淡的光线正好让人看不清他的面容，他从楼门厅左侧的楼梯走上了三楼。

邹红米住在哪一间？苏维纳沿着走马廊往前走，每个房间都是相似的，大多关着门，有的黑着，有的亮着灯。维纳心里一遍遍念着红米的名字，他希望有一个房间的门会突然打开，然后红米从里面走出来。

四角形的走马廊走了一回，奇迹并没有发生，苏维纳念的不是咒语，只是邹红米的名字。他又继续往前走，有一个房间里走出一个老人，他忙低下头，从她身边走过去，又走过了十几个房间，前面有个房间开着门，里面的灯光漏在了门口，有一个男子的说话声传了出来。

苏维纳轻手轻脚地走过去，只听见那个男子说的是客家话，又夹杂一点福佬话，听是能听懂，就是感觉到腔调怪怪的。那声音说：“……不肯啊，就是不肯，铺满一地银圆，也不肯，所以，那座楼只好绕过那块菜地，变成了五角形……”维纳不明白他在说什么事，也不打算关注，但是接着一个声音，让他的心差点蹦出胸口，这正是红米的声音：

“唉，人的度量怎么就这么小？”

苏维纳怔住了，这正是红米的卧室，怎么房间里有个男的？他悄悄摸近了墙根，把耳朵贴在窗户边的墙上。窗户紧闭，只有一道细缝，什么也看不到，只能听到声音。所有土楼的隔音都是不好的，这也正方便了维纳的偷听。

那男声说：“你什么时阵到我们那里去看看嘛……”

邹红米说：“我不去。”

到你们那去看什么？你是什么人？红米是对的，没那么好哄。苏维纳心里对那男子恨得牙痒痒，突然想起来，他应该就是来建余庆楼的那个小师傅，他可是真敢死啊，还想要哄骗红米。

那男声说："我们那边五月节、七月半、中秋都是很闹热的。"

邹红米说："我们这里也闹热。"

那男声说："我们那边牛肉做得好吃。"

邹红米说："我不吃牛肉，牛一辈子辛苦，老了还要被吃掉，我从不吃。"

那男声又说："那我到山涧里捉石蛙给你吃。"

邹红米说："我不吃，你走吧，我准备睡觉了……"

那男声又说："你一整天躺在床上，我陪你说话解解闷嘛，真是的，这又没怎么样……"

邹红米说："你快走，等会儿我爸或者我哥就来了……"

身影从房间里走了出来，苏维纳吓得大气不敢喘，赶紧把身子往墙上缩。那人嘴里哼哼着，从维纳身边走了过去，居然没发现这里躲着一个人。维纳心里暗暗感到侥幸，要是被发现了，免不了要打一架吧？打架他倒不怕，只是怕红米不高兴。

这时前面有人走过来了，是两个人边走边说话，苏维纳听出一个是邹红米的父亲，他想不能在墙根再躲下去了，连忙转过身子，往另一个方向走了。

苏维纳一直头低低的，下了楼梯，出了集庆楼，这才把头抬起来，朝着夜空呼了口气。天妃宫那边的布袋戏还在热烈地演着，锣鼓声在夜幕下传得很远。他回头往集庆楼望了望，四角形的土楼像一条停泊的大船，认不出红米在哪个房间，但是他想要是下回再让他进了集庆楼，他凭感觉就能找到红米的那间卧室。

走在回家的路上，苏维纳突然变了道，拐上另一条小路，向余庆楼方向走去。记得余庆楼开工那天，父亲带了一帮人来闹事，他也来了，但他是唯一那个袖手旁观的人。走到余庆楼前，维纳看到夜光下已立起半人高的一堵回形的墙基，他抬起脚踹了踹，根本踹不动一丝一毫，铺上三合土浆的墙基坚固无比，别说脚踹，用铁锹挖都很难撼动。然而此时，维纳心里就起了一种破坏的坏心，他恨不得把这堵墙基推倒，然后第二天主人发现后，认为师傅功夫不够，居然把墙砌倒了，立即把他们全赶走。

苏维纳绕着墙基走了一圈，发现有一段只垒上石块，尚未铺泥浆，伸手去搬那石头，一搬就起来了。他心里一阵兴奋，搬起一块石头砸在地上，又搬起一块，感觉这是砸在那个试图勾搭红米的小师傅身上，每砸一下，心里的快意就增加一分。不到一阵子，能搬动的石头都被他搬起来砸在地上了，原来完整的墙基缺了一个角，好像那个小师傅一排牙齿被打落了几颗，他心里充满了一种恶毒的快乐。

5

邹德永一看傻眼了，墙基怎么缺了一角，砌上的石头被胡乱砸在地上，他记得昨晚他是仔细巡查了一遍，最后一个离开余庆楼的，那时心里还美滋滋地想，墙基砌好了，等三合土泥浆几天后干固，就可以开始夯墙了。可是，到底是谁捣的乱？

江积荣听到邹德永的惊呼声，大步走上前几步，一看也呆住了，说：“这是怎么啦？昨天明明都砌好了，因为泥浆用完……”

邹德永弯腰从地上搬起一块石头放到缺角处，心想，这不会是小孩子搬的，可是，又是哪个大人像小孩子这样恶作剧？他实在想不出会有哪个苏家人会这样做，昨天是苏家过妈祖日，不少外乡人晚上来看戏，也许是哪个外乡人干的。

“这是怎么啦？我说，邹东家，这……”江积荣说。

“没事，可能……小事吧，砌起来就好。”邹德永支吾了一下，他并不想跟江师傅说太多。

墙基几下就重新砌好了，铺上新做的三合土泥浆，江师傅说，这下不怕有人搬得动了。邹德永没有接他的话头，倒是暗暗留了个心，连续两个晚上悄悄走过来巡查，没发现什么情况，还躲在暗处守候了一阵，同样没有发现异常。他心想，苏邹两姓没那么大的仇吧，虽说元宵又打了一架，确实不至于来推倒我的墙。他便想那一定是路过的外乡人偶然所为。

明天就要开始夯墙了，这叫作行墙，邹德永按照习俗，在香火堂上摆了三桌酒，请师傅、各房家长、长老、风水师和明天轮到行墙的族人一起吃动工酒。菜主要是苏邹德昌做的，还有一些是各家各户端来凑碗的，凑成一桌十二碗菜。德永端起米酒，先向江师傅敬一下，然后向大家敬道，欢喜啊，明天就要行墙啦，这余庆楼就要一天天往上长啦，来来来，感谢大家，喝了！

酒足饭饱之后，酒席散了，几个族里的妇女来帮忙收拾。德永和德昌这才得空闲下来，德昌说，我下午又收到一封家“批”，一忙都没空告诉你。德永想，又是他儿子不寄钱的事吧。德昌说，你猜猜看，是什么事？

“猜不出……”德永挠了挠头皮说。

“你想不到的……苏发扬的儿子苏维修坐王船漂到了鹿港，他要跟我大女儿完婚了。”德昌说。

德永惊讶得合不拢嘴，一时无法想明白这其间的关系，坐王船怎么到的鹿港？到了鹿港怎么就跟他女儿成婚？

“我今天下午收到‘批’，他们几天前完婚了……”德昌笑笑说，表情像是感叹又像是无奈。

“你是父亲呀，这算是先斩后奏了。”德永咂吧了一下嘴说。

“哎呀，你有所不知，我这个女儿让我很头痛的，在家都成老姑娘了，能嫁出去也省了我的心，她自己做主就好，我隔着海也不能替她做什么主张。”

“这边苏邹不联姻了，那边苏邹倒是又联起来了，有意思，你居然跟苏发扬变成了亲家，有意思啊。”

“唉，很多事不是我们这代人所能掌控的啊，随他们去了……”

“咦，这回你跟苏发扬是亲家了，这亲家可要有走才有亲啊……”德永的语气里带着戏谑的意思。

“唉，这有什么好走？又没正式什么仪式，算了，我不反对，不承认，也不走动，”德昌认真地说，沉默了一下，转换话题说，“我得回去一趟啊，我不回去，他们不会把钱给我寄来，德永兄，我盘计了一下，过完五月节我就回去一趟。”

“你要回去，我当然不能阻挡，只是，你所说的变卖家产什么的，我劝你还是慎之又慎。”

“德永兄弟，难道你不欢迎我返乡养老吗？”

“欢迎啊，这里是你的根，随时欢迎你回来。”

德昌认真地看着德永，伸出一根指头要跟他拉钩，德永似乎不大情愿地跟他拉了一下。德昌说：“有你这句话就好了。”

这时，从三楼传来一声女子的尖叫，德永和德昌一听就是红米，抬起头往楼上望去，这时又传来锦江的一声怒吼：“你向雷公借胆，看我揍死你！”接着是一个人摔在走马廊木板上的声音。德永知道出事了，连忙冲上楼梯。他冲到三楼，看到锦江正抡起拳头狠揍趴在地上的江庆南，江积荣也从那一头跑过来了，两个人一起拖开了锦江。

“怎么了？出了什么事？”邹德永连声问。

“你去问红米。”邹锦江没好声气地说。

邹德永听到房间里的红米低声啜泣了几声，停住了。

江积荣从地上扶起儿子，问：“要不要紧？”扭头责怪邹锦江说，“有什么事，用说的嘛，你下这么重的手？”

“我还恨我手轻了呢。”邹锦江说。

邹德永凶起脸对锦江说：“你给我闭嘴。他是我请来的师傅，你怎么能这样？”他心里立即也猜测到了，定是江庆南轻薄床上的红米，红米尖叫一声，然后锦江跑过来打人，说实在的，他心里也不喜欢江庆南的油嘴滑舌，几多个晚上在红米房间迟迟不走，他正好遇到，也对他动了脸色。不过，人家到底是请来的小师傅。他心里有点埋怨红米了，怎么把自己摔得起不了床？又怎么默许他天天进房间来？要是不让他来，不就没事了吗？

“没事吧？”邹德永走到江庆南面前问道，暗黑中也看不清他的样子，只见他甩了一下手，大步地往前走，江积荣在后面跟着追了上去。

有一些人被惊醒，打开房门，问道发生了什么事。邹德永说没什么事，赶紧睡觉吧。他走进红米的房间，走到床前，看到红米已经把整张脸埋进被子里，静静的一动也不动。

“你看你，现在不能做事，还给我惹事。”邹德永说。

邹红米气呼呼地掀开被子一角，说：“又不是我不想做事，是他欺负我，怎么变成我惹事？”

“好了好了，我知道，我知道，”邹德永用手止住红米说，“你是全土楼最勤力的妹子，是他欺负你，可是，你能不能给我小声点？你不尖叫锦江就不会来了……”

“他要把手伸进被子里，我忍不住就叫了，我哪知道……”邹红米委屈地辩解。

“好了好了，我知道，我知道，”邹德永说，“明天别让他进你房间。”

邹德永说完转身走开。红米把脸再次埋进被子里，哭声压抑不住地从胸腔里泻出来，用被子一角堵在了嘴里，内心的呜咽被堵成了一截一截。

第十九章

1

苏发扬提着一篮子牲礼走向老君庙，看到苏发志已经比他先到一步，在老君庙和番王庙的香台上都摆上了祭品，自己只准备了一份，本没打算祭拜番王爷，这烧的青瓦仅供邹德永，也不卖给番人，拜拜太上老君就行了。他退到后面，等到发志两边都拜好了，这才走上前。

苏发志把祭品收进篮子里，转头看到了发扬，说：“你也来了？发扬兄，我真是佩服你。”

“哎呀，我才佩服你呢，又有一窑青花了。”苏发扬说。

发志微微笑着，脸上是一种志得意满的自信，说：“祝我们都顺利。”

发扬点点头说：“一定顺利，一定顺利！”

火膛里的火熊熊燃烧，映红了发扬的脸，他不断地添柴。烟从出烟孔徐徐升起，飘荡在东溪畔。

偌大开阔的东溪畔升起了两股窑烟，升到空中汇合了，然后升到更远的天空，与蓝天白云融为一体。

大唐初年，苏氏先人开拓苏洋之际，东溪畔除了炊烟，也曾经飘起窑烟。那第一缕窑烟如曼舞的腰肢，在空中舒展着大唐风韵，历经宋、元而不绝如缕，到了大明正德、嘉靖、隆庆、万历年间，终于是满天弥漫，蔚为大观，《苏氏族谱》记载，“百千水碓，漫野窑烟”。一船船的青花、青瓷、米黄瓷从东溪启运到月港，再从月港贩往东西洋南洋各个番邦。那些年间是苏氏最鼎盛时期，苏氏先是“火中取财宝”，再从“海上聚真金”，然后“地上起大楼”，这一切都是拜土地所赐——那是何等显赫而荣耀的时光！

几百年过去，现在留给苏发扬的是深切的缅怀和不尽的遐想。他知道大势已去，个人无力回天，但是，他终于又开始烧窑生火了，至少，为东溪畔增添了一缕窑烟。

坐在窑门前的苏发扬，内心里是惶惑的，如果祖先在天之灵只看见两缕孤单的窑烟，他们会问漫野窑烟哪里去了，怎么变得这般萧条呢？他无法回答，只能默默地说，我在努力，我在努力。

苏发志不知何时走到发扬身边，悄无声息，一会儿看看窑炉，一会儿又看看发扬。发扬突然发现了他，连忙请他坐下。

“发扬兄，族里要是多几个像你这样的人就好了。”苏发志说。

苏发扬笑了一笑，说：“我也正想对你说这句话呢，族里正是少了你这样坚持的人。”

“他们说我执迷不悟呢。”苏发志摊了摊手，做了一个无奈的表情。

“让他们说去吧，他们爱说什么就说什么，你左耳听右耳出。”苏发扬说，“我想重振祖宗窑业，很多人也说我不自量力，明知不可为而为之，事情不去做，怎么知道做不成呢？我们当年祖宗就没这么多废话，只做不说，烧出了那么好看的瓷器，卖到了那么远的地方，想想祖宗，我辈真是汗颜啊。”

“发扬兄，我是不管别人怎么说了，别人说我更难听的话也有，我实在无所谓，”苏发志说，“我只认准我的路子，一条道走到黑，我就喜欢烧这个窑，每一回窑火烧起来，我感觉心中一团火也烧起来了，我是一个活人，一个富足人，窑烧好了，进窑打开匣钵，看到烧出来的东西都是完好无缺，那种内心的狂喜，你或许能够体会，感觉所有的磨难都不在话下了，都有了回报了。”

“嗯，所以说，你是我最佩服的人，我相信，苏氏祖业慢慢会恢复的，我很期望早一天重振雄风。”

“但愿吧。年内我还准备运一船青花到厦门。”苏发志起身挥了一下手，走回他自己的窑炉。

看着苏发志的背影，苏发扬觉得有的族人很可笑，单凭长相就说人家是“脱子种”，其实“脱子种”怎么啦？发志做事多么认真、执着，在族里无人能及，想当年，祖先们也正是凭着这股精气神，才干出一番大事，如今族人沉沦，不以为耻，反以为荣，竟然还嘲笑发志。人在做，祖宗在看，苏氏这一代人幸亏还是有了发志这样的人。他心里想，要把发志引为同道，一起为这一代人争口气。

火膛里的火烧了一天一夜，慢慢熄灭。苏发扬又带了杀好的鸡鸭到老君庙拜了拜，然后回到海威楼。这窑炉要让它冷却一天之后才能打开，他想，那些瓦坯经过大火的焚烧，应该变成了结实的青瓦。

苏发扬在楼门厅遇到了素月。此时的素月仙已非常人，发扬好长时间没看见她了，听说她远近闻名，常常有外乡人上门来请她问卦、扶乩、观落阴，不知何时她手上端了一根旱烟袋，一口一口地吸着烟，吐出一只只烟圈。以前人们看她多是鄙夷，现在眼里都流露出一种敬畏。

“扬的，你好勤力。”素月仙眼睛看着烟锅，吐了一口烟。

“做人总要做嘛，你也是，听说最近做得很好。”苏发扬说。

素月仙“嗯”了一声，说：“你那窑青瓦不行。”

苏发扬怔了一下，说：“你说什么？”

素月仙说：“都裂开了，不能用。”

“你乱说。”苏发扬心里不悦，拔尖了声音说。

“我从不乱说。”素月仙连吸了几口烟说。

苏发扬大步走过了楼门厅，把装着鸡鸭的篮子搁在灶间的饭桌上，出了灶间就往楼上走去，来到顺风公的房间。

“顺风公，我烧了一窑的青瓦，明天就可以开窑了。”苏发扬走到床前，兴奋地向顺风公报告。

“喀，喀，好，好……”顺风公一边沉浸在无边无际的遐想中，一边轻轻地说。

“说来惭愧，烧的只是青瓦，土楼盖顶用的，但这毕竟是第一步，我们家窑炉荒了这么多年，能够重新点火，多不容易啊，东溪畔总算有了两股窑烟，”苏发扬说，“顺风公，这回烧青瓦，下回就烧青花，我要去找师傅，我发誓，一定要让窑烟永不断绝。”

“好，好，喀，喀……”顺风公说。

第二天，窑门打开，烟尘扑鼻而来，空气中弥漫着一股烟火气，苏发扬抢先一步走进窑室里，只见一摞摞青瓦，从中间裂开了一道缝，整个人立即傻住了。

2

一阵爆竹响过，贴着红纸的新做的墙槌版，被邹德永和江积荣一起抬上墙头。墙槌版也就是墙模，用老硬杉木做成，长约二米，高将近半米，版的内空就是夯筑的土墙厚度，一端是开放的，可以根据版头活榫来调节，另一端版头横封和版身以榫连接，可以灵活拆卸，任意变大变小版的内空。在夯墙时，按墙体厚度确定置版尺寸。夯完一版，随即卸开进行另一版的夯筑。

这是行墙第一版，邹德永和江师傅亲自出马。人们挑来熟土倒进版里，他们一人握着一根夯杵，便开始往下夯。木杵一头大一头小，先用小头夯实，再用大头夯平。嘭，嘭，嘭，木杵夯击熟土的声音，结实有力，德永感觉木杵在往上跳一样，他要用蛮力把它往下压。

江师傅双手握住木杵一起一落地夯着土，就显得举重若轻，他告诉邹德永，不必用力过猛，均匀用力就行了。德永知道自己心里太兴奋，太冲动，恨不得把全身力气全部使出来，几下就夯出一版坚固无比的墙。

"饭要一口一口地吃，墙也要一下一下地夯，道理是一样的。"江师傅说。

邹德永深呼吸几口，放松了心情，夯打的节奏就跟上了江师傅。两根夯杵一起一落，一重一轻，形成明快、洪亮的二重奏。第一夯层夯实了，又倒进熟土，再夯第二层，一般说来，一版墙至少要夯四层以上，中间要加入小片石、竹片和杉木枝，把它们当作墙筋跟熟土一起夯紧，这在俗话里叫作墙梆。

第一版墙夯好了，邹德永跳到地上，一边喘气一边用欣赏的眼光看着这一版刚刚夯好的墙，像是看着新生儿一样，当年儿子出生，他都没这么热切、这么欣喜地注视过。

"德永兄，你手力干劲还很大啊。"江积荣说。

"老了，一年不如一年了。"邹德永说。

江庆南卸下了墙槌版，用铁锤轻轻敲了两下圆木横担，从大头这端抽出一根横担，另一根留着再用，因为敞开的版尾正好夹住上一版。每一版的连接都是套接，下一版的墙槌版要套住已经夯好的上一版。江积荣固定住版位，打下木卡，牵起绳线确定墙体厚度，他发现墙体稍厚，便用泥铲铲去了一点，抡起大板，在墙面上拍打着。这叫拍大板，要把墙拍打得更加坚固。接着补墙，把横担抽出的洞用细嫩的补墙泥补上。他的眼光在两面墙巡视了一遍，发现墙上有几处小缝隙，让江庆南洒上水湿润了一下，抹上补墙泥，先用小板拍打几下，最后又用大板拍过一遍。

“这第一版墙——”江积荣比了一个大拇指，“开头就要开个好头，不然后面补救就麻烦了。”

邹德永连连点头。

第二版墙也开始夯了，三房的两个后生子孔武有力，夯杵在他们手里起起落落，夯声如鼓。

日落时分，行墙一周。邹德永望着方方正正一圈的土墙，心里想这不是做梦吧？不是，这是人们一下一下夯出来的。土楼从土地里长出来，靠的还是人的力量啊。他看了看手心里的老茧，把一块死皮扯了下来，用力过大，竟扯出了几滴血。

江积荣和邹德永落在收工的人群后面，今天是行墙第一天，刚开始速度总是比较快，随着墙体高度上升，速度就会减慢。德永看着在暮色里闪着幽光的土墙，依依不舍似的，几步一回头。

快走到集庆楼时，江积荣故意慢下脚步，对邹德永说：“刚才行墙，我也不宜跟你说私事，德永兄，你也看到了，庆南对你家红米还是很有情意的，但是，没个名分，就不免被误解……”

“昨晚的事，对不住，不过，庆南晚上一直待在妹子房间，这也不好。”邹德永说。

“是呀，所以要尽快……这个，我们做儿女亲家吧，你看怎么样？”江积荣说。

邹德永一时不知怎么回答。这是一个太难的问题了，对方也问得太直接了。他支支吾吾，说：“这、这以后再说吧……”

“你就给个准信嘛。”

“这年轻人的事……”

“还不是要听父母的吗？你说行就行，说不行就不行。”

“我、我能这么霸道吗？唉，我问问女儿再说吧。”

“邹族长，看你平时做事干脆利落的，这下子怎变得这样呢？”

“再说吧，江师傅，再说好吗？”

江积荣沉下脸来，脸色一下变得黑黑的，甩着手大步往前走去。

3

为什么一窑的青瓦都烧裂了？

这个残酷的现实令苏发扬目瞪口呆，为什么会这样呢？他想得脑壳都要裂了，为什么？为什么？

连青瓦都烧裂了，还想烧什么青花啊？他的心犹如一把利刃穿过，鲜血如注。这个太出乎他的意料了。一窑的青瓦烧裂一些是正常的，整窑都烧裂了，几乎是闻所未闻。他感到一种莫大的耻辱，难道自己的烧窑水平如此不堪吗？他耳边立即响起了一片嘲笑声。

苏发扬决定隐瞒这个消息。但是一夜之间，苏氏族人还是全都传遍了。他心里恨恨地骂着自己。有人上门来宽慰发扬说，敢是火力没掌控好？貌似探询原因，实际上像是在他的伤口上撒盐。烧窑关键在于火力，连这个都不能掌控好，那还烧什么窑呢？青瓦都烧不好了，还烧什么青花！别人的宽慰，在发扬看来，全都是一种讥讽，他感觉自己的内心快要崩溃了。这个打击从某方面来说，比小果被土匪掳走更甚。发扬在顺风公面前说了几句，便泪流满面。

“‘活祖宗’，你说，怎么会这样呢？整窑的青瓦全都裂了，我决心重振祖宗窑业，可是第一窑就全都烧裂了，那些人在后面不知怎么笑话我，这是祖先的惩戒，还是上天的安排？为什么会这样，这是要考验我吗？这是要磨炼我吗？”

顺风公睡着了，发出时高时低的鼾声。

苏发扬觉得自己本来是心高气傲的人，这下心里的优越感消失殆尽了。他回想起这大半年来的际遇，维修不服教示偷跑——虽然现在知道了下落，他却一直没好意思声张；小果被土匪掳走——虽然现在人回来了，但是被夫家退婚了。这些都是让他忧心如焚的事情，现在整窑青瓦烧裂，似乎把他内心里仅有的一点自信也全部摧毁了。

他端着旱烟袋不停地吸烟，一夜之间牙龈就肿胀起来，像是嘴里含着一块石头一样。苏罗氏给他熬了一碗草药汤，他端起来喝完了，不知怎么，手抖了一下，碗掉在地上摔破了。看着地上的碎片，他又想起烧裂的青瓦，心头越发地沉重。

二弟发则来到发扬的房间，发扬甚至都懒得抬起眼睛看他一眼。发则说：“我刚才在楼门厅听到素月说，你烧窑那天，她经过了你的窑炉，所以让你整窑青瓦都烧裂了。”

苏发扬猛地站起身。烧窑确有很多习俗，忌讳女人在场，特别是那些丧偶、被指命不好的妇女严禁经过窑炉，开窑时也不能让妇女甚至家有产妇的男人在场，以防窑器烧裂或者变形。发扬回想了几遍，那几天未曾看过素月的身影出现在东溪畔，一般说来，族里的女人知道有人在烧窑，都会自觉回避的。素月现在是素月仙了，所谓神通广大，她是故意经过窑炉的吗？她到底有没有经过窑炉？开窑前她就说过青瓦不行，未卜先知还是故意经过？

“你也不用懊恼了，女人走过，这窑肯定烧不成。”发则对发扬说。

苏发扬心里叹了一声，如果真是素月经过导致青瓦破裂，这倒是让他心里有一些宽慰。

下午苏发扬从海威楼走到扶风堂，路上不时有人跟他打招呼、说话，不免也说到了整窑青瓦烧裂的事，这回人们都换了一副口气，声讨了那个不该经过窑炉的素月，发扬嘴上嗯嗯嗯应着，心想，素月到底有没有经过啊？那肯定是有的，不然，整窑青瓦怎么会烧裂呢？就是呀，这个丧偶无后、新近当了神婆的素月！

“我说呢，发扬怎么会把整窑青瓦烧裂了？原来是素月作祟。”

这话苏发扬听了心里就舒服。到了晚上，发扬已经在心里正式确定，整窑青瓦烧裂正是因为素月走过了窑炉，那么，这是一次意外，他要立即着手准备重新做坯，重新烧制。

十几天后，苏发扬带领三个儿子又烧出了一窑青瓦，这回没有一片瓦破裂，全都好好的，他欣喜若狂，假装很平静，低着头走出了窑室，走到窑炉后面像是哽咽似的喘着粗气，用手不停地抹着眼泪。他不想在儿子面前失态，一个人往东溪走去，心里想，我能行的，谁说我不行了？我一定能行，烧青瓦，烧青花，重振祖宗窑业。

晚上回到海威楼，苏发扬刚刚走进楼门厅，槌子上就站起一个人，正是素月，淡淡地对发扬说：“这一回成了吧，没有任何裂痕？”

苏发扬愣了一下，点点头。

“其实上一回，我根本没经过你的窑炉，是我故意说的。”素月说。

苏发扬并不惊讶，心头热乎乎的，他随即全都明白了，那原来是素月在帮他。要不是素月担起了“罪责”，他根本就无法重拾信心。他从内心里发出一种感激，说：“谢谢你。”

“我早预感烧不成，你不相信。看你也很不容易的，我能帮你一点算一点吧。”素月说。

苏发扬从素月平静的脸上感受到一种说不出的魔力，这是一个不平常的女人，这不是一个平常的女人，他不敢看她的眼睛，慌忙把自己的眼光移开，声音也突然变得哆嗦了，说：“你、太好了，谢谢……”

4

邹红米觉得不能再躺下去了，真要躺一百天，那非躺出蛆来不可。她试着用两只手扶着墙，慢慢走下床，身子直挺挺地向前移动几步。腰部那边并没有异样的感觉，再走几步，仍旧好好的，只不过觉得腰肢僵硬了一些，而这全是自己绷紧了全身神经的缘故。她尽力地让自己放松，再放松，然后向前迈出几步，她心里明白，自己可以下楼了，可以做事情了。躺在床上的这些天，简直不堪回首，她勤劳惯了的双手几乎要长出苔藓来了。

当邹红米扶着墙走到一楼灶间时，正在烧火的苏邹德昌惊讶地从灶洞前站起身，说：“我的姑奶奶，你就自己走下来了？这伤筋动骨一百天，今天才六十几天吧。”

“我不管是几天，反正我能走了。”邹红米说，“我不想再躺了。”

德昌走到红米面前上下打量她一下，说：“你呀，让你好命一下，你也不知享受。”

“什么享受，完全是受罪。”红米尖着声音说，“德昌叔，我至少可以给你打下手。”

“这当然好啦，有人跟我说话，我也不闷。”德昌说，“到底是年轻人，不用一百天。”

“古话说一百天又不一定非要一百天，六十天不行吗？一百二十天不行吗？”

“呵呵，你说行就行。”

邹德永和江师傅父子一起收工回来，看到红米在灶间忙活，他并不惊讶，似乎红米本该就在这里忙活。倒是江庆南瞪大了眼睛，压低声音对红米说：“你不是还没……还要躺三十几天呢……”

“我干吗要躺那么多天？”邹红米没好声气地说。

到底还没有完全恢复，红米行走还不是非常自如，她自己也比较小心。这身体一出问题，不能替家里做事不说，难受的还是自己。小心谨慎地忙碌一天下来，都没什么差错，她暗自高兴。

晚饭后，江庆南照例像往常一样来到红米房间，红米正坐在床头逗着小敬玩，看也没看他一眼，他也习惯了，问：“红米，你真的好了？”

“好了。”红米爱理不理地说。

“好了。”小敬模仿着也说了一声。

“好了就好，我是担心你没好，你就起来做事，忙这忙那，要是再次……”

“怎么？你咒我？”

“不是不是，我没有，我只是担心你。”

“不用你担心。”红米说。

“不用——你——”小敬又模仿着说。

江庆南悻悻地退了出去。他心里觉得奇怪，这妹子的心思太难懂了，他总感觉她对自己还很有那么一点意思，特别是那回试了一下，两天没去见她，他觉得她心里真的对自己有意思，可是一转眼，她又变脸了。唉，这妹子的心，就像天上的风云，变幻莫测，捉摸不透。他一边走下楼，一边在心里唱着一支哀怨的山歌：和妹交情像上山，气又紧来脚又酸，阿妹好比月中桂，眼看容易攀就难……

走出集庆楼，江庆南抬头望了望天上的月，半轮月显得孤傲，他抬脚踢起地上一粒石子，“噗”的一声，石子飞落到前面的沟渠水里，他心里像是打出了一道涟漪，弯腰捡起一粒石子，用力地往前面黑乎乎的田地里扔去。没有回声，石子不知落在哪里。

江庆南踢踢踏踏地往前走。他来了好久才知道这个苏洋村有两个姓，苏氏住上坂，邹姓住下坂，上下坂大致以一座石头垒成的小桥为界，苏姓比较有钱，他们有三座圆土楼，他也听说了苏姓有个叫维纳的，一直想追红米，据说红米摔伤，就是被他吓的——不过就此事而言，他心里似乎应该感谢那个维纳，要是红米不摔伤，他哪有机会天天晚上泡在红米房间里呢？走到了小石桥上，江庆南突然想，要不要到那苏氏的上坂地界走走，或许可以看到那个维纳长什么样。他抬脚便往上坂地界走去。

凉爽的微风，从沟渠水面上掠过，吹过哗哗作响的榕树、樟树、龙眼树，江庆南感觉到身上微微发热。前面就是一座影影绰绰的圆土楼，他老家住的也是圆土楼，他知道土楼的夜晚是很喧闹的，所有人都闲了下来，但所有人又都各自忙碌着，特别是年轻人，在这不冷不热的时节，土楼里怎么待得住？总要相约到溪里捉鱼、到林子里抓鸟，当然，最美的事情是约个妹子，到草垛下、到祖堂庙宇后面说说话……走过公王庙时，江庆南忽然感到内急，便绕到了庙后。

庙后有几棵树，一条排水沟横贯而过，江庆南站定，急急地掏出家伙，一道水柱滋地射在干涸的排水沟底。这急急如律令的排泄好不畅快，全身心放松的庆南没料到背后有人踹了他一脚，他“哎呀”叫唤一声，便往沟底里扑去。

江积荣和儿子住在二楼一间禾仓，一人一张窄床，丁字形摆着。

江师傅一般吃完饭，打一桶水洗一洗，就上床睡觉了，有时不知睡了多久，起床撒尿，发现儿子还没回来，其实时间还很早，只是自己睡得太早了。这天晚上，他起床走到屋外走马廊上撒完尿，回来看到儿子的床铺还是空的，也不大以为意，倒头又睡，半夜里他又醒了一次，看到对面床铺上没有人，心生疑惑，这大半夜的，庆南跑哪里去了？他再也睡不着了，起身走到一楼，走到香火堂和楼门厅看了看，大门关得紧紧的，整座土楼沉浸在后半夜正酣的睡梦中。这小子能跑哪里去呢？敢是留宿红米房间……脑子一闪过念头，他就知道乱想了，绝无可能，红米是刚烈的妹子，摸下脸都不可能……那他能跑哪里去呢？

天刚蒙蒙亮，后半夜再没睡意的江积荣下到一楼邹德永家灶间，倒了一碗热水喝，听到有人在拍打土楼的大门，还喊着什么话，便小跑着过去，把门闩搬下来，吱——扭，才拉开大门一缝，就听到门口一个声音说："来给你们建土楼的那个小师傅，躺在公王庙后面沟里。"

江积荣惊叫一声，整个人差点栽倒在石阶上。

第二十章

1

江庆南没有死，额头磕到排水沟底的一块石头，流了一点血，严重的是这一摔把他摔得失去了记忆，变成了一个呆傻人。博平圩的郎中被请来出诊，看了直摇头。一个好好人摔成呆傻人，这比死还可怕。

“我俩儿子，不瞒你说，老大是瘸脚兼哑巴，就这老二是正常人，现在变成这样了……我、我造的什么孽啊……”江积荣在邹德永一干人面前老泪纵横，放声大哭。

听着江师傅苍凉、凄惨的哭声，邹德永一时六神无主，不知该安慰他呢，还是陪他一起哭。那浑厚、衰老的哭声哭得他也想哭。如果哭能把呆傻人变回正常人，他一定第一个哭，发动所有邹姓人一起哭。他想不明白的是，江庆南怎么夜里独自走到上坂苏氏的地界？他一个人在公王庙后面要干什么？是他自己摔了一跤跌倒在沟底还是跟人打斗摔倒？

这些问题，躺在床上傻愣愣的江庆南已经不会回答，他甚至听不懂了父亲的哭声，眼珠子木木地间或一轮，涎水流到嘴角，任它往下流。

很显然，江积荣无法继续在余庆楼当师傅了。一座土楼建造到中途时节更换师傅是最忌讳的事情之一。邹德永经过痛苦的考虑，告诉江积荣说：“出了这种事，实在是意外……你先带孩子回家，我派几个人相帮，把孩子抬回去，江师傅，这前面的工钱我先付给你……”

江积荣好不容易止住哭泣，说：“我赚再多的钱有什么用？有卵用啊……”

没人回答他，只是有人帮他抓住捶胸的手。

邹德永的心头特别沉重，这江师傅一回去，余庆楼是停工，还是自己接着建？他一方面让人准备好担架，一方面把记工的册簿拿来给江积荣，被他一手推开了。

“再多的钱有卵用，能还我儿子吗？”江积荣哽咽着说。

“江师傅，我多给你两块银圆，算作一点心意吧，希望庆南能早日治好。”邹德永说。

“这能治好吗？”江积荣抬起眼睛扫了德永一眼，“谁害的我家庆南？我要找出来人，跟他拼了！”

“这……”邹德永一时不知说什么。

“我家庆南就这么讨嫌？谁背后下这么毒手？”

“江师傅，这个没人讨嫌庆南呀，没人会害他的，你话不能这么说……”

“没人害他？那他好好的怎么会变成这样？”

邹德永突然觉得江师傅满脸扭歪了，是一种不讲道理的面孔，他只能缓缓地说：“这可能就是个意外吧，他自己不小心摔倒。”

“我怀疑是苏姓人干的……”

“哎，这话可不能乱说，万一人家听到……”

“我还怕他听到不成？你说跟苏姓人无关，那怎么会摔在苏姓的公王庙后面？一早还是苏姓人来叫门？”

“人家来叫你，这是好心……”

“好心？我就怀疑是苏姓人干的，他们大家族，我们也是大家族，我们还习武呢，要打要闹都不怕，我这就回去搬救兵，找苏家讨个说法。”

“这、这没凭没据……”

“邹德永，我帮你建土楼，人被害成这样，你不帮我说话也罢，你还帮对方说话！”

“我、我也不是帮对方说话，我是说，你不能说是苏姓人害的……”

“不是苏姓人，那是谁？谁？邹姓人吗？”

邹德永恨恨地转过身，不想跟他说话了，他的心情可以理解，可是也不能乱咬人嘛。德永心里暗自庆幸，庆南是摔在苏氏地界，要是摔在集庆楼或者邹氏地界，那江积荣不知会怎么说了。

“唉，歹地理啊，害我儿子……”江积荣又嚷嚷起来了。

这下邹德永无法忍受了，他沉下脸正色地对江积荣说：“江师傅，你这么说，就伤了和气了，怎么歹地理？苏洋是苏邹两姓福地，你儿子摔倒是他个人的事，跟我们地理何干？”

“我赚再多的钱有什么用啊……”江积荣没敢接德永的话，又放出了哭声。

苏邹德昌过来把邹德永拉开了，德永走到天井里，看到担架准备好了，就叫四个后生子轮流抬担架、背包袱，把江师傅父子送回老家。德永说，你们送到位就返回，对方说什么，你们都不要应话，当作是哑巴好了。

总算把江师傅父子送走了，邹德永召集各房家长、长老在香火堂议事，他一声叹息，说：“脑壳淋到鸟屎了，你说，好好的出了这种事？”

大家纷纷说，这要怪他自己，都是大人了，这么不小心，有什么法度？

“人摔成那样，确实也是可怜，我跟各房思量了一下，把此前工钱跟他结了，还多给他两元，表示一点心意。”邹德永说，“接下来，最大的问题是余庆楼怎么办？他人摔伤，我们楼受牵连。大家都看到，江师傅那么难听的话都说出来了，他还会不会接着来当师傅？说不准，即使来，也得是好长一段时间之后了，余庆楼就这么停工下来等他吗？”

大家都知道土楼夯建中途换师傅，是没有人愿意接手的，于是，大家的意见立即分成两派，一派认为，只好等江师傅回来了，有什么办法呢？另一派认为，干脆自己建了，夯墙又不难，难的一些工序，像是上梁、钉板等等，自己有几个“土师傅”，试一试也能行，孩子生得出，剪脐带也是学得会的。

七嘴八舌的声音，邹德永听了个大概，他心底也是有了主意。清了清嗓子说：“我看等不得，这江师傅满腹怨气回去，他愿不愿意回来，我心里没底，说实在的，他回来，换了一种心境，我还担心他……我的意思是，我们自己建，现在夯到快一层了，马上要上棚枕，大家加把劲，只要有信心，一定是可以的。”

“那就自己建好了，等江师傅要等到猴年马月，再说自己建，也能省一笔工钱。”二房家长德明大着嗓门说。

几个主张要等师傅的人嘀咕着，也不大声说话了。邹德永心想，死了张屠夫，不吃生毛猪，他大手一挥，说：“那就这样吧，这一上午玩完了，大家回去食午，下午继续行墙。”

2

又烧出了一窑青瓦，基本上都是好好的。苏发扬大喜过望，心里欢欣鼓舞的，这大半年来一直密布在心头的阴霾，几乎一扫而光。邹家预订的两窑青瓦烧好了，接下来就可以烧青花、青瓷、米黄瓷——当然，这没那么容易，但是，发扬有信心，他找发志探讨了几多次，现在外面的师傅，景德镇的也好，德化的也好，完全请不到，族里有几个制瓷高手，一个比一个老，老得手脚不便，说话漏风，听都听不清楚。发扬想来想去，还是决定聘请发志当师傅。

“我不行，我也没得闲，你看我这一窑都还在制坯。”苏发志直摆手说。

“你有空就过来给我们指点指点嘛。”苏发扬恳切地请求。

“发扬兄过谦了，虽说多年不烧窑，你童子功还是在的。”

“唉，感觉武功全废了，一切要从头开始。我担心到了下一代，或者再下一代，全苏姓人找不出一个会烧窑的，那真是愧对祖先啊。”

“这也是没办法的事情，所谓盛极必衰，风水轮流转。”

“话虽这样说，但是祖业若是在我们这代人断绝，我们是有罪的。”

苏发志听得怔怔的，许久说不出话来。他的尖鼻梁一下一下往下点着，像是在忏悔一样。苏发扬突然觉得发志长相不似祖宗，却是最坚定的祖业传人，这真是太难得了。他站起身，拍了拍发志的肩膀说：“发志兄，你一定要帮我，现在族里就剩下你了，你来帮我，我们一起添柴加火，把祖宗传下来的窑烧得旺旺的。”

“帮你肯定帮的，你身为族长，带头振兴祖业，我很感动，这么多年来，我一直在烧窑，多少族人讥笑我啊，现在好了，我有伴了！”

“让他们去笑好了，有一天他们会后悔的。”

苏发扬告别了发志，一路往下坂余庆楼走去。他要找邹德永，告诉他青瓦烧好的事。发扬远远看到余庆楼已经夯起了一层，看样子邹家人还是很拼的。走近了大门前，地上洒着许多爆竹的红纸碎屑，他心里估摸是今天上棚枕，走到大门口抬头往上一看，墙上已经架上好多根木梁，中间一根粗硕的老杉木上还贴着红纸写的四个字“献架大吉”。

邹德永看见来人，从墙下大步走过来，向苏发扬作揖说：“苏族长，贵客啊，晚上来食棚枕酒。”

苏发扬回礼说：“恭喜，恭喜，上梁大吉大利。德永兄，余庆楼指日可待。”

“是呀，希望，但愿，承蒙你的支持。”

“今天没别的事，正好路过，给你道个喜，另外告诉你，你预订的两窑青瓦，我已经烧好了，请你哪一天方便来窑坊验收。”

“好好好，多谢发扬兄，实在感谢。”邹德永又作揖说，心里却是暗想，按行情，人家把青瓦烧好，验收后就要付款了，可是，前几天刚给江师傅付了工钱，另外给了慰问金，这本来是年底付的，这会儿先付出，他的账簿上就没剩几文钱了，按说请人烧青瓦前要付订金，发扬没有收，这会儿再短欠人家，实在就说不过去了，可是——

“大家都是亲戚，理当相互支持。我先走了。”苏发扬说。

“晚上来食棚枕酒，一定要来啊。”邹德永说。

“多谢多谢。”苏发扬说。

邹德永中午回到家里吃饭，看到桌上有三菜一汤，立即沉下脸对苏邹德昌说：“师傅走了，不用这么多菜，都是自己人，这要吃掉多少根桁子？”

“今天不是上木梁上棚枕吗？”德昌说。

“喝酒是晚上，中午就简单一点，没有师傅了，以后一菜一汤就行了。”德永说。

晚上棚枕酒宴开了两桌，早上用于祭拜的鸡鸭一半炖了虎尾轮、金线莲做汤，另一半揉盐做成盐鸡盐水鸭，另外煎了两条鱼，炒了木耳、青菜等几盘菜。邹德永端了一碗米酒向大家敬酒道：“大家辛苦了，今天我们上棚枕，没有了江师傅，照样安放得很好。来，我敬大家，接下来夯到第二层，更辛苦了，大家继续吃苦！”

邹德永仰起头一饮而尽，大家也纷纷喝掉碗里的酒，然后开始吃菜。香火堂上响起一片欢快的咀嚼声。

没有江师傅，也能把棚枕上得好好的，这令邹德永心里特别高兴，但是没钱支付青瓦款，他又变得沉重了，所以，胃口也不好，他只吃了一会儿，就悄悄退席来到灶间。德昌正在灶洞前添柴吹火，德永说：“你上桌去吃，这边我来。”

“放心，饿不着伙头军。”德昌说。

邹德永搓着手在灶间踱了两圈，他忘记了到灶间做什么，其实也没想做什么，就是内心的苦闷无法排遣，大家兴高采烈喝酒的场面愈发刺激他，那青瓦的钱怎么办呢？当然，跟苏发扬说拖欠一段，相信对方也是同意的，可是，他实在说不出口。

“德永兄弟，有件事跟你思量一下。”德昌站起身说。

“嗯，你说吧。”德永说。

“我原本计划过完五月节回台湾，现在江师傅走了，红米也能干活了，我想提前回台湾。”

“好呀，可以，你准备什么时阵走？”

“可是，可是我得向你借路费……”

德永一听，脑子里嗡的一声，面露难色，说：“好吧，我想想办法……”

晚上睡下，邹德永翻来覆去怎么也睡不着，他想不起家里有什么值钱的东西可以变卖，想了半天，这才想起妻子死时留下的一对玉镯，说是两个未娶的儿子娶媳妇时要给媳妇的。儿子娶媳妇还不知是何年何月的事，先把它们当了，可是，这点钱还是不够的——可以向谁再借一点呢？族里人没有谁手上宽裕的，只能找苏姓人了——可是，怎么能向苏姓人借钱呢？他脑子里突然闪过一个人，要借钱恐怕只有找她了，听说她最近赚了好多钱……

3

邹红米太能干了，做一家人三餐、带小敬、养鸡鸭猪、抹灶台擦桌椅，一个人就干得好好的，负责炊事的苏邹德昌根本就插不上手，他到余庆楼看了看，也帮不上什么忙，就一个人沿着穿过村子的溪流往前走去。背着手无所事事地走在溪边，听着铮铮淙淙的溪流声，德昌心头的郁闷似乎被流水带走了一些。他突然想，这水是可以流到台湾的，经由多条溪流流进九龙江，流进大海，从西流向东，就流到了台湾。要是自己能变成一滴水就好了，也可以从土楼流进大海，然后流到台湾，最后再从台湾流经海峡，再流回土楼。可是，他是一个人，只能搭船往返于土楼和台湾。搭船需要钱——那天他已经看到了德永的窘态，后来也就不敢再提起了，心里只是恨，恨台湾那个番子婆，恨儿子——总是拖着不给他寄钱，他只能亲自跑回去一趟了。

不知不觉之中，苏邹德昌走到天妃宫前面。他先前来这里拜过，妈祖是海神，这是一定要拜的。既然又来了，德昌就走进宫里，在妈祖像前双手合十拜了拜。

从天妃宫出来，苏邹德昌走上后面的小山坡，往下望着奔流不息的东溪，此时水面上没有船，流水汩汩，船声帆影在哪里呢？在他眼里，突然出现一条大帆船，像一条大鱼在水面上游弋，他愣愣有些看呆了。

“你在看啥货？”背后传出一个女人的问话。

苏邹德昌转过头来一看，再定睛一看，原来是素月。他听德永说过他们的事，也见过她几次，面貌、神情变化如此之大，令人惊诧。记得上一回见到她时，她还是一个满面愁容、憔悴不堪的女人，现在则显得雍容清淡、气傲超然，当然他也听说了她最近的事——苏洋村甚至博平圩谁人不知呢？德昌心里暗自感慨，或许这就是神谕，老话说的，天公惜疯囝。他眨了一下眼，说："我看东溪，有一条船……"

"这东溪上，曾经有许多条船，桅帆船影，绵绵不尽，它们运送着东溪窑的瓷器，从深山运出大海，运到各个番邦。"素月说。

"嗯，嗯，我听说过。"

"那些连绵不尽的帆影和此起彼伏的桨声，现在都被流水带走了……"素月说，用着一种非常人的词句。

"嗯……"

"你只有问流水，流水才会以奔流到海不复回的声音回答你。"素月又说。

苏邹德昌心里暗暗吃惊，素月说话这么深奥，果真是仙啊，他用一种崇敬的目光看着她。

素月坦然地迎接对方的目光，她知道这是一个台湾客，眉眼之间显得比所有苏洋男人（不论姓苏姓邹）都率真，有几分孩子式的本色，她直看得他把眼光挪开了。她哈哈大笑起来。

苏邹德昌一时显得有些尴尬，心想，这个素月仙，果真不是原来那个人了！当年她跟德永相好的时阵，不知是什么样子？肯定也不会是今天这种样子，这是她几十年奇异命运修来的啊。

"你不是要回台湾了吗？"素月问。

"是，我想回去，可是囊中羞涩……"苏邹德昌说。

"一文钱难倒英雄汉。"

"我不是英雄汉，再说这差的也不止一文钱，从土楼到台湾，可是不远的路途。"

“多远？从这儿到那儿，从西到东，我闭上眼睛，一阵子就飞到了……”

“你是仙啊，我是人，我得先在东溪坐船到九龙江，或者从土楼走路过天岭到山城再坐船，然后到厦门，再到澎湖，最后才到台湾。”

素月缓缓走到苏邹德昌面前，比了一个手势说：“我给你‘巡’一下。”德昌迟疑着伸出了左手，素月一把握住他的四根手指，他的心颤了一下。素月的眼光在他的手掌心里“巡”了一遍，放开他的手，微微笑着说：

“你回不去。”

“回不去？这怎说？”苏邹德昌不由倒吸一口冷气。

“就是你一直住在苏洋村啊，台湾回不去了。”

“这我不信，只要我有钱，买了船票就能回去，就是坐偷渡船也能回去的。”

“信不信由你吧。”

“不过，不瞒你说，我回去之后，变卖了家产，我是要回到苏洋村定居的，所谓叶落归根。”

“这个想法很好。”素月转身指着小山坡下的东溪说，“很多从这里走出去的土楼人，最后都回来了，流水是奔流到海不复回，人不一样，土楼人在大海里闯荡，大海太大了，太喧嚣了，最后还是要回到安定的土楼。”

“年纪大了，不都求个安稳？闯荡要趁年轻啊。”

素月突然定定地看着苏邹德昌，嘴角扯了一下，像是齿冷又像是微笑。德昌被看得脸上发热，浑身不自在。素月没再说什么，往小山坡下的天妃宫走去。德昌赶紧抬起眼睛，盯着她的背影看得出神了，心想，这个神奇的女人！

回到集庆楼吃午饭，德永他们都已经吃好，准备到余庆楼干活了，苏邹德昌这才知道自己在天妃宫后面消磨了好多时间。德永问他到哪里去了，楼前楼后找不到人回来吃饭，德昌只好说，到下坂的天妃宫去了。

邹德永没再追问，德昌一边吃饭一边自己说开了："我在那里碰到了素月，这个成仙的女人，她竟然说我回不去。"

"哦？"邹德永略微有了点兴趣。

"她的意思是我回不了台湾，我说我要先回去一下，再回到土楼定居。"

德永感觉德昌似乎是在旁敲侧击盘缠的事，便不敢接下话头，而是心情沉重地走开。那天去验收发扬烧的两窑青瓦，他把款付清了，那两只玉镯当出去的钱还不够，还在二弟和二房家长那里借了一些。德昌并没有注意到德永的情绪变化，自顾自吃完了饭，往水槽里扔下碗筷，哼着小调走出了集庆楼。他又走到上坂地界来了，在海威楼大门口看了看，一脚跨进楼门厅。圆形的土楼，天空看起来都是圆圆的。他从左侧的楼梯上了二楼，一眼就看到素月房间门口挤着一长溜的人，他走到了前面，立即有个老妪告诫他，不准加塞，他说我是来看素月仙的，几个老妪、中年妇女异口同声说，大家都是来看素月仙的，总要分个先来后到。德昌的看跟她们的看是不一样的，他笑笑的懒得跟她们细说，从另一边楼梯走下去了。

下到一楼廊道上，苏邹德昌看到苏发扬正好从灶间里走出来。两人相视一眼，似乎都怔住了。还是苏发扬先醒悟过来，一边说着一边拉起德昌的手："贵客啊，贵客，来来，里面坐。"

"我、我来看素月。"苏邹德昌顿了一下。

苏发扬推着德昌就往灶间里走，把他请到板凳上坐下，提起那把坐在小灶上的铁壶，就开始冲洗茶盘，说："稀罕啊，你吃了没有？"

"早就吃了，"苏邹德昌再次申明似的说，"我就是来看看素月。"

"哦，现在求她的人很多，要等，其实你没事的话，也可以经常过来泡茶嘛。"

"前一阵子忙得很，我要给师傅做饭，因为红米摔伤了，现在师傅走了，红米也好了，我才有点闲空。"

苏发扬想起不久前给邹氏建余庆楼的江师傅的儿子，莫名其妙地在公王庙后面摔伤，据说江师傅还有怪罪苏氏的意思，被邹德永否决了。他突然又想起，若是按照礼路，苏邹德昌还是自己的亲家，只是儿女的婚姻像是私订终身，并未经过双方父母同意，先斩后奏，大人装作不知道，彼此也不说破，也就不好按正常礼路来走了。不过，发扬对德昌还是显得格外客气，这一点德昌也感觉到了，他心想家里那个番子婆从小操控着儿女，不按常规出牌，他懒得操心，正好省心，平时跟他们无话可说，晚年他还是要回到土楼的。

"来，喝茶。"苏发扬泡了两杯茶，端了一杯送到德昌手上。德昌接过来一口喝掉，放下杯子就往外面走。

"怎么就走？再坐会儿啊。"苏发扬说。

"我去看素月。"苏邹德昌说。他又上了二楼，看到素月房间门前的人比刚才更多了，他挤过人群，扒在门缝上往里面看了看，什么也看不清。有人嘀咕着像是在说他的不是，他没说什么，干脆就走了。

回到集庆楼的一下午，苏邹德昌像是丧魂落魄似的，坐立不安，一会儿在廊道上背着手走来走去，一会儿又走到三楼的瞭望铳棚上，往上坂方向张望。天边翻卷起一片乌云，有几个后生子从余庆楼走回集庆楼取谷笪，准备遮盖在夯土墙上，预防雨水流注墙体中，木梁靠墙的一头还要系上稻草绳，也是为了防止雨水淋注到墙上。德昌看着后生子一人扛着一卷谷笪，大步流星地走出集庆楼，而自己竟然这般无所事事，心里感觉到有点惭愧，不过他马上告诉自己，我也不是闲着，我也是有事，有大事，心里想着大事呢。

傍晚时分，雨落下来了，哗啦啦在天井里响成一片。不一会儿，德永他们也全都回来了。吃晚饭时，邹德永发现苏邹德昌心绪不定的样子，便对他说："明天下雨，我有闲，你的盘缠我来想想办法。"

"不用不用，"苏邹德昌连忙说，"我暂时不回去了。"

"怎么了？"

"也没怎么了，我发现我——爱上那个素月了……"

邹德永惊得差点把手上的碗掉在地上。

4

雨后刮风，下雨不停。这场雨接连下了两天。清明快到了，地里也要插秧了，这雨下得正是时节。对邹德永他们来说，建楼停工一段，转向春耕春种，让夯好的墙面泼泼雨水，也是一种质量的检验，当然不能让雨水流注墙体，所以盖了谷笪，渗点水是无妨的，只要不是大量的水灌入。田地里有干不完的农活，同时还要准备清明祭祖，邹德永是够忙的，他让苏邹德昌帮忙写了五张告示，全族清明祭祖，每丁派款两角钱等等事宜。告示分别张贴在集庆楼楼门厅、祖堂范阳堂的照壁和楼外茅棚屋比较集中的几个地方。

苏邹德昌那天公开地对邹德永说，他爱上素月了，把德永惊出一身冷汗。德永觉得太奇怪了，德昌也是上五十的人了，怎么还有这种"爱"的能力？这个字，他是说不出口的，一般用"喜欢"来替代。但是德昌说得很顺口，很平常，到底是台湾客啊。"爱就爱了，又怎么了？男人爱女人，天造地设，天经地义。”还振振有词似的。德永很无语，心想这把年纪了，老房子着火，救都来不及。德昌问他，是不是夺你所爱？德永慌忙一个劲地摆手，说我们那都是过去了，别再提了。德昌呵呵大笑，德永心想那确实过去了，虽然前一段也闪过几次找她的念头，但是都没有落实，他内心里感觉这像戏文一样翻转得太快，不久前素月还是一个被人看不起的需要别人同情的歹命女，现在变成一个高高在上的可以给人指点迷津的神巫，她这个新的身份，意味着她非同寻常，德昌怎么会“爱”上她呢？她会“爱”上德昌吗？怕是德昌被她施了什么法术吧？不过，他实在不便强烈反对，好像他一反对就显得度量太小，气度不够，或者干脆就是一种忌妒，虽说他心里确实有点酸酸的，唉，那就随德昌去吧，这个台湾客，到底跟土楼人不一样。

苏发扬接连几天都看到苏邹德昌的身影出现在海威楼，心里好生奇怪，他来做什么呢？身影在楼梯口一闪，没有了，一会儿又在二楼走马廊上露出脸来，他的行踪显得那么神秘和怪异，他到底来做什么呢？话头话尾他终于也听到有人说，这个台湾客“爱”上了素月，他不由哑然失笑，这有可能吗？

然而这是千真万确的，苏发扬看到了苏邹德昌和素月从楼梯上一前一后走下来，他看得目瞪口呆，所有看到这一场面的人无不面面相觑，大眼瞪小眼。他们却是旁若无人，自顾自回头搭腔几句，然后一前一后向土楼外面走去，神态举止显得狎昵。怎么能这样呢？光天化日，众目睽睽之下——在苏洋村，除了刚过门一起回娘家或走亲戚的小夫妻这样走在一起，没有夫妻会这样一起走的——何况他们还不是夫妻！这显然是惊世骇俗，目无族规宗法。发扬身子哆嗦了一下，发现这是一个棘手的难题，他无法制止更难于处罚，因为一个是台湾客，虽然还姓着苏邹却认的是邹氏范阳堂，一个是联通阴阳两界的神巫，他们都不是常人，你能拿他们怎么办？苏发扬心里无奈地叹了一声，心想这要找邹德永说一说。

苏发扬专门把邹德永约到了上下坂交界的小石桥上，这里清净，没有闲人，比较好说话。德永一听发扬约他到小石桥上说话，一猜就是德昌和素月的事，这种事彼此都没有遇到过，不登大雅之堂，还真不便到香火堂和祖堂思量，只适宜在这小石桥上议一议。

两人一照面，也不寒暄，开门见山进入了话题。

“他们俩的事，整个苏洋村都传开了，很多人也看到了。”苏发扬说。

“唉，这个德昌，有点‘番子疯’，我真说不了他。”邹德永说。

“他们这样，不好吧？”

“不好、不好。”

“那你有什么法子没有？”

“我能有什么法子？德昌是台湾客，又不是在地的族人。”

“他到底是你们范阳堂的子孙啊。”

“唉，可他还姓着苏邹，也算苏氏的人。”

“苏邹没错，苏皮邹骨，他认的是你们范阳堂。”

“说这些没用，素月是你们苏氏的人，你能对她怎么样？”

“唉，她、她现如今不是一般的人啊，你又不是不知道。”

“那也还是人嘛。”

“是人没错，可人家是神巫，麻烦就麻烦在这里。”

“那你说怎么办？”

“我也是没办法，这才来找你思量。”

“我跟他说过，说不过他，只能由他去了。”

“苏洋村没出过这种事，传出去不好听啊，伤风败俗。”

“苏族长，你也言重了，不过是一个男人和一个女人的事，再说，他们都不是常人，大家应该也不会用常人的框框来套他们吧。”

“这样吧，邹族长，你找素月说一说？”

“我？为什么叫我跟她说？”

“呵呵，你是真不明白呢，还是假不明白？毕竟，年轻时节你跟素月好过嘛。”

“那都什么年冬的事了，这样更不能说，我不知说什么，你让我说什么？”

“你让她小心点，藏着掖着，别太张扬了，大家看了不好，再告诉她，德昌在台湾还有个老婆。”

“德昌早跟我说过，他想讨一房小的，他还想休了台湾的老婆，晚年回土楼定居。”

“素月愿意当小的？”

“这我不知道啊，我只知道德昌想讨小的。”

“这个台湾客，这个台湾客！唉——”苏发扬背着手，在小石桥上焦虑地踱来踱去。他找邹德永来说事，没说出一个什么，反增加了内心的许多烦躁。

“没别的事，我先走了。”邹德永说。

苏发扬站住，朝邹德永上下瞄了几眼，说：“我感觉德昌跟素月太不搭了，要是换成你，还好一些。”

“我？你别说笑话了，这有可能吗？”

“德昌都有可能了，你也是有可能的。”

“别笑话我了，我是个常人，常人！我先走了。”邹德永潦草地作了个揖，三步并作两步地往下坂集庆楼走去。

第二十一章

1

清明前后，种瓜种豆。清明日，雨歇了，天阴阴的，正适合人们扫墓的心情。全族祭墓主要祭的是一世祖苏宗贵夫妇、二世祖邹应来夫妇，然后各房分祭各自祖先，最后各家各户祭扫各自的爷爷奶奶和父母亲。邹德永今年还特意到妻子的坟头，把几蓬杂草锄掉，心里似乎有话对她说，最后还是什么也没说。

苏洋村俗话说，清明谷雨，寒死老鼠。又说，未食五月节粽，破裘不敢放。这些天都是阴天，风吹到身上是刺骨的冷。该农忙的农忙，这边建楼也不能耽搁。邹德永从各房抽取三丁，连同他自己十个人，继续夯墙。余庆楼上了一楼的棚枕，开始夯第二层。德永用竹竿架起了一座绞盘，这边把整筐熟土挂起来，那边绞起绳索，整筐熟土就哧溜哧溜地升到了墙头，夯墙的人只要掀起箩筐，就能把土倒在槌墙版里。墙高了，行墙速度缓了下来，但是两天行墙一周，这定下的任务，必须不折不扣地完成。看着在长高的余庆楼，德永心里的踏实感也一点一点地增加。

这天收工回到家里，邹德永坐上饭桌正等着苏邹德昌一起来吃饭，只见德昌满脸带笑地走过来，就从长衫口袋里掏出一摞银圆，叮叮当当在桌上排出了三排。

“德永兄弟，我很惭愧，回到土楼之后吃你的，穿你的，现在这十五块大洋算是我一点心意，补贴家用，建造土楼。”苏邹德昌说。

“你哪儿来的钱啊？”邹德永说，其实他心里已约略知道这些钱的来历。

“怎么说呢，算是我跟素月借的吧，我跟她说起回乡在半路上被打劫的事，实际上箱子里没有钱，钱都还在台湾家里，我说起加华公发愿捐建土楼，还说起你为了建土楼怎么怎么辛苦，她就摸出一摞钱，说你先拿去用。”苏邹德昌说着把钱推到了邹德永面前。

邹德永又把钱推了回来，说：“我怎么能用她的钱呢？”

“这是我的钱好不好？”苏邹德昌再次把钱推到邹德永面前，然后转身要去盛饭，红米端着两碗饭送上来了。

“德昌啊，有些事我也不知怎么跟你说，你还是注意一点吧。”邹德永说。

“什么事，你就直说好了，我最讨厌遮遮掩掩。”苏邹德昌说。

“吃饭皇帝大，吃完再说了。”

“你不说我也知道是什么事啦，德永兄，你放心，我很注意的。”

这十五块大洋邹德永还是收下了，一是德昌再三申明这就是他的钱，并让德永拿来账簿立即记上，既然是德昌的钱，那就收下了，二是余庆楼建到了二层，用钱的地方多了起来。

苏邹德昌在集庆楼的时间比在海威楼少了。他一大早起床就往海威楼走去，像是自家人一样熟门熟路走进素月的灶间，生火、烧水、做饭，饭差不多做好了，素月从楼上下来，德昌就陪她一起吃早饭，然后有人陆陆续续来找素月仙了，德昌负责安排次序、叫号，他做事很认真，即使只有一个人，他也要郑重告诉她，你是头一号，来，进去，素月仙在里面等着你。人多的时阵，他就要在走马廊上维持秩序，让大家排着队靠栏杆站成一溜，靠墙这边空出一条道，德昌说，土楼是大家的，这边不能堵了，要让人走。中午、晚上，照样是做饭，有时阵一整天没人来找素月，他们两人就在灶间或者二楼香堂说话，有时就一起往东溪走去，或者爬上东山岽。苏洋村人一开始无不莫名惊诧，在背后指指戳戳，但是渐渐也就见怪不怪，熟视无睹，甚至于苏氏族长苏发扬，也无可奈何，接受了这个现实，人家到底不是常人啊。

素月从小没有感受过父母亲以及长辈的爱，记忆中只有没完没了的白眼、辱骂，后来跟邹德永偷偷相好，总算感受到人生的一丝丝美好，但是这种好日子很快就结束了，随着她的嫁人，苦日子到来了，绵绵不尽的苦日子，这几十年来，就像有一条疯狗一直追着她一样，一直到去年某一天，她养蛊未遂，发烧了几天之后，突然得道成仙，她才看到这条疯狗滚翻在她的脚边，撒蹄咽气，然后，苦日子结束了，她又重新做回了人——其实也不是人，是仙，超然于人之上，可以俯看人世间一切苦难。这时阵，苏邹德昌出现了，这个从台湾回来探亲谒祖的男人，他身上有一种苏洋村男人所没有的特殊的气质，就是苏洋人所说的“番子疯”，不虚饰，不遮掩，直来直去。事实上她对男人早已没有任何欲望，很多年前她就绝经了，但是德昌的献殷勤，还是令她感觉到很享受。她才不在乎人们会怎么说她，在她看来，人世间有三种形态：蚂蚁、人、神灵。它们处于不同的位置，蚂蚁看不到人，所以人能随便捏死蚂蚁，而人也看不到神灵，所以神灵能够指导人、安排人。她感觉自己介于人和神灵之间，可以超脱于人，她什么也不怕——包括异乎寻常献殷勤的德昌。那天在暗摸摸的香堂里，德昌突然抱住她的身体，把头偎依在她柔软的胸前，不停地摩挲着。素月说，你觉得这样子好玩吗？那就多玩会儿。德昌一听全身都软了，像做错事的孩子似的，连忙松开手说，我都好多年没有……素月说，没事，你爱抱就抱吧。

苏邹德昌高涨的情欲一下子就退潮了，不过他已感到了一种满足，从此只要跟素月在一起，偶尔抱一抱她，他心里就熨帖了，不会有烦躁郁闷，也不会有想干什么的冲动，只觉得整个人软软的，心头有一种酥酥的感觉。苏邹德昌有一个晚上回到集庆楼，向邹德永描述了这种奇妙的感觉，邹德永很不屑地撇了撇嘴说，那你找女人干吗？找一尊神来拜？找一门坟墓来扫呀？苏邹德昌叹气说，你不懂，真的不懂。

2

苏小果的腹部微微隆起了。她听到身体深处有一个新的生命在呼吸、踢腿，时而孩子般欢呼雀跃，时而又莫名地黯然神伤，她像母亲一样细心呵护着腹中的新生命，用手轻轻地摩挲着肚子，沉浸在对未来的无边的遐想之中。苏发扬夫妇看在眼里，一直是默默无语。

苏发扬神色凝重地走进顺风公的卧室，顺风公靠着床板坐起半个身子，眼睛眯眯地看着，说："你身上……咯，咯，有一股土味……"

"嗯，瓷土味，这几天在捣泥。"苏发扬说。

"咯，好，咯……"

"顺风公，我准备烧一窑青花，现在头痛的是，功夫不过硬，施釉、制坯、捏塑，各个工序都做不好，请不到师傅……"

"功夫人人会，好歹差很多……咯，咯，一日不练手生，三日不练拳脚全荒……"

"唉，这窑都荒了这么多年，功夫全生疏了，我担心下一代人都不会烧窑，祖业若是在这里断代了，以后我怎么去见祖宗？"

"咯，咯……传下去……要传……"

"嗯，我知道，要传承下去，顺风公，我在努力，一定要让它传承下去。”苏发扬俯在顺风公面前说，他心里那个想法越发明晰了，便想马上找书塾先生谈一谈。“顺风公，我有事先走了，你好好休息。”

“扬的，喀，喀，祝你又要做一面外公了……”顺风公说着，慢慢往下滑下身子，整个人像个乖巧的孩子躺在被子里。

听到这个祝词，苏发扬满心苦涩，只能对顺风公微微一笑。

“人，是最重要的……”顺风公说。

苏发扬点点头，退出了房间，心想，人是最重要的，有人才有一切。他已经不再纠结小果的事，只盼望她顺利地生产，不管生男生女，都是姓苏的血脉。他一边想着一边下了楼，走出海威楼，径直往扶风堂走去。

走在土路上，苏发扬听到一阵儿童的读书声，随着风从祖堂里飘出来。走近祖堂，就听清孩子们读的是《三字经》：“人之初，性本善；性相近，习相远；苟不教，性乃迁；教之道，贵以专……”族中子弟开蒙就在本族的书塾，这书塾早年设于海晏楼的香火堂，后来就迁至祖堂，从七八岁到十四五岁的本族男童都在此读书，短学、长学混杂，个别有心向学的读书种子，族里还会把他送到博平圩的紫阳书院甚至漳州府的丹霞书院去深造，束脩由族产提供，只不过，很多年来族里没出现过这样的读书种子了。

苏发扬迈进祖堂门槛，听见书塾先生苏启章说：“五个读《三字经》，三个读《论语》，四个读《孟子》，还有一个读《左传》的，明天来给我背诵，不会背的就打手心。散学。”

哗地一群孩童拥了出来，从苏发扬身体两边穿过去，像是投奔自由天地一样欢蹦乱跳，一路跑回土楼去。

苏发扬走过小天井的廊道，来到了正殿——这里也正是书塾，启章先生正要抬步离开，看见发扬进来，连忙作揖说：“族长，什么风把你吹来了？”

“先生，我有事想找你思量呢。”发扬说。

“那待我放学招上门说说就行了，还劳你跑一趟？”启章先生说。

“这事儿——怎么说呢，我觉得很要紧，想先跟你说一说。”

“你说吧，族长。”

“是这样的，我们祖上以烧窑发家，建造土楼、人丁兴旺，无不依赖烧窑贩瓷，族谱怎么写的啊，‘百千水碓，漫野窑烟’，可惜，此景早已不再，现在，窑炉荒废，这还不是最可怕的，最可怕的是什么？你知道吗？”

启章先生愣愣地摇一下头，他不明白族长一开腔就是一长串，到底要跟他思量什么事？这些话他都听得耳朵起茧了。世道轮回，风水轮转，祖业由盛而衰，似乎也是无可奈何花落去，族长有心拯救，不可不谓悲壮，然而他私心里却是很不看好的。

苏发扬顿了一下，满脸凝重地说：“最可怕的是，功夫断层了，现在人都不爱做瓷，而且不会做了。”

启章先生表示同感地点点头。

“我有个想法，就是你在书塾每天花一点时间，给大家讲讲祖上烧窑贩洋的往事，再教教大家怎么做瓷，从小培养大家的兴趣……”

“这不行，”启章先生不客气地打断发扬说，“这怎么行呢？这里是读圣贤书的所在，怎么能教这些粗俗的事物？”

苏发扬一听就生气了，尖起嗓音说：“怎么粗俗了？瓷器是人间尤物，大美大雅，你有没有读过乾隆帝咏瓷的诗？你有没有读过陆龟蒙的‘九秋风露越窑开，夺得千峰翠芒来’？”

“不是不是，我不是说瓷器粗俗，我的意思是说，书塾从来都只是读书诵经，没有你说的这样教习别的，要是让外姓他族知道了，不是笑掉大牙吗？”

“这是我们苏姓扶风堂的事，与外姓何干？”

“话虽这么说……族长，那我就教不来了，只好请族里另请高明……”

苏发扬拍了几下启章先生的胳膊，说：“你呀你，我这只是先跟你思量嘛，你还是教你的‘人之初’、四书五经，不是非让你教这个不可。”

从祖堂出来，苏发扬生了启章先生一肚子气，没想到这个教书先生这么迂腐不化，书塾怎么就不能讲烧窑制瓷？走到海威楼时，发扬觉得也许不能怪启章，自己的想法是太出格了一些，远近乡里闻所未闻的，不过，这就不对吗？先贤说格物致知，又说知行合一，书塾也是可以宣讲烧窑制瓷，他觉得自己的想法还是对的，只是启章先生不愿教，或者不会教，那他可以请别人来教——对了，请发志，跟孩子讲一些制坯、烧窑的基本过程，他们从小有了兴趣，长大以后或许就会干上这一行了。他暗暗打定了主意。

3

吃过五月节粽，天气渐渐转热。邹红米每天干活时，偶尔会想起那个小师傅，莫名地摔成那样，连话都不会说了，好可怜！她心里升起一种怜悯，如果能不摔成那样，她一定对他好一点；如果对他好一点，能让他不摔成那样，她一定对他好一点，再好一点，她实在不愿意他摔成那样，可是，木已成舟，变不回去了，不知小师傅被抬回老家之后怎么样，现在能不能说话了？会不会想起一些事了？每当想到这个让人有点喜欢又有点气恼的小师傅，红米心里总是一片怅然若失。

“哎，又想起小师傅了？”德昌叔不知什么时阵走到身后，突然把头伸到她耳朵边上说。

红米愣了一下，连忙说：“没有啦，你乱说。”

德昌叔呵呵笑着，向周围看了看，压低声音说：“海晏楼那个维纳让我给你捎句话，晚上他想在公王庙后面见你。”

“见我做什么？”红米心里没来由地怦怦跳了几下。

“我怎知道？你去了才会知道。”德昌叔说着，带着一脸诡异的笑容往楼门厅走去。

“我不去。”红米对着德昌叔的背影说，心想，这个德昌叔真是跟土楼里的老货子都不同啊，他胆子大，会做饭菜，这些天跟着素月仙公开出入，到底是台湾客啊，土楼里的老货子即使想也不敢做，还要公开鄙薄几句，以掩饰内心的非分之想。她听到有人在背后说德昌叔“番子疯”，她倒觉得这种“番子疯”挺好的，直率、真实、敢想敢做，不过，他是从海那边回来的，不像土楼里的人，被土楼圈得脑子都四方形了，就像自己，自己脑子也是四方形了，不敢稍微出格。

邹红米一下午想着苏维纳晚上要见她，感觉到心慌意乱，一方面告诉自己不去不去，一方面又想他到底要做什么，要是他也在公王庙后面摔倒怎么办？一闲下来，她就发呆走神了，一忙起来，又显得有些手忙脚乱，常常出错。晚餐两个菜，一个没放盐，一个放了两次，父亲一边吃着菜，一边皱着眉头瞪着她，她全身不由哆嗦了一下。

天黑下来了，邹红米在卧室里照了照镜子，梳了几下头发，木梳砰地掉在地上，她感觉到六神无主，从地上捡起梳子，就站在窗口前往外望。天是越发黑了，田地里萤火虫星星点点飞舞着，远处的东山岽像一道漆黑的巨大屏风，那后面是什么呢？是连绵不尽的群山，还是茫无涯际的大海？她的思绪要奔向远方，但是面临的抉择又把她拉了回来。

去，还是不去？她走到门边，又折了回来。过了会儿，她走出卧室，正要下楼梯，想了想，还是往大哥卧室走去。她想看看小敬是不是乖乖睡了，若是还在闹着，就把他带到自己房间来。走到大哥卧室门口，大哥正好掩门出来，说小敬睡熟了。她没说什么，又走回了自己的房间。

土楼外面的田地里一片蛙鸣，叫得邹红米的心一阵阵生烦，她想，苏维纳这会儿在公王庙后面做什么？他会不会等得不耐烦回去了？他会等多久？红米一时想不起维纳的模样，这个苏姓人，他不知道苏邹不通婚吗？最后都是不能成的，早知如此，何必开始呢？红米坚决地打定主意，不去！

上床睡觉之后，邹红米眼前开始出现苏维纳的面容，越来越清晰，就在她面前说着笑着，她闭上眼睛，他就跑到她脑子里来，依然是不停地笑着说着。许久无法入睡，红米起床坐了一阵子，维纳才渐渐地消隐。

邹红米正准备重新入睡，外面廊道上传来一阵脚步声，就停在了房间门前。她听到德昌叔的声音："睡了吗？红米，你晚上没去，我刚回来，路上又遇到他，他让我传话，他会天天在那儿等你，红米，你睡了吗？"

"我睡了。"红米不得不回了一声。

"好吧，你睡，我把话传到了。"德昌叔说着，脚步声远去了。

邹红米怎么也睡不着了，这个维纳，唉，没见过这样倔强、这样死迷的人，明知不可能，又何必呢？整夜睡不着，天刚蒙蒙亮，红米干脆就起了床，下到一楼灶间，先烧了水，然后捧了小半盆瘪谷，撒到鸡鸭笼子里，那只父亲取名"鸡精"的老公鸡最近年事已高，专门养在了廊道上的木箱子里，红米特意给它抓了一把糙米，它看了一眼，似乎颇有兴趣地啄了几粒，然后咕噜咕噜地叫起来，它一叫，集庆楼里的公鸡就跟着叫成了一片。

父亲悄无声息地出现在灶间门口，红米猛一见，还有点意外，只见父亲脸沉沉的，也像是没睡好的样子。

“爸，你这么早。”红米说。

父亲没吱声，眼皮似乎往红米这边瞟一下，便掉头向楼门厅走去，接着，传来打开大门的一串长声，咿——呜——父亲几乎是每天第一个打开土楼大门的人，现在，余庆楼夯到了第三层，他更是天天一早就走到余庆楼那里，东看看西望望，抬头看得脖子酸了，心里却是压抑不住的狂喜，然后一路走回家一路想今天怎么派活，回家吃过早饭立即又往余庆楼去。红米感觉，在父亲眼里，只有余庆楼，没有她，当然也没有哥哥们，余庆楼是第一的，比所有人包括他自己都更重要。维纳这时又跳到脑子里来了，红米赶他赶不走，心想，他真的这么在乎我吗？

4

苏维纳知道邹红米不会来了，他从树桩站起身，用脚猛踢着树桩。四处暗摸摸一片，踢树桩的声音惊起了旁边几棵樟树上的夜鸟。树桩被踢得松动了，维纳蹲下身想把它拔起来，咬牙使着劲，发现根本就不可能拔动。他搓了搓手，往公王庙前的土路走去，公王庙里灯光摇曳，这是庙里的长明灯，灯光照着公王的木像，以前是瓷像，去年父亲当总头家出巡时摔坏了。他双手合十拜了拜公王，出来又进了毗邻的伯公庙，伯公待遇显然不如公王了，庙小、低矮而且没有灯光，因为是自己人嘛，维纳没有拜，就像把伯公当作阿公一样，拉着家常说：“伯公啊伯公啊，你说，约个妹子怎么这么难？苏洋人常说地理轻，说曹操曹操到，我说了一晚上红米，她怎么就不到呢？”幽暗的香台上突然发出呱的一声，把维纳吓了一跳，那是一只看不见的青蛙。他转身走了出来。

往回走了几步，苏维纳忽然想，万一邹红米这时阵来呢？他断定她不会来了，但是又怕她万一来，万一呢。维纳掉头又走回到公王庙后面，仍然坐在那只树桩上。他想起前些天的一个晚上，他也是坐在这只树桩上，突然路上蹿过来一个人，急匆匆地撒尿，他认出正是那个给邹姓建土楼的小师傅，就悄悄起身，抬起脚朝他屁股上踹去，只听见吱的一声，他扑倒在地上。维纳闪到公王庙前，一路走回了家。后来听说那个人摔得不轻，都不能干活了，被送回老家，邹姓土楼没有了师傅，红米的老爸带头自己建，据说也干得好好的。那个小师傅也想“猫”（引诱）红米，他那脚踹出去，感觉真是解气。虽说后来听说对方摔得厉害，他多少有点心慌，但接着没传来什么消息，他也安心了。

树桩上坐了一阵子，苏维纳还是悻悻走回了海晏楼。他本想直接上楼睡觉，感觉口渴，便拐到灶间去。一眼看到父亲还坐在灶间吸烟，他猛一转身就想避开。但是来不及了，父亲看见他，喊了一声：“给我进来一下。”

苏维纳只好硬着头皮走进灶间。

“你去哪儿了？最近好像天天晚上出去？”父亲放下旱烟袋，问。

“没去哪儿，村子里走走。”维纳说。

“你呀你，都没让你干农活，你成天悠闲自在像个王爷，这样下去怎么行？我想来想去，准备送你去博平圩当铺做伙计。”

“我不去。”维纳转身走出灶间，大步往楼梯走去。

“你不去，那你明天开始跟短工下地干活。”苏发展站起身，冲着儿子的背影说。他本来想今年内就给儿子说一门亲完婚，但是儿子一口咬定，除了邹姓那个妹子，他谁也不要，如果父母逼婚，他就死给父母看，发展心里怕了，担心这个鲁莽而偏执的儿子真的会做出这等傻事，只好把说亲的事缓下来，今天几个博平圩族亲来家里坐，说到儿子，他们建议把儿子送出土楼学一门手艺，其中一人正好开了一间当铺，便说可以来当铺做伙计。发展听了很动心，没想到儿子还是抵触，心里恨恨地想，这个小子啊！他猛吸了几口烟。

第二天早上，苏发展看见儿子挑着尿桶走出海晏楼，觉得很奇怪，苏连氏告诉他说，维纳说今天开始要跟家里的短工一起下地干活。发展想这小子，到底还是要违抗我！甚至不惜挑粪下地，看他能干多久！

苏维纳挑着两只半桶的尿走到自家田地前的沟渠边，用长勺舀水到尿桶里，再上下舀动几下，就挑到田地里浇菜。农活他也是会干的，父亲显然低估了他，他就是不愿意到博平圩去当什么学徒，留在苏洋村多好，这个村子里有红米，有她的气味。

浇完菜，苏维纳挑着空桶沿着渠道往回走，故意绕到靠近邹姓田地的那条土路上，他就这样晃悠着尿桶走走停停，心里祈望能在这条路上遇到邹红米。

那边田地里站起一个人，提着一只篮子走了过来。苏维纳的心一下子要冲出胸口了，那人正是红米！他脚步凌乱了，一下不知迈出左脚还是右脚。红米上了路，提着一篮子的油菜、苋菜和芹菜，步态轻盈地往前走，腰肢有意无意地往左一扭，又往右一扭。维纳急急地迈出脚，差点自己把自己绊倒了，忍不住喊了一声："红米！——"

邹红米回头一看是苏维纳，身子不由哆嗦了一下，想跑，但是全身像是被什么捆住一样，脚都抬不动了。

苏维纳颠着步子跑了上来，肩上的两只粪桶晃荡得要跳起来一样，虽说浇完菜清洗过一遍，但是味道还有点重。红米微微皱起了眉头。

"红……米，晚上你都……不来？"苏维纳屏着气说。

"我没空闲。"邹红米说。

"你骗人，再忙晚上也是会有空的，那么多个晚上。"

“你想做什么？”

“没做什么，就想跟你说说话……”

“有什么话好说的？”

“有呀，当然有啊，很多话，很多……”

邹红米稍微侧了一下头，瞄了身边的苏维纳一眼，发觉他几乎跟自己是并排走，只是中间隔着那该死的粪桶，便下意识地慢了下来。他的脸好像涨得通红，嘴里呼出大口的气，他却使劲地想要屏住呼吸。

“很多，那你说一下来听听。”邹红米说。

“嗯——这个，这个，真不知要说什么，我——这个，这个——”苏维纳结巴了。

“说呀，你不是有很多话要说？那就说嘛。”邹红米乜斜了维纳一眼。

苏维纳立即闭嘴了，像是被施了法术，即刻变成了哑巴一样。

邹红米大步往前走了几步，想起什么似的，又慢了下来，回头说：“对了，你常常去那公王庙后面？给我们建楼的那个小师傅，有一天晚上也在那庙后面，摔了一个大跟头……”

“那是我从后面踹了他一脚……”苏维纳说。

“当真？”

“嗯……”

“你怎么能这样？”

“我……”

邹红米轻轻“哼”了一声，小跑着向前走去。

第二十二章

1

虽说没有了师傅，但是余庆楼还是进展顺利，转眼夯到了第三层，按照邹德永的计划，秋闲时节抢抓进度，要夯到第四层，争取过年前盖顶出水。他没想到，江师傅走了之后，夯墙、上梁都能自己做，族里所有“土师傅”都派上了用场，木匠有邹进财，泥水匠有邹进步、邹进升等人，他也身兼了泥水匠、木匠，木料构件如龙骨、扛乘、扛梁、榫头等等，硬是一刨一斧做了出来，这些令他越发有了自信，谁也不是天生啥都懂，只要去学去做，没有什么是做不成的。俗话说，死了张屠夫，不吃生毛猪，正是这个理，第一个建土楼的人肯定不是师傅，建好了他就成了师傅。

中午收工，邹德永是最后一个走的。走进集庆楼时，楼门厅樋子上突然站起一个人，德永没看见似的走过去，那人叫了一声：“邹族长。”

定睛一看，原来是江师傅，大出意外，邹德永说：“怎么是你啊？什么时阵来的？也不叫人去喊我回来。”

“哎呀，你走到我面前都没认出我了……”江师傅略带讥诮地说。

“实在对不起，对不起，我这脑子里转的都是余庆楼，目中无人，有眼不识泰山，没想到你会来。”邹德永一迭声地说，拉着江师傅的手就向灶间走去。

走到灶间门口，邹德永就向里面喊道：“江师傅来了，盛两碗饭。”

“邹族长，你真客气。”江师傅说。

“吃饭总是要的啊，也不知道你要来，没什么菜。”邹德永一脚跨进灶间，对着还在诧异中的红米说，“赶快煎几个蛋。”

红米看着江师傅愣了一下才明白过来，连连点头。

邹德永请江师傅在板凳上坐下，就要端茶盘给他泡茶，江师傅说：“不用泡了，就要吃饭了。”德永看着桌上只有两盘菜，说：“等红米煎个蛋我们再吃。”他端出茶盘，从铁壶里倒出热水冲洗一遍茶壶茶杯，再把铁壶放到地上的炭炉上加热，他拉开壁橱的门，抱出一只锡壶，拧开盖子，从里面抓出了一把茶叶。

这边开始泡茶，房间里腾起茶的香味，那边灶台上，几只鸭蛋卧在油鼎里吱吱叫着，散发出扑鼻的香味。

邹德永给江师傅端上一杯茶，说：“不知你儿子最近有没有好一些？”

江师傅端着茶杯到唇边又停住了，说：“苍天开眼啊，总算好了很多，能说话，也能想起一些事。”

“这就好，这就好。”邹德永说。

红米把煎好的蛋装进盘子里，听说小师傅康复了，心里也很高兴。

“他说那天晚上，有人朝他屁股上踹了一脚，不然也不会摔倒。”江师傅说。

红米把煎蛋端到桌上，想也没想就脱口而出：“是那个苏维纳。”

江师傅像是被烫到一样叫了一声，说：“果真是他？好！”

邹德永不满地盯了女儿一眼，说：“你个妹子怎么知道？”

“他亲口告诉我的……”红米讷讷地说，她突然意识到自己不对，但是已经来不及了。

“去去去，大人说话，这里没妹子插嘴的地方。”邹德永沉着脸说。

红米低下头就要往外走，江师傅一把拉着她的衣襟说：“好，好妹子，有你做证，太感谢你了。”红米扭了一下身，挣脱出来，赶紧走出了灶间。

“妹子家，又不懂个什么。”邹德永说。

“不，邹族长，我们就怀疑是苏家人干的，红米说的有凭据。”江师傅说。

“人好起来了，事情都过了这么久，那就算了吧……”邹德永说。

江师傅霍地站起身，满脸虎虎生气地说：“不行，这怎能轻易饶了他？”

“这……唉，得饶人处且饶人嘛，再说，庆南现在也都恢复了……”邹德永说。

江师傅摆出手势制止了邹德永，说：“邹族长，我是很敬重你的，这件事上你就不要说了，我们不会善罢甘休的。”

“好，好，不说这个，吃饭吧。”邹德永连忙说，把刚才盛好的一碗饭端到江师傅面前。

江师傅又摆了一下手势，说：“多谢，我现在不吃也不饿了，我要马上赶回去，不瞒你说，这次来我就是来查寻元凶的，现在有下落了，告辞了。”他作了个揖，像一道闪电一样闪出灶间。

邹德永全身僵住一样，许久才发出一声叹息，心想这个红米，太多嘴，弄不好要惹大事了。

2

苏发展吃过午饭，吸了一袋子烟，倦意上来了。天气渐热，午饭后特别困顿。有时有事不能上床睡一阵子，他坐着都会打瞌睡。他想起刚才一起吃饭时，维纳埋头扒饭一声不吭，比平时多吃了一碗饭，看来干活是会饿的。发展带着嘲讽的口气对儿子说，很好嘛，不小心变成了农活状元。维纳把碗筷丢进水槽里，扭头走出了灶间。发展正要起身，准备上楼睡会儿，灶间里鱼贯走进三个人，打头的看着面熟，但一下子想不起来，后面那两个壮汉，一身短打，健硕的肌肉闪着桐油光。

“你们是——”苏发展愣了一下，心里猛然感觉来者不善，他们脸上的表情不对劲。

“我是永定建土楼的江师傅。”打头的那人说。

苏发展一下想起来了，原来是给邹姓建土楼的那个客仔师傅，难怪看着脸熟，可是他来找自己做什么？大家从没交往的，井水不犯河水。

“今天无事不登三宝殿啦。”江师傅说。

“怎么了？啊？”苏发展不自然地眨了几下眼睛，他从窗棂看出去，廊道上、天井里突然多了好几个一身短打的汉子，看样子都是练家子，腰间似乎还带着家伙。

“我儿子三月十九晚上在公王庙后面，被你儿子暗中踹了一脚，摔在土沟底，这事你知道吧？”江师傅眼光直直地盯着苏发展。

“怎么说是我儿子？谁看见了？”苏发展的睡意一下全被吓走了，只感觉头皮一阵发麻。

“他自己说的。”江师傅说。

这时，苏维纳像是被两个陌生的壮汉挟持着走到了灶间门口，其中一个在他肩上推了一把，维纳像木偶人一样走进灶间。灶间多了一个人，一下变得更拥挤了。江师傅两个手按住维纳的肩膀，把他推到发展的面前，说：“来，后生子，当着你父亲的面，你就说句真话。”

“是我……”苏维纳低低地说。

“好，少年家，你有种，敢做敢当。”江师傅很赞赏地在苏维纳肩膀上拍了一下。

苏发展眨着眼看着儿子，儿子一直低着头，像是瞌睡了一样。他突然想抬起手打他一巴掌，手痒痒的，却抬不起来。

“我这就告诉你吧，我儿子摔倒后，直到第二天早上才被发现，差点死掉，不过那时比死还可怕，他昏迷不醒，不会说话，醒了之后还失忆，只能被人抬回老家，死马当作活马医，感谢苍天有眼，他总算好了一些，能说话，也有了记忆，但是大不如前，原来口齿伶俐的，现在变得结巴了，脑子明显不好用了，我这是独子单丁啊，能不能讨到老婆？我好担忧，今天我们上门来找你——苏先生，希望你给一个说法。”江师傅伶牙俐齿地一口气说完，眼光像是钉子一样打在苏发展的脸上。

“你、想怎么样？”苏发展咽了口水。

“儿子受伤后，我也跟着回家，这边建土楼的活都断了，回家请郎中，到广东、到江西请名医，花的钱我都记着账，这还不包括我们两个人不能干活少赚的钱，现在他还在吃药，还没有完全恢复——”江师傅说。

“你们想讹诈我？”苏发展差点挥起手上的旱烟袋，江师傅后面那两个壮汉尖利的眼神，令他住了手。

“人家确实摔得不轻，就给人家赔一点。”苏维纳忽然开腔说。

苏发展心里呼地蹿起一团火，抬起手就往儿子脸上打去，他头一偏，闪了过去。

“今天不要动手，讲道理就好。”江师傅说，“还是这个后生子明白事理。”

苏维纳扭身要往外走，江师傅身后那两个壮汉拦住他，江师傅使了个眼色，他们才放他走出了灶间。灶间门口偶尔有苏姓的老人孩子走过，有的好奇地往里面探头看一下，不明就里，随即抬步走了，发展突然感觉万念俱灰，一屁股坐在板凳上，心想楼里那些后生子哪里去了？族里那些人呢？维纳会去叫人吗？有人会露面吗？有人会为他打一架吗？他想维纳这小子肯定不会的，心里顿时凉飕飕。

“我们不是来讹你的，我们只是要求你给予赔偿。”江师傅说。

“好啊，赔偿？你想要多少，我整座海晏楼赔给你！”苏发展挥起手说。

“你别说笑，这整座土楼也不是你一个人的，我只要你赔药钱、诊钱，还有这大半年的误工钱。”江师傅说。

苏发展从没这么孤独和悲哀，在自家灶间里被几个外姓人围住，没有一个族亲施以援手——他们真的不知道吗？没注意到海晏楼里突然来了这么多个陌生人吗？——连自己的儿子也一走了之，该死的是他当面承认是他踢的人，他倒落了个敢做敢当的美名，把自己的老爸丢在这里煎熬，他无奈地吸了一下烟嘴，只吸到一口空气，被呛得咳了起来，说：“多、少？你开个价……”

“不是开价，我有账目，六十四块大洋。”

“六十四块……”苏发展心里痛了一下，这个数字虽然没有超出他的估计，但心里痛了一下又一下，他低下头想了想，“老子有的是钱，海晏楼怎么也排第一，但你想拿到赔款，也没这么容易，你得给我写份具结文书。”

“行，这没问题，你可以请你们族长做公亲人。”江师傅说。

苏发展想起族长是发扬，跟自己尿不到一壶，罢了罢了，这事他还不想让太多人知道，说起来太窝囊，当作自己破财消灾好了，他心里又骂起了儿子。

3

江师傅又来了，手上提着两包点心，沿着廊道走来，远远看见邹德永就大声喊叫。邹德永是刚刚吃过午饭走出灶间，今天收工迟了一些。江师傅满面笑着走来，一进灶间就把手上的点心搁在桌上，说："没什么东西，一包牛筋糕，一包麦芽糖。"邹德永问："这是干什么呢？你午饭吃了没有？"江师傅说："我在圩上吃了，这点小物件，给红米妹子尝尝。那天她说是苏维纳干的，我带人找苏家索赔，赔款拿到手了。"

邹德永"哦"了一声，不知说什么，为这事他后来还责怪过红米，但是妹子倔，顶嘴说就是维纳亲口告诉她的，做人就是要敢做敢当。他心里怪红米多事，因为他实在不想跟苏氏惹是生非。

"谢谢红米妹子啊，她敢说真话，对方也爽快承认了，我原来以为对方会否认，还带了几个习武的子弟，实在不行，就诉讼到官府，还好，事情了结了。"

邹德永暗想，江师傅居然能从苏发展手上搞到赔款，这真是有两步撇啊。

江师傅接着说："族长，我现在又有时间了，儿子基本上能够自理，你看，余庆楼的事……"

邹德永这才明白，江师傅主要还是为余庆楼这事来的，当初他走时去意坚定，最主要的是，后来族人决定自建，并一路顺利地下来了，虽说盖顶出水之后，做排水沟、砌石门框、做大门、做楼梯、做灶等等，还有大量的活，至少还要干一年，但大家似乎也不怕没有师傅，似乎每个人都成了师傅，现在如果还要把江师傅请回来……

看着邹德永犹豫的神情，江师傅说："余庆楼毕竟是我手上建的，有感情啊，我也知道，你们本钱不是太多，邹族长，我有个想法，你看怎么样？"

邹德永抬起眼睛看了看江师傅，说："你说吧。"

"余庆楼后面的师傅活，我全包了，我分文不取，"江师傅说着顿了一下，"一个条件就是你把红米嫁给我儿子，当然，以后彩礼聘金照算。"

邹德永怔了一下，说："这不行，这把孩子当作买卖了。"

"我儿子来这里做过，他们两个年轻人也彼此有好感，虽说摔伤，现在都恢复了，你不信，我明天就带他过来给你看……"

邹德永坚决地摇头。

"邹族长，我实在是看中红米这个妹子，这样应该是两全其美吧，你可以省一笔师傅钱……"

"我们自己做。"

"行墙还好啊，越到后面越多的细活，说实在的，我这也是想帮你……"

"多谢了，江师傅，我立志要建成余庆楼，把建楼看作比我生命更重要的事情，再难我都不会放弃，你让我拿妹子来做交换，我实在办不到。"

这回轮到江师傅愣住了，他悻悻地说："那好吧，当我什么话也没说……"

狭窄的灶间里只剩下两个老男人的沉默，像是一团浓雾，弥漫了整个灶间，就这样尴尬地相对了一阵子，还是江师傅先起身告辞了，邹德永连忙把桌上那两包点心交还到他手上。

“我这是给红米的。”江师傅说。

“无功不受禄，再说她是小辈，承受不起。”邹德永按住他的手，不让他把那两包点心推过来。

“唉，你怎么这样？”

“真的，你带回去，以后有空再来坐，余庆楼落成我会请你来饮酒。”

江师傅终于也不再勉强，提起两包点心说着客套话，往外走了。邹德永送他走到土楼大门，两人再次挥手作别。德永背着手走回灶间，吓了一跳，红米正在灶间里。

“刚才那些话，我听到了……”红米说，“如果能帮父亲早日建成余庆楼，我愿意……”

德永不解地问：“愿意什么？”

“愿意嫁给江师傅的儿子……”

德永心里颤了一下，说：“这不行。”

“我能帮父亲的，也就这一点了……”红米说着别过头去。

“不用你帮，我能成，现在夯到第三层了，后面我也能成。”德永用低沉的声音说。

“爸，你就让女儿帮一回吧，感觉自己长这么大，都没有什么可以报答……”红米抬起头看着父亲，她是发自内心希望能帮上父亲的，只要能帮上父亲做什么都无所谓了。

邹德永看了看女儿，内心里像是有什么被触动了，说：“你每天做饭，做家务，这已经很不容易了，我一直想着建土楼，对你关心不够，建土楼做什么呢？正是为了人，为了族里的亲人们，可是我平时对人关心太少，脑子里转的全是土楼，这其实不应该……”德永走到红米面前，上前轻轻搂了搂女儿，手在她背上轻轻拍了两下，没再说话，抬脚往外面走去。

红米双眼噙满了热泪，有一滴泪不争气地掉了下来。

4

“你怎么老给我惹事？就不能让我省心一点吗？”苏发展吸着旱烟袋，气呼呼地瞪了儿子一眼。

苏维纳埋头吃饭，说：“我给你惹什么事了？”

“让人家堵上门来，你不承认也罢，你还承认了。”苏发展一说又来气了，真想烟锅一下敲在儿子头上。

“敢做敢当……”

“你傻呀，赔款你来出？”

“先欠你的，以后我会还给你。”

“你，你拿什么来还？”苏发展吐了一口烟，“你要不承认，我还可以顶着不理，都是你这个败家子！”

“他们既然找上门来，说明他们早已心中有数，抵赖有什么用？”

“他们怎么会知道是你？你告诉谁了？”

“我跟红米说了……”

“你看你看，准是红米告诉他们，不然他们怎么会知道是你？早让你别跟那红米来往，你就是不听！”苏发展气得挥起了烟杆。

苏维纳正好吃完饭，“啪”地放下筷子，抬起头看着空中飞来的烟杆，镇静地迎接着它，然而它没有落下来，而是停住，缩回去了。他心里一点也不会责怪红米漏嘴说出来，那天中午他在海晏楼门口被两个陌生壮汉围住，他们问他是不是你踹了江庆南一脚，他毫不犹豫地说是我。踹过了，解气了，该赔多少赔多少，他心里很坦然，父亲穷凶极恶的样子令他满心生厌。他起身就往灶间外面走去。

苏发展抬起脚在鞋底上磕了磕烟灰，不禁叹了一口气，觉得这个儿子真是会让他折寿，祖上烧窑贩洋，留下不小的家产，如今年冬欠佳，烧窑已经不行了，但是只要守成，也足够自己和儿子几代人衣食无忧，谁知儿子处处违拗自己，有一天总要被他气死！他一时心灰意冷，感到从未有过的沮丧和疲惫，又装了一锅的烟丝，大口地吸起来。

吞云吐雾之间，苏发展突然觉得身上有了劲，脑子也滴溜转得快，想起被那姓江的索去六十四块大洋，这心里又痛了一下，当时自己真是太软弱了，怎么不硬气一点，任由人软土深掘？要是真的不认账、不赔偿，对方能怎么样？他带了几个练家子来，全楼、全族的人都打不过吗？不过一想到全楼全族的人，他又有点泄气了，除了几个他常常给点好处的至亲子弟，大多数人都对他表面上客气，背地里骂娘，他内心里很明白的，他们忌妒自己有钱，总是嫌弃自己小气，干伊娘的，有钱就要风龟撒钱吗？发展想，要是让他们知道了被姓江的索赔这回事，说不定他们还偷着乐呢，你还指望他们替你打架？这么一想，全身又疲软了。

正有点昏昏欲睡，灶间里走进一个人，进门就亲热地叫："大姐夫啊，好久没看到了，大姐夫。"

这是他妻子一个堂弟，叫作连三秋，以牙人为业，走村串寨，一说话就露出一颗歪斜的大门牙，让人生怕它会飞过来。苏发展微微欠了欠身，示意他请坐。

"我到畲岭村去，要回博平圩，路过进来看看大姐夫。"连三秋自来熟地坐下，从桌上的茶盘上端起一杯茶就喝。

苏发展知道那是冷茶了，说："要不要我给你新泡一泡？"

"不用了，我就爱喝冷茶，"连三秋说，"大姐夫，圩上张老板那里新进一种烟，有没有兴趣试一试？我正要回去，我们有伴一起走吧。”

“什么烟？”

“听说是吕宋来的烟，洋烟啊，口味好得很。”连三秋说。

“这洋烟最早就是从吕宋传入月港，以前叫作‘淡巴菇’，我祖上贩卖瓷器到东西洋，回来也会运载一些洋烟，后来我们这边种的烟都比那边更多了，还运去那边卖呢……”

“呵呵，大姐夫博古通今啊。”连三秋恰到好处地奉承了一句。

“正好祖上也做过烟生意，不过最早烟是用来治病的，避瘴气，毒头虱，驱寒祛湿消痞积什么的。”

连三秋连连点头说：“听说这新来的洋烟也是能治病的，很有神效，大姐夫，一起去吧？”

苏发展想了想，去就去，家里待着也烦闷，不如出去散散心，试试张老板的洋烟，晚上在博平圩呼朋唤友喝一顿大酒，明后天再回来。

第二十三章

1

苏小果端了一碗清水放在桌上。她刚才把桌子搬到窗台前，一片皎洁的月光静静地泻在桌上，清水在月光里像翠玉一样晶莹闪亮。小果把一根针放在清水里，它时而像一叶扁舟在水中浮动，时而又翻转着竖立水中，像定海神针一样。针影的形状在不断变化着。这叫作“卜针卦”，习俗认为中秋算卦是最准的，素月仙房间门前排起了长队，甚至连教书先生也宾客盈门。小果并不会算这种“卜针卦”，这专门是女儿家在中秋玩的，以前也玩过，她觉得看着针浮于水上，在月光里针影随形变化着，她体味的是一种心境，人生何尝不是一根针呢？只不过人世间不会像月光下的一碗清水这么安静美好，它可能是浩瀚无边的变幻无常的一片海水，一根针到了海水里就消失了，找不到了。

公王庙方向传来演戏的锣鼓声。海威楼天井里，有一些人摆了桌椅板凳，一边泡茶吃月饼一边赏月，还有一些后生子在掷骰子“赌饼”，家家户户的灶间门前，当家的女人设了香案，摆着月饼、柚子，焚香拜月。

苏小果听到肚子里的孩子在伸懒腰的声音，好像刚刚睡醒一样，只有那个奇异的世界，才能觅得月光下一碗清水般的美好。回家大半年来，她的心情已经修复得平静如水，随着产期的临近，她每天就是帮母亲做一些简单的家务，然后做孩子的衣裳鞋帽，她盼望这是个男孩，从小教他读书识礼，长大后考取功名，那时她所有的一切就都有回报了。

那针在清水里静止不动了，像是睡着了，仿佛孩子在她的肚子里又睡着了。

公王庙前的锣鼓声突然激越起来，布袋戏进入了一个高潮。

苏发扬、苏发志带了一帮从八岁到二十几岁的本族子弟在祖堂“赌饼”，这帮人就是他俩召集的“东溪窑后备队”人员——不管族里有人在背后怎样冷嘲热讽，这个“后备队”还是聚拢了十几个本族子弟，逢三、七日在祖堂上课半天，发扬、发志分别给他们讲祖宗烧窑贩洋业绩和烧窑制瓷流程。适逢中秋，发扬提前请人做了一只大月饼，依大小分别标以状元、榜眼、探花、进士、举人、秀才等等，一共分成六十三块，大家轮流掷骰子，一秀二举三红，掷至饼尽为止，这又叫作“跋状元筹”。苏维纳也在这后备队里，他晚上手气不好，连个一秀也没有掷到。那天他在海晏楼楼门厅听发扬对大家说要在祖堂的书塾里组织这个“后备队”，他问发扬：我可以参加吗？发扬说可以，只要本族子弟，只要有兴趣，不论年岁几何，如果你父亲要参加也可以的。维纳就报了名，第一次在祖堂的书塾里听发扬说了祖宗烧窑贩洋的事迹，觉得很震惊，因为这些父亲并没有跟他详细说过，父亲只是笼统地挥着手，飞溅着口沫说，祖宗多厉害啊，把瓷器卖到海那边去！听着族长细细道来，维纳这才知道祖宗从土里烧出精美瓷器，把瓷器运到海那边换成银圆回来，然后再建成巍峨的土楼，祖宗们土中生金再生土楼，心里对他们的敬佩一时如东溪水滔滔不绝，他当场问发扬说，为什么祖宗这么厉害，我们现在的子孙都不行了呢？发扬夸奖他说这个问题问得好，发扬说我们这些子孙为什么比不上祖宗呢？就是因为我们衣食无忧了，小富即安，不思上进，人的本性都是好逸恶劳的，没有人愿意再吃苦打拼，所以就渐渐不如祖宗了，以后见到祖宗不知要把颜面往哪里搁？维纳似乎悟出了一点什么，他第二天一早就走到东溪畔，在发志的指点下，找到了自己家的窑炉，那里已经完全坍塌，地里长出半人高的杂草，像是一座祖先们的荒坟，他带着一种崇敬的心情凭吊似的看了许久，回到家里他跟父亲说，我想学烧窑。父亲正斜倚在床上吸烟，冷冷一笑说，好呀，你要是能烧出瓷器来，我嚼碎吞下去。父亲满脸是嘲讽和不屑，他心里暗暗发誓，一定要烧出瓷器来，看父亲怎么吞下去！

有人掷到了榜眼，大家哄地喝彩起来。苏维纳悄悄地溜出了祖堂，他想苏氏公王庙这里有演戏，邹氏伯公庙那里也有演戏，邹红米应该有出来看，过去找找或许能发现她。

天上的月好圆，锣鼓声在夜空里清澈而又悠远。苏维纳步履轻快，心里也感觉到了一种美好，他想告诉红米，他找到了自己打拼的方向，原来他一直不知道自己要做什么，茫然不知所措，现在他知道了。

苏维纳抄近道来到了邹氏伯公庙前，邹氏没有公王庙，建了一座单开间的伯公庙，庙前的戏台上不知演什么戏文，偶人轮番上阵，戏台前黑压压的都是人。尽管月光很好，可是人们专注看戏，没有人回头来看维纳，他也不敢唐突地挤上前找人。维纳在人群后面绕着走了半圈，退到了后面的土路上，站在路边的一棵树下，这样红米如果从人群里提前退场，他就会立即看到她。树下是细碎的树影，他把自己隐藏在树影里。

看戏的人群裂开一个口子，有个抱孩子的人像是被吐出一样，接着又有一个人走了出来。维纳睁大着眼睛，愣愣看着红米从人群中走出来，向他迎面走来，眼睛眨了一下，红米就不见了。这只是幻觉。他失望地低下头。戏台后面的锣鼓又亢奋地大声响起来，树上惊飞起一只夜鸟。

又一个人从看戏的人群走出来，怀里抱着一个熟睡的孩子，苏维纳的眼睛一下子瞪大了，这不正是红米吗？他慌忙迎上前去。

邹红米带着哥哥的儿子小敬来看戏，小家伙早早躺在她怀里睡着了，她坚持看了好一阵子，还是觉得要把孩子带回床上入睡，便提前退场，没想到迎面碰见了苏维纳，感觉得到他是在这里守候自己。

“红米，”苏维纳激动得声音都有点哆嗦了，“你不看戏了？”

“我要带孩子回去。”邹红米淡淡地说。

“你最近好吧？听说……”

“没事，我很好。”

“我、我最近想好了，我想学烧窑做瓷，我们祖上就是靠这个发家的，你别小看我们东溪窑，烧出来的瓷器从东溪下水，运到月港，再运到海那边的番邦……”

“我要回去了。”

“再说一阵子吧，好难得见到你……”

“有什么好说呢？我要回去了。”

“我跟你走。”

“不用了，让人看见不好。”

“有什么不好？别管他们，我准备开始学烧窑做瓷……”

“你刚才说过了。”

“嗯，嗯，我相信我能成，我先给发志叔做徒弟，我们祖宗在大明朝做了非常多非常美的瓷器，现在虽然差了一些，但我努力去做，一定也能做得很好……”

“那你就去做吧，少说多做。”

“嗯，嗯，我会的，你要相信我……”

“我要回去了，你别拦着我。”

苏维纳怔了一下，这才发觉自己一直比画着手，像是拦着邹红米不让她走一样，其实是他说着说着激动了起来，他越发坚定要学习烧窑做瓷，那天他向发志请求收他为徒，虽然发志还没最后答应，但发扬族长也帮他说话了。发志说，其实苏氏里公认的烧窑做瓷妙手是你几个高祖。维纳说，可惜到我爷爷这辈都不会了。

邹红米抱着孩子往集庆楼方向走去，苏维纳在后面跟着，她快他也快，她慢他也慢，地上两个行走的人影有时重叠在一起，有时又分开。

“你抱孩子手酸了吧？让我帮你抱一下。”苏维纳说。

“你会吗？”邹红米诘问。

苏维纳不敢确定，讷讷地说：“会吧？试一试，我们族长说，什么事都要试，认真去做就会的。”

“你别跟着我。”

“我没跟你，你走你的，我走我的。”

“那你离我远一点。”

苏维纳站住，让邹红米走远了一点，但是他立即又大步赶了上去，说：“你觉得我去烧窑做瓷怎么样？你家用的碗盘杯盏、庙里的神像、香炉，还有摆设的青花瓶、青花盆，还有你们妹子用的粉盒，我都要学做，我们祖上把瓷器卖到海那边各个番邦去，那时多厉害啊，我们族长决心重振祖业，要不是那一天我听他说起，我还真不知道呢，现在我知道了，想来祖宗这么厉害，而我这么愚笨，浑浑噩噩过着日子，真是白活了，我一定要争口气……”絮絮叨叨说着，不觉走到了集庆楼大门口。

邹红米回头说：“你别再跟了，万一……”

苏维纳听出话里关切的意味，心里暖了一下，他停住脚步，抬头望了望夜空，好大一轮圆月啊。

邹红米大步跨过石门槛，正好有一道月光照在她的后背上，在地上剪出一个灵动、飘逸的身影。

这个晚上竟然是邹红米跟苏维纳说了最多话的一个晚上，苏维纳觉得心胸都被清澈的月光照亮了，这个多么美好的中秋夜啊。他突然反过身，往上坂地界大步走去，走着走着就跑了起来。跑到了上坂地界，他没有跑向海晏楼，而是转了一个弯，向东溪畔跑去。

月光下的东溪像一条银链，闪闪发光，流水声恍若耳边的私语，苏维纳被这恬静而安详的气氛陶醉了，他突然大喊一声：“我要烧窑做瓷！”

扑通，溪畔草丛里一只青蛙跳进水里，蛙鸣一下响成一片，还有四周围的鸟、虫，形成了轻柔悠扬的合奏。

“我一定要成功！”苏维纳举起双臂喊道。

2

一阵杂沓的脚步声传来，隐藏在岩石后面的邹锦洪跟他的三个伙伴面面相觑，从脚步声判断这至少有七八个人，锦洪从石缝间向坡岭上望去，只见两个背着铳枪的人走在前面，中间是两个挑担子的人，身边有一个手持扁担的壮汉，殿后还有几个端枪带刀的，他的心一下凉了半截，对方七个人还有铳枪，自己才四个人，根本就不是对手，可是线报怎么只说有两个挑夫？锦洪向三个伙伴无奈地摊了摊手，他们从岩石下面缩起身子，从一条荒凉的草径悄悄溜走了。

前几天“皇帝洞”得到线报，博平圩烟丝铺有两担货要从山城圩进来，货里夹带着大烟，黑番便想干下这一票，这样就可以过个肥年了。两个挑夫，四个人足以对付，谁知两个挑夫没错，还有五个压阵的，果真是有大料，张老板不敢掉以轻心，邹锦洪束手无策，只能带人灰溜溜地空手回来。

黑番没有责备锦洪他们，淡淡地说：“谁弄来的线报，晚上别给我吃饭。”

自从落草“皇帝洞”以来，这是黑番让邹锦洪第一次带人做活，没想到这般结果，锦洪心里羞愧难当，晚上自我惩罚没吃饭，半夜里饿醒过来，脑子里浮想联翩，许多事情像赶圩一样涌过来，一会儿想到张老板的大烟，一会儿想到自己被张老板雇作挑夫挑烟丝，一会儿又想到每天在“皇帝洞”后面的山间跟黑番一起种菜。“皇帝洞”的生活并没有他想象的那样热闹、新奇，他们在山间种菜、种烟草，还养了一头黑猪，有时到林子里打打猎，这大半年里就做了两票，前一票抢了一个过路的富商，后一票没做成，他们像是与世隔绝的洞穴人，更像是远离尘嚣的荒庙老僧。当初是自己求黑番收留的，对于这样的生活锦洪也渐渐习惯并且麻木了，只有在睡不着的夜晚里，他才会回想起过去的一些事，想起小果，想起父亲、德昌叔、哥哥、妹妹。每当想起小果，他的心就会一阵阵抽痛。未来会怎么样？他很迷茫。他知道如果他自己想走，黑番随时会让他走的，可是回去怎么面对小果，怎么面对两个宗族呢？他想不出什么法子，也许当时就不应该放小果走，可是那时正是在气头上，过后追悔，于事无补，这一坛苦酒只能自己默默饮下。然而，认真再想一想，真的把小果带到“皇帝洞”过日子，这可行吗？这个隐秘的、粗鄙的男人天地，她一个女人怎么过得下去？心里有时又暗自庆幸她回家了，那毕竟是她的家，有她众多的亲人。

一道强劲的日头从岩石顶上射下来，像一根变大的金箍棒竖立在地上，晃着洞里人的眼。邹锦洪从床上翻起来，走到灶台边储水的天然石臼前，用水瓢舀起水，猛喝了几大口。凉水落入胃肠，全身清爽了一点，半个晚上胡思乱想的焦虑与烦扰稍稍得到了平复。

吃过早饭，黑番让邹锦洪陪他到博平圩走一趟，锦洪不便多问，只是点头。佛郎机先给两人剃了头，绑好辫子，两人又换上了干净的长袍，黑番手持一把伞，锦洪带了一只小书箧，土匪们看了起哄着喝彩，黑番和秀才这形象太像是先生和书童了。黑番神情肃穆地走到手画的高祖神位前，嘴里默念了几句，把那本翻得快烂掉的旧书《四书集注》放到书箧里。

邹锦洪跟着黑番摸出了"皇帝洞"，在危岩怪石间钻来钻去，穿过了一片茂密的林子，翻过几条山岭和谷沟，总算走到了一条有人走的林中草径上。黑番一直走在前头，虽然他只有一只手，但是行走、跳跃，完全不需锦洪帮忙，他手上的那把伞就像是他的第二只手一样，灵活自如，敏捷利落。锦洪几次想开口跟黑番说话，看他只顾走路没有说话的意思，也只好把想说的话咽回去。他猜不透黑番为什么要带他到博平圩，听他们说，黑番一年至少会到一次博平圩，一般就带个随从，好像也没有专门的事，就走一走，看一看，到紫阳书院走走，到云水茶庄坐坐，找个客栈住一晚上，喝一次大酒。锦洪想不要有什么事才好，就当作一次放风，沾老大的光也出来透透气。

走在前头的黑番发觉邹锦洪没跟上来，停下来喘了口气，把雨伞拄在地上，回头望了望，只见锦洪从后面赶了上来，一手按住腹部，满脸憋得变形，脚步也不稳了，便问："你怎么了？"

"肚……痛……"邹锦洪说。

黑番往脚边的地上看了看，弯腰折了几根野草茎，在手里搓了几下，递给锦洪说："含在嘴里，把汁咀嚼出来，会好一点。"

邹锦洪把野草茎含在嘴里，咀嚼了几下，觉得有点清凉有点苦涩，肚子似乎不那么痛，但是又内急了，他眼睛向四周围转了一下，看到前方小坡地上有一座破旧的茅草棚，应该是废弃的，便夹着尾巴似的往上面走去。走到茅草棚后面，撩起长袍解下亵裤，一阵翻江倒海，顿时舒服了许多。他的眼光穿过几片破落稀松的棚板，看到棚屋地上绑着一个男子，那人歪斜着头扭着身子。锦洪大吃一惊，连忙提起亵裤，向路坎下的黑番跑去。

“又怎么了？”黑番看见邹锦洪神色慌张地跑来。

“那里面有个人……被绑着……好像……”邹锦洪说。

黑番二话没说，就抬步往茅草棚走去，走到近前，放慢了脚步，并警觉地操起伞柄。棚屋里破败荒凉，结满了蜘蛛网，在左边一根木柱下面，有个人被绑着坐在地上，有气无力地蹬着脚。黑番确认棚屋里没有第二个人，向身后的邹锦洪使了个眼色，锦洪便冲进棚屋，托起那人的下巴，把塞在他嘴里的破麻布抽了出来，然后帮他解绑。

那人哇哇地干呕着，没吐出什么，倒是鼻涕直往下流。

“你是何人？为何在此？”黑番问。

邹锦洪两手搀着那人的胳膊，想要把他扶起来，但是他全身软绵绵又沉甸甸的，扶也扶不起来。

“你到底是何人？”黑番又问。

锦洪把那人放了下来。那人一屁股跌坐在地上，抬起一双呆滞无神的眼睛望着黑番，打了个哈欠说：

“我是苏洋村……”

邹锦洪一听苏洋村，定睛一看，认出是苏氏一个家长，名字叫发展，在苏洋村是一个比较张扬高调的人，用俗话说，就是爱风龟大炮，他多年来养尊处优保养得很好的面容，此时布满了惊悸、无助和鼻涕。

“我被歹人下套……吸上瘾大烟……他们逼我卖一块良田，我不肯，昨天夜里就把我绑来……”苏发展抹着眼泪和鼻涕说，边说边打着哈欠。

黑番叹了一声说："天变地变，老鼠吃鸦片，再大的家业，几下半也吃完了。"他转身走开，不想管这等事，邹锦洪追上他，低声告诉他说，这人是他们村姓苏的。黑番问，你想救他？邹锦洪说，把他送到另一个地方，让他自己回家，把他丢这里，等下绑匪来了他又跑不脱了。黑番想了想说，好吧，依你的，不过救得了他一时，救不了一世，不戒掉鸦片的话。

3

刚开始苏维纳还以为父亲是喝醉了，实在架不动他肥硕的身体。父亲瘫坐在地上，头靠在楼门厅的槌子上，鼻涕眼泪直往下流，身子不时抽搐了一下。维纳叫来了母亲和两个堂叔，母亲小声地骂着"现世啊""丢人啊"，表情恨恨的，声音却是怕人听到一样。一个堂叔端详着发展的丑态，又凑到他面前吸了口气，惊叫一声："夭寿！这是抽大烟！"

苏维纳这才知道父亲是染上了鸦片瘾。父亲还用原来吸烟丝的旱烟袋，把黄色土纸包着的鸦片膏撮到烟锅里，手指头放到嘴里吮了几下，然后点燃烟锅，大口地猛吸起来，一股股青烟吞进喉咙里，整个人欲死欲仙地陶醉着。维纳还不大懂得鸦片瘾有多厉害，堂叔说，像他这样吸下去，不到半年，你家所有积蓄、所有田地就会全都吸光。维纳猛吃一惊，堂叔说，下半年，就要开始卖妻卖女了。维纳突然觉得自己像个家长，必须肩负起责任，他当即跟母亲商量，从沉睡的父亲身上偷取了锁匙，打开父亲掌管的木箧，再打开里面的几只檀木盒子，把各个盒子里的银圆、细软及田契等贵重物件，一并取出，转移藏匿在一个隐蔽的地方。第二天发展瘾上来了，家里的鸦片吸完了，包鸦片的土纸被他吞进嘴里大口地咀嚼，他感觉到全身长毛长刺地难受，鼻涕直往下流，涎水滴滴答答地淌着。打开木箧，火烧火燎地掰开盒子，都是空空如也，尽管他脑子被鸦片烟烧坏了，但他还是一下就明白，是被他们偷藏起来了。发展气急败坏地全身一个劲哆嗦，跌跌撞撞从三楼冲下来，一头撞入灶间，揪住苏连氏的衣襟左摔一下右扭一下，又流鼻涕又打哈欠，急得像哑巴一样呜哇呜哇说不出话。苏连氏惊慌地说着“你干吗你干吗”，一边奋力挣脱着一边往门边退去。发展突然扯开了嗓子，咆哮了一声：“死查某（女人），把我的钱藏哪儿去了！”他下死劲地推了老婆一把，苏连氏像偶人一样跌出灶间，一屁股跌坐在廊道上。发展喊着“还我钱来”，冲上去猛踢一脚。海晏楼人从没见过发展这样凶狠和疯狂，他们想发展疯了，这个吃鸦片的人被鸦片吃了！有人上来劝阻发展，发展横着脸喷着口水把人骂回去了。这时，维纳走了过来，走到父亲面前定定地看着他，心想，这个人怎么变成这样？鸦片是魔鬼吗？这么快就把他变成鬼一样了！发展抖动着手，手指头戳在维纳额上，命令说，把钱给老子拿来，我要吸一口成仙，我要成仙！父亲的脸全扭歪了。维纳想以前是他教训我怎么怎么，现在他鬼上身了，轮到我教训他了！维纳突然抬起手，朝发展脸上啪地打了一记耳光，响亮的耳光像尖锐的爆竹炸响，整座海晏楼都震颤了一下。不知谁喊了一声，打得好！维纳上前把地上的母亲扶起来。烟瘾发作的父亲全身哆嗦着，打转了几圈，踉踉跄跄扑倒在窗棂下的鸡鸭箱上。

苏发扬听维纳说了父亲抽大烟的事，惊得半天合不拢嘴，说：“这是要败家啊！金山银山，架不住抽大烟。”

“我跟我妈把家里的钱和田契都藏了起来，他烟瘾一上头，就打我妈，砸东西，要钱去买大烟，幸好钱都藏起来了，他把我妈往死里打，堂叔他们拉都拉不开，只有我走过来打他一耳光，他才傻掉，然后瘫倒在地上……”苏维纳说，“他烟瘾没发作时，人也变呆傻了，嘴里时常唠唠叨叨，昨天一早就不见了踪影，也不知去了哪里，我村里找遍了，好在他身上没钱，看他还能不能去圩上买大烟！”

苏发扬沉吟着，他想起族规严禁赌博、宿妓、酗酒、损毁公物、不祭扫祖墓等等，共有十八禁，没有专列一条禁大烟，因为族谱族规是大明嘉靖年间修订的，那时阵还没有大烟，但是第十八条“严禁一切堕落奢靡、伤风败俗之举”，抽大烟便可归纳入此条，发展身为一家之长，不以身作则，反而自甘堕落，族里必须管一管的。他起身拍了拍维纳的肩膀，说：“你做得对，那些东西要藏好，我召集族里各房家长、长老来议事，看看怎么办。”

当发展除外的各房家长、长老被召集到祖堂时，苏发扬还未开腔，有人就猜测到要思量发展抽大烟的事，嚷嚷道他这是自寻死路，大家别拦他！发扬威严的眼光扫了过来，说：“怎么能这样说呢，他是我们苏氏的人，能眼睁睁看着他往墓坑里跳？”

苏发扬清了清嗓子，说：“祖宗在上，今天叫大家来这里，想说的正是发展抽大烟的事，我想很多人都知道了，据说大烟在大明朝就有了，但是那时阵是完全当作药来用的，大清以降，特别是道光朝以来，抽大烟的多了起来，抽到家破人亡的不计其数，大家都有所听闻，应该说，在我们博平圩周围各个村庄，因为宗族强大，宗法严厉，偶有偷食者，在宗族的规劝和惩戒下，都戒断了，尚未听说成瘾而不可克制者，而今出了一个发展，烟瘾甚大，据说已沦落到当众殴打亲人的地步，你们说怎么办？”

四房一个长老带着一喉咙的痰响说：“怎么办？参照赌博条例，绑在祖堂门前，当众打屁股，责令改正。”

五六个人立即表示赞同，也有人说族规上没有写严禁抽大烟这条，还有人说这种丢人的事还是别声张出去，让外姓人知道了，传为话柄。

还有人说发展好歹是家长，得给他一点面子。

苏发扬看大家都说完了，眼光向神龛上列祖列宗的神位看去，心里沉得像是压着一块石头，说："我也说几句吧，发展身为家长，本应该带头学好，现在却是带头学坏，列祖列宗在上……"

这时，祖堂外面慌里慌张闯进一个人，在前庭绊了一脚，扑在门板上，发出一阵乒乒乓乓的响声。大家转过头一看，正是苏发展的儿子维纳，他一手按着膝盖慢慢直起身。

"别急，有事慢慢说。"苏发扬说。

"各位长辈，冲撞了，对不起……"苏维纳一边作揖鞠躬一边说，"我爸昨天出去，刚刚被人扶回来，他说有人逼他卖田来换大烟，他说田契不在手上，被绑到了山上的破草寮里，恰好两个过路人解救了他，这会儿，他烟瘾又上来了，在地上打滚……"

苏发扬眼光在全场扫了一遍，说："大家都听到了吧？该怎么执法，大家拿个主意！"

"事不宜迟，或许现在还可救，再下去卖田卖妻儿，这人就完了，我提议按族规第十八禁执法，绑在大门口，当众鞭笞十下，强制戒断，如有再犯，再严加惩治。"二房家长发明大声地说。

"有不同意的吗？"苏发扬问。

没人吱声，祖堂上只剩下苏维纳急促的喘息。

"这一回就在祖堂上吧，暂不召集全族男丁，也算给发展留点面子，若有下一回，就在祖堂门埕上当众执法，让全族男丁都来吐他口水。"苏发扬说。

4

"啊！呜——哇！死啦！死啦！"

苏发展惊乍地从噩梦中醒来，身子动弹不得，四肢被绳索牢牢地绑在了床上，他猛一挣扎，床铺都嘎啦嘎啦地响，好像要倒塌一样，再一挣扎，整幢楼好像都摇晃了，他眼里闪着绝望的幽光，张嘴发出杀猪般的号叫。海晏楼人全都听到了发展的叫声。

苏维纳站在床前，冷冷地看着在床上挣扎和号叫的父亲。母亲端着一碗中草药汤进来，房间里立即飘满了一种苦涩的气味。母亲似乎心有余悸地不敢走得离床铺太近，把药汤端给了维纳。一股辛辣味呛得他想咳，这是苏族长找博平圩上老郎中开来的秘方，主要成分有党参、金樱子、粟壳、莱菔子、韭菜子、半夏、砂仁、陈皮等，可以助人戒断大烟瘾。

床上的苏发展吭几声，身子抽搐几下，像是一头被抓住四蹄放完了血的年猪，突然不再挣扎了，四肢松软下来，眼睛也闭上了。苏维纳端着草药汤走到床前，像老子一样绷着脸，喝令道："坐直点，张开嘴，你的迷魂汤来了。"

苏发展神情恍惚地睁开一只眼，嘴巴像是被扯开一样张成一个大洞，涎水从嘴角边淌了出来。维纳眼明手快地把碗里的草药汤往他嘴洞里灌去，咕噜一声，那嘴像无底洞一样吞进大半碗药汤，发展皱起眉头，想要闭上嘴，那碗沿顶开着他上下唇，并且用力地一研，他合不上嘴，又被灌进了最后半碗汤。他翻了一下眼白，直挺挺呼了一口气，身上已经没有劲动弹了。

"你身为人父，还是一家之长，被按在祖宗面前打屁股的感受怎么样？"苏维纳带着一丝冷笑说。他想起自己因为赌博也曾在祖堂被打屁股，那时年幼无知，后来就改邪归正了，而父亲都这把年纪了，还大烟抽上瘾，这是造孽啊！

苏发展喉结滚动着，一串话像是咳出来的一样："我、是被歹人、下套害的……我、那些歹人……”

“你自己把持不住，不要怪别人。”苏维纳说。

“我、那个连三秋……你遇到他，给我往死里打……”苏发展咽着口水说，“我也知道，大烟不能沾，他们、开头骗我，说什么福寿膏……我管不住自己啊，全身比死还难受，我……”

“好了，你懂得事理就好，你也在祖宗面前表态了，好好配合十天半个月，把瘾给你断了。”苏维纳说着还挥了一下手，口气越来越像原来的父亲了。

“那些歹人害我、我死了变鬼、也不放过他们……”苏发展蹬了一下脚，蹬不开，床铺嘎啦嘎啦地摇动着。

“好了好了，别闹了，给我安静一点。”苏维纳满脸鄙夷地训斥着父亲，背着手走了出去。

每次昏昏沉沉入睡，鬼怪妖魔就闯进梦里，苏发展总是惊叫着醒过来，像是要从床上弹起来一样，只是四肢都被绑住，挣扎几下便灰心丧气了。维纳专门请素月仙来看父亲，素月仙站在床前微闭着眼睛，念念有词地念了一阵子，递给维纳一张符子，交代他说煎好药时把符子灰撒到药汤里，喝下去就好了。

海晏楼人惊讶地看着苏发展从楼梯上走下来，他瘦掉了一圈，好像脱了一层皮，神情木然，手脚迟钝，这完全不是原来的发展，又分明就是发展。大家私下里嘀咕，这是不是上回发展当总头家组织王爷出巡，把王爷瓷像摔碎而得到的报应？

苏发展戒断了大烟瘾，连烟丝也不抽了，仿佛变成了另一个人，他感觉自己像是从鬼门关逃回来一样，庆幸自己只是抽掉了几十块银圆，那天他们诱使他卖掉家里那块田租最高的双季水田，他脑子还有点清醒，支支吾吾没有立即答应，回想起来，他的后背一阵阵发凉，全身像是打摆子一样。苏连氏变得很怕他，看到他身子就下意识地一哆嗦，晚上干脆去跟女儿一起睡了，而他自己变得很怕维纳，一看到维纳就口干舌燥，大气也不敢喘了。发展冥思苦想了几个晚上，有一个早上终于鼓起勇气问维纳说，那些银圆、黄金、田契呢？维纳凶声唬道，要是不藏起来，还不是被你抽掉了？发展低着头，像是做错事的孩子，讷讷地说，嗯哪，你要藏好，要藏好。维纳说，当然要藏好了，不会让你找到的，你放心。发展神情委顿地叹了一声说，这些家财本来就是要传给你的……维纳立即打断他说，这些家财本来就不是你积攒的，是好几代祖宗辛苦烧窑，到海外做买卖赚回来，攒起来的，差点被你一杆烟袋给烧掉了！说得发展羞愧难当，头低得更低了。

“我告诉你，钱我会用到正道上，我已经雇人把废弃的窑炉修好，明年开春就可以开始烧窑了。”苏维纳比着手朗声地说。

苏发展抬起头看着维纳，眼神里透着一种崇拜，心里不得不承认自己不行了，以后一切都要靠儿子了。

“我现在跟发志叔学一学，以后就自己做坯、点火，祖宗能把瓷烧得那么好，又卖到那么远的海外去，我怎么也得学一点。”

苏发展连连点头，说：“你一个高祖，也是十几岁开始学习烧制瓷器，二十几岁就是东溪窑顶呱呱的高手了。”

“以后我做正事，你就别管我了，你管好你自己就行了。”苏维纳用着教训的语气教训父亲。

苏发展又是不停地点头。

第二十四章

1

余庆楼夯到了第四层。这块“饱牛睡地”到底是一块风水宝地啊，进展顺利。随着行墙高度增高，绞盘把装满熟土的吊篮吱吱嘎嘎地从地面上升到墙头，那吊篮在绳索一升一降的拉扯下，迎着晨曦缓缓地升起，有一两撮土震晃出来，在空中化作尘埃，带着闪烁的长长短短的日光，天女散花般飘洒下来。邹德永昂起头，一些粉尘就飘到了他头上、脸上和衣衫上，他感觉这像是来自大地女神的亲吻。

现在余庆楼夯起三层，已有四丈多高，最后夯到四层并盖瓦，将接近六丈高。想一想这高度，至少有十二个成年男人女人那么高——而这只不过是用乡村里漫山遍野的土，用粗陋不起眼的夯杵、大板夯成，当然，这是人夯出来的，人在这里是最重要的。

邹德永没想到大儿子锦江是个夯墙好手，两手握着夯杵，神态轻松，似乎没怎么用力，但是架势特别好，举重若轻，夯杵头一下一下捶打在土里，发出一串节奏明快的夯击声。俗话说，功夫人人会，好坏差很多。锦江有势又有力，他夯出来的墙特别结实，也极少断痕和孔隙，这让随后补墙和拍大板的人省事不少。令德永没想到的是，锦江也会拍大板，而且是个行家里手。

站在墙头上拍大板是检验墙体总体合力和刚韧度的一道主要工序。如果墙体夯得实在结实，墙角和版层衔接得亲密无缝，工匠随便站在墙头一处拍打墙面，四向相连的整个墙体都会一起震动，而且震波柔和，像是平静水面上荡开的一道道涟漪。这就表明墙体是刚柔相济的，质量很高。如果只是板下一面墙震动，其余的版层都不动，则表明墙夯得不够好。站在高高的墙上拍大板，不仅需要巨大的体力，还要有熟练的技巧，最重要的是要有足够的胆量。对建土楼的师傅来说，这是比较见功底的一项硬功夫。一般没有建土楼经验的人，是不敢接手这项活的。余庆楼建到第二层，锦江自告奋勇出来拍大板，这样一层一层拍下来，建到第四层拍第三层的大板时，他已俨然是个功夫老到的高手。只见他穿着薄薄的衣衫，敞开两粒布扣的衣襟掩饰不住厚实的胸膛。手持大板，低着头前倾着身子，像一张弓一样，把手上的大板平平正正地拍打在墙面上，脚下的墙体同时震颤起来，他却壁虎似的被紧紧吸在墙头上。下面的人都看得胆战心惊、头晕目眩，担心锦江会站不稳跌落下来，据说建土楼最有可能造成伤亡的就是拍大板。锦江在墙头上弓着身子，拍打出一串串清亮明快的声音，在四周围久久地回荡。

邹德永在下面看得惊呆了，震荡的高墙上，锦江手起板落，一下一下富有节奏和力度，拍打声有力而响亮，他腾挪着身子，不管身子往前倾得多厉害，脚指头总是牢牢地吸在墙上。德永看得眼花缭乱，好像锦江不是在拍大板，而是在表演一种关于劳动的古早的舞蹈，充满神圣的仪式感。德永想起儿子的老婆死去一年多了，他也曾颓废过，现在终于振作了精神，把身上所有的气力全都倾泻在夯墙和拍大板上，像一个男人那样尽心勤力。

邹锦江从墙头上下到地面，古铜色的脸上缀满了汗珠，厚实的胸膛像浪潮一波一波地起伏着，他默默地从德永面前走过。

邹德永想叫住他说一句话，最后还是没有叫。他宽阔的背影似乎越走越快，一下消失在德永的视野里。德永心想，等建好余庆楼，无论如何，不管是借债还是卖地，都要再给锦江讨一房妻室。

好男人不能缺了女人！邹德永心想。

2

天色熹微，苏小果顺利产下一个男婴，洪亮的啼哭把很多海威楼人从梦中惊醒，他们知道族长女儿生产了，这个不幸的女人，原来那么乖巧、和气的一个妹子，遭遇到那么大不幸之后逃回家里，深居简出，把所有苦难都埋在心里，逢人都是静静地微笑，让一些长辈感觉到心痛极了。现在好了，她有了一个孩子，孩子的来历不重要，重要的这是一条生命，她此后的人生有了孩子的陪伴，将会慢慢好起来。

看着身边新生婴儿红通通的小脸庞，苏小果满心是一种说不出的欢喜，她虚弱的身子努力坐起一点，俯视着这个她带来人间的小生命，真想用整个身子把他紧紧包裹起来，欢喜之余，似乎又有些愧疚，内心里交织着各种复杂的情感。她屏气凝神，端详着孩子的五官面貌。不管怎么样，从此后她要变得更坚强了，这样才能更好地爱他、保护他。

苏发扬一早来到顺风公的房间，尚未开口说话，顺风公就一边微微咳着一边说："我知道，有好事……"

"嗯，是个男孩。"苏发扬说。

"好，好，好……"

"小果她想给孩子取名苏拾，顺风公，你说呢？"

"好，好，好，每个人的生命都是拾来的，不容易……"

一个曾孙辈用饭甑提来顺风公的早餐，苏发扬侍候他用过早餐之后，也下楼食早，然后走出海威楼，沿着村道向东溪畔走去，走过木桥经过天妃宫，大步地往上走着。这些天他带着儿子在发志的指导下开始做坯，他发现三儿子维生心灵手巧，拉坯轮制一招一式，无师自通，而二儿子维能就显得笨手笨脚，主要是不用心，没把心思放在这里，似乎是被父亲强迫来干活的。

“发扬伯，你好早。”苏维纳在后面叫了一声，大步走了上来。

“嗯，嗯，你也是，后生子不赖床，难得。”苏发扬说。

“应该应该，少年要吃拼嘛。”受到表扬的苏维纳似乎有点腼腆。

“嗯，趁少年，好好拼。”苏发扬点着头说。

苏维纳这些天的变化令发扬刮目相看，去年他还因为赌博被祖堂处罚过，不久前在处置父亲抽大烟的过程中，他却一下子脱胎换骨变成了另一个人。他家的窑炉也修复起来了，准备大干一番，他的果断、成熟显得跟他的年纪不大相当，看着他的言行举止，发扬就不禁想起因为要逃避祖堂处罚而跑到台湾的儿子维修，维修也是有将才的，可是现在远在台湾又火速娶了苏邹德昌的女儿，来过一封家“批”再无下文，也不知他现在以什么为业，何时能够回来？

两人在岔路口分开，发扬往左，维纳往右。维纳家的窑炉依山坡而建，前低后高，呈阶梯状，称横室阶级窑，发扬家的窑炉也是依山而建，但是窑内不分室，一通到底，称作阶级龙窑。论起烧窑往事，苏氏是东溪窑的头牌，而维纳祖上则是苏氏窑的头牌，只不过沦落这么多年了，他稚嫩的肩膀能否扛起重振祖业的重担，发扬不敢寄予希望，毕竟后生子愿意走出这一步，已经相当不容易了。这也算是他所倡议的“东溪窑后备队”结出的第一只果实。

路过发志的工坊，这里早已是一片繁忙的景象，发志正在给一尊通体浸釉的刘海戏蟾坐像刮釉修坯，他一个儿子在荡釉，把釉浆注入坯体里，然后上下左右旋荡，让釉浆布满坯体，再把多余的釉浆倾倒出来，还有一个发扬不认识的男子正在用刷子蘸取釉浆涂抹在碗坯上。发扬站在一边默默地看了一阵子，不便打扰人家，轻手轻脚地往自家的窑炉走去。

人家发志是吃住在工坊的，这种打拼精神，苏发扬心里非常赞赏，可惜自己还做不到。这大半年来，他身体力行，又不断督促，总算用水车碓打出一堆堆瓷土，又淘洗成一堆堆瓷泥，拉坯轮制出一排排碗、盘、碟、钵、盏、盅、瓶、罐等日用器。但是还不够烧一窑。发扬总觉得进度慢，做工也不好，发志说这样已经不错了，发扬知道这是安慰他，其实他心里也有点茫然，这烧出来的东西要卖给谁呢？月港早已堵塞，要运到厦门港或者汕头港，市场行情并不看好，而且现在的海外番邦也不再是过去的蕞尔小国或蛮夷之地，其中很多已经发展壮大，对大清国虎视眈眈。前些天，发扬和发志在祖堂给“东溪窑后备队”上课之后一起走回家，路上发志也推心置腹地对发扬说，东溪窑前景并不美好，不仅苏氏，梧树吴氏、东山郭氏、荆门方氏等等也是每况愈下，后继无人，为什么会这样？因为情况不同了，国内外形势都有了极大的变化。发志说他是上了“贼船”下不来，只好一条道走到黑，对发扬重振祖业的宏愿深表钦佩，所以也愿意一起努力，但是，到头来，可能是白忙活一场。当时发扬疑惑地看着发志，盯着他那“脱子种”的长脸庞，心里不胜惊讶。

苏发志说：“你要重新做瓷烧窑，我当然要支持你了，若不支持你，好像就是怕你来抢生意一样，其实现在生意真的不好做。”

苏发扬说：“我知道，现在要像祖宗造烧窑赚大钱，完全不可能了，我只是觉得，祖业不能在我们这代人手上断了。”

苏发志说：“我理解你的内心，明知不可为而为之，我佩服的就是这一点。”

苏发扬笑笑说："你也别说得这么悲壮吧？事情只要去做，就有可能做成。"

苏发志说："但愿吧，说实在的，我也是少说多做的人，因为敬佩你，才愿意跟你说说心里话。"

两个男人相视一眼，两双手握在了一起，两张刚毅的脸庞，虽然外形有异，苏发扬感觉彼此的血是相同的。

苏发扬走到自家窑炉旁边的窑神神位前，这是一个不大的神龛，两边用一小截红纸写着两行小字：火中取财宝，窑门出真金。初二和十六日要供牲祭拜，每天开工前，发扬就双手合十简单拜一拜。发扬拜时心里默念："窑公啊，保佑我瓷器大卖。"放下手忽然想到，窑公是保佑烧出好瓷器的，要大卖应该去拜番王爷才对。转念又一想，罢了罢了，反正有拜就有保庇。

3

天快亮时，邹锦洪做了个梦，他走在一片广阔无边的林子里，忽然听到一阵鸟鸣，天上有个什么东西掉了下来，他赶紧张开双臂捧住，原来是个使劲啼哭的婴儿，他吓了一跳，然后梦就醒了。

"皇帝洞"里还是一片幽冥，像是混沌未开的天地。邹锦洪从床上坐起来，他想起那天黑番带他到博平圩，半路上他们无意中解救了一个被绑架的苏洋村人，他神思恍惚，认不出锦洪，或者本来就不认识，毕竟锦洪是小辈，两姓之间往来又不多。但他是小果那边苏姓的一个家长，他应该知道一点小果的情况，锦洪几次想要问他，最后还是强压住这个念头。

那天黑番带他到紫阳书院寻访一个叫作汉明先生的人，这里门前土埕上的石凳邹锦洪没少坐过，书院里却是第一次进来，这是一座两进式红砖厝，中间有一个敞亮的不小的天井，天井中间一株虬枝冬梅，屈曲盘旋，傲骨峥嵘，厅堂上、转角处挂着字画，摆着兰花，显得高雅、清素。看门的驼背老人引着黑番和锦洪沿着廊道走到后厢房，一位先生闻声出来迎接，却不是黑番要找的汉明先生，他说汉明先生离开紫阳书院已经一年多了，不知去往何处。黑番“哦”了一声，脸上明显有失望的表情，随即告辞离开。路上邹锦洪忍不住问汉明先生是什么人，黑番淡淡地说，一位故人。邹锦洪愈发觉得黑番是一个神秘莫测的人，他的来历、他的出身、他的往事，一切都令人不可捉摸。

黑番带着邹锦洪往云水茶庄走去的路上对他说，这里离你家不远了，你不想回去看看？锦洪心里一震，说我是想回，可我怎么回呢？他心里交织着复杂的情感，想回，又害怕，这种害怕是难以言说的愧疚、恐惧和迷惘，不知小果现在怎么样？他相信她不会向包括父母亲在内的任何人供出他来，但她的情况一定好不了，娘家收留她，而婆家早就不要她了，她在苏洋村顶得住那些风言风语吗？这大半年来她是怎么度过的，她心里还在恨着他吗？锦洪觉得自己真是一个可恨的人，心里只有德昌叔那并不存在的白银，而把面前活生生的人给忽视了——这是不可饶恕的，小果应该恨。只有她恨，他内心才会稍稍安宁一些。黑番和锦洪在云水茶庄泡了一泡乌龙茶，叫了一些花生仁、山城小饭、麻糍之类的小点，相对面坐着，偶尔说几句话，多是黑番自言自语地说些什么，锦洪礼貌性地应答一下，他的心思早已飘到了苏洋村上空，自从分手后，还从来没有这么强烈地思念过小果。后来黑番又带锦洪去吃卤面，点了一碟文公螺——黑番说这是朱文公出知漳州时爱吃的山涧里捡的螺，后来就叫文公螺，还叫了一小壶糯米酒，吃足喝饱后投宿圩上的大通客栈。那客栈是一溜过去的大通铺，一人抱一床被子进来，躺下就可以睡觉，他们进来时，还没有其他人，锦洪本想挑靠墙的位置，黑番却选择在正中间躺下，也只好在他身边摊开被子。后来锦洪才知道，睡在正中间可以方便地听到左右两边的人说话。陆续有人进来了，有人倒头便睡，有人拉呱搭讪，房间里弥漫着一股脚臭味。有个刚北上回来的永定烟刀生意人说起他的见闻，引起黑番和锦洪的特别关注。据他说现在“长毛”和朝廷在长江一带打得不可开交，大清国要留辫子的，而“长毛”下令蓄发——所以才被叫作“长毛”嘛，这就让人左右为难，如果留着辫子被“长毛”抓住了，留辫不留头，杀！如果蓄发被清军逮着了，留发不留头，杀！有人就琢磨出一个办法，就是让头发长出来，不时加以修剪，看起来好像是刚刚蓄发，又好像是忘记了剃发一样，左右逢源，两边讨好。不过，像他这样两边跑的生意人，“长毛”给了特别政策，交上二十六文钱，领一张“剃头凭”，就可以安心剃发而不用担心被杀头了。“长毛”的话题也引起了其他人的兴趣，大家七嘴八舌地说起了各种关于“长毛”的传闻。黑番和锦洪没有插话，假装睡着了。第二天，黑番和锦洪离开客栈回“皇帝洞”，路上锦洪问黑番，你觉得“长毛”好还是不好？黑番反问，你觉得我们好还是不好？锦洪语塞了。黑番说，天地间没有好还是不好这么简单的问题。离开博平圩沿一条溪涧进山的路上，黑番最后一次问锦洪，你真不想回去看看吗？锦洪满心想着小果，甚至想到了她当时肚子里会不会有孩子了，但他还是坚定地摇了摇头。

现在突然做了一个天降婴儿的梦，这个梦到底在暗示什么呢？邹锦洪百思不得其解，把脑子想得发痛了。第二天，邹锦洪豁然开悟，满脸涨得通红地踱来踱去，最后走到黑番面前说：“老大，我想回苏洋村……”

黑番一早便已察觉到邹锦洪的异常，还是一怔，说：“那是你家，回吧。”

邹锦洪扑通一声跪了下来，说：“大哥，感谢你收留我！感谢你——”

黑番一只手把他拉了起来，说：“我知道你终归是要回去的，我们也算有缘，现在缘尽了，你就回吧……”

“大哥，你的大恩大德……”

黑番连忙用一只手堵住邹锦洪的嘴巴，说：“别，别，别这么说，回去就把我忘记吧。”

“我永不忘记……”邹锦洪尖起嗓子说。

黑番淡淡地说：“相濡以沫，不如相忘于江湖。”

4

邹德永合上记账记工的账本，长长地吁了一口气，右手握拳弯到背后捶了几下背。按目前进展，余庆楼在过年前可以盖顶出水，接下来，春天雨季一过，就可以开始内装修——装修是更费时费料费钱的活，但是只要四面墙夯起来，这就让人内心踏实了，可以慢慢做，各家各户各显神通，总是有办法做成的。俗话说万事开头难，建造余庆楼最难的时节早已经过去，现在就是黎明前的那段黑暗。他收起账本，屁股从床上抬起来，把床前的小桌子搬到窗户下放好，准备到门口方便一下，然后开始睡觉。他刚反身往门口走去，虚掩的门被一把推开，一条人影闪了进来，扑通一声，就朝他跪了下来。

“爸，是我——”

邹德永猛吃一惊，不由往后倒退了两步，又慌忙上前，用手托起跪下那人的下巴，房间里的松油灯光晕黄黄一圈，但他还是一眼就认出，这人就是失踪一年多的儿子锦洪！

“你?！你从哪里冒出来的？”邹德永惊得合不拢嘴。面前跪在地上的儿子比过去黑多了，胡子拉碴，头发也长出了一茬，眼神里有了一些男人的刚劲和锋芒。德永双手颤抖着，把他从地上拉起来。

“爸，你告诉我，苏小果是不是三天前生了一个儿子？”邹锦洪迫不及待地问。

邹德永点了一下头，说：“有听说……”他正奇怪儿子怎么一回来就问这个事，锦洪便抢先说道：

“那是我儿子！也是你的孙子……”

邹德永惊厥地歪倒在地上，全身不住地哆嗦，说话也语无伦次了：“你……儿子……什么？你说什么？你——”

邹锦洪连忙上前扶住德永，把他扶到床头，让他靠着床头板坐了下来。锦洪待父亲心情平复了一些，便一五一十从头说起：到博平圩当挑夫被“皇帝洞”土匪人货俱掳，只好入伙，后来听说小果出嫁，就与土匪合计，抢走新娘子到山城一起生活，以卖豆腐为生，无意中发现那两个抢劫德昌叔的挑夫，上门逼迫抢匪交出德昌叔被抢的银圆，但是抢匪矢口否认抢到银圆，他气急败坏杀死一个人，害怕事情败露，官府追究，就带着小果逃跑，因为无处可去，他决定重新投奔“皇帝洞”的土匪，路上跟小果产生分歧，两人大吵了一架，小果就独自回了苏洋村，而他又去了“皇帝洞”，三天前做梦天降婴儿……

邹德永默默地听锦洪说着，时而惊悸地咧开嘴，时而眼里闪过一些诧异，锦洪一说完，他的一巴掌就飞到了他的脸上，整座集庆楼都响起了响亮的耳光。

“你、你害苦了人家妹子！”邹德永咬着牙根，牙缝间迸出了声音说。

邹锦洪摸着脸颊，低头肃立，吭都没有吭一声。

邹德永走下床，脚后跟狠狠在地上研了一下，他走到门边把门关上，又走到窗前把窗门全部推开，嘴里急促地呼着气，心里像是有一只鼓和一面锣轮番敲着，他一会儿攥紧拳头，一会儿松了开来，感觉全身发软要瘫倒一样。德永心里太乱了，五味俱全，一时不知如何是好。

“你、你好厉害……竟然有了儿子，竟然给了我一个孙子……”邹德永声音哆嗦了一下，推着锦洪的肩膀把他转了过来。锦洪比他略高一个头，但是头一直低着，不敢看他的眼睛。

“你行啊，真行……”邹德永用一根手指头戳了两下他的脑门，“你德昌叔藤箱里确实没有白银，这也不能怪你……”

邹锦洪咽了口水，抬起眼睛看了父亲一眼，感觉父亲操持建造余庆楼以后衰老了许多，在昏黄的灯光下，他的脸像老树皮一样黝黑深刻。德昌叔箱子里原来真是没有白银，那两个抢匪没有撒谎，这事情就显得有点荒诞了——他的命运改变正是从这并不存在的白银开始的，事情原来起源于并不存在的白银，并不存在的白银却是硬生生地改变了他的命运！他什么话也说不出了。

“你当了土匪，又联手土匪抢了人家的新嫁娘——这博平圩几多年也没人干过的事，都让你干了，你‘进士公’一定也想不到他有一个这么强悍的子孙。”邹德永绕着锦洪转了几个圈，感觉到整座集庆楼都在旋转，他扶墙站了一阵子，又是大口地喘息。当初得知苏族长女儿出嫁途中被土匪抢走，他对苏家表示了同情，也谴责了土匪，没想到这个土匪竟然就是自己的儿子。儿子跟小果的地下恋情他早已发觉，他原以为最后的结局就像自己跟素月一样无疾而终，谁知道居然是这样！他内心里蓦然一震，我有孙子了！而且还有苏姓的血脉，到底祖上是亲人，这血又流到一块了！

“你跟小果逃到了山城圩，为什么不好好过日子？”邹德永又走到了锦洪面前，盯着他说。

“我那时一门心思、中了魔神一样想着德昌叔的白银……我错了……”邹锦洪不由哽咽了一声。

“你知道吗？小果回家后，夫家休了她，一般女人是活不下去了，幸好她父母亲还是开明的，痛惜女儿，小果忍辱负重深居简出，多不容易啊……”邹德永说得动情，眼眶都湿润了。

邹锦洪终于忍不住抽泣起来，用两只手堵着嘴巴，哭声还是从指缝间流泻而出。

“你哭什么哭？你受的苦有人家多吗？你一个大男人，也有面子哭？”邹德永厉声呵斥。

锦洪立即止住哭泣，父亲的话像刀子一样割着他的心，其实他是为小果哭，小果为了他真是义薄云天，他都不知道这一生如何偿还她了。

“要是小果说出抢新娘子的土匪就是你，苏邹两姓还会有宁日吗？唉，小果这妹子，太仁义了！”邹德永抹了一把眼泪，又一把，他突然都想哭了，要是小果回家后供出锦洪，那真是不敢想象的后果，械斗、死人肯定都是免不了的，余庆楼也绝无可能建成，苏邹两姓将永堕世代冤仇的深渊之中……但是，小果什么都不说，一切糟糕的不可收拾的结局都被避免了，她自己默默地承受痛苦，同时平静地孕育生命——她竟然为她应该恨的男人生了一个儿子？！邹德永肩膀耸动了几下，也情不自禁地哽咽起来。

“你、你怎么了？”邹锦洪慌张地想要扶父亲一下，手却僵住一样伸不开。

“锦洪，我告诉你，”邹德永止住哽咽声，还带着泪水的眼光直直地盯着锦洪，正色地说，“你回来就好，我也不责备你了，跟你约法三章，一不许跟任何人提起抢亲的事，任何人包括德昌、红米他们；二不许去见小果，也不要相认儿子，这是以后的事，以后再说吧；三在族里少说话，多做事，每天到余庆楼给我忙活，心里多拜祖宗、观音菩萨，求他们宽恕你。”

“我、我跑回来就是想看……”

“不行，这坚决不行！”邹德永双目怒瞪，眼里像是要喷出一股火了，“你要是想去看小果和孩子，晚上就动用家法将你割舌、装猪笼沉潭！”

邹锦洪无语地低下头。

“孩子是你的，是我们的，看与不看，他都在那里，”邹德永说，“你不看，他好好的，你一看，一切都完了。”

邹锦洪心想，我火烧火燎跑回来，就是想看小果和儿子，如果不能看，我还跑回来做什么呢？但是父亲的话让他心里凉凉的，其实他此前也想到过，只不过没有现在想得这么真切，是啊，你去看他们，你心里得到了满足，你一个人死了也不足为惜，但是，你看了之后将是怎样无法收拾的结果呢？苏姓人肯定无法原谅——将心比心，要是苏姓男子对邹姓女子做了同样的事，邹姓会原谅吗？——两姓之间必有一场腥风血雨的恶斗……想到这里，他全身不禁哆嗦了一下。

邹德永抖着一根指头，几乎顶着锦洪的喉结，问：“看，还是不看？”

“不看。”邹锦洪说着流下了热泪，心想即使不能看到他们，我还是要回到这块土地上，闻到空气中有我女人、儿子的气息，我干什么活也带劲了，我心里知道我跟他们相隔不远，有空朝那边望一望，做牛做马我也值了——因为这块土地上有我的后裔血脉了，这是我的苏洋村，苏邹两姓的血又流到一起了！

5

邹姓人几乎都知道邹锦洪回来了，从土匪窝逃了回来，纷纷感叹这真是命大啊。邹德永特意交代各房家长，让大家别声张，外面包括苏姓那边都不能说，锦洪毕竟是挑了烟丝铺的货被土匪掳走的，万一烟丝铺老板得知锦洪回来，上门索赔怎么办？大家还记得上回跟烟丝铺老板闹过一回的事，自然懂得要坚守秘密。德永担忧苏姓那边获知消息，主要是生怕引起苏小果的什么反应，专门跟德昌说，别把锦洪回来的事传到素月耳里去。这些时日以来，德昌俨然素月的扈从一样，苏洋村人已经见怪不怪了。德昌有时晚上也没回集庆楼，德永也不想过问了。毕竟他是台湾客，素月又是成仙的神婆，身份异常，苏洋村固有的一套秩序框不住他们。德昌说，你放心，我是不会说的，要是她自己算出来，我就没法度了。德永说，他正是为了追回你那一百块白银去当挑夫的。

苏邹德昌见到邹锦洪时把他揽到怀里抱了抱，说："贤侄，我那不存在的一百块白银害惨你了。"

忙活一场折腾一番，最终发现白银不存在，但是，命运由此起了一系列变化，这却是真实存在的，不可改变，邹锦洪心里满是苦涩，却是笑笑说："这就是命吧。"

"对了，什么时阵我带你到那边算算命……"德昌说着，冷不防看到德永严厉的眼光，连忙改口说，"既然是命，算也罢，不算也罢，都是一样的，你就认命吧。"

邹锦洪心想，一切只有面对。他听德永的安排每天到余庆楼干活，挑熟土、夯墙、搬木料，什么活都干，而且都不休息，除了内急到茅厕才会闲下来歇口气。每当把自己累得喘不上气时，他才感觉到心里好受一些，想到自己还能为余庆楼出一份力，他就觉得再累也值了。

有一天收工，天还没黑，邹锦洪克制着自己不往上坂苏氏村子走，还是绕到东溪畔来了，这里实际上也是苏氏地界，不过离村子有点远了。他看到几座窑炉在冒烟，知道这是在烧窑，苏氏祖上就是烧窑起家的，漫山遍野不起眼的土，经过烈火焚烧，变成了瓷器，这真是了不起。他忽然感觉自己也像是一把土，被烧过了，却没有变成瓷器，而是烧坏了，成为一件废品。这么一想，心里又是一阵苍凉，他掉头走回了集庆楼。

每天晚上睡觉前，邹锦洪几乎都会走到瞭望铳棚上，往苏氏海威楼方向张望一会儿。月光洒落这片天地，月光下万物进入了梦乡，锦洪想到，小果和儿子跟自己共同沐浴在一片月光之下，内心里发出了会心的微笑，他好像看到小果抱着儿子在海威楼的廊道上走着，一边走着一边哼着童谣哄他入睡，小果的面容似乎有些模糊了，但是她的侧影曲线玲珑，他心跳一下加快了。睡不着时，锦洪总琢磨要给儿子取一个名字，按字辈儿子是“长”字辈，可这是以后归宗认祖的事，现在要先给他取个小名。他想了好几个晚上，有一天突然灵光闪现，就叫邹拾吧，他的生命就是偶然拾来的，其实每个人都是被父母亲拾来的啊。他为这个命名激动得一个晚上睡不着。

邹锦洪每天心里想着苏小果和邹拾，感觉他们就住在自己的心中，自己随时随地可以跟他们说话，心里就美美的。反而是德永有一天突然想起孙子，想得受不了，就提起一篮子鸡蛋，往海威楼走去。他有事要找苏发扬，正好可以趁机看一眼自己的孙子。

一走进海威楼，邹德永的眼睛就四处滴溜溜转，看看苏小果是否抱着孩子正在哪里坐着，可惜没有。他刚走到苏发扬家灶间门口，发扬正一脚迈出来，他突然有点结巴地说：“这个，明天我们来搬青瓦吧，马上、余庆楼要出水了。”

“好呀，恭喜啊。”苏发扬说着，看到了德永手里一篮子鸡蛋，“你这也太客气了吧。”

“不是——这个，听说，小果生了个儿子，一点小意思……”邹德永心里怦怦直跳得紧，感觉很多话说不出来。

“多谢了。”苏发扬沉着脸说，“她这种情况，我们也没办‘满月酒’，就家里……难得你有这份心意。”

“应该应该……”邹德永说，“我们是亲戚嘛。”他心里说，我们不是一般亲戚，真的是亲家啊，亲家啊。他把篮子提手挂到了发扬手上。

“这个——”苏发扬一手提着篮子，另一手从篮子里抓起两粒鸡蛋，“那我拿两粒就好，意思到了，其他的你带回去。”

“哎呀，别见外，别，别，见笑了，一点意思。”邹德永摆着手说，眼光却往香火堂、天井、楼梯口望去，期望能够看到孙子一眼，可是却不能说的，焚心似火，又不想掉头走开，只能继续跟苏发扬相互客气着，拖延时间等待机会。

“你真是多礼，我们也没办酒，还怕人知道呢……”苏发扬说。

“哎，这有什么？人，人是最重要的……”邹德永说。

“是，你这话我爱听，人是最重要的，其他都不要紧。”苏发扬说。

“就是呀，最重要，人最重要……”邹德永说。

“嗯，不管怎么样，他都是我的孙子……”苏发扬说。

他是我的孙子！邹德永心里焦急地喊了一声。

“好吧，那我收下了，多谢。”苏发扬不再推让了，把手上的两粒鸡蛋放回篮子里，“进来喝一杯茶吧。”

“好。”邹德永爽快地答应。

两人前后脚进了灶间，苏发扬把篮子放在灶台上，就开始烧炭炉烧水。邹德永心想，这下，再等等，能不能看到孙子？他眼光往窗棂外面望去，寻找着小果和孙子的身影，小果按时间算出了月子，应该会随时抱着孩子在土楼里走动，当然她也有可能是抱着孩子在三楼的走马廊上走着——唉，他真寻不出有什么理由可以上楼去看看，心里焦灼得像是爬满了虫子。

苏发扬一边扇着炭炉火，一边对邹德永说：“你们余庆楼进展还是很顺利啊，师傅走了，都没难倒你们。”

“嗯，还好吧，我们自己当土师傅。”邹德永应着话，眼光仍在窗棂外不停地睃巡。

“佩服佩服，”苏发扬用力扇着炭炉火，“我们烧窑没有了师傅，很多就做不好，甚至做不来。”

“你们自己就是师傅，还需要什么师傅？”

“哎，你有所不知，祖上是有很多制瓷高手，远近闻名的师傅，可这功夫荒废了多年，几代人都没有传承好，一代不如一代啊！”

“我还是佩服你们，土烧烧，就变成瓷了，太厉害！太了不起！”

苏发扬笑了起来，说：“怎么了？今天我们相互表扬了？你们也是嘛，土夯夯，就变成了土楼，我们这三座土楼都是请师傅建的，连夯墙都请了一些外人。”

“你们财大气粗啊，我们没什么积蓄，硬是空手夯起一版版墙的。”邹德永说，眼光仍然没有收回来。

“你们这才了不得啊。”苏发扬说。

这时，炭炉上的铁壶哨响了，几乎与此同时，廊道上响起一串婴儿银铃似的哭声。邹德永心里蓦地一震，身子像是被火烫到似的抽搐了一下，慌忙站起身，就推开半截腰门往外面走去。

苏发扬的妻子苏罗氏正抱着孩子从楼梯口走下来，邹德永心里一阵狂跳，脚突然重得抬不动了。苏罗氏看到邹德永轻轻点头示意，德永的心几乎要跳出来了，他迎上前，看到了她怀里襁褓中的婴儿——那就是他的孙子！他差点要窒息了，那张粉嫩的小脸在他眼里霎时模糊了，因为他眼睛湿润了，他真切地看到孙子冲着他微微一笑，是的，微笑，像一丝人世间最美丽的涟漪，他呆住了——苏罗氏抱着孩子从他身边走过，径直向香火堂走去——我的孙子冲我笑了！到底是血浓于水。德永的眼泪几乎要掉下来了。

“哎，你怎么啦？”苏发扬从灶间探出半个身子问道。

“哦，没什么，沙子、掉进眼睛……”邹德永不停地揉着眼睛，走进灶间，坐也没坐下，端起发扬泡好的茶，一口便喝下了一杯。

“不要紧吧？”苏发扬问。

“没事，好了，”邹德永说，“我得赶回去，还有一堆活呢。”

“坐会儿嘛，急啥货？”苏发扬说，“你也难得来。”

“不了不了，”邹德永又揉起眼睛，反身走了出去，“我走了。”他已经心满意足，尽管他没有清楚地看到孙子的五官脸庞，但是他很真切地看见了他的微笑，这就够了，这是一种很美妙很神奇的感觉，他看到了孙子的微笑！邹德永心里舒坦得像是吃下了一颗人参果。邹家与苏家的血脉，现在寄养苏家，苏邹本来就是一家啊。

第二十五章

1

立春那天，一早就起了北风。一阵北风从东溪畔吹来，掠过田地、村道，在苏洋村上空呜呜叫着。不一会儿，雨就下来了，哗啦啦下成了一片，整个村子被笼罩在一片白茫茫的雨雾之中。

望着天井里密不透风的雨帘，邹德永庆幸万分，昨天余庆楼盖瓦完工，这叫作“出水”，还在余庆楼前办了十几桌“出水酒”。昨晚的酒气还在呢，今天就来了雨水。雨水来财，或许表示邹氏住进余庆楼之后，将勤劳致富发大财了。

立春这天已经是腊月二十七，进入了年关。大家以为雨下个半天就停了，谁知午饭后雨点虽然小了许多，但是雨势却是绵绵不尽——到了半夜里，雨声歇了一阵，天亮又大起来了，一下又是一整天，腊月二十九午后晴了小半天，除夕那天又雨声如雷，如同在闽西南土楼乡村的上空炸响过年的爆竹一样。

这雨就从大清同治二年下到了同治三年，一直细密绵绵地下到同治三年正月初九。

初九拜天公日。或许天公显灵，一早雨停了，日头从东山岽上白花花地照射下来。苏洋村人惊喜地欢叫起来，这久违的阳光！要是继续下雨，所有的人都要发霉了。这场雨也下得够久了，从1863年下到1864年，从猪年下到鼠年，翻开史书和各姓氏族谱，过年时节下这么长的雨，闽西南土楼乡村还从未有过相似的记载。

女人们把衣衫、被单晒到天井、土楼大门口等所有有日头的地方，孩子们冲出土楼，在村子里兴高采烈地活蹦乱跳，做着踢毽子、跳格子、过五关等游戏，男人们也走到了日光里说闲话，彼此都闻到了身上的霉馊味，不好好晒一晒真是不行了。

苏发扬看见顺风公气色不错，让维生把他背到了一楼香火堂。顺风公坐在日光里的太师椅上，眯缝着眼晒着太阳，感觉到全身暖洋洋的。

这是同治三年闽西南土楼乡村的第一缕阳光，照得所有人喜气洋洋。大家被雨水困在土楼里，憋闷在房间里，一整个过年都过得湿漉漉的，心情更是内涝成灾，这下阳光普照，地面上的水汽在空中蒸发着，散发出一股土地的辛腥，人们的心情也开始变得干爽，有心思来想着怎么欢庆元宵了。

顺风公晒了一阵子日光，就抬起一只手摇了一下，苏发扬立即会意，在顺风公面前蹲下身子，准备亲自把顺风公背到楼上。

“你行吗，喀，喀，你也是老骨头了……”顺风公说。

“我试试吧。”苏发扬说。

“你什么、都想试，硬颈，骨子里、不服输……”顺风公说着，伸出两手几乎揽住了发扬的脖子，身体往他背上趴去。

苏发扬两手弯到背后托住顺风公的臀部，两只腿慢慢用力地往上直起来，脑子里好像嗡的一声，他暗地里咬紧了牙根，还是站了起来。顺风公的身子已经变得很轻，他还需要这么使劲，说明力气确实大不如前了，幸好还能站起来。发扬背着顺风公往楼梯走去，维生从廊道那边走过来，说：

“我来背吧。”

“不用，我试试。”苏发扬说着，就登上了楼梯。

苏维生只好在楼梯后面跟着，心想，父亲这是想表现，就像在族里一直想表现一样，那就让他表现好了。

苏发扬背着顺风公一口气走到了二楼转角，还是停下来歇了一下，走到三楼，又停了下来，急促地吁着气。顺风公的卧室就在前面了，维生也不说由他来。发扬突然感觉这最后的几步路特别艰难，自己像是要断气一样，两只脚重得迈不开。他心里说着“坚持，坚持”，把全身的力气都使出来，终于背着顺风公走进了房间，大功告成，力气也耗尽了，不知怎么把他卸下来。维生从后面大步上前，两手捧着顺风公似的，把他接过来，然后轻轻放到了床上。

我还是行的，就差最后这么一放。苏发扬心想，大口大口地呼吸，他似乎期待顺风公和儿子都能夸他一下。新年以来，他还是第一次出这么大的力，背上都汗湿了一片。

重新躺到床上的顺风公感觉舒服多了，喃喃自语地说：“正月寒死猪，二月寒死牛，三月寒死播田夫……雨水惊蛰寒，芒种水淹岸……”

苏发扬忽然想到，顺风公好长一段时间没有要求“出海”了，他的神志这阵子都非常正常，像是这块土地上一个终身劳作、经验丰富的老人，开口闭口能够说出许多农谚，似乎对大海的记忆正在遗忘。他真的好久没听到顺风公唠叨起大海了。

维生悄声退出了。发扬看顺风公好好的，也想离开，今天刚天晴，有很多事要做。他要先到窑炉去看看，有没有被雨水浸塌一块什么的。

“顺风公，我到东溪窑去一下。”发扬说着，就抬脚往外面走。

顺风公闭上眼睛，说：“有妖，自西边来……”

“哦？你说什么？”发扬愣了一下。

“我看见了……”顺风公闭着眼睛说。

这是顺风公的超常状态，当他进入状态时，闭着眼睛就能够看见往事，以及未来的事情。可是，“妖”是什么呢？发扬回到床前问顺风公说：“什么‘妖’呢？”

“浑身是毛……”顺风公说。

“哦，长毛？”发扬心里震了一下。“长毛”的传闻他是听说过的，不过那远在长江岸边，离土楼远着呢，再说，我们有土楼，怕什么？

顺风公忽然睁开眼睛看了发扬一眼，又是喃喃自语地说：“白露水冷过鬼，寒露水猛过鬼……白露秋分瞑，一瞑寒过一瞑……”

“顺风公，你好好休息，你说的长毛，我们不怕，我们有土楼呢，海威楼这么坚固。”苏发扬说着，听到顺风公发出低低的鼾声，便悄悄退出了房间。

2

田地里到处是热闹的蛙鸣，泥土的潮气混合着树木花草的芳香，弥漫在这个星光点点的夜晚。清明过了，晚风吹到脸上虽然还有点寒意，但是让人感觉是舒服的。邹红米散漫拖沓地走在下坂通往上坂的土路上，忽然闲下来没事，她就从集庆楼出来，随意地走走，她也不知道要走到哪里，便朝上坂苏氏方向走去。路两边的野花杂草发出拔节生长的声音，还有一些看不见的小动物叽叽咕咕在争议什么，突然，路边草丛里咝嗦一声，一条长长的暗影从地上蹿过去，红米猛吃一惊，她立即想到是蛇，她最怕的东西就是蛇，连做梦梦见蛇都会惊叫而醒。她连忙折返而归，不敢再往前走了。其实她也不知道要到哪里去，只是想到苏维纳好久没有看见了，心里莫名地堵得慌。

奇怪，苏维纳怎么这么久不来了呢？邹红米心里想不大明白。他忙着烧窑制瓷，忙得不可开交，还是另有新人了？令邹红米深感意外的是，苏维纳似乎是一夜之间变成一个要干大事的人，像是他家的顶梁柱一样，连他爸也要看他眼色了。男人想要干大事，这总是好的，身上就会显示出一股豪气，杀伐决断，风风火火——红米就喜欢这样的男人，这个晚上红米整夜辗转反侧，心里一直想着维纳，天快亮时，迷迷糊糊看见维纳在东溪上撑着一条木船，长篙在溪水里一点，木船从这头荡到了那头，维纳喊起她的名字，她应了一声，立即就醒了……

做好早饭，红米提了一桶衣衫要到天井里洗，德昌叔从楼梯下来走了过来，她看见四下里没人，就迎上德昌叔，问："你最近有看到、那个维纳吗？"

德昌叔挠了一下头，说："好像我都好多天没看到他了。"

"哦，没事……"红米说着就往天井里走去。

"要不，我上午帮你去找他？"德昌叔说。

"别，别，别。"红米慌张地拼命地摇着一只手，这时她看见父亲也从楼梯上下来了，神色更加惊慌，满脸都涨红了。

德昌叔呵呵笑着，显出一脸坏坏的表情。

邹红米走到水井边，看到井水里映出一张痴痴的脸，涟漪荡开，那脸就碎了。

午饭后，一抹阳光有气无力地照在集庆楼大门口的空埕上，邹红米一脚跨出石门槛，大步往东溪方向走去。脚步声唰唰唰，路边的渠水哗啦啦，村里的几条沟渠都是从东溪引的水，又汇聚于东溪。红米走到了东溪畔，这里溪窄水静，越往上走，溪道越宽，溪水越大，走过木桥经过天妃宫。这里就是东溪水拐弯的地方，往下航船通往九龙江和大海，而往上的东溪畔便是连绵起伏的小山坡地，布满苏家的窑炉。

邹红米从小听大人说"烧窑的"就是指苏姓，他们祖上烧出瓷器卖给番人，比邹姓有钱多了。红米在下东溪畔走过，但还是第一次往上东溪走，因为这里是人家的窑坊，据说烧窑时女人是不能靠近的。听说苏姓已经很多年不怎么烧窑了。今天维纳会在烧窑吗？如果看到窑烟，她就不过去了，远远看着就好，如果没有窑烟，她就一处一处找过去，上一回跟维纳见面时——那还是去年的事了，他说他不在窑坊，就在去窑坊的路上。

走过了几个废弃的窑炉，有的四处长满了杂草，有的塌陷成积水坑，还有的工坊木棚屋只剩下一根光秃秃的木棒歪斜着。邹红米看得有点惊心，这苏家窑炉到底是荒废了几多年！维纳想要重新开始，能行吗？前面又一座荒草萋萋的破窑，草丛中突然跃起一只什么，跳入前面的水坑里，把红米吓得魂魄都散了。但是想起维纳，她还是硬起头皮往前走。

前面东溪畔一座水车慢腾腾地转着，嘭、嘭、嘭，水碓有气无力地打下来。邹红米看到水车坊里并没有人，再往前走了几步，一座窑工坊闪出一条人影，冲着她喊道："谁？干吗？"

"维纳。"

"红米。"

他们认出了对方，朝对方大步走去，然后在半路上停住了。

"你？你怎么来了？"苏维纳愣头愣脑地问。

"我？没事，这边随便走走……"邹红米掩饰着自己。

"这边女人不能随便来的……"苏维纳语气生硬地说。

邹红米一怔，心想这人怎么这样说话，转身就要走。

"不过今天没烧窑，是可以的，"苏维纳说着，走上前要拉邹红米的衣袖，被她拂袖而去，"哎，今天，可以的……"

邹红米颠着碎步小跑起来，苏维纳几个箭步冲上前抓住她的一只手，说：

“怎么就走了？哎，今天可以来的，你来……”

“别碰我，你别，”邹红米抖开苏维纳的手，霍地立定，“我要回去！”

苏维纳也连忙刹住了脚步，在邹红米面前又显出了一副手足无措的样子，说：“你……我、其实，唉，昨天开窑的一窑瓷器……”

“一窑瓷器怎么了？”邹红米忍不住问。

“我带你去看！”苏维纳突然牵起邹红米的手，就朝自家的窑炉跑去，红米没有违拗，被牵着跑了。她的手在维纳的手里，热热地发烫。

苏维纳牵着邹红米的手跑到了他家的窑工棚，地上放着许多匣钵，还有一堆一堆破裂的碗盘杯碟，洞开的窑门就在面前，像一只巨兽的大口，散发出一股烟尘味。

“这些，全烧坏了……”苏维纳说着像是要哭了，声音带着哽咽，表情难过得两条眉毛拧在了一起，他把邹红米的手紧紧攥在手里，“昨天一开窑，发现全烧坏了，我、我真饭桶，没一点卵用……”

邹红米真想把手从苏维纳的手里抽出来，但是看着他一个男子眼泪汪汪，为烧坏的瓷器痛不欲生的样子，大动恻隐之心，说：“我也、不懂得烧窑……”她声音微微颤抖，好像维纳烧坏瓷器跟她有关似的。

“我听老人说，今年天时不讲道理，也不按甲子，你看过年下了这么久的雨，”邹红米接着说，她真想好好安慰一下维纳，“老人说，今年会出大事，很多事做不成，你也不用太那个……”

“我、我……”苏维纳把眼光从地上的匣钵和烧坏的瓷器收回来，转到邹红米的脸上，凝神地看着，“我真的不成吗？发志叔烧了一窑，都好好的，我就真的不成？”

“你、刚刚才学烧，还是第一窑嘛，”邹红米迎着他的眼光说，

“你还是生手，下一回就能行……”

“真的？真的吗？”苏维纳惊喜地连声问。

“你把我手弄痛了！”邹红米皱着眉头，尖起了嗓子。

苏维纳那只握着红米的手猛地一拽，另一只手从背后包抄过来，一下把红米揽进怀里。红米来不及吭一声，就被紧紧地抱住了，胸膛里怦怦地跳着，脑子里嗡嗡直响，她想要把维纳一把推开，两只手却软绵绵的像不是自己的手，而像是维纳的手，反而搭在了他的身上。

“红、红米、红、米……”苏维纳两只手箍紧了红米，呼吸越发的急促，呼出的热气喷在她的脖颈上。

邹红米猛然意识到什么，扭着身子挣脱起来，使劲地把苏维纳往外推。但是已经迟了，一张温热的湿润的嘴巴在她下巴上舔了一口，她感觉到全身抽紧了一下。

“红、米……”苏维纳把怀里的邹红米抱得更紧了，但是红米的头左右晃动着，他的嘴巴捕捉不到。他的血直往脑门上冲，心里一股不可遏制的冲动，像一头猛兽要从身体里迸跳出来。

邹红米晃着头躲闪着面前那咧开的大嘴，她突然咬紧牙关，一头朝维纳的胸前撞去。

砰的一声，苏维纳撒开两手，往后打了个趔趄，一屁股跌坐在地上。

邹红米吓了一跳，没想到自己力气这么大，她扑上前，从地上扶起维纳，急切地问：“怎么了？怎么了？”

“没什么……”苏维纳痛得龇牙，不停地倒吸着冷气，身体里那头要冲出来的小兽趴下来了。

邹红米猛地抱住苏维纳的头，在他额头上亲了一口，然后站起身，摆着腰肢跑了。

3

一艘木帆船来到了苏洋村，这是苏发志从外面雇来运载瓷器的，端午节前一天逆东溪而上，抵达天妃宫前的石码头。以前端午节，东溪上是有划龙舟的，苏氏四房一房一条龙舟，轮番比赛，最后决出一个头名。大明朝嘉靖年间的一个端午节，苏氏雇用的两艘运载瓷器的木帆船在九龙江上被倭寇洗劫一空，十四个苏姓人连同船主船工共计二十一人被倭寇杀害，沉尸江底，后来苏氏在端午节就不再划龙舟比赛了。

这回苏发志烧出来的是青花瓷，器型有碗、盘、碟、灯盏、笔架等等，胎质致密，胎色洁白，釉面晶莹闪亮，青花呈色大多很淡雅，装饰有花鸟、山水、仕女等图案。帆船到来之前，发志和儿子已经把这些青花分别包扎、卷草，装进了不同的篾篓里。到了端午节傍晚，几十担篾篓全部挑上了船，装舱完毕，发志请船主、船工到海威楼家里吃粽子，还开心地喝了一点糯米酒。

第二天一早，苏发志拜过妈祖，跟前来送行的发扬、维纳等人挥手作别，登上帆船，顺流而下。看着帆影在东溪上远去，消失在一片青山背后，苏发扬回头拍了拍苏维纳的肩膀，说："希望下一回就是你的了。"

"发扬伯，我发现要烧好瓷器没那么容易。"苏维纳说。

"当然不容易啦，这么美的人间尤物，不可能随随便便就让人烧出来。"苏发扬说。

苏维纳心里感叹，这就像好妹子，不会让你随随便便追到手一样，但是现在，他是有信心的，他说："发扬伯，我一定会坚持的。"

"好，好样的。"苏发扬说，"我们都要坚持。"

两人分手，苏维纳沿溪畔往上，苏发扬走过木桥回海威楼。刚刚跨进石门槛，发扬就闻到了一股浓浓的草药味，沿着廊道走去，经过素月家的灶间时，他停了下来，草药味正是从里面传出来的，苏邹德昌正蹲在地上用炭炉煎药。发扬鼻子痒痒的，打了一声喷嚏，德昌抬起头看了他一眼。这些时日以来，他们常常在海威楼相遇，彼此装作不知道变化后的对方身份，倒也省去了许多礼数。

“这药味好重，你怎么了？”苏发扬走到半截腰门前问道。

“素月身体欠安，我给她煎药。”苏邹德昌蹲着身子，拿起一把扇子轻轻扇着炉火。

苏发扬心里嘀咕了一下，素月不都成仙了？还生病吃药？他似乎有点奇怪，说：“素月怎么也生病了？”

苏邹德昌直起身，两手叉着腰，重重地叹了一声，说：“也不知怎么了，从小满那天起，开始咳嗽、发烧，一直不见好……”

苏发扬颇为惊讶，说：“她自己没算一下吗？或者‘巡’一下，是哪里出了问题？”

苏邹德昌摇摇头，说：“床都爬不起来了，还怎么算？”药壶里的药汤噗噗噗地烧开了，他弯下腰把盖子掀起来，“她一直硬挺着不想吃药，昨天下午我到博平圩请了郎中来看她，抓了几帖药。”

苏发扬心想，素月从一个庸常的妇人蜕变成神通广大的乩巫，但她到底还是人啊，是人就会生病。他看见德昌倒了一碗八分满的药汤，又想，这个台湾客，果真难得，跟土楼里的男人不一样，不是说土楼里的男人不疼女人，也疼，但是生怕别人知道，没人敢公开地疼，似乎觉得公开疼女人会被人耻笑一样，这个台湾客，倒是公公开开的，无所顾忌。

苏邹德昌双手端起药汤走出灶间，从苏发扬面前走过，向楼梯走去。发扬想，趁这机会也去看望一下素月，那回她真的是帮了自己，便跟在德昌后面往楼上走。

上了二楼，苏邹德昌转弯又上了三楼，苏发扬心想，素月不是住二楼的“香堂”吗？何时回归三楼正常的卧室了？在三楼卧室里，发扬看到了许久未见的素月，若不是跟随德昌进来，他还以为看错人了，这分明不是那个冷傲清高、神奇通灵的素月仙，而又变成了那个命运多舛、愁容满面的孤老婆子。发扬说了几句宽慰的话，她吭都没吭一声，呆滞的眼神像死人一样，一点光都没有。发扬暗想，莫非她的神力消失了？这同治三年的年冬，果真匪夷所思，过年下了那么长久的雨，四乡八里都在传闻，今年肯定要出什么大事的——什么大事呢？谁也说不上，反正是龟怪的蹊跷的让人想不到的事，这素月也算是一件让人想不到的事吧？

“来来来，喝了药就好，”苏邹德昌吹了几口药汤，“凉了，可以喝了。”他走到床前，在床铺上坐了半只屁股，一手从床上托起素月的身子，把药汤送到了她的嘴边。

素月的嘴巴却不肯张开，整个人像是坐不住地要往下滑。

“乖，张嘴，张开嘛，喝了药就好，不苦的，闻着苦，喝入口就不苦，乖了。”苏邹德昌像哄孩子一样。

苏发扬心里感叹着这个台湾客，悄然退走了。

苏邹德昌继续哄着素月，她的嘴慢慢张开了，眼睛也斜过来瞥了德昌一眼。德昌抬起碗沿，把碗里的药汤往她嘴里倾倒而去，只见咕噜两声，一碗药汤见底了。

“很好嘛，很好，明天你就全都好了。”苏邹德昌高兴地表扬着素月说。

然而素月一连喝了十来天的中草药也不见好，脸都喝出药汤色了，人还是软糊糊一摊黏在床上，苏邹德昌要扶她起来大小便，她却像死人一样重。

海威楼终日飘荡着煎药的苦涩味，人们每天看着那个台湾客苏邹德昌端着药汤上楼，提着尿桶下楼到田地里去倒。这个敢于公开向女人献殷勤的台湾客，也这么公开着他对女人的照顾和关爱，但是人们很怀疑他能坚持多久。

一场奇怪的病袭倒了博平圩远近闻名的素月仙，令人们莫名其妙。有人传言，上天让素月神力附身，能够参透掐算人生玄机，贯通阴阳两界，但是她泄露天机太多，遭到了天谴。不管怎么说，素月病恹恹一个多月好不了，也似乎没有恶化，每天全靠苏邹德昌的照顾。人们很感慨，德昌这个半路搭伙的台湾客比真正的老公还尽心，而且在脸上都看不到一丝怨言，素月这是哪里修来的福呢？

邹德永感觉好多天没见到苏邹德昌了，一打听才知道是他那个成仙的女人病了，他成天在照顾她，早出晚归的，煎药送水，做饭喂食兼倒尿桶，尽心又尽力。当初德永就不看好德昌要跟素月好，只是确实也管不了，任由他去，他原以为德昌像是长水痘一样，长过了就好了，没想到却是一直好不了，连台湾都不想回了。有时阵德永也颇为不悦，又不便声张，话头话尾讥讽他几句，他又听不出来。德昌几次从素月那里拿了银子交给德永，让他记账，德昌说他给余庆楼和范阳堂捐一百块白银的承诺，无论如何是会落实的。德永拒绝不了，只有照收，他实在没有理由把他赶走，现在，他或许可以全身而退，返回台湾了吧？这天晚上临睡前，德永猜测德昌该回来了，从二楼走上三楼，他果然就在卧室里，坐在床头发呆，手里不停地捻着一张符子纸。

“德昌，听说你最近很忙啊？忙得我见你一次都不容易。”邹德永带着讥诮说。

“是呀，没法度，也不知道会碰到这种事。”苏邹德昌说。

“什么事啊？”邹德永故意问。

“素月病了，一直好不了，这都一个多月了……”

“她不是成了仙吗？怎么还会病呢？”

“唉——就是呀，我也觉得龟怪，不过现在明白了，她到底还是吃五谷杂粮的，还是人……”

“这也是，”邹德永点点头说，“你们其实——没有正式的——”土楼里用以形容男女关系的字词太过粗俗了，他实在找不到比较好听的，只能用停顿加含糊的手势来表示，“我看，你正好可以闲下来……”

“你这话什么意思？让我不要管她了？”苏邹德昌抬起头盯着德永问。

“嗯，你们又不是——只不过——”邹德永比着手说。

“这怎么行呢？做人怎么能这样呢？”苏邹德昌从床上蹬出两只脚，霍地站到地上，他用力过猛，声音也洪大，差点把桌上的松油灯震灭了。他走到德永面前，像是声讨一样。

邹德永一时不知说什么，咧了一下嘴。

“人家对我好，现在生病了，我怎么能——”苏邹德昌神情激动地走到窗口前，看着外面的黑夜说，“做人，总要讲点良心吧……”

“好吧……”邹德永说着准备退出了，他似乎觉得有点尴尬，好像自己没有“良心”一样。

“其实，我也想过一走了之，趁机回台湾……”苏邹德昌从窗前转过身来，低着头叹了一声。

邹德永心想，这个台湾客还是有情有义的，不便再说什么了，就上前拍了拍他的胳膊，发现他紧皱着眉头，眼眶里好像闪着泪光。

“我、我容易吗？”苏邹德昌突然带着哭腔说，“德永兄弟，你说，做人要不要良心？我也想过不管了，按你们的说法，不过是露水夫妻，更难听的，‘契兄’‘姘头’罢了，可是，这阵子生病，我能丢下她不管吗？做人总要讲良心是吧？是吧？是吧？”

邹德永沉着脸点了点头。

“那你给我说一声：是！”苏邹德昌用劲地抓起德永的一只手，用眼光逼着他表态一样。

“是。”邹德永低沉地说了一个字。

4

人们开头还很好奇地向邹锦洪打听在“土匪巢”的事情，他一概沉默不语，任人怎么打探、诱导，甚至胁迫、激将，他不说就是不说，脸上挂着冷冷的冰霜，走神发着呆，偶尔把眼光刺一样刺过来，显得很不友好。久而久之，大家也懒得问他了，心里猜想他的脑子怕是被土匪弄坏了。即使在家里，锦洪也几乎不跟锦江、锦波和红米说话，像是哑巴一样，只知道干活、吃饭，然后睡觉。他跟锦波睡同一间卧室，锦波有时跟他说一大通话，他最多只回答一个字：“睡。”

有一次锦江跟锦波说话，锦洪听到他们好像提到了一个名字“小果”，突然紧张地跳起来问，你们说小果怎么啦？怎么啦？两个人面面相觑，他们从“长毛”说到天上的扫帚星，还说到了德昌叔，并没有说到“小果”。锦江问哪个小果，你说哪个小果？锦洪自知失态了，讷讷地走开。

有时阵邹锦洪晚上憋得慌，就一个人溜出集庆楼，时疾时缓，走走停停，走到了东山岽下的雷石坑——他故意选择了一个与上坂海威楼方向相反的去处，这里遍布各种奇形怪状的巨石，还有很多鸭蛋大小的石子，月光好的晚上，它们就在月光里发亮，没有月的时阵，它们就像潜伏在大海里的暗礁，神秘不可测。锦洪站在坑头，随便捡起一粒石子，用力地朝前面扔去，面前无边无际的黑暗被一条暗灰的影子划破，过了一阵子，远处传来石子落下的声音，咚的一声，或者砰的一声，表明落在了不同的东西上面，有时还会惊起一群夜鸟。这给锦洪带来很大的兴奋，他不停地捡起石子，朝着前面的黑暗狠狠地扔出去。一个晚上至少扔一百粒以上的石子，他的胳膊酸得发麻，心里却很舒爽。开头是睡不着跑来这里扔石子，后来变成不来这里扔石子就睡不着了，扔石子成为他仅有的娱乐。

这天晚上，月光很好，邹锦洪又溜出了集庆楼，刚走了几步，后面有个声音叫他："哥。"他就站住了，他不想让人知道他要去哪里。邹红米从后面绕到了他的面前，偏着头问："你去哪里？哥。"

邹锦洪摇摇头。

"你去上坂那边？"邹红米又问。

邹锦洪还是摇头。

"哥，你被土匪抓过，上坂苏小果也被土匪抓过，你跑回来了，她也跑回来了，不过她比你先跑回来，我感觉抓你们的是同一伙土匪……"邹红米说。

邹锦洪终于开口了："我不知道，你别乱猜……"

"我是猜测得没错，"红米直直看着锦洪，一闪一闪的眸子逼得锦洪勾下了头，"我总感觉、感觉你们有关系……"

"什么关系？"锦洪冷笑了一下。

"就是有关系啊，以前你们相好过是不是？"红米问。

"你——听谁说的？"

“是不是？”

邹锦洪沉默不语了。

“你回来都没去找过她吗？”

邹锦洪摇头。

“你为什么不去找她？”

邹锦洪还是摇头。

“她回来生了个孩子，好可怜，出嫁途中被土匪抢走——唉，要是你不出去当什么挑夫，你就不会被土匪抓走，你们继续好着，那她不会嫁给别人，也就不会被抢走了……”邹红米像是沉浸在回忆之中。

邹锦洪抬起头看了看天上的月亮。这皎洁的月光照着集庆楼，也照着海威楼，照着锦洪，也照着小果和邹拾……

“可惜，要是没有后面这些事就好了……”邹红米轻轻感叹着。

邹锦洪又低下头，说：“人世间的事不会像你想的那么好。”过会儿又抬起头说，“也不会像你想的那么坏。”

“哥，要是你跟小果能成，那就太好了。”邹红米说着两眼放光，“他们说，苏邹不能通婚的，即使相好，最后也好不成，我不信，你信吗？”

邹锦洪不置可否，心里暗想，红米是不是有了相好的苏姓男子？

“哥，我偷偷告诉你吧，”邹红米往身后看了看没人，脸上露出一股神秘的表情，示意锦洪往她这边放低脑袋，歪头凑近他的耳边说，“上坂苏族长的儿子维修，坐王船跑到了台湾，娶了德昌叔的女儿，这是德昌叔偷偷告诉我的。”

邹锦洪听了似乎也没什么反应，只是看了红米一眼。

“德昌叔说，他们这是私订终身，任由他们去了，他跟苏族长也没有说破，彼此当作不知道。”邹红米抬起了头，看着夜空说，“这人的心思，真像天时一样，难猜破。”

邹锦洪不懂得红米说这件事的意思，又看了她一眼。

“你看苏邹最后还是能成的，大人最后也没办法。”邹红米说着，眼光很坚定地看着远方。

邹锦洪心想，红米真的是有了苏姓相好的人了，毫无疑问！唉，祝她好运吧。

第二十六章

1

一条小篷船停在了天妃宫的石码头上。

这是一条在山城溪与东溪之间不定期往返的客船，它已经好久没有来到苏洋村了。

苏发志从船上一步跳到了石阶上，他肩上搭着一条褡裢，左胳膊里夹着一个木架子，他刚站稳就向船上长长地伸出右手——一个身材魁梧的番人从船舱里弯腰走出来，金发碧眼尖鼻子，身着大清国的长衫马褂，一只手提着一只木匣子，另一只手提着一只皮箱。他摇头耸肩，微笑着谢绝了发志的帮忙，长腿一下就从船上跨到了码头上。

“哦，发志先生，这就是你所说的妈祖庙？”番人操着熟练的大清官话问道。

“是的，妈祖是我们的海神。”苏发志说。

“我们有老海神彭透斯，还有欧律诺墨，美丽的海神，宙斯的第三位妻子，还有波塞冬，宙斯的哥哥，一切大海和湖泊的君主，威力无边，正是他给予人类第一匹马，金色的战马拉着他的战车，当他的战车在大海上奔驰，波浪会变得安静，周围有许多海豚跟随着跑。”番人站住望着天妃宫说，心里回想的却是他们自己的民族神话。

苏发志走到他面前，说："我们也有个海洋男神，叫作水仙尊王，传说是很多人变成的，大禹、项羽、屈原、伍子胥、李白、王勃等等化身而来。"

番人饶有兴趣地嗷嗷叫着，两眼闪射出幽蓝的光。

这个番人叫作保罗·巴克，是一个三十几岁的荷兰人，祖上曾经是荷兰东印度公司高级职员，长住台湾，他本人则出生于广州，在福州、泉州混迹多年，后来加入厦门的一家洋行，能够说一口流利的大清官话和福佬话，甚至能听懂客家话，他所在的洋行主要向国外出口福建的茶叶和瓷器，其中以武夷红茶、安溪乌龙茶为主，瓷器只是搭配。上一回就是他向苏发志收购了全船瓷器，这一回发志的瓷器也都卖给了他，虽然价格很低，但是发志心里已经感激不尽。保罗·巴克告诉发志说，做完这单买卖，他就要辞职了，他想到发志"生长瓷器和土楼"的家乡走一走看一看，顺便拍一些照片。发志毫不犹豫就答应了，并特意在厦门多逗留了几天，等他办妥一应手续，跟他一起坐船到了漳州，又到了山城，在山城过了一夜，从山城租了一条船来到苏洋村。这一路的花费都是保罗·巴克出的，发志心里过意不去，对他说，你到了我家乡之后，所有费用都由我负责，你是客人了，这是我们的待客之道。

海威楼人看到苏发志走进土楼，猛抬头，身后还跟着一个几乎高出一头的番人，诧异的眼光便久久地停留在这个人高马大的番人身上。虽说祖上常常跟番人打交道，但是还是第一次看到活的番人出现在海威楼里。大家的眼光都发直了，俗称"脱子种"的发志带着真正的番人前后脚走进楼门厅，沿着廊道向灶间走去——他们一样的长形脸、尖鼻子，看起来真是形似而又神似。

"阿志，回来啦，"有人朝苏发志问道，"怎么带了个番子回来？"

“这是我的人客。”苏发志大声地说，声音里带着一种骄傲。

“我是你们的——人客。”保罗·巴克突然用福佬话说道，把听到的人全都吓坏了，这个番人居然会说福佬话，腔调跟苏氏不大一样，听起来却是非常地道。很多人一下围了过来。保罗·巴克友好地向所有人微笑着，不停地点头致意。

这时，苏发扬也好奇地走了过来。发志特意向保罗·巴克介绍说：“这是我们苏氏的族长，族长。”

“族、长，你好。”保罗·巴克说。

“你、好。”苏发扬不大习惯地回答。

“他是荷兰人，就是以前我们说的占过台湾的红毛番，人很好，我们做过生意，”苏发志向发扬介绍说，“他要来我们这里玩，你叫他巴克就行了。”

“巴——克。”苏发扬朝保罗·巴克拱手作了个揖。

“这回一船的青花，也多亏了巴克，”苏发志对发扬说，“不然，还不知何时卖完。”

苏发扬哦了一声，对面前这个番人就有了许多好感。

苏发志带着保罗·巴克走到自家灶间门口，大声指令老婆先烧水泡茶，然后做晚饭款待客人，接着又令两个儿子去收拾、整理三楼的卧室，把卧室腾出来让给客人住，他们自己去住二楼的禾仓。发志接过保罗·巴克手上的匣子和皮箱，先靠墙放在地上，请他到灶间里坐。保罗·巴克弯着腰走进灶间，看了看大灶、方桌，又转身出来，站在廊道上看着面前环环相连的蜂巢似的房间，又抬起头望了望被屋顶圈出的一圈圆圆的天空，心里觉得非常神奇，人们在这浑圆阔大的土楼里聚族而居，各吃各的饭，各做各的事，但是声气相通，宛若一家，这是多么罕见的生活状态。

“那中间是香火堂，与楼门厅相对，是土楼里的公共场地，办红白事、议事的地方，有的土楼还把它用来当作私塾学堂，”苏发志向保罗·巴克介绍说，“一楼灶间，做饭、吃饭、会客；二楼禾仓，农具、谷物贮藏室；三楼四楼卧室，就是睡觉。土楼有一扇大门，一般有二至四部楼梯，三楼以上才对外开窗，三楼的外墙上还会有一座铳棚，主要用以观望，防匪贼……”

保罗·巴克不停地点着头，嘴里发出一阵阵赞叹声，用的是洋文，五官的表情夸张而又丰富，他早已按捺不住，把发志帮他拿的那个木架子在天井里张开立住，又从那匣子里搬出一件海威楼人从未见过的玩意，四方方，像是铁制的，架在木架子上，后面还垂下了一块黑色的幕布。

没有人知道这是什么物件，大家好奇地围了过来。

晚霞把天空染得红彤彤的，土楼屋顶上一片晶莹闪亮，一道霞光从天空直射在披檐，又折射到天井地上的鹅卵石铺成的八卦图上。

保罗·巴克一头钻进了黑布里，不知道在捣鼓着什么。过了一阵子他从黑布里钻了出来，用手示意前面的人退后一点，人们便往后退了几步。他打开那只皮箱，从里面取出一顶帐篷，就搭在了旁边，把皮箱围在了中间，乒乒乓乓弄出了一阵声响。过了一阵子，他拿着一块湿湿的玻璃片出来，一头钻进黑布里，手上捏着一粒橡胶球。

藏在黑布里的番人喊着什么，没有人听得懂，只看见他把手上的橡胶球用力地一摁，传出轰的一声，好像有一道轻烟从那架子上的家伙里冒出来。

大家全都吓了一跳，有人一屁股坐在了地上，还有人惊叫起来。

保罗·巴克从黑布里钻出来，挥着手对大家说：“不要怕，不要怕，这是在照相，照相。”

照相是什么意思？大家满脸疑惑。

保罗·巴克拿着玻璃片又钻进那帐篷里，又是一阵叮叮当当。这是在变什么戏法呢？所有人的眼睛都瞪大了。过了好久，他从帐篷里钻出来，手上拿着那块玻璃片，大家惊奇地看到，那玻璃片上清楚地出现几个人惊慌失措的样子以及他们身后土楼的形状。这个番人变的什么魔法，把人和土楼都变到玻璃片上了！大家突然觉得他比素月仙更厉害——素月仙能够把死去的亲人牵出来说话，听得到声音看不到人，但是她大病了一场，病愈之后，神力消失了，已变回一个不起眼的妇人——而这个番人，居然把人和土楼变到了玻璃片上！

2

照相到底是什么？海威楼人——包括海晏楼、海清楼人还是搞不清楚，但是这并不妨碍他们跟随番人到处照相。

架起庞大的照相机，搭起帐篷，当保罗·巴克钻进黑布里，手上握着那粒橡胶球时，大家全都屏气凝神，有人还用两手堵着耳朵，所有的眼光都在期待着他摁下那粒橡胶球，然后发出轰的一声，这是让人又惊又喜的声音，虽然不再有人因此而跌倒或尖叫，但是轰的一声，轰得大家心花怒放。

几天的时间，保罗·巴克就给海威楼、海晏楼、海清楼、扶风堂、公王庙、伯公庙、天妃宫照了相，大家看着玻璃片上出现这些建筑物的形状，还有一些人的影子，无不惊诧尖叫，这简直太神奇了。大家都知道画像，那要面对一个人或一个东西，用笔不停地画呀画呀，才能把人或东西画到纸片上，然而，这个番人在黑布里轰的一声，又在帐篷里捣鼓一阵子，就把人或东西清清楚楚地变到了玻璃片上。这实在不是一般的魔法啊。

保罗·巴克告诉大家，这是1851年英国人发明的火棉胶湿板照相法。没有人听得懂，只是一味地感叹着神奇。保罗·巴克说，要说神奇，我觉得你们的土楼才神奇。这些住土楼的苏洋村人全都笑了。

这天一早，苏发志带着保罗·巴克沿着东溪畔往上走，他帮忙扛着木架子，维卡和另一个后生争得了提匣子和皮箱的优先权，保罗·巴克便空着手了，像孩子般蹦蹦跳跳，朝着溪水、榕树或者立在树上的一只鸟，不停地打着招呼，时而用福佬话，时而用洋文，夸张地做出各种各样的表情。

时令还是夏天，但是溪畔清风习习，四周围青山密林，鸟鸣婉转，保罗·巴克感觉到整个人都要陶醉了。

走过一座废弃的窑炉，苏发志告诉保罗·巴克，这就是以前的窑炉，已经荒废好多年了。保罗·巴克大叹“可惜啊可惜”。发志说，我们祖上从大唐就开始烧窑，大明时盛极一时，族谱记载“百千水碓，漫野窑烟”，这漫山遍野全都是窑炉，烧出来的青瓷、白瓷、青花、米黄瓷等等，通过东溪水运至月港，销往东西洋南洋各个番邦国家，大明末年，月港梗塞了，郑成功又在这一带跟大清朝廷对峙，大清又是禁海又是迁界，我们烧出来的瓷器卖不出去，很多窑口就歇业停产了。大清康熙二十三年，收复台湾了，在厦门设关，准许开海贸易，我们东溪窑总算起死回生，然而，这几十年来，你们这些洋人番人好像越来越不待见我们的瓷器，你们用机器制造了许多新奇的玩意儿，瓷器没人要了，越做越粗劣了，这窑炉就一口一口地荒掉了。

“我还是喜欢你们的瓷器！”保罗·巴克大声地说。

苏发志把保罗·巴克带到了自家的窑坊。保罗·巴克兴奋地转着身子，满怀深情地抚着胸口，说：“我终于来到了，这个‘生长瓷器’的地方！啊，青釉瓷、白釉瓷、米黄瓷、青花瓷，我爱你们！”

在场的人全都掩着嘴笑了，大家发觉番人就是好玩，开口说话、举手投足，就像是戏台上演戏一样，充满了夸张和仪式感——如果是苏洋村人这样子，一定会被大家耻笑不已，然而番人这般如此，大家竟觉得是一桩很可爱的事情。番人没有城府也没有心机，有一说一想啥说啥，施以丰富的表情，让人觉得轻松而又愉悦。

苏发志把木架子架在了地上，保罗·巴克从维卡手里接过匣子，放到地上打开来，准备取出那个照相的大家伙，突然想起来，说："苏发志，亲爱的苏，能不能你们一边'生长瓷器'我一边照下来？"

"这个没办法啊，"苏发志说，"我们窑里现在都没有瓷泥，怎么做呢？"他知道这个番人不懂得制瓷流程，他总是说"生长瓷器"，如果说，瓷器真的是生长出来的，从土生长成瓷，那也是一个艰辛的、漫长的过程，就像生命的孕育生长一样，不可能随随便便，想有就有。

保罗·巴克耸了耸肩，说："那我就照一张你们的窑炉，这是瓷器的子宫。"

等保罗·巴克照出了一张窑炉的照片，苏发志想起维纳的窑坊应该正在拉坯轮制，可以到现场照相，便告诉了他。这个番人连声叫好，手脚麻利地收拾好东西。在走往维纳家窑坊的路上，发志简要向他介绍了制瓷流程，先是开采瓷土，水车碓碎，做成瓷泥，接着施釉，然后就是成型工艺了，拉坯轮制、模制、轮制与模制结合、捏塑，最后装入匣钵仰烧或者叠烧。保罗·巴克听得半懂不懂的，眼珠子滴溜溜转，说："我的照片要是传到西方，一定让人震惊，我的朋友们一定会惊呼，Oh，My god！这家伙没有在中国白待啊！"

来到苏维纳家的窑坊，维纳和他雇用的一个表哥正在拉坯轮制碗盘。维纳并不喜欢被照相，但因为是发志带来的人，也只好同意了。番人摆弄着机器，躲在黑布里，装神弄鬼似的轰的一声，然后钻进密不透风的帐篷中，变出了一张照片。维纳和他的表哥各自捧着一只碗坯，面无表情。大家看一下照片，又看一下面前的他们，对照着他们的姿势和表情。现在他们已经站起身了，但是照片上他们还正坐着拉坯。大家啧啧赞叹，发志心想这番人的照相真是厉害，可以保存过去。据说顺风公有时阵可以看见“过去”，那只有他能够看见，然后说出来，而番人直接把“过去”保存在照片上，让每个人都可以看见。

从苏维纳家的窑坊绕到发扬家的窑坊，只见工棚里堆了几堆瓷泥，木板上排着一些碗盘的坯体，还有烧好的碗盘杯碟已经装在几篓的篾篓里。此时，没有发扬家的人在场，大家看了一下就走了。

回去的路上经过番王庙，苏发志猛地站住，对保罗·巴克说：“对了，这个番王庙，你一定要看看！”

“番、番王庙？”保罗·巴克舌头一下转不灵。

“是呀，番王庙，就是祭拜你这样的番人洋人啊，以前我们祖先的瓷器都是卖给番人的嘛，心里感恩，觉得从番人那里赚了那么多钱，应该弄个番王爷来拜拜，感谢呀，同时也保佑跟番人的生意可以一直做下去。”苏发志说。

保罗·巴克停下来看了看番王庙，这么简陋的一间小庙，香台上插着几根烧过的香，里面供奉的是一只旧的瓷瓶，并不是番人的神像，墙壁上写着“番王庙”三个字的红纸都已经发白了。

“据说最早是有一尊番王爷神像，也是我们自己烧的瓷，后来弄丢了。”苏发志说。

保罗·巴克哦了一声，说：“你应该再烧一尊，照着我的样子来烧就行了。”说着哈哈大笑起来。

“你没到我们苏洋村之前，他们也打趣我说，照我的样子来烧。”苏发志说。

保罗·巴克定睛看了看发志，抿紧嘴点了点头，说："发志，你为什么长得像我们番人呢？你是不是这番王爷的后裔？"

"不不不，我不是番人，"苏发志连忙摆着手说，"我是正港的苏洋村人，我父亲最远到过山城圩，我母亲最远到过博平圩，还只到过一次，我们祖祖辈辈都在这里生活。"

"你们、祖辈不是出过海吗？"保罗·巴克问。

"出海，最后还是回来了啊，就建了那三座土楼嘛。"苏发志说，"那都是以前的事了，我爷爷就没出过海了，他最远也只到了厦门。"

保罗·巴克摊了一下手，表示赞同，又表示不可理喻，连声地说："有意思，有意思，有意思。"

3

余庆楼盖顶出水之后，邹德永带了几个人从东溪里挑水把楼门前那两块"牛眼睛"一样的石头冲刷干净，一对"牛眼睛"闪闪发亮，它将看着余庆楼最后的落成，见证这些邹氏子孙的拼搏和努力。接着邹德永把人员分成两拨，一拨泥匠活，挖门窗洞、砌水沟、挖水井、铺天井、铺廊道等等；另一拨木匠活，装楼梯、建楼板、做楼栏与隔扇、装天屏、安门窗板、钉天花等等。这些活比行墙更花时间，也更耗银子。但是巍峨的四层高墙已经拔地而起，所有的内部装修再长也让人有耐心等待。

天井里，有人在刨楼板，有人在削木头，邹德永则亲自炒竹钉。这是又老又粗的蚁公竹头，劈成一只只钉子似的，垒座土灶架上一只铁鼎，把竹钉放在鼎里一遍遍地翻炒，炒至发干变黄为止。在土楼的内部装修里，这种竹钉到处用得着，它们是不朽的。

炒竹钉像是炒豆子一样，天井里飘满了热烈的香气。邹德永听到大门外面有人喊着“香啊”，只见一干人走了进来，领头的是苏发志，随后是一个高大的番人——德永一看就呆住了，这是个真正的番人，穿着洋装长裤，十足的“番子味”，苏发志本来就有些番人的模样，但跟他相比，还是小巫见大巫了。

“德永啊，我好久没来这里，你们都建起了一座土楼，厉害啊，恭喜恭喜。”苏发志说。

“年前刚盖顶出水，正装修呢。”邹德永说。

“这是我在厦门认识的一个洋人，他喜欢土楼，想给你们照相……”苏发志指着身边的保罗·巴克说。

“照相？什么照相？”邹德永不解地问。

“就是把你们装修土楼的场面照下来。”保罗·巴克说，朝那几个帮忙的人比比手，立即有人把架子架了起来，有人打开匣子，他从里面端起了照相机。

“你这是炒竹钉吧，还有他们在刨木板，他会把你们给照出相来。”苏发志说。

邹德永心想，这个假番子懂得还真多，他好奇地上前看了看，那几个干活的土木匠也都停下了手中的活，往这边看过来。

保罗·巴克把照相机架到了架子上，又搭起了帐篷，从里面拿出一块玻璃片，一头钻进照相机后面的黑布里。

邹德永不明白这个番人要做什么勾当，觉得好生奇怪，又走上前两步，歪着头瞪着那架子上的大家伙，那上面好像有一粒巨大的眼珠在回瞪着他。突然，轰的一声，邹德永猛吓了一跳，身子一歪就打了个趔趄。那几个苏姓人哈哈大笑起来，前俯后仰地笑得很开心，这让德永心里不悦，他们显然知道那大家伙会发出轰的一声，就欺负他不知道，专门看他的笑话。

保罗·巴克从黑布里钻出来，又钻进了帐篷里。

苏发志摆出一副见多识广的样子对邹德永说："这就是照相啊，呵呵，把你吓了一跳？"

邹德永鼻子里"哼"了一声。

"等下你就会看到你自己了。"苏发志说。

"我自己？"邹德永还是不解，不过他懒得跟苏发志多说什么，他知道他们烧窑的，自古以来就爱跟番人搞在一起，那海晏楼里不就搞了一些番人的东西？据说他们每隔一两代人，还会出一个像发志这等有番人模样的"脱子种"。

保罗·巴克从帐篷里钻出来，把手上的玻璃片展示给苏发志等人看，他们嘻嘻哈哈笑得合不拢嘴，有人还边笑着边往邹德永身上上下打量。邹德永这便怀疑他们是在笑自己，走上前探过头来看个究竟，果真看到自己被定影在玻璃片上，心头立即蹿起了一股火。

"给我！凭什么把我……这是？"邹德永伸过手来，一把抢走了番人手上的玻璃片。

"这是照片，照片，你看看嘛。"保罗·巴克说。

"什么照、照……？分明就是妖术，我这么大的人，被你弄成小人在这上面！"邹德永愤怒地抖着手中的玻璃片。

"No，No，"保罗·巴克说，"这不是妖术，这是技术，如果你喜欢，就送给你留念好了。"

"我才不要你的东西，你把我的影子还给我。"邹德永冲着保罗·巴克说。

"还不了了，就刻在这上面啦。"苏发志说着笑歪了嘴。

邹德永瞪着苏发志，气得说不出话。干活的邹姓人发现他们的族长被欺负了，纷纷放下活围拢过来。看到他们人数比自己多出一倍以上，且脸上都是不友好的表情，苏发志这才有点慌了，收敛了放肆的笑容，满脸赔出谦卑和恭敬。

“大家别生气，别生气，”保罗·巴克摆着手说，赶紧从架子上抱起照相机，装进匣子里。他担心双方万一动起手来，碰坏了他的宝贝，那可就惨了。

苏发志也赶忙向邹德永连连作揖，说：“没事，没事，你们忙，我们走了。”

4

保罗·巴克用了十几天的时间，给他所感兴趣的土楼和东溪窑炉照相，把带来的玻璃片都用完了。苏发志还带他到东溪畔附近几个村子走了走，这几个村子也有窑炉和土楼，但是他没有带照相机，也就没有其他闲人跟随了，他跟苏发志一样戴着竹笠，下雨就披着蓑衣，一路走一路说说笑笑，有一天在东溪畔梧树村的一座土楼前，他陪着苏发志跟一伙发志的亲戚说了一阵子话，当他摘下竹笠扇风时，对方才惊讶地发现他是个番人。

十几天的游历，让保罗·巴克收获良多。晚上，海威楼人都早早睡觉了，保罗·巴克还在松油灯下写着——他一直有写作的习惯，为欧洲的多家报纸，像是著名的《泰晤士报》《费加罗报》等等写过通讯专栏，也算一个小有名气的撰稿人。保罗·巴克用钢笔在本子上写下了来到苏洋村之后的所见所感，像是日记，又像是札记和游记，写得随意、流畅。

从厦门到苏洋村，这是一次漫长的还算是比较有趣的水上航行。我终于见到了土楼和窑炉，是的，在中国南方一个大山深处的乡村，这块神奇的土地，生长着土楼和瓷器。据说他们的祖先是一对兄弟，老大以烧窑为业，老二则养鸭为生，后者招了一个女婿上门，后代改换姓氏，一个村子便衍生出两姓，因为生产方式的不同导致了思维方式和生活习惯的某些差异，这种格局一直维持至今。

苏洋村苏氏有三座土楼，都是四层，圆形，邹氏有两座，都是方形，严格说来，只有一座，因为另一座刚刚夯起墙，正在进行内部装修，还没有入住。在我看来，土楼体现了一种东方血缘伦理关系，聚族而居的文化传统在这里表现得如此深刻，殊为罕见。当你走进土楼，你首先感觉到这是一个巨大的家族之城，然后你才看到一个个单独的家。从某种意义上来说，土楼是一个扩大的家，又是一个缩小的国。在土楼国里，“国王”就是他们的族长。族长行使着管理村庄以及处置氏族公共事务的职权，这一权力一般由本族辈分最高者所自然拥有，虽然不必经过选举产生，但是要求该人具有较高的道德声望和公正良心，否则不足以服人。

这个叫作苏洋村的两姓人家，苏姓人是福佬人，其实也就是闽南人，而邹姓则自称客家人，前面已经说过他们祖上是兄弟，最早的祖先都来自中原大地。不管是闽南话还是客家话，圆形土楼都叫作“圆寨”，一个“寨”字可以让人遐想无穷，村寨、山寨……总之是又庞大又险要。而方形土楼，叫作“四角楼”。一个村庄里布满圆楼和方楼，这一点完全符合中国人天圆地方的风水观念。

几乎所有的土楼——当然我还到周边村庄看过其他姓氏的土楼，这里是就我所见的所有土楼而言，只有一个大门，大门一关，里面自成一个世界，外面的一切便全被挡住了。两片大门板又厚又高，通常还包着铁皮，像是两个身穿盔甲的守门武士，五六岁的孩子站在门边，常常使尽吃奶的力气也无法推动大门。如果你要问土楼的底墙有多厚，你只要想想上面可以摆放一张八仙桌就知道了。当然它的厚度是逐渐往上减小的。我没有机会亲见人们夯墙建土楼，这是苏发志先生告诉我的。

走进大门，是土楼的楼门厅，这里是全楼的出入通道和休闲场所，两边通常放着长长的木凳，人们无事可做的时候可以坐在这里闲聊。年深月久，这长长的木凳被屁股坐得光亮可鉴。不少楼门厅还放着槌子、谷砻、石磨和糍粑臼等等，于是便会有这样的景观：妇女在舂米或者磨面，发出一种富有韵律的声音，男人则在谈天说地指点江山。

走过楼门厅，两条廊道分向两边，像是两只长长的手臂，把所有的同样形状同样大小的房间搂成了一个圆环，四角楼便是一个方块。一楼是灶间，对外不开窗，对内则用木构直棂窗，一般开得很大，足够采光通风，窗下通常设置了木柜，里面养鸡养兔，上面坐人，一物两用。二楼用来贮藏粮食和堆放农具，俗话叫作“禾仓”。三楼是卧室，也只有从三楼开始，对外才开了一扇长条形的小窗户。

土楼的楼梯最少也有两部，一般会有四部公用楼梯，布置在与门堂轴线垂直的横轴两端。楼里的天井至少有一口井，妇女们在井台四周一边洗菜洗衣，一边闲扯拉呱，这里是土楼里又一个人气旺盛的地方。

在土楼的一层，与大门相对的敞厅是祖堂，供奉着祖先牌位，是家族祭祖和议事的地方。但是据说如果是大型的比较正式和隆重的祭祖，则不会在土楼内，而是在祖堂里，每个姓氏必有一座家族祠堂。这个地方和楼门厅一样，属于族里的公共场所，主要功能是做家族“议会”，或者兼做学堂。

为什么这块土地上会出现土楼呢？为什么土楼会出现在这块土地上呢？这实际上是同一个问题。不能不说这是一个很大的命题。实际上，我也无力做深入的研究。苏氏族长苏发扬先生告诉我说，永嘉之乱、唐末兵燹、宋室倾覆，他们的祖先几度举族南迁，辗转吴楚，流徙皖赣。从动荡的中原举族南迁，几经流徙多方辗转，他们的祖先先后来到了山高林密、偏安一隅的闽西南山区。因为先来后到的原因，不同姓氏就占据了不同的山头，形成了不同的村落。

如此看来，这是一个敢于放逐自己的人群，一个敢于踏上茫然不测的逃生之路的人群，在闽西南崇山峻岭之中，他们搭起了木棚房、茅草屋，终于可以歇下脚来缓一口气了。

就像一颗生命力顽强的松树种子，在哪里都可以发芽、生根、长成大树，这个人群就是这样的种子，被命运的风吹落在异地的穷乡僻壤，没有怨言，只有感恩，它悄悄地从土地里钻出头来，在风雨雷电之中茁壮成长，根系向四周伸展并深深地扎入大地。安宁的环境，丰饶的土地，坚韧的意志，团结的精神，艰苦的劳作……人丁兴旺，自古是中国人对家族的祈愿。这支南迁的人群在人口猛长的势头面前，又出现了一个困扰的难题：居住。

安居乐业，这是最朴素也是最迫切的要求。

老人们难忘中原祖地那深宅大院，可是往事依稀，繁华不再，他们日思夜想的是，如何在这已经注定的地方安居乐业，不仅仅让整个家族有一个遮风蔽雨的结实户所，更让整个家族有一个凝聚人心振奋精神的灵魂家园。

现在谁也无从考证，第一个发明土楼的人是谁。实际上，土楼也不是具体哪个人发明的。我只能说，土楼是中国的，土楼是这些中国人迷恋历史的情愫、超凡脱俗的天才想象和现实的物质条件相结合的产物。可以肯定，第一座土楼很粗陋，很不成熟，甚至有可能是很可笑的，然而在漫长的岁月里，他们不断积累经验，不断努力创造，夯土技术越来越高超，审美境界越来越开阔，土楼也就造得越来越高、越来越大、越来越美——犹如一只丑小鸭，在不知不觉中终于变成了天鹅。

据说土楼从选址、奠基开始，就特别讲究风水，这是一个非常深奥的问题，而且笼罩着一层神秘的面纱。在这里我根本没有能力详细展开，我只想说，风水观念对方向、风向、采光等的要求，是有道理的。当然土楼里还有一些细节上的讲究，比如大门口的石阶和楼内的楼梯为什么都是单数？据苏族长说，中国泥土木匠的老祖宗鲁班认为阶梯单数为进，双数为退，所以就以进为数了。又，土楼里的窗子为什么都是单数？还是老祖宗鲁班认为，单数是阳数，双数是阴数，阳数代表丁，也就是中国人所说的人丁，所以做窗子就用单数来表示人丁兴旺。诸如此类，土楼里有太多的文化奥秘，今后有机会再来探寻。

接着我应该来说说东溪窑了，这是苏氏嘴里特别引以为豪的祖业。东溪是一条溪流的名字，东溪窑所烧制的瓷器，据说在历史上也是赫赫有名的。苏氏祖先从唐宋开始制瓷烧窑，但是规模不大，到了大明朝，窑业才兴盛起来。苏氏还带动了周边几个姓氏也一起烧窑。明朝初年虽然政府是禁海的，但是月港一带的海域，走私盛行，人们为了生计，大肆从事违禁的私商活动，他们或贿赂官员，官商勾结，或私自交番，私易货物，甚至组织武装力量，公然抗争。明政府迫于无奈，终于开放月港为对外通商口岸，准贩东西洋。因为海外市场对中国瓷器的需求量非常巨大，东溪窑以靠近月港的便捷位置而迅速崛起。苏氏祖先把瓷器通过东溪船运，运至月港，再装上大船，直接贩运到东西洋数十个国家和地区。有些时候，葡萄牙、荷兰、西班牙等国商人直接向东溪窑窑主订货，这些大批量的瓷器就在月港交货，苏氏祖先从中获取了巨额利润，在村子里营造了庞大的坚固的海晏楼。东溪窑瓷器主要有青花瓷、青白瓷、米黄瓷等等，分作日用器、陈设器，还有部分是艺术精品。据我所知，当时欧洲上层贵族社会对中国瓷器情有独钟，特别把收藏青花瓷当作一种时髦，从教皇、国王、君主、公爵到作家、艺术家，无不以收藏青花瓷来炫耀自己的财富和地位。我高祖曾任荷兰东印度公司高级职员，根据他当年的回忆录，1602年至1682年的八十年间，仅仅通过荷兰东印度公司输入欧洲各国的中国瓷器就达1600万件。我确信没有记错这个数字，但是我不知道这里面有多少东溪窑瓷器，应该为数甚多，毕竟东溪有靠近月港的优势，其他瓷器产地如景德镇，则距离月港太远，加上瓷器笨重而又易碎的特性，决定了东溪窑有制胜的竞争力。后来，也即明末清初，随着月港的衰落，东溪窑深受影响，但是在大清康熙年间，它又迎来了一次复兴，再度进入一个黄金时代，东溪窑瓷器产量大，种类齐全，用船运至厦门港或汕头港，卖与洋行出口，苏氏第二座土楼便建于这个时期。

东溪窑的两度繁荣，至今为苏氏所津津乐道，这是苏氏历史上最大的光荣与梦想，只不过这几十年来，东溪窑突然陷于破败与衰落的境地，大部分苏姓人竟也心平气和地接受了这一现实。当然，还是有人不放弃，比如我的生意伙伴苏发志。来到这里之后我所结识的族长苏发扬，同样致力于振兴祖业，他也做出了许多努力，但似乎收效甚微。每每与我谈及，祖业将在他这代人手上式微、消失，苏族长便痛心疾首，万分悲伤。我想我能够理解苏族长的内心痛苦，但是对于东溪窑的前景，我并不乐观，这是一个动荡的时代，苏族长偏安土楼一隅，他或许感受不到时代的震波。

不管怎么说，土，我们人类土地上最常见也最普通的东西，被苏洋村人发挥到了极致，土里烧出瓷器，用土夯起土楼，这已经足以让苏洋村人骄傲。作为一个西方人，我对中国的认识由此得以深入和丰富。

好了，我也要离开这块生长土楼和瓷器的土地了，这个处于群山之中却与大海相通的村庄，或许以后还会有机会再来。

糟糕，我预订的木船没有如期到来！

我只能继续等待了。

等待的心情实在不够好，苏发志一边在安慰我，一边也显露了一种不耐烦。我相信不完全是针对我的，他是个好人，我告诉他或许我可以走陆路到山城的，再从那里乘船到厦门，当然这需要有人帮我挑照相机，我会付钱的。发志说，再等一天吧。说实在的，我对中国人的契约精神不是很放心。但是，这有什么办法呢？等吧。

这天苏发志带我去拜见他们族中最老长者，据说他早年在海外游历多年，后来返乡建了这座海威楼。他已经一百二十多岁了，确切的年纪不得而知，族人均视之为“活的祖宗”。实际上，他的神志一直不大清楚，据说他的神思徜徉于过去和未来之间，能够在半睡半醒的时候跟古人对话、观察到即将发生的事件。不过，今天他看见我时，神志还是清醒的，他嘟哝着说了一些话，因为口音和咬字的原因，我并不是听得很明白。在场的苏族长补充说，他是说他年轻时也跟洋人打过交道，还有过几个洋人朋友，后来天各一方，大家都联系不上了，他有时只能在梦里跟他们相会。

从他充满一种奇异气味的房间出来之后，苏族长告诉我，他们族里还曾出过一个可以通灵的妇人，一夜之间如得神助，却在一场大病之后，神秘地消失了神力。这件事情才刚刚发生不久，早上苏族长还看到了这个失去神力的妇人坐在楼门厅发呆，心里非常同情她。可惜苏族长带我在土楼里走了一圈，没有看到她，我们又不便到她的卧室去找她。据说她有一个来自台湾的男朋友。

怎么办？不能再等船了，必须从陆路走，据说那条路叫作天岭。

这个晚上海威楼人都在传“长毛”的消息。所谓“长毛”，原来指的是太平军。“长毛”的叫法显然表明了一种恐惧。这是一支不满政府而造反的农民军，几年间由南向北，席卷大半个中国，他们在南京所建立的政权，与大清朝廷强烈对峙。根据我所掌握的情况，太平军都城天京已在七月间被政府军攻陷，天王遗体被发现，据说是六月一日自杀身亡的，太平军多支残部向浙江、江西、福建一带逃窜。大家传言“长毛”要来了，并非空穴来风，不过这里山高水长，太平军要突破重重围剿来到这里，也非易事。

我必须得走了，明天一早出发！

第二十七章

1

入夜，一条扫帚星从苏洋村上空划过。有人在海晏楼看到了，也有人在集庆楼看到了。扫帚星的尾巴抖动着，红炎炎的，如喷血一般，突然被剪断似的，拖着血迹没入了星空。

海威楼响起了一个孩子的啼哭声，这是苏拾的哭声，猝不及防，又响起了第二个孩子的哭声，接着，海威楼三十多个八岁以下的孩子不约而同地一起号哭起来，像是涨潮的巨浪，不停地拍打着海威楼。

这是怎么回事？任由母亲怎么哄骗，孩子的哭声不仅停不下来，反而齐心协力似的越哭越响亮，相互呼应着，形成一阵阵惊涛骇浪。

男人骂咧咧地爬起床。个别孩子遭到父亲的掌嘴，很快停止了哭泣。其他孩子的哭声也渐渐小了下去，像是屋檐下的滴水一样，断断续续，无休无止。

这个夜晚，整座海威楼除了素月沉沉睡着之外，没有人睡得好，连顺风公都咳了大半夜。天快亮时，苏发扬听到许多老人的咳嗽，像是铁锤子一下一下敲打着土楼，他从中分辨出了顺风公的咳声，干燥、沙哑，还扯动着喉咙里的痰。

苏发扬连忙翻身起床，赶来顺风公的卧室看个究竟。

顺风公稍稍缓了口气，坐起半个身子，手往桌上的水杯抖抖索索地伸去，差了一点够不着。苏发扬见状端起了水杯，里面还有一点水，是隔夜的冷水，说：

“我下去给你拿点开水。”

“喀，喀，免，就喝冷的，喀，喀……”顺风公说。

苏发扬知道顺风公常喝冷开水也没事，就走到床前，俯下身子喂着他喝了几小口水。

“这孩子、哭了一夜，喀，喀……”顺风公躺下来说。

“是呀，龟怪，集体中了什么魔怔一样。”苏发扬叹了一声说。

“刚才我听到了海螺号……”顺风公说。

“海螺号？”苏发扬打开壁橱，看到那只海螺安静地躺在里面，再看顺风公，已经闭上了眼睛，像是睡着了一样。这不奇怪，顺风公会听到大家听不到的。发扬倒是很久没有听过海螺号了，距离顺风公上一次的“出海”已经一年多。自从顺风公“出海”以来，第一次间隔这么久，但是他内心的波澜是一直没有平息的，他常常会听到海的呼吸。今天他想要“出海”吗？

“喀，喀，有大代志（事件），喀……”顺风公说。

“‘活祖宗’，有什么大代志也不用你操心嘛，你安心休息吧。”苏发扬说。他心里想，这同治三年一开年就是持续不断的雨，昨夜又有扫帚星划过，看来是要出大事件了！

“火光，火光……”顺风公闭着眼睛说。

苏发扬知道顺风公看到了火光，土楼怕火，火为土楼大患，莫非暗示土楼将有一场灾难？这些天关于“长毛”犯境的传闻充塞了耳朵，人们说得有鼻子有眼。不过昨天下午博平圩的团练石百总来到海威楼，发扬问他“长毛”的事，他大手一挥说，无须惊慌，勿信谣言，大可开门敞户，一切照常。

“我知道了，顺风公，我们会小心的。”苏发扬对顺风公说，心想，今天内还是要跟各房家长商议好，组织人员巡更，各楼将铳枪、弓箭全部取出，检查能否使用，多备弹药，加强操练，同时贮备一些可以攻击用的石块，各家要把柴刀、大刀磨利，让全族老少有个心理准备，一旦发现“长毛”犯境，立即进入土楼躲避。

“那个洋人、走了吗……”顺风公突然问。

“走了，昨天一早走了，”苏发扬说，“他怎么了？”

“以前我有、好多个洋人朋友……名字全都想不起来……”

“洋人名字一长串，不好记。”苏发扬猛然想起，去年曾收到一封海外寄给顺风公收的“批”，里面全是洋文，无人能识，“批”就放在壁橱里，一直想请懂洋文的人看看，前天那个洋人到访，可是他居然忘记拿出来，唉，他懊恼地拍了一下自己的脑袋，这什么头神啊！

“喀，喀，洋人、‘长毛’，兵来将挡，火起水淹，喀，喀……”顺风公又咳起来了。

“顺风公，你放心，我们有土楼呢，这么坚固的土楼，不怕‘长毛’。”

“嗯，嗯，土生楼，土生万物……”

2

事后保罗·巴克想，要是苏维普不崴了脚就好，他们往天岭上走，也就不会落入“长毛”手里。因为苏维普崴了脚，坐在路边休息，他闲着没事，看样子维普一时半会儿恢复不了脚力，他无聊地往山谷里走去，发现翠竹里掩映着一座小土楼，他兴冲冲地走进去，一下就被几个“长毛”团团围住——这完全是自投罗网了。另外几个“长毛”警觉地摸出土楼。苏维普也没能跑脱，被抓来绑在了一起。唉，要是维普不在路边歇脚，他就不会到这山谷里的小土楼来，那也就不会被土楼里的“长毛”发现并逮住。

然而，上帝注定他要被“长毛”抓住的。保罗·巴克心里一下凉了。离开海威楼时，他依依不舍地拥抱了苏发志。发志把他的匣子和皮箱等所有行李放在两只箩筐里，让儿子挑着，而他空着手，就这样轻松地上路。说实在的，他心里很喜欢这个地方，但是他必须得走了。发志祝他一路顺风。他大声地说，我还会再来的。没想到，刚走过博平圩不远就被传说中的“长毛”抓住了。

“长毛”并非传说中的青面獠牙，但是头发确实是很长的，不留辫子，有的绾成了发髻，有的散开着，头上一律包扎着黄头巾。有一个“长毛”把手上的来复枪往苏维普身上比了一比，维普几乎就吓尿了。

“你跑呀，你怎么不跑了？”那个“长毛”问苏维普，用的是带北方口音的官话。

“他脚拐了，不然我们不会在这儿停留，也不会被你们抓到。”保罗·巴克代替发抖的苏维普回答。

这时，一个“长毛”从楼梯上弯腰走了下来，刚才那个“长毛”立即上前禀报：“萧卒长，我们抓到了两个——”

“好嘛，洋兄弟！”萧卒长的眼光一下落在保罗·巴克身上，仰头看见他的西装有些打皱了，金色头发也一团蓬乱，转头对手下说，“怎么还不给我们的洋兄弟松绑？”

那个“长毛”是个两司马，上前给保罗·巴克松了绑。保罗·巴克说：“也要给我兄弟松绑。”他犹豫着看了萧卒长一眼，得到肯定的眼神后，示意他身旁的一个手下解开苏维普身上的绳索。

“谢谢——”保罗·巴克说，“我是在厦门洋行的荷兰人，喜欢中国的土楼和瓷器，专门来到中国朋友的家乡照相，今天要走天岭到山城，然后坐船回厦门，希望你们能让我们离开。”

萧卒长亲热地把一只手搭在保罗·巴克肩上，说：“洋兄弟，既然今天有缘相遇，你就别走了，同灭清妖，共襄义举。”

保罗·巴克面露难色，不知如何回答。他在厦门听说过太平军对洋人还是很优待的，若有火枪弹药生意可做，关系更为融洽，但是如若翻脸，也是残酷无情的。

“不瞒你说，我们是康王大军的先头部队，”萧卒长说，“我过几天带你到南阳大营去见康王，眼下我天国正处雄图再举的关键时刻，急需你这样的洋兄弟鼎力协助。”

“我、我不懂军事，不懂政治，不懂——”保罗·巴克忍不住挥起手嚷嚷道，“你现在就放我们走！放我们走！你——不能扣留我们！”

萧卒长沉下了脸，朝身边的人使了个眼色。几个“长毛”立即推搡着保罗·巴克和苏维普，把他们推进面前的房间里，带上门，“啪”地扣上铁环，两个人把守在门边。

“你最好还是考虑清楚再说，不要敬酒不吃吃罚酒。”萧卒长站在窗棂前对房间里说，说完背着手走了。

两个人挤在狭窄的房间里，保罗·巴克无奈地朝苏维普摊了摊手。这一楼的房间是灶间，有一口小小的灶，整个房间明显比海威楼的灶间小了很多。

“这座土楼怎么这么小？袖珍型。”保罗·巴克问。

“嗯，听说这座楼叫作饭甑楼，就像装饭的那小饭甑，建楼的是一支姓岁的小姓人，只有十来个人，他们都长得像矮冬瓜一样。”苏维普说。

保罗·巴克哦了一声，直起身子，脑袋几乎顶到了天花板。他弯下腰透过窗棂往外看，正好看到几个“长毛”正在动他的匣子和皮箱，大声吼叫起来：“别碰我的东西！别碰！”

那个两司马走到窗棂前，怒声呵斥道：“你嚷什么嚷？给我老实点！”

“请你们尊重我，不要随便翻我的箱子、物品！”保罗·巴克的脸在窗棂前挤歪了，尖鼻子都挤出了窗棂。

两司马冷笑一声，把来复枪口在保罗·巴克的鼻子前晃了晃。

保罗·巴克直起腰，走了两步，用洋文骂了一声。

“‘长毛’不会杀了我们吧？”坐在灶洞前的苏维普抬起头看了看保罗·巴克，“我们要、要想办法逃跑呀……”

“跑，跑。”保罗·巴克抿着嘴点了点头，又用洋文咕咕嘟嘟地自言自语说了一通。

3

没有月亮，也没有星星，这是一个令人沉闷的暗夜。竹林里响起传令官的声音，一阵稀里哗啦的摇曳，暗影飘荡，像是活跃着一大群天兵天将。

“大哥，辛苦了。”萧卒长走到竹林边迎接萧队长。这个萧队长是广西人，而他是江西人，两人算是同宗，不久前转战江西、广东时两人见过面。萧队长隶属于侍王李世贤部，奉命进入本地区指挥战事，萧卒长是康王汪海洋部派来协助作战的。

萧队长跟萧卒长一样个头矮小，薄扁的身材结实得像块砖，显得很精干。在两个卫兵的簇拥下，萧队长一脸威仪地瞥了萧卒长一眼，快步朝前走去。萧卒长在一边跟着走，觉得有点跟不上萧队长的步子，说：

“大哥，我们都探好了，就等你……”

萧卒长小跑着走在前头，把萧队长迎进了小土楼里。天井里摆着香火堂的香案，那些香烛、神主牌位早已扫落一地，此时香案上亮着一盏洋油灯，萧队长在椅子上一落座，就有人端上了一杯热茶。

“大哥，我们探明博平圩自古富庶，为周边两县多个乡里的聚散地，目前圩上有大大小小的商铺近百家，沿东溪分布多个村子，自大明以来烧窑为业，瓷器运至月港卖给洋人，获利甚丰，其中又以苏洋村最为富有，距博平圩近二十里地。”

萧队长喝了一口茶，脸上依旧是成竹在胸似的表情。

萧卒长靠近一步，继续低着头禀报说：“博平圩守备虚弱，仅有团练数十人，号称百总，实在不足挂齿。我意明天一早拿下博平圩，搜寻清理各商铺，可以紫阳书院为营地，囤积物资，然后将圩市付之一炬，趁势进攻苏洋村。”

萧队长放下茶杯，沉着脸说：“听你的还是听我的？”

“当然听你的，你是队长，还是大哥，当然全都听你调遣。”萧卒长满脸恭敬地说。

“这些乡野之地，侍王根本就不放在眼里，不过来借点粮草而已。”萧队长站起身，环顾了小土楼一周，“侍王意在攻克漳州，再经同安夺取厦门泉州出海口，打开海上通道，进而与英国人协议占领福州，克复浙赣，取道山东，以图东山再起，振兴天国大业。”

“还是侍王英明，高瞻远瞩啊。”萧卒长连声赞叹，心里暗想，这也扯得太远了，博平圩、苏洋村能拿得下来，兄弟们捞上一笔，这就够了。不过人家萧队长是侍王的人，自然要跟随侍王一起奋斗。萧卒长号称卒长，一卒本来应为一百零四人，而他手下其实只有几十人，好多人还是沿途入伙的，有的是债台高筑的乡村无赖，有的是身无分文的流民，大家只想干几票，捞一点钱，各自跑回家过日子，萧卒长明白他们心里的小九九，不过也不去点破他们，他有自己的小团伙，也在谋划做大事——天京陷落了，天王归天了，天国大业还有什么奔头呢？何去何从，早做打算。当然，这些话万万不能公开说的，只能深埋在心里，嘴上还是要说一些冠冕堂皇的大话。

萧队长一步跨上廊道，走到香火堂，踢起一脚，地上的一块神主牌位就被踢飞到天井里，问："这小土楼里的人呢？"

"我们一来，他们就全都跑进山林里了。"萧卒长说。

萧队长走了两步，从地上捡起一根毛笔。萧卒长见状，连忙朝灶间里喊人送出砚墨来。萧队长每到一处喜欢在墙壁上题诗，参加太平军之前他曾是个多次落第的老童生，所以有这一爱好。萧队长参加太平军后听说天王也爱写诗，一直引为榜样，天国刊印颁行的《天父诗》，他至今视若至宝，时常诵读默念。

文书官捧着磨好墨水的砚台出来。萧卒长接了过来，双手捧起砚台，像是小心翼翼地捧着圣旨一样，恭敬地请萧队长题诗。萧队长的一个卫兵提来洋油灯，把灯光照到墙壁上。

萧队长蘸了一下墨水，皱起眉头构思着，感觉到胸中文思汹涌，便提笔在墙上写道：

天朝虎将到来临，
伐暴安良义气深，
劝民不学痴迷汉，
山林藏匿饿损身。

"好诗，好诗，好诗！"萧卒长大声地叫起来，他在老家也是读过几年私塾的，每个字都认得，另外唐诗也是读过一些，但是这时阵他只能叫好。

萧队长略歪着头欣赏着自己的笔迹，似乎也颇为满意，又蘸了一下墨，题写了一行时间落款：太平天国甲子十四年秋月。

“好，好，好。“萧卒长又是一迭声地叫好。

萧队长脸上露出了一丝笑意，把毛笔往砚台上一搁。

萧卒长捧着砚台，不停地点头哈腰，说：“大哥真是文武全才啊，佩服佩服。”

萧队长心里舒坦，把两只手背到后面，微微偏着头说：“诗，我还是很爱的，戒马空忽（戎马倥偬）之际，写写诗，还是很好的。”

“那是，那是，萧队长文武双全，很快又要升官了，为我萧氏宗族争光啊。”萧卒长说着把手上的砚台递给旁边的人，凑近一步，压低声音说，“对了，我上午抓到了一个洋兄弟和他的脚夫……”

“哦？在哪？”萧队长立即来了兴趣。

“我去把他带来见你。”萧卒长说。

萧队长走下天井，在香案旁的椅子上坐了下来。这土楼确实够小，他抬起头望了下天空，感觉就像是坐在井底一样。萧卒长从面前的房间里叫出一个洋兄弟，他整整比萧卒长高出一个头以上，似乎都顶出土楼上空了。萧队长心想，这些洋人其实也是妖，凭什么就这么高呢？他实在不明白侍王要优待洋兄弟的指令，当然明白要执行，不明白也要执行，这是军律。

保罗·巴克揉着脖颈，从廊道上一脚走到天井里，两步就走到了萧队长跟前。

“哈——喽。”萧队长怪腔怪调地说了一句洋文。

“你也会说英文吗？”保罗·巴克似乎有点惊讶，操着大清官话问。

萧队长同样惊讶洋人会说流利的官话，指着旁边的椅子，说："我只会这一句，呵呵，请坐。"

"我不明白，你们要扣留我们到什么时候——什么时候可以放我们走？"保罗·巴克弯下身子探着头看着萧队长，蓝色眼珠子瞪着他转了一下，"这事你能做主吧？"

"我无法做主，这事只有我们侍王能做主。"萧队长说。

保罗·巴克直起身子，用洋文嘀咕了一句，然后冲着萧队长吼道："你们、到底想怎么样？怎么样？"

"你对我们萧队长客气一点！"萧卒长训斥道。

"洋兄弟，别着急，"萧队长站起身，个头仅仅到了洋人肩膀上，他伸出一只手按着洋人的肩膀，整个人像是挂在对方身上一样，"我们天国大业需要你，一起抗击清妖。"

保罗·巴克扭了一下身子，就把萧队长的手从肩膀上抖掉了，他狂躁地来回走了几步，说："我不需要——你们的天国！我要回国！"

"洋兄弟，我们萧队长这是抬举你，你不要不识抬举啊。"萧卒长绷着脸说。

保罗·巴克摊了摊手，说："我、我不是领事人员，不能外交上帮助你们，我也不是军火商人，没办法为你们提供军火……我、我只是一个热爱中国文化的洋行雇员……"

萧队长笑笑说："洋兄弟，你不用谦逊，你对我们很有用，我们侍王说了，现在天国大业特别需要洋兄弟支持……"

"我不认识你们的侍王。"保罗·巴克左右摇着两根手指说。

"我们侍王可是战功赤赤（赫赫）的千岁王，左军主将！"萧队长骄傲地说，"我天军撤出天京之后，侍王肩负重振天国大业的重担，你只要好好跟我们合作，自然有享用不尽的好处。"

“我不跟你们合作。”保罗·巴克偏起头说。

萧队长朝萧卒长使了个眼色。萧卒长会意地走上前，推着保罗·巴克往灶间里走去。

4

清晨的风吹到身上有点寒意。博平圩东头的路口上，两个乡勇各自抱着一杆土铳，嘴里呵着气，在地上跺着脚。日头还没有从东山崇上升起，圩街上有人在卸铺面的门板，赶早的人从街面上走过。两个乡勇躲到了一棵树后背着风，似乎感觉好多了。

“都在传‘长毛’要来，这‘长毛’到底长什么样子？”一个乡勇说。

“就是头毛长长的啊，石百总都说了，我们这里山高，他们腿短，翻不过来的。”另一个乡勇说。

这时路口上冒出一群身着五彩衣、头扎黄头巾的精壮汉子，手持刀枪，像猴子一样身手敏捷地向博平圩街直扑而来。

躲在树后的乡勇听到了异常的动静，从树后转出来，一个乡勇见到面前一片五色杂陈，吓得怀里的土铳都抖落在地上。另一个乡勇张开嘴，同时把怀里的铳枪举了起来，但是没等他喊出声开一枪，对方的枪先响了。

“砰”的一声锐响，打破了博平圩清早的宁静。

那个乡勇应声倒在地上。

又是几声枪响，另一个乡勇尖叫着向前扑倒，一双大脚从他身上踩了过去。这群身穿五彩衣、蓄着毛发的“长毛”踢起一路尘土，冲向博平圩街。

“‘长毛’！‘长毛’来了！”街面上响起惊魂未定的叫声。

有乡勇从街头房屋里冲出来，手上端着枪，朝天放了一声巨响，然后他直挺挺倒在了地上，因为他胸口中了一枪，鲜血喷了出来，把随后冲出来的乡勇吓瘫了。

一群“长毛”洪水般涌进了博平圩。顿时，枪声大作。尖叫声、哭喊声、惨叫声混成了一团。

萧队长翻下马来，在萧卒长等一干人的簇拥下踏上博平圩的街面，战事已基本上结束了。“长毛”方面无一伤亡，一共击毙乡勇十八人，商铺老板、民众十一人。有一些人躺在血泊中痛苦地呻吟，逃命的人向周边村落狂奔，只恨爹娘少生了两条腿。

传令官下令停止追杀逃民，逐间搜索商铺，银两、细软、粮食、牲畜等等，一律查抄送至紫阳书院，任何人不准私藏。

跟随萧队长后到的“长毛”分成两支，一支冲到紫阳书院前拍门，一支冲进了天后宫。率先冲进天后宫的“长毛”爬上香案，扯着神龛里的妈祖神像的绣衣，使劲地往下扯，木刻的神像咚地摔在了地上，横梁上的匾额也被摘下来，摔在地上破成了两片。又有几个“长毛”进来，用枪托把供桌上的观音瓷像扫落，哐当，哐当，瓷像破碎的声音像是一声声无望的尖叫。

突然有一个“长毛”说：“这叫天后宫，天后——是不是祭拜我们天王之妻啊？”

“不可能啊，我们天王之妻就叫妻，没有封后的。”一个年长的“长毛”说。

两个“长毛”抬起香炉翻倒在地，天后宫里继续响起各种砸碎声。

紫阳书院紧闭的大门前，几个拍门的“长毛”失去了耐心，往两边散开，后面十来人抬着一棵粗大的松木，齐声喊叫着向大门冲撞而去。

轰隆一声，大门被撞开了。抬松木的人有的刹不住脚步，跌倒在地上。

看管书院的驼背老人在耳房的床铺下被揪了出来，他全身簌簌发抖，语无伦次地说：“你们……我、书院没人……先生都……不在……”

一个“长毛”揪住老人的辫子旋了一周，老人扑倒在地上，他又上前踢了一脚，说：“想要活命，就赶紧逃！”

午饭时分，博平圩商铺的财产、物资基本清理完毕，紫阳书院的通廊上堆满了一包包的大米、一篓篓谷子、一笼笼烟丝、一筐筐各种各样的铁器，还有几头猪也被赶到天井里，拱倒了长在天井中间的虬枝梅花。大概因为肚子饿和受到惊吓，几头猪拉了几泡稀屎，整个书院充满了一股恶臭的浊气。

被簇拥着的萧队长气势轩昂地走进书院，不由皱起了眉头。讲堂正中的墙上原本挂着一幅孔子画像，已经被扯下来撕破，揉成一团摔在地上。看到这块白白的墙壁，似乎就是专门等着他来挥毫赋诗，萧队长突然又有了题诗的冲动。

博平圩街面上，“长毛”们开始纵火。几间老旧的木房子轰地烧了起来，发出噼里啪啦的巨响。整排商铺都烧起来了，火光冲天，半面天空都被烧红了。

书院里的萧队长一手捻着胡须，一手提着蘸了墨水的毛笔，心里想起所读过的天王诗作《原道救世歌》《述志诗》《吟剑诗》等等，诗兴哗的一下喷洒而出，提笔在墙壁上飞快地写下来：

不烧房屋不杀人，
万众思何不义心，
四民回头方是岸，
要敬天父是好人。

5

“长毛”来了！“长毛”来了！

从博平圩逃命到苏洋村的人，有的当场昏厥不醒，有的泣不成声，更多的是一脸死里逃生的侥幸和惊慌失措的呆滞。苏洋村人这下紧张起来了。果真是出大事件了，“长毛”果真是来了。

哐当！哐当！哐当！苏发扬站在海威楼大门口敲起了铜锣。海晏楼、海清楼前，也有人紧急地敲锣叫喊。

集庆楼这边，邹德永和苏邹德昌各持一面锣，使劲地狂敲，一边敲一边分头朝田地和茅棚屋走去。

苏发扬很快就敲不动铜锣了，喘着粗气向朝海威楼跑来的人比画着手。他儿子苏维生也敲着一面锣从楼里走出来，发扬比着手势让他向天妃宫、东溪窑跑去，敲锣通知所有在外面的人赶紧撤回土楼。

苏洋村上空飘荡着十万火急的铜锣声。有人呼儿唤女，有人牵牛赶猪，把养在土楼外的牲畜吆喝着硬拽着弄进土楼。

邹德永敲锣的右手酸得抬不起来了，像垂挂的破布随风晃悠着，他一家一家茅棚屋走过去，一边走一边喊：“快躲进楼里！孩子！孩子！老人！老人！先带进楼里，人要先带，再带粮食、被褥、牲畜，一家只准带一口锅，板凳什么的不准带，孩子老人一定要先带！”他喊得嗓子都哑了，喉咙里像是冒火一样，最后只能喊道：“人，人，带人，物件都不要了，快，快，快！”

在村子里的邹姓人全部拥进了集庆楼，楼门厅、廊道上、香火堂，二楼、三楼和四楼的走马廊，全都挤满了人，天井里满满当当是鸡鸭猪牛羊等牲畜，有几只鸡还站在牛背上，牛眼木木地轮转着，不解地看着这个奇怪的世界。

望着几乎挤爆的集庆楼，邹德永累得说不出话来，呼吸也是上气不接下气，心想，邹氏壮大，一座楼确实不够住了，余庆楼早一年动工，或许此时就可以派上用场，现在内部装修中，就差一年半载能住人，唉，这该死的“长毛”说来就来，不晚点等余庆楼装修好再来！

博平圩方向的天空现出了一片晕红，苏洋村人猜测是整个博平圩烧起来了。一团浓烟从博平圩方向向苏洋村飘来，人们好像在空中闻到了一股烧焦的气味，这是一种令人恐惧的味道。

苏发扬听到顺风公不停地咳嗽着，一脚跨进他的卧室。顺风公忍住咳嗽，说：“人、人、人……”

“人都撤回楼里了，祖堂、天妃宫、公王庙全都锁上了门，”苏发扬汇报说，“另外还收留了几个博平圩逃命来的人，听说‘长毛’在圩上杀了不少人，现在天空都红了，可能是放火在烧商铺……”

顺风公闭上了眼睛，看见博平圩化为一片火海，火焰像是群魔乱舞，一座座商铺烧塌了，轰隆腾起一片尘烟，火舌蹿得更高了，也变得更加疯狂，吻过的房屋无不震颤、焚裂、倒塌，火光冲向天空，把澄澈的天空都烧红了……顺风公看呆了，一口气差点喘不上来，他用力咳了一声，说：“火、火、火……”

“我知道，土楼要特别防备火攻。”苏发扬说。

“火、火、火……”顺风公说。

“我们在二楼准备了沙子和水，顺风公，你放心。”苏发扬说。

“火、火、火……”顺风公说。

第二十八章

1

邹德永站在瞭望铳棚上看呆了，村路上布满前进的“长毛”，像一片光怪陆离的蝗虫向集庆楼扑来。

“长毛”越来越近了，站在邹德永身边的一个长老颤抖着身子，就整个人软瘫下去。德永连忙让人把他抬走，传令妇女儿童在房间躲好，不要开窗，铳手在各射击孔做好准备，统一下令再开枪。

“大家不要惊慌，我们土楼这么坚固，‘长毛’也奈何不了的。”邹德永哑着嗓子一遍遍地告诉大家说，“不要惊慌，一定不要惊慌……”

其实他心里也有点发怵了。“长毛”前头推着两门火炮，那黑乎乎的炮筒像一棵百年松木那么粗，它的火力应该不小。“长毛”身着五彩衣，头扎黄头巾，远远看去，一片炫目的色彩，在这傍晚时分的村路上，显得唐突和喧嚣。火炮后面是十几个骑马的头领，头上扎着黄头巾，两束头发从肩膀两边垂下来，果真是长毛啊！再后面是一群列成横队纵队的枪手，端着各种洋枪土枪……

邹德永惊讶地看到“长毛”头领所骑的马边走着那个他见过的洋人，还有一个苏发志的儿子，他叫不上名字，看样子他们像是被胁迫的，又像是带路的。根据他的目测，“长毛”至少三四百人，当然最可怕的是他们有火炮，有洋枪土枪，集庆楼里虽然也有几十杆土枪，但是最重要的还是有坚厚的土墙，当然最最重要的是大家有保卫家园的决心。

“以前集庆楼也几次遭受到土匪围攻，没有一次被攻破，我们集庆楼固若金汤。”邹德永对苏邹德昌说。

苏邹德昌立即回头对后面的人说：“听到没有？族长说了，他们攻不进来的！”

邹德永点着头，对德昌这种鼓劲的方式表示赞赏，大敌当前，稳定人心是很重要的。

“‘长毛’虽然留着长头发，但他们也是人，父母所生，不是妖魔鬼怪，没有什么可怕的。”苏邹德昌说。

“长毛”在集庆楼大门口五十丈开外的地方停住了，列阵以待。那两门火炮被架了起来，几个人在炮筒后面装火药。

“这座楼叫什么名字？他们都是烧窑的？很有钱吗？”骑在马上的萧队长指着前面的土楼问苏维普，只见土楼大门紧闭，大门上方外墙上出挑的木台里站着几个人。

“叫、叫集庆、庆楼，他、他们……”苏维普结结巴巴地说。

保罗·巴克扭过头对萧队长说：“据我所知，这座楼的人不烧窑，他们耕读传家。”尽管站在地上，但他并不比骑在马上的萧队长低，目光直视着对方。

“你这洋兄弟，懂得还真多。”萧队长冷笑了一声，转头对马上的萧卒长说，“怎么回事？不是全村都烧窑的吗？”

“他们这个村两个姓氏，这个姓氏不烧窑。”保罗·巴克说。

“是是，祖上是兄弟，后来分家了，这个姓氏就不烧窑了。”萧卒长顺着话尾说。

萧队长对萧卒长下令："你上前喊话，天兵天将到来，只要献出金银财宝和粮食牲畜，可保土楼不受炮击，男女老少一律不杀。"

"是！"萧卒长得令，一手握着一把火帽式手枪，一手抓着缰绳抖了几下，马迈开蹄子向前走了几十步。

"听着，楼里人听着！我们是天国天兵天将，只要你们把财产全部献出来，金银粮食等等，就可以免受炮火攻击！"萧卒长直着嗓门，大声地向集庆楼喊话。

在瞭望铳棚上的邹德永走上前靠着栏杆，用两手在嘴边做着喇叭状，用尽嗓子里所有的音量，回应说："我们不管你们是什么天兵天鸟，这里是我们的家园，请你们离开！"

萧卒长骂了一声，骑马回到萧队长面前报告说："这楼里的刁民不听劝，我看要给他们一点颜色瞧瞧！"

萧队长拧紧眉头，挥起一只手说："炮火给我——准备！"

"萧队长——你们可以不动炮火吗？"保罗·巴克冲着萧队长喊道，"你们在集市上已经杀人杀得够多了！"

萧队长根本就不理洋人，手往下一劈，喝令道："放！"

轰隆——轰隆——

两门火炮先后发出两声巨响，一个"长毛"被火炮的后坐力震了一下，一屁股跌坐在地上。只见一片尘烟中，两颗炮弹划着两道火光，向集庆楼飞去，落在大门口的门埕地上炸开，嘭——嘭——炸起了一股尘土，地上炸出了两个浅坑。

集庆楼上也组织了还击，土枪一阵乒乒乓乓作响，子弹大都落在了火炮前几十米的地方，有的甚至没了踪迹。邹德永发现枪弹根本打不到"长毛"，连忙下令停止射击。

萧队长下令火炮和枪队往前推进三十米，务必轰炸开土楼大门。

“够了！够了！你们够了！”保罗·巴克冲着萧队长和萧卒长嚷嚷，但是他们甚至不看他一眼，他沮丧地在一处土墩上坐了下来，用两只手捧着脸，把耳朵堵住了。

向前推进的火炮又发出了两颗炮弹，一颗打在集庆楼墙上，土楼里的人还是感觉到整座楼震颤了一下，惊起一片尖叫。

邹德永从铳棚探出身子往土墙上察看，发现只是炸掉了一块碗口大小的墙皮，心里狂喜，看你炮弹厉害，还是我土楼坚硬！一颗子弹嗞地从他头顶上飞过，他起身朝土楼外面的“长毛”们竖了一根中指。

又有两颗炮弹怪叫着飞过来，一颗就打在铳棚下的土墙上，铳棚木台震晃了一晃，坚硬的土墙像是把炮弹挡了回去。

“‘长毛’也不想想，我们的土墙有多厚啊！”邹德永回到二楼廊道上对大家说，“但是，大家要提防他们再靠前来发炮，准备好枪药，一旦靠前就射击。”

天色渐晚。硝烟飘散，集庆楼墙上的烟囱徐徐飘出了一股股炊烟，向着天空袅袅升起……土楼虽然被包围了，但是生活还是照样继续，主妇在灶间里开始做饭，逃难进来的人有的寄餐在至亲家里，有的就在天井垒灶，也要做饭了。

邹德永抬起头看了看天空，天快要黑了，只要土墙不被炸开，这土楼里有水、有柴火、有粮食，人们可以照样生活，吃饭、哄孩子、睡觉，试看“长毛”能围多久？

萧队长狂躁地咽了几口口水，他没想到土楼这么难攻，博平圩不费吹灰之力就拿下了，这土楼居然发了十余颗炮弹均不奏效。天快要黑了，不利于进攻，而且部队一早行动至今，已经疲惫不堪，需要立即扎营造饭，明早再发起攻势。

“队长，这个邹姓有一座祖堂，我们先在祖堂扎营，他们还有一座建好正在装修、尚未住人的土楼……”萧卒长说。

萧队长不满地训斥萧卒长说：“你的细作怎么回事？太不得力了，应该锁定一座最有钱最薄弱的土楼，尽快攻下，你看现在——”

“土楼、土楼都很坚硬……”萧卒长说。

“再坚硬也没有南京城墙坚硬吧，我们都攻下来了！”萧队长生气地从鼻子里哼了一声。

萧卒长嘀咕着，南京城攻下了，可现在不是让清妖又夺回去了吗？我们的火力哪能比得上啊？那时听说用的都是红衣炮“大将军”，现在这土炮要对付土楼，不容易啊。他心里又惦记起紫阳书院里那些从博平圩商铺搜查来的金银财宝，留守的虽说大部分是萧队长的人，而他的人只有五个，但都是能干的心腹，彼此沾亲带故，伍长还是他的亲妹夫，他早已密授了计策，今晚是个最好的时机……

萧队长眼光转向土楼外面分散在四处的茅棚屋，那些鳞次栉比、旁逸斜出、高低起伏的草木屋，在他眼里就像一堆堆狗屎一样，想必也不可能藏有什么财宝，有的话那些妖民也转移到土楼里了。萧队长手一挥，说：“把那些木屋全都给我烧光！”

火烧起来了，一处两处三处，那些茅棚屋都是木头、茅草，特别容易着火，又借着风势，很快烧得噼里啪啦地响，火光在空中连成了一片，熊熊大火烧红了苏洋村半边的天空。

住茅棚屋的邹姓人在集庆楼里看到家起火燃烧了，很多妇女、孩子放声哭泣，邹德永只能安慰她们说：“不哭，不哭，大家以后都有土楼住的……”有青壮年想出去救火，德永只好拦住他们说：“这火救不了了，生命更重要，大家好好活着，以后住余庆楼……”

2

范阳堂锁住的大门被砸开了。前头几个“长毛”提着洋油灯跨过门槛，把木门槛拆了下来。萧队长背着手踱进大门，抬头便看见一块匾额，从通廊走到正殿，香案上亮着一盏长明灯，照着神龛上密密麻麻的神主牌位，那一块块写着别人祖宗名字的小竹片，在萧队长眼里显得那么丑陋，他看了一眼便拂袖退出范阳堂，对身后的萧卒长说：

“先把那些牌匾给我摘下来砸烂，什么‘进士及第’‘代有文豪’，一派妖言。”

“摘下来，砸烂！”萧卒长尖声宣布萧队长的命令。

萧队长做了个手势，大步朝余庆楼方向走去。萧卒长明白他的意思，他内心最不喜寺庙祖堂，必定要放火焚毁才高兴——刚才准备扎营，他一看到祖堂就皱眉头，而余庆楼大门上的锁一砸开，他就说就这里了，然后传令五米设一个岗哨，伙头兵开始在天井里垒灶架锅，那些装修的木料正好是造饭的上乘燃料。

“一把火，全烧了！”萧卒长又说，回头小跑着追上萧队长。

集庆楼瞭望铳棚上有人望见祖堂方向火光冲天，立即跑去报告邹德永。

正在吃饭的邹德永啪地放下碗筷，一个箭步冲向楼梯冲上三楼，身手敏捷地翻进铳棚木台，他的眼光一下就拉直了。

黑暗的天空中，火柱腾空而起，像一条火龙狂舞着。那正是祖堂的方向！邹德永猛然意识到一个可怕的现实：祖堂被“长毛”纵火焚烧了！

这帮畜生！邹德永咬着牙把嘴唇咬出了血，他冲到一楼天井里，带着不可克制的悲愤说：“‘长毛’在烧我们的祖堂，姓邹的，跟我出去找他们拼命了！”

邹德永猛地从身旁的人那里夺过一把铳枪，就往楼门厅跑去，后面跟上了十几个群情振奋的邹姓人，有的持枪，有的持刀，还有邹锦洪提着一只装满石头的鱼篓子。坐在楼门厅的人们起身让开了一条道。两个后生子搬开门闩，打开大门。邹德永站在大门口望着祖堂方向的大火，心里像是刀割一样鲜血如注，说：“祖堂烧起来了，邹姓子孙跟我去拼命！”

一行人扑进了夜色中。范阳堂的大火烧红了半边天空，因为是祖堂，屋梁都用了上好的木料，燃烧时发出结实洪亮的声音，满天空飘荡着令人迷醉的檀木香。这是正殿烧起来了，那里的屋架都是檀木……

邹德永像受伤的猛兽嚎叫了一声。他看到整座祖堂已成一片火海，映红了天空，也映红了直插天空的石旗杆，整个人失神呆立着……

祖堂前有一个“长毛”的岗哨，他们看到十几条人影在奔跑，喊了一声，便砰砰砰地开枪。邹姓人迅速散开，隐蔽在树干、篱笆和土堆后面，然后向“长毛”开枪还击。邹锦洪看到父亲还失神站在幽暗中看着祖堂大火，那火光映照着他半边脸，锦洪推了父亲一把，从鱼篓子掏出一粒石头，朝前方狠狠地掷去。

唰，石头在黑暗中疾飞，看不清它飞到哪里，只听见一声惨叫，那是一个“长毛”骇人的叫声。

“打中了！打中了！”邹锦洪兴奋地叫道。

邹德永也醒了过来，大叫：“给我打，再给我打！”

“长毛”射过来的枪声突然密集起来，火光下看得见他们增援的人上来了，在各种掩体后面不停地开枪。

这边被火力压得不敢动。在篱笆后面的邹锦洪又掷出了几粒石头，都没有打中。邹德永急火攻心地开了一枪，再装子弹，怎么也装不到枪管里。苏邹德昌刚刚从土楼里跑出来，摸到德永的身边，一手按着他的肩膀说：

“德永兄弟，你不要鲁莽，赶快撤。”

“狗屌的，短命鬼，‘长毛’把邹氏祖堂烧了！”邹德永带着哭腔骂道。

“他们人多，枪炮好，我们根本不是对手，还是赶快撤回楼里。”苏邹德昌说。

“祖堂被烧了，我也不想活，跟他们拼了！”邹德永从树干后面探出身，就要往前冲，德昌死死地拽住他的一只胳膊，几颗子弹飞来，砰地打在树干上，跳到了一边。

“德永兄弟，你一个人去死，没什么，还有全族的人在土楼里，怎么办？你是族长啊，要领导大家。”苏邹德昌说，“祖堂烧了，可以重建，你死了，就死了！”

邹德永一怔。又一颗子弹飞来，掀起了一块树皮。

“人不能白死，活着才能重建祖堂。”苏邹德昌说。

邹德永咬着牙，做了一个撤退的手势。

祖堂的大火慢慢小下去，噼啪一声，又轰隆一声，一面墙倒了下来，尘烟弥漫，夜幕下像是张开了一张无边无际的黑网。增援的“长毛”越来越多，但是看不清前面的情况，也不敢贸然进攻。

邹德永带人回到集庆楼里，大门轰地关上，两个后生子插上粗大的门闩。德永靠在大门后，全身像是被抽走了筋骨，软泥泥地糊在门板上。

“德永兄弟，老话怎么说的，留得青山在，不怕没柴烧，大家都要保住命，活下来，祖堂被烧了，我们可以重建，”苏邹德昌说，“你要相信我，我回来就是要帮助建土楼修祖堂，但是很丢人，那事就不说了——祖堂重建，我一定会出大力的，你相信我……大家都会出力的……”

邹德永默默地呆呆地一屁股坐到地上，突然放声号啕大哭起来，哭声撕心裂肺地惊动了集庆楼里所有人……

邹锦洪走到二楼楼梯转角时听到父亲的哭泣，心中一恸，他觉得他颇能理解父亲的，因为他也想过这么肆无忌惮地痛痛快快地大哭一场，然而他不敢，只能压抑在心里。楼梯口壁上的拱门形小座里，一盏松油灯闪闪忽忽，转角处的地上坐满了从外面茅棚屋甚至博平圩逃难来的人，他们靠墙而坐，向前伸出两腿，空洞的眼神，脸上布满惊悸、疲惫和迷茫。锦洪不小心踩到了一只往外伸出的脚，那人只是本能地把脚缩起来，眼睛呆呆地眨了一下。锦洪一眼认出这是博平圩烟丝铺的张老板，他也逃难来了，变成这副落魄不堪的模样，他显然没有认出锦洪来，又把脑袋耷拉下去了。

“张老板，张老板，”邹锦洪心里斗争了一会儿，还是没有走开，弯下腰来，把头凑到张老板面前叫他，“张老板……”

张老板抬起眼睛，呆呆地看着邹锦洪。

“我、就是那个挑你烟丝的挑夫，烟丝被土匪抢了，”邹锦洪说，“我、以后有钱我会赔给你的……”

张老板嘴角咧了一下，像是笑又像是哭，低低地说：“算了吧，不用……我的商铺被‘长毛’抢了，妻子被杀了，我好不容易……逃出一条命……再多的金银财宝，又有什么用？”

邹锦洪直起身来，愣愣地往三楼走去。父亲的号哭声依旧在土楼里响着，像是一只结实的巴掌，用力地拍打着土墙……

3

烧成一片废墟的博平圩在幽暗的夜色里像一个诡异的巨大的坟场，

在残垣断壁间许多冤魂的身影飘飘忽忽，某个角落里冷不丁就响起一声凄厉的叫声，分明是猫，又好像不是，天空中飘荡着一股令人窒息的烧焦味，到处是悄摸摸，鬼影幢幢。这个闽西南土楼乡村繁华一时的圩市变成了无人的鬼域，除了紫阳书院，连天后宫和威惠庙都被捣毁了，周围的村子全都紧闭土楼大门，本楼子民和逃命来的人惊悸未定，苦熬着“长毛”犯境的第一个夜晚，尽管有人的亲友就死在圩街上，但是没有人敢到博平圩来收尸，因为那里还有持枪的“长毛”。

紫阳书院门前的石凳上，坐着几个直喊肚子饿的“长毛”，有一个嚷嚷说：“手脚这么慢，我再进去看看，做好没有？”在门口以及前面四周围设游动哨的“长毛”都是萧队长的手下，属年岁较大、体质较弱的老兵，所以萧队长让他们留下来守卫囤积粮草的书院。这方圆近百里都没有清军驻扎，乡勇也全被打跑了。他们中间军职最大的是一个两司马，指使萧卒长的人生火做饭，并且宣布，晚饭后由萧卒长的人在书院外设岗哨，他们换防撤回书院内。萧卒长手下的一个伍长连连点头哈腰，表示听从指挥。

那个“长毛”刚走到紫阳书院门口，踩到那块被挑下来砸破的匾额，萧卒长手下的伍长正好走出来，说：“饭刚刚做好，各位大哥，饿坏你们了，柴火有点湿，生火不易，实在对不住啊，包菜咸饭，包合你们的口味。”

两司马走了过来，有点不悦地说：“你也真是，生不出鸡蛋一样。”伍长又连连点头哈腰表示歉意，向前面大声招呼道：“吃饭了，吃饭了，各位大哥！”那些流动哨兵听到吃饭，全都撤了回来。

书院讲堂上，一大铁鼎的包菜咸饭散发出一股香气，刺激着人们饥饿的肠胃。一个做饭的“长毛”帮忙盛饭，一人一碗，有人吃得快，还想吃第二碗，却只盛到小半碗，就剩下锅巴了，叫道，饭不够啊，吃不饱。讲堂上满是咸饭冲进喉咙的响声，争先恐后一样。突然，那个两司马叫了一声，手中的空碗哐当掉在地上，他晃着身子颠了几步，软绵绵瘫了下来，鼻孔里流出了一抹血。吃饭的人全都看得目瞪口呆，但是已经来不及了，有的随之瘫倒，有的干呕，有的翻白眼，有一个大吼一声，一头撞向那个盛饭的人，但是被轻轻一推，自己就啪地摔在地上，嘴角边涌出一股白沫。

伍长走进书院，看着地上横七竖八躺着中毒身亡的人，脸上浮着一层笑意，对他的人说："大家手脚麻利一点。"他们这伙人连同萧卒长都是沾亲带故的，老家都在江西赣州大山窝里，早就在谋划怎么趁乱捞一把，然后逃离康王的队伍。伍长带着大家走进厢房里，有人提着油灯照着，有人抡起斧头劈开樟木柜，一柜子银圆、番洋、黄金、水晶、玉石、青花小瓶、米黄釉观音像等等，顿时闪花了大家的眼。

"哇，我这辈子都没见过这么多金银财宝！"一个"长毛"叹道。

"别激动，别激动，"伍长用一根手指头研着他的鼻尖说，"萧卒长说了，我们平均分，大家都回老家去当财主。"

所有眼光里都放射着金银的光芒，所有人都激动得浑身发抖。

伍长抓起一把银圆、黄金放进麻袋里，又抓起一把放进去，叮叮当当的响声让所有人心花怒放。

金银财宝装了半只麻袋，青花瓷、米黄瓷装了一只麻袋，伍长说："这些钱够我们大家下半辈子好好享受了。"根据萧卒长的计策，他们带着金银财宝撤离时，要把书院一把火烧毁，然后连夜逃往永定东华山某处，等待萧卒长脱身回来会合，大家把这些钱平分，各自回家过日子。天国不行了，天王上天了，但是大家的日子还得过下去啊，谁知道康王、侍王能折腾多久？他们不想卖命了，还是捞一把走人为上策。

这伙人走出厢房，迅速分成两路，两人背着麻袋跟着伍长从右通廊往外走，另外两人走到讲堂上堆放大米、谷子的地方，把洋油灯里的洋油倒在大米包上。高个子叹了一声说：“好可惜，这么多粮食！”矮个子说：“我们又带不走。”高个子说：“其实，也不一定都要烧掉……”矮个子说：“你傻啦！不烧毁整座书院，明后天萧队长他们回来，就会发现尸体，我们就露出马脚了。”

伍长一脚跨出书院，砰，头上就挨了一记闷棍，“哼”的一声倒在地上。后面两个人见状大惊，但是来不及反应，惊慌中头部、胸部各挨了几棍，双双向前扑倒在地，吭都没吭一声。

这伙偷袭的人是黑番和他的手下。

今天早上博平圩的枪声也隐约传到了“皇帝洞”，午饭时分，黑番出洞爬到一座山峰上，看到博平圩方向升起了一股浓烟，他知道是“长毛”纵火焚烧了圩街。回到洞里，黑番不停地来回踱步，显得焦虑不安。他几次要做出决定了——那仅剩的一只手就要劈下来了，但是立即又否定了自己——那只手在后脑勺拍了几下，然后又是不停地踱步。直至天色暗了下来，黑番心里豁然开朗，他觉得做这个决定很难，但他还是必须要做，做出之后他感觉全身心都轻松了。黑番走到自己画的高祖神位前，心里默默地告诉高祖他的决定，把那本《四书集注》掖藏到马褂里，对大家说，各位兄弟跟我到博平圩走一趟，把值钱的东西都带上，这个地方我们可能不回来了。其实除了公用的炊具、餐具和个人的寝具，大家基本上没有什么个人物品，佛郎机表示，什么东西也是身外之物，就带着一条命和家伙，跟老大走江湖。最后大家只是带上自己的武器，就跟着黑番出了“皇帝洞”，摸黑往博平圩而来。除了紫阳书院，博平圩所有建筑都夷为平地，烧成废墟。前不久黑番还带着邹锦洪来博平圩住过一晚上，在客栈听人说了很多“长毛”的传闻，没想到，“长毛”从天而降似的，把这么个地方彻底摧毁了。黑番带着一种默哀般的心情看着黑乎乎的废墟。这时他们听到书院传出一阵动静，门前左侧放着好多辆空的马车，有人在里面说话走动——此时会在这里出现，只能是“长毛”了，黑番便让人埋伏在大门口两边的墙后，果然就敲倒了三个人，一看他们的装束，正是“长毛”。

佛郎机带人摸进书院时，那两个“长毛”正在讲堂上放火。佛郎机喊了一声：“你们干什么？”吓得两个“长毛”发抖，手上的纸媒子掉在地上，那矮个子就要端起肩上背着的土枪，佛郎机手上的枪先开火了，对方应声倒下。那高个子则被冲上来的几把刀砍翻在地。大米包上蹿起一束火焰，大家手忙脚乱拥上前把它扑灭了。

黑番让人把那三个敲昏的“长毛”绑好，他打了一支火把走进书院，看见这个斯文所在如今变成这种模样，到处堆放各种物资，还有几头活牲在天井里拱着地，那株梅花被啃得只剩下一根枝干，那些盆景、根雕全被推倒了，匾额、字画一律砸烂、撕毁，空气中弥漫着一股恶臭的气味。黑番感觉到心上被插上了一刀，血流不止。通廊上、讲堂上躺着十余具尸体，用火把照着一看，黑番就知道是中毒死亡，看来“长毛”发生了内讧。

佛郎机等人从地上捡起两盏洋油灯，一盏破损没有油了，另一盏还好好的，便点燃了它。黑番看到原来挂孔子画像的墙壁上题了一首诗，“不烧房屋不杀人，万众思何不义心……”，语词这般粗俗，字迹也极为难看，最主要的，起句就完全是一种弥天大谎。黑番心里骂了一声，在旁边条案上看到笔砚，他握起笔，走到墙壁下在旁边写了两个大字：无耻！

黑番转身要走开的时阵，感觉有人抱住他的大腿，低头一看是一个中毒醒来的“长毛”，目光迷离，嘴里向外涌着白沫。黑番正要一脚把他踢开，他自己就软瘫下去松开了。

“把这些人——”黑番用手指了指地上的尸体，“全部抬到外面，书院是干净的地方，不能有这些东西。”

尸体一具一具抬到了书院外面的空地上，这些“长毛”大多是红背心镶绿边，有几个号衣前后还缀着一块小黄布，标明番号。黑番算了一下，一共十八具尸体，他让人把他们的黄头巾扯下来，覆盖在他们的脸上。

半麻袋的金银财宝，一麻袋的瓷器——可惜那尊米黄色观音像破裂了，她是看到现实心碎吗？这个动荡不安的世界，人，怎么会变得这么凶残呢？

那三个敲昏的“长毛”有两个已经醒不过来，鼻息全无，身体也开始冰凉了。黑番让人把他们松绑，抬到那一排尸体边挨着放下，同样用头巾盖住脸。第一个被敲倒的那人在蠕动着，突然蹬了一下腿。黑番用火把照了照他的脸，看到他黄头巾上绣着“伍长”两个字，原来还是个小头目。

“你、你们……是谁？胆敢……”伍长挣扎着说了一句。

“我们是土匪，博平圩天岭‘皇帝洞’的土匪。”黑番低低地说。

“土……匪？真是土匪……”伍长圆睁着眼睛，眼珠子像是要凸出来了，一动也不动。

黑番点点头，说：“我们真是土匪，不过我们落草‘皇帝洞’几年来，今天之前还没杀过一个人……”

“好土匪……老大，放我走，那些金银财宝都、都给你……”伍长蜷曲的身子动了一下。

黑番冷冷地笑了笑，不屑地转过身，对着他的手下说：“整条街毁了，也不知他们杀了多少人，亲人都逃生了，没有人敢来收尸，我们——算积点德吧？”手下人明白老大的意思，纷纷点头。他们打着火把或提着油灯，向黑暗中的圩街废墟走去。

被“长毛”杀害的人有的就躺在街上，惨不忍睹，有的腿脚掩埋在残墙断壁下的瓦砾堆里，有的眼睛还没有闭上，死死地睁大着。黑番和他的手下人小心翼翼地把这些尸体抬到街头那块相对空旷的地上，挨个排好，把他们身上凌乱的衣衫简单整理一下，脸上大块的污血迹尽量擦拭掉，擦不干净也要擦掉一些，然后每个人脸上盖上一张土黄纸——刚才黑番在书院里无意中发现一沓纸，这或许就是天意。

黑番算了一下，一共是二十九具尸体，整条街的废墟上都找过了一遍，大家感觉所有的罹难者差不多全部找到了。此时，大家累得腰快要断掉了，看天色应该临近四更，这地方也不宜多留。黑番单手向地上的死者拜了一拜，大步往书院走去。他们看到那个缚紧的伍长在地上艰难地爬着，一步一步地爬向前面那两只装着金银和瓷器的麻袋。黑番走到伍长跟前，抬起一只脚踩着他的脸，说：

“你就是为了这些钱，毒杀了他们？我要看看，你今天到底能不能拿走这些钱？”

“求……老大、我、都给你……别……”伍长气若游丝地说着。

黑番的脚在他脸上蹍了一下，走到前面抓起那只装金银财宝的麻袋，递给佛郎机说：“你把这些分给兄弟们吧，然后大家各自回家过日子吧，我也打算回家——先走到山城圩，然后回饶平老家，找个小岛，了却残生……”

“不，大哥，我们要跟着你，你到哪儿我们到哪儿。”几个人嚷嚷着说。

黑番沉吟着说："我的好兄弟，我们有缘一场，说实在的，今天缘分到尽头了——这真是天意，以前我想遣散大家，但是没有钱，今天有了这袋金银，你们分了，正好回家过日子，另一只袋子的瓷器就归我吧？这里许多村庄自古以来是烧窑制瓷的地方，他们把瓷器从东溪运到月港、运到汕头，全都卖到了海外，不瞒兄弟们说，我高祖曾经是海上闻名的海寇，开头抢过他们的瓷器，后来也护卫过他们的船只——好了，你们平均分，我先走一步！"

"大哥！""大哥！""大哥！"所有人大叫了起来。

黑番向前走着，蓦地站住，然后抬起仅剩的那只手，连同手上的那只麻袋，麻袋里的瓷器似乎叮当响了一声，他身后的声音戛然而止。这是个威权的手势，不容置疑。这些跟着他多年的兄弟们都是了解他的，没有人再吭声了。

黑番没有回头，大步地走到书院门口，把手上的麻袋放下，然后走进书院里。那些跟随他多年的兄弟们此时都猜不透他要干什么，眼光热腾腾注视着大门口。过了一阵子，黑番从里面出来了，仅有的一只手上端着笔砚。只见他蘸了墨水，在书院大门口的墙壁上写出八个刚劲有力的大字：

毁书院者必遭天谴

4

清早的苏洋村起了一层薄雾，整个村子笼罩在缥缈的雾气中，显出了一种特别的恬静，让人暂时忘记"长毛"压境的恐惧和困扰。

一行人簇拥着萧队长从余庆楼走出来，路过烧毁的范阳堂废墟，那根石旗杆孤零零地耸立在那里，昨天他并没有注意到，这会儿便问萧卒长：“这是什么妖物？”

“这是石旗杆，凡族人中了进士有了功名，就可以在祖堂前竖一根旗杆，以示表彰，他们这个邹姓出了一个进士……”萧卒长说。

“什么狗屁进士，给我推倒！”萧队长绷着脸劈了一下手。说起什么进士、科举，正是他内心里最痛恨的东西，因为他连秀才也没考取过——但是这又怎么样呢？他现在随便举起枪就可以把进士毙掉。

“是，推倒！”萧卒长回头招呼他的手下，大家看着高高耸立的石旗杆，分成三节，有三丈多高，一个“长毛”提出在第二节中间套上缆绳，把石旗杆拽倒下来。很快取来了缆绳，套在了石旗杆第二节的雕龙石柱上，四个“长毛”拉着缆绳，齐声喊着号子，狠狠拽了几下，终于把石旗杆拦腰拽断——石旗杆倾倒下来，顶端笔尖状的石刻脱离柱子，像是飞起来，从萧卒长头上飞啸而过，把他惊出了一身冷汗。

昨天“长毛”攻打集庆楼，苏发扬站在海威楼的瞭望铳棚上，听到那边传来的一阵阵枪炮声，心里一阵阵揪紧。后来天黑了，听说集庆楼没有被“长毛”攻破，总算略略松了口气。天大黑之后，“长毛”向邹氏祖堂和余庆楼方向撤退，不久，邹氏祖堂上空升起火光，苏发扬知道“长毛”在纵火焚烧祖堂，震惊、愤怒无以复加。“长毛”既然能烧毁邹氏祖堂，也就能烧毁苏氏祖堂以及天妃宫、公王庙等，这些地方锁上了门，但是对“长毛”来说，不费吹灰之力就可以砸开，一把火便能焚毁。苏发扬整夜未眠地坐在顺风公的床前，这个夜晚除了一些孩子，海威楼没有人入眠，有人在铳棚上放哨，有人用硝、硫黄、木炭赶制火药，有人在磨刀。苏发扬也想过派一些后生子去守卫祖堂、天妃宫，但是立即觉得不妥，这些地方不像土楼有巨大的屏障，三两下就会被攻破，等于让大家白白去送死。顺风公说，要保住人，人是最重要的。苏发扬猜测，昨天“长毛”没有攻破集庆楼，今天或许转攻海威楼或其他楼，这伙逃窜而来的“长毛”急功冒进，只要守住土楼，他们抢不到金银粮食，很快就会撤走——他们洗劫了博平圩，那些民脂民膏虽不能填满他们的胃口，但他们应该急于席卷而走。苏发扬记得民谚有云：匪来如梳，兵来如剃。果真如此。不过，苏氏有土楼，他坚信“长毛”是无可奈何的。天亮了，苏发扬走到铳棚上往外望，四处雾茫茫一片，他一再强调，大家要提高警戒。太阳出来之后，一切明朗了，残酷而狰狞的现实凸现在面前。

果然，“长毛”扎营上空飘起一股尘土，朝着海威楼方向飘来。

萧队长并非临时起意转攻海威楼，而是在邹氏祖堂的石旗杆被拉倒之后，正式做出的决策。昨天的四角楼没有攻下，令他窝了一肚子火。此次战斗侍王给他三天时间，必须速战速决，将粮草、金银运回侍王大营，集中兵力攻克漳州。攻打博平圩意外地顺利，搜来的粮草、金银也很不少，今天若是攻不下海威楼，他也要回去交差了。据说海威楼还有海晏楼、海清楼才是烧窑的，有钱得很——而集庆楼只不过是种田养鸡鸭的。烧毁他们的祖堂，把那什么进士的石旗杆也拉倒了，萧队长感觉心头好受了一些，攻打海威楼之前，他又下令把余庆楼放火烧毁。

“放火！让他们知道一下天国天兵的厉害！”萧队长说。

在余庆楼一片火光的映照下，“长毛”整队列阵，向着海威楼前进。

邹德永在集庆楼铳棚上望见余庆楼方向起火，扑通一声，就晕厥在地上。人们把他抬下铳棚，掐着他的人中。邹德永慢慢睁开两只眼睛，有气无力地说：“余庆楼，我的余庆楼……”所有人都愁眉苦脸，大家都知道余庆楼就是邹德永的性命，可是这要怎么安慰他呢？有人惊喜地跑来报告：“长毛”往海威楼进犯而去了。邹德永猛地从地上翻身坐起来，然后两手按住大腿慢慢站起身子，说：

“邹姓后生子，跟我到余庆楼救火！”

苏邹德昌连忙站出来拦住邹德永说：“德永兄弟，‘长毛’在外面，不能出去啊。”

“‘长毛’围攻海威楼去了，顾不了两头，我带一些后生子偷偷溜出去，”邹德永说，“余庆楼木作、木料烧起来了，不及时扑救，墙倒了怎么办？”

“但是，但是性命更重要……”苏邹德昌说。

“我知道，余庆楼就是我的性命。”邹德永说着，几乎像是跳跃一样跳下楼，站在天井对着周围的人说：

“十个人，要体壮、胆大的，只要十个人，跟我去余庆楼扑火，其他人好好守卫集庆楼。”

天井里、楼门厅甚至二楼走马廊上，立即有十多人热烈响应，锦波、锦洪、锦宇、德新、德文等。每个人操起一件家伙，铁耙、尖担、提水桶或者大扫帚，集拢到邹德永面前。

邹德永眼光扫了一遍，对两个个头比较矮小的说：“你们俩别去，留在楼里就好了。”

“为什么啊？凭什么我们不能去？”这两个小个子不满地说，“我们有的是力气。”

这是两个住在楼外茅棚屋的人，那就让他们去吧，邹德永没时间多说话，手一挥，就带着大家往楼门厅走去。守大门的搬开门闩，拉开一道门缝往外面看了一下，点点头。邹德永便第一个挤出了集庆楼，带领大家穿过田园菜地蹚过沟渠，抄近路向余庆楼奔去。

余庆楼里的木料噼里啪啦地烧得邹德永的心在滴血。他发现“长毛”都往海威楼去了，下坂地界像是兵荒马乱过后的惨象，菜地上的青菜被践踏得不成样子，到处是人和牲畜的粪便，篱笆倾倒，水沟堵塞，空气中飘荡着一片恶心的气味。远远看到范阳堂变成一片废墟，石旗杆也倒在地上断成三截，邹德永大吼了一声。

吼声响遏行云，邹德永甚至希望开往海威楼的“长毛”听到，他要跟他们拼了这条老命。祖堂、石旗杆，邹氏至高无上的荣耀，就这么被摧毁。不！不！他心里尖声地叫着。这简直是不可思议的噩梦，邹氏决不会屈服，决不！德永全身痉挛着，差点跪了下来，前方余庆楼正在熊熊燃烧，激发起他的斗志，这还不是凭吊祖堂的时间，他要赶快救火！

邹德永带人冲进余庆楼时，火势已渐渐小了，那些堆积的木料以及屋梁、楼板、楼梯基本上烧光了，火烬里冒着烟。土墙经过火烧火燎，显出了一种赤红的火焰色，似乎变得更坚硬了，就像在窑里烧过一样。

手上的铁耙咚的一声掉在地上，邹德永丧魂落魄地一屁股坐下来。这火没法救了，余庆楼几乎每一寸的木材都烧成了炭。德永突然大叫了一声，向前扑倒在天井的地上，两只巴掌一下一下拍打着地面，嘭，嘭，嘭，像夯墙一样使劲。

后生子一会儿看看火烧后似乎更加挺立的楼墙，一会儿看看扑在地上拍打地面的德永，每个人神情肃穆，不知说什么。

邹德永的巴掌在地上拍出了两个巴掌窝，他终于喊出了声音，像是泣血的哀鸣：“苍天啊，祖宗啊，进士公啊，你们睁开眼睛看看，为什么会这样？为什么？”

后生子有的走到火烬前，用手中的铁耙把火星捣熄，有的在发呆，有的默默地转身走出了余庆楼。这个人正是邹锦洪。他走到余庆楼外面，站在那两粒“牛眼睛”一样的石头边发呆，眼泪禁不住地往下掉。

“苍天啊，祖宗啊，进士公啊……”

邹锦洪听着土楼里父亲的哀号，把眼泪擦干，向着祖堂方向跑去，看到废墟时眼泪又涌出来了，在奔跑中不断地甩飞起来。

5

苏发扬看到“长毛”队阵停下了，那两门火炮黑洞洞的，后面是一片色彩斑斓的号衣，密密麻麻的人头，他估计在三四百人以上。人，苏洋村也是有人的，但是，“长毛”的可怕之处在于他们有火炮有火枪。一个“长毛”骑马向前走了十来米，喊话道：

“天兵天将到来，你们只要老实献出金银、粮食，保你们一楼平安，否则全楼遭殃。”

苏发扬最恨这种威胁，手在背后做了个手势，铳棚上两把枪同时开火，砰，砰，正打在马蹄前不远的地方，马嘶鸣着举起前蹄，跑回了队列中。

萧队长喊了一声，两门火炮相继开炮。轰隆，轰隆，天空都被震颤了，尘烟四起。一颗炮弹打在铳棚左侧，木栏杆被炮火削去了一截。站在铳棚上的苏发扬晃了一下，被人一把拽住，这才没有摔倒。他们把发扬连拉带抱拖进土楼里。这铳棚左侧栏杆被打断，整个木棚呈倾斜状态，不能再站人了。这第一炮就给海威楼下了马威一样，苏发扬心想，莫非今天“长毛”增强了火力，志在必夺？不，一定要顶住！发扬翻起身，趴在射击孔往外看。

两个“长毛”抬着一只箱子往海威楼大门跑来。

苏发扬一边下令开枪，一边跑到二楼的大门门顶上。这里有机关暗道，可以泄水直冲大门和门槛。

那两个“长毛”躲闪着枪弹，一路曲折跑到了海威楼大门前，喘着粗气放下手中的箱子——那正是一箱炸药！

苏发扬连忙跟两个后生子一起倾倒一只大木桶，桶里的水顺着暗道往下流，从门框上直泻而下，哗啦啦，泻落到箱子里，一箱炸药全都泡了水。两个“长毛”也被淋湿了，惊诧地仰起头，只看见明晃晃一片沙子样的东西往脸上扑来，唰唰唰，撒在脸上。他们跳脚起来，果真是沙子，撒进了眼睛里。

两个“长毛”嗷嗷叫着从大门前跑开，一边抹着脸一边往回跑。

“快，快开火！”苏发扬急忙喊道。

砰，砰，砰，海威楼里接连射出了十几颗子弹，一个“长毛”中弹，向前扑倒在地。

海威楼里一阵欢呼，“是我打的！”“是我！”几个枪手争相抢功。苏发扬挥手让他们静下来，说：“‘长毛’炸门不成，还被我们打死了一个，一定会反扑，大家一定不能松懈！”

萧队长在马上看到两个抬炸药要去炸门的天兵到了大门前，却抱头鼠窜，有一个还被击毙，心中大为恼火。

萧卒长说：“土楼大门上设有机关，可以往下灌水、倒沙子，烧门、炸门往往很难……”

萧队长骂咧咧的，又下令火炮开火。萧卒长上前说：“萧队长，我有个计策，他这是圆楼嘛，视线顾及不到全部，我们派出一组天兵，避开他们的视线，绕到土墙下挖地洞，填炸药，然后起爆，就可以把墙炸开。”

这计策似乎不错，萧队长想了想，点点头。

“挖地洞时，为了不让楼里人发觉，我们这里弄大一点声音来掩盖，开枪、擂鼓什么的。”萧卒长说。

这时队伍后头一阵骚动，一个天兵跑上来报告：“洋人和那个脚夫想要逃跑，被我们抓住了。”

两个天兵押着保罗·巴克走上来。保罗·巴克昂着头冲着萧队长喊道：“我要抗议！你们无端扣压我两个晚上，至今还不释放我，这是为什么！”

萧队长避开洋人咄咄逼人的眼睛，对手下说：“给我绑好，看管好。”

“我要抗议！抗议！”保罗·巴克倔强地喊着。身后的苏维普也被两个天兵押着，却是满脸困顿，一副自认倒霉的神情。

“长毛”没有立即组织进攻，苏发扬有点疑惑，他传令大家要注意观察、加强警戒，自己匆匆走到顺风公房间，看到顺风公在床上安静地躺着，从壁橱里取出旱烟袋，装了一锅烟，点燃，吸了几口，心里略为松弛一点。这时土楼外面响起几声枪响，接着便是震天动地的擂鼓声。苏发扬连忙走到窗前往外看，“长毛”并未进攻，只是一浪高过一浪地擂鼓。这是在提振斗志还是——

“有诈……”床上的顺风公喃喃地说，“有诈……”

苏发扬走到床头，问道：“‘活祖宗’，此话怎讲？”

“‘长毛’在挖地穴……”顺风公清了一口痰说。

苏发扬猛然一惊，立即明白这确是“长毛”在挖地穴，准备炸楼的迹象，擂鼓作势，便是在掩盖挖土的声音，同时蒙混视听，让楼里人难测方位。这海威楼圆圆一圈，“长毛”要是在侧翼开挖地穴，从窗口和射击孔根本就观察不到，即使瞭望铳棚没有被炸坏，在上面也有看不到的死角。

“顺风公，你说怎么办？怎么办？”苏发扬问顺风公，发现他已经沉沉睡去。他连忙退出房间，急匆匆下到一楼香火堂，喊来发则、发成、发志等人，说：

“‘长毛’正在开挖地穴，据说他们当年攻取南京，就是挖地穴爆炸，打开缺口的。”

“我们怎么办？”“有何对策？”大家一听，全都紧张起来了。

“当务之急是测定‘长毛’开挖方位，挖透地穴，灌水破之。”苏发扬说。

“现在‘长毛’擂鼓擂得像打雷样，我们测不出方位。”苏发成说。

苏发志突然兴奋地叫起来：“我有办法了！‘长毛’挖穴的墙下，土层被他掏空了，我们可以沿着墙头灌水，哪里水泄得快，哪里就是挖穴处。”

大家觉得这个办法可行，便分头去做。一时间，水井边挤满了提水的人。苏维生负责打水。大家提了水往灶间走去，在墙脚一点一点地灌，水慢慢被吸收，流入了墙脚的土里。尚未观察到异样，水井里的水却快要被汲干了。

这样下去，井水不够用，这显然是不行的，井水还是生活饮用水呢，不能无节制地灌到墙脚。苏发扬叫停灌水，但是可以用什么新的法子呢？他急得团团转，在廊道上踱来踱去。

苏小果抱着儿子苏拾一直在天井和香火堂之间走动，苏拾似乎受到炮火的惊吓，一放到床上或摇篮里就大声啼哭，只有在母亲怀里，他才会安静下来。小果听到了父亲他们说话，看到父亲的满脸愁容，心里很想为他分担一些，她突然想起一个办法，就走到父亲面前说：

“爸，其实不用灌水，可以在墙根下摆些空瓷瓶，趴在地上听，能听出动静的。”

“有道理！”苏发扬猛地一拍大腿，用赞许的目光看着女儿。

各家各户都有瓷瓶，完好的或者缺个小角什么的，拿到灶间土墙下摆成一列，人伏在地上，拉长耳朵捕捉地里的动静。

过了一会儿，香火堂左边一间灶间里，有人奔出来报告：“我听到了挖土声……”苏发扬等人连忙走进灶间，他趴下来把耳朵贴在地上听了听，地下果然有一阵持续不断的挖掘声。

苏发扬直起身，让人提来一桶水，灌在墙脚，果然一下就流光了。好啊！“长毛”挖到这里来了！他赶紧让人去打水，几桶水接连灌下去，像是被一张巨嘴吸吮着，一下流光了，突然地面塌陷了一块，露出一个洞穴，有一个扎着黄头巾的“长毛”正抬起头，维生眼疾手快地把手上的空水桶往他头上砸去，所站的地面也松软了，一起塌陷下去。掉进地穴里的维生趁势又砸了几下，把那个“长毛”砸得哭爹叫娘。前面还有一个“长毛”正慌张地爬出地穴，维生伸手抓住他的脚后跟，但是被他挣脱了几下，还是让他跑了。挖穴的还有好几个“长毛”，早就跑得不见踪影。维生看到地穴里放着一箱子炸药，原来这两个“长毛”是在装放引线，准备爆炸了。

“快灌水！快灌水！”苏维生大喊。

几桶水哗啦啦浇了下来，灌满了炸药箱。苏维生滚了一身泥浆，爬上灶间地面。苏发成等人用一把铁耙钩住那个被砸昏的“长毛”的腰带，把他拖了上来。

挖地穴破楼的计策又没成功，还被抓去了一个天兵，萧队长简直气急败坏了，下令火炮开火，几颗炮弹打在土墙上，只炸出几块小小的墙皮。

“往前推进，对准大门，一定要把土楼给我炸开！”萧队长命令道。

两门火炮向前推进了十余米，天兵们紧急地装着弹药，轰隆，一门火炮开火，却是在炮筒尾部炸响了，两个天兵当场被炸倒在地。

萧队长猛吃一惊，胯下的马也惊叫起来。

硝烟散开，两个天兵直挺挺躺在地上，头部流血，看样子已经被自己的火炮炸死了。这门尾部爆炸的火炮除了炮架、炮轮，基本上炸毁了。自制的铁铸火炮常会发生自伤事故，这是很头痛的事情。另一门火炮的司炮手看得心惊肉跳，幸好这时也没有弹药了。萧队长下令开枪，枪弹乒乒乓乓打在墙上，坚硬的土墙挡开了子弹，几乎不留痕迹。对土楼的土墙来说，火炮尚且不惧，枪弹就更不在话下了，打在墙上还不是像搔痒一样？萧队长心想，这乡野小民怎么就有这么好的脑子，造出这么硬的土楼？不就是土吗，硬得比城墙还硬！

萧队长吁了一口长气，心里骂了几声，示意手下上前收尸。他掉转了马头，对萧卒长说："你的人守在这里，其他人——跟我来！"

萧卒长看着萧队长带着一大队人马往苏氏祖堂方向直扑而去，就知道他要干什么了。楼攻不下，这等于泄泄心头火吧。土楼是够坚固的，但是你的火力也不行啊，你回去面见侍王，有好戏看了。萧卒长心里嘲笑着萧队长，他一早上的心思都在紫阳书院那里，昨晚兄弟们的行动应该滴水不漏，圆满成功，他想，此时他们应该在永定东华山地界了，那片莽莽苍苍的大山，没有人知道的位置，他要尽快从这里脱身，翻山越岭去跟他们会合，然后分钱，这是多美的事啊。

"大家好好盯着，楼里人敢出来，就打，没人出来别乱开枪，睁大眼睛盯紧点。"萧卒长对他的手下们说。

第二十九章

1

在岔路口兵分两路，一路直扑公王庙、祖堂，一路往天妃宫，由萧队长亲自率领。萧队长心想，为什么攻不下土楼？正是有这些妖神作怪。走过木桥，萧队长指着天妃宫说：

“扫荡妖神，四海升平！给我砸烂、烧毁！凡有镶金镶银的，一律抠下来交公！”

一队天兵冲向天妃宫，砸开了大门，一拥而进。

骑在马上的萧队长听着天妃宫一阵又一阵的打砸声，心情渐渐平复下来，看天是蓝的，山是绿的，水是清澈的，他从马上翻了下来，两只手反剪在背后，沿着土路往东溪畔慢慢走去。

几个卫兵和亲信跟在他身后。难得萧队长有这般闲情逸致。转战闽省以来，战事频繁，虽说清军守备虚弱，没有遭遇恶战，但是粮草补给吃紧，这回侍王是给他下了死命令的，大米几石、黄金银圆多少，不管采用什么手段，必须足额完成。昨天洗劫博平圩，所查获的粮食、金银，基本上足够交差，要不是听信了萧卒长的话，这苏洋村自古烧窑、民众富裕什么的，他或许就不会挥师直扑而来了，土楼的坚固和民众的顽强，大大出乎他的意料。

萧队长走过一口废弃的窑炉，又走到了一口完好的窑炉和工坊前。这正是苏发志家的窑坊。萧队长皱着眉头，心想，这伙乡野妖民竟然造窑烧瓷，这瓷本是迷惑人心的妖器，为天国所不容，他们以此起家，赚钱建了大土楼，又以土楼对抗天国大军，简直太坏了，必须严惩！

“这里——所有窑炉、工棚、水车，统统给我捣毁砸烂，不行就用炸药给我炸！”萧队长激动地挥着手，一劈一劈的，然后狠狠地劈了下来。

“是！”

萧队长心里的火气突然又冒起来了，抑制不住地说：“这伙妖民，烧制妖器，太可恶了！赚的钱用来建土楼，要是没有土楼阻挡，像博平圩一样，我天兵天将战无不胜，全是有了这些妖炉！”萧队长感觉他找到了攻楼不下的原因了，愤愤地跺了一下脚。他看到面前有两座小庙并排而立，走近一看，一座是老君庙，另一座居然叫作番王庙——莫非这里的妖民老早就在勾结番人？他立即想起那个扣押在军中的洋人，侍王近来特别强调要利用洋兄弟跟清妖抗衡，还呼吁洋兄弟参加太平军，协助振兴天国大业，他心里一直不大以为然，洋人非我族类，他们能真心扶助我们吗？萧队长拔出手枪，对准番王庙里的香案就打了一枪，砰，子弹击穿了那只小香炉，插着的香头散落一地，里面一只瓷瓶也倒下来摔碎了。

“给我砸！”萧队长尖着嗓子说。

东溪畔响起一阵敲击、打砸、捣推的声响，此起彼伏，伴随着天兵的欢叫，天空中腾起了一片烟尘。静水流深的东溪沸腾了一样，水车有的整架地倒下来，有的被砍成断肢断臂掉落溪面，窑炉的土块也纷纷掉下来，砸起一串串水花。

萧队长心里叫着好，他走回到天妃宫前，整座庙宇已经被几条火龙紧紧围住，火龙疯狂地扭动着往空中升腾，发出一阵阵狂叫声。萧队长从马弁手中接过缰绳，踩着马镫骑上马，走过了木桥。

刚才派去那边捣毁焚烧祖堂的兵马正好回撤到桥头，领头的向萧队长报告说，毁庙三座，全部砸烂，放火焚烧。萧队长抬起头看见那边的天空也是一片火光冲天，心情大悦，虽然攻打苏洋村两座土楼均未能取胜，但是把他们的祖堂、庙宇、窑炉以及新建的土楼全部砸烂，付之一炬，这也算是一大功绩了，清扫妖氛，铲除妖孽，为天国大业开万世太平。

萧队长让人把洋兄弟和他的脚夫押来，没想到自己尚未开口，洋人先冲着自己吼了起来：

“你是个懦夫，卑鄙的胆小鬼！你攻不下土楼，你就烧庙宇、毁窑炉，来宣泄内心的仇恨和恐惧！”

萧队长冷笑一声，说：“你信不信我会一枪崩了你！”

保罗·巴克挺起胸膛，说：“来呀，朝这里打！打呀！”身后的苏维普着急地抬起脚踢了他一下，说：“巴克，别犟嘴，他什么事都做得出来。”

萧队长带着不屑的眼神看着洋人，说：“你要是再说一句话，我就把你那些照相的妖器砸坏扔到水里。”

保罗·巴克立即紧抿住嘴，哼了一声，没再说话了。

萧队长传令，本队回撤博平圩紫阳书院。他计划回到书院营地生火造饭，然后装运物资押回大本营，向侍王交差。

2

顺风公在床上惊悸地哆嗦了一下，喉咙里发出一阵浓痰的摩擦声，他尖着嗓子说道：“‘长毛’在烧祖堂……”

苏发扬啊地叫了一声，扑到顺风公床前，说："真的吗——"

外面廊道上响起一阵紧急的脚步声，一个后生子狂跑过来，一路喊道："发扬伯，他们在烧祖堂了！"

苏发扬跳脚起来，猛地奔出房间，向三楼楼梯角的瞭望哨跑去。

祖堂、公王庙、天妃宫以及东溪畔，各个方向的天空都升起了火烟。"长毛"打砸之后开始放火了！苏发扬握起拳头在墙上狠狠擂了一拳。

"族长，怎么办？""怎么办？"身后几个后生子围了上来，眼光热切地看着苏发扬，似乎在等待族长一声令下，他们就冲出土楼跟"长毛"拼命。

苏发扬接连擂了几下墙壁，转过头来，说："'长毛'，我跟你不共戴天！"

这时有人跑过来说，海晏楼、海清楼派人出了楼，绕到海威楼后面的墙下，请族长来说话。盯着海威楼大门的"长毛"是看不到这个位置的。苏发扬连忙沿着走马廊向后面走去，有人把他迎进一间卧室，他走到窗台前，探头可以看见楼墙下站着发康、发光、维纳等人，发康仰着头对发扬说：

"'长毛'在烧我们的祖堂、天妃宫，我们三座楼联合起来，派人出去跟他们拼了。"

苏发扬喘着粗气，探头看着下面的族人，心里涌起一股暖流，他们来找他商议说事，说明是把他当族长来尊重的，他们想出去拼命，说明大家血性苏醒了，明知出去拼命是会有牺牲的，也在所不惜。

"'长毛'这么猖狂，我们要是不敢杀出去，还真是太软蛋了！"苏发光说。

苏发扬点点头，心里正式下了决心，说："一楼选出二十个后生子，有枪的带枪，有刀的带刀，你们埋伏在海威楼两侧，楼里锣鼓一响起，三支人马就同时杀出，呈扇形冲向‘长毛’，枪手在前，刀手随后，只要冲入敌阵，他们洋枪再厉害，也会输给我们的长刀利刃。”

“拼了！”“拼了！”后生子群情振奋地喊着。

苏发扬大步走出房间，向楼下走去，身后跟着一群后生子。这时又有人来报，烧祖堂、天妃宫的那“长毛”大队在后撤，往博平圩方向回撤。发扬惊喜而又急切地跑了起来，说：“时机来了！出击，别让大门口这些‘长毛’也跑了！”

土楼里突然响起激越高亢的锣鼓声。百米开外的“长毛”们越听越觉得不对劲，这些人都是萧卒长的手下，有的入伙还不到一年，面面相觑，一片懵懂。有人来报，萧队长率队撤往博平圩，令萧卒长断后。萧卒长没说什么，心里骂了一声。他拍马往东溪畔跑了几十步，看见萧队长的队伍尾巴还落在下东溪，天妃宫的火还在燃烧，火舌吐到了溪畔的樟树树叶上。萧卒长思忖着自己也该溜了，因为萧队长回到紫阳书院就会发现真相，他要趁势溜走，越快越好，事先他也探过路了，绕过邹氏祖堂到东山岽脚下，有一条小路通往另一个村子。

突然，海威楼大门洞开，一群人像是挟着一股风冲了出来，土楼两侧也冲出了两群人。几个敲锣打鼓的也跳出了土楼门槛，站在门埕上使劲地敲打出一阵震耳欲聋的响声。

这边的“长毛”有点慌了手脚，赶紧端枪、拉枪栓、装弹药。萧卒长见状，心想再不跑没机会了，便打马往邹氏祖堂方向跑去。

“长毛”的枪声响起，苏姓人的枪声也响起了，两边的枪声交织在一起。苏姓人冲杀的喊声盖过了凌乱的枪声，三支人群像潮水一样涌来。“长毛”在慌乱中开过一枪之后，很多人连弹药都没装上，就被冲上来的人砍翻在地。汹涌的人群像是摧枯拉朽，“长毛”虚弱的工事随即土崩瓦解。

一部分“长毛”掉头就跑，四处散开。苏姓人端枪射击，没有打中，但是他们的气势和勇猛已经明显压倒对方。没有逃跑的“长毛”在苏姓人手起刀落之际，软瘫在地上求饶，有的被一刀毙命，有的鲜血直喷。每个苏姓人眼里都射出仇恨的怒火，刀刀见血。

海威楼人见“长毛”败退，又拥出了一大群人，手持尖担、铁耙，齐声呐喊着也冲了上来。

萧卒长听着身后的冲杀声，回头看了几下，心想，糟了，他的人乱作一团了，几十个人十几杆枪居然这么没有战斗力，连一帮乡民也挡不住，这些没卵用的家伙啊！萧卒长猛地拍了一下马，马却惊惧地长嘶一声，刹住了蹄子，他定睛往前一看，前面正是邹氏祖堂的废墟，路边站着一个青壮汉子，怒目而视，一手握着一块青砖头。

这人正是邹锦洪，他眼光死死地盯着马上的萧卒长，手上握着青砖头都攥出了一把汗。

萧卒长一手拉住缰绳，一手举枪就打，但是子弹卡住了，没有打响。一块砖头朝他面门疾速地飞来，挟带一股风似的，他来不及躲闪，只觉得眼前一黑，砖头正中脸上，满脸火辣辣地痛，就从马上摔落下来。

邹锦洪冲了上来，手上的另一块砖头对准萧卒长胸部砸下去。萧卒长吭了一声，两脚就蹬直了。邹锦洪用脚尖拨开拂盖在他脸上的长头发，不由一怔，那脸上是一片血肉模糊，几乎看不清五官了，又用脚在他胸膛上摁了摁，判断这人应该是断气了，便低头在地上寻找这人脱手飞出的手枪。那马儿嘶叫着，掉头往回跑了。

邹德永一干人正从余庆楼方向走来，他们看到邹锦洪砸死在地上的“长毛”时，立即加快了步子。

“苏姓人冲出楼跟‘长毛’在拼命！”邹锦洪说。

邹德永说：“好！我们也冲上去！”就带着人向海威楼方向跑去。

四下里逃窜的“长毛”慌不择路，看见萧卒长的马跑了过来，踢起漫天的尘烟，烟尘稍稍散开，他们猛然发现前面跑的是一群乡民，像是从地里刚刚冒出来一样，一个个蓬头垢面、苦大仇深。“长毛”们两股战战，别说攻击，连还击的架势都没有了，任由对方握着铁耙、尖担直捅过来。惊叫声此起彼伏，很多人倒在了血泊中。

“‘长毛’烧我祖堂，毁我土楼，罪不可恕，杀！杀！杀！”邹德永大声喊道。

那边苏姓人也冲杀包抄过来了。苏发扬吼叫着：“杀！杀！杀！‘长毛’毁我祖堂，烧我庙宇、窑炉，决不原谅！”

最后两个“长毛”在苏姓人和邹姓人的合围夹击之下，无路可逃，跪在地上求饶。黑洞洞的枪口对着他们的脑袋，还有愤怒的扁担、铁耙等等，直逼着他们的脑门。

苏发扬抹了一把脸上的汗水，看着面前的邹德永，说：“邹族长，你说怎么处置？”

邹德永喘着粗气，别过头去擦了擦眼睛，好像眼里落进了沙土，两只眼睛里闪着泪光，说：“祖堂被烧塌了，石旗杆被推倒了，余庆楼木料也全烧了……我、我真没办法原谅这帮畜生！”

“我们苏家更惨，祖堂、天妃宫、公王庙、窑炉……”苏发扬说着，痛苦地闭上眼睛，做了一个手势。

那些早已按捺不住的扁担、铁耙等等，一起打砸下来，那两个“长毛”眨眼间成了一团肉泥。

苏发扬挤出人群，走到邹德永面前，说：“谢谢你……”

“谢什么？‘长毛’是我们共同的敌人，”邹德永说，“太可恨了，毁了我们的祖堂……”

苏发扬感觉到身心交瘁，把一只手搭到邹德永肩上，拍了拍，说：“听说博平圩被杀了几十人，庆幸我们人都好好的，人在，就可以重建……”

邹德永紧紧握着苏发扬的一只手，说不出话来，只是用力地点了一下头。

3

队伍在向博平圩行进中，有人来向萧队长报告，断后的萧卒长人马被土楼里的乡民冲溃了。萧队长心里骂了一声“废物”，对于他们的生死，他压根不关心，他们隶属康王部，侍王多次给康王写亲笔信札，要求协同作战，由侍王统一领导，康王却是阳奉阴违，此役只派了这么残缺不全的一卒兵力。萧队长勒马观望着周边的山川形势，发现这是一个小小的隘口，尽管清军不可能出现在此处，乡勇也基本上被打散了，但是那些不怕死的乡民，还是有的，比如像是苏洋村那两座土楼的人，负隅顽抗，居然不给天国大军面子，自己还得小心为是。萧队长传令，先头小队迅速穿过隘口，后续队伍待观察后通过。

传令声刚落，前头就响起一阵骚乱声，几块滚石、滚木从山上滚落而下，天兵惊叫着闪了过去，接着是石块、箭头像冰雹一样往下倾泻，有人就被击中了，尖叫着扑倒在地。

押解洋人和脚夫的两个天兵被石块打中，惨叫着滚翻在地。保罗·巴克看到一块巨大的滚石向他和苏维普滚来，连忙用身子撞了一下维普，两人一起扑向路边的草丛中，摔在几棵树后面，滚石正好滚到两棵树的中间卡住了，树干被震得落下了一片枯叶。

果真是中了伏击！萧队长发现山上除了滚石和射箭，并无其他火力，断定只是附近乡民所为，这阵子已经基本停息，立即指挥大家冲上去。

天兵冲上隘岭时，乡民已经四下里逃散。天兵朝着他们背影开枪，枪声乱响了一阵，一个也没打中。萧队长气得嗷嗷大叫。清点了一下伤员，竟有八人受伤，其中一人伤势严重。而且，那个洋人和脚夫不见了，可能是趁乱逃脱。萧队长让人在附近搜索了一阵子，不见踪影。萧队长心里大为恼火，没想到十几个乡民也敢设伏攻打天兵。沿途至博平圩还有两个小村子，村子里有土楼，萧队长有心无力，下令将位于土楼外的祖堂、庙宇悉数烧毁，以解心头之愤。

萧队长挥军进入博平圩，其实是进入一片废墟。天兵经过威惠庙废墟时，断墙后突然飞出一块石头，砸在传令官的马背上，引起队伍一阵骚乱。几个天兵包抄到断墙后面，却发现一个人影也没有，只有一只猫目不转睛地看着他们。

虽然日近中午，薄薄的日光像黄稀泥一样涂抹在残墙断壁上，博平圩废墟有如万古长夜一般死气沉沉，空气中依旧飘荡着一股荒凉的焦味。越是接近紫阳书院，萧队长越是感觉到不对劲，心头乱纷纷的，两只眼的眼皮都一直在跳，他想此役可能是中了萧卒长的圈套，此人老谋深算，把自己给耍了。

前头突然响起几声枪铳声，有人紧急来报，书院发现抢运粮食的乡民，留守天兵的尸体并排挨个躺在土埕上。萧队长心里咕咚一沉，看来刚才的猜疑坐实了，他拍马冲上前。

书院门口丢着一辆装了三包大米的独轮车，还有一辆天兵的马车，里面也装了两包大米，这是偷运粮食的乡民被打跑时丢下的，已让他们偷运走的就不知有多少了。萧队长看到地上一排天兵的尸体，跳下马来，捏着鼻子走上前，让人揭开盖在脸上的头巾布，发现大多数天兵嘴角有白沫痕迹，脸色已发黑，显然是中毒而死，被人搬到这里并排集中，旁边还有一具蜷曲着做跪状的尸体，萧队长踢了他一脚，他仰面倒了下来，一看正是萧卒长手下的一个伍长。再看伍长和他的几个手下，均不是中毒迹象，而是死于枪弹和钝器击打。萧队长似乎一下就全都明白了，这个伍长受萧卒长指使，下药毒死了他的人，然后被不明身份的人偷袭，同样全部死于非命。这伙偷袭的人会是谁呢？应该不是普通的民众。萧队长眉头拧了起来。

这时，一个卫兵跑来报告：放书院厢房里的木柜被劈开，里面的金银财宝全都不见了。

妖民！萧队长跳脚骂了一声，快步向书院走去。走到门口，他猛地刹住脚步，看到墙壁上有人写着两行字，从上往下念道："毁书院者必遭天……"

最后一个字念不出来。萧队长想，这个写字的人肯定是偷袭者的头目，这到底是些什么样的妖民呢？

除了木柜里的金银财宝，堆放在书院里的粮食和物品大都还在。放在书院门前左侧的马车经统计，损失了四辆，看来这是附近村落个别乡民大胆所为，并非那伙偷袭的人干的。萧队长下令把全部物资搬上马车，同时加强警戒，伙头兵生火造饭。

萧队长背着手看着已成废墟的博平圩，心想，天国天兵，铁蹄踏过，毫不留情。这片废墟便是他的战功。废墟前空地上也是并排躺着一些尸体，这应该就是他们昨天所杀的乡勇和乡民，原来死在各处，又被谁统一搬到了这里集中？衣衫明显被整理过，脸上还盖着土黄纸，这又会是谁做的？应该是跟偷袭者同一伙人，这伙人到底是何方妖魔呢？萧队长实在想不透，他转头又看到了那排天兵的尸体，心里顿时起了一阵怜悯，去除萧卒长手下那几个奸细，其他人都是跟随他转战多年的老兵了，奋战清妖，餐风宿露，没少吃过苦，这回迁福升天了。萧队长叫来几个天兵，让他们把这些天兵尸体运到前边田地里，挖两个坑埋葬，自己人和萧卒长的人各埋一坑，入土为安，他心里默念道：天父皇上帝，准许这些天兵灵魂得上天堂，得享天父皇上帝大福，恳求天父皇上帝，俯准我等仰仗天威，扫除清妖，重振天国，以报天恩、主恩……萧队长心里默念着，眼角竟闪起了一道泪光，转身往书院大门走去。两个天兵各提着一只匣子和箱子走出来，萧队长觉得这两件物件很眼熟，又想不出是什么，便问道："这是什么？"

"那洋人的照相家伙。"一个天兵说。

难怪看起来怪异。萧队长厉声喝道："统统给我砸碎！"

两个天兵得令，高高举起手上的东西，用劲地往地上砸下来，哐当，照相机器、玻璃片、各种器皿散落一地，破的破，裂的裂，像一堆妖器的残肢断手。

萧队长"哼"了一声，向天后宫走去。天后宫也是一片废墟了，只剩下一堵墙未倒，像个风烛残年的老妪簌簌发抖。他心想，等会儿撤离书院时，也要把书院焚毁。

走近了天后宫废墟，他又想，这叫天后宫，苏洋村有座天妃宫，祭拜的是同一个妈祖，听说是海神，这山沟沟的离海那么远，妖民到底就是妖民，从溪到海，私自勾结洋人贸易，实在是胆大妄为！

木柜里那些金银财宝到底被什么人窃走？现在何处？萧队长又想起这件事，胸口就发闷，心里颤颤地痛，那是多大一笔财富啊，振兴天国大业需要这笔钱，越多的钱越好，可是，竟然被身份不明的人窃走，或许就是萧卒长的另一伙人，黑吃黑了。萧队长真不知道回去怎么向侍王交代，洗劫了这么繁华富裕的一条圩街，除了粮食和一些粗俗的器物，没有金银财宝——被康王的人窃走了？侍王会相信吗？他想起侍王黝黑的脸庞，一双鹰隼般的眼睛射出两道寒光，心里便诚惶诚恐。侍王是他所崇拜的广西老乡，侍王力图振兴天国大业也是他所期待的，可是现在，他辜负了侍王的厚望，他觉得自己实在对不住侍王。一种自责的心理像一条蛇一样缠住了他的心。

有卫兵跑来报告，请萧队长过去用膳。他挥了下手表示知道了，独自向天妃宫废墟走去。他内急，准备在背人处方便一下。

踩过瓦砾堆，脚下发出咔嚓咔嚓的声响，萧队长走到断墙下，正准备小解，突然，断墙轰隆倒塌下来，他哼都没哼一声就被埋得严严实实。

4

周遭都静了下来，“长毛”行进的声音渐渐远去。保罗·巴克和苏维普趴在草丛里，终于可以放心地翻起身，大声地呼吸。保罗·巴克身上的绳索绑得不紧，那两个绑他的“长毛”个子才到他的胸部，他挣脱了几下，甩开了身上的绳套，帮苏维普解了绑。

“这帮令人恐惧的大怪物。”保罗·巴克叹了一声说，从草丛里站起身，发现他裤子被擦破了几处，西装也染上了几块显眼的污迹，再看苏维普的长衫马褂，更是多处破绽，脏兮兮的像是从窑炉里爬出来。

保罗·巴克伸手将苏维普拉了起来，说：“走，跟我找照相机去。”

“找？哪里找？”苏维普放开保罗·巴克的手，转身望着苏洋村的方向。

“就在那个院子里，”保罗·巴克把书院说成了“院子”，“那是我的宝贝，我必须去找回来。”

“唉，都说‘番子疯’，你果真是啊。”苏维普用福佬话说道，

“‘长毛’都在那里，你过去送死啊？”

“‘长毛’——他们不敢对我怎么样，我只想拿回我的照相机，还有那么多照片。”保罗·巴克说。

“他们会给你吗？你真是‘番子疯’啊，”苏维普说，“我们好不容易跑出来……”

“可是，我的照相机还没有跑出来。”保罗·巴克比画着手势说。

“那你自己去找吧，”苏维普说，“我得回家，你也看到了，‘长毛’烧毁我们的祖堂、窑炉，我得回去，给爸妈报个平安。”

“好吧，”保罗·巴克拉起苏维普的手握了握，比较正式地说，“再见，各自保重。”

两人从路下的草丛里走到了路上，苏维普往下朝苏洋村走，保罗·巴克往上朝博平圩走。

“你要是——情况不好，你就回海威楼吧。”苏维普走了几步，回头对前面的保罗·巴克喊道。

“拿到照相机，我就回厦门，你放心。”保罗·巴克挥了一下手说。

一路上经过了两个村子，保罗·巴克远远看到土楼大门紧闭，土楼外面的水沟边、坡地上到处在冒烟，那是被烧得差不多的祖堂、庙宇等建筑。看来，太平军无力攻破土楼，就以纵火来泄愤。这伙造反的太平军，是不是因为走到了失败的边缘，就彻底放纵了自己？师无纪律，士无斗志，形同土匪，甚至比土匪更凶残，事实上，他们给予民众的恐惧远远超过了土匪。

保罗·巴克从西头进入博平圩，这里已是一片满目疮痍的废墟，他感觉像是行走在地狱一般，内心里突然也有了一种恐惧。太平军的破坏超出了他的想象，他想还是保命要紧吧，那照相机不要了，但他还是坚持着往前走。

走到一片空地，地上有一排的尸体，保罗·巴克在胸前画了几个十字，跳着脚绕过了尸体，大步往那书院走去。

书院门口，四个天兵正抬着萧队长放到一辆马车上。保罗·巴克看到萧队长满脸血污，不由大吃一惊，走上前问道：

“他怎么了？怎么了？”

几个天兵冷冷地看了洋人一眼，没人回答他，甚至懒得哼一声。一个天兵往萧队长脸上盖上了一块黄头巾。

“他死了吗？他怎么死了？”保罗·巴克又问。

还是没有人愿意回答他，所有的人都冷若冰霜，对他视若无睹一样。

天兵队伍前列传来开拔的命令，马车拉着粮食拔营出发了，拉着萧队长的马车也走动了。自始至终没有人多看保罗·巴克一眼，没有人跟他吭一声，他像是不存在似的，开拔的队伍从他面前经过，骑马的首领、拉着粮食的马车、徒步的天兵，灰扑扑地从他面前缓缓经过，这一切像是陈年旧梦中的一个场景，带着灰色的调子，沉重、拖沓……

保罗·巴克猛地想起来，他是来找照相机的，正要追出去赶上天兵的队伍，眼光一瞥，就在地上看到他那四分五裂的照相机，眼睛一下瞪大了，发出一声惊叹：

“哦，天哪，我的上帝！”

他双手掩住脸，狼嚎般大叫了一声：“为什么？为什么会这样？”

这个洋人一屁股坐在地上，终于禁不住低低地哭泣起来。

第三十章

1

时令刚过寒露，日头一落山，整个苏洋村就暗摸摸一片，风贴着地面吹来，都是黑乎乎的。气温似乎一夜之间骤降，天地间充满着一股萧瑟之气。

刚刚历经兵灾的村子，虽然坚固的土楼几乎没有受损，所有人的生命得以保全，但是两个姓氏的祖堂、所有庙宇、窑炉、土楼外面的茅棚屋，均被彻底毁坏，邹氏的进士公石旗杆被推倒，余庆楼木作部分也被烧毁，仅剩下墙上的榫头，对两姓人家来说这无异于一场没顶之灾——土楼还在，生命还在，祖堂没有了，庙宇没有了，活在土楼里的人就像是被抽了魂，被除了根一样。这是一场灵魂被摧毁的大灾难。

邹德永在范阳堂废墟里寻寻觅觅，找到三块残缺的竹片，这是竹刻的祖先神位，能够在大火中保存下一部分残肢，已属大幸。竹刻上依稀辨认得出“一世祖”“二世……苏邹”“进士公”字样，德永如获至宝，带回集庆楼里，把这三块被大火烧得残缺不全的祖宗神位供奉在香火堂上，心里暗暗发誓，我一定早日重建范阳堂，让你们荣归原位，永享香火！他让各房家长来到香火堂，说：“我找到三块祖宗牌位……这是我们邹氏家族上最重要的三个祖先，现在，他们每天就在这里看着我们，看我们怎么重建范阳堂、怎么重立石旗杆……”

德永说着说着，眼泪就下来了，止不住。他用力地抹去眼泪，膝盖似乎一软，就在祖宗牌位前跪了下来，身后的各房家长、长老也跪下来了，廊道上、天井里也齐刷刷、黑压压跪下了一大片邹氏子孙。德永心头一热，感觉邹氏越发变得团结了，所有人像是拧成了一股绳。他站起身，一边用手示意大家起身，一边清着嗓子对大家说：

“我们跪请祖宗原谅，没能保护好祖堂……现在，我们要站着向祖宗发誓，我们一定要把祖堂重建起来，建得比原来更高、更大、更好，余庆楼也一定要继续建！”

大家全都站起来了，这些挺立的腰杆，像是一片密密麻麻的森林，布满香火堂和天井，他们在邹德永的引领下，用粗细不一的嗓音一起喊出了内心的誓言：“重建范阳堂！重立石旗杆！早日建成余庆楼！”

“重建范阳堂！——重立石旗杆！——早日建成余庆楼！——”

整齐结实的声音像洪钟一样响彻在集庆楼里，并且传出了好远。

邹德永终于爬不起床，从早到晚忙得焦头烂额，晚上又无法入睡，他的身体终于顶不住了，整个脑袋嗡嗡直响，有时变成一片空白，有时又有无数场景浮现。他不止一次想到，如果能够以他的生命换取邹姓人的平安，祖堂、茅棚屋不被烧，余庆楼也不被烧，石旗杆依旧挺立，他将非常乐意，可是这只不过是妄想，残酷的现实已经发生了。祖堂被毁，石旗杆也被毁，集庆楼外面的茅棚屋烧成了一片焦土，“长毛”虽说已经撤走，但是并未肃清，谁也说不准什么时阵卷土重来，人们还是生活在一种恐惧的状态里，不能放胆地干活做事。数百个族人流离失所，余庆楼的竣工这下就遥遥无期了，他们只能暂居在集庆楼，谁也不知道这一暂居会是多久。虽说大家都是投亲靠友，但是矛盾、摩擦已经接连不断发生了，目前即使是简易搭盖，族里也是力不从心，捉襟见肘，还有呢——祖堂重建、石旗杆重立、余庆楼继建，这都是多么迫切的大事啊，一想起这些事，邹德永的头就越来越大了。

苏邹德昌来邹德永的病床前看望他，告诉德永说，这回他真的要走了，等形势安定一些，他就回台湾，变卖家产，带着他应得的部分回到苏洋村，全部捐出来重建祖堂、恢复石旗杆以及继续建造余庆楼。他同时说，素月大病一场，从神巫变回了一个普通女人，他在她生病时仍旧无微不至地照顾她，算是不欠她什么了，这一切都是天意。

“德永兄弟，原来你肩上只有一副担子，现在至少有三副担子了，你一定要保重身体啊。”苏邹德昌说。

邹德永说：“是啊，我真不应该在这时阵倒下。”

苏邹德昌说：“你呀，太累了，人又不是铁打的，血肉之躯需要休息。三副担子，还是先挑余庆楼，这次‘长毛’犯境，幸亏有土楼救了大家。”

邹德永说：“唉，余庆楼也是功亏一篑，真后悔不早一年建，现在木作全烧了，也不知何时能建好。还有祖堂、石旗杆，这两副担子，也要同时挑起来啊，祖宗也不能没房屋住，邹姓的旗子更不能倒。我带领大家在祖宗牌位前发过誓了。”

苏邹德昌沉吟一会儿，说：“我倒有个主意，这回我要回台湾，族里挑一些年轻人跟我去，到台湾谋生赚钱，毕竟那里门路多，赚的钱寄回来修祖堂、立旗杆，你觉得呢？”

邹德永微微一笑，说：“你都不想待，要回来了，还让后生子去？”

“这不一样啊，完全不一样，”苏邹德昌尖起声音说，“我是老了，叶落归根，年轻人，血气方刚，正好到外面去见见世面，拼搏一番，或许能成就大事业呢。”

邹德永觉得德昌说得不无道理，心想，哪一天族里开个会，看看各房有几个后生子愿意去台湾。这不失为一条重建家园、振兴宗族的好路子。

“加华公当年就是在土楼待不下去了，才过了台湾。”德昌说。

德永点了点头，心里想，只要这片土地还在，一切都是可以重来的，当然，每个人都要打拼，要奋起，不能坐等！

2

断后的“长毛”被苏邹两姓合力全歼，当然主要是苏姓人发力，丢弃在海威楼前、沟渠边、东溪畔的“长毛”遗体经清点，连同那个死在邹氏祖堂附近的卒长在内，竟有三十三具之多，而苏邹两姓无人死亡，只有二十多人受伤，除了三人伤势较为严重，其他人大多是皮外伤，狗皮膏药贴一些天就会好。苏姓人将“长毛”尸体用草席裹起，统一葬在东山岽下一处荒坡，还请了一个法师做了一场法事超度他们。苏发扬心里满是感慨，这些“长毛”本来也是父母所生，也是穷苦人的孩子，不知受什么蒙蔽，竟变成一个个凶残的人，四处攻城略地，烧杀抢夺，他们要是像苏洋村人这样，安心在自家过日子，一定就不会横死他乡了——看来各人的命都是不一样的。

海威楼受损的瞭望铳棚第二天就修好了。从“长毛”手上缴获了一门火炮，其实已不能用了，炮筒只剩下一截，炮架也歪裂了，只有炮轮还是好的，另外有十六把长枪、三把手枪，以及部分弹药。苏发扬自作主张，送给邹姓人五把长枪、一把手枪。族里人没有什么异议，发扬感觉经过这场兵灾，他在族里的威望得到了提高。那个从灶间地穴里抓获的“长毛”，手脚缚住，暂时关押在楼梯下的公共杂贮间里，发扬还没想好怎么处置他。

苏发扬一早从祖堂走到公王庙走到天妃宫，这一切全都变成废墟了，心情无比沉重，他又沿着东溪畔往上走，看到所有窑炉、工棚、水车也都毁坏了，有的是捣毁，有的是砸毁，还有的是炸毁，到处触目惊心。他都找不到自家窑炉原址在哪里了，举目四望，这是一片被暴力和炸药肆意蹂躏过的土地，伤痕累累。遥想过去，这里窑烟袅袅，窑炉里的大火炼烧着各式各样的瓷坯，那些美妙绝伦的瓷器就在这里问世，然后通过东溪走向大海，最后流播到全世界。尽管东溪窑的黄金鼎盛时期已经结束，这里的窑炉荒凉废弃了不少，但是在发扬的不懈努力下，好多座窑炉修复起来，又开始冒出了窑烟，他还想着全面恢复窑炉，振兴祖业雄风呢，谁知一场兵燹浩劫突如其来，一切全都毁了，毁了……

苍天啊，你为什么对我如此严苛？令我重振祖业的希望化为泡影！苏发扬心里呐喊着，转动身子看着四周围破烂不堪的土地，窑炉啊窑炉，你在哪里？

在这空寂无人的窑炉废墟上，苏发扬痛痛快快地放声号哭。这是一场幻灭的大悲鸣。在土楼里在族人面前，他要显出特别坚强的样子，只有在这个无人的东溪窑废墟，他才能尽情地自由地大哭一场。

从东溪窑废墟回土楼的路上，在天妃宫废墟前的木桥上，苏发扬看到发志步履蹒跚地迎面走来。走到对面时，两个人都默默地抬起眼睛看了看对方，发现彼此的眼睛都是红肿的。

“窑炉被毁了，毁得都认不出哪家是哪家，我、我……”苏发志带着哭腔说，他在几天之间衰老得厉害，眼窝显得更深更蓝了，“今后怎么办？我一家人还怎么生计？我、我半夜里想起来，就哭，醒一阵，哭一阵……”

苏发扬抬起手拍了拍发志的肩膀，什么话也说不出。

“这、这怎么办？怎么办？全毁了，全毁了……”苏发志揉着眼睛说。

“总会有办法……”苏发扬低低地说。

“为什么会这样？为什么……”

“总会有办法……”

“我、我真是没法过了……”发志突然抽泣了长长的一声。

“总会有办法……”发扬说着迅速转过头去，因为他不想让发志看到他的眼泪。

苏发扬回到海威楼顺风公床前，眼睛还有些红肿，但是顺风公并没有看到，他的呼吸似乎有点艰难，这阵子土楼内外发生的事情，他事无巨细全都知道，尤其是祖堂、天妃宫和东溪窑被毁，最令他悲恸欲绝，差点一口气喘不上来。

顺风公朝苏发扬竖起一根手指，微微抖动着，喉咙里在艰难地吞咽着口水。

“顺风公，你这是……”苏发扬不解地问。

“修祖堂、天……”顺风公挤出了几个音节。

苏发扬一下就明白了，昨天全族各房家长、长老在香火堂开会议事，商议祖堂、天妃宫等重建事宜，最后议定，全族男丁每人捐银圆一块，家长十块，族长二十块。男丁指刚出生的男婴和顺风公这样的最长者在内的所有男性苏姓人，当然，男婴的钱由其父亲代出，而顺风公的钱，则由发扬代出。发扬对顺风公说：“你放心，我会帮你出这一份钱。”

“不……”顺风公摇着一根手指说，“我的、全部财产、全捐……”

苏发扬知道顺风公是有一些财产的，比如壁橱里一只海螺、一只青花盘，还有一只上锁的小铜箱子，里面或许有一些值钱的东西。

“一、一并捐了，”顺风公说，“一分、不剩……”

苏发扬握着顺风公的手，把它放进了被子里，说：“顺风公，你的心意，我们都知道。”

以苏姓的财力，苏发扬觉得要重建祖堂、天妃宫以及公王庙、伯公庙等等，还不是很困难的，当然，目前“长毛”贼氛未靖，还需要等待时日，其实最困难的事情正是所有窑炉被彻底毁坏了，族人本来就不大想要烧窑了，这下就全省心了，沉浸在重振祖业梦想之中的发扬，被粗暴地从梦里一脚踢了出来，想要再度入梦，几乎没有一丁点的可能。而这也正是发扬内心觉得最为悲痛、最为绝望的时刻。

吃过晚饭，苏发扬帮小果抱一会儿苏拾，这家伙在他怀里很不安生，一直想在地上走，他已经对岁了。发扬便把他放到地上，果然他扶着墙壁，踉踉跄跄就往前走了。发扬心想，自己快老了，以后的苏洋村就是他们的，或许重振祖业要靠他们这一代人了。

苏小果帮母亲擦完灶台、洗好碗筷，把苏拾抱走了。发扬独自走到土楼外面，看望了村子里巡逻的人，交代他们要提高警惕，注意异常动静。这些天，每座土楼都安排后生子持枪在村里以及路口巡逻，以防“长毛”杀个回马枪。关闭土楼大门后，则派专人在瞭望铳棚上彻夜值守。

走回到土楼香火堂，有个人来向苏发扬汇报，那个关押着的“长毛”晚上一直嚷嚷个不停。发扬这才想起这个抓获的“长毛”，如何处置他，族里开会时也议过，一说送官，二说杀死他，最后也没决议，就一直关押在杂贮间里，每天吃饭时间给他一些番薯米饭吃饱肚子，避免饿死。

苏发扬晚上正好闲着，决定审一审这个“长毛”，便让人把他带来。

"长毛"蓬头垢面的，身上散发着一股很重的体味，被推到发扬面前，扑通一声就跪了下来，连连叩头，用一种北仔腔说："感谢不杀之恩，感谢，感谢……"

"你叫什么名字？哪里人？今年几岁？"苏发扬带着一种威严的语气问道。

"小的我、今年三十九……"

苏发扬扫了对方一眼，这真看不出三十九岁，面容苍老，差不多像是自己这般岁数了。

"我是安徽人，叫、叫许财厚……"

苏发扬心里哦了一声，这许姓和苏姓算是异姓同源，接着问："你怎么当了'长毛'？"

"穷啊，家里没饭吃，太平军有田同耕，有饭同吃……就、就参加了啊……"许财厚抬起头说，眼巴巴地望着苏发扬。

"真的这么好吗？有饭同吃？你一个月领多少军饷？"

"没、没有饷，靠战利品生活，以前、还行，败走天京之后，转战浙江、江西、广东以来，就一日不如一日了，长官就让我们去抢……"

"你家里还有什么人？"

"父母亲，一个弟弟，两个妹妹，我都好多年没看见他们了，也不知他们是死是活……"许财厚说着，哭了起来。

"你成家没有？"

"没有，太平军禁止结婚，即使原来结婚了，也不能同住……"

"你说，这世间讨生计的路子千千万，你为何偏要走这条路呢？"

"我、我错了，我错了……"许财厚说着纳头又拜。

苏发扬叹了一声，感觉这个姓许的"长毛"态度还是很诚恳，脸色就放松了一些，又问：“你们属于哪一部分？为何要侵犯我们村庄？”

“小的属于侍王部，其实我也从没见过侍王，还有几十个人属于康王部……听说博平圩富裕有钱，周围村子又数你们村子有钱，烧窑做瓷器，萧队长说，要筹备粮草，攻克漳州，重振……”

苏发扬挥手打断“长毛”说：“你们攻楼不成，就烧毁我们的祖堂、庙宇和窑炉，实在太可恶了。”

“是、是、是……”许财厚又不停地叩头认错。

“土楼墙厚一米多，要攻破是没那么容易的，最后你们也只得灰溜溜地撤走，断后的几十人全被我们歼灭了，这说明，上天还是站在我们这一边的。”

“是、是、是……”

苏发扬站起身，背着手走到廊道上，抬头望了望土楼上空，那是一圈圆圆的夜空，月亮皎洁，银辉如水洒在屋檐上。

“大爷，求求你放了我，我要回家去找父母弟妹，好好过日子……”许财厚咚咚咚地磕了几个响头。

苏发扬回头看了许财厚一眼，心里生起一种怜悯之心，说来他也是有父母弟妹的，跟随“长毛”作恶也是迫不得已，看他一再叩头认错，想要回家过日子，还是放他一马吧——说来还是跟苏氏同源的许氏，杀了他，祖堂、庙宇也不可能立即重生，再说，烧毁祖堂庙宇是头领下的命令，手下谁敢不从？他虽有恶行，但是饶他一死吧，让他回家好好做人。

“大爷，我错了，我不该……”许财厚带着哭腔说。

苏发扬走了过来，摆着手说：“好了，好了，给我安静。”

许财厚立即闭紧了嘴巴，闪着泪光的眼睛可怜巴巴地望着苏发扬，黝黑苍老的脸上挂着一种惶恐和凄凉，下巴上几根稀疏的胡子抖抖索索。

苏发扬心里最后下了决心，把他长久关押在土楼里也不是办法，还是放了！发扬说："现在各村子都有人巡逻，放你走怕你被其他村子逮住，等亥时土楼关门不再巡逻，我再放你走，你能不能走出这片大山，走回老家，就看你的造化了。"

"我常走夜路……大爷的大恩大德，我、我永生不忘……"许财厚又是一阵磕头。

3

风从土楼屋瓦上吹过，嗒、嗒、嗒，像是有猫踏着屋瓦行走一样。有妇人吓唬不乖的孩子说，再哭，"长毛"从屋顶上下来了。孩子立即憋住不敢出声了。几天前，苏洋村等村子又陷入了一片恐慌之中，有一支"长毛"队伍，身着五色相杂的破烂衣衫，不知属侍王部还是康王部，翻过东山岽西侧，偷袭东溪畔的梧树、东山、荆门等村庄，梧树村一座叫作福宁楼的四角土楼来不及关闭大门，被潮水般的"长毛"一拥而进，有近百个人被杀，财物被洗劫一空，最后福宁楼被放火烧毁。这几个村子的庙宇、窑炉也悉数被彻底捣毁。惨讯传开，苏洋村等周边的村子吓得几天不敢开启土楼大门，所有人都躲在土楼里，后生子在铳棚、射击孔紧张地观望着四面的动静。接着，又有消息传来，"长毛"大军长驱直入，连克永定、龙岩、平和、南靖四个县城，九月十四日攻占了漳州府城，知府、总兵、游击、府学教授以及回乡丁忧的南靖籍进士简逢泰等人均死于"长毛"刀枪之下，更有不计其数的民众被杀。

霜降这天，苏洋村果然下了霜，地面上、土楼屋顶上，白晃晃一片。俗话说，霜降霜，米缸空。看来这不是一个好兆头。刚历兵灾，又见霜降，苏洋村人心惶惶，不知未来的日子会怎么样。

躺在床上的顺风公常常会有喘不上气来的现象，瘦骨嶙峋的脸红得发烫。苏发扬很担心他过不到立冬，不过，过了一阵子，顺风公的气顺了，脸色又正常了。发扬把他扶起来靠床坐着，他好好地坐着，目光平视，神情安详，显出一种很好的状态，说话也没有痰响了，低缓而流畅：

“会好的，贼氛肃清，一切会好的，有山就有路，有水就有渡，驶船看水势，做事看时机，一时风要驶一时帆，会好的，人都在，就比什么都好……”

“顺风公，你说得对，人比什么都重要。”苏发扬嘴上应着“活祖宗”的话，心里还是隐隐地担忧。

顺风公闭上了眼睛，又缓缓睁开，说：“我看见大船、一条、下水、从东溪、满载青花、青瓷、米黄瓷……我看见月港、高高的福船……像土楼样……”

“顺风公，你怎么了？”苏发扬连忙俯身到顺风公面前，用两只手轻轻地扶着他消瘦的肩膀。

“没、没事……船有点摇、一阵风浪……”顺风公又闭上了眼睛，像是沉沉睡去。然而苏发扬知道，他这是在“看见”那些消逝的往事——东溪畔漫野窑烟、满载东溪窑品的福船劈波斩浪……这些盛大的景观像是烙印在他的脑海里，并在他这漫长的一生里不断地回忆起来。烧窑、出海、建土楼，那是多么波澜壮阔的岁月……对发扬来说，如今只要一想起东溪窑已在兵火蹂躏之下不复存在，心里就像被刀子慢慢地割着肉一样，血一点一点地渗出来。一年多来不敢懈怠，准备重振祖宗窑业，复兴梦刚刚拉开帷幕，就被铁蹄踏破了梦境，炸药把梦想炸得千疮百孔、支离破碎……一切全都毁了，祖宗传了几百年的东溪窑，在这同治三年的秋冬之交彻底毁于兵火——起于窑火，毁于兵火，都是一个“火”，莫非这是一个宿命？苏发扬一想起来就万箭穿心，烈火焚身。

“海、海……纪四极，定针磁，认畛域，占风云，辨土色，审道里之遐迩，分天地乎南北……望夕晖之落云，知明发之多飓；聆水声之渐响，虑礁浅之可忧；夜观指南之针，日唱量更之筹……”顺风公喃喃背诵着什么古诗，一边背诵着一边发出鼾声，渐渐入睡了。

身心交瘁的苏发扬在床前坐着，勾着头，心里满是怅惘。

族人获知那个关押着的“长毛”被苏发扬私自放走，感到不胜惊讶，认为发扬不经商议，擅自这么做，是族长权力膨胀了，不少人还跑到发扬面前公开表示了不满。这其中甚至包括发展的儿子维纳，按说一个小辈不敢这么面对面指责长辈。虽然维纳的话里多有停顿、省略，但锋芒还是毕露的。

“发扬伯，我们与‘长毛’势不两立，你看，祖堂、天妃宫、窑炉全烧毁了，这是多大的仇，你竟然……你这也太、太那个了吧？”苏维纳比画着手，神情激动地说。

苏发扬始终默默的，不吭一声，他内心里也在反思，放走那个姓许的“长毛”到底对不对？或者他在那时刻显示了自己的仁慈，但是没有征求其他人意见，这显然是不妥的，可是如果征求大家的意见，大家肯定不同意，大家甚至有可能强烈要求处死“长毛”，那他怎么办呢？就像以前他想要把维纳、维修开除出苏氏族门，大家不同意，向祖宗卜杯也不同意，最后他只能少数服从多数。这回多数人不同意放走“长毛”甚至要求处死“长毛”，他又将如何呢？现在，“长毛”已被他放走，他也只好任由大家指责了。当时他真的没想那么多，只是觉得姓许的“长毛”也算是苏氏同宗，看起来可怜，又认了错，就起了怜悯之心。有一个年纪比发扬大的长老几乎指着发扬的鼻头说，你赚个善人的名声，把全族的仇人放走了。发扬低下头，心想，莫非自己真的错了？

4

各房家长、长老在香火堂议事时，邹德永特意叫上苏邹德昌列席，他说起过台湾的话题，香火堂上顿时就热闹开了。对台湾大家都不陌生，虽然在座的除了德昌，谁也没去过，但每个人都如数家珍，好像灶间一样天天去。博平圩各村庄去台湾的人很多，在苏洋村，苏氏去的不少，几乎是出海做生意辗转经过台湾留下来的，邹氏去的不算多但也不算少，主要还是因为穷困而去的，德昌的祖父加华公算是一个代表，一直跟祖地保持着密切的联系。民谣唱道：唐山过台湾，心肝结归丸。据说早期过台湾的人，“十去六死三留一回头”，那黑水沟波涛汹涌，一旦起风就全船覆灭，大家统统喂海鱼。德昌说现在好多了，只要避开冬天刮北风，翻船的事比以前少得多了。

有一长老叹道：“台湾虽说地广人稀，雨水充足，扁担插到地里也会发芽，但毕竟是背井离乡。”

另一个长老说：“你说得对，不过现在台湾的人大多是我们历朝历代迁去的，说话同腔，习俗同款，总比下南洋过番好。”

邹德永赶紧说明：“过台湾的事，不是抽壮丁，全凭自愿啊，主要是德昌要回台湾，大家跟他一块走，可以省去很多麻烦，免得一上台湾，生头不识面，连个寮门都摸不着，至少德昌可以帮大家找地方安定下来。”

二房家长德明说：“想到台湾就能到吗？不是要报官府给照，上岛还要查验照单？”

“说是这样说，不过到台湾主要还是偷渡，偷渡呀——官府都说了，‘漳厦沿海，在在可以登舟，台地沙澳，处处可以登岸’，这边船老大花点小钱，那边把守口官花点小钱，各处关节都能打通的，这个压根难不住人，厦门坐帆船的话，快则十几个小时就可以登岸了，笨港、布袋、鹿港、安平、红毛、梧栖、打狗……太多港口了，有想去的族亲，要尽快做好准备，因为就快立冬了，要赶在立冬前上船。”苏邹德昌说，“现在‘长毛’占领了漳州府城，我们坐船从东溪到九龙江西溪再到石码、月港、厦门，这条航线目前还是畅通的，安全的，再过一段就不知道了。”

第二天就有十个人来向邹德永报名要过台湾，全都是家在集庆楼外面茅棚屋的，茅棚屋被烧光了，暂时借居在集庆楼各层楼走马廊上，这实在不是长久之计，不如过台湾去寻找机会。这十个人中有六个是有了家室的，他们说有了老婆孩子，没个地方住，更要出去碰碰运气啊。

吃午饭时，邹锦洪忽然抬起头，怔怔地看着德永说：“我、想过台湾……”

邹德永嘴里含着饭，不由多看了儿子一眼，历经这场兵灾，儿子变得更加沉默和稳重，内心的秘密似乎藏得更深了。德永想，或许他离开苏洋村一阵子也是好的，免得亲人相隔这么近却不能相认，心里白白地受煎熬。

锦洪起身把吃过的碗筷轻轻丢在水槽里。

“好吧，你自己想去就去。”邹德永咽下嘴里的饭说。

“我、还会回来的。”邹锦洪低低地说。

你当然要回来！邹德永心里说，你女人、儿子都在这个村子，现在不能解决的问题，或许等你回来之后，你们这代人就有智慧来解决了。

邹锦洪回头看了父亲一眼，眼光中似乎有泪花一闪。德永读懂了他内心的情感，也站起身，收拾碗筷放到水槽里，然后一只手用力地摁了一下他的肩膀。锦洪赶紧扭过头去，一滴眼泪掉在了胸前。

贼氛未靖，时常有“长毛”的消息传来，虽说“长毛”主要向漳浦、云霄、诏安等地进犯，但这边的人们依旧是提心吊胆生活在不安之中。烧毁的茅棚屋不能重建，余庆楼也彻底停工了，木料全都烧光了，哪里再来木料呢？再说，每个楼层的屋梁、楼板还要重新铺设，这不仅仅是木料问题，还是技术问题——一想到这儿，邹德永的脑子就嗡嗡直响，整夜无法入眠。

搬进集庆楼避难的人们晚上在廊道、楼梯转角各处打地铺，除了露天的天井之外，集庆楼每一寸地面都住了人，开头那些天还好，“长毛”压境，大家同仇敌忾，有些小矛盾随即不了了之，眼下十多天过去，“长毛”也不来，各种矛盾就激发出来了。住集庆楼的人埋怨暂居的人到处弄得一片脏乱，房间出来就可能一脚踩到他们睡在地上的身体，还有铺盖不及时卷起，害得大家过路都无处插脚，等等等等；暂居的人火气就更大了，不是因为茅棚屋被烧光了，谁爱进土楼寄人篱下？你们不过是好命，祖上分到了土楼，我们命苦没分到土楼而已，同拜一盆风水，祖宗太偏心了！

遇到双方矛盾口角，邹德永实在说不出谁对谁错，只能让双方都别说话，说：“你们都给我少说两句，吃剩饭也要看天时，这是什么时期啊？”

邹德永知道，楼外的人全部拥进楼里生活起居，对谁都是极大的不方便，再怎么友爱、忍让也是免不了矛盾的，但是现在，也只能等待形势平静之后，开始搭盖一些过渡的茅屋，而余庆楼何时复工，祖堂、石旗杆何时重建，他心里一点底也没有。中午在天井里剃头，德永看到围巾布上掉下的一绺一绺头发，全都是白的，前一阵子他的头发还只是有点花白，现在全都白了，白得像霜一样。

忙完田地里的事，邹德永就往祖堂和余庆楼走去。祖堂废墟上清理出一些完好的青砖，垒成了半人高的一摞，倒塌的石旗杆断成四截，也收拾在一起。每次走到祖堂面前，德永的心情就格外沉重，再走到余庆楼前，站在那两粒“牛眼睛”的巨石前面，他总是默默地告诉自己：人在做，天在看！这两粒牛眼睛也在看！走进余庆楼，德永要扶住过火的土墙，不然都站不稳了。这两个地方他几乎每天都来一次，有时还一天两次，其实没什么事，就完全像是凭吊，来得多了，他又感觉这像是自虐一样，每来一次就自虐一次，虐得内心里鲜血如注，他却愿意，非常愿意。

这天傍晚，邹德永背着手从祖堂步履蹒跚地走到余庆楼大门口，听到里面传出红米和一个男子的说话声，有些诧异，便闪到了大门边的土墙下。

邹红米和一个男子说着话从土楼里走了出来，两人前后脚相距很近，像是关系密切的故人。德永从背影认出那男子是苏发展的儿子维纳，先前闹过一阵风波的，现在两人走得这么近了？德永越发惊讶，这是怎么回事？这行吗？他想冲出来断喝一声，但随即觉得这是一个愚蠢的念头。他把整个的身体紧紧靠在土墙上，生怕对方发现。

“‘长毛’真可恶，我们的窑炉全炸毁了，本来我还想跟着发扬伯发志伯好好烧窑做瓷呢……”苏维纳说，“我爸现在什么事都让我拿主意，他说他老了，不中用了，什么都要靠我了……”

邹红米抬起眼睛看着苏维纳。

“你说能怎么办？擦掉眼泪，这路不是还要继续往前走？”苏维纳说，“‘长毛’可以毁掉窑炉，我们可以重建。”

“‘长毛’也是人，怎么就这么坏呢？人怎么会这么坏呢？”邹红米说。

“人，人都是不同啊，一样米养百样人，”苏维纳说，“窑炉全毁了，我想要重建，但是困难很多……”

“唉，我们难处更多，”邹红米说，“我们族里有好多个人要跟德昌叔一起过台湾……”

“台湾？那不错，可以赚点钱回来。”苏维纳说。

“是呀，不然，这么多人没房子住，余庆楼又不知何时……”邹红米说，“我爸都愁死了，最近一下子老了好多。”

邹德永听女儿说到自己，心头一热，把身体更紧地往墙上缩，要是女儿此时回过头来，就一眼看到他了。幸好他们都没有回头，往前一直走了。苏维纳似乎还想拉一下邹红米的手，被她轻轻打掉。但是走了几步，红米主动牵上了维纳的手。邹德永紧紧闭上眼睛，心想，红米这跟维纳好上，是不是又要重演锦洪和小果的故事？心底里传来一声久远的叹息——其实这也是重复自己和素月的故事……

不！德永心里叫喊着，他们是不同的一代人，他们应该有不同的命运！

第三十一章

1

博平圩团练石百总带着两个乡勇和两个衙役刚刚走进苏洋村，就被海威楼瞭望铳棚上的人看见，随即报告给苏发扬。

苏发扬正在灶间吃午饭，心想这个石百总来做什么？据说“长毛”血洗博平圩前几天，他正好到县城去了，所以逃过了一劫。发扬三五口吃完了饭，抹了把嘴，走出灶间，走到海威楼大门口迎接石百总一行。

石百总远远向苏发扬作了个揖，说：“苏族长，我们这几个兄弟饿坏了，能不能赏口饭吃？”

苏发扬想起家里他是第一个吃饭的，锅里还有饭，可以先给他们吃，当然不够，马上让小果再煮线面，便回礼道：“石百总辛苦了，也没预先说，粗茶淡饭，别嫌弃就好。”

石百总呵呵笑着，一行人在苏发扬的引领下，走进了海威楼，来到发扬家的灶间，立即把灶间挤得满满当当，连转个身也难了。这五个人饿虎扑食一样，一人一大碗眨眼间把发扬家的一锅饭吃完——发扬家除了他还没有人吃呢，小果又在灶台上煮了一锅线面，一会儿又被他们吃完了。这下，他们总算吃饱了肚子，打起了饱嗝。

“石百总和各位老大，没什么招待，刚经过兵灾，请多担待。”苏发扬向石百总等人拱手致意。

石百总拿起刷锅的竹刷子，折了一小段剔着牙，说：“多谢你了，吃好了，我们就公事公办——”

“哦，石百总公务在身，请说。”苏发扬说。

“是这样的，我们是来抓你的。”石百总沉下脸说。

“抓我？”苏发扬不由倒吸一口冷气，“凭什么抓我？”

石百总看了苏发扬一眼，说：“典史认为你私通长毛贼，下令我们将你缉拿到案。”

“笑话！”站在灶台前刷锅的苏小果忍不住把手上的竹刷子扔在锅里，“我爸带领全楼民众，齐心协力抗击‘长毛’攻楼，最后打败了‘长毛’进攻，他怎么会私通‘长毛’？”

苏小果声音洪亮，神色磊落，一屋子的男人都被镇住了，只待她掷地有声地说完，石百总才眨着眼，多看了她几眼，问：“你是——”

“我是我爸的女儿，苏发扬的女儿苏小果。”苏小果偏起头说。

“小果，不许对官差无礼，”苏发扬对女儿说道，心里也暗自惊叹小果何时历练出这般男儿气概，“这一定是典史弄错了……”

石百总看着苏小果，猛然想起她就是曾被土匪掳走的新娘子，后来听说逃脱跑了回来，没想到练就了这般胆量，不过他不想跟小女子多计较，转头对苏发扬说：“我也不太相信你会……可是县衙下了文牒，还派出两名捕快——”

“这一定是弄错了。”苏发扬说。

“这是冤枉的。”苏小果走上前准备跟石百总理论，被父亲挡住，“这是冤枉的。”她忍不住又说了一声。

“你不要说话。”苏发扬对小果说。

“苏族长，我跟你朋友多年，说实在的……”石百总说，“小弟这是公差在身，请你配合一下吧，到了县府与典史陈述，若是冤枉的，定能立即昭雪。”

“行，我跟你们走一趟。”苏发扬自动地向前伸出两手就缚。

“这个就免了，你是有声望的乡绅。”石百总说。

“请问，你们抓我爸，说他私通‘长毛’，有什么证据？”苏小果又走上前一步说。

“对，我也想知道，有什么证据？”苏发扬接上话头说。

石百总挥了一下手，让乡勇和衙役出了灶间，六个人实在把灶间挤满了，挤得他呼吸都不畅快。石百总呼了口气，略为压低声音说：“县里抓到一名流窜的‘长毛’，名唤许财厚，他说是在海威楼就擒，后来你放他走的……”

原来如此。苏发扬心里一下有底了，忍不住为自己辩护说：“这个许财厚是围攻我们海威楼的‘长毛’之一，挖地穴炸楼时被我们生擒，关了几天，他诚恳向我认错，表示要重新做人，我念他家中有父母弟妹，就放他走，不过是心肠太软，根本谈不上私通长毛贼！”

“苏族长，我也是相信你的，不过……你还是到县府跟典史再说吧，或许你也知道了，‘长毛’过境，县令、县丞、主簿均战死，现在上头尚未委派知县，县里的事务典史说了算。”石百总说。

苏发扬不再说什么了，默默地走出灶间。廊道上、天井里站了几个族人。县衙来抓族长的消息传开了，围观的人越来越多。很多人对族长放走“长毛”心有不满，这下多少有些幸灾乐祸。两个衙役一人搀着苏发扬一只胳膊走出人群，向土楼楼门厅走去。

苏小果从灶间冲出来，喊道：“你们不能带走我爸！”但是官差根本不理她，继续带着苏发扬往大门口走去。小果急得满脸通红了，朝着天井里的族人大声地说：“我爸是冤枉的，你们大家都知道，为什么没人走出来替他说话？抗击‘长毛’那几天，我爸尽心尽责，这么一把年纪了，整夜都没睡觉，你们不都看在眼里吗？”

好多人一下被苏小果说动了，那几天发扬做得多好啊，临阵指挥，大将风度，安慰妇孺，和风细雨，还要安排其他事务，亲力亲为，在他正确有力的领导下，海威楼得以保全，无人死亡，这个县衙应该给予表彰才对，怎么反倒是抓人呢？十几个男人就追了上去，在土楼大门口团团围住官差和族长，大声嚷嚷着要求放人。

石百总按着腰间的手枪，说：“你们别乱来啊，这是妨碍公务。”他心里多少有点发怵，要是楼里的苏姓男人闹将起来，这场面可不好收拾，便用恳切的目光望着发扬。

苏发扬清了清嗓子，对着族人说：“大家散开，既然官府有请，我去去便是，身为一族之长，我带领大家抗击‘长毛’，苍天可鉴，不怕被冤枉的，你们散开，不要为难石百总。”

听了族长这么一说，大家嘀嘀咕咕的，还是散开了。

2

邹德永听说苏发扬刚刚被县府衙役抓走，罪名是私通长毛贼，惊讶得不行，这要么是弄错，要么是冤枉，海威楼正是在苏族长的带领下，打败“长毛”进攻，最后还歼灭了断后的“长毛”，怎么可能私通“长毛”呢？这个事情太荒诞了。邹德永觉得苏邹两姓应该联手起来，为苏发扬陈情喊冤，如果苏姓有人写个陈诉状，他愿意发动邹姓人签名画押一起做证。

苏族长完全是被冤枉的！邹德永在余庆楼听说此事时，立即赶往海威楼，路上也看到了被烧毁的苏氏祖堂，感同身受。这还是他兵灾之后第一次来到海威楼，他想面见苏族长的弟弟或者儿子，陈述他的建议，代表邹姓对苏族长表示支持。当然他心里一直有个小小的秘密，这就是，可能的话，利用每次到海威楼的机会，顺便看一看他不能相认的孙子邹拾。

刚刚走进海威楼，邹德永一眼就看见苏族长的妻子苏罗氏坐在楼门厅的槌子上发呆，连忙上前问候，说："听说苏族长……这真是天大的冤枉啊，我们邹姓人愿意为苏族长联名上书，陈情喊冤。"

"刚刚被官差带走……冤枉啊，这真是冤枉啊……"苏罗氏怔怔的，突然发出一声叫喊。

"官府简直是颠倒黑白啊……"邹德永叹了一声，"我们邹氏要替苏族长出声！"

"多谢你了，邹族长……"苏罗氏说。

"这是应该的！"邹德永望见香火堂有人，好像是在说事，便一边抬脚沿着廊道走去，一边宽慰着苏罗氏说，"苏族长很快会回来的，我找他们思量一下怎么做。"

走到香火堂前，邹德永发现坐在这里的不是苏发扬的弟弟和儿子他们，而是几个神志似乎不大好的老货子，便转身往回走。他要找到苏发扬的弟弟或者儿子，那才是可以思量的人。

走过几间灶间，邹德永的眼光停在了一间灶间里，他看见苏小果背上背着孩子，正在灶台前刷锅。唰，唰，唰，她端起锅，哗，把锅里的泔水倒在灶台下一只桶里。德永急匆匆的脚步像是被粘住了。小果在扭头倒水的时阵，眼睛的余光应该是看到了邹德永，至少看到灶间外站着一个人，但是她像是没有看见一样，把锅架回到灶上，然后蹲下身子往灶洞里用吹火筒吹了几下火，直起身舀了一瓢水到锅里。邹德永的眼光主要停留在她背上的孩子身上，一条蓝色的帕布包着他的小屁股和背部，上端分两束从小果肩上下来，下端则穿过小果的腰部，上下端在她的腰间扎紧，他的两只穿着袜子的小脚露在外面蹬着，正好蹬到母亲的腰部。蹬了几下又不蹬了，像是睡着了。可惜邹德永不能看到他的脸，他的头上戴着一只虎头帽，头又往内侧歪着，似乎故意不让他看的。邹德永想喊小果一声，可是嘴唇嗫嚅了一阵，竟然喊不出话来。

其实苏小果也是看见了邹德永，心头慌慌的，像有一头小鹿直撞过来，她就装作没看见，做着一系列的吹火、舀水动作以掩饰内心的慌张。这阵子灶间没其他人，她不想跟他碰面说话，她感觉那会是非常尴尬的事情——因为他是邹锦洪他爸，而她已经把邹锦洪这个名字从心里抹去了，村里曾经有人隐隐约约传说邹锦洪回来了，她从来不去打听，也不想打听，好像人生中未曾存在过这个人似的。虽然邹锦洪是邹锦洪，他爸是他爸，但是小果生怕跟他爸说话，暴露了跟邹锦洪相关的一些蛛丝马迹，这是她所不愿意的。

有个苏姓长老从天井对面走了过来，认出是邹姓族长邹德永，见他在苏发扬家灶间前的廊道上走来走去，便问他有什么事。邹德永似乎有些紧张，被识破了秘密一样，说："也没什么事，我来看看，我们邹姓都支持苏族长，他是被冤枉的……"

"嗯，冤枉，大家都知道。"苏姓长老说。

"我们要替他出声。"邹德永说着就回头往大门走去。

听到邹德永离去的脚步声，灶间里的苏小果也如释重负，松了一口气。她自己也觉得奇怪，怎么会这样呢？这几年也算经历了一些人事，练就了波澜不惊的淡定，怎么邹锦洪他爸一出现，内心里就乱了方寸？这时，背上的苏拾一激灵醒了，她连忙把他从背上解下来，因为他一醒来就要尿尿，便抱着他走到外面廊道上，把他骄傲的小鸡鸡朝向了天井，嘬着嘴嘘嘘地说着："乖乖呀，快尿尿，快长大——"

苏拾痛痛快快地往天井里撒了一泡尿。苏小果听着他的尿声，满心是愉悦和欢喜。她也知道，其实自己是跟他在一起成长的。

没有看到孙子的邹德永心里多少有些落寞，他想起要办的事，大步走到海威楼楼门厅，苏罗氏已经不在槌子上。邹德永心想虽然没有看到孙子的脸，但也总算看到他包着布的背影了。这么一想，心里好受了许多。他又想到为苏族长出声的事，他弟弟和儿子一时见不到，不如自己先回去写一份陈情喊冤状，让邹姓人都签上名，晚上再送过来。

邹德永走下石门槛，抬头看到门埕上站着一个人，正是好久不见的素月。这个苦命的女人突然变成通灵的神巫，大病一场之后又变回了一个普通的女人。她成为神巫时，德永见过她一面，那时她像是光彩照人一样，身上有一种特殊的气质，和之前的她判若两人。现在的她又变了回来，不过没有了原来的满脸愁容和怪异乖张，显得朴素、安静，眼光有如止水，脸上是一种洗尽铅华的平淡。

这么碰面是邹德永没想到的，他心里略为紧张了一下，笑笑打了个招呼说："好久没看见你了。"

"'长毛'来前，生了一场病，差点死掉。"素月淡淡地说。

"我听说了，年纪大了，要保重身体。"邹德永说。

"天意啊，"素月叹了一声，"人违抗不得，顺应天意就好。"

邹德永点点头，心想，这一切都是天意，但是，天是不会绝人之路的，他把眼光看向前面，说："我看你现在这种状态也很好。德昌要回台湾了，他应该告诉过你……"

"嗯，他说，他还会回来。"素月说。

邹德永心想，莫非德昌给过她什么承诺？也许吧，这是他们的事，转眼间，大家都是老货子了，人生还有几年？就顺应天意吧——就像素月刚才所说的。

"'长毛'跑了，大家事情更多了。"素月说。

“是，你多保重吧。”邹德永说着，就要往前走了，听到前面传来一阵嚷嚷声，有个嗓门很高地嚷着。

“你们——你们这是乱来，瞎搞！弄不好要杀头的，株连九族！”

这正是苏发扬带着怒气的声音。他不是刚刚被官府抓走了吗？邹德永不由觉得诧异，只见苏发扬被他儿子、侄子一干人挟持似的走来，他一路骂骂咧咧的，不断地推开儿子、侄子的搀扶，满脸怒色地训斥着：“你们好大胆啊，偷袭官差，抢走人犯，你们——你们到底谁出的这个馊主意？你们不想活命啊，放开我，快放开我，让我去自首！”

苏维纳走到苏发扬跟前，说：“扬伯，官府竟然冤枉你，我们就是咽不下这口气，把你抢回来，让那几个官差滚回去告诉县老爷，扬伯是抗击‘长毛’的大英雄！”

苏发扬跺了一下脚，连声叹气说：“莽撞啊，你们这几个愣头青懂个屁，这回把事情闹大了！”

“有什么大不了？‘长毛’都被我们打跑了，还怕几个官差不成？”苏维生也凑到了父亲面前，伸长脖子气呼呼地说。

苏发扬喘着粗气，一把将儿子推开，就要往回走，说：“快去把石百总等人追回来，事情可能还有回旋的余地，他们一回到县衙，什么都晚了！”

“发扬伯，我们不怕他们，我们有土楼！”苏维普看见维生被推得往后退了几步，迅速上前补上他的站位，帮忙围住了苏发扬。

苏发扬心里急得不行，眼睁睁看着面前这群围住他的后生子，手痒痒直想打人，却是全身绵软无力，手臂抬不起来，连话也说不出了，只剩下嘴唇在哆嗦。

“发扬伯，你是我们最英勇的族长，我们怎么能让官府把你抓走？往后我们都听你的。”苏维纳说。

“你们要是听我的……就赶快……”苏发扬上气不接下气地说着，身子突然软绵绵地往下瘫倒，大家惊乍地大呼小叫，几双手同时扶住了他。

“爸！你怎么了？”

“发扬伯！你——”

“扬伯，扬伯……”

素月见状走上前来，说：“快抬回楼里，给他喝点热水。”

邹德永看着这个场面一开始也是怔怔的，看到最后，总算理出了一点头绪，苏氏十来个后生子不满官差带走族长，半路上设伏袭击了官差，把族长硬生生抢了回来。德永一想就觉得这是坏事了，苏族长固然是被冤的，但是从官差手里把人抢夺回来，挨打的官差回去一报告，上头怪罪下来，这可是大罪啊！难怪苏族长大为光火，后生子到底少不更事，莽撞无知。德永心里叹了一口气，看着苏氏后生子抬着苏族长往海威楼走去，素月也尾随其后，他站了一阵子，还是默默转身往集庆楼回去了。

3

苏小果喂着父亲喝了几口热的黑糖水，看着父亲面容憔悴，眼角糊着眼屎，下巴上像是长了疖子一样红肿着一块，心里生出一股说不清的怜惜。

苏发扬慢慢睁开了眼睛，眼前的脸都是模糊不清的，只听到许多声音在唤着自己，心里郁积的怒气还是无法排泄，他抬起一只手，一个一个地指着面前的后生子，有气无力地说：“你们——你们，有勇无谋，不会生鸡蛋，只会放鸡屎……”他的手像面条一样软软地垂落下来，眼前的几张脸渐次变得清晰，维生、维纳、维普、维卡——正是以这几个人为主的一群后生子，打跑了官差，把他抢了回来——你们想到没有，袭击官差，形同造反，海威楼这才赶走“长毛”，又要惹火烧身了！

“发扬伯，你好好休息一下，这些天你也实在累坏了。”苏维纳说。

“就是啊，多睡觉，别想太多。”几个人附和着说。

这是在香火堂，苏发扬把斜歪在太师椅里的身子坐直一些，环视着面前的后生子，心里突然不忍再责备他们了。事情既然已经发生，不可追回，只能静观其变，到时阵天塌下来，他这个老货子踮起脚来顶就是了，有什么法度呢？这伙后生子是从内心里崇敬他、爱戴他，所以向天公借胆，把他从官差手里抢回来——他们现在有血性了，有激情了，欠缺的只是深思熟虑，他内心里竟然有了一丝丝欣慰，重振宗族的精气神，还需要靠他们呢。

“爸，我扶你上楼。”苏维生上前说。

“不用，我好好的，”苏发扬摆了一下手，淡淡地说，“你们都散去吧，该做什么去做什么，过些天，你们就会明白，你们今天闯了大祸。”

“族长，扬伯，此话怎讲？”苏维纳问道。

“石百总和官差要带我到县衙，固然是冤枉的，我相信很快可以澄清事实，平反昭雪，现在，你们把官差打跑了，县衙必定兴师问罪，偷袭官差，这罪名可是不小啊。”苏发扬说。

“‘长毛’来到我们村子烧杀抢掠，官兵连个影子也见不到，那个石百总也不知躲哪里去，‘长毛’刚一打退，他们就冒出来了，要把你这个抗击‘长毛’的大英雄，当作私通‘长毛’的人犯抓走，这、这简直没天理啊！”苏维纳有力地挥着一只胳膊说，“我就是气不过，官府要是怪罪下来，我出来担当，扬伯，你放心。”

苏发扬眨了几下眼睛，好像掉进飞尘了，他注视着维纳的眼光里透出了一点亮光。

“官府也是要讲道理的吧？”苏维纳说。

“没事了，你们散去，反正，有事我担着。”苏发扬朝大家挥了挥手，他想独自一人静一静。这十来个后生子从廊道两头散开了，香火堂一下显得空寂。发扬扭头看着神龛上祖宗的牌位，心里想，这是在海威楼等待官府兴师问罪呢，还是明早叫一条木船，从东溪码头下水，一路直达县城，自己到县衙去投案自首？他一时拿不定主意，投案自首争取主动，或许可减轻罪责，虽然是被冤枉的，但今天的事终归是错了，若是官兵到来，自己一条老命是无所谓了，怕就怕土楼和族人又遭受兵灾。

这才安静一阵子，各房家长、长老闻讯纷纷赶来看望苏发扬，一边宽慰、声援，一边也表示了某种忧虑。

“现在就不要责怪这些后生子了，有什么事我担着便是了。”苏发扬淡淡地说。他心里想，说到底始作俑者还是自己，为什么要放掉那个姓许的“长毛”呢？大家一时无语了，香火堂上的气氛显得凝重。

吃过晚饭，苏发扬走上楼去看望顺风公。顺风公刚刚吃了涮九门头——即牛身上诸如舌峰、肚尖、百叶肚、心冠、腰子等九个部位切成片状、条状、花状，用米酒煮沸而成，这又叫作“涮九品”，一般是早上吃，因为大补，吃了一天都有劲头，晚上吃都怕消化不了——对顺风公来说，他随时想吃，只要说一声，随时有人给他做，其实他也吃得很少，就是九个部位每样尝一小块，然后喝了小半碗煮过的糯米酒，枯瘦的脸上泛出了一片红光。顺风公看着苏发扬说：

“你的脚很长……”

苏发扬也是一下闻到了涮九门头的味道，桌上一只小铁锅上还有热气飘动着。苏发成站在一边正在收拾顺风公用过的碗筷，他老婆是个客家人，涮九门头正是她的拿手好菜，发扬也是品尝过的，好吃得自己的舌头都差点吞下去了。

“扬的，你这些天吃苦了……”顺风公说，“正好补一补……”

苏发成转过身跟发扬打了个招呼，面露难色，说：“我提到楼下你家灶间吧，只带一副碗筷。”

“就用我的碗筷……”顺风公说，“吃点我的口水，也不要紧……”

“这太好了，这是沾‘活祖宗’的福气呢。”苏发扬心头一热，顺风公还这么挂念着他，连忙从发成手里拿起顺风公用过的碗筷，就从小铁锅里舀了一碗“九门头”，刚才在家里吃饭时他食欲不振，此时“九门头”的香气刺激着他的胃口，他端起碗猛喝了一口散发肉香的米酒，也吃了牛舌、牛肚几样东西，鲜脆爽口，感觉肠胃里一下全都舒服了。

斜靠在床上的顺风公看着发扬，眯眯的眼里似乎闪射出一道亮光，说：“该补一补……身体要紧……族里这么多大事……一件一件来……”

苏发扬一口把碗里的米酒喝完了，一边咀嚼着一边点头说：“顺风公，你放心，‘长毛灾’过后，族人更团结了，大家都很有干劲的。”

“这就好……你自己要照顾好自己……”顺风公喃喃地说着，一阵饭后的困倦袭来，头歪向一边就睡了过去。

“重建祖堂，重建天妃宫，大家都很有信心……”苏发扬转头看到顺风公睡了过去，就住口不说了，对发成点头致意，表示涮九门头确实好吃。

苏发成用竹篮子装起小铁锅和碗筷，提着走出了卧室。

看到顺风公睡得很香，发扬也就没有搬动他的身子，在他跟前默默站着，心里说，今天官府派人来抓我，罪名居然是私通长毛贼，维生维纳十几个后生子把我解救出来，刚开始我是非常生气的，对他们破口大骂，很快我也就想通了，不能苛责他们，他们经历这场“长毛灾”之后，身上的血性被唤醒了——作为族长，我应该高兴才对，顺风公你说是不是呢？事情既然已经发生，有什么后果，该来就来吧，我这个老货子来承担，我这把老骨头还是硬的，要敲还是能够敲响的。

床上的顺风公嘟哝着发出一串音节，苏发扬抬起头看到他的脑袋从那边歪到了这边，嘴唇在轻轻嚅动。

“没什么……什么也没什么……”

苏发扬听到顺风公的嘴唇里吐出细微而清晰的声音，心里感受到了一种震撼，是呀，能有什么大不了的事情呢？没什么，什么也没什么！他俯下身子，对着顺风公说：“你放心，顺风公。”

4

邹德永来到本族书塾先生家的灶间里，由他口述为苏发扬喊冤叫屈的状书，书塾先生在一张对折的四尺宣纸上奋笔疾书，字体越写越遒劲有力。

> 堂堂抗击毛贼之大英雄，竟被厚诬至此，其情可悯，令打退毛贼的土楼村民情何以堪？我等外姓族人极为愤愤不平，愿为苏族长振臂高呼，一呼冤枉！再呼大冤枉！三呼天大冤枉！

德永看先生写的比他说的还好，最后这几句还是很动情的，频频点头。对折的宣纸上一半写了状书，另一半留着签名画押。德永当即提起毛笔签下自己的姓名，并用大拇指蘸足印泥摁出一个鲜红的指印，心想，这红彤彤的，就代表我的心。

“苍天无眼，家园不幸，劫波过后，兄弟情深。”书塾先生沉吟着说。

“你说得好，真好。”邹德永不停地点着头。

从书塾先生家的灶间走出来，德永两手持着状书的上端，把状书贴在身上似的，沿着廊道一路地走到楼门厅，又从那里沿着另一条廊道走回来，走到了香火堂。这就有很多人看到了，德永这么绕了一圈，也正是为了告知更多的族人。

很多人来到了香火堂，在喊冤书上签名画押。有的人不签，德永也不勉强。有的人则在犹豫，德永也不说什么，有的人不解，甚至责问德永为什么要替一个外姓人喊冤，德永只是淡淡地说，这回是苏族长被冤枉，下回可能就是你或者我被冤枉。犹豫的人听到德永这句话，有的立即就签了。

不到一会儿，四尺对开的宣纸就签了密密麻麻的姓名，一个个鲜红的指印让人看得很激愤。

邹红米走过来，指着摊放在桌上的状书，说：“我也要签名。”

“你？——妹子就不要签了。”德永说。

“为什么？为什么我不能签？你不是让所有邹姓人都来为苏族长喊冤吗？我也姓邹啊。”红米说。

德永一想也是，虽然这都没有女子签过名，族规并未禁止女子参与这种事情，但是族里的女子都会很自律地回避，红米有此心愿，实属难得，应该支持。德永从桌上拿起毛笔递给了红米。

红米没有在书塾正经读过书，只是跟着男孩子上过描红课，已经多年不拿笔，此时毛笔拿到她的手上，感觉比一把柴刀还重。若是柴刀，她可以一口气劈一堆柴，现在这笔在手上，她额头似乎都微微冒汗了，五指握着它，显得非常僵硬，有劲使不出。

“哎，你写呀。”德永催促道。

红米像是在心里下了决心，握笔的手挥动起来，笔尖哆嗦着在纸上写出了“邹红米”三个字，每个字都好像向外张开着，刺猬一般。

“写得很好，就是不大像妹子的字。”德永说。

“就是我的字，还能像男子不成？”红米笑笑对父亲说。

德永没再说什么，心想红米要是男子，怕也是个刚烈的愣头青。

“爸，你说苏族长那么好的人，会没事吧？”红米问。

德永叹了一声，说：“但愿没事吧，老天长眼的话，他就没事。”

“可是，这老天，究竟长不长眼呢？”红米突然定定地问，眼光带着一种冒犯在父亲脸上追询着。

德永一时受不了女儿的目光，她清澈的眼眸里有一丝尖锐的东西，像是质疑，又像是愤懑，他不得不绷紧了脸说：“妹子——不要四散乱想！”他抬起眼光，香火堂望向天井上空的天，是一块四方方的天，此时像波澜不惊的海，安静得可怕，其实他内心也是有困惑的，为什么苏洋村会遭此大劫难呢？是不是老天爷故意要这般折腾、磨炼苏洋村人？不，他不需要这些磨难，他只想平平安安地过日子，把余庆楼顺利地建成，可是天不遂人愿，人又能如何呢？只能在磨难中咬紧牙关，顶住，奋起，刀在石上磨，人在世上练，本来夯建余庆楼就已经像大山一样压得他喘不过气来，现在多了祖堂、石旗杆要重建，他是怎么也不能趴下的！德永的眼光慢慢从天井上空收回，迎住女儿的目光，说：

“人在做，天在看，还是要相信，好好地做你的事去吧。”

5

苏发扬夜里醒来了几次，一次梦见了那个可怜兮兮的长毛贼许财厚，接着迷迷糊糊地入睡，又做梦了，看见石百总笑呵呵地端着大碗喝酒。那天拦路劫人时，苏维纳一杆枪对准石百总的脑袋，他只是黑着脸，没有还手，也用眼光制止了乡勇和衙役的反抗，说了一句“跑得了和尚跑不了庙”，然后眼睁睁看着苏发扬被苏氏族人劫持而走。发扬不知道石百总回去会怎么陈述、交差，凭借跟他的交情，相信他不会添油加醋的，甚至有可能替自己说话——不管怎么样，发扬心里做了最坏的打算。

床上翻了一会儿，苏发扬还是摸起了床。打开房门，一股凌晨的潮气扑面而来，他似乎不禁打了个哆嗦。天还没有亮，海威楼上空的天还像是一块深蓝色的绒布，又沉又重地往下垂落着。发扬走到栏板下的尿桶前，发出一阵急促的撒尿声，打破了海威楼的宁静。这时他又打了一个喷嚏，像一把尖刀刺破了天空一角，一束晨曦闪射而出。

新的一天又开始了。发扬背着手在环形廊道上走了一圈，下到了一楼，走到大门后面搬开粗大的门闩，拉开一道门缝，把自己的身子挤到大门外，又把大门合上。他神情凝重地看着面前正在苏醒的村庄，薄雾蒙蒙，这块刚刚经历过灾难的土地依旧散发着一股厚实、绵长的气息。实际上，数百上千年以来，这块土地历经了无数次灾难，然而它总是无法被征服，依照着日月星辰、岁次寒暑的更替，为土地上的人们提供住所和粮食。只要这片土地还在，一切就都有希望！发扬深深地呼吸了一大口新鲜的空气，快步往扶风堂走去。

尽管祖堂已经烧成一片废墟，但是在苏发扬和所有族人的心里，这块地方永远是圣地，祖先们的魂灵就在废墟上空飘荡着。发扬一早来到这里，就是想告诉祖先们，他要带领族人尽快重建祖堂，让祖先们的灵魂早日重归安息的殿堂，因为他心里有预感，他可能将要坐大牢，如果祖堂开工重建了，他在牢里也能坐得安心。

苏发扬走到了废墟前，内心一阵悲怆，双腿不由自主就跪了下来，对着飘荡在空中的祖先们叩头说道："列祖列宗，不肖子孙没能保住祖堂，今天这么早来，特地告诉你们，今天族里将择良辰吉时，立即开工重建！"

废墟上飘动着一片晨雾，像是有许多身影若隐若现。发扬站起身，似乎听到了祖先们的话声，他全身一个激灵，说："各位祖先，相信我吧。"

晨雾徐徐飘散，向着东溪和海威楼方向闲庭信步似的散去。苏发扬跟在后面往东溪走去，前面是一沓整齐有序的脚步声，那是祖先们在行走，他心里想，我将紧紧跟随。

走到了东溪畔，阳光照在水面上，金闪闪一片，苏发扬看到祖先们消逝在空气中，他频频点着头，像是向祖先们一一告别。东溪畔的天妃宫废墟在阳光的照耀下，也闪烁着一片空寂的金黄。这时，一堵残坍后面站起一个人，把发扬吓了一跳，只见他毛发长而蓬乱，辫子也散开了，像野人一样地瞪着一双迷茫的深蓝色大眼睛。发扬认出这是发志，看样子他整夜游荡在这东溪畔的废墟上，头发多日未剃，身上的衣衫也是脏兮兮的，整个人的神态和举止异于常人。自从前几天在这里的木桥上相遇之后，发扬都没在楼里和村子里看见过他，心里十分惊讶，便叫了他一声："发志。"

"发志，你比我还早？你在这儿做什么？"发扬又说。

发志分明听到了发扬的声音，但是脸上没有任何反应，木木地看着发扬，眼珠子一动也不动，像是随时会从眼眶里弹出来。

"发志，你怎么了？"发扬迎面走上前说，几天不见，发志竟变得形销骨立，尖鼻子更尖了，像锥子一样可以戳破任何东西。

发志愣愣地向发扬走来，嘴里喃喃念叨着什么，擦过发扬的身子向前走去，完全视若无睹，好像发扬在他面前不存在一样。

发扬回过头，瞪大眼睛看着走过去的发志，发现他神态异常，脚步发飘，整个人像是梦游一样。发扬心里叹了一声，窑炉的毁灭对发志的打击也实在太大了。只见发志像偶人一样向东溪畔悠悠晃晃地飘移，发扬感觉他抬起一脚就要踩空掉落溪水了，连忙大喊一声：“发志！”

发志抬起脚，踩了下来，并没有踩到溪水里，而是在溪畔的边缘踉踉跄跄地继续往前走。

“发志，你小心点。”发扬一直提心吊胆的，冲着他的背影喊了一声。

突然，发志站住了脚步，狮子回头般把脑袋拧过来，眼光木木地直视着发扬，说：“完了，全都完了……”

“发志，你怎么可以这么没有斗志？”发扬大声喊道。

“完了，全都完了……”发志摇着头，晃着身子往前走去。

发扬生气地跺了一下脚，尖起嗓子吼道：“没完！没完！祖堂马上要重建，天妃宫、窑炉也很快！我告诉你——没完！没完！”

没完！——东溪畔回荡着苏发扬激越的声音。

第三十二章

1

邹红米推开苏维纳递过来的用小布袋子装着的银圆，里面的银圆发出清脆的碰击声，她凭感觉猜测有四五十块，最后一次推开时，她还在维纳的手背上轻轻打了一下，说：“我不能拿你的钱。”

“这也不是给你，”苏维纳说，“这是——给你老爸的，算是借给他。”

“那你拿给他好了。”邹红米说。

苏维纳一下发怵了，自知没有勇气去面见邹族长。他知道邹氏几乎都是种地养鸭，没什么赚钱的营生，建一座余庆楼就捉襟见肘了，这回余庆楼被烧毁木料部分，祖堂烧成废墟，重建的难度可想而知了。维纳内心里是真的想帮一把忙，当然这是因为红米，可是红米不愿意接受，他怎么去见她的父亲呢？他也曾激情冲动地想过去见邹族长，他自忖父母亲这边是可以搞定的，只要邹族长点一下头，他跟红米的事就算成了大半，宗族里的麻烦，他再跟苏族长慢慢来磨——苏族长应该不是那种蛮不讲理、顽固不化的老货子，再说，族规又从来没有规定，苏邹两姓不能通婚！可是脑子里想得汹涌澎湃，他的双腿却总是抬不动。

红米走到了土墙下，被火烧过的墙显出一种赭红色，还能闻到一股焦味。不知为什么，红米突然变得喜欢闻到这种气味，所以维纳每次约她，她都选择来到余庆楼这里。她甚至喜欢把鼻子凑到土墙前，夯土里散发出的气味似乎让她全身绷紧，一下感觉到全身充满了力量。

“红米，你说——”维纳定定地看着红米，拿着小布袋子的手别到了身后，“我们的事，你老爸会不会答应？”

“这个嘛，你去问他。”红米说。

“他要是不同意，我们就跑吧。”维纳说。

“跑？”红米吸了一下鼻子，兴奋地说，“好呀，跑，我们一起跑。”

维纳迎着走来的红米，两只手从她身后围过来，就把她揽在了怀里，说：“你说，跑哪里？”

“你说哪里就哪里，出海、过番……”红米轻轻扭着身子，从维纳怀里挣脱了出来。

“你的心好大啊。”维纳说。

“嗯，我就想出去看看，”红米偏起头说，“这土楼外面的海是怎么样的。”

“听说女子是不能出海过番的。”

“谁跟你说的？我们加华公就是带着妻子过台湾的！”

“好吧，我以后也带着你……”

“哎，我告诉你一个秘密，你一定不能说出去——”红米突然凑过脸来，轻声地对维纳说。

“你快说，我一定不会外传的。”维纳说。

红米认真地看着维纳，发现他神情滴水不漏，也是很认真的样子，问道：“你以前听说过我哥锦洪和你们苏族长家小果的事吗？”

维纳点了一下头，马上又摇头。

“他们暗地里相好过，后来，我哥失踪了，说是被土匪抓走，后来，小果出嫁了，半路上被土匪抢了……”红米说着说着，眼睛里像是起了一层雾。

“这、这中间有什么相干的？”维纳瞪大了眼睛，急不可耐地打断说。

“后来，小果回来了，”红米并不理会维纳，只顾沉浸在自己的叙述和推测之中，“后来，我哥也回来了……我总觉得，他们两人之间有一个什么秘密——我说不上来，但肯定是有秘密的，我感觉，我感觉是不会错的……”

维纳原以为红米会说一个惊天大秘密，听了之后不以为然，说：“你想多了，就是他们开头好过，后来他们之间能有什么关系？”

“你不相信？”红米问。

“你让我相信什么？相信他们之间有关系？我不相信。”维纳说。

“我哥回来后，变成了另外一个人，听说小果回来后，也变成了另外一个人……”红米拧着眉头说。

“她还生了一个人呢。”维纳略带着嘲讽的语气说。

“嗯，我感觉……”

“你感觉？你感觉小果的孩子是你哥的孩子？”

“嗯……”

维纳忍不住哈哈大笑起来，见红米一脸愠色，趁势把她揽进怀里，奇怪的是这回红米没有挣脱，而是像一只温顺的小猫，安静地偎依在他宽厚的胸膛里。维纳心里掀起一片惊涛骇浪，把红米越搂越紧，他的呼吸突然变得急促，嘴巴在红米脸上亲了一口，便停不下来了，像一个饥渴的人寻到了一泓清泉，使劲地笨拙地吮吸着……

“红米！”维纳叫了一声，手上装银圆的小布袋子砰地掉在地上。

2

面对香火堂上各房家长、长老充满期待的眼睛，苏发扬突然感觉嗓子有点堵，他用略为沙哑的声调说：“祖堂被毁，先人们流离失所，我们每天还能睡得安稳吗？”

香火堂上的气氛一下子变得凝重，每个人的表情都沉了下来。这正是内心里的伤痛，伤口又被苏发扬翻开了。

“重建祖堂，刻不容缓！”苏发扬尖起嗓门说，“我提议今天就请日师，择好时辰，尽快开工。”

大家纷纷点头表示赞同，只有一个人犹豫着说：“眼下还不知‘长毛’会不会再来……”

“我们要防备嘛，打起精神，拧成一股绳，‘长毛’再来也不怕。”苏发扬握起拳头，一挥一挥地说，手势简洁有力。

没有人有异议。早日重建祖堂，这是所有苏氏族人的共识。苏发扬心里暖暖的，感到一种快慰，族里的凝聚力更强大了。当即安排一个人去请日师，大家讨论了祖堂重建的样式、用料以及各房出资分配。各房争着多出资，为公平起见，最后还是统一了，所有资金各房均摊。

整座海威楼静下来了，女人带着孩子去睡觉，接着男人也去睡觉了，灶间的灯光大都熄灭。发扬家的灶间也暗了，灯油燃尽，发扬还坐在黑暗中吸烟，烟锅头一亮一亮的。他心里头一直很振奋，扶风堂能够迅速开工重建，即使他被冤枉抓进了大牢，他也安心了。不过他心里头也奇怪，这都过去了几天，怎么官府还没派人来抓他？莫非石百总把事情都兜下来了，或者事情有了新的转机？他希望这个事情还是尽快有个结局，让人等待，心里徒生焦虑。

吸完一锅烟，苏发扬缓缓站起身，把旱烟袋收到壁橱里，走出灶间，走到大门后面检查一下大门是否关好，然后又走上三楼，到瞭望铳棚上往土楼外面望去，一弯新月挂在寂寞的东溪上空，天地间显得有点晦暗。晚上怎么没有人在这值守呢？他刚刚走下铳棚木台，那个值守的人就来了，他身上包着一床棉被，说刚才去撒尿了。发扬说，注意动静。

回自己卧室前先到顺风公的卧室看看，这是苏发扬多年的习惯。发扬猛然想起，今天提议立即重建祖堂的事，居然事先没跟顺风公请示一下，当然他肯定会支持的，或许他心里早已知道了呢。

顺风公卧室的油灯亮着，海威楼整夜亮着灯的房间也就他的卧室，其实这也是方便大家照顾顺风公。苏发扬轻轻地推门而入，听到床上发出一阵翻身子的声音，走到床前，正好看见顺风公缓缓睁开眼睛。

“你回来了……”顺风公说。

苏发扬愣了一下，我一直在苏洋村啊，又没外出，怎么说回来了？

“我看见你坐在船上，我以为你要——出海了……”顺风公说。

出海？苏发扬心头一怔，这似乎是一个陌生的词了。他连忙说：“我没出海，也没坐船，今天一早就到了祖堂，对了，在东溪畔走了走，遇到了发志——顺风公，忘记向你汇报了，族里决定早日重建祖堂……”

顺风公清着嗓子，又响起“喀、喀、喀”的声音，像是一块石头在土墙上轻轻地碰击，他抬起眼睛停留在苏发扬脸上，说：“哦，不是你，是我，是我——那年，从东溪到月港，第一次，还没出海，其实，我就吐了，土楼人第一次见到海……”

“顺风公，你喝点水吧，”苏发扬从桌上端起一只水杯，里面还有半杯凉开水，顺风公一直就是喝凉开水，对热水反而不习惯。发扬一手扶着他，一手端着水杯喂他喝了两小口。

顺风公的嗓子湿润了一些，咳声似乎转化为汩汩汩的流水声，说：“我真是佩服我们的祖宗，这么一重重藏在大山里，也能顺水走到大海里去……”

“你就是我们的‘活祖宗’啊。”苏发扬说。

“出海捞金，发财了都记得回家，土里起高楼，又土里炼瓷器……”顺风公说着说着，眯缝的眼睛似乎放射出一道神光，“从先祖到大茂公，从海晏楼到海清楼、海威楼，一代代人……”

苏发扬心里却隐隐有一种不安，顺风公神志过于清醒，状态过于良好，其实并不是一件好事情。他已是一百二十多岁的人瑞，苏氏的“活祖宗”，族人都希望他混混沌沌活着，发扬知道只有混沌活着，顺风公才能活得更长久。

“那时阵啊，百千水碓，漫野窑烟，青花、青瓷、米黄瓷，一船船运往月港，像土楼那样高的福船啊，驶向大海，出东西洋，下南洋，过台湾，浩荡渺而无际兮，汗漫汛而弥茫，天连水而倚镜兮，万顷漾其汪汪……”顺风公越说越来劲一样，吐字清晰，脸上带着一种缅怀的神情。

苏发扬的心揪紧了，有一种不祥的预感，但这又是不能言说的，只能默默地听着。

“多少番邦小国，都有我们东溪窑的名声，我们苏氏从海里回到土楼，又从土楼闯到海里，什么风浪也见过……”顺风公说得兴奋，有一口痰堵上来，他咳了几声，从被子里伸出一只皮包骨的手，哆嗦着，苏发扬连忙紧紧握着它，声音颤抖地喊了一声：

“顺风公！”

“我、没事……没事，我不会死……你去睡觉，明天、再跟你说……”顺风公神色平静地说。

苏发扬顿时松了口气。刚才那瞬间，他突然紧张得全身痉挛。

3

报名过台湾的人一下猛增到二十一人，但是第二天又骤降到九人，理由都是差不多，家里筹不出路费。村子遭了兵灾，找人借都借不到。有人跟邹德永建议，能否动用公田、学田的租金资助部分路费？族里是有公田祖产的，以前主要是资助参加府试、乡试的学子，做祭祖扫墓之用等等。余庆楼开建以来，经各家长同意，也用了一部分公田祖产，这回能不能用于资助族人过台湾？邹德永个人不敢答应，回答说要商量一下再说。族人过台湾的想法本来就忽冷忽热，这下又冷却了，又有三个人要求画掉名字。过台湾是想赚钱，可是这路费都掏不出来，那边遍地黄金也捡不到。“偷抓鸡也要一把米”，这笔路费难倒了很多人。邹锦洪想去，德永也是凑不起路费，好在德昌表示他愿意承担锦洪的路费，至于其他人，他就爱莫能助了。邹锦宇家有八兄弟，他想去，父母兄弟支持，算是最快凑到了一笔路费。

有一户人家有五个兄弟，土楼外面的茅棚屋烧光了，一大家子分散住在集庆楼三楼、四楼的走马廊——其实说不上是住，不过是打个地铺过夜罢了。父母同意两兄弟过台湾，几天下来却只凑齐了一个人的路费，两兄弟争着去，干脆就在天井里打了一架。被劝住拉开后，两个人又都声称不去了，那个大的哥哥声泪俱下地说，你以为过台湾享福啊？那得下死力赚钱，家里等着花销，余庆楼建不起来，至少得先建个茅屋，谁爱去谁去，我不去了！

三房的人家大多是住在土楼外的茅棚屋，其实即使余庆楼顺利建成，每家每户都迁入土楼，但兄弟多的人家照样不够住。目前六个确定跟随德昌过台湾的人有四个是三房的，三房家长德昭卖掉妻子的金链玉镯，把钱借给他一个侄儿当路费。这样总共有七个人确定跟随德昌过台湾。这天晚上，苏邹德昌在香火堂见到邹德永，提出要跟这七个人的父母亲签一份文书。

“文书？这要做什么呢？”邹德永有点不解。

“万一乘船渡海时有什么意外呀，还有，到了台湾之后大家各自去谋生，赚多赚少跟我无关……”苏邹德昌说。

邹德永笑笑对德昌说：“你真是多事啊，‘番子直’，这需要什么文书？都是同一个范阳堂的，会讹你不成？”

“我这不过是一种习惯嘛。”苏邹德昌说。

邹德永想起他那一百块白银的事，说：“你要是办事真的都这么顶真，上回也不至于一百块钱被调包没发觉吧？”

“这是两回事吧，”苏邹德昌说，“好吧，你们不习惯签就算了，我这是把丑话说到前头了。”

“唉，大家要出远门了，你要说吉利话才对嘛。”邹德永说。

“吉利话当然要说啦。”苏邹德昌似乎还是有点不高兴。

“你放心，即使真的有什么意外，也不会有人追究你，说实在的，族里很感谢你，祖堂、石旗杆还有余庆楼，不知何时可以重建，我们不像苏姓家底雄厚，很盼望从台湾赚钱回来，这批人先去，赚到钱了，后面就会有更多的人想去了。”邹德永说。

“后生子，去吧，我老货子，就回来喽——”苏邹德昌说。

集庆楼还是每天晚上安排两组后生子在下坂地带的村子里巡逻，邹锦洪自告奋勇每天晚上都参加，不过他在村子里走着走着，有时就独自走到东山岽下的雷石坑来。捡拾起一块石头，用力掷向前方，然后听着石头落地声远远地传来。这已经成为他的一项乐趣。要不是能把石头掷得又远又准，那天“长毛”在马上朝他开枪，或许他就完了。幸好他练出了这独门武功，一块祖堂的青砖把“长毛”掷死于马下，算是为烧毁的祖堂出了一口气。过台湾并非邹锦洪一时的念头，他是深思熟虑了一个晚上才做出的决定。尽管这个村子里有他的女人和儿子，但是不能相见更不能相认，这无异于是一种巨大的煎熬，他还不如远走他乡，所谓长痛不如短痛，既平复这种煎熬又赚点钱为父亲分忧，几年后回来，情况一定有变化了，或许就能相认了——邹锦洪对这不可预期的一天突然充满了热烈的期待。

不过在离开集庆楼过台湾之前，邹锦洪还是很想看苏小果和邹拾一眼——哪怕只是远远地望一眼。然而这很难，小果在海威楼深居简出，很少出楼的，而他又不可能走进海威楼去，前天以及昨天的傍晚，他在下坂和上坂交接的小石桥上徘徊了好久，眼睛时不时向海威楼方向望去，有一回他心跳得要蹦出胸口了，感觉前面的背影就是小果，但是再瞪大眼睛看，那背影真的不是小果，他最后还是悻悻地走了。

这天晚上，邹锦洪在下坂村子里跟着巡逻队走了一圈，渐渐落在了后面，经过那小石桥时，抬脚就往上坂走去。他满心想的是看苏小果和邹拾一眼，他也知道她们晚上绝对不可能在海威楼外面，各村都夜巡预防“长毛”偷袭呢，即使是平常时节，小果也不会晚上带孩子离开海威楼的。然而明知不可能，邹锦洪还是神差鬼使似的往上坂走去了。

上坂的夜晚跟下坂一样沉寂，这个经过“长毛”兵灾的村子，似乎被伤了元气，深秋的夜里四处显露出一种清寒和萧瑟。邹锦洪不由缩着脑袋，慢腾腾地走着。前边黑暗里传来一阵杂沓的脚步声，邹锦洪猜测是夜巡队，就站到一块浓密的树影下，不想让对方发现。脚步声越来越近了，突然有个声音说：“那是什么？”

邹锦洪心头一慌，撒腿就跑。那边哗的一声，有人喊着“探子”，几个人一起追了上去。

“我不是探子。”邹锦洪跑了几步，猛地刹住步子。追上来的人刹不住，几个人撞到了他身上，有人下意识地就去扭他的胳膊，用福佬话喝问道：

“你是什么人？”

“我是集庆楼的。”邹锦洪用客家话说。

借着月光，已经有几个苏氏夜巡队的人认出了锦洪，其中一个是苏维生，他惊讶地问：“你、不是被土匪抓走了吗？”

“咦？前些天我看见用石头砸‘长毛’的就是你嘛，那时都没认出你。”另一个人说。

“我、我……”邹锦洪讷讷地说着，转身往下坂方向走去。

苏维生喊了他一声，他头也不回地跑起来。

苏氏夜巡队虚惊一场，七嘴八舌地说着，有人问：“他从土匪窝跑回来，脑子是不是坏了？”另一个人说：“我看也是，怪怪的，眼神也不对。”又一个人说：“不会吧，人家石头砸‘长毛’，那叫一个稳准狠！”就苏维生一个人没说话，他在想姐姐被土匪抓了，后来跑回来，邹锦洪也被土匪抓了，后来也跑回来，抓他们的会不会是同一伙土匪？当然跑回来，不宜声张，毕竟不是什么好事吧。姐姐跑回来变了另一个人，邹锦洪跑回来也变了另一个人。苏维生实在想不透这二者之间的关系，应该是没什么关系的，纯属一种巧合吧，谁知道，或许真有一种什么关系呢？

4

邹德永看到大儿子锦江几次欲言又止，嘴唇嚅动着，眼睛里是一种焦灼的神色，他分明有话要对自己说，莫非也想过台湾吗？德永说：“让你弟过去就好……”

“不、不是……”锦江憋得脖子都红了。

德永心里就龟怪了，那你有什么事？他不由多看儿子一眼，发现他壮健的胸膛似乎激烈地起伏着。这时阵，二儿子锦波从外面闯进灶间，挤到锦江面前对父亲说：

“他不敢说，我来说。是这样的，有人给他介绍了一个新寡妇，就是不久前，梧树村被‘长毛’攻破土楼，她老公被杀死了，她才嫁过来半年……”

“我知道了。”德永摆了摆手，示意锦波不用再说。

锦波紧急煞住了话尾，锦江满脸窘得通红，猛一转身出了灶间，锦波叫了一声也跟着跑出去。

德永心里叹了一声，眉头拧得更紧了。这事情有人跟他说过。梧树村一座土楼被“长毛”攻破，死伤一百余人，有的全家被杀，有的丧夫失子，一夜之间出现了好多个寡妇。锦波所说的那个小寡妇，娘家是荆门村的，丈夫是家中尾仔，父母早亡，上面三个大哥凑钱给他讨了一个老婆，这回他和一个大哥死于“长毛”之手，活着的两个大哥和三个大嫂便合计把她改嫁出去，他们当初给多少彩礼，改嫁只要收回八成就行。有人跟德永说，这配你大儿子不正好吗？还打折呢。德永当即沉着脸说，家里的锅都要吊起来了，建祖堂的钱都没着落，哪里还娶得了媳妇？夯建余庆楼时，德永看到锦江夯土、拍大板时那么顶真，那么勤力，像个顶天立地的男子汉，他暗暗发誓建好余庆楼之后怎么样也要给他娶一门亲，可是谁想到“长毛”来了……家里没有什么值钱的东西可以变卖、典当，根本就拿不出那笔彩礼，即使打对半折，甚至打一折也拿不出来。

从窗棂望见两个儿子一前一后走向楼门厅，德永的心情变得沉甸甸的。这确是给大儿子续弦的一个好机会，无奈兵灾过后，实在无能为力。德永感觉到脑袋一阵阵抽痛，像是脑子里的筋不断地被拉长、弹开，耳边嗡嗡直响。找德昌借钱？人家好不容易凑了一些回台湾的路费。找素月借钱？他开不了口。找苏族长借钱？他也开不了口。要是他的脸皮像土楼墙壁一样厚就好了，可是偏偏他的脸皮很薄，面对素月——不管是她当了神巫之前还是从神巫变回常人之后，他的内心里都有一种莫名的紧张和不自在，至于苏族长，历经共同的兵灾之后，彼此的心走近了一些，但是苏族长不幸被卷入冤案，他出于义愤为之打抱不平，此时提出借钱，岂不是让人生疑？打死他也不会做。德永从板凳上站起身，从水缸里舀了一瓢水，猛喝了一大口，抹着嘴走出灶间，一眼看见红米从廊道上走来，便朝她招了一下手，自己又反身回到灶间里。

红米走进灶间，看到父亲神色凝重的脸，眼睛里挂了一些血丝，她知道为重建家园父亲操碎了心，此时父亲似乎有事找自己思量，这让她心里十分意外。

邹德永还是把身体向侧面稍稍转了过去，没有正面看着女儿，而差不多是背对着她，喉咙里带着痰响，许久才吐出一串音节：“红米，你有没有——私房钱？拿来、借给我……”

红米不由愣了一下。

“或者，你有什么办法——借到钱，给我……”德永的话声最后变得有些颤抖了。

红米暗暗吃惊，她听出了父亲话里的暗示，她一个妹子能有什么办法从哪里借到钱呢？父亲应该知道她跟维纳的事，那么他的暗示就很明确了。可是，她怎么能向维纳开口借钱呢？昨天维纳主动拿了钱要借给她，被她拒绝了……她低头想了想，说：“我看看……”

午饭后，红米关上卧室的门，箱柜里、枕头下、壁橱里，细细翻找了几遍，找到几两碎银、几枚铜钱，还有母亲留给她的一根银簪、一只细小的金戒指——这就是她全部的私房钱，她所有值钱的东西都在这里了。红米挺起腰肢，蓦然感觉最值钱的正是自己——是呀，她自己，人是最值钱的！不是吗？只要她勤力，她能赚到钱，只要她愿意，她能借到钱，不，维纳都主动要给她钱了，只是她觉得这不好，像是一笔买卖，现在，父亲暗示她借钱？她到底要不要向维纳开口？这压根不难，只要她旁敲侧击说一下，维纳就会给她钱——唉，他们烧窑出海的人家，家底怎么就这么厚呢？红米一闭上眼睛，想到自己从维纳手里接过钱的那一瞬间，心里就尖厉地叫了一声，不！她觉得这是很丢人的事情，尽管维纳是她这么亲密的人——其实，如果有可能的话，她宁愿向一个陌生人开口求助，也不愿意找维纳——这正是因为维纳是有过肌肤之亲的人。红米一时觉得心乱如麻。

夜风很冷了，黑乎乎从地面、从空中吹来，发出一种尖细的啸声，吹到身上让人有一种刺骨之痛。红米真不想到余庆楼来了，但是想起昨天跟苏维纳的约定，担心他在那里等了太久，万一着凉了怎么办？她忙完手上的活计，趁父亲不在灶间，赶紧抹了一把脸，匆匆走出集庆楼，迎着寒冷的晚风向余庆楼走去。

刚走到楼前那对“牛眼睛”前面，苏维纳从后面霍地冒出来，他似乎有意吓红米一跳，然而红米早已猜测到他躲在后面，看到他冒出来心里反而有一种踏实，抬起手往他身上打了一下。

维纳一只手从背后伸出来，把手上的东西塞到她的手里。她一触碰就知道是昨天那只小布袋子，里面同样是那些硬邦邦的银圆，心里暗暗奇怪，昨天她拒绝了他，怎么今天他又带来了？莫非他知道自己的心事？

“听说你父亲想给你大哥娶一门亲，到处在筹钱，打算卖地，”维纳的眸子在黑暗中亮着，“你先拿去吧……”

红米怔怔的没有动，手心里的布袋子很重，重得要把她整个人往下坠一样。

“拿去用吧……以后有再还……”维纳说着，伸出两手把红米揽进了怀里。

红米缩着身子静静偎依在维纳的怀里，一股男人的气息温暖着她的身心，感觉整个人是被席卷起来一样，似乎要化了，只要对方轻轻一抱，就能够被抱起来融入他的身体。她轻轻地说：“维纳，今晚，我就给了你……”

维纳猛地吓了一跳，身子一个激灵，兴奋而又颤抖地说：“真的？……”

红米没说什么，只是更深地往他怀里钻着。

维纳仰起头呼了一口大气，努力地让自己狂跳的心安静下来。

5

苏发扬早上给顺风公送来一碗猪肝线面，他没吃，锡壶里的糯米酒一滴也没喝，中午给他带了一碗碎肉稀饭，他也没吃，酒也没喝。发扬说，顺风公，这些都是你爱吃的，不然你想吃点什么呢？顺风公气色一如往常，只是淡淡地说，我不想吃。

他不想吃，他在想什么呢？谁也不知道。他好像平静地入睡了，有时又咳几声，跟发扬说一句话，没有任何异常。发扬就一直坐在顺风公床前的椅子上，不时也有族人进来探望顺风公，适逢顺风公醒来的话，他都会在枯瘦的脸上露出一丝笑意，像是笑眯眯地望着来人，脸上几乎布满了骨头，连骨头都在微微笑着一样。

坐了一上午，吃过午饭的苏发扬不知不觉打了个盹儿，竟然做了个梦，在梦里，东溪窑烟袅袅升起，一扇窑门打开了，他从匣钵里抱出了一尊米黄釉观音立像，又一尊米黄釉关公坐像，接着抱出一只米黄釉堆贴梅花双耳瓶，旁边响起一阵阵喝彩声，他向大家连连拱手致意，忽然看到人群中站着顺风公，心生诧异，怎么顺风公也来了？他都好多年不能走路了。顺风公挤出人群走上前，乐呵呵地说，扬的，你行啊，有两步撇。发扬一激动，蓦地清醒过来，原来顺风公还在床上静静地睡着，这只是一个梦而已。

或许顺风公也正在做着梦呢。他会梦见什么？年轻时代出海过番的往事，还是东溪窑烟四起的情景……梦，美梦也好，噩梦也好，其实都会过去的，只有这人生，像大海流水一样，生生不息，从高祖到大茂公到顺风公到自己，不停地向前流淌……

这时阵，苏维生走进了卧室，递给发扬一封“批”，说：“维修从台湾寄的，刚送来，还附银十元。”发扬愣了一下，维修上一回的家书应该是一年多前的事了，他没有回复他，甚至除了妻子未向他人提及。维修为躲避家法惩治，擅自逃跑，让他在族人面前丢了脸，他一直无法释怀，上回维修还在家书上说到结婚的事，他当然也是无法接受的，所以就没有回复他。维生把一摞银圆连同家书，放到了发扬的手里。发扬一时觉得恍若梦中，把银圆放到桌上，拆开了家书，一看就知道是维修自己写的，不像上回请人代书，字体比较拙劣，但文句还是很通顺的：

父母亲大人：

见批大吉！不孝子在台湾向二老掉（应为“叩”）头问安了！自从上次给你们写批之后，没有收到回批，身体健康、合楼平安与否，非常挂念！

这里新建一座公王庙，供奉从厦门漂来的苏公王，说来有缘，公王姓苏，我又是搭公王船来的，也姓苏，人们以为神显灵，公推我为庙祝，现在我就住在庙里，有一间专门为我而建的红砖房，十分舒适，我平时负责打理公王庙，为信众卜杯抽签，有问必答，大家对我都很信仰，我的日子过得很好，吃好喝好，这里也有很多漳州老乡，大家说话都是一样的，虽然不是住土楼，风俗也都同款。我一时也没办法回去探亲，过明后年看看，请父母双亲谅解。顺附银十元，不能行孝，区区银子，聊表寸心。

敬祝父母亲安康顺利！合境平安！代问顺风公健康长寿！

愚子　维修　敬呈

大清同治三年甲子六月四日

发扬看完了维修的“批”，心想这小子，居然当了庙祝，还被人信仰了，似乎文化方面也有进步，至少自己能写这样一封“批”。他怎么没提到妻子的事？发扬再把“批”从头到尾过目了一遍，确实只字未提。这就怪了，上回说结婚，娶的是苏邹德昌的女儿，按那时间算，孩子都应该生出来了，这回什么都没说，莫非又发生什么变故？

唉，这个游子，他一定不知道家乡发生的变故！苏发扬满脑子想着维修在台湾的事，顺风公一声咳嗽把他唤回了海威楼。

“顺风公。”发扬连忙侧身朝向床上的顺风公。

“你、有什么事？咯，咯……”顺风公反问道。

“哦，维修——你还记得吧，他跑到台湾去了，当了公王庙的庙祝，这是写‘批’回来报平安，”苏发扬说，“对了，他还在‘批’上问候你，祝你健康长寿。”

“健康长寿，不用啦，祝我不会咳嗽，骨头肉不痛就行了……”顺风公咧着嘴说。

苏发扬心里苦笑了一下，关切地问：“顺风公，你哪里痛？”

“唉，我也不知道哪里……反正，这全身就是、到处都痛，痛痛也不痛了……这副皮囊、用了这么多年，我都不好意思……”顺风公说。

“顺风公，不能这么说，你这是福气呢。”苏发扬说。

“福气啊……”顺风公从被子里伸出一只手，发扬连忙把它握住，感觉像是握着一根树枝一样，硌得他心里一阵酸楚，那几乎都是骨头了，他轻轻地摩挲着，想起他还是小孩子的时候，顺风公虽然也是一大把年纪了，但是身体结实，这手也是丰厚多肉的，十分有力，一只手就能够把他托起来。有一次顺风公带着他去祖堂拜祖宗，他的脚崴伤了，哭着不想走，顺风公就一只手提着竹篮子，一只手把他夹在腋下，举重若轻，似乎是用了轻功，不让他觉得被夹痛了，反而觉得新奇舒适地被夹到了祖堂。多少年过去，那只手现在变成了一把骨头。

顺风公睁开眼睛看着苏发扬，眼珠子木木地轮转了一下，说：“扬的，你有到海清楼，见到大茂公，跟他说一声，下一回放炮我来点火……”

苏发扬点着头，心想，顺风公又开始糊涂了，这大茂公是顺风公的爷爷，他如何可能在海清楼见到他？当年海清楼正是在大茂公带领下建成的，据说顺风公小时候是最惧怕点炮的。顺风公把一切搞混了，不过对他来说，这或许才是正常的，他的思维穿梭在过去和现在、人间和阴界之间，随心所欲地往返和停顿。这种混沌其实就是他最好的状态，发扬这几天一直担心的就是顺风公变得清醒，那反而是一个令人感到不祥的征兆。

“扬的，这一窑青花何时开窑？要按时交货啊，人家红毛番付了定金的，你说土楼排水沟出口为什么砌成铜钱形？土楼排水按八卦方位而定啊，有什么样的分金坐向就有什么样的出水方向，砌成铜钱形有留财之意嘛，这个番人的钱，也真是好赚啊，番银哗啦啦……”顺风公絮絮叨叨地说着，眼睛一只睁开，一只闭上，思绪随意地飘扬、穿越，他脸上的每一块骨头都凸出来了，好像会说话一样地动着，“海晏楼、海清楼、海威楼，像福船一样高的土楼，像土楼一样高的福船，爪哇、马六甲、苏门答腊、暹罗、交趾、长崎，出海，出海……”

“嗯，出海。”苏发扬附和着说。

顺风公突然尖起了声音说：“我要出海。”

苏发扬怔了一下，这才明白过来，顺风公不是在回忆出海的历程，而是他要——“出海”！他已经好久没“出海”了，这一回距离上一回都快两年了。苏发扬连忙点着头说：“好，好，好。”

正好二房、三房的发明、发康等人来到卧室看望顺风公，苏发扬迎上前说：“顺风公要‘出海’，大家分头准备一下。”

顺风公“出海”，这本来也不用怎么准备，喊来一伙后生子，吹海螺的、敲锣的、抬轿的，分工一明确，把顺风公背下楼，抬到神轿里，后面自然跟上一大群孩子，浩浩荡荡地开出土楼，向东溪热热闹闹地蜿蜒而去。但是那神轿是天妃宫里的轿子，放在天妃宫被“长毛”大火烧毁了。这是最重要的道具，也是现在唯一需要好好准备的。

“我要出海……”顺风公又说。

苏发扬跟发明、发康等人商量一下，决定用香火堂的太师椅绑在两根长杉木上，即杉木跟扶手一块绑紧，做成一把临时的轿子。其实，顺风公最早几次的“出海”坐的还是比这个更简陋的担架，这轿子已经不错了，可以让他重新体验一下，就像他所说的“筚路蓝缕，以启大海”。现在是深秋的午后，日头晒到身上是软软的，暖暖的，所以也用不着轿帘。事情商定，苏发康旋即下楼去做轿子。

“我要出海……”顺风公像孩子一样噘着嘴说。

“好好好，马上出海，马上，马上出海。”苏发扬连声说。

顺风公闭上眼睛，脸上平静了下来，原来脸上凸起的骨头好像礁石一样没入海水里，有一片神采如水一般在他脸上轻轻荡漾着，他整个人的神情沉浸在出海的期待中。

苏发扬拉开壁橱，拿起那只幽幽发亮的海螺，这是顺风公从海外带回来的宝贝，据说是一个在航行南洋商船上做事的同宗长辈送给他的。从大海到土楼，这只海螺平时就静静地待在顺风公卧室的壁橱里，每当顺风公“出海”时，它就吹响了大海的声音，洪亮、深沉，在这土楼乡村的上空久久地激荡着。发扬忍不住把海螺放到嘴唇边，尚未吹气，它就自动地“呜”一声，好像一个潮水猛地打过来。这是按捺不住的大海的声音。他不敢随便触碰，把海螺放了下来。

苏维生等几个后生子走到卧室门边，告诉发扬轿子做好了。维生走到跟前，想从父亲手里拿过海螺，发扬手一举高，把海螺交给了后面的维纳。

“我来背‘活祖宗’，你在后面注意一下。”苏发扬对维生说。

“还是我吧，你行吗？”苏维生说。

“不，我来。”苏发扬坚持地说。

在维生等人的帮助下，苏发扬把顺风公背到了背上，其实“活祖宗”的身体很轻了，轻得像刚才他拿的那只海螺。苏发扬背着他走出了卧室，向楼梯口走去，走着走着，竟走出了一种欢快的感觉，好像背上不是“活祖宗”，而是一个孙子，一个婴儿，咚咚咚咚，下楼了，“出海”喽……

轿子就等在一楼楼梯口的廊道上。苏发扬在发明、发康等人的协助下，把顺风公放到了太师椅上，怕他坐不住滑落，还在他腰间系了一条红丝绳。坐着的“活祖宗”身子有些摇晃，长衫马褂下面空落落的，但是他的脖子伸长着，瘦骨嶙峋的脸上挂着一丝不易觉察的笑意，他的眼睛向两边转动着，向所有子孙后代默默地致意，他的嘴唇在嚅动，没有人听清他在说什么。很多人喊着“顺风公”或者“活祖宗”，他的耳朵有时听得见，有时听不见。

呜——呜呜呜——苏维纳鼓腮吹起了海螺，深沉嘹亮的螺号在海威楼上空响起来了。

“出海喽，出海喽——”苏发扬大声喊道。

哐——当——铜锣发出了浑厚热烈的响声。四个后生子抬起了轿子，顺风公坐在轿子上微微点着头，像是向所有人和海威楼点头致意。

螺号开道，铜锣殿后。轿子穿过天井向楼门厅走去。孩子兴高采烈地“哦呜哦呜”叫着，一会儿跟随在轿子前后左右，一会儿冲到前头吹螺号的面前，一会儿又跑到后面敲锣的人那里，用手偷偷拍打几下铜锣。

海螺号和铜锣声响起，海晏楼、海清楼的大人、孩子都知道“活祖宗”要“出海”，纷纷赶了过来。

浩浩荡荡的队伍走在村子里，海螺声声，锣声也慢慢敲出了一种节奏、一种气势，后面跟随的人越来越多。经历过“长毛”犯境的恐惧和悲愤，苏洋村遍体鳞伤，人们也是惊悸未定，还在日夜提防“长毛”，但是，此时，人们放松了，放开了，不再惊慌，也无所顾忌了，男女老少走在顺风公“出海”的队伍里，像过节一样欢天喜地，每个人的脸上又特别地显出一种庄重——因为大家都知道“活祖宗”“出海”，这是一件特别高兴又特别严肃的事情，要有特别的仪式感，最终的目的是要让“活祖宗”开心，让他沉浸在波澜壮阔的出海的岁月里。

“今天要出海了，好高兴，大茂公，我真欢喜。”顺风公说着，头歪向了苏发扬这边，在海螺号和铜锣声中，发扬的耳朵居然清晰地听到他的声音，顺风公把发扬叫成“大茂公”——哦，他又开始神游八极了，顺风公第一次出海的情形是什么样？当然，不会像现在这样。只有爷爷和父亲送他到天妃宫前的东溪码头上，一条很小的木篷船停泊在那里，顺风公跳到了船上，朝爷爷和父亲挥着手告别，船主用长篙点着码头上的石条，船慢慢荡了开去……爷爷和父亲渐渐远了，天妃宫渐渐远了，海晏楼和海清楼渐渐远了……其实这还不是出海，只是在出海的出发途中，从东溪经西溪，到达九龙江出海口的月港，才是真正的出海。据说顺风公第一次看到大海，吐了。

“出海”队伍行进到了东溪畔，奔流的东溪水声哗啦啦给海螺号做着伴奏，铜锣声这时阵稍稍小了一些。这里的东溪水还只是涓涓细流，它慢慢向前流，慢慢宏大起来，穿过重重群山，最后流入大海。土楼和大海之间，正是有着这么一条溪流，像一条神奇的历史通道，流淌着多少往事。

“我记得，小时候在大茂公桌上看到过《渡海方程》《顺风相送》《东西洋考》《指南正法》……好多的古书，后来，我才知道那是航海水路簿，爷爷给我起名，也正来自一本水路簿……”顺风公说。

“哦，哦，哦——”苏发扬连声回应着，他这还是第一次听顺风公说起名字的来历。

前面就是东溪码头了，浓密的大樟树下流水依旧，但是巍峨庄严的天妃宫已经变成一片废墟。苏发扬的眼光一看到那废墟，心里就剧烈地痛。他不知顺风公是否看到了，最好他没看到，最好在他心里天妃宫还是巍然屹立的。

“出、海、出、海……”顺风公喃喃地说着，突然一字一顿、有板有眼地吟唱起来：

东溪流水长又长，
烧窑忙来出海忙，
金银番银滚滚来，
夯造土楼万万年……

苏发扬就走在轿子边，听着顺风公苍老、虚弱而又带着顽皮的声音，心中感慨万千。这是顺风公自创的歌谣，似乎概括了他的一生，从东溪到大海，烧窑、出海、建土楼，朴实无华的山歌调子里飘荡着一股旷达、自信的精气神。发扬一边扶着太师椅扶手，一边听着顺风公吟唱，眼睛始终停留在顺风公身上，特别盯着他那吟唱的嘴巴，那好像是一个神奇的肉穴，自动地张合着，声音冒泡似的冒出来，颤颤地扩大，然后把周围的其他声音都压下去了。

东溪码头上站着一群等船的人，苏邹德昌、邹锦洪、邹锦宇等人肩上背着褡裢，还有邹德永等人空着手。苏发扬一看就知道是一部分人要坐船远行，而邹德永等人是来送行的——是那个台湾客要回台湾了吧？其他后生子也跟着去？听说邹姓曾号召后生子过台湾谋生，为将来重建家园出力。看样子这去的人并不多，邹德永正跟苏邹德昌说着话——这个台湾客，儿子上封家书说娶了他女儿，这封家书又只字不提了，也不知真实情况如何，苏洋与台湾毕竟隔了那么多重的山，那么宽阔的海峡。

等船的人听到了溪岸边热闹的响声，纷纷抬起头往这边张望。他们也知道，这是苏氏“活祖宗”要“出海”了。这么巧，跟他们邹氏出海的日子撞在一起了。不过他们是真的要出海，亲人们正在伤离别，而苏氏“活祖宗”是一种仪式上的“出海”，是缅怀过去光荣的岁月。

所有在码头上的邹姓人都抬起头，伸长脖子往这边看着。“出海”队伍声势浩大，似乎所有苏姓人都出来了，有如一条蜿蜒的巨龙在东溪畔游动，队伍里走着的每个人都是欢天喜地的，又都是满脸正经的。邹锦洪似乎在人群中看到了苏小果抱着邹拾，心中凛然一惊，连忙睁大眼睛再看，但是溪岸上的队伍人头攒动，那张烙印在他生命里的脸一闪而过，淹没在很多男男女女的脸里面。邹锦洪咽了口水，眼睛似乎有点湿润了。

等船出海的人看着岸上的“出海”队伍，而“出海”队伍里的人也在看着石码头上准备出海的人。因为刚刚经历共同的灾难，彼此注视的眼光里便多了一些包容和温暖。邹德永看到了“出海”队伍中的苏发扬，还有他们坐在轿子上的“活祖宗”，那种庄严肃穆感深深地震撼了他，他突然想，其实，邹姓人完全是可以把“进士公”的神位抬出来的，当作公王一样的神明出巡祈福，这完全是可以的，祖堂、石旗杆还不可能那么快重建，那就先把“进士公”神位抬出来吧，一年一度，在土楼里、村子里巡游，对，马上筹备，下个月就开始首巡！

“出海喽——出海喽——出海喽——”

“顺风公，你坐好，马上要出海了。”苏发扬对顺风公说。

“出、海……”顺风公说。

这时阵，苏发扬突然看见石百总带着两个乡勇从斜刺里朝他走过来，心头一震，却是立即平静下来，心想，好啊，该来的就来。他迎上前对石百总作了揖说：“石百总，让你辛苦多跑了一趟。”

石百总微微一笑，随即绷紧了脸，说：“回去不是我帮你兜着，你就完蛋了。告诉你，那个典史调走了，新知县上任了，他是从永定调任过来的，指令我把你带回府衙审讯。”

“好，我们‘活祖宗’‘出海’一结束，我就跟你走，你放心。”苏发扬说。

石百总望着“出海”的场面声势浩大，像一股奔流的洪水，人们严肃认真而又兴高采烈地呼喊着，他心里也受到了某种震动，对苏发扬说：“苏族长，兄弟我公务在身，希望这次你配合一点。”

“感谢石百总，上回让你多担待了，这回我一定跟你走，保证不会再发生那种事了。”苏发扬说。

“这就好。”石百总说，“我们在楼外面等你。”

苏发扬又向石百总作了个揖，小跑着回到顺风公的轿子前，往前走了几步，对抬轿的后生子做了个手势，大家会意地点着头。

“出海喽——出海喽——出海喽——”

海螺号更悠扬了，铜锣声也更响亮了。在它们的衬托下，“出海”队伍喊出了一种响遏行云、跌宕起伏的效果，响声甚至盖过了它们。

“出海喽——出海喽——出海喽——”

轿子微微地颠了起来。因为这只是简陋的轿子，苏发扬示意大家不能颠得厉害，要让顺风公感觉到颠簸，但又不能有任何闪失。抬轿的后生子便有分寸地控制着幅度和节奏，左晃一下右颠一下，颠出了一种恰到好处的舒适度。

顺风公笑眯眯似的闭上了眼睛，他看到自己出海了，耳边是如雷轰鸣的波浪声，浩渺无边的大海在他面前徐徐展开，是一幅无边无际的画卷……大海上，像土楼一样高大壮阔的福船，运载着瓷器、生丝、茶叶等等，繁忙地穿梭往来。顺风公看到自己站在一艘福船的甲骨板上，那是一个身体单薄的后生子，但是他内心有着雄浑的梦想，他呕吐过的脸色略显苍白，在海天一色的朝晖里，整个人都在熠熠闪亮……顺风公又缓缓睁开了眼睛，面前是静水深流的东溪、夷为平地的天妃宫，远处的是土楼，海晏楼、海清楼、海威楼，像一艘艘搁浅的福船……

“出海喽——出海喽——出海喽——”

东溪码头上，一条木帆船慢慢地靠岸。邹锦宇一个箭步就跨上了船，显得迫不及待似的。邹锦洪频频向溪岸边的“出海”队伍张望，木桩一样一动不动。其他人也是依依不舍，不大愿意上船一样。邹德永挥着手，让大家尽快上船。苏邹德昌走到岸边又回头说了一句：“我要回来的。”准备出海过台湾的人终于全都上船了，有人进了船舱，有人在船头挥手告别，有人低下头小声地哭泣。邹德永大声地说：“大家一路顺风！”

“出海喽——出海喽——出海喽——”

在号子一般整齐、豪迈的呼喊声中，顺风公又闭上了眼睛。

“出海”队伍在东溪码头岸边绕了一圈，便往另一条路回海威楼。此时，载着邹姓人准备出海过台湾的那条木帆船离岸了，顺着下东溪往下走，今晚到达山城溪，明天晚上经过西溪就会抵达厦门，顺利的话明晚他们就可以登上过台湾的偷渡船，真正地出海航行……

“出海喽——出海喽——出海喽——”

喊声渐渐弱下来了。海螺声、铜锣声也在休息一样，这天地间突然一片寂静，只有东溪的流水，向着远方永不停息地流淌，穿山越岭，流向大海……

苏发扬突然想，其实，完全应该在祖堂前给顺风公立一根石旗杆，这是完全可以的，别说四乡八里，就是整个漳州府，有几个像他这样一百二十岁以上的人瑞？更主要的，他闯荡一生，奉献一生，建造一座土楼，福荫了众多子孙，对，明天就着手准备，一边重建祖堂一边建立石旗杆！不，马上就要告诉各房家长，因为等会儿他要跟官差走一趟，还不知何时可以回来呢。发扬扭头看到了二房、三房和四房的家长就走在轿子前后，提高嗓门对他们说："我们要给顺风公立一根石旗杆！石旗杆！"

"就是呀，我们的顺风公完全够格！"很多人异口同声地说。又有很多人接龙似的喊着："够格！""够格！""够格！"

苏发扬望望队伍的前头，又望望后头，心里涌起一股自豪，这就是我们顺风公的子孙，我们都是顺风公的子孙！这支队伍一眼望不到边，几年后、几十年后，换了一茬人，依旧会是这样浩浩荡荡吗？

队伍的声响和气势渐渐安静了一些，大家也是走累了，喊累了，长龙般蜿蜒的队伍开始放慢了节奏。

"顺风公，我们出海了。"苏发扬走在轿子边，一手扶在太师椅的扶手上，一直是扭着头对顺风公说话。他看到顺风公沉沉入睡，睡得特别安详，安详得疑为天人。苏发扬内心里有一种说不出的预感，用手摸着、摁着顺风公的胳膊和肩膀，他的手在微微发抖……

坐在太师椅上的顺风公像是打坐的老禅师，枯瘦的脸上浮着一层惬意的微笑，合上的双目仍旧洞若观火地注视着这个村庄和这片天地。

"出海"队伍走回到海威楼前。海螺和铜锣都不响了，蜿蜒的热闹的队伍突然变得悄无声息，所有的人似乎都放轻了脚步，屏住了呼吸，害怕吵醒顺风公一样。

楼门前的土埕上，石百总和十几个乡勇、衙役分列两队，表情肃然，注视着走过来的"出海"队伍，严阵以待似的。邹德永带着几个邹姓人从一旁大踏步走过来，他们送走亲人后，在回集庆楼的路上发现石百总带人来捉拿苏族长，便折返而来。邹德永怒气冲冲地责问石百总凭什么来抓苏族长。石百总摊着手，无奈地说，这是上头的命令。

邹德永从衣衫里掏出随身带着的喊冤状书，提着两端展开来，像是贴在自己身上一样，展示在石百总一干人面前。那几个硕大的冤字，令石百总不敢直视。他转过了身子，邹德永提着状书走到他面前，他再转身，德永也跟着转身走到他面前，如影随形地把状书展示给他。石百总被邹德永这孩子气的倔强逼得无计可施地闭上了眼睛，说："你一个外姓人来凑什么热闹？"

"谁说外姓人？我们祖上是兄弟！"邹德永涨红了脖子，高声地说。

"邹族长，我奉劝你，还是别管这件事了。"石百总说。

邹德永抖着手中的喊冤状书，说："我告诉你，石百总，这件事我还是偏偏管定了！"

汹涌的人群像是沉静下来的波涛，缓缓地从海威楼大门口流淌开来。苏发扬跟着顺风公的轿子一起跨进海威楼石门槛，从楼门厅沿着廊道走到楼梯口，后生子把轿子轻轻地放下。

"顺风公……到家了……"苏发扬走上前去摸了摸"活祖宗"的脸颊，不由潸然泪下。刚才在路上他蓦然有了预感，但是他不想相信，也不愿证实。这会儿，他终于看到了，顺风公已经在"出海"的仪式与回忆中安详过世了……

"顺、顺风公……"苏发扬忍住了悲伤，心想这下子没办法跟着石百总走了，只能再度违抗，至于后果是什么，他根本就顾不上了，这跟顺风公的后事相比又算得了什么呢？他抬起眼睛，往石百总和邹德永相持的那边土埕望了一眼，心想，事情怎么会是这样呢？事情原来就是这样吧……

发扬终于忍不住哽咽了一声，用力地擦去眼泪。顺风公是苏氏的"活祖宗"，苏洋村历史上第一个百岁人瑞，就这样在"出海"的过程中离开他的子孙，这一定是上天最好的安排。发扬脑子里迅速地决定，他要组织一次更盛大、更隆重、更庄严的“出海”仪式，把顺风公先送“出海”，再送上山。

抬轿的后生子看见发扬脸上的两行泪水，顿时什么都明白了，团团地围住顺风公的神轿，后面的人一层一层地挤上来。不知谁咆哮如雷喊了一声：“顺风公！”接着便是无数的呼唤声像是波涛汹涌而来，惊涛骇浪一样地冲击着顺风公的神轿，海威楼似乎在一阵海浪中微微震晃……

2015年10月31日至2016年3月10日写于南靖

2016年4月1日至5月2日修改

图书在版编目（CIP）数据

东溪谣 / 何葆国著. — 北京：北京十月文艺出版社，2020.6
ISBN 978-7-5302-2000-9

Ⅰ. ①东… Ⅱ. ①何… Ⅲ. ①长篇小说—中国—当代 Ⅳ. ① I247.5

中国版本图书馆 CIP 数据核字 (2019) 第 205912 号

东溪谣
DONGXIYAO
何葆国　著

出　　版　北京出版集团公司
　　　　　北京十月文艺出版社
地　　址　北京北三环中路 6 号
邮　　编　100120
网　　址　www.bph.com.cn
发　　行　新经典发行有限公司
　　　　　电话（010）68423599
经　　销　新华书店
印　　刷　北京盛通印刷股份有限公司
版　　次　2020 年 6 月第 1 版
　　　　　2020 年 6 月第 1 次印刷
开　　本　880 毫米 ×1230 毫米　1/32
印　　张　16.75
字　　数　413 千字
书　　号　ISBN 978-7-5302-2000-9
定　　价　59.80 元
质量监督电话　010-58572393
如有印装质量问题，由本社负责调换。